À PROPOS DE L'AUTRICE

Passionnée de voyages, Carol Marinelli a trouvé dans l'écriture le moyen de s'évader au quotidien. C'est pourquoi ses romans – qu'elle publie aux éditions Harlequin depuis de nombreuses années – se déroulent aux quatre coins du monde et mettent en scène des héros au charme exotique et irrésistible.

Fascinée par un milliardaire

*

Le prix de l'interdit

*

Une seule nuit avec toi

*

La brûlure d'un souvenir

CAROL MARINELLI

Fascinée par un milliardaire

INTÉGRALE
HÉRITIERS RUSSES

Traduction française de
ANNE-LAURE PRIEUR

SAGAS

HARLEQUIN

Collection : SAGAS

Titre original :
THE PRICE OF HIS REDEMPTION

Ce roman a déjà été publié en 2017

HARPERCOLLINS FRANCE
83-85, boulevard Vincent-Auriol, 75646 PARIS CEDEX 13
Service Lectrices — Tél. : 01 45 82 47 47 - www.harlequin.fr
ISBN 978-2-2804-5042-3 — ISSN 2426-993X

Composé et édité par HarperCollins France.
Imprimé en octobre 2021 par CPI Black Print (Barcelone)
en utilisant 100% d'électricité renouvelable.
Dépôt légal : novembre 2021.

MIXTE
Papier issu de sources responsables
FSC® C159065

Pour limiter l'empreinte environnementale de ses livres, HarperCollins France s'engage à n'utiliser que du papier fabriqué à partir de bois provenant de forêts gérées durablement et de manière responsable.

Prologue

— Hé, *shishka* !

Daniil Zverev se raidit en entendant ce surnom lancé par son ami Sev. « Grand ponte. » L'argot russe avait vraiment l'art d'appuyer là où cela faisait mal.

Sev posa le livre qu'il était en train de lire.

— On parlait justement de toi. Alors, comme ça, tu pars vivre dans une famille riche en Angleterre, *shishka* ?

— Ne m'appelle plus jamais ainsi, tonna Daniil.

Il prit le livre de Sev et fit mine d'en arracher les pages. La grimace horrifiée de son ami l'arrêta. Bien sûr, il ne l'aurait pas fait. Sev avait trop rarement l'occasion de mettre la main sur un livre, mais au moins l'avertissement était clair.

— Tu as trouvé des allumettes ? l'interrogea Nikolai en levant les yeux de la maquette de bateau qu'il construisait avec un soin méticuleux.

Daniil fouilla dans ses poches et lui tendit une poignée d'allumettes récoltées lors de sa corvée de balayage.

— Tiens.

— Merci, *shishka*.

Il fusilla son ami du regard, se retenant de justesse d'écraser son bateau du poing.

Lui, Sev et Nikolai, ainsi que Roman, étaient plus que de simples amis. Daniil et Roman étaient frères jumeaux et tous les quatre avaient grandi ensemble. Avec leurs cheveux noirs et leur teint pâle, ils étaient la lie parmi la lie. Bébés à l'orphelinat, ils s'appelaient les uns les autres depuis leurs berceaux. Daniil et Roman occupaient le même, flanqué de ceux de Nikolai et de Sevastyan.

Puis, lorsqu'ils avaient été en âge de dormir dans un lit, on les avait placés dans le même dortoir. À présent, à douze ans, ils partageaient une chambre de quatre. Tout le monde les considérait comme des gosses perturbés, des chiens fous incontrôlables. Mais entre eux, les disputes restaient fraternelles. Leur amitié était tout ce qu'ils possédaient au monde.

— Si tu touches à mon bateau…

— Ne m'appelle plus *shishka*, menaça Daniil. D'ailleurs, je n'irai pas en Angleterre.

Il se tourna vers Roman qui était allongé sur son lit, les mains jointes derrière la tête.

— Pourquoi n'irais-tu pas ? demanda son frère en le fixant de ses yeux gris métallique, les mêmes que les siens.

— Je n'ai pas besoin de l'aide d'une famille de richards, cracha Daniil. On s'en sortira par nous-mêmes, Roman.

— Tu crois ça ?

— Pourquoi pas ? Sergio affirme que…

— L'homme à tout faire ? Qu'est-ce qu'il en sait ?

— Il était boxeur, autrefois.

— C'est lui qui le dit.

— Les jumeaux Zverev ! insista Daniil. Il est convaincu qu'on réussira…

— Va en Angleterre, l'interrompit Roman. Aucune chance qu'on devienne riches et célèbres ici. On ne sortira jamais de ce trou.

— Si on s'entraîne dur, on peut y arriver !

Daniil saisit le cadre sur la table de chevet de Roman. Sergio avait apporté son appareil photo un jour, quelques années plus tôt, et avait photographié les deux frères. Puis, comme Sev et Nikolai se plaignaient, il les avait pris en photo tous les quatre. Mais c'était le cliché de son frère et lui que Daniil tenait entre ses mains.

— Tu avais juré qu'on s'en sortirait…

— J'ai menti, grogna Roman.

— Eh !

Sev avait beau taquiner Daniil, il était son ami et il pressentait l'orage qui se préparait.

— Laisse-le tranquille, Roman. C'est à lui de prendre sa décision.

— Non.

Roman se redressa avec colère. Une tension couvait entre eux depuis des mois. Depuis qu'on leur avait annoncé qu'une riche famille anglaise souhaitait adopter un jeune adolescent.

— Il s'apprête à gâcher une chance unique, tout ça à cause d'un rêve idiot !

— On peut réussir sur le ring, persista Daniil.

— *Moi*, oui. Enfin, si tu ne me tirais pas vers le bas, rétorqua Roman.

Il lui arracha la photo des mains et la jeta violemment à terre. Il n'y avait pas de verre dans le cadre, mais c'est en Daniil que quelque chose se brisa.

— Viens. Je vais te montrer qui sait vraiment se battre.

Il se leva et les deux frères se défièrent du regard, tandis que la nouvelle faisait le tour du dortoir. Enfin, ils allaient s'affronter !

Les jumeaux Zverev s'entraînaient tous les jours. Sergio leur faisait enchaîner les exercices, qu'ils accomplissaient sans jamais protester. Bien qu'il leur démange d'en découdre, Sergio avait toujours refusé. Ancien boxeur lui-même, il ne prendrait pas le risque de les lancer trop tôt, affirmait-il. Ces deux garçons-là étaient de vraies pépites : grands, bien formés, vifs et le pied léger. Et cette rage qui bouillait dans leurs veines ! Bien entraînés, ils iraient loin ! Tout ce qu'il avait à faire était de canaliser leur ardeur le temps nécessaire.

Mais il n'était pas là ce soir.

— Passez le mot aux autres, lança Roman.

Très vite, la chambre se remplit et les lits furent poussés pour faire de la place.

— Montre-moi ce que tu as dans le ventre, le provoqua-t-il, déjà sur lui.

Daniil bloquait les coups, les poings levés en position défensive, contraint de reculer. Ni casque ni gants. Nul argent parié sur eux — pas encore. Roman ne lui accordait aucun répit, aucune échappatoire. Et Daniil, qui avait tout à prouver, rendait chaque coup avec tout ce qu'il avait. Les autres garçons les encourageaient, pas trop fort pour ne pas donner l'alerte.

Roman semblait avoir mangé du lion. Daniil faisait de son mieux pour lui tenir tête, mais il fatigua le premier. Il tenta une technique de neutralisation, afin de ménager ses forces. Roman se dégagea sans peine et le combat reprit de plus belle.

L'un comme l'autre assenaient et recevaient des coups. Daniil commençait à prendre le dessus. Bientôt, ce fut au tour de Roman de bloquer son frère pour reprendre son souffle. Daniil entendit sa respiration furieuse lorsqu'il se dégagea. Mais Roman ne lui laissa pas le temps de se recentrer, lui délivrant un uppercut, suivi d'un crochet à la joue gauche qui l'envoya au tapis.

Il reprit ses esprits sous les regards effarés de l'assemblée. Il ignorait combien de temps il était resté sonné. Assez longtemps, visiblement, pour inquiéter tout le monde.

Sauf Roman.

— Tu vois, lui jeta-t-il. Je m'en sors mieux sans toi, *shishka*.

Les surveillants avaient fini par s'inquiéter de ces clameurs et firent irruption dans la chambre au moment où Daniil se relevait.

Il fut conduit à la cuisine où Katya, la cuisinière, le prit en charge. Sur l'injonction de sa mère, Anya, sa fille de douze ans, interrompit son entraînement pour aller chercher des pansements. L'adolescente fréquentait une école de danse, mais était rentrée pour les vacances. Elle taquinait parfois les jumeaux, affirmant être plus musclée qu'eux. Anya aussi avait un rêve, celui de s'en sortir par la danse.

Daniil, lui, venait de perdre le sien.

— Bon sang, à quoi pensiez-vous ? le sermonna Katya.

Elle déposa devant lui une tasse de thé noir revigorant, avant de s'atteler à soigner son visage.

— Les familles riches ne veulent pas de gamins sales et amochés…

Quelques jours plus tard, Daniil regardait défiler les magasins et petites maisons proprettes par la vitre de la voiture, avec l'impression d'avoir été catapulté à des années-lumière de chez lui. Au détour d'un virage, une imposante villa de briques rouges se dressa devant ses yeux. La voiture s'engagea dans une allée privée, traversant des pelouses impeccablement entretenues où s'élevaient çà et là une statue ou une fontaine en pierre.

La portière lui fut ouverte par un homme en costume noir qui, bien qu'ayant l'air d'un croque-mort, lui sourit avec bienveillance. Daniil descendit en silence, à contrecœur. Il patienta sagement dans le vestibule tandis que les adultes discutaient comme s'il n'était pas là. Il fut alors conduit à l'étage par la femme qui était déjà venue deux fois à l'orphelinat et qui serait désormais sa mère.

Sur le palier, il aperçut au mur un portrait de ses nouveaux parents, une main sur les épaules d'un garçon souriant aux cheveux sombres. Ne lui avait-on pourtant pas affirmé qu'ils n'avaient pas d'enfants ?

La chambre, spacieuse, donnait sur la campagne et ne comportait qu'un seul lit.

— Au bain, maintenant.

Il ne comprit ce qu'on attendait de lui que lorsque lui fut désignée la pièce attenante.

Il prit donc un bain et s'enroula dans une serviette chaude, juste à temps avant qu'un coup léger retentisse à la porte. La femme lui adressa un sourire timide et commença à inspecter ses affaires en l'appelant d'une drôle de façon. Il s'apprêtait à corriger sa prononciation quand les paroles de l'interprète lui revinrent en mémoire. Il ne s'appelait plus Daniil, désormais, mais Daniel.

Daniel Thomas.

Cette femme — sa mère —, les mains dans des gants en

caoutchouc, fourra ses vêtements et ses chaussures dans un sac-poubelle que tenait ouvert pour elle l'homme en costume noir. Elle continuait à lui parler dans une langue inconnue et pointait tour à tour la fenêtre, puis sa joue, en mimant l'acte de coudre. Il finit par comprendre qu'elle allait l'emmener chez un médecin, qui le soignerait mieux que ne l'avait fait Katya.

Il la regardait jeter sa vie aux ordures, quand il vit deux photos qu'il savait ne pas avoir emportées. Roman avait dû les glisser dans ses affaires à son insu.

— *Nyet !*

C'était le premier mot qu'il prononçait depuis qu'ils avaient quitté la Russie. La femme tressaillit et poussa un cri comme il lui arrachait les photos des mains en répétant le même mot. Elle n'avait pas le droit de les jeter, ni même d'y toucher. Elle s'enfuit hors de la chambre. L'homme, après une hésitation, vint s'asseoir à côté de lui sur le lit.

— Toi ? demanda-t-il en désignant l'un des jumeaux sur la photo.

Daniil secoua la tête.

— Roman.

Le vieil homme au regard bienveillant pointa un doigt sur son propre torse.

— Marcus.

Daniil hocha la tête et reporta son attention sur la photo. Peu à peu, le jour se fit dans son esprit. Roman ne le haïssait pas : il avait cherché à le sauver. Mais Daniil ne voulait pas être sauvé. Il voulait s'en sortir par lui-même, avec son frère, pas se retrouver seul au monde à des milliers de kilomètres de chez lui.

1

— J'ai rendez-vous avec M. Zverev.

Techniquement, c'était un mensonge. Libby Tennent se dirigeait vers les ascenseurs, au fond de l'immense hall d'entrée dallé de marbre, quand un agent de sécurité l'avait interpellée pour lui demander où elle allait.

— Dans ce cas, vous devez vous signaler à la réception, lui dit-il.

— Oh ! Bien sûr, répondit Libby d'un ton léger, comme si la procédure lui était simplement sortie de la tête.

Tout ici était si imposant ! Elle avait retenu son souffle en voyant son taxi s'arrêter devant l'élégant immeuble au cœur du très chic quartier de Mayfair. Contrairement à ce que lui avait assuré son père, rencontrer Daniil Zverev semblait loin d'être un jeu d'enfant.

Elle s'approcha de la réception et répéta les mêmes paroles à une sublime réceptionniste, en priant pour que celle-ci ne remarque pas que le rendez-vous était en réalité au nom de son père, Lindsey Tennent.

— Votre nom ?

— Mlle Tennent.

La jeune employée consulta son ordinateur et fronça les sourcils.

— Un instant, s'il vous plaît.

Elle décrocha son téléphone, afin de relayer l'information.

— J'ai ici une *Mlle* Tennent qui dit avoir rendez-vous avec M. Zverev.

Une pause. Elle leva les yeux vers Libby.

— Votre prénom ?

— Libby. Enfin, Elizabeth, corrigea-t-elle, consciente qu'une pièce d'identité risquait de lui être demandée.

Elle s'efforçait de paraître calme et posée, s'interdisant de jouer avec ses cheveux comme elle le faisait quand elle était nerveuse. Seigneur, que lui avait-il pris d'accepter cette requête de son père ?

La réceptionniste raccrocha et secoua la tête.

— M. Zverev ne peut pas vous recevoir.

— Pardon ?

Plus que le refus, c'était l'absence d'excuses ou d'explications qui la médusait.

— M. Zverev ne reçoit que sur rendez-vous nominatif. Or, vous n'en avez pas.

— Je vous assure que si, insista-t-elle.

— Je vois un rendez-vous à 18 heures avec un *M.* Lindsey Tennent, répondit l'inflexible employée. S'il lui était impossible de venir, il convenait de nous informer qu'un représentant le remplacerait. M. Zverev ne reçoit pas n'importe qui.

Libby se mordit la lèvre. Elle qui avait espéré que la différence de prénom passerait inaperçue ! Le mieux était encore de présenter ses excuses et de s'en aller. Mais son père avait fondu en larmes lorsqu'il lui avait demandé ce service. Devant l'importance de l'enjeu, elle carra les épaules et toisa la réceptionniste du haut de son petit mètre soixante.

— Mon père a eu un accident de la circulation, raison pour laquelle il m'envoie à sa place, débita-t-elle avec aplomb. Auriez-vous l'obligeance de prévenir M. Zverev que je suis prête à le rencontrer ? Il connaît le motif de ma visite. À moins que vous ne souhaitiez que je l'explicite ?

La réceptionniste coula un regard vers la personne qui se tenait derrière Libby, puis celle à sa gauche. Elle dut décider que le hall d'entrée n'était pas l'endroit indiqué pour évoquer les affaires de son patron, car elle haussa les épaules.

— Un moment.

Un second appel fut passé, à l'issue duquel Libby se vit remettre un passe visiteur. Enfin, elle était admise dans la tour d'ivoire du très protégé Daniil Zverev !

Un employé en uniforme lui tint la porte de l'ascenseur ouverte. Même les ascenseurs étaient luxueux, ici. Moquette épaisse, lumière tamisée, air conditionné, particulièrement agréable en cette fin d'après-midi estival… Surtout lorsqu'on venait de traverser tout Londres en un temps record. Elle n'aurait jamais dû se laisser embobiner, se tança-t-elle pour la énième fois. Quand elle avait accepté de convaincre cet homme d'assister au quarantième anniversaire de mariage de ses parents, c'était Daniel Thomas qu'elle s'attendait à rencontrer. Mais au moment où elle se mettait en route, son père avait lancé :

— Au fait, il y a une chose que j'ai oublié de te dire…

Lui qui l'avait suppliée, les larmes aux yeux, avait soudain paru embarrassé.

— Il a changé de nom, récemment, l'avait-il informée évasivement.

— Pardon ?

— Plus exactement, Daniel Thomas a repris son vrai nom, Daniil Zverev. Il a été adopté, enfant.

— S'il a repris son nom de naissance, c'est que sa relation avec ses parents est loin d'être au beau fixe, avait-elle observé. Je préfère ne pas m'en mêler…

— Libby, s'il te plaît. Tout ce que je demande à Zverev, c'est de venir à la soirée et de prononcer un discours.

Un discours ? La liste des demandes à ce Daniil Zverev ne cessait de s'allonger ! Assister à la réception, danser avec les tantes, se montrer sociable, et maintenant faire un discours !

Toute cette situation mettait Libby mal à l'aise. Dans la bulle où elle vivait, la notion de négociation n'existait pas. Elle était quelqu'un de direct, avec un visage expressif et une tendance à formuler tout haut ses opinions. Du reste, elle avait toujours refusé de rentrer dans le rang, au grand dam de ses parents.

— Tu ne m'avais pas parlé d'un discours, avait-elle protesté.

— Je te demande juste d'aller lui parler. S'il te plaît, Libby.

Pourquoi, *pourquoi* avait-elle accepté ?

Naturellement, elle avait effectué une recherche en ligne pendant le trajet. Son père comptait sur elle pour jouer sur la conscience du très estimé financier. Mais à en croire divers articles, Daniil Zverev en était totalement dépourvu ! Il considérait quiconque comme un rival, qu'il n'hésitait pas à piétiner s'il se dressait entre lui et son objectif. Quant à ses conquêtes… Une demi-heure de trajet ne suffisait pas à en couvrir l'historique. Les termes « bourreau des cœurs » et « manipulateur » revenaient à une fréquence effrayante. Apparemment, sa plus longue relation était une liaison de deux semaines avec un top model allemand que leur brusque séparation avait anéanti.

À quoi s'attendaient ces filles ? s'était demandé Libby avec dédain. Certaines d'entre elles avaient qualifié la rupture de « cruelle ». Aucune femme de bon sens ne s'intéresserait à un tel play-boy !

Contrairement à Daniil Zverev, Libby fuyait les aventures d'un soir. Elle était prudente dans sa vie sentimentale et se méfiait des hommes qui prétendaient n'avoir aucun problème avec la place qu'occupait la danse dans son quotidien. Une méfiance justifiée. Les motifs de rupture de ses petits amis étaient invariablement les mêmes : elle était égocentrique, obnubilée par le ballet, jamais libre pour sortir.

Exact. Elle les prévenait pourtant dès le début…

Reléguant ces considérations dans un coin de son esprit, elle se concentra sur Daniil. Étrangement, son changement de nom avait été peu commenté dans la presse, comme s'il s'agissait d'un sujet tabou. Ce qui n'était pas pour mettre Libby en confiance. Décidément, lui demander de jouer les fils dévoués ne l'enchantait guère.

En sortant de l'ascenseur, elle se sentait comme David partant affronter Goliath. Une autre superbe jeune femme l'inspecta de la tête aux pieds comme elle s'avançait vers la réception.

— Je viens voir M. Zverev, annonça-t-elle avec un sourire engageant.

— Peut-être souhaiteriez-vous vous rafraîchir avant ? proposa la réceptionniste sans lui rendre son sourire.

— Oh ! Ça ira, merci.

Ce qu'elle souhaitait, c'était en finir au plus vite.

— Vous trouverez les toilettes au fond du couloir, à droite.

Libby s'empourpra. Le message était clair : elle *devait* se refaire une beauté. Ce n'était pas une suggestion. Le grand Daniil Zverev ne daignait-il donc s'adresser qu'à des gens parfaits ?

Ravalant une repartie bien sentie, elle se dirigea vers les toilettes. Mais lorsqu'elle découvrit son reflet dans la glace, elle fut secrètement reconnaissante à la réceptionniste de son conseil.

Résolue à préserver ses acquis, même sans cours de danse ni répétitions, elle s'entraînait à la maison quand elle avait appris l'accident de son père. Ni une ni deux, elle avait enfilé un legging et un châle par-dessus son justaucorps, attrapé son sac fourre-tout et filé aux urgences. Le vent soufflait en ce jour d'août — l'état de ses cheveux le prouvait !

La tête lui tournait encore après les révélations de son père. L'entreprise familiale périclitait. Ils avaient besoin de cette réception d'anniversaire pour se remettre à flot. Or elle n'aurait lieu que si Daniil y assistait…

Fouillant dans son sac, où elle gardait toujours un change, elle sortit un cache-cœur beige et une jupe crayon, contre lesquels elle troqua legging et châle, puis attacha ses cheveux en chignon. Sans maquillage, elle paraissait plus jeune que ses vingt-cinq ans. Mais son petit doigt lui soufflait que le style naturel n'impressionnerait pas cet homme sophistiqué. Elle appliqua donc un peu de mascara sur ses cils afin d'agrandir son regard, ainsi qu'une touche de gloss sur ses lèvres. Cela ferait l'affaire.

Elle soupira. Quelle chance avait-elle de le convaincre ? Un homme qui avait coupé les ponts avec sa famille au point de changer de nom ne risquait pas de réviser sa position à sa demande. D'ailleurs, elle était mal placée pour dire à quiconque ce qu'il avait à faire. Elle-même détestait les conseils. Si elle avait écouté ceux qu'on lui avait donnés, elle travaillerait dans l'entreprise familiale aujourd'hui. De toute façon, il ne la laisserait sans doute même pas terminer sa phrase avant de la congédier…

Et tant mieux, décida-t-elle. Elle exposerait le motif de sa venue, puis s'en irait. Tout simplement. Pas question de se laisser intimider.

Miss Pimbêche à la réception dut juger sa tenue acceptable, car elle décrocha son téléphone pour informer son patron que son rendez-vous de 18 heures était arrivé.

— Je vous l'envoie, termina-t-elle.

Comme Libby avançait *enfin* vers la porte, la réceptionniste l'arrêta.

— Vous pouvez laisser votre sac ici.

Là encore, ce n'était pas une suggestion. Elle obéit et leva la main pour frapper.

— Non, intervint l'employée. Il déteste cela. Entrez directement.

Jamais l'envie de frapper à une porte ne l'avait autant démangée ! Elle sourit à cette idée, et souriait encore lorsqu'elle entra.

L'espace d'une seconde, elle crut avoir été téléportée au sommet du London Eye. La vue sur la ville était à couper le souffle ! Moins, cependant, que l'homme assis derrière l'imposant bureau : cheveux de jais et regard métallique, teint clair, la pommette gauche fendue d'une cicatrice. Il se tenait très raide dans son fauteuil, les yeux posés sur elle. La pièce avait beau être immense, elle s'y sentit soudain à l'étroit, tant Daniil Zverev en imposait.

— Merci de me recevoir, monsieur Zverev, commença-t-elle malgré une irrépressible envie de prendre la fuite.

— Eh bien, monsieur Tennent, que votre voix est cristalline !

La sienne était grave, rocailleuse, enrobée d'un riche accent russe. L'allusion au Petit Chaperon rouge amusa Libby et son sourire s'agrandit.

— Et, oh, monsieur Tennent, comme votre peau semble douce, continua-t-il, admirant ostensiblement ses jambes nues.

Elle ne bougea pas, toujours souriante.

— Nous savons tous les deux, monsieur Zverev…

Le regard d'acier de Daniil la transperça de part en part, et elle présenta ses excuses muettes aux femmes qu'elle avait si hâtivement jugées pour s'être laissé séduire par lui. Elle n'avait jamais compris ces filles qui cédaient aux avances du premier apollon venu. Mais Daniil Zverev était si sexy, son regard si pénétrant, qu'il n'aurait qu'à claquer des doigts pour la faire sienne.

Elle s'éclaircit la gorge, peinant à retrouver le fil de ce qu'elle disait. *Ah, oui…*

— Nous savons tous les deux, monsieur Zverev, qui est le loup dans cette pièce…

2

À sa surprise, alors qu'elle venait d'outrepasser les règles de la bienséance, Daniil sourit.

— C'est vrai.

Libby expira. L'expression méfiante de Daniil se détendit et son regard gris et froid s'adoucit. L'espace d'un instant, il ne lui parut plus tout à fait si redoutable. Cela ne dura qu'une fraction de seconde.

— Asseyez-vous, intima-t-il avec autorité.

Elle s'exécuta, chevilles croisées et mains sur les genoux.

— Puis-je vous offrir quelque chose à boire ?

— Non, merci.

— En êtes-vous sûre ?

Elle hocha la tête. À vrai dire, elle mourait de soif. Mais ce qu'elle avait à lui demander la mettait mal à l'aise et elle en voulait à son père de l'avoir entraînée là-dedans.

Daniil saisit une bouteille d'eau gazeuse sur son bureau. Elle était glacée, Libby le voyait à la condensation sur le plastique. Elle le regarda avec envie remplir son verre. Il ne réitéra pas son offre. *Mufle.*

Il poussa alors le verre vers elle. Elle le prit en roulant les yeux.

— Merci.

Il se servit un autre verre. Libby était hypnotisée par ses larges mains et le mouvement de ses longs doigts fins aux ongles parfaitement manucurés.

— Eh bien ? l'encouragea Daniil.

Oh ! Elle s'arracha à sa contemplation.

— Mon père s'excuse de ne pas être là en personne. Il a eu un accident de voiture dans la journée, commença-t-elle.

— Navré de l'apprendre. Rien de grave, j'espère ? s'enquit Daniil avec une sollicitude qui la surprit.

— Oh ! non ! Il n'a qu'une légère commotion…

Elle fronça les sourcils. Une *très* légère commotion. Au moment où elle partait, le médecin venait annoncer à son père qu'il pouvait rentrer. Si ce rendez-vous avec Daniil était si capital, n'aurait-il pu faire l'effort de l'honorer lui-même ?

— Il a besoin de repos pendant quarante-huit heures, expliqua-t-elle, plus pour se convaincre elle-même. Comme vous le savez, il tient une agence événementielle et…

— Le prochain événement n'aura lieu que si j'y assiste, termina Daniil.

— En effet.

Libby avala une gorgée d'eau gazeuse.

— Sir Richard insiste sur la présence de son fils. Sans quoi…

Daniil haussa les sourcils. Il ne souriait pas, mais elle avait la distincte impression qu'il se moquait d'elle.

— Hum, c'est leur quarantième anniversaire de mariage. Un bel accomplissement, de nos jours, bafouilla-t-elle.

— Quoi donc ?

— Rester mariés quarante ans.

— Pour quelle raison ?

Cette question la déstabilisa.

— Eh bien, s'il s'agit d'un mariage heureux, c'est véritablement un exploit, dit-elle avec un petit rire nerveux.

Il haussa les épaules.

— Je suppose. Pour ma part, je n'ai jamais dépassé les quarante-huit heures.

Son regard gris happa le sien, et elle crut y déceler une invitation. Était-il en train de flirter avec elle ? C'était tout à fait possible. Ses techniques de séduction devaient nécessiter un certain entraînement. Il profitait de sa présence pour se faire la main. En tout cas, s'il se montrait aussi direct, rien ne l'empêchait de l'être aussi.

— Qu'en est-il de ce top model allemand ? l'interrogea-t-elle. Vous êtes restés deux semaines ensemble, je crois…

— Vous êtes bien renseignée, fit Daniil d'un ton appréciateur. Oui, Herta… Je l'ai rejointe au Brésil pour une séance photo. Pas parce que j'étais fou amoureux, mais pour éclaircir un doute.

Il pointa l'index sur sa pomme d'Adam.

— Pardon ?

— Je me posais des questions. Elle était si grande, et sa voix si grave…

Seigneur, il n'avait aucune pudeur !

— Et était-elle…

— C'était bien une femme, Dieu merci !

Il éclata de rire et Libby oublia sur quelle planète elle se trouvait. Daniil la ramena sur Terre.

— Continuez.

Elle n'avait que deux flèches à son arc, face à la plus impatiente des cibles. Le temps qu'il daignait lui accorder était compté, elle le savait.

— Hum, comme vous le savez, lady Katherine n'est pas en bonne santé…

— Assez pour organiser une réception, pointa Daniil.

— C'est vrai, mais…

— Mais ?

— Il se pourrait qu'il n'y ait pas de quarante et unième anniversaire.

Elle cherchait à lui donner mauvaise conscience, mais il se contenta de la fixer de son regard métallique.

— Alors, c'est cela ?

— Pardon ?

— Votre argument pour me convaincre ?

Libby déglutit. Elle en avait bien un second. Quelque chose à propos d'une lettre qui l'attendait… Sir Richard prêt à ne pas le déshériter au profit de son cousin… Non, décidément, c'était de mauvais goût. Pas question de recourir à un tel chantage.

— Oui, soupira-t-elle. Je ne suis pas très douée pour convaincre les gens…

— En effet, convint Daniil. Votre méthode laisse à désirer. Vous auriez dû jouer cartes sur table en commençant par m'informer que je devrais reprendre mon nom d'adoption, Daniel Thomas, et prononcer un discours.

Libby en resta bouche bée. D'accord, cet homme avait une longueur d'avance sur elle. Plus d'une, même.

— Alors seulement, face à mon refus catégorique, auriez-vous pu tenter de m'amadouer en évoquant la santé déclinante de ma mère, poursuivit-il.

— Cette méthode aurait-elle fonctionné ?

— Pas avec moi. Je dis cela pour vos futures négociations, afin que vous ne vous y preniez plus à l'envers.

— Eh bien, une chance que ce ne soit pas mon métier, dit-elle en l'observant avec intérêt.

Il l'intriguait au plus haut point, à la fois hostile, arrogant, et étrangement accessible.

— Dites à votre père que ma réponse est non, déclara Daniil. Je n'assisterai pas à l'anniversaire de mariage de mes parents.

— Pour quelle raison ?

— Rien ne m'oblige à y aller. Quant à ce qui motive mes décisions, cela ne vous regarde pas.

— Comptiez-vous refuser depuis le début ?

— Oui.

— Alors pourquoi avoir accepté de rencontrer mon père ? questionna Libby.

— Oh ! Il prétendait savoir comment me faire changer d'avis. Je constate que vous n'avez pas mentionné la possibilité que l'on me déshérite au profit de mon cousin George…

— Non.

— Pourquoi ?

— Je n'ai aucune raison de le faire. Quant à ce qui motive mes décisions, cela ne vous regarde pas.

Sa petite imitation le fit sourire.

— Allons, vous mourez d'envie de me le dire, la titilla-t-il.

Le pire était qu'il avait raison ! Elle se tortilla sur son siège, mal à l'aise.

— J'estime que c'est du chantage.

— Le sport favori de mes parents, commenta Daniil. Comme si je me souciais d'un vieux manoir plein de courants d'air… Je n'ai que faire d'être déshérité.

Libby maudissait son père de l'avoir mise dans cette situation.

— Entendu, monsieur Zverev. Toutes mes excuses pour le dérangement. Je transmettrai votre réponse à mon père.

— Si mon refus le contrarie, sachez qu'il n'aurait pas tenu une minute. Consolez-vous d'avoir su capter mon attention plus longtemps.

— Comment ?

— J'aime regarder votre bouche.

— Ne dites pas des choses pareilles, le réprimanda-t-elle.

— Vous exigez de me rencontrer et déboulez dans mon bureau sans rendez-vous. Vous croyez-vous en droit de me dicter ma conduite ?

Il se leva, un mètre quatre-vingt-dix de pur sex-appeal, s'approcha du portemanteau et enfila sa veste d'un geste fluide. Libby le regardait faire, captivée.

— Il y a de l'eau et le frigo est plein, dit Daniil. Les toilettes sont là-bas.

— Pardon ?

— Vous êtes toujours assise alors que je m'apprête à partir. J'en conclus que vous comptez rester ici.

— Oh.

Se lever en sa présence relevait du défi. Ses jambes semblaient avoir oublié leur fonction. Tout comme sa tête, car elle se pencha pour ramasser son sac qui, bien sûr, n'était pas là.

— C'est vrai, je l'ai laissé à la réception.

Elle devait avoir l'air d'une folle ! Sortir de son bureau fut comme retrouver la lumière du jour après un très long tunnel. Elle récupéra son sac, gratifia Miss Pimbêche d'un sourire et gagna l'ascenseur. Quelle ne fut sa surprise en découvrant que Daniil l'y suivait !

— Je pensais que vous disposiez d'un ascenseur privé…

Les portes se refermèrent et elle retint son souffle. Elle l'observait à la dérobée, intriguée par la cicatrice sur sa joue, quand il leva les yeux de son téléphone.

— Que diriez-vous d'aller dîner ?

La proposition la prit de court.

— Dîner ?

— J'ai une faim de loup. Je suppose que vous n'avez pas eu le temps de déjeuner, dans votre hâte de vous rendre au chevet de votre père mourant ?

Libby sourit malgré elle.

— En effet.

— Dîner, donc ? Enfin, à une condition.

Ils sortirent ensemble de l'ascenseur et traversèrent le hall d'entrée. Libby se retint de tirer la langue à la réceptionniste qui avait refusé de la laisser passer.

— Laquelle ? demanda-t-elle.

— Vous ne chercherez pas à me faire changer d'avis.

— Entendu.

Dehors, une voiture avec chauffeur les attendait.

— Comment savait-il que vous sortiez ?

— Cindy l'a appelé pour le prévenir, répondit Daniil.

Évidemment, elle s'appelait Cindy…

Libby monta dans la voiture, préoccupée par la somme dont elle disposait sur elle. Daniil Zverev, avait-elle lu en ligne, avait une propension à s'éclipser au beau milieu d'un dîner, de vacances ou d'une séance photo au Brésil s'il s'ennuyait, sans s'embarrasser de politesses. Il pouvait disparaître à tout instant et elle l'acceptait. Ce moment avec lui n'était qu'une parenthèse fugace, mais pour rien au monde elle ne passerait à côté.

Dans l'espace confiné de la voiture, il était encore plus imposant. Grand, large d'épaules, la silhouette athlétique. Libby était petite, mais à côté de lui, elle se sentait carrément minuscule !

— Où allons-nous ? s'enquit-elle.

— Dans un endroit que j'apprécie.

En l'occurrence, un club sélect pris d'assaut tous les soirs, y compris le lundi. Pourtant, ils furent aussitôt admis, sans avoir besoin de faire la queue.

— Aviez-vous une réservation ? s'étonna-t-elle.

— Non. Je ne réserve jamais nulle part. Comment pourrais-je savoir le matin ce que j'aurai envie de faire le soir ?

Ils s'assirent à une table, sur laquelle ils posèrent leurs téléphones. Les autres clients leur lançaient des regards curieux. Une sonnette d'alarme retentit dans la tête de Libby.

Je ne suis pas vraiment avec lui, avait-elle envie de crier pour détromper les gens.

Sauf que ce soir, elle l'était bel et bien. Par défaut, certes. Mais ce rendez-vous avait pris une tournure si agréable qu'elle ne souhaitait qu'une chose, profiter de l'instant.

— Que désirez-vous boire ? demanda Daniil.

Elle consulta la carte des cocktails. L'atmosphère, et Daniil en particulier, lui donnait le vertige. Même respirer devenait difficile en sa présence. Elle secoua la tête, dépassée. Pas très sophistiqué, comme attitude…

— Champagne ? proposa-t-il.

Pourquoi pas ? Elle acquiesça. Lorsqu'elle entendit la marque commandée, elle pria pour qu'il ne la plante pas comme il aimait le faire. Sa carte de crédit n'y survivrait pas. Le champagne venait de leur être servi quand son portable sonna. Le nom de l'appelant s'affichait sur l'écran : son père.

— Répondez, dit Daniil.

Ce qu'elle fit.

— Désolée, papa. J'ai essayé de le convaincre, mais sa réponse est toujours non.

Daniil observait la jeune femme en pleine conversation téléphonique. Pourquoi l'avait-il invitée à dîner ? Elle n'était pas du tout son type. Il avait un penchant pour les femmes grandes, de préférence silencieuses, trop heureuses d'être vues en sa compagnie.

Libby Tennent ne tenait pas en place. Elle remuait sur sa

chaise et jouait avec ses cheveux, levait les yeux au ciel en parlant, les joues en feu.

— Crois-moi, il ne changera pas d'avis…

Il y eut un silence.

— Non, je n'essaierais pas de l'appeler, si j'étais toi. C'est quelqu'un de très distant.

Elle lui adressa un clin d'œil complice. Il sourit et sirota une gorgée de champagne.

— Écoute, papa, fais-toi une raison. Il n'ira pas. Et toi, comment te sens-t… ?

Sa question resta en suspens. À l'évidence, son père avait déjà raccroché. Elle jeta son téléphone sur la table et Daniil commença à compter.

— Trois… Deux… Un…

Son propre téléphone sonna à son tour.

— Je me demande comment il a mis la main sur mon numéro privé, maugréa-t-il.

Il prit l'appel. Peut-être parce qu'il planifiait de coucher avec sa fille dans, disons, une heure ou deux, il se montra un peu moins rogue qu'à l'ordinaire.

— Lindsey, navré pour votre accident. Je bloque votre numéro. N'essayez plus de m'appeler.

Il raccrocha.

— J'ai de la peine pour lui, admit Libby. Mais je l'avais prévenu que je n'avais aucune envie de chercher à vous convaincre…

— Alors pourquoi l'avoir fait ?

Elle haussa les épaules.

— Il m'a rappelé que, contrairement à ma sœur, June, je ne faisais rien pour aider l'entreprise familiale.

— Que fait June dans la vie ?

— Elle est chef. Mariée à un chef.

— Commode lorsqu'on organise des événements.

Libby hocha la tête.

— Pas comme moi, soupira-t-elle.

— Et votre mère ?

— Elle travaille avec mon père.

— Vous vous entendez bien ?

— Oui, mais… Je suis bien trop expansive pour eux. Parfois, je me demande si je n'ai pas été adop…

Elle s'interrompit net, horrifiée de sa maladresse. Daniil sourit.

— Au moins, je savais que je l'étais.

— Je suis désolée, bredouilla-t-elle. C'était indélicat de ma part.

— Pas du tout. Et ce n'est pas votre faute si les affaires de votre père vont mal.

Elle darda sur lui un regard méfiant.

— Comment le savez-vous ?

— Est-ce une habitude, chez lui, de relancer les gens avec autant d'insistance ?

— Non.

— Cette réception doit donc être très importante pour lui.

— En effet.

— Culpabilité et manipulation… Les armes de choix de mes parents, soupira Daniil. Sachant votre père acculé, ils se seront servis de lui pour m'amadouer. Et à son tour, anticipant son échec, il vous a utilisée dans l'espoir que je ne puisse dire non à vos magnifiques yeux bleus.

Il agita l'index comme elle ouvrait la bouche pour protester.

— Si, si, Libby. Je le pense.

Un mince sourire étira ses lèvres.

— Alors, dites-moi, êtes-vous proches de vos parents ?

— Assez, oui, répondit Libby. Toutes les familles ont leurs conflits, bien sûr. Mais quand on aime…

Elle hésita, consciente du gouffre qui semblait exister entre Daniil et ses parents.

— Et vous ?

— Non, répondit-il, laconique.

— Mais vous tenez à eux, n'est-ce pas ?

— Je ne m'attache jamais à qui que ce soit.

Elle se mordit la lèvre. Lui faire la morale serait outrepasser ses limites. Comme il le lui avait signifié, ce n'était pas à elle de lui dicter sa conduite.

— Pourquoi ? demanda-t-elle.

Elle parlait de ses relations en général, pas seulement avec ses parents. Sa réponse lui prouva qu'il l'avait bien compris.

— Parce que s'attacher donne à croire que les choses vont durer. Or rien ne dure jamais.

Il était franc, c'était le moins qu'on puisse dire, pensa Libby.

— Vous êtes consciente, j'espère, que quoi qu'il se passe ce soir, je ne changerai pas d'avis concernant la réception de mes parents ?

— Oui.

— Sûr ?

Elle opina.

— Et vous, riposta-t-elle, vous êtes conscient, j'espère, que votre champagne hors de prix ne suffira pas à m'attirer dans votre lit ?

— Oui.

— Sûr ?

— Oui. Mais mon charme, peut-être…

Elle éclata de rire. Daniil était un mufle, mais elle passait un excellent moment.

— Vous connaissez mon record en matière de relation, enchaîna-t-il. Deux semaines. Et vous, quel est le vôtre ?

Libby réfléchit un instant.

— Dix-huit mois, répondit-elle. Enfin, les six derniers mois, notre relation battait sérieusement de l'aile…

Elle se remémora cette période, son stress permanent à force de jongler avec des attentes inconciliables. La rupture avait été un soulagement plus qu'autre chose. Elle avait alors pu se consacrer pleinement à la danse.

— Apparemment, j'étais trop obnubilée par ma carrière.

— Et pas assez par lui ? C'est *son* problème, conclut Daniil.

— Peut-être, soupira-t-elle. J'essaie de m'en convaincre.

Le serveur approcha et elle commanda une soupe à l'oignon, tandis que Daniil optait pour deux steaks accompagnés de salade verte.

— Deux ? répéta Libby une fois le serveur parti.

— J'ai un gros appétit. Vous n'avez pas annulé le pain et le fromage qui accompagnent votre soupe ? Étonnant pour une danseuse.

Elle tressaillit.

— Comment le savez-vous ?

— Quand vous êtes entrée dans mon bureau, tout à l'heure, vous vous efforciez de garder les jambes parallèles pour ne pas marcher en canard.

Oh. Eh bien, ses cuisses étaient parallèles, maintenant. Serrées l'une contre l'autre, tant le contact du genou de Daniil la troublait.

— Professionnelle ? s'enquit-il.

— Anciennement.

Son sourire s'estompa.

— Enfin, je le serai bientôt de nouveau, mais d'une autre façon. Je visite deux locaux, demain, où établir ma propre école de danse. Vous savez ce qu'on dit : ceux qui ne savent pas faire enseignent.

— Pourquoi dites-vous cela ?

— Disons que j'avais un autre rêve en tête…

— Lequel ?

Pour la première fois, la conversation s'enlisa. Libby avala une longue gorgée de champagne avant de répondre :

— Mon grand rôle m'est passé sous le nez. J'ai été doublure, une fois. Secrètement, je rêvais que ma rivale se casse une jambe. Bien sûr, cela n'est pas arrivé.

— Vous ne le souhaitiez pas vraiment.

— Non, admit-elle. Mais une bonne migraine, au moins…

Daniil sourit et elle aussi.

— J'ai fini par accepter que mes petits rôles ne me mèneraient jamais à une carrière de danseuse étoile, reprit-elle. Le ballet est une passion, oui, mais pas toute ma vie. Or, pour réussir dans ce métier, rien d'autre ne doit compter. Sans parler de certaines blessures dont je ne me suis jamais vraiment remise…

— Telles que ?

— Vous ne voulez pas voir mes pieds.

— Oh ! Mais si.

Son genou frôla le sien de nouveau. Elle était presque tentée d'ôter sa chaussure et de caresser sa cuisse de son pied nu... *Au secours !*

— Hum, ma dernière fracture exigeait un repos complet, chose impossible en danse. J'ai compris que j'avais atteint mes limites. J'ai donc décidé d'enseigner à la place. Oh ! J'ai hâte de me lancer dans l'aventure, maintenant. Ma déprime est derrière moi.

— Vous pensiez que votre vie était finie ?

— Oui, reconnut-elle franchement.

Pendant des mois, elle s'était accrochée à son rêve, dévastée à l'idée d'y renoncer. Aujourd'hui, elle préférait regarder vers l'avenir, satisfaite de ce qu'elle avait accompli. La page était tournée.

Ou presque. Restait ce vide en elle. Ne plus jamais faire partie d'une grande production, ne plus jamais auditionner...

— Une école de danse, donc ? Eh bien, bonne chance, l'encouragea Daniil.

— Merci.

Ils levèrent leurs verres et trinquèrent. La soupe était un régal avec son bouillon brûlant sous une croûte croquante.

— Parlez-moi des deux locaux que vous visitez demain, relança Daniil.

— Eh bien, le premier est situé non loin de vos bureaux, pour un loyer typique de Mayfair. Le second, à East End, est plus abordable et possède déjà des miroirs aux murs.

— Un ancien studio de danse ?

— Oui.

— Pourquoi a-t-il fermé ?

Elle interrompit son geste, sa cuiller suspendue à mi-chemin entre sa bouche et son assiette.

— Ne me coupez pas l'appétit !

— Il est indispensable de poser ce genre de questions, assura Daniil. Croyez-en mon expertise.

— Parce que vous êtes un expert en écoles de danse ?

— Les affaires sont les affaires.

— Peut-être. Mais celle-ci est personnelle.

— Il n'y a pas de mal à cela.

Leurs genoux ne se frôlaient plus, ils se touchaient franchement. C'était officiel : elle et Daniil flirtaient. S'il se permettait d'être aussi curieux, alors elle aussi en avait le droit, non ?

— Comment vous êtes-vous fait cette cicatrice ?

Pour toute réponse, il secoua la tête. Pas de circonlocutions ou d'excuses évasives. Juste ce geste coupant court à toute interrogation. Cela l'intrigua. Il était évident qu'il prenait soin de son apparence. Ses cheveux brillants, sa dentition parfaite, son costume impeccablement coupé en témoignaient. Riche comme il l'était, il aurait pu recourir à la chirurgie esthétique pour effacer sa cicatrice. Or, il ne l'avait pas fait. Pourquoi ?

Ils continuèrent à discuter. Enfin, surtout elle. Daniil était maître dans l'art de lui soutirer des informations : où elle habitait, où elle avait fait ses études, où elle avait dansé. À vrai dire, ils n'avaient parlé que d'elle toute la soirée, réalisa-t-elle. Il voulut lui resservir du champagne, seulement pour s'apercevoir que la bouteille était vide.

— Je vais en commander une deuxième, dit-il en faisant signe au serveur.

Elle l'arrêta.

— Pas pour moi, merci.

— Dessert ?

Elle hésita. La parenthèse touchait à sa fin, mais elle tenait à la prolonger au maximum.

— Volontiers.

La carte réapparut comme par magie.

— Je vais prendre la crème brûlée, décida-t-elle. Et vous ?

— Un café.

Son dessert lui fut servi. Une minute ne s'était pas écoulée qu'elle engloutissait la dernière bouchée.

— Alors ?

— Exquis, s'extasia-t-elle.

Daniil se montrait de plus en plus distrait. Elle le vit consulter sa montre et surprit son regard vers la sortie. *Remercie-le pour le dîner et rentre chez toi*, s'exhorta-t-elle. Au lieu de quoi, elle fit traîner encore un peu les choses, se rendit aux toilettes, commanda un café accompagné de chocolats à la menthe. Finalement, sa boisson avalée, elle glissa une serviette dans son sac à main en guise de souvenir. Quelques minutes plus tard, ils émergeaient dans la rue, où la voiture de Daniil les attendait.

— Je vais prendre un taxi, déclara-t-elle.

— Ma voiture est juste là.

Une voiture qui ne pouvait que la conduire chez lui. Elle secoua la tête.

— C'est mieux ainsi.

— Eh bien, ce fut un plaisir, mademoiselle Tennent. Très rafraîchissant…

— Intimidant pour moi, dit-elle avec un sourire. Enfin, au début.

— Et maintenant ?

Il lui enlaça la taille en un geste suggestif. Libby n'avait qu'une envie, sentir ces mains la soulever et nouer les jambes autour de lui.

— Plus que jamais, avoua-t-elle.

Seulement parce qu'elle était sur le point d'être embrassée par le diable…

Et qu'elle avait mangé de la soupe à l'oignon. *Flûte !* Vite, un chewing-gum ! Ah non, elle avait avalé plusieurs petits chocolats à la menthe…

— À quoi pensez-vous ?

Son monologue intérieur se dissipa. Bon sang, il devait la prendre pour une folle !

— C'est un secret.

Il ne chercha pas à tâter le terrain en goûtant délicatement ses lèvres. Oh non. Il lui donna le baiser le plus ravageur de sa vie. Ses lèvres écartèrent les siennes dès qu'elles entrèrent en contact. La seule force de son étreinte la clouait au sol. Il enroula la langue autour de la sienne, explorant sa bouche sans douceur aucune. Elle tenta de lui répondre, mais il menait la danse. Il prenait possession d'elle, la dévorait, enflammait chaque cellule de son corps ! Il était si solide qu'elle avait l'impression d'être plaquée contre un mur. Même le passant qui les bouscula ne réussit pas à rompre leur baiser.

Un feu ardent la consumait, là, au milieu de la rue. Et il ne lui laissait aucune liberté de mouvement, si ce n'est celle d'explorer son torse. Elle promena les doigts sur le coton léger de sa chemise, buta sur le relief de ses tétons. Oh oui, elle voulait plus ! Son corps frissonnait entre les mains de Daniil, avide d'un contact plus poussé. Alors, sans crier gare, il libéra sa bouche. Il lui avait fait entrevoir le plaisir d'être dans ses bras, pour mieux l'en priver !

Elle avala une grande bouffée d'air. Sa bouche lui manquait déjà !

— Chez moi, susurra-t-il.

— Je ne…

Les mots moururent sur ses lèvres. Qu'allait-elle dire ? Qu'elle ne voulait pas ?

Depuis ses huit ans, la danse passait avant tout. Cela exigeait une discipline de fer en toutes circonstances. Quel délice, pour une fois, de prendre une décision basée purement sur l'instant présent ! Sur ce qu'elle désirait là, maintenant…

Et elle savait exactement ce qu'elle désirait.

— Chez toi, souffla-t-elle.

Sa réponse la prit elle-même de court. Venait-elle d'accepter ?

— Je sens que je vais le regretter demain…

— Seulement si tu espères que je tombe amoureux, répondit Daniil.

De nouveau, cette sonnette d'alarme dans la tête de Libby. Il était encore temps de faire marche arrière…

— Aucun risque.

Au moins, elle était lucide, à défaut d'être raisonnable. Daniil esquissa un sourire.

— Alors, il n'y aura aucun regret à avoir.

3

La sécurité entourant le penthouse de Daniil rivalisait avec celle de son bureau. Le chauffeur s'annonça dans l'interphone et un portail s'ouvrit, menant à un parking souterrain. De là, ils prirent un ascenseur activé par un code que tapa Daniil après avoir donné son nom. Alors seulement, ils accédèrent au hall d'entrée, où un autre ascenseur les conduisit à son penthouse.

Daniil se débarrassa de sa veste et s'assit sur l'un des larges canapés. Libby ne bougeait pas, les yeux écarquillés tandis qu'elle inspectait les lieux. Il avait l'habitude de recevoir des femmes chez lui. Lui, en revanche, n'allait jamais chez elles. Ici, il avait le contrôle de la situation.

Libby différait de ses conquêtes habituelles. Ses ballerines plates ne faisaient aucun bruit sur les dalles en marbre lorsqu'elle marchait. Elle s'approcha de la baie vitrée et contempla la vue, absorbée dans ses pensées encore une fois.

— Pas de talons qui claquent, observa-t-il. C'est reposant.

— C'est vrai. Tu détestes le bruit.

Elle sourit, le regard perdu dans le crépuscule tombant. Daniil vivait au-dessus des nuages, songea Libby. Du moins était-ce l'impression qu'elle avait, celle de voler ou de flotter dans une montgolfière. Big Ben était visible et elle se demanda si on entendait le carillon d'ici.

Ce ciel orangé promettait une autre chaude journée, demain. Très différente, sans doute, de celle qu'elle avait vécue aujourd'hui.

— J'ai failli frapper exprès à la porte de ton bureau, rien que pour t'énerver, dit-elle.

— Est-ce pour cela que tu souriais en entrant ?

— Oui, confirma-t-elle.

Libby délaissa la vue de Londres pour une autre plus spectaculaire encore. *Lui.*

— Tu savais que Cindy m'avait envoyée me changer avant de me laisser entrer ?

— Bien sûr.

— J'ai eu l'impression d'être à l'école, quand le directeur inspectait nos uniformes…

— Portez-vous une culotte bleu marine réglementaire, mademoiselle Tennent ?

Elle éclata de rire.

— Je ne suis pas moi-même, ce soir, confessa-t-elle.

— Dans quel sens ?

Elle réfléchit un long moment. Comment décrire le plaisir grisant qu'était le fait de suivre enfin ses envies ? Comment lui expliquer que jusqu'à ce jour, elle s'était toujours censurée, sauf lorsqu'elle dansait ? En l'absence de réponses, elle secoua la tête, comme il l'avait fait pour contourner le sujet de sa cicatrice. Il accepta son silence.

— Moi non plus, je ne suis pas moi-même, murmura Daniil.

Son dîner avec Libby avait été très sage et il rentrait rarement si tôt. Plus troublant encore était le fait qu'ils ne se soient pas jetés l'un sur l'autre dans l'ascenseur. Ils n'étaient même pas encore dans son lit ! Non, il laissait la jeune femme déambuler dans son appartement, alors qu'il détestait cela d'habitude.

Libby continuait à inspecter le penthouse, une surface immense dont les murs de brique opposaient un contraste saisissant avec le ciel crépusculaire derrière la baie vitrée. Un orage grondait au loin, déchirant les nuages de ses éclairs blancs. Pourtant, aucun coup de tonnerre ne leur parvenait. Elle les sentait plutôt qu'elle ne les entendait. C'était comme être dehors, sur un balcon suspendu entre ciel et terre, sans pour autant sentir le vent. Libby en avait le vertige.

— Ton appartement est fabuleux !

Elle le pensait. Les larges canapés en cuir invitaient à la

détente et, bien sûr, il y avait tout le confort moderne. Seul un détail manquait. Pas de tableaux aux murs, pas de photos sur les étagères…

— Aucun livre ? s'exclama Libby.

— Je lis sur ma tablette.

— Et tes livres plus anciens ?

— Je m'en suis débarrassé.

Elle manqua défaillir à la pensée de livres jetés. Au moins, elle savait à quoi s'attendre : demain, elle aussi serait jetée tel un objet usagé et toute trace de son passage serait effacée par sa femme de ménage.

La cuisine aurait fait pleurer d'envie n'importe quel chef. Contrairement à sa sœur, Libby n'aimait pas particulièrement cuisiner, aussi ne s'y attarda-t-elle pas.

— Tu n'aimes pas la cuisine ? lui lança Daniil par-dessus son épaule.

— Ce n'est qu'une cuisine.

Elle hésita devant la porte de la chambre, théâtre de leurs très prochains ébats. À sa surprise, elle ne ressentait aucune appréhension. À vrai dire, la tentation était grande de lui faire l'amour là, tout de suite, sur le canapé. Elle sentait ses yeux dans son dos et l'idée qu'il fonde sur elle à tout instant l'excitait au plus haut point.

Elle poussa la porte et jeta un œil à l'intérieur.

Waouh, quelle chambre !

Un lit composait tout le mobilier. Un lit gigantesque, à baldaquin, appuyé contre un mur de brique. Là encore, ni ornements ni miroirs. Il y avait une certaine beauté dans ce dépouillement qui n'offrait nulle part où se cacher.

— Où ranges-tu tes vêtements ? questionna-t-elle depuis le seuil.

— Derrière le mur à ta droite se trouve un dressing.

Pas de tables de nuit non plus.

— Où poses-tu ton verre d'eau ?

— Je me lève si j'ai soif.

— Et tes préservatifs ?

Il s'esclaffa.

— Une charmante domestique m'en tend un au moment opportun.

Elle se tourna vers lui en roulant les yeux.

— Sous l'oreiller, répondit-il.

— Oh ? Aucun gadget électronique ? Je suis déçue.

Cette pièce, malgré son côté aseptisé, avait quelque chose de terriblement sexy. Très excitée, Libby attendit que Daniil la rejoigne. Comme il ne bougeait pas, elle poursuivit son exploration.

Le bureau était une pièce spacieuse, impeccablement rangée. Toujours ni livres ni photos. Pas le moindre objet personnel. Cet appartement était magnifique, mais tellement vide ! Elle allait ouvrir une autre porte quand la voix de Daniil s'éleva dans son dos.

— Libby.

Elle fit volte-face. Il secoua la tête. De nouveau, elle se heurtait à un mur.

Bientôt, il se leva et ôta sa cravate. Une exquise tension noua le ventre de Libby pour se propager entre ses cuisses.

— Viens, dit-il en s'avançant vers la chambre de sa démarche féline.

Ni baisers ni mots doux. C'était une invitation au sexe — du sexe primitif, sans sentimentalisme. Libby savait qu'il était encore temps de tourner les talons. Mais étrangement, sa froideur, son absence d'affection l'excitaient au lieu de la rebuter. Elle n'avait jamais été aussi attirée par quelqu'un. Ce mélange d'aise et de gêne qu'elle ressentait avec Daniil formait la plus enivrante des combinaisons. Elle l'aurait suivi n'importe où.

— Peut-on nous voir par la baie vitrée ?

Qui, bien sûr, ne comportait ni stores ni rideaux.

— Non. Regarde…

Il lui fit signe de s'approcher et pointa du doigt une fenêtre derrière laquelle ne transparaissait qu'une faible lumière. L'appartement appartenait à un jeune membre de la famille royale aux mœurs plutôt libérales, lui expliqua-t-il. Juste au-dessus habitait une vedette de cinéma.

— Comme une ambulance. On peut voir à l'extérieur, mais pas à l'intérieur.

— Tu parles d'expérience ? l'interrogea-t-elle.

— Oui.

Elle regarda sa joue. C'était le moment d'en apprendre plus sur sa cicatrice.

— Parce que… ? l'encouragea-t-elle.

— Parce que…

Il se pencha comme pour lui murmurer un secret à l'oreille. Libby retint son souffle. Mais aucun son ne jaillit de ses lèvres, qui se refermèrent sur son lobe avant de s'égarer dans son cou, sensuelles, caressantes. Le contact l'électrisa. Elle recula prestement, sans chercher à cacher sa frustration devant son refus d'une connexion plus profonde.

— Tu n'as pas besoin de connaître ma vie, Libby.

Non, mais elle en avait envie.

Elle alla s'asseoir sur le lit et tenta de se raisonner. Une nuit. Ce n'était qu'une nuit. Mais une part d'elle se rebellait déjà. Comment une seule nuit pourrait-elle suffire avec cet homme ?

Comme il enlevait sa chemise, elle resta bouche bée. Le corps humain n'avait pas de secret pour une danseuse. Autant dire qu'elle reconnaissait la perfection lorsqu'elle la voyait ! Daniil en était un échantillon. Des bras musclés, des abdominaux d'acier, un torse puissant… Et une sombre cicatrice barrant ses côtes. Inutile de l'interroger à ce sujet : il éluderait de nouveau la question.

— Tourne-toi, intima-t-elle, surprise de sa propre audace.

Il obtempéra. Son dos était une véritable œuvre d'art, tout en muscles sculptés. Plus d'une de ses collègues se seraient pâmées à cette vue ! Lorsqu'il se retourna, entièrement nu, elle ne détourna pas les yeux et fixa sans ciller son impressionnante érection. Ce soir, ce plaisir était le sien.

— Déshabille-toi, ordonna-t-il.

Il lui prit la main et l'aida à se lever. Sa peau s'embrasa au contact de la sienne. Elle pressa la joue contre son torse, inhalant son odeur, promenant les mains sur lui, sur ses hanches, ses fesses…

Plus tard.

Le plaisir qui l'attendait la fit passer à l'action. Elle recula et tira sur la ficelle de son cache-cœur.

— Attends.

Il s'allongea sur le lit pour la regarder à son aise et lui fit signe de continuer. Libby s'exécuta. Ses doigts trituraient maladroitement le nœud sous le regard incandescent de Daniil. Elle était trop menue pour s'embarrasser d'un soutien-gorge, mais ses seins étaient lourds soudain et leurs pointes tendaient son justaucorps. Elle commença à défaire sa jupe.

— Lentement, intima Daniil. Tourne-toi.

Elle obéit. D'abord, elle retira ses ballerines, puis fit glisser sa jupe crayon le long de ses cuisses, avant de se pencher pour l'enlever complètement. Un grognement approbateur lui parvint, et elle sut qu'il se caressait.

Résistant à la tentation de se retourner, elle baissa ses bretelles sur ses épaules, l'une après l'autre. Son justaucorps suivit le même chemin que la jupe et, de nouveau, elle se pencha en avant pour l'enlever. De sa propre initiative, elle garda cette position, plus longtemps que nécessaire, avant de se redresser.

— Tourne-toi.

Elle lui fit face, nue, offerte à son regard qui erra sur ses petits seins, son ventre plat, son sexe, pour finalement glisser jusqu'à ses pieds. À son embarras.

— J'aime tes pieds, dit-il. Tu sais ce qu'est la douleur.

Libby déglutit.

— Cela t'excite ?

— La douleur ? Non. Je voulais simplement dire que j'admirais ta persévérance. Tu craignais que je te donne la fessée ?

— Non…

Techniquement, c'était un mensonge. Il aurait pu la faire basculer sur ses genoux sans rencontrer la moindre résistance.

C'était *cela*, qui l'inquiétait. Décidément, elle n'était pas elle-même ce soir. Et pourtant…

Lorsqu'il lui murmura : « Viens », elle le rejoignit tout naturellement sur le lit. Elle était plus elle-même qu'elle ne l'avait jamais été auparavant, car elle suivait enfin ses désirs.

Plus question d'attendre ses ordres, cette fois. Elle se pencha sur lui et l'embrassa, et l'empêcha de remuer la tête lorsqu'il essaya. C'était *son* baiser, lui disait-elle à son tour. Les lèvres de Daniil se relaxèrent, dociles. Elle insinua lentement la langue entre elles pour mieux le goûter, tandis que ses larges mains se refermaient sur ses seins.

Ce soir, elle n'écoutait que son corps, décida Libby. Assise sur son ventre, elle approfondit encore leur baiser. Les mains de Daniil délaissèrent sa poitrine pour ceindre sa taille et la faire glisser sur son torse, où sa bouche prit le relais. Dieu que c'était bon ! Elle prit appui sur ses genoux et se pencha en avant pour mieux lui offrir ses seins, ainsi que ses fesses à caresser.

Daniil se délectait du corps de Libby sous ses doigts, cent pour cent naturel, tout en muscles d'acier. La sensation était fabuleuse. Il la plaqua plus étroitement contre lui et aspira goulûment un téton après l'autre.

Libby voulait plus. Plus de ses mains sur elle, plus de sa bouche suçant et mordillant. Soudain, elle sentit ses doigts se faufiler entre ses cuisses. Ces longs doigts fins qu'elle avait admirés autour de son verre, au restaurant, et qui étaient à présent en elle.

— Tu as les mains glacées, souffla-t-elle.

— Le cœur aussi, marmonna-t-il contre ses seins.

— Je m'en moque.

Son visage était en feu et ses gémissements emplissaient la pièce. Elle se reprochait d'être si dépravée. Oh ! Pas pour avoir succombé à la tentation d'une passade, non, mais parce qu'elle luttait déjà pour ne pas jouir.

Daniil aimait qu'on lui résiste. Il accentua ses caresses, de plus en plus ciblées. Elle tentait de repousser sa main, mais il ne lui laissait aucun répit, allant et venant en elle jusqu'à ce qu'elle finisse par s'effondrer sur lui, à bout de souffle.

— Je ferais un piètre amant, plaisanta-t-elle. Ce serait fini en quelques secondes…

— Et moi, je fulminerais de frustration, renchérit-il, amusé.

Il riait, lui qui prenait toujours le sexe au sérieux. Cette nuit s'annonçait encore plus prometteuse que prévu. Il était temps de planifier sa prochaine offensive. Il pousserait la jeune femme au bout de ses limites et épuiserait jusqu'à la corde ce fantastique petit corps tombé du ciel.

Il la fit glisser sur lui de manière à l'installer sur son torse, jambes sur ses épaules de chaque côté de sa tête, et se redressa d'un coup en position assise.

— Que… ?

Libby poussa un cri en se sentant soulevée dans les airs. Quelle force ! Alors qu'elle se voyait déjà basculer en arrière, il la maintint fermement en place et enfouit le visage entre ses cuisses.

Les jambes dans son dos, elle mit quelques instants à trouver son équilibre. Mais lorsqu'elle y parvint… Oh ! Seigneur ! Il léchait et explorait, et elle n'avait rien à quoi se raccrocher. Rien d'autre que l'air et l'extase qu'il lui prodiguait avec sa bouche. Il la manipulait selon son plaisir, lui arrachait, à chaque nouvel assaut de sa langue, des mots qui jamais n'avaient passé ses lèvres avant. Elle adorait cette façon qu'il avait de repousser ses limites.

— N'arrête pas, le supplia-t-elle comme l'orgasme la submergeait.

Il le fallait pourtant, ou il allait jouir là, dans le vide. Daniil aimait le sexe pour son propre plaisir. Mais les convulsions de Libby, l'odeur musquée qu'elle dégageait, l'avaient propulsé lui-même au bord de l'abîme.

Il la lâcha sans crier gare.

L'excitation de Libby redoubla. La chute, la collision avec le matelas, la confusion de se retrouver la tête au pied du lit… Elle adorait cela.

— Autant te prévenir…

Inutile. Elle le savait plus que prêt. Il pourrait jouir maintenant et resterait le meilleur amant qu'elle ait jamais connu.

Le préservatif en place, il s'allongea sur elle et l'embrassa. Elle n'écarta pas les cuisses, tant elle se délectait de la caresse rugueuse des siennes comme il s'en chargeait à sa place. Elle se laissait faire, paresseusement, étourdie après ses deux orgasmes successifs. Il ne lui permit pas de reprendre son souffle. Une légère appréhension la traversa devant le sourire qui étirait les lèvres de Daniil. Dans quelques secondes…

— Oh !

Libby avait l'impression de se consumer sous ce regard gris argenté. Pas besoin de baisers : elle se noyait dans son plaisir et choisit de le décupler pour lui. Bras tendus, elle se cramponna à la structure du lit. Deux mains puissantes la tirèrent vers le bas, mais elle s'accrocha.

— Libby…

Il tira encore et elle tint bon, même lorsqu'il accéléra le rythme. C'était délicieusement décadent ! Une nuit ne suffirait pas. C'était la seule pensée cohérente occupant son esprit tandis qu'il allait et venait en elle, sans pour autant céder.

— S'il te plaît, l'implora-t-elle.

Elle-même ne tarderait pas à perdre pied. Le rythme s'accélérait, s'emballait, mais il refusait de lâcher prise. Bientôt, il ralentit, et elle se contracta autour de lui, serrant puis relâchant, le défiant à son propre jeu. Un jeu où ils étaient tous deux gagnants, car il s'enfonça alors pleinement en elle pour la punir. S'ensuivit une lutte sulfureuse pour prendre le contrôle.

D'abord, elle l'emporta. Arquée contre lui, les mains plaquées sur ses fesses, elle l'encourageait et menait la danse. Mais alors qu'elle nouait les jambes autour de ses hanches pour l'entraîner dans l'ultime voyage, il prit le dessus. Ses cuisses emprisonnèrent les siennes dans leur étau d'acier et un baiser vint bâillonner ses protestations.

Elle capitula, étouffant un sanglot de plaisir comme leurs corps fusionnaient. Il la fouillait, la clouait sur le matelas sous ses assauts incessants. Elle en aurait presque oublié de respirer. Et cela n'avait plus d'importance, car elle flottait et sombrait à la fois, tandis qu'il lui murmurait des mots en russe à l'oreille, des mots osés vraisemblablement. Soudain, il bascula.

L'orgasme la bouleversa au point de lui arracher des larmes. Des larmes ! Elle qui, pas une fois au cours de cette année difficile, ne s'était autorisée à pleurer…

Daniil ne chercha pas à la réconforter. Il la laissa en paix.

Elle lui en fut reconnaissante.

4

— *Nyet.*

Daniil remua en sentant des doigts légers courir sur son dos.

— Tais-toi. C'est *ma* nuit aussi, le rabroua Libby.

Il fronça les sourcils. D'habitude, ses conquêtes ne demandaient qu'à le satisfaire, mais la jeune femme donnait l'impression d'agir pour son propre plaisir.

C'était le cas. Comme il roulait sur le ventre, Libby se percha sur ses fesses. Ah, le paradis ! Daniil avait vraiment un dos magnifique. Ses épaules étaient si larges qu'elle pourrait les masser pendant des heures sans venir à bout de tous les nœuds dans ses muscles. Néanmoins, elle persévéra.

— Que fais-tu ?

Ce n'était pas un massage sensuel, réalisa Daniil, mais un massage thérapeutique. Libby s'était attaquée sans la moindre hésitation à son muscle deltoïde.

— Tu vas souffrir pendant deux jours, promit la jeune femme. Et vendredi, tu penseras à moi avec gratitude.

Daniil n'aimait pas les massages. Mais les mains de Libby étaient si expertes qu'il s'abandonna volontiers à leurs bons soins.

Libby aimait sentir les tensions céder sous ses doigts, ses mouvements ponctués par les grognements de Daniil. Délaissant son dos, elle passa à ses fesses, où elle appliqua une pression de son pouce alliée à une technique de pétrissage. Daniil proféra un juron, mais ne fit rien pour l'arrêter.

— Dans quel sens n'es-tu pas toi-même ce soir ? demanda-t-il à brûle-pourpoint.

Ses mains s'immobilisèrent. De nouveau cette question, celle à laquelle elle n'avait pas su répondre tout à l'heure… Elle réfléchit.

— Peut-être que j'essaie de redécouvrir qui je suis sans…

Sans la danse, qui avait été toute sa vie jusqu'à récemment, il le savait. Elle pressa les paumes sur ses reins, tout en détournant la conversation.

— Et toi ? Pourquoi n'es-tu pas toi-même ce soir ?

Le rire de Daniil fit vibrer son dos sous ses doigts.

— Je ne dors toujours pas.

Elle lui donna une tape sur les fesses en punition de sa réponse, mais rit de bon cœur. Il remua pour se mettre plus à l'aise, et il n'en fallut pas plus pour raviver son désir. Mais ce n'était pas le sexe qui la rapprochait de lui, en cet instant. C'était leur complicité et la possibilité d'être elle-même, en toute sincérité.

Son regard s'égara sur la baie vitrée et le panorama londonien au-delà. Plus jamais elle ne regarderait Big Ben sans se remémorer cette nuit avec Daniil…

Aujourd'hui était son premier jour sans cours, ni répétitions. Le plus dur à passer. Quand son père avait appelé, elle s'échauffait seule dans son salon. Soudain, tout ce qu'elle avait raconté à sa famille, sa colocataire, ses collègues, ses amis, comme un bruit de fond permanent dans sa tête, se tut. Oui, elle pouvait être elle-même, ce soir, et avouer à Daniil la *vraie* raison qui l'avait poussée à quitter sa compagnie de danse.

— Je suis partie avant d'être laissée sur le bord de la route, dit-elle. Même les petits rôles me filaient entre les doigts.

Daniil ne se retourna pas, ni ne chercha à la consoler. Il se contenta de la laisser le masser.

— Au moins, tu as fait le premier pas. Combien de personnes s'accrochent en niant l'évidence ?

— Oh ! Je me suis accrochée aussi, confessa-t-elle. J'aurais dû partir il y a six mois ou même un an. Mais la dignité n'est pas vraiment mon fort…

— Il a dû être difficile de tourner la page.

Oui, plus que difficile. Et la blessure était loin d'être cicatrisée.

Daniil entendit Libby renifler. Il la laissa pleurer quelques instants avant de reprendre la parole :

— À partir de maintenant, tu continues en solo ?

— Pas par choix.

— On n'a pas toujours le choix.

Libby appréciait qu'il ne lui débite pas, comme tant d'autres, les platitudes habituelles. « Quand une porte se ferme, une autre s'ouvre… » « Les meilleures opportunités émergent dans les moments difficiles… » Le fait est qu'elle avait adoré être de l'autre côté de cette porte. Intégrer une compagnie de danse avait été un rêve de petite fille et ce rêve était désormais derrière elle.

Elle continua à le masser en silence. Un silence agréable que Daniil ne goûtait d'ordinaire que lorsqu'il était seul. Mais c'était mieux qu'être seul. Pour une fois, il se remémorait son passé l'esprit calme, serein. Être arraché à ses amis, à son frère jumeau, se retrouver catapulté dans un monde qu'il rejetait, avait été un véritable déchirement.

— Je voulais réussir à hauteur de mes moyens, murmura la jeune femme.

Il la comprenait. Comme lui, elle subissait un changement qu'elle n'avait pas désiré. Lui-même s'était ajusté à contrecœur à sa nouvelle vie. Son frère et ses amis lui manquaient, tout comme ce monde qu'il était censé se réjouir d'avoir quitté. Il se raccrochait au souvenir de Sergio et son gymnase de fortune où ils se ruaient après l'école. De Katya et son thé doux-amer, dans son immense cuisine où il faisait toujours bon. De ces nuits où, dans le noir, tous les quatre refaisaient le monde.

Seul, il avait dû apprendre à coexister avec une famille dont il ne ferait jamais vraiment partie. Avec un cousin qui le tyrannisait et un directeur d'école qui avait tout fait pour étouffer son esprit de rébellion. Oui, lui aussi avait dû trouver sa place dans un monde auquel il n'avait jamais souhaité appartenir.

Libby ne s'attendait pas à être prise au sérieux. Mais à sa surprise, elle s'aperçut qu'il la comprenait mieux que quiconque.

— Avoir de la ressource est un fardeau, parfois, résuma-t-il.

Elle sourit dans son dos.

— Oui, c'est exactement cela.

Elle massa son cou jusqu'à ce qu'il soit parfaitement détendu. Puis, rattrapée par la fatigue, elle déposa un baiser sur son omoplate et s'allongea à ses côtés. Il l'attira près de lui, un bras en travers de sa poitrine.

Ils restèrent ainsi toute la nuit.

Le lendemain matin, Libby se réveilla dans la même position, allongée sur le dos, clouée au matelas par le poids de son bras. Elle contempla Daniil à la dérobée. Ses paupières frémissaient et son menton avait besoin d'un bon coup de rasoir. Jamais elle ne s'était réveillée auprès de pareille beauté masculine. Des regrets ? Aucun ! Son corps exultait, comblé.

Il ouvrit les yeux et sourit.

— Vilaine fille.

— Je sais. Que dois-tu penser de moi ?

— Oh ! Le plus grand bien.

Libby lui fut reconnaissante de ne pas mentionner leur conversation de la veille, ni ses yeux qu'elle devinait rougis.

De son côté, Daniil aimait la nonchalance de Libby, sans complexe vis-à-vis de son corps et du plaisir qu'ils avaient partagé. Il consulta son téléphone. 8 heures passées. En temps normal, il serait déjà au bureau à cette heure-là.

— Je suis en retard, soupira-t-il.

— Une chance que tu sois le patron.

— C'est vrai.

Il tourna la tête vers elle.

— Et toi ?

— Je rencontre l'agent immobilier à 10 heures pour la visite d'un des deux locaux.

— Celui près d'ici ?

— Non, l'autre. Celui-là est prévu pour 13 heures.

— Tu aurais dû inverser.

— Ah, mais j'ignorais que je passerais la nuit dans ton lit, dit-elle en souriant. Je suis une vraie Boucle d'Or…

— Je ne connais pas bien cette histoire.

— Ce n'est sans doute pas un classique, en Russie. Tu as dû grandir avec d'autres contes.

Daniil se remémora Katya, la cuisinière, qui lorsqu'ils étaient petits leur racontait parfois des histoires.

— Oui, confirma-t-il. Là d'où je viens, le loup n'est pas méchant.

— Ah non ?

— As-tu déjà vu le ballet *L'Oiseau de feu* ?

— Je connais. Mais non, je n'ai jamais assisté à l'une de ses représentations.

— Il est à l'Opéra de Londres, en ce moment.

Il attendit qu'elle lui saute au cou, comme le feraient la plupart des femmes.

Libby ne bougea pas, le cœur serré. Rachel, sa colocataire, s'y était rendue à deux reprises et l'avait encouragée à y aller aussi. Elle avait fini par lui avouer qu'elle n'était pas prête à assister à une production de cette envergure. Si sa raison s'était résignée, son cœur, lui, mettait plus de temps. Devenir spectatrice de ce qui avait été son rêve de toujours serait trop douloureux.

L'indifférence de Libby soulagea Daniil. L'espace d'une seconde, il avait envisagé de l'emmener au ballet, avant de changer d'avis. Ce serait l'induire en erreur sur ce qu'il y avait entre eux — rien d'autre que du sexe. Le seul fait d'y avoir songé le stupéfiait, aussi changea-t-il de sujet.

— Dis-m'en plus sur tes studios.

— Il n'y a pas grand-chose à en dire, soupira la jeune femme.

— As-tu déjà contacté la banque ?

Elle fit la grimace.

— Je m'en occupe cet après-midi.

— As-tu bien préparé ton dossier ?

— Je crois, dit-elle en rougissant. En fait, je comptais revoir mes chiffres hier soir.

— Oui, c'est capital.

— Tu conduis toujours un entretien d'affaires avec tes maîtresses le lendemain matin ?

— Seulement avec les têtes en l'air.

Il se garda de préciser qu'il entretenait rarement la moindre conversation le lendemain matin.

— Tu penches en faveur du studio à East End, n'est-ce pas ? C'est une erreur.

— J'y ai beaucoup réfléchi, répliqua-t-elle. Celui près d'ici a un loyer quatre fois supérieur. Je ne peux décemment pas quadrupler mes prix !

— Non. Seulement les doubler si tu doubles ton nombre d'inscrits. Simple logique mathématique.

— Peut-être, mais je ne peux pas être partout.

— Engage une étudiante en danse pour encadrer les débutants.

— Oh ! Alors comme ça, tu es un expert en ballet ? grinça-t-elle, sarcastique.

— Non. Un expert en affaires, répondit-il calmement.

Libby fronça les sourcils. Elle le croyait uniquement spécialiste en vastes conglomérats internationaux. Mais plus elle parlait, plus il semblait que le fonctionnement d'une école de danse n'avait aucun secret pour lui. Il mettait le doigt sur tous les points qu'elle avait espéré éluder lors de son entretien avec la banque !

— Dans un quartier populaire comme l'East End, je doute que beaucoup de gens aient les moyens de se payer des cours de danse, pointa-t-il.

— La danse devrait être accessible à tous, rétorqua-t-elle.

Il roula les yeux.

— Si c'est ton but, alors pourquoi ne pas enseigner bénévolement ? Si les parents d'un élève vraiment doué ne peuvent lui payer des cours intensifs, que feras-tu ?

Libby garda sa réponse pour elle. Elle lui donnerait des leçons gratuites, naturellement !

— Ici, poursuivit Daniil, les gens ont les moyens. Même les parents d'un enfant paresseux et sans talent continueront à lui payer des cours de danse.

Une analyse cruelle et sans concession, mais pertinente.

— Tu pourrais donner des cours pour adultes le midi. Beaucoup de gens essaient de caser une heure d'exercice dans leur journée. Qu'abritaient les deux locaux, avant ?

— Celui près d'ici accueillait des cours de yoga. L'autre, une école de jazz et de ballet, répondit-elle.

— Demande aux agents immobiliers pourquoi ils ont fermé. C'est un détail important, insista Daniil.

— Entendu.

— Injectes-tu tes propres économies dans ce projet ?

La grimace de Libby lui fournit la réponse.

— Non, juste mon talent et mon enthousiasme, soupira-t-elle. J'ai peu d'espoir de convaincre la banque…

— Va prendre une douche. Je prépare du café.

Volontairement, il ne l'accompagna pas. Le sexe matinal avait quelque chose d'un peu trop intime à son goût. Mais lorsqu'elle sortit du lit et s'étira comme une chatte, il ne fut pas loin de contrevenir à sa propre règle.

Même sa salle de bains était sexy, songea Libby en y entrant. Impersonnelle mais luxueuse, entièrement carrelée de blanc, avec une cloison miroir dont l'inclinaison permettait de voir son corps sous tous les angles. Debout devant son reflet, ce n'était pas à des exercices de danse qu'elle songeait, mais à des exercices d'un tout autre genre avec Daniil…

Derrière une paroi en verre s'empilaient des serviettes aussi moelleuses que des oreillers. De nombreux produits de toilette s'alignaient sur une tablette, qu'elle ouvrit les uns après les autres en inhalant leur odeur. Elle ne voyait aucun pommeau de douche, en revanche. Elle appuya au hasard sur un bouton et l'eau jaillit du plafond en jets puissants provenant de toutes les directions.

La félicité à l'état pur.

Elle s'attarda un peu plus longtemps que les circonstances ne le dictaient, puis s'enveloppa dans l'une des épaisses serviettes. Sur une impulsion, elle appliqua une perle de chaque lotion sur son corps pour emporter un peu de Daniil avec elle.

— C'était la meilleure douche de ma vie, déclara-t-elle en entrant dans la cuisine.

— Tant mieux.

Il lui tendit une tasse de café dans laquelle elle glissa un sucre. Lui buvait du thé noir avec le sachet dans la tasse, nota-t-elle. Elle prit place sur un tabouret et il y eut un silence gêné.

— Tu devrais utiliser des gobelets à emporter pour éviter les banalités du matin, plaisanta-t-elle.

Il ébaucha un vague sourire.

— Je ne sers pas le café, d'habitude.

— Oh ! Alors, je suis flattée.

Elle ne termina pas sa tasse, tant la gêne devenait palpable. Il était grand temps de partir.

— Je ferais mieux d'y aller si je ne veux pas être en retard, prétexta-t-elle.

Daniil se prépara à l'une ou l'autre question qui ne manquerait pas de suivre : avait-il réfléchi au sujet de l'anniversaire de mariage de ses parents ?

Se reverraient-ils ?

— Veux-tu que j'appelle un taxi ? offrit-il, prenant les devants.

— Non merci, répondit Libby.

Cela l'obligerait à attendre qu'il arrive et la situation était assez tendue comme ça. Pourquoi fallait-il que les choses se terminent ainsi ? Elle l'avait suivi au lit en toute connaissance de cause et… Non, elle n'attendait pas de lui qu'il la supplie à genoux de rester. Mais la séparation se révélait plus difficile qu'elle ne l'avait imaginé en se jetant tête la première dans cette aventure.

— Merci pour la soirée, dit-elle.

Elle contourna le plan de travail et déposa un baiser sur sa joue. Elle le sentit se crisper sous ses lèvres. Elle huma son odeur, prise d'une irrésistible envie de s'accrocher à lui comme une moule à un rocher. L'image la fit sourire.

— Qu'y a-t-il d'amusant ? demanda Daniil.

— Oh ! rien.

Sur le seuil de la cuisine, elle agita la main, avant de s'éclipser sans un bruit. Daniil attendit qu'elle revienne sur ses pas.

Au fait, au sujet de la réception de tes parents…

Elle ne revint pas.

À propos de L'Oiseau de feu, *peut-être pourrions-nous…*

Elle n'avait pas non plus suggéré qu'ils se revoient.

Il entendit la porte d'entrée se refermer doucement. À 9 heures moins le quart, quatorze heures et quarante-cinq minutes après y avoir fait irruption, Libby Tennent s'envolait de sa vie.

Libby sauta dans le métro, en route pour son rendez-vous avec l'agent immobilier. Retour à la réalité… Mais après la nuit précédente, rien ne serait plus comme avant. Oh ! Sa mère tomberait dans les pommes si elle apprenait son écart de conduite. De même que sa sœur, toujours si raisonnable. L'une et l'autre avaient toujours considéré qu'elle n'avait rien dans la tête. Quant à son père… Il désapprouverait, bien sûr. Avant de chercher un moyen d'en tirer profit.

Elle ne supportait plus cette attitude, tout en ayant mauvaise conscience. C'est vrai, c'était l'entreprise familiale qui avait financé ses cours de danse et ses nombreuses leçons privées. Mais cela l'obligeait-il maintenant à travailler pour elle ? Avait-il toujours été tacitement question d'une compensation en cas d'échec ? Ne pouvait-elle simplement exercer un métier qui lui plaisait ?

Au moment où elle émergeait dans la rue, son portable sonna. Son père. Après son accident de la veille, elle se sentit obligée de répondre.

— Comment te sens-tu, ce matin ? s'enquit-elle.

— Cassé de partout, répondit Lindsey. As-tu fait des progrès avec Zverev ?

— Non.

Du moins, pas de la façon qu'il espérait.

— Écoute, papa, fais-toi une raison. Il ne viendra pas.

— Mais…

— Ce n'est pas à nous de le convaincre, l'interrompit-elle fermement. Si la survie de l'entreprise repose tout entière sur cette réception, alors c'est que tu as d'autres problèmes plus importants à régler, tu ne crois pas ?

— Elizabeth !

— C'est la vérité.

— Si cette soirée se passe bien, nous redeviendrons compétitifs, argua son père. Et si tu acceptais de travailler avec nous…

Libby ferma les yeux. Encore et toujours la même rengaine ! Ils n'avaient jamais pris au sérieux sa passion pour la danse. Pour eux, ce n'était qu'une toquade, coûteuse de surcroît. Le moment était venu de les dédommager de leur indulgence.

— Libby, pourquoi perdre ton temps avec cette école de danse alors que nous avons besoin de toi ? Nous t'avons soutenue autant que possible, mais rends-toi à l'évidence : tu n'es pas faite pour cela.

Libby accusa le coup. Sa famille, comme d'habitude, ne s'embarrassait pas de tact. Certes, elle n'était pas devenue danseuse étoile, et peut-être n'avait-elle pas le talent pour cela. Mais tout ce qu'elle avait accompli par ailleurs ne comptait-il pour rien ?

— La danse offre diverses possibilités de carrière, fit-elle remarquer.

— Ta famille a besoin de toi, Libby. Le moins que tu puisses faire est de retenter ta chance avec Zverev. Charme-le. Éblouis-le avec ton sourire.

Au moins, il ne cachait plus son jeu : il comptait sur ses atouts féminins pour réussir là où lui aurait échoué à coup sûr. Exactement comme Daniil l'avait présumé.

— Hors de question, papa. Je ne reverrai pas Daniil. Peut-être devrais-tu informer les Thomas que leur fils n'assistera pas à leur anniversaire de mariage.

Sur ce, elle raccrocha. Ses pensées dérivèrent aussitôt vers Daniil. À tout juste vingt-cinq ans, elle pouvait se vanter d'avoir déjà vécu la plus fantastique nuit de sexe de sa vie. Quant aux conseils professionnels de Daniil, ils se révéleraient d'une aide précieuse.

Le premier local qu'elle visita était absolument parfait. Un grand mur de miroirs, un vaste plancher, une kitchenette, un vestiaire assez grand…

— Pourquoi le studio a-t-il fermé ? questionna-t-elle.

— Je ne connais pas les détails, répondit évasivement l'agent. J'ai cru comprendre que la directrice prenait sa retraite.

Hum.

De retour à Mayfair, elle rencontra le second agent. Ce studio-ci était plus petit, mais suffisamment spacieux. Il disposait en sus d'une petite salle d'attente où elle pourrait faire patienter les parents afin qu'ils n'interfèrent pas avec la leçon.

— Qu'est-il arrivé au cours de yoga ?

— Ils se sont installés dans un autre local, un entrepôt réaménagé, expliqua l'agent. Ils avaient besoin de plus d'espace.

Une explication tout à fait recevable, décida Libby. Restait à convaincre la banque.

L'agent parti, elle s'attarda sur le trottoir, le visage collé à la vitre du studio. Elle voulait tellement ce local !

— Alors ?

La voix rauque dans son dos la fit sursauter. Elle fit volte-face.

— Daniil ! Ne devrais-tu pas être au travail ?

— J'en reviens. Tiens, dit-il en lui tendant une large enveloppe avec son nom en lettres d'or dans un coin.

— Mon Dieu, c'est mon bulletin ? As-tu noté ma prestation d'hier soir ? plaisanta-t-elle.

Devant le sérieux de Daniil, elle prit l'enveloppe et l'ouvrit.

— Oh ! s'exclama-t-elle en découvrant le document qu'elle contenait.

Un projet d'entreprise. Détaillé. Démographie du quartier, âge et salaire moyens… Jusqu'aux profits estimés d'un éventuel distributeur de boissons et un devis pour une pose de miroirs !

Rien n'avait été laissé au hasard. Elle découvrit le montant du prêt bancaire suggéré.

— Je ne demande pas tant ! s'exclama-t-elle.

— Tu n'es pas obligée de l'utiliser en entier, mais il te mettra à l'abri en cas d'imprévus. Si tu tombes malade ou as tu as besoin d'engager un second professeur, par exemple.

Le rapport s'étalait sur des pages et des pages. Toutes les miettes d'informations qu'elle lui avait confiées sur sa carrière et ses motivations y figuraient, soigneusement référencées. Une note le complétait, signée de sa main, dans laquelle Daniil validait la viabilité du projet, précisant qu'il se tenait à disposition de la banque pour toute information complémentaire.

Seigneur ! Combien un tel travail lui aurait-il coûté par le biais d'une officine privée ?

— Tu l'obtiendras, ce prêt, affirma Daniil.

Il affichait une telle assurance qu'elle commençait à y croire, elle aussi. Elle n'en revenait pas qu'il ait passé la matinée à faire cela pour elle !

— Il faut que je t'embrasse ! s'écria-t-elle en se pendant à son cou.

Il la souleva afin de lui faciliter la tâche. Il était si grand, si fort et si incroyablement sexy ! Il était moins tendu que le matin, sa bouche réceptive. Il lui rendit son baiser avec fougue, mais seulement quelques secondes. Déjà, il reculait la tête.

— Merci, souffla-t-elle.

— De rien.

Elle n'avait pas envie de redescendre sur terre. Il ne lui laissa pourtant pas le choix.

— Je dois y aller.

La minute d'après, elle était seule dans la rue, excitée, sur un petit nuage. Et déjà en manque. Ce nouvel au revoir était encore pire que le premier. Daniil avait violé leur accord tacite. Elle avait quitté son appartement, déterminée à ne pas le recontacter. À ne rien attendre de leur aventure d'un soir.

À l'instant, il lui avait donné plus qu'un projet d'entreprise : il lui avait donné de l'espoir. Celui qu'ils se revoient et que leur nuit ensemble signifie quelque chose pour lui aussi.

Et cela la terrifiait.

5

Daniil fixait le téléphone. Sa décision était prise : il se rendrait à la réception de ses parents, le week-end prochain.

L'insistance croissante de Lindsey Tennent n'y était pour rien. Ce dernier avait appelé deux fois la réception le matin même, sous deux noms différents, dans une tentative pour être mis en relation avec Daniil. L'un des appels était parvenu jusqu'à Cindy, qui avait aussitôt deviné son identité.

Daniil relut l'invitation. *À Daniel Thomas.*

Reprendre son vrai nom avait été la goutte de trop pour ses parents. Quel affront, après tout ce qu'ils avaient fait pour lui ! Ils avaient refusé d'écouter ses motifs. Lorsqu'ils avaient finalement décidé de couper les ponts, Daniil l'avait vécu comme une libération.

Ses visites de rigueur, à Noël et lors des anniversaires, confinaient au supplice — pour tout le monde. L'air se chargeait de tension à la seconde où il franchissait le seuil, et un soupir de soulagement collectif saluait son départ. Jusqu'à la prochaine visite.

Ce n'était ni sa conscience ni une quelconque dette morale qui l'avait fait changer d'avis. Il avait une question à poser à ses parents et il comptait sur une réponse honnête de leur part. S'ils mentaient, il le saurait.

Avez-vous envoyé les lettres que j'écrivais à Roman ?

Au début, il les avait crus lorsqu'ils accusaient la lenteur de la poste. En l'absence de réponse de son frère, ils avaient insinué que Roman lui en voulait probablement toujours, en désignant sa joue. Ce qui était absurde : Daniil était certain que cette bagarre avait été pour Roman une façon de l'obliger à quitter l'orphelinat.

Ce n'était qu'à son entrée à l'université qu'il avait commencé à soupçonner le mensonge. Ses parents n'avaient sans doute jamais envoyé ses lettres. Hélas, à ce moment-là, Roman avait quitté l'orphelinat depuis longtemps. Où était-il parti ? Personne n'avait su lui répondre.

Daniil avait l'impression qu'il lui manquait une part de lui-même. Une part vitale : son identité.

Il était retourné plusieurs fois en Russie pour retrouver la trace de son frère, sans résultat. Il avait prévu un énième voyage après la réception de ses parents adoptifs. Roman lui manquait terriblement. Ce sentiment devait être réciproque. Il passerait sa vie entière à le chercher, s'il le fallait.

Oui, c'était décidé : il assisterait à la réception et prononcerait le discours attendu de lui, dans le seul but de soutirer la vérité à ses parents. Au moment où il se décida à appeler Lindsey, l'interphone grésilla.

— Il y a ici une Mlle Tennent qui demande à vous voir, l'informa sa réceptionniste d'un ton résigné. Je lui ai expliqué qu'elle n'avait pas de rendez-vous, mais elle assure que ce n'est que l'affaire de dix minutes.

Daniil proféra un juron. Évidemment, Libby était là. Lindsey dégainait l'artillerie lourde. Enfin, façon de parler. « Lourde » n'était certainement pas l'adjectif qui la qualifiait le mieux.

— Je lui en accorde cinq.

— Oh…

Cindy semblait surprise qu'il la reçoive. Sans doute ne le devrait-il pas, d'ailleurs. Mais après tout, elle tombait bien. Toute cette semaine, il s'était attendu à ce que Libby le relance au sujet de la réception de ses parents, sous un prétexte ou un autre. C'était certainement le but de sa visite.

— Cindy, dites à Mlle Tennent d'entrer directement et prenez votre pause déjeuner.

Il se laissa aller contre le dossier de son fauteuil. En toute honnêteté, il n'avait cessé de penser à elle. Le projet d'entreprise était un coup de tête qu'il avait aussitôt regretté. À son retour du bureau, ce soir-là, son dos, comme promis, lui avait fait souffrir le martyre. Le lendemain aussi. Mais le troisième jour…

Oui, il avait pensé à elle avec gratitude. Plus que cela, même.

— Oups ! s'exclama Libby en surgissant dans son bureau dans un tourbillon de couleur. J'ai failli frapper avant d'entrer.

Elle portait une robe portefeuille rouge vif, très près du corps, et un rouge à lèvres carmin soulignait son sourire radieux. Sans oublier son énorme sac en cuir pendu à son épaule.

— Devine d'où j'arrive ?

— Aucune idée.

Elle contourna le bureau et fouilla dans son sac, d'où elle sortit une petite carte rose qu'elle lui tendit avec emphase.

Libby Tennent, École de danse.

L'inscription était illustrée d'une photo de deux jambes en pointes, en collant et chaussons de danse roses également.

— Tu aimes ? Il m'a fallu des jours pour me décider.

Daniil n'avait jamais vu quelqu'un d'aussi enchanté par une carte de visite. Il aurait pu remplir une pièce entière avec celles qu'on lui avait remises au fil des années.

— Garde-la, dit-elle. J'en ai fait imprimer des centaines.

Il hocha poliment la tête. Libby partie, elle finirait à la poubelle, comme toutes les autres.

— Elle est jolie, non ? continuait la jeune femme, penchée par-dessus son épaule.

Il scruta plus attentivement l'image.

— C'est toi, n'est-ce pas ?

Il était troublé d'être capable de reconnaître ses jambes.

— Mais oui ! exulta-t-elle. Enfin, moi il y a deux ans. Alors, as-tu deviné d'où j'arrivais ?

— Non.

Il détestait les devinettes.

— Je suis allée chercher les clés du studio ! s'exclama-t-elle, rayonnante. Les miroirs seront posés cet après-midi. J'ai aussi fait imprimer une affiche pour ma soirée d'inauguration. Oh ! Daniil, je suis si heureuse ! Je tenais absolument à te remercier.

De nouveau, elle fouilla dans son sac et en sortit un petit paquet entouré d'un nœud de satin rose. Une carte l'accompagnait, adressée à son nom.

— Qu'est-ce que c'est ?

— Ouvre et tu verras.

Daniil n'aimait pas les cadeaux. À l'orphelinat, pour son anniversaire, il ne recevait qu'un fruit supplémentaire au réfectoire et de grandes tapes dans le dos de ses camarades. Ce n'est qu'à son arrivée en Angleterre qu'il avait commencé à recevoir de jolis paquets enveloppés dans du papier brillant. Mais il avait rapidement déchanté. Ces présents n'étaient jamais innocents, quand ils ne servaient pas à apaiser la conscience de ses parents. Un jour, ils lui avaient offert une raquette de tennis alors qu'il détestait ce sport. Par la suite, il avait découvert que leur fils, Daniel, avait été un joueur talentueux. Même chose pour les vêtements, livres, instruments, ordinateurs et autres appareils électroniques prétendument choisis pour lui. Daniil savait qu'en réalité, c'était à leur fils décédé qu'ils pensaient.

À dix-huit ans, il s'était vu remettre les clés d'une luxueuse voiture de sport garée dans l'allée, ornée d'un énorme ruban. Quelle commotion il avait provoquée en refusant de jouer la comédie devant la caméra et de sauter derrière le volant ! Ce n'était pas un *vrai* cadeau, le genre dont on n'attendait rien en retour. Combien de fois lui avait-on répété d'être plus reconnaissant ? N'avait-il donc pas conscience de la chance qu'il avait ?

Dans le monde des affaires aussi, aucun cadeau n'était innocent. Comme ceux de son enfance, ils venaient avec leur lot d'attentes et d'arrière-pensées.

Il leva les yeux vers Libby, qui trépignait d'impatience.

— Trop de rose, grogna-t-il.

— On n'a jamais trop de rose autour de soi.

Il déchira le papier et ouvrit la boîte.

— Ce n'est pas grand-chose, le prévint-elle. Je voulais juste…

Elle se tut comme il découvrait son présent. Une sorte d'ours en porcelaine argentée qui souriait de toutes ses dents, avec de longues pattes arrière pliées en angle droit, chaussées de chaussons de danse. Roses, évidemment. Il bascula en arrière. Lorsqu'il le posa sur son bureau, Libby éclata de rire.

— C'est un ornement d'étagère, idiot !

Elle l'installa au bord du bureau, en position assise, les pattes arrière pendues dans le vide.

— Il n'y a pas assez de bibelots dans cette pièce, décréta-t-elle.

Daniil détestait les objets inutiles — aucun n'avait de valeur sentimentale, pour lui. Et cet ours était certainement l'objet le plus inutile au monde !

— J'en ai commandé un carton entier, expliqua-t-elle. Je compte les distribuer lors de la soirée.

— Je vois.

Non, il ne voyait pas.

— Bon, je dois filer, dit-elle. Il faut que je retourne au studio réceptionner les miroirs.

— Pour quelle raison venais-tu ?

— Je te l'ai dit, je voulais te remercier. Rien n'aurait été possible sans toi. Le banquier était prêt à me rire au nez. Mais quand je lui ai soumis ton dossier, il s'est aussitôt montré plus conciliant. Il m'a même offert un café avec *deux* biscuits.

Daniil sourit. La jeune femme babillait gaiement, assise, comme l'ours, sur le bord de son bureau.

— Comment va ton dos ? s'enquit-elle.

— Les deux premiers jours, c'est à peine si j'arrivais à enfiler une chemise. Tes oreilles ont dû siffler, car je t'ai maudite à chaque mouvement.

— Et après ?

— Un miracle, admit-il. Si ton école de danse échoue, tu…

— Ne me porte pas la poisse ! s'écria-t-elle. Je suis assez stressée comme ça.

— Il n'y a pas de raison, assura-t-il. Je n'aurais pas validé un projet voué à l'échec.

— Vraiment ? Alors ce n'était pas par gentillesse ?

— La gentillesse n'a pas sa place dans les affaires, décréta-t-il en l'attirant sur ses genoux.

— D'ailleurs, ce n'est pas ton genre, le taquina la jeune femme.

— Oh ! Il m'arrive d'être gentil…

Il la positionna de manière à ce qu'elle le chevauche, les mains posées sur ses épaules.

— J'aimerais t'embrasser, mais j'ai du rouge à lèvres, soupira-t-elle.

— Une piètre excuse…

— Une excuse tout à fait valable, objecta-t-elle. Je suis seulement venue te donner ton cadeau. Je l'aurais confié à la réception si nécessaire. Tu n'as pas lu ta carte…

— Plus tard.

Ses mains étaient très bien là où elles étaient, sur l'arrondi de ses hanches.

— J'allais appeler ton père au moment où tu es arrivée, reprit-il.

— Mon père ? Pour lui dire quelle vilaine fille je suis ?

Il sourit.

— Non. Pour l'informer que j'assisterai à la réception de mes parents, le week-end prochain.

Il guetta dans ses yeux un éclair de triomphe. Au lieu de quoi, elle fronça les sourcils.

— Je croyais que tu ne voulais pas y aller ?

— J'ai réfléchi et…

Devait-il lui parler des lettres ? Non, c'était bien trop personnel.

— C'est une bonne chose que j'y aille, acheva-t-il évasivement.

Sa décision semblait ennuyer la jeune femme.

— Daniil, à la seconde où j'ai accepté d'essayer de te convaincre, j'ai su que c'était une erreur…

— Tu ne m'as pas convaincu, la détrompa-t-il. C'est ma décision et la mienne seule.

— Vraiment ?

Il opina. Il n'avait jamais rencontré quelqu'un comme elle.

À l'évidence, elle regrettait son rôle dans cette histoire. Et lui qui la croyait animée d'intentions cachées en venant ici…

Il l'enlaça étroitement.

— Quelqu'un pourrait entrer, le gronda-t-elle.

— Pas sans le feu vert de Cindy.

Qui était partie déjeuner, se rappela-t-il. Il sortit une télécommande d'un tiroir et la porte se verrouilla automatiquement.

Libby ne s'était pas attendue à cela. Pendant toute une semaine, silence radio. Ni appel ni fleurs. Rien du tout. Et voilà qu'en quelques minutes, elle se retrouvait à califourchon sur ses genoux ! Leur unique nuit ensemble n'était pas une erreur. Elle se refusait à la considérer comme telle. Tout comme elle ne pouvait se résoudre à ce que les choses en restent là… Elle mentirait si elle prétendait n'avoir pas espéré, non sans mauvaise conscience, renouer le contact grâce à cette visite…

— Je ne peux pas t'embrasser, répéta-t-elle, les jambes en tenailles autour de ses cuisses musclées. Je sortirais d'ici toute barbouillée.

Daniil n'était pas loin de la réprimander d'être venue avec du rouge à lèvres.

— Rien ne m'empêche *moi* de t'embrasser, susurra-t-il à la place.

Sa bouche s'égara dans son cou et Libby ferma les yeux, chavirée. *Contact renoué !* exulta-t-elle en son for intérieur. À la douceur de ses lèvres succéda la caresse humide de sa langue. Déjà, il dénouait sa robe et abaissait son caraco, dénudant un sein dont il aspira la pointe dans sa bouche, suçant et mordillant.

— Oh…

Libby se tortillait de plaisir, cramponnée à ses épaules. La langue de Daniil, fraîche sur sa peau, se fit brûlante. C'était si bon ! Elle se sentait défaillir, tant l'excitation montait en elle. Les mains sur ses hanches, il l'attira sur son érection, avant de glisser les doigts sous sa petite culotte.

— Daniil, cela risque d'aller trop loin…

— Tant mieux.

Il attrapa un coupe-papier et trancha la dentelle, son ultime défense contre ses caresses.

— Je ne prends pas la pilule, souffla-t-elle.

— Tu devrais.

Elle se figea, stupéfaite. Un fol espoir s'alluma dans son cœur. Cela signifiait-il qu'il y avait quelque chose entre eux ? Qu'elle et lui… ?

— Libby ?

— Je suis allée chez le médecin, ce matin. Oh ! Pas parce que j'espérais que tu me rappelles…

Elle hésita, optant finalement pour la sincérité.

— Enfin, si. Mais j'étais surtout inquiète, après l'autre soir. Je n'ai pas l'habitude de suivre des inconnus au lit…

— Je n'étais pas un inconnu. Nous avions rendez-vous.

Entre deux mots, il titillait son téton de sa langue, et il lui semblait qu'il faisait de même avec son clitoris, tant le souvenir des sensations qu'il lui avait prodiguées avec sa bouche était vif en elle.

— L'autre nuit était…

Une exception. Difficile de formuler une phrase cohérente avec ses doigts qui allaient et venaient en elle et le plaisir qui la submergeait.

— Un trésor rare et précieux, compléta Daniil à sa place.

— Exactement. Je reprends la pilule dès que possible…

— Concentre-toi sur ton plaisir, l'encouragea-t-il. Ensuite, nous verrons quoi faire avec cette délicieuse bouche.

Elle déboucla sa ceinture, avide de le toucher. Un son rauque lui échappa à la vue de son sexe dur et dressé. Une goutte perlait à son extrémité. Elle eut envie de la recueillir de sa langue. Au lieu de quoi, elle bougea le bassin afin de se positionner dessus. Daniil, dont les caresses l'entraînaient inexorablement vers l'abîme, s'interrompit pour la guider et l'effleura de son gland. Au prix d'un effort surhumain, elle se retint de s'empaler sur lui.

— Tu as un préservatif ? haleta-t-elle.

— Non, pas ici.

Libby eut un rire incrédule.

— Tu plaisantes ?

— Pourquoi en aurais-je au travail ?

Décidément, il ne laissait pas de la surprendre ! Il l'abaissa sur lui, juste un peu.

— Je veux te sentir jouir.

— Tu risques de jouir aussi…

— Je sais me contrôler.

C'était un jeu risqué. Mais la perspective de sentir Daniil en elle sans protection, chair contre chair, décupla son excitation. Elle n'avait jamais fait l'amour sans préservatif et le lui dit.

— Moi non plus, murmura-t-il.

— Pas longtemps, alors.

Il l'abaissa un peu plus, pas totalement. Libby gémit, de plaisir et de frustration mêlés.

Daniil la fit aller et venir sur lui, hypnotisé par la vision de son sexe happé dans sa chair chaude et moite, encore et encore. Puis d'un coup, il la pénétra, brutalement. La jeune femme grimaça.

— Allez, bébé, je ne vais plus tenir très longtemps, l'exhorta-t-il en accélérant le rythme.

— Bonjour la pression, marmonna Libby.

Mais la seule pression était celle qui enflait entre ses reins tandis qu'il la bougeait à sa guise. Elle était une poupée de chiffon, docile entre ses mains. Soudain, son corps s'arqua, secoué de spasmes, et l'orgasme déferla en elle, si puissant qu'un cri lui déchira la gorge.

Daniil serra les dents. Les contractions de plaisir de la jeune femme autour de lui offraient la plus incroyable des sensations. Certes, il savait se contrôler, mais…

Libby sentit l'ultime soubresaut de sa délivrance une fraction de seconde avant qu'il ne se retire. Elle s'agrippa à ses épaules, fascinée par le spectacle de sa jouissance sur son ventre. Son désir se raviva d'un coup. Il se caressa et elle se joignit à son geste, les doigts mêlés aux siens.

C'était le moment le plus sexy qu'elle ait jamais vécu.

Daniil déposa un baiser sur ses lèvres et ils restèrent ainsi, front contre font.

— J'ai envie de fermer les yeux et de dormir, murmura-t-elle.

Là, sur ses genoux, blottie contre lui. Elle voulait que la porte verrouillée de son bureau les coupe à jamais du reste du monde. Jamais elle n'avait rien ressenti d'aussi intense. Aucun homme ne l'avait jamais émue comme Daniil. Bientôt, il l'incita gentiment à se lever. Ses jambes flageolaient lorsqu'elle se pencha pour ramasser sa culotte en lambeaux sur le sol.

— Viens.

Il l'entraîna dans la salle d'eau attenante, où il effaça à l'aide d'un gant de toilette humide le rouge à lèvres qui les barbouillait tous les deux. Puis il lui enleva ce qu'il lui restait de vêtements et ils prirent une douche ensemble, se savonnant l'un l'autre, s'embrassant à n'en plus finir. Enfin, il tourna le robinet et il fut temps de se rhabiller.

Ce n'était que du sexe, se persuada Daniil. Rien de plus. Il s'interdisait de laisser quelqu'un envahir ses pensées, se rapprocher de lui… Hors de question de s'attacher à Libby Tennent. S'attacher n'apportait que souffrances.

Un malaise les enveloppait à présent telle une chape, au grand désarroi de Libby. Pas de café, ce matin. Elle était clairement poussée vers la sortie.

— J'attends un client…

— Pas besoin d'excuse. Je m'en vais, dit-elle en nouant le cordon de sa robe.

Maintenant venaient les regrets. Elle se sentait honteuse de s'être offerte à lui sur un plateau d'argent. Sans parler de leur imprudence…

Elle fouilla dans son sac fourre-tout. Par chance, il contenait des sous-vêtements propres, qu'elle enfila avant de se recoiffer. Malgré l'impatience palpable de Daniil, elle prit son temps pour appliquer son rouge à lèvres. Au moins, rien dans son apparence ne trahirait ce qui s'était passé. Elle y tenait.

Sur le pas de la porte, elle lui fit un signe de la main, auquel il répondit par un sourire crispé. La réception était déserte. Cindy n'était pas encore revenue de sa pause déjeuner.

Aucun signe du client attendu.

Le plus dur, avec Daniil, était de le quitter. Elle ne savait jamais si c'était un au revoir ou un adieu.

6

Daniil n'avait pas rappelé Libby de la semaine.

Allongé sur son lit, il réfléchissait. Ses pensées avaient une fâcheuse tendance à dériver vers la jeune femme. Il s'inquiétait pour elle, se demandait comment elle allait. Il lui en coûtait de ne pas la recontacter.

Exaspéré, il se leva pour aller à la salle de bains où il avala un grand verre d'eau et passa en revue ses contacts sur son téléphone. Pourquoi ne pas sortir, ce soir ? Libby Tennent l'obsédait un peu trop. Il était temps de se changer les idées.

Après avoir enfilé un short, il se rendit dans la pièce dont il lui avait interdit l'accès. Personne ne venait ici, pas même ses domestiques. Il y faisait lui-même le ménage.

Plus qu'une salle de sport, c'était son sanctuaire. Elle était équipée de tapis d'entraînement, de poids et de sacs de frappe. Il y avait bien ce club qu'il fréquentait de temps en temps. Là-bas, il était Dan, le Russe taciturne qui s'entraînait avec certains et enseignait quelques coups aux enfants. Personne ne savait rien de lui. Mais il n'était pas d'humeur à voir qui que ce soit, aujourd'hui.

Son échauffement terminé, il enchaîna avec du saut à la corde, jusqu'à être essoufflé. Suivit une série d'exercices d'endurance. Mais son esprit était ailleurs. Son regard tomba sur l'étagère à équipement. Là trônait l'ours que lui avait offert Libby. Et à côté…

Daniil s'approcha de l'étagère et souleva la photo dans son cadre. Une photo vieille de vingt ans. Il avait dix ans lorsqu'elle avait été prise. Il souriait, excité d'être photographié pour la première fois. À côté de lui se tenait Roman, l'air renfrogné. Daniil se rappelait chaque mot de leur conversation.

— Allons, Roman, souris, l'avait exhorté Sergio. Cette photo vaudra de l'or, un jour. Les célèbres jumeaux Zverev !

— Quand allons-nous commencer à nous battre ? avait demandé Roman.

C'était tout ce qui l'intéressait.

— Bientôt, avait répondu Sergio.

Ils n'avaient pas encore dépassé le stade des exercices. Encore et toujours des exercices.

Daniil reposa la photo et saisit la carte que Libby avait jointe à son présent. Il ne l'avait toujours pas lue. La curiosité finit par l'emporter et il ouvrit l'enveloppe.

« Merci d'avoir exaucé mon vœu.

« Libby. »

Il la relut plusieurs fois, cherchant à lire entre les lignes. Parlait-elle de l'école de danse ou de leur nuit ensemble ?

Il allait la reposer sur l'étagère quand il aperçut un post-scriptum écrit au dos :

« Les deux. »

Elle avait répondu à sa question. Il l'imaginait mordillant son stylo avant d'écrire. De nouveau ce besoin de l'appeler…

Enfilant ses gants de boxe, il se dirigea vers le sac de frappe et se focalisa sur la réception à venir. Son cousin George serait là, bien sûr. Il ne manquait jamais une occasion de se faire bien voir. Daniil se fichait de l'héritage. C'était la pensée de ce resquilleur parvenant à ses fins qui le mettait hors de lui.

« Rends-toi à l'évidence, Daniel. Tu n'as pas ta place, ici. »

Les mots de son cousin faisaient toujours aussi mal. Il déchargea sa colère sur le sac.

« Dès le premier jour, tante Katherine a compris son erreur. »

« As-tu remarqué comme elle blêmit chaque fois qu'elle te présente comme son fils ? »

Et la plus pernicieuse de toutes, celle qui l'avait conduit à renoncer à toute relation :

« Tout le monde était si heureux, avant que tu n'arrives… »

Daniil se rappelait comme si c'était hier l'atmosphère délétère à la maison. Les crises de larmes de sa mère. Les réprimandes de son père parce qu'il n'arrivait pas à la hauteur du fantôme de leur fils. Il croyait George : ses parents étaient sûrement heureux, avant. C'était avec lui que le malheur était arrivé.

Il se défoula sur le sac, encore et encore, jusqu'à tomber d'épuisement. Son esprit, lui, était en ébullition. Libby était une étoile qui étincelait au firmament. Il ne supportait pas l'idée de la voir s'éteindre.

En route pour le bureau, un peu plus tard, il fit un détour par le studio de danse. À l'entrée, une affiche — rose — annonçait une réunion d'information de 17 à 19 heures. Le soir même. Une chance qu'il eût un important dîner d'affaires au même moment. Sans quoi… La tentation était grande de reprendre contact.

Il ne nouait aucun lien. Jamais. Pourtant, Libby s'était jouée de ses défenses comme d'un vulgaire mur de carton. Elle avait beau être directe, il ne se sentait jamais envahi et elle le faisait sourire. Et lui aussi, comprit-il en redémarrant. Lors de sa visite, elle s'était approchée de son bureau avec un sourire radieux. Elle semblait heureuse en sa compagnie. Pour la première fois, Daniil envisageait la possibilité qu'il puisse rendre quelqu'un heureux.

Libby aurait dû être sur un nuage. Sa réunion d'information avait remporté un franc succès. Des parents étaient venus avec leurs enfants, et de nombreuses femmes s'étaient renseignées sur les cours en journée. Certaines avaient même suggéré des horaires en soirée afin de venir une fois leurs enfants couchés. Libby avait été particulièrement impressionnée par Sonia, une adolescente de quinze ans très talentueuse qui cherchait du travail à temps partiel. Elle n'avait pas envisagé d'engager quelqu'un si tôt. Mais face aux promesses massives d'inscription, elle avait donné rendez-vous à Sonia la semaine suivante pour un entretien en tête à tête.

Le sourire aux lèvres, elle débarrassa la table et sortit les poubelles. Il ne restait que trois cupcakes sur l'immense quantité qu'elle avait commandée pour l'occasion. Au début, elle n'avait servi qu'un plateau, de peur de paraître présomptueuse, avant de rapidement apporter les autres.

Présomptueuse… Oui, c'était bien sa présomption qui avait terni cette semaine prometteuse. Oh ! Elle avait bien essayé de ne pas se faire trop d'illusions. Quelle raison aurait Daniil de la rappeler ? Mais leur alchimie était telle qu'elle refusait de croire qu'il puisse tourner la page si vite. Il avait sa carte, non ? Avec son numéro dessus !

Peut-être lui avait-elle trop facilité les choses ? Elle aurait dû laisser son cadeau à la réception. En fait, c'était elle, le cadeau. Elle s'était littéralement offerte à lui. N'avait manqué que le ruban rose sur sa tête ! Et s'il la prenait pour une femme facile ?

Elle abaissa les stores, furieuse contre elle-même. À quoi s'attendait-elle ? À un bouquet de fleurs avec un mot d'amour ?

Comme elle se retournait, elle aperçut une ombre imposante derrière la vitre de la porte d'entrée. Son cœur s'emballa. C'était lui ! Au lieu de lui ouvrir, elle ferma délibérément le store.

— L'école est fermée. La réunion s'est terminée à 19 heures, l'informa-t-elle.

— Libby, c'est moi.

Il parlait à travers la fente de la boîte aux lettres. Elle garda le silence.

— Nous savons tous les deux que je ne suis pas là pour un cours de danse, ajouta-t-il.

Libby était enchantée qu'il soit venu. Mais une semaine entre chaque rencontre, c'était trop !

— Libby ? Comptes-tu me laisser entrer ?

Pour toute réponse, elle défit le verrou. *Pourquoi fallait-il qu'il soit aussi sexy ?* pensa-t-elle en le regardant franchir le seuil. Le voir faillit faire fondre sa détermination, mais elle se ressaisit aussitôt.

— Un cupcake ? offrit-elle. Il n'en reste que trois. Dire que j'étais persuadée que Rachel et moi allions devoir en manger toute la semaine…

— Rachel ?

— Ma colocataire.

— Danseuse, elle aussi ?

Elle confirma d'un hochement de tête.

— Pourquoi es-tu là, Daniil ? Ah oui… Pour le sexe. Quoi d'autre ?

— Qu'est-ce que c'est censé vouloir dire ?

— Eh bien, le studio n'est pas loin de tes bureaux. Pratique, non ? Si tu t'ennuies pendant ta pause déjeuner…

— Tu te trompes, l'interrompit Daniil.

Il la détailla de la tête aux pieds. Elle portait un legging sur un justaucorps violet. Son teint était plus pâle que dans son souvenir et des cernes sombres soulignaient ses yeux. Une fatigue due à un manque de sommeil ? Il soupçonnait de ne pas y être tout à fait étranger. Oh ! pas par arrogance. Lui aussi avait souvent eu du mal à dormir, ces derniers temps. Il s'était pourtant juré de ne pas la revoir, de peur que sa présence ne ternisse sa petite vie en rose. Et voilà qu'il débarquait pour lui demander une immense faveur : accepterait-elle de l'accompagner à la réception de ses parents ?

La question resta bloquée dans sa gorge.

— Je me demandais comment s'était passée ta réunion, dit-il à la place.

— Si tu veux discuter affaires, prends rendez-vous, le rabroua Libby.

Elle s'agenouilla par terre et fourra pêle-mêle ses affaires dans son sac, pressée de rentrer chez elle.

— Libby…

— Je ne crois pas une minute que tu sois là pour cette

raison, dit-elle en relevant la tête. Qu'y a-t-il ? Es-tu venu avec un préservatif, cette fois ?

Il eut le culot de rire.

— J'ai un dîner d'affaires, ce soir. Je suis déjà en retard.

— Pas de problème. Ils n'ont qu'à attendre que le grand Daniil daigne faire une apparition.

Daniil réprima un sourire. Libby veillait toujours à ce que ses piques ne lui échappent pas.

— C'est vrai, quoi. Tout le monde devrait se satisfaire de simplement t'attendre, s'emporta-t-elle en se redressant. Est-ce donc trop demander, un malheureux petit bouquet de fleurs ?

— Libby, je n'ai jamais envoyé de fleurs à qui que ce soit.

— Si je n'étais pas passée à ton bureau, je ne t'aurais sans doute jamais revu…

— Exactement. C'est toi qui m'as relancé.

Libby n'en croyait pas ses oreilles.

— Tu as enfreint la règle, Daniil. C'est *toi* qui es réapparu de nulle part avec ton projet d'entreprise ! Si nous en étions restés à l'autre nuit, je saurais à quoi m'en tenir. Maintenant, je suis perdue. Tu n'appelles pas, n'envoies aucun texto…

Il leva les yeux au ciel.

— Qu'ont donc les femmes avec les textos ?

— C'est agréable de savoir que quelqu'un pense à nous.

— Je ne t'aurais pas crue du genre collant…

— Peut-être m'as-tu confondue avec une prostituée, riposta-t-elle. Quand tu m'as quasi jetée à la porte de ton bureau, l'autre fois, c'est ce que j'ai eu l'impression d'être.

— Je t'en prie, Libby. N'exagère pas.

Il se radoucit.

— J'étais mal à l'aise, expliqua-t-il. Je ne laisse jamais ma vie privée interférer avec le travail.

Libby était dubitative. À en croire les médias, c'était un vrai coureur de jupons ! Mais il était vrai qu'il n'avait pas de préservatifs dans son bureau.

— Et Cindy ? questionna-t-elle.

— Son mari fait deux fois ma taille.

— Des clientes ?

Elle avait besoin d'en savoir plus sur lui, sur le monde dans lequel il évoluait. Savoir à qui elle avait affaire.

— Des clients, essentiellement. Bien portants et approchant de la cinquantaine, répondit Daniil. Si je cherche une aventure, je sors. Je ne mélange pas sexe et travail.

Bon, ce qui s'était passé dans son bureau restait donc une exception. Mais ses interminables silences l'énervaient et elle le lui fit savoir.

— Je t'avais prévenue que…

— Oui, le coupa-t-elle. Tu m'as prévenue que tu ne tombais pas amoureux. Peut-être aurais-je dû te prévenir aussi. Si tu es avec moi, tu es avec moi. Je refuse d'attendre pendant des semaines un hypothétique appel…

— Très bien, dit Daniil. Je n'appellerai pas. Tu es fixée.

— Et les visites à l'improviste ?

— Cela ne se reproduira plus.

Libby trépignait de frustration. Il se soumettait à chacune de ses demandes, alors que c'était l'inverse qu'elle attendait !

— Tu m'exaspères, grogna-t-elle.

Il haussa les épaules.

— Et si tu m'accompagnais, ce soir ?

— À ton dîner ?

— Non, c'est un dîner strictement professionnel. Mais j'ai réservé une suite.

— Évidemment, grinça-t-elle.

— Je ne te toucherai pas, promit Daniil. Tu pourras dormir, commander ce qui te plaît, profiter d'un massage… Ou même te prélasser toute la nuit dans un bain parfumé.

Il sourit devant la confusion de la jeune femme. La dernière proposition semblait particulièrement la séduire.

— Vraiment ?

— Vraiment.

— Est-ce pour cela que tu es venu ? persista-t-elle. Pour me demander de passer la nuit dans ta suite ?

— Non.

— Alors pourquoi me le proposer maintenant ?

— Tu as l'air fatiguée, Libby. J'ai pensé que tu aimerais te faire chouchouter un peu. Mon chauffeur te ramènera demain.

Libby songea au plat surgelé qui l'attendait dans son congélateur. À l'interminable trajet en métro. Comme ce serait agréable de profiter d'un bain chaud et d'un repas trois étoiles dans un hôtel de luxe, et de se faire reconduire chez elle le lendemain en voiture avec chauffeur…

Et bien sûr, de passer une dernière nuit dans les bras de Daniil. Elle ne le croyait pas une seconde lorsqu'il assurait qu'il ne la toucherait pas.

Daniil observa la jeune femme. Il lut l'hésitation sur son visage. La tentation. Lorsqu'elle le fusilla du regard, il sut qu'il avait gagné.

— D'accord, grommela-t-elle. Mais je suis toujours fâchée contre toi.

— Je sais. Ferme le studio. Je t'attends dans la voiture.

Oui, elle était fâchée. Mais elle se prenait à espérer de nouveau. Après tout, il avait fini par revenir.

Après un court trajet, ils arrivèrent à l'hôtel. Naturellement, Daniil n'avait pas besoin de s'enregistrer comme le commun des mortels et ils furent conduits directement à sa suite.

Lorsqu'elle franchit le seuil, ce n'est pas le lit gigantesque ni le luxueux décor qui fit courir un frisson de plaisir sur sa peau, mais l'énorme bouquet de roses, d'arums et de pivoines qui trônait sur une console en chêne. Il y avait même une carte !

« Il m'a fallu une semaine pour trouver le bouquet parfait.
« Daniil. »

— Permets-moi d'en douter.

Mais un sourire flottait sur ses lèvres. Le bouquet était effectivement parfait avec son dégradé de roses, sa couleur préférée. Elle feindrait donc d'ignorer qu'il l'avait commandé depuis sa voiture pendant qu'elle fermait le studio.

— Je peux être attentionné, quand on m'y pousse, dit-il derrière elle.

Elle souleva le vase pour aller le déposer dans la chambre, à côté du lit.

— Il n'est pas conseillé de dormir dans une pièce avec des fleurs, observa Daniil.

— Eh bien, tu n'auras qu'à dormir sur le canapé.

Hors de question de se séparer de son bouquet. Elle s'assit sur le lit, avec l'impression de s'enfoncer dans un énorme marshmallow. Daniil relut quelques notes sur son ordinateur.

— Désolé, s'excusa-t-il. J'étais censé faire cela sur le trajet. Tu ne vas pas t'ennuyer ?

— Aucun risque, lança-t-elle.

— Bien. J'y vais. Souhaite-moi bonne chance.

— Pour un dîner d'affaires ?

— L'enjeu est important. Mon objectif est d'acheter cet hôtel.

— Tu ne m'embrasses pas ? protesta-t-elle comme il passait la porte.

— J'ai promis de ne pas te toucher.

— Un baiser, cela ne compte pas…

— Pas question.

Et il s'éclipsa.

Libby inspira à pleins poumons le parfum des fleurs. Derrière la fenêtre, son ami Big Ben s'élançait vers le ciel, à jamais associé à Daniil dans son esprit. Ce soir, le monde semblait enfin en ordre.

Elle se fit couler un bain. Maudit Daniil ! Avant ce soir, sa fleur préférée était l'anémone, qui présentait l'avantage supplémentaire d'être bon marché.

Plongée dans son bain parfumé, elle s'imagina dépensant la moitié de son prochain salaire en fleurs hors de prix, pour le seul plaisir de revivre ce parfait moment de félicité.

Daniil s'était persuadé que c'était leur alchimie sexuelle qui le ramenait vers Libby. Mais plus le dîner se prolongeait, plus sa théorie prenait du plomb dans l'aile. Il n'arrêtait pas de penser à elle. Que faisait-elle, toute seule là-haut ? Et s'il lui envoyait un texto ? Il avait sa carte dans son portefeuille. Il lui suffisait de trouver un prétexte et…

Non. Son but était d'acquérir cet hôtel. La moindre des choses était de rester concentré sur la transaction. D'ailleurs, il ne mélangeait jamais plaisir et travail.

Peine perdue. Son esprit s'égarait sans cesse vers Libby. C'était agréable de savoir que cet ennuyeux dîner terminé, il n'aurait qu'à monter quelques étages pour la retrouver. Un digestif lui fut proposé, qu'il déclina poliment. Son café à peine avalé, il prit congé de ses interlocuteurs.

Il était minuit passé lorsqu'il croisa une employée sortant de sa suite avec un chariot. Il l'arrêta et souleva la cloche : soufflé au chocolat et glace, à en juger par les restes. Daniil sourit. Tant mieux. Libby s'était fait plaisir.

Il entra sans bruit. L'air embaumait les fleurs, surtout dans la chambre. Dans l'obscurité, il distingua une silhouette pelotonnée sous les draps. Non, ce n'était pas le sexe qui le ramenait sans cesse vers Libby. Il en était certain à présent. Il se déshabilla en silence pour ne pas la réveiller. Elle était fatiguée et avait besoin de sommeil.

À peine se glissait-il dans le lit qu'elle se blottit contre lui. Il l'enveloppa de ses bras.

— C'était la meilleure soirée de ma vie, souffla Libby avec un soupir d'aise.

Elle ne s'était rien refusé. Et la certitude que Daniil la rejoindrait plus tard avait été la cerise sur le gâteau. Elle se sentait sur un petit nuage, sereine pour la première fois depuis… Quand ? Avant l'arrivée de Daniil dans sa vie ? Non. Elle traversait alors une période difficile, dévastée par la perspective de devoir mettre fin à sa carrière. Avant, alors ? Non plus. Le métier de danseuse professionnelle n'était pas de tout repos. Et encore avant cela…

En fait, elle n'avait jamais éprouvé pareille sensation de plénitude.

— Rendors-toi, chuchota Daniil en l'embrassant sur le front.

Ce qu'elle fit, d'un sommeil sans rêves. Peu avant l'aube,

elle se réveilla, aussitôt enlacée par Daniil. Ce geste tendre ne la rassura pas. Ce qu'ils vivaient ne durerait pas. Ne l'avait-il pas prévenue dès le début ? Jamais elle n'aurait cru que cela lui arriverait, mais autant se rendre à l'évidence…

Elle était tombée amoureuse de Daniil Zverev, bourreau des cœurs patenté.

— Chut, tout va bien, souffla-t-il, comme s'il avait perçu et comprenait son brusque accès de panique.

C'était le cas. Daniil se réveillait souvent en pensant à Roman. Qu'était devenu son frère ? Comment parvenait-il à vivre sans le savoir ? À ces interrogations se greffait depuis peu un autre sujet d'angoisse : sa visite prochaine à ses parents. Retourner là-bas serait un cauchemar et cette perspective lui donnait des insomnies.

La tête posée sur son torse, Libby se détendit et sa respiration se fit plus régulière. La soirée avait été tellement plus agréable du simple fait de la savoir toute proche. Oui, il y avait davantage que du sexe entre eux. Jamais il n'avait sollicité d'aide de qui que ce soit, avant. C'était même égoïste de sa part de l'entraîner dans le calvaire que serait la réception de ses parents, et ce pour son propre confort moral. Mais il avait besoin d'elle à ses côtés.

— Es-tu libre, ce week-end ?

Libby fronça les sourcils dans la pénombre.

— Oui, pourquoi ?

— J'aimerais que tu m'accompagnes chez mes parents.

Elle ne leva pas la tête, mais il devinait sa surprise. À vrai dire, lui-même n'était pas prêt à reconnaître à quel point sa présence était importante pour lui.

— Puisque tu es au courant pour mon changement de nom, prétexta-t-il.

— Oh… Je comprends.

Un fol espoir envahit Libby, qu'elle contint de son mieux. Il y avait plus derrière son invitation que cette histoire de changement de nom. Elle en était convaincue.

— Alors tu es d'accord ?

— Oui.

Elle leva la tête, cette fois, et leurs bouches s'unirent dans un baiser très lent, très doux, qui gagna peu à peu en intensité. Un baiser très différent de tous ceux qu'ils avaient échangés avant. Non, songea Daniil, ce n'était pas que du sexe…

Ce matin-là, ils firent l'amour.

7

— Je croyais que tu ne te berçais pas d'illusions, remarqua Rachel.

Libby finissait de préparer son sac pour le week-end. Elle s'était fait des anglaises, souriait béatement et prononçait le nom de Daniil tous les trois mots.

— J'essaie, admit-elle. Je sais qu'il ne m'a pas invitée pour me présenter à ses parents. Seulement parce que…

Elle laissa sa phrase en suspens. Elle et Rachel étaient très proches. Elles partageaient tout. Mais Libby ne se sentait pas le droit de divulguer les détails de la vie privée de Daniil. Il était si secret qu'elle-même ne savait presque rien. Le peu qu'il lui avait raconté était donc d'autant plus précieux.

— Tu passes la nuit sur place ? demanda Rachel.

Libby haussa les épaules.

— Je ne sais pas.

— Pourquoi ne pas l'appeler et lui poser la question ?

— Je n'ai pas son numéro, soupira-t-elle. C'est mieux comme cela. Dieu sait quelles excuses j'aurais déjà trouvées pour l'appeler ou l'inonder de textos…

En attendant, elle vivait dans un état d'incertitude permanent. Peut-être en avait-elle un peu trop fait pour ce soir : coiffure sophistiquée, robe tout droit sortie du magasin… Même sa brosse à dents était neuve, qu'elle rangea dans sa trousse de toilette — neuve, elle aussi.

— Tu connais sa réputation, la mit en garde Rachel.

— Oui, lança-t-elle depuis la salle de bains, où elle attrapa sa plaquette de pilules. Mais j'ai décidé de ne pas m'en préoccuper et de profiter de l'instant présent.

Et pour l'instant, elle flottait sur un petit nuage.

Avec un peu de chance, ses règles n'arriveraient qu'après le week-end. Après quoi, elle se remettrait à la pilule. C'était la remarque de Daniil à ce sujet qui lui avait donné un premier rayon d'espoir. L'aventure d'un soir s'était prolongée plusieurs jours, qui s'étiraient à présent en semaines. Et voilà qu'elle s'apprêtait à rencontrer sa famille !

— Je n'aurais pas cru que cela durerait, admit Libby en enfilant un collant chair sous sa robe.

— Mais tu n'as toujours pas son numéro ?

— Non.

Elle contempla le bouquet qu'il lui avait offert et qui trônait en évidence dans le salon. Il avait perdu un peu de sa fraîcheur. Les arums éparpillaient leur pollen sur la table, mais ils restaient magnifiques.

— Sois moins transparente, lui conseilla Rachel comme Libby se postait à la fenêtre pour guetter l'arrivée de Daniil.

— J'ai essayé, mais c'est impossible. Dès que je le vois, je perds tout contrôle, se justifia-t-elle. Alors j'ai décidé d'être moi-même. C'est encore le plus simple.

— Je t'aurai prévenue, soupira Rachel.

Au même instant, une voiture de sport gris métallisé se gara dans la rue et Daniil en descendit.

Non, impossible de jouer les désinvoltes avec lui. Elle courut lui ouvrir, avant même qu'il n'ait eu le temps de frapper.

— Tu es superbe ! s'exclama-t-elle en lissant sa veste de la main, pour le seul plaisir de le toucher.

Il était toujours impeccablement vêtu. Mais ce soir, son smoking noir mettait particulièrement en valeur sa carrure, et la cravate gris acier sur la chemise d'un blanc de neige rehaussait encore sa beauté. Une coupure au-dessus de son œil droit attira son attention. Elle pensa à la cicatrice sur son torse.

— Tu t'es battu ? le sermonna-t-elle.

— Je pourrais m'être cogné contre une porte…

— Pauvre porte !

Son sourire la fit fondre. Il était heureux de la retrouver, c'était évident.

— Toi aussi, tu es magnifique, la complimenta-t-il.

Encore heureux !

— Tout est neuf, l'informa-t-elle, tourbillonnant sur elle-même pour lui faire admirer sa jolie robe vert mousse.

Elle attrapa ses escarpins noirs et décolla l'étiquette sous la semelle avant de les enfiler.

— Nouvelles chaussures aussi ?

— Je te l'ai dit, tout est neuf.

Elle se pendit à son cou, tout sourire.

— Avec mes talons, je suis à la bonne taille.

Il ceignit sa taille de ses mains.

— Heureusement que le prêt a été accepté, dit-il, entrecoupant ses mots de baisers.

— Oui ! Mais toutes ces dépenses étaient nécessaires, tu sais.

— Bien sûr, approuva Daniil.

Sans la présence de sa colocataire, il lui aurait demandé sur-le-champ où se trouvait sa chambre. Parfumée, sur son trente et un, elle semblait très excitée de le revoir. Jamais il ne s'était senti aussi attendu. Nulle part. « Où le cœur aime, là est le foyer », disait le dicton. Pas pour lui. Son foyer était une succession de suites d'hôtel, luxueuses mais impersonnelles. Ici régnait un bonheur tangible et il y était accueilli à bras ouverts.

— Entre, l'invita Libby. Je te présente Rachel.

— Salut, Daniil, lança une Rachel légèrement émoustillée.

Elle gratifia Libby d'un regard envieux.

— Je te déteste.

— Je sais, dit celle-ci en riant.

Elle entraîna Daniil dans l'appartement.

— Voici la pièce à vivre.

Daniil balaya la pièce des yeux. C'était certainement une pièce vivante. Chaque meuble croulait sous les livres, les magazines et une quantité extravagante de bibelots. Mais la visite n'était pas terminée.

— Ici, la cuisine, annonça Libby en passant devant, sans s'y arrêter. Là, les toilettes et enfin…

Elle s'arrêta devant une porte.

— Ma chambre.

— Laisse-moi deviner, dit Daniil. Rose du sol au plafond ?

— Vérifie par toi-même.

Il ouvrit la porte et entra.

Seigneur, où avait-il mis les pieds ? Il n'y avait pas assez d'espace libre dans cette chambre pour qu'elle soit d'une quelconque couleur ! D'ordinaire, il détestait le désordre, les babioles et tout étalage personnel. Mais ici, c'était toute la vie de Libby qui était exposée. Un immense miroir lui permettait sans doute de s'entraîner. Des diplômes ornaient chaque mur, ainsi que d'innombrables photos retraçant sa carrière de ballerine. Comment diable parvenait-elle à retrouver quoi que ce soit dans ce capharnaüm ?

— Je suis narcissique, pas vrai ? plaisanta Libby comme il examinait une photo d'elle dans un immense cadre.

— Non. Tu es trop prévenante pour cela.

— C'est vrai que j'ai fait du rangement spécialement parce que tu venais.

Il haussa un sourcil incrédule.

— Vraiment ?

— Et changé les draps.

— Neufs, eux aussi ?

— Oui, mais pour une raison purement égoïste, cette fois, précisa Libby.

Daniil sourit, mais ne chercha pas à l'embrasser et souleva son sac de voyage posé sur le lit.

— Nous devrions y aller.

Dans la rue, ils se dirigèrent vers sa voiture.

— Pas de chauffeur ? nota Libby.

— Jamais le week-end.

Elle s'enfonça dans le confortable siège passager en cuir. La circulation était fluide, aussi ne mirent-ils pas longtemps pour arriver aux bureaux de Daniil.

— Pourquoi sommes-nous là ? s'enquit-elle.

Au fond, elle ignorait tout du programme de la soirée.

— Parce qu'il y a un héliport sur le toit, expliqua Daniil.

— Oh !

Elle n'était jamais montée dans un hélicoptère.

— Nous rentrons ce soir, alors ?

— Nous sommes censés passer la nuit sur place. Mais je vais demander au pilote de rester en stand-by, au cas où la soirée tournerait au vinaigre, répondit-il.

Ils prirent l'ascenseur depuis le parking souterrain et traversèrent le hall d'entrée vers le suivant. Les talons de Libby claquaient sur le sol en marbre, mais, étrangement, ce bruit ne le dérangeait pas.

— Passons par mon bureau pour récupérer le cadeau.

— Qu'as-tu trouvé à tes parents ?

— C'est Cindy qui s'est occupée de l'achat.

Il ouvrit la porte et Libby rougit au souvenir de ce qu'ils avaient fait derrière ce bureau. Bureau sur lequel trônait un large paquet artistiquement emballé.

— Un vase, apparemment, dit Daniil en lisant la courte note qui l'accompagnait.

— Pas très original, critiqua Libby.

— Peu importe. Ce n'est qu'un cadeau de courtoisie.

— Je n'en reviens pas que tu aies envoyé ta réceptionniste acheter le cadeau de tes parents…

Elle qui était capable de passer des heures à chercher le présent idéal pour quelqu'un ! Un terrible soupçon la saisit.

— Où est le cadeau que je t'ai offert ?

— Dans un tiroir, quelque part…

Elle ouvrit les tiroirs un à un et fouilla consciencieusement.

— Il n'y est pas.

Daniil s'étonnait de sa passivité. Quiconque d'autre aurait fait cela aurait passé un sale quart d'heure.

— Alors j'ignore où il est. La femme de ménage a dû le déplacer.

La jeune femme fit la moue, visiblement peu convaincue. Il

s'approcha de la baie vitrée et contempla le coucher de soleil embrasant le ciel londonien. Libby dut percevoir sa tension, car elle demanda :

— Es-tu nerveux à propos de ce soir ?

Il eut un rire sarcastique.

— Nerveux ? Non.

Il s'en voulut de son attitude. Rien de tout cela n'était la faute de Libby. Il avait beau s'être défoulé ce matin à son club de gym, cela n'avait pas suffi à le calmer. C'était là-bas qu'il s'était blessé à l'arcade sourcilière. Par chance, Libby n'avait pas posé de question. Décidément, « nerveux » n'était pas le mot…

— J'appréhende, dit-il sans se retourner.

La belle humeur de Libby s'envola.

— Quelle idiote ! s'exclama-t-elle. J'étais si excitée de te revoir que j'en ai oublié à quel point cette démarche était difficile pour toi…

— Tu n'as rien à te reprocher, assura Daniil. Moi aussi, j'étais impatient de te revoir.

Cet aveu spontané surprit et ravit Libby.

— Sais-tu pourquoi cette soirée me met dans un tel état ?

— Tu n'es pas obligé de m'en parler, dit-elle, percevant sa réticence.

— Je l'évoque dans mon discours. Mais je veux que tu saches, avant que nous arrivions là-bas, pourquoi cette réception risque de ne pas être très plaisante. Comme tu le sais, j'ai été adopté.

Libby hocha la tête.

— J'ai vécu dans un orphelinat jusqu'à mes douze ans. Apparemment, mes parents ont longtemps essayé d'avoir un enfant avant de réussir. Ils ont eu un fils, Daniel. Hélas, il est décédé à l'âge de douze ans. Sa disparition les a dévastés.

Libby se mordit la lèvre pour ne pas intervenir.

— Ils espéraient que je lui ressemblerais, continua-t-il. Hélas, je ne parlais pas anglais et j'avais déjà mes habitudes. Nous avions beau partager une chambre à l'orphelinat, notre intimité était respectée. Personne ne touchait aux affaires des autres, ni n'en voulait à celui qui restait dans son coin. Tout était différent, ici. Mes parents s'invitaient dans ma chambre quand bon leur semblait et touchaient à tout. Les domestiques aussi. Peu m'importaient leurs repas sophistiqués et leurs prétendus cadeaux. Je n'avais aucune envie de jouer au tennis…

Il voulait faire de la boxe. C'était tout ce qui l'intéressait. Roman, s'ils l'avaient choisi, les aurait remerciés pour la raquette et serait devenu un as du tennis. Il aurait été le parfait Daniel. Mais ce sujet-là était trop sensible pour qu'il le partage.

— Très vite après mon arrivée, ils ont compris leur erreur. Ils avaient beau essayer, ils n'arrivaient pas à m'aimer. Je ne peux pas leur en vouloir…

Libby s'était tue jusque-là, mais c'était plus qu'elle ne pouvait en entendre. Que ses propres parents aient traité Daniil de cette façon la mettait hors d'elle !

— Ils ne t'auraient jamais aimé, quoi que tu fasses, réagit-elle avec dureté. Au lieu de surmonter leur chagrin, ils t'ont utilisé comme substitut !

— J'ai fait de leur vie un enfer, dit Daniil. Ils ne comprenaient pas que je ne leur sois pas reconnaissant. En début d'année, nous avons coupé les ponts quand je leur ai annoncé ma décision de reprendre mon nom de naissance.

— C'est normal. Après ce qu'ils t'ont fait subir…

Il la détrompa.

— Ils pensent que j'ai repris mon nom pour les blesser. Ce n'est pas le cas. Je l'ai fait avec l'espoir que des personnes de mon passé me recontactent.

— Et cela a marché ? demanda Libby dans un souffle.

— Non.

— Je me sens encore plus coupable, maintenant, de t'avoir incité à aller à cette soirée…

— Non, Libby. Si j'y vais, c'est pour mes propres raisons.

Daniil ne s'était jamais confié de la sorte à qui que ce soit. La simplicité avec laquelle elle avait accepté son histoire et sa colère à l'égard de ses parents adoptifs lui mit du baume au cœur.

— Nous étions quatre, poursuivit-il. Les indésirables. Un orphelin qui, à six ou sept ans, n'a toujours pas été adopté sait qu'il ne le sera sans doute jamais. Cela nous convenait. Nous voulions nous en sortir par nous-mêmes. Sev — Sevastyan — avait toujours le nez dans un livre et était doué avec les chiffres. Nikolai, lui, rêvait de travailler sur un bateau.

— Et le quatrième ?

— Roman.

Même prononcer son nom était douloureux.

— Que voulait-il devenir ? insista gentiment Libby.

Il secoua la tête sans répondre. Par chance, la sonnerie de son téléphone coupa court à la conversation. L'hélicoptère était arrivé et les attendait sur le toit.

— Il est encore temps de changer d'avis, murmura la jeune femme.

Non, ce n'était pas une option.

— J'ai une question à leur poser, expliqua Daniil. En répondant à leurs attentes, j'espère qu'ils répondront aux miennes.

— Et s'ils refusent ?

— Je ne prends jamais de risque sans être prêt à en affronter les conséquences.

Ce soir, il l'était. Il découvrirait ce qui était arrivé à ses lettres. Et si sa présence en était le prix à payer, alors il le paierait.

8

La vue depuis l'hélicoptère s'annonçait spectaculaire, mais lorsque l'appareil décolla, Libby retint son souffle. Elle avait le vertige et l'expérience se révélait plus angoissante qu'agréable. Les immeubles avaient beau rapetisser, il lui semblait que le sol s'élançait vers eux pour les engloutir. Peut-être n'était-elle pas faite pour les voyages en hélicoptère, tout compte fait...

Elle ferma les yeux, consternée d'avoir la nausée devant Daniil. Il plaça une main apaisante sur la sienne et lorsqu'elle rouvrit les yeux, le sol avait retrouvé sa place normale. Le paysage urbain céda peu à peu la place à de vastes étendues verdoyantes à mesure que l'hélicoptère se dirigeait vers Oxford. Daniil articula en silence que tout irait bien et elle acquiesça.

Et pour lui ? pensa-t-elle. Est-ce que tout irait bien ?

Ses révélations se bousculaient dans sa tête. Elle tentait de s'imaginer, adolescente, propulsée dans un pays dont elle ne connaissait rien, pas même la langue. Qu'avait-il ressenti, adopté à seule fin de servir de substitut à un fils décédé ? Sa propre famille avait bien des défauts, mais l'amour qu'ils se portaient les uns aux autres ne faisait aucun doute.

Le pilote les informa de leur atterrissage imminent et Daniil baissa les yeux sur l'immense parc au milieu duquel s'élevait la villa des Thomas. Il lâcha sa main, le visage indéchiffrable. Libby s'aperçut qu'il serrait les poings. Le gouffre qui les séparait à présent était si large qu'elle aurait aussi bien pu ne pas être là.

Daniil peinait à se rappeler que Libby était à ses côtés.

Ce trajet, il l'avait toujours effectué seul. Sauf le jour de son arrivée, bien sûr, où ses parents l'accompagnaient. Mais ils étaient des étrangers, alors.

Ils l'étaient toujours.

Jamais il n'était venu accompagné à un rassemblement familial, pas même au mariage de son cousin. Pas une seule fois, durant ses années au lycée et à l'université, il n'avait ramené de petite amie à la maison. La villa de briques rouges familière, ses splendides jardins parfaitement entretenus… Tout cela pourrait-il lui revenir ? Sans façon. Il n'en avait jamais voulu en premier lieu.

La sensation désagréable dans son estomac n'était pas due au vol en hélicoptère. Daniil était à deux doigts d'enjoindre au pilote de redécoller, quand la main de Libby se posa sur la sienne. Comme lui un peu plus tôt, elle avait perçu sa nervosité et lui offrait du réconfort. Ses yeux bleus lui disaient qu'elle était là, avec lui. Que dans quelques heures, la corvée serait terminée. Il la remercia d'un signe de tête.

À peine descendaient-ils de l'appareil que Libby sentit ses talons s'enfoncer dans l'herbe. *Zut.* Si elle avait su, elle aurait opté pour des chaussures plates.

— La prochaine fois…

— Il n'y aura pas de prochaine fois, l'interrompit Daniil.

Libby déglutit. Que voulait-il dire ? Pas de prochaine fois chez ses parents ou avec elle ? Il était si brusque, parfois, qu'elle ne savait comment prendre ses paroles. Ou même s'il parlait d'elle ou non.

Il ne lui prit pas la main dans l'allée de graviers, ce qu'elle vécut comme un affront.

En réalité, Daniil était si tendu qu'il craignait de lui broyer les doigts. Tout dans cet endroit le rendait malade, des fontaines en pierre aux statues de lions rugissants. Un visage familier, cependant, lui mit du baume au cœur. Celui de Marcus, le vieux majordome au service de la famille depuis des décennies, qui leur ouvrit la porte.

— Content de vous voir, Monsieur.

— Moi aussi, Marcus.

C'était la vérité. À défaut d'être content d'être ici…

— Je me charge de faire porter vos bagages dans votre chambre, dit le majordome.

— Je préférerais…

— Naturellement, nous vous laisserons, à vous et votre invitée, le loisir de les défaire.

Daniil hocha la tête, reconnaissant qu'au moins une personne dans cette maison respecte son besoin d'intimité.

Le vestibule lui parut aussi lugubre que le jour de son arrivée. À douze ans, il était habitué à un environnement spartiate, mais plein de vie. Ici, c'était l'inverse. Il n'oublierait jamais ses premiers pas dans ce vaste espace aux murs chargés de portraits et de tapisseries, dominé par un imposant escalier jacobéen en chêne. Une si grande demeure, et pour seulement trois personnes !

— Daniel !

Libby fit volte-face à ce nom. Une femme s'avançait vers eux, petite, sèche, avec des cheveux drus et des yeux d'un bleu glacial. Elle portait une robe dont le rouge profond accentuait encore son teint congestionné.

— Enfin !

Ses lèvres s'étirèrent en une ligne mince, ce qui devait être sa façon de sourire. Un barbu imposant la rejoignit bientôt, un verre à la main.

— Voici Libby, annonça Daniil. Libby, je te présente ma mère, Katherine, et mon père, Richard.

— Enchantée, dit-elle avec un sourire poli.

Elle n'en pensait pas un mot. Pas après ce que Daniil lui avait raconté.

Katherine l'examina de la tête aux pieds et Libby eut l'impression d'être soumise à une inspection.

— Libby ? répéta-t-elle avec un froncement de sourcils.

— Elizabeth, précisa Libby.

En l'absence de réponse, elle poursuivit bravement :

— Nous avons fait un excellent voyage en hélicoptère. Votre propriété est magnifique, vue du ciel…

Daniil observait sa mère, qui semblait presque incommodée par la présence chaleureuse de Libby. La jeune femme souriait et parlait avec légèreté, ce dont lui-même était incapable, meublant le silence qui ne manquait jamais de s'installer entre lui et ses parents.

— Vraiment, j'aurais dû mettre des chaussures plates, continuait Libby. En tout cas, si je dois retrouver mon chemin dans le noir, je n'aurai qu'à suivre les trous dans la pelouse…

— Hum, nos invités commencent à arriver, l'interrompit Katherine. Daniel, pourquoi n'emmènes-tu pas Elizabeth se rafraîchir ? Mais ne tardez pas trop. Tu nous as fait assez attendre comme cela.

La sonnette retentit et Katherine regarda autour d'elle.

— Où diable est passé Marcus ?

— Il monte nos bagages, répondit Daniil.

— Oh ! Il en a pour la nuit, pesta sa mère, à l'évidence contrariée de devoir accueillir elle-même les premiers invités. Je me demande pourquoi nous le gardons à notre service… Allons, vous deux, hâtez-vous !

Seigneur, cette femme était odieuse ! songea Libby. Même son père ne l'appelait Elizabeth que lorsqu'il la réprimandait.

Ils montèrent l'escalier et croisèrent Marcus qui descendait en boitillant. Le cœur de Libby se serra à la vue d'un large cadre au mur. Daniil posait vêtu de l'uniforme d'une école privée, ses parents debout derrière lui. Sourire semblait lui coûter un effort surhumain — effort ruiné par l'hostilité brillant dans ses yeux gris. Daniil ignora ostensiblement le portrait.

— Daniel ?

Ils se retournèrent tous les deux. Katherine, nota Libby, n'était pas sans évoquer un fox-terrier avec ses cheveux courts et ses manières nerveuses.

— Charlotte vient d'arriver.

— Et ?

— Je voulais juste t'en informer.

Daniil ne répondit pas et s'engagea sur le palier. Mais Katherine n'en resta pas là.

— Tu comptes prononcer un discours, n'est-ce pas ?

— En effet.

— Peut-être devrais-je le lire avant ?

— Inutile, trancha-t-il.

Elle n'avait pas seulement l'apparence du fox-terrier, mais aussi sa ténacité ! songea Libby comme Katherine les suivait dans l'escalier.

— Daniel, insista-t-elle. Nos invités de ce soir sont des gens importants…

— Alors tu devrais te hâter de les rejoindre, conclut Daniil.

Saisissant Libby par le bras, il l'entraîna résolument dans le couloir. Katherine capitula et tourna les talons.

— *Tupa shmara*, maugréa-t-il sitôt la porte de leur chambre fermée.

— Oh ! la vilaine insulte ! devina Libby.

— Non. C'est la vérité.

Le regard de Daniil tomba sur leurs bagages déposés sur le lit, en attente d'être défaits. Il adressa un remerciement muet à Marcus.

La chambre était spacieuse et agréable avec sa frisette de couleur claire, qui contrastait avec le plancher et la porte en bois sombre. Le mobilier, bien qu'ancien, était parsemé çà et là de touches plus modernes. Il détestait cette pièce. Il se revoyait adolescent, allongé sur le lit, regardant la télévision sans comprendre un traître mot de ce qui se disait.

— C'est ravissant, commenta Libby, admirative devant les moulures du plafond.

— Si on aime les musées, oui.

Elle s'approcha de la cheminée, sur laquelle trônaient des photos de Daniil tenant une raquette ou montant à cheval, l'air renfrogné.

— Je faisais une pâle copie de Daniel, dit-il derrière elle.

— Et lui aurait fait une pâle copie de toi, affirma-t-elle. Les gens protesteraient si je remplaçais ma sœur aux fourneaux à son restaurant. Ce serait comme lui demander d'être ma doublure ! Pourtant, nous partageons les mêmes gènes.

Elle se retourna et se pendit à son cou.

— As-tu amené beaucoup de petites amies ici ?

— Aucune.

— Jusqu'à ce soir.

L'expression de Daniil se rembrunit.

— Libby…

Non, elle ne le laisserait pas la tenir à l'écart. Hissée sur la pointe des pieds, elle pressa sa bouche sur la sienne. Ses lèvres étaient glaciales, sa mâchoire crispée. Il chercha à dénouer ses bras de son cou, mais elle s'accrocha plus fort et accentua la pression de ses lèvres. Peu à peu, il se détendit et finit par s'ouvrir à son baiser tout en la serrant contre lui.

Peut-être n'avait-elle pas son numéro. Mais sa bouche, sa façon de prendre le contrôle de leur baiser lui étaient familières, désormais. Ses bras autour d'elle formaient un cocon protecteur où rien ne pouvait les atteindre.

— Pas ici, souffla-t-il.

— Si, ici.

Elle glissa une main entre eux, la paume pressée sur le renflement dur entre ses cuisses.

Si, ici, approuva Daniil. Car s'il était de retour dans son ancienne chambre, il n'était plus le même qu'autrefois. Les lèvres scellées aux siennes, il la poussa vers le lit, tout en tirant sur l'ourlet de sa robe. Soudain, un coup retentit à la porte, qui s'ouvrit aussitôt.

Libby comprenait mieux pourquoi il n'aimait pas qu'on frappe à la porte : cela ne servait à rien. Son père, sans y avoir été invité, déboula dans la chambre. Libby s'arracha aux bras de Daniil, rouge de honte, et lissa prestement sa robe du plat de la main.

— *Se' bis*, lança Daniil.

— *Se' bis*, répondit son père.

Le sourire narquois de Daniil n'échappa pas à Libby, qui tentait tant bien que mal de faire bonne figure.

— Ta mère m'a parlé de ton discours, dit Richard. J'aurais aimé y jeter un coup d'œil.

Daniil secoua la tête.

— Ce ne sera pas nécessaire.

— Uniquement pour m'assurer que tu as bien abordé tous les points importants, insista son père.

— C'est le cas.

Daniil refusait de céder.

— Ta mère s'inquiète, Daniel. Elle est stressée à propos de ce soir…

Il posa une main sur son cœur, dans un geste lourd de sous-entendus.

— Si elle a mal à la poitrine, appelle une ambulance, lui conseilla Daniil d'un ton posé.

Richard serra les poings à cette réponse.

— Pour ce qui est de mon discours, tout est là, reprit Daniil en se tapotant la tempe de l'index. Maintenant, si tu veux bien nous excuser… Libby et moi aimerions nous préparer.

— Très bien, dit Richard.

Sur le pas de la porte, il se retourna, visiblement résolu à avoir le dernier mot.

— Daniel, pense à contrôler ton accent ce soir…

Restés seuls, ils ne reprirent pas là où ils s'étaient arrêtés. Libby se maquilla, tout en se repassant la scène à laquelle elle venait d'assister. L'accent de Daniil était l'une des nombreuses particularités qu'elle adorait chez lui. L'idée que ses propres parents cherchent à l'éradiquer lui faisait monter les larmes aux yeux, ce qui ne facilitait pas la pose de son mascara.

— *Tupa shmara*, siffla-t-elle.

Daniil sourit.

— Bien essayé, mais cela ne fonctionne pas dans ce cas.

— Puisqu'on est dans la leçon de russe, qu'est-ce que signifie *se' bis* ?

Daniil s'esclaffa. Décidément, Libby était perspicace.

— « Sors d'ici. » Mes parents croyaient que je les saluais

quand ils entraient dans ma chambre. Très vite, ils se sont mis à le répéter. Une de mes petites revanches…

Ils rirent en chœur, mais c'était un rire amer. Ses parents n'avaient pas seulement arraché Daniil à sa terre natale, ils avaient tenté d'effacer toute trace de son passé.

Libby se rappela quelque chose qu'il lui avait dit.

— Tes trajets en ambulance…

— Oui, confirma Daniil. À la moindre contrariété, ma mère se plaignait d'avoir mal à la poitrine, ou s'évanouissait, ou que sais-je encore. C'était toujours ma faute, bien sûr. À quatorze ans, j'ai reçu une formation en premiers secours à l'école. Lors de la crise suivante, j'ai appelé une ambulance. Et *idem* pour toutes les autres…

Libby l'imaginait très bien, calme et détaché au milieu du chaos. Elle n'était pas choquée. Derrière son apparente froideur se cachait un homme profondément humain, elle en était convaincue.

— Je n'aime pas être manipulé, Libby. Les scènes et les larmes ne me touchent pas.

— Qu'est-ce qui te touche ? demanda-t-elle.

— Rien.

Cette réponse contenait un avertissement, qu'elle choisit d'ignorer. Elle ne le croyait d'ailleurs pas une seconde.

— Allons-y, dit-il.

Cette soirée resterait pour Libby l'une des plus déplaisantes de sa vie. Non que son père y fût pour quelque chose. Le décor était enchanteur avec ces immenses chandeliers de cristal et ces ravissantes bougies rouges disséminées un peu partout. La pièce brillait littéralement de mille feux ! L'air embaumait le parfum des roses disposées en somptueux bouquets sur chaque table. Des roses rouges, cultivées par leur jardinier spécialement pour l'occasion, précisait Katherine à qui voulait l'entendre. La nourriture était exquise, les musiciens fantastiques…

— Lindsey s'est surpassé, commenta Daniil.

Oui, tout était parfait. Y compris Daniel Thomas qui, ce

soir, se comportait en fils modèle, bavardant avec famille et amis dans un anglais policé.

Ne comprenaient-ils pas, songea Libby, que le temps qu'il passait à ménager leurs angoisses était autant de *vraies* conversations perdues ?

Seules les apparences comptaient, pour eux. Ils se fichaient bien de connaître Daniil. Il n'était qu'un substitut du fils décédé des Thomas.

— Daniel ?

Libby couva d'un œil méfiant la ravissante brune qui venait d'approcher.

— Cela faisait longtemps.

— Libby, voici Charlotte Stephenson, la présenta Daniil avec un sourire crispé. Nous étions à l'école ensemble. Le père de Charlotte en était le directeur.

— Il l'est toujours, rectifia Charlotte. D'ailleurs, il est présent ce soir. Tu devrais aller le saluer.

— Tu sais bien que je ne fais jamais ce qu'on attend de moi, répliqua-t-il.

Charlotte s'éloigna avec hauteur et Libby attendit que Daniil lui explique quelle place occupait la belle brune dans son passé. En vain. Son silence, bien sûr, ne fit qu'enflammer son imagination. N'était-ce pas le signe qu'ils avaient été amants ?

Au même instant, le brouhaha s'estompa. L'heure des discours était arrivée. La gorge serrée, elle regarda Daniil monter sur l'estrade. Malgré son air nonchalant et l'absence de notes, Libby devinait de longues heures de préparation derrière le discours qu'il s'apprêtait à prononcer. Katherine le fixait avec appréhension, la sueur perlant sur sa lèvre supérieure. À ses côtés, Richard avala son verre d'un trait, comme pour se préparer au pire. *À raison ?*

Elle croisa le regard de Daniil. Avait-il choisi ce moment pour prendre sa revanche, après toutes ces années ?

Daniil y avait pensé. Pour la première fois, il était au centre de l'attention familiale, *réellement*. Il lut l'avertissement anxieux dans les yeux de ses parents, surprit le sourire d'anticipation de son cousin George, qui avait tout à gagner d'un coup d'éclat de sa part. Mais quelle raison aurait-il de dévoiler la vérité ? Personne ne comptait assez pour lui, ce soir, pour qu'il s'en donne la peine.

Personne sauf Libby.

Elle lui adressa un sourire encourageant. Un sourire qui signifiait que, quoi qu'il décide, elle le soutiendrait. Le soulagement l'envahit. C'était agréable d'être accepté pour qui l'on était, sans avoir à se soucier de satisfaire d'impossibles attentes.

Dans un anglais parfait, sans trace d'accent, il remercia tous les invités de leur présence, en particulier ceux qui venaient de loin, avant d'ajouter :

— Mais bien sûr, les personnes que je souhaite remercier par-dessus tout sont celles qui nous ont réunis ce soir.

Des murmures approbateurs parcoururent l'assemblée. À leur table, Katherine et Richard se relaxèrent perceptiblement. Daniil évoqua leur mariage en termes élogieux, énuméra leurs nombreux accomplissements ainsi que les diverses œuvres de charité qu'ils parrainaient. La tension refit surface lorsqu'il aborda le sujet tabou entre tous :

— Comme vous le savez, il y a de cela vingt ans, mes parents ont perdu leur fils unique. Pendant deux ans, leur chagrin est resté insurmontable, mais ce couple généreux a fini par comprendre qu'il avait encore énormément d'amour à donner.

Libby se retint de bondir : « C'est faux ! » avait-elle envie de hurler. « Ils ont seulement cherché à remplacer leur fils ! » Elle garda le silence.

— Deux ans après cette terrible perte, mes parents m'ont adopté, continua Daniil. J'avais douze ans, alors, et…

Il eut un sourire teinté d'ironie.

— Disons que je n'étais pas un enfant facile. Mais ils m'ont accueilli à bras ouverts et offert une chance dont j'aurais seulement pu rêver.

Il évoqua l'école où il avait été envoyé, et au conseil d'administration de laquelle Richard siégeait toujours.

— Je vois que M. Stephenson est là, ce soir…

Il adressa un signe de tête à son ancien directeur d'école.

— Vous aviez raison. Je n'avais aucune idée de la chance que j'avais.

Libby frémit à ces mots, prononcés d'un ton appuyé. Sans doute était-elle la seule personne à percevoir leur malice sous-jacente, car M. Stephenson sourit comme si Daniil venait de le remercier.

— Sans les encouragements de mes parents et leur soutien indéfectible, je ne serais pas là où j'en suis aujourd'hui, poursuivit-il.

Toute l'assemblée savait que Daniil possédait l'une des plus grandes fortunes du pays. Lorsqu'il en donna le crédit à ses parents, des applaudissements éclatèrent et Katherine, un sourire béat aux lèvres, eut un geste faussement modeste signifiant qu'elle ne méritait pas un tel compliment.

Ça, c'est sûr, pensa Libby avec mépris.

Pour terminer, Daniil emprunta à Libby ses propos lors de leur première rencontre, félicitant ses parents pour l'exploit que représentaient leurs quarante ans de mariage. Leur union, conclut-il, offrait un magnifique exemple de longévité que chacun ne pouvait qu'espérer émuler.

L'assemblée leva son verre, Libby quelques secondes après tout le monde. Le champagne avait un goût amer, après un tel discours…

Daniil croisa le regard de son père qui, pour la toute première fois, lui manifesta son approbation.

Ça y est, devait-il penser. Daniel était rentré dans le rang.

Je viens de vendre mon âme au diable, songea Daniil, *mais pour la bonne raison.*

9

Un somptueux fraisier fut servi en dessert. Libby ne termina pas sa part, tant il laissait un goût de cendre dans sa bouche. Comme promis, Daniil dansa avec chacune de ses tantes et, sa corvée accomplie, l'invita à son tour.

— Ton discours a remporté un franc succès, lui dit-elle.

— L'inconvénient, c'est que maintenant tout le monde veut me parler, soupira-t-il en fixant un point derrière elle. Je préférais quand on m'ignorait.

Elle suivit son regard et découvrit son cousin George, qui les espionnait. Ce n'était pas la première fois depuis le début de la soirée.

— Ton cousin semble beaucoup s'intéresser à toi, observa-t-elle.

— Le moindre faux pas de ma part lui permettrait de mettre la main sur son héritage. Parfois, je suis tenté de me réconcilier avec mes parents, juste pour le plaisir de lui donner des sueurs froides.

— Tu le ferais ?

— Non. Mais l'idée m'amuse.

Daniil dévisagea la jeune femme. Elle était rigide entre ses bras. Où étaient passées sa souplesse habituelle et cette complicité entre eux qu'il appréciait tant ?

— Désolé de t'avoir laissée toute seule.

— Pas de problème.

— Nous n'allons pas tarder à mettre les voiles, décréta-t-il.

Il n'avait qu'une hâte, en finir avec cette réception et questionner son père au sujet des lettres.

— Nous ne restons pas ce soir ? s'enquit Libby. À moins que tu ne veuilles dire…

Mettre les voiles dans leur chambre, c'est à cela qu'elle pensait. Une simple porte entre eux et le reste du monde. Oui, cela pourrait suffire. Passer la nuit ici était tentant si cela leur permettait de se retrouver en tête à tête plus rapidement.

— Comme tu l'as constaté, mon père n'a aucun scrupule à entrer dans une pièce sans y être invité, argua-t-il.

— Je connais un moyen de le guérir de cette mauvaise habitude, lui chuchota-t-elle à l'oreille.

— Cela ne l'a pas arrêté, tout à l'heure.

— Je n'étais pas nue, à califourchon sur toi…

Daniil sourit en imaginant la retraite hâtive de son père s'il les surprenait dans une position aussi compromettante.

— Tu ne te cacherais pas sous les draps ?

— Oh ! Non. Je lui demanderais même un verre d'eau. Il n'entrerait plus jamais sans obtenir la permission au préalable.

— Que fais-tu ? demanda-t-il comme elle souriait et saluait quelqu'un par-dessus son épaule.

— J'agace ton cousin George, répondit-elle. Je viens de sourire à ta mère.

Pour la première fois, il se sentait à l'aise dans cette villa qu'il haïssait. Jamais il n'aurait cru cela possible. Sa complicité avec Libby était un bouclier qui les protégeait, envers et contre tout.

— Et dans ta famille ? questionna-t-il. Comment cela se passe-t-il ?

— Mon père s'occupe de la gestion, ma sœur de la cuisine…

— Et ta mère ?

— Elle critique, soupira Libby. Je me demande si elle a jamais vraiment été heureuse. Elle est tout simplement incapable de profiter de l'instant présent.

Contrairement à eux, songea Daniil. L'instant présent, ils n'avaient que ça. Contre toute attente, cette soirée redoutée offrait quelques moments de grâce. Le rythme de la musique.

Le plaisir de la compagnie de Libby. Était-ce cela, la magie d'une relation ? Ce calvaire était supportable par la seule présence de Libby à ses côtés…

Sa vie était une éternelle course. Un objectif atteint cédait aussitôt la place au suivant. Pourtant, en cet instant, dans ce lieu où il n'avait que des mauvais souvenirs, il entrevoyait un futur, une constante dans son existence. Loin de le réconforter, cette découverte le troubla. Rien ne durait, dans la vie. Il en avait eu la preuve des années plus tôt.

Le morceau terminé, Libby s'éclipsa aux toilettes et Daniil alla se servir un autre verre. À son vif déplaisir, George le rejoignit, tout sourire.

— Un fabuleux discours, le félicita-t-il en lui tendant la main.

Daniil se souciait de l'approbation de George comme d'une guigne, mais feignit d'accepter le compliment et lui serra la main.

— C'est tellement vrai, ce que tu as dit… Rester marié à la même personne quarante ans relève de l'exploit, soupira George. Je doute que toi et moi ayons la même chance.

— Oui, j'ai appris pour ton divorce, dit Daniil.

Il omit poliment de mentionner les deux précédents.

— Cette garce veut me faire cracher le fric que je n'ai pas, siffla son cousin. Mes deux ex-femmes ont tari la poule aux œufs d'or. Rien ne vaut le célibat, pas vrai ?

Daniil s'abstint de tout commentaire.

— Depuis combien de temps es-tu avec Libby ? enchaîna George. Elle a l'air charmante.

— Elle l'est.

— Comment vous êtes-vous rencontrés ?

— Par l'intermédiaire de son père. C'est lui qui a organisé la soirée.

— Oh ! Alors c'est récent ?

Daniil acquiesça.

— C'est bien ce que je pensais.

— Pardon ?

— Elle semble encore heureuse.

Sur ces mots, George tourna les talons et s'éloigna.

Daniil serra les dents, mais s'efforça d'ignorer la remarque de son cousin. À peine se retournait-il qu'il buta sur Charlotte.

— En souvenir du bon vieux temps ? lança-t-elle en guise d'invitation.

S'il déclinait, elle ferait une scène. Il entraîna donc son ex-maîtresse sur la piste de danse.

— Mon père a l'air furieux, chuchota-t-elle.

Il y a douze ans, cela l'aurait excité. À peine quelques semaines plus tôt, même, il n'aurait pas hésité à la rejoindre dans sa chambre au milieu de la nuit, pour le seul plaisir de la posséder au nez et à la barbe de son père.

— Je serai de passage à Londres, la semaine prochaine, susurra la jeune femme.

— Et moi, en voyage d'affaires.

— Je repasse le mois prochain.

Soudain, il sut qu'il avait changé. Le mois prochain était une échéance trop lointaine pour l'envisager avec une femme. Pourtant, il imaginait déjà les semaines à venir avec Libby. Les mois. Les années. Charlotte était comme le fraisier de tout à l'heure : appétissante à l'œil, mais ne lui inspirant aucune envie d'y goûter.

— Donne-moi ton numéro, suggéra Charlotte. Quand j'ai essayé de te joindre à ton bureau, la réceptionniste a refusé de transmettre mon appel.

— Je ne le donne pas à n'importe qui, répondit-il.

— Je ne suis pas n'importe qui.

Elle battit des cils, un petit jeu qu'ils jouaient depuis longtemps, sauf qu'il ne l'amusait plus.

— Pour moi, si.

Oui, il se comportait comme un mufle et il s'en moquait.

Libby rejoignit Daniil, à temps pour apercevoir Charlotte qui s'arrachait à son étreinte et s'éloignait à grands pas. Daniil semblait agité, impatient. En voyant Richard s'avancer vers eux, il parut prendre une décision.

— Que dirais-tu d'une balade à cheval, demain matin,

Daniel ? Nous partirons tôt et serons de retour pour le petit déjeuner.

— Pas pour moi, dit Daniil. Nous devrons être partis avant 9 heures. Tu as un instant ? J'aimerais discuter en privé.

— Le moment est mal choisi…

Libby, qui suivait anxieusement l'échange, sentit les doigts de Daniil serrer les siens.

— Il n'y en a pas pour longtemps.

Richard opina sèchement et tourna les talons. Daniil lui emboîta le pas. Libby aussi, puisqu'il lui tenait la main. Arrivé dans le vestibule, il parut se souvenir de sa présence et la lâcha.

— J'ai besoin de parler à mon père, dit-il.

— Je viens avec toi.

Le regard qu'il lui jeta signifiait clairement qu'elle avait outrepassé ses droits.

— Monte te coucher. Je te rejoins plus tard.

— Me coucher ? répéta Libby. Les gens dansent encore. La soirée n'est pas terminée…

— Elle l'est pour nous.

Il la planta là et elle le regarda s'éloigner, incrédule. Il venait de la congédier ! Elle sourit à Marcus, apparu à ses côtés comme par magie. Que s'était-il passé ? Ils dansaient et plaisantaient, complices, soudés. Et l'instant d'après…

— Je crois que je viens de me faire expédier au lit, soupira-t-elle tout haut.

Daniil suivit son père jusqu'à son étude à travers le dédale de couloirs de la villa. Richard s'assit à son bureau et Daniil se revit debout devant lui tandis qu'il examinait son bulletin. Il n'était plus un écolier et dépassait d'une bonne tête l'homme qui le réprimandait avec sévérité autrefois.

— Je devine pourquoi tu es ici, commença Richard. Ta mère et moi avons longuement discuté de ton héritage…

— Je ne suis pas là pour la propriété, le coupa-t-il. Votre argent ne m'intéresse pas.

Son père pinça les lèvres. Daniil avait repris son accent russe et se tenait devant lui, menaçant. Sa fortune excédait de loin celle de ses parents. Richard en prenait ombrage, il le savait.

— Les lettres, tonna-t-il. Je veux savoir...

— Ah, oui. Un marché est un marché, l'interrompit son père en ouvrant un tiroir. Il n'y en a qu'une.

Le cœur de Daniil bondit devant l'enveloppe que lui tendait Richard. Il l'ouvrit d'une main tremblante. La missive était en anglais, mais écrite par un Russe. Cela se devinait à la rondeur des lettres. Elle devait venir de Roman ! L'espoir enfla dans sa poitrine. Enfin, des nouvelles de son frère jumeau !

Il fronça les sourcils en remarquant le cachet de la poste quasi effacé.

— De quand date cette lettre ?

— Oh ! Cinq ou six ans, répondit Richard.

— *Quoi ?*

Daniil réprima tant bien que mal sa colère. Une chance qu'il n'eût pas interrogé son père plus tôt dans la soirée. Son discours aurait certainement été très différent...

— Pourquoi ne pas me l'avoir donnée à l'époque ? demanda-t-il aussi calmement que possible.

— Nous jugions inutile de remuer le passé.

— C'est *mon* passé ! s'emporta-t-il. Vous n'avez pas le droit de me l'enlever ! Ce n'est pas faute d'avoir essayé...

Il serra les poings.

— Pourquoi me la donner maintenant ?

— J'ai suggéré à Lindsey que cette lettre te convaincrait de venir.

Libby était-elle au courant ? Peu importait, au fond. Cette lettre dormait au fond d'un tiroir depuis des années. Quelle différence faisaient quelques semaines de plus ou de moins ?

— J'ai une dernière question, gronda-t-il. Les lettres à mon frère que je vous donnais à poster... Les avez-vous jamais envoyées ? Dis-moi la vérité.

Richard dut comprendre que Daniil n'était pas venu faire

amende honorable ce soir et qu'il s'agissait là de leur ultime confrontation, car il enfonça le clou.

— Non.

— Puis-je savoir pourquoi ?

— Afin de faciliter ton intégration, on nous a conseillé…

— Non, intervint Daniil. Vous avez fait fi des conseils reçus pour n'écouter que ce qui vous arrangeait.

— Sans nous, tu aurais fini à la rue ou en prison, Daniel. Avec ton caractère…

— Richard, l'interrompit-il.

Plus jamais il ne commettrait l'imposture de l'appeler « papa ».

— *Otyebis ot menya.*

« Ne m'approche plus jamais. » Enfin, en nettement moins poli. Incapable de rester plus longtemps dans la même pièce que lui, il partit retrouver Libby. En chemin, il se décida à décacheter la lettre. Elle n'était pas de Roman, mais de Sev. Il serait à Londres le temps d'une journée. Que dirait-il de le revoir ?

Cette lettre datait d'il y a plus de cinq ans !

En passant devant le portrait de sa prétendue famille sur le palier, l'envie le démangea de l'arracher du mur et de le piétiner. S'il n'avait pas envoyé Libby se coucher, il aurait contacté son pilote pour rentrer à Londres sur-le-champ. Mais il ne voulait pas la réveiller. Il se réfugia donc sur un balcon, d'où il regarda les invités s'en aller les uns après les autres, comme il l'avait fait si souvent par le passé. Il sortit la lettre de sa poche et, cette fois, prit le temps de la lire en entier.

Salut, shishka !

Daniil sourit à ce surnom qui, autrefois, le faisait bondir.

Une femme m'a fait du plat, il y a quelque temps, parce que j'étais russe. Elle était obsédée par un type avec qui elle avait couché une fois, un certain Daniel Thomas. Le nom ne sonnait pas très russe, alors je me suis renseigné.

Tu as fait ton chemin.

Je serai aux États-Unis pendant un mois pour affaires, mais ferai un détour par Londres le 12 novembre. Que dirais-tu que l'on se voie ? Mettons midi, devant le palais ? C'est tout ce que je connais de la ville.

J'espère que tu ne m'en veux pas de t'avoir écrit.

Sev.

Rien à propos de Roman ou de Nikolai. Aucun indice sur leur vie actuelle. Lui qui brûlait de découvrir quelque chose, n'importe quoi, en lien avec le passé qu'il avait été contraint de laisser derrière lui ! Hélas, l'opportunité arrivait cinq ans trop tard.

Le ciel, nota-t-il, était d'un noir d'encre, sans aucune étoile. Au diapason de son humeur.

Cette même impulsion égoïste qui l'avait poussé à venir avec Libby ce soir l'encourageait à aller la retrouver. Elle et lui, seuls au monde, rien que tous les deux…

Les mots de George le retinrent. Il tenta de les chasser de son esprit. Chacune de ses paroles était empoisonnée, il le savait. Mais comme toujours, elles n'étaient pas dénuées d'un fond de vérité.

Combien de temps encore Libby serait-elle heureuse avec lui ? Que lui ferait-il subir avant que son sourire ne s'efface pour de bon ?

Il n'avait aucune expérience en matière de relations, rien à quoi se raccrocher. Rien d'autre que des souvenirs. Roman n'avait fait aucun effort pour le recontacter, pas plus que Nikolai. Une lettre de Sev vieille de cinq ans était tout ce qui le rattachait à son passé. En quoi sa relation avec Libby était-elle plus forte ? Non, il n'avait pas assez confiance en eux pour lui confier l'immense déception qui l'accablait ce soir. Pour son bien, mieux valait la laisser en dehors de cela.

10

Libby ne dormait pas. De retour dans l'ancienne chambre de Daniil, elle avait été assaillie par la même sensation que dans l'hélicoptère, comme si le sol cherchait à l'engloutir. Elle s'était assise sur le lit en attendant que le vertige passe. Peut-être avait-elle trop bu ?

Non, elle avait à peine touché au champagne qui coulait à flots. Ce devait être la fatigue, décida-t-elle. Elle était exténuée après des semaines à courir partout en vue de l'ouverture de son école.

Elle soupira. Cette explication ne tenait pas la route. Son emploi du temps de ballerine avait été mille fois plus contraignant. Levée à 6 heures pour s'échauffer, elle commençait les cours à 8 heures, suivis à 10 heures par les répétitions. À cela s'ajoutaient les représentations du soir. Malgré ses petits rôles, elle ne rentrait jamais avant minuit. Sans oublier les répétitions pour les rôles dont elle était la doublure…

Non, si fatigue il y avait, elle n'était pas physique. Le problème était qu'elle s'était éprise d'un homme qui l'avait pourtant avertie de ne pas s'attacher. Et comme si cela ne suffisait pas, il avait aussi fallu qu'elle tombe enceinte !

— Enceinte…

Ridicule, se tança-t-elle. Elle dramatisait la situation. Ses règles avaient à peine quelques jours de retard, et c'était extrêmement fréquent chez les danseuses.

Un coup à la porte la fit sursauter. Daniil ne frappait

jamais. Richard ou Katherine allaient-ils faire irruption dans la chambre ? Un second coup retentit.

— Entrez, lança-t-elle.

À son soulagement, il s'agissait de Marcus qui apportait un large plateau.

— J'ai pensé que vous aimeriez une tasse de thé.

Libby sourit.

— Merci. C'est gentil.

Sur le plateau se trouvaient également une assiette de biscuits, une part de fraisier, ainsi qu'un pichet d'eau glacée. Quel bonheur d'être ravitaillée pendant qu'elle était confinée dans cette chambre !

— Daniil est-il toujours en conversation avec son père ? s'enquit-elle.

— Je l'ignore, répondit Marcus en lui servant une tasse de thé. Mais ils ne devraient pas en avoir pour longtemps.

Son sourire crispé en disait long sur la relation entre les deux hommes.

— L'atmosphère est-elle toujours aussi tendue quand Daniil est là ?

Cela ne la regardait pas, mais c'était plus fort qu'elle. Il fallait qu'elle pose la question.

— Pas seulement quand Daniil est là.

Cette indiscrétion de la part du majordome la surprit. Elle ne s'était pas attendue à une réponse aussi franche.

— Pourtant, vous restez, alors que vous pourriez prendre votre retraite ?

— Oh ! Ce n'est qu'une excuse. Daniil, je le crains, n'est pas aussi diplomate.

Il balaya la pièce des yeux.

— Je me rappelle le jour où il est arrivé. J'allais justement donner ma démission. La dernière chose dont j'avais besoin était un autre morveux pourri gâté me donnant des ordres. Mais en le voyant…

Il poussa un soupir.

— Le mal était irréparable.

Entendre Daniil être décrit en ces termes révolta Libby. Marcus, toutefois, n'avait pas terminé.

— Irréparable, oui… Raison de plus pour ne pas laisser cet enfant payer les pots cassés.

Libby comprit son erreur.

— Alors, vous êtes resté, murmura-t-elle.

— Oui. J'ai décidé de prolonger mon service quelques semaines de plus, le temps qu'il s'acclimate. Les semaines se sont transformées en mois, puis en années. Quand Daniil est parti à l'université, j'ai pensé que le moment était enfin venu.

— Mais là encore…

— Une nouvelle cuisinière a été engagée. Shirley.

Il sourit en voyant qu'elle n'avait pas touché au fraisier.

— Si vous saviez combien de fois elle a dû refaire ce gâteau pour qu'il convienne à lady Katherine… Bien sûr, les Thomas ignorent notre relation. Ils nous assigneraient à un logement de couple et réduiraient notre salaire de moitié.

— Pourquoi me racontez-vous tout cela ? s'enquit Libby.

— Parce que vous avez posé la question. C'est rare, les gens qui s'intéressent à nous, répondit Marcus. Shirley et moi prenons notre retraite dans quelques semaines, et croyez-moi, nous comptons les jours.

Sur ces mots, il lui souhaita bonne nuit et partit.

Libby enfila une nuisette, puis se glissa au lit. Le double vitrage de son appartement lui manquait. Ici, les vieilles fenêtres laissaient filtrer la rumeur des invités rentrant chez eux, le vacarme des hélicoptères et le crissement des pneus sur les graviers. Elle entendit même Richard prenant congé d'un convive et George s'esclaffant à une plaisanterie. Mais pas la voix de Daniil.

Les heures s'égrenèrent. Était-il rentré à Londres sans elle ? Il était bien capable de l'avoir oubliée, comme on oublie un sac dans un train, pour ne s'apercevoir qu'après coup de son absence. Mais pourquoi préférerait-il rester seul plutôt qu'être avec elle ? S'il était effectivement seul…

Entre le doute qui la taraudait et sa peur d'être enceinte,

impossible de trouver le sommeil. Elle était donc parfaitement réveillée quand, quatre heures plus tard, Daniil entra dans la chambre et commença à se déshabiller.

— Où étais-tu ? demanda-t-elle.

— Je n'ai jamais répondu à cette question de ma vie. Ce n'est pas ce soir que je vais commencer.

— Alors je suis simplement censée t'attendre…

— Je n'ai rien demandé de tel.

Le fait qu'elle l'ait attendu déconcertait Daniil. Il l'imaginait endormie depuis longtemps. Il occupait son temps comme bon lui semblait et n'avait pas l'habitude de rendre des comptes.

— J'espère qu'elle en valait la peine.

Libby regretta aussitôt ces paroles. Elle passait pour une harpie jalouse en manque d'affection. Mais après quatre heures à attendre son retour, c'était exactement ce qu'elle ressentait.

— Étais-tu avec Charlotte ?

— Grandis un peu, Libby ! Tu crois vraiment que j'ai passé les dernières heures à flirter avec un fantôme de mon passé ?

— Mais vous avez été amants ? insista Libby. Flirter avec la fille du directeur de l'école était ta façon de te rebeller, adolescent ?

— Oui. Et alors ?

— D'autres de tes amantes étaient-elles là, ce soir ?

— À ton avis ? Les bars ferment à 23 heures, ici. Trop tôt pour rentrer dans cette maison de fous.

Il se mit au lit et une soudaine fraîcheur s'engouffra sous les draps. Il avait donc passé tout ce temps dehors. *Plutôt qu'avec elle.*

— Ce qui est sûr…

Sa phrase resta en suspens.

— Quoi ? la pressa Daniil.

— Rien, soupira-t-elle. J'ignore totalement où nous allons…

Elle tourna la tête vers lui. Il était allongé sur le dos, les mains derrière la nuque, les yeux rivés au plafond. Il partageait son lit, mais aurait aussi bien pu être à des kilomètres d'elle.

— Nulle part, dit-il. Je t'avais prévenue dès le début.

— Salaud.

— Je sais.

— Je ne comprends pas, Daniil. Il s'est passé quelque chose, n'est-ce pas ? Pourquoi préfères-tu me laisser me morfondre ici plutôt que m'en parler ?

— J'étais sur le balcon, si tu veux tout savoir.

— Oui, je veux savoir.

Peut-être en demandait-elle trop. Peut-être était-elle censée se taire et faire comme si tout allait bien, mais ce n'était pas dans son caractère. Avec elle, c'était tout ou rien.

— Étais-tu au courant pour la lettre ? demanda-t-il.

— Oui. Concernant ton héritage, je crois…

— Non. Une lettre personnelle qui m'était adressée.

— Comment serais-je au courant de cela ?

— Rendors-toi.

— Si seulement c'était aussi simple, répliqua-t-elle. Désolée de ne pas réussir à dormir quand je n'ai aucune idée d'où tu es.

Daniil fronça les sourcils. Personne ne s'était jamais inquiété de ses absences. Seul Marcus se levait pour lui ouvrir lorsqu'il rentrait au milieu de la nuit et avait oublié ses clés. À dix-huit ans, il avait préféré passer le réveillon de Noël dans un bar plutôt qu'avec ses parents, George et la famille de M. Stephenson. En l'absence de taxi, il avait décidé de rentrer à pied depuis le village, malgré la neige et son état d'ébriété. Une idée stupide, bien sûr. Il avait fini par se réfugier dans une grange où il avait passé le reste de la nuit, avant de parcourir le dernier kilomètre au lever du jour.

Marcus lui avait ouvert et il avait suivi le brouhaha de voix provenant du salon, où ses parents et George déballaient joyeusement leurs paquets. Trois paires d'yeux s'étaient tournées vers lui à son entrée. Devant ses vêtements humides et la neige dans ses cheveux, sa mère s'était contentée de hausser les épaules. « Daniel ? Nous pensions que tu dormais encore… »

Il se tourna vers Libby. Sa colère était injustifiée, il le savait.

— Je pensais que tu dormirais, dit-il en guise d'excuse.

— Eh bien, tu te trompais.

— Je m'en rends compte, maintenant.

Il s'était juré de ne pas la toucher, mais c'était plus fort que lui. Les mains déjà sur elle, il chercha sa bouche. Elle le repoussa d'une tape vigoureuse.

— Après m'avoir ignorée la moitié de la nuit, tu t'attends vraiment à ce que je te tombe dans les bras ?

Libby lui tourna le dos et elle le sentit rouler de l'autre côté du lit. Son intransigeance lui coûtait, mais pas question de fléchir. Ce soir, dans ce lit inconnu, elle se sentait aussi seule et désemparée que Daniil avait dû l'être autrefois. À son tour, elle découvrait ce que c'était d'être indésirable. Et la douleur était insupportable.

11

Le lendemain, Libby fut réveillée par le bruit de la douche dans la salle de bains. Elle se remémora sa dispute avec Daniil. S'était-elle montrée trop sévère ? Revenir ici était une épreuve pour lui, elle en avait conscience. Mais le sexe ne résolvait pas tout !

Il émergea de la salle de bains, nu, et finit de s'essuyer avec une serviette. Son cœur s'emballa. Elle méritait des lauriers pour avoir résisté à ce corps de rêve ! Cependant, elle en avait assez de cet ascenseur émotionnel auquel il la soumettait en permanence. Elle avait eu sa dose avec le déclin de sa carrière à gérer. Il était temps de rectifier le tir.

— Descendons-nous pour le petit déjeuner ? s'enquit-elle.

Son estomac ne serait pas contre.

— Non.

— Oh. Merci de m'en informer.

Elle s'éclipsa dans la salle de bains. Examinant son reflet, elle mit sa pâleur sur le compte de l'arrivée imminente de ses règles. Ses seins, sous la douche, lui parurent aussi plus sensibles qu'à l'accoutumée.

Elle ne pouvait pas être enceinte, se persuada-t-elle. Pas seulement parce que le père de son enfant serait le pire débauché de Londres. Qu'adviendrait-il de son école de danse ? Cette école représentait le fruit de toute une vie de travail. Son dernier recours, mais aussi son avenir et le fondement de nouveaux espoirs.

Oui, peut-être avait-elle réagi de manière excessive, hier

soir. Depuis que Daniil avait fait irruption dans sa vie, son comportement défiait toute logique.

Elle sortit de la douche et ne sourcilla pas lorsqu'il se matérialisa derrière elle dans le miroir, en jean noir et pull assorti. Seigneur, il était encore plus sexy qu'en costume ! Surtout avec cette barbe de trois jours qui ombrait ses joues.

— Tu aurais pu frapper, grommela-t-elle.

— Tu sais bien que je ne frappe jamais. Que se passe-t-il, Libby ? Est-ce parce que je suis rentré tard ?

Il eut un rire forcé.

— Tout allait bien, avant cela…

— Non, Daniil. Tout n'allait pas bien.

Elle se tourna pour lui faire face, oublieuse de sa nudité.

— As-tu eu d'autres maîtresses depuis moi ?

Daniil fut pris de court par cette question.

— Non, répondit-il honnêtement.

— Nous sortons donc ensemble depuis un mois ?

— Un mois ? Tu es sûre ?

— Oui.

Elle compta sur ses doigts.

— D'abord, il y a eu le dîner. La semaine suivante, je suis passée à ton bureau. Celle d'après, c'est toi qui es venu au studio. Et une semaine plus tard… Nous voilà.

— Je pars ce soir en voyage d'affaires pour quelques jours, l'informa-t-il.

Il n'aimait pas compter les jours. Mais oui, cela faisait bien un mois qu'ils étaient ensemble.

— Où veux-tu en venir, Libby ?

— Laisse-moi t'expliquer.

Libby prit une profonde inspiration. Elle n'avait rien à perdre. Pas même son orgueil, relégué aux oubliettes depuis qu'elle fréquentait Daniil. Elle était fatiguée de cette relation unilatérale. Fatiguée de s'impliquer émotionnellement avec un homme qui refusait d'en faire autant.

— Je n'ai pas ton numéro de téléphone, dit-elle. Alcatraz

est plus accessible que ton appartement et ta réceptionniste garde ton bureau tel Cerbère les Enfers.

— Libby…

— Je veux des fleurs, continua-t-elle. Je veux pouvoir discuter avec toi, t'appeler et être appelée, t'envoyer et recevoir des textos… J'en ai assez de vivre sur le fil du rasoir. Pourquoi serais-tu le seul à décider si tu as envie de me voir ou non ? Moi aussi, j'en ai le droit. Si c'est trop te demander de m'appeler de temps en temps pour savoir comment je vais, alors nous n'avons rien à faire ensemble.

À quoi bon sauver un bateau qui coulait ? S'il n'avait rien de plus à lui offrir qu'une visite hebdomadaire, mieux valait en rester là.

Elle le bouscula pour regagner la chambre, où elle commença à faire son sac. Ce sac qu'elle avait préparé avec tant d'espoir la veille…

— Et n'imagine pas, à ton retour, reprendre là où nous en sommes restés.

— Pourquoi le voudrais-je ? Il ne s'est rien passé, la nuit dernière.

— Il n'y a donc que le sexe, pour toi ? s'emporta-t-elle.

— Oui.

— Dans ce cas, tu aurais dû demander à quelqu'un d'autre de t'accompagner, ce week-end.

— Je n'aime pas qu'on me dicte ma conduite…

— Moi non plus, rétorqua-t-elle. Je suis comme cela, démonstrative et affectueuse. Si tu cherches une amante à la petite semaine, tu t'es trompé de personne. Je ne vais pas changer qui je suis pour te faire plaisir.

— Tu as fini ?

— Oui.

Vint le moment de prendre congé.

Daniil admira la capacité de Libby à se montrer aussi courtoise avec ses parents qu'à leur arrivée. Quant à Marcus, elle le serra chaleureusement dans ses bras. Sitôt dans l'hélicoptère, elle ferma les yeux et somnola durant tout le vol. Le trajet en voiture jusque chez elle se fit lui aussi en silence.

— À mon retour, peut-être pourrions-nous…

Il n'avait pas fini sa phrase qu'elle claquait la portière.

Libby leva les yeux vers son appartement et vit le rideau bouger à la fenêtre. Rachel attendait son compte rendu et lui reprocherait à coup sûr de ne pas avoir mieux joué ses cartes. Mais Libby ne jouait pas. Hors de question d'attendre les bras croisés que Daniil impose ses règles.

— Je n'aime pas les « peut-être », l'avertit-elle. Si tu repousses jusqu'à ton retour, ne te donne pas la peine d'appeler. Ce sera trop tard.

Daniil n'attendit pas qu'elle soit entrée dans son immeuble pour redémarrer. De son côté, elle ne se retourna pas pour lui faire signe de la main. S'il rejetait son ultimatum…

Tout était peut-être déjà fini.

Et elle n'était pas sûre que son cœur y survive.

Le soir même, Libby prit son portable dans son lit et brancha le chargeur. Au cas où.

Ni texto ni appel ne la réveilla le lendemain. Encore moins le fleuriste. Daniil était en voyage d'affaires, se répéta-t-elle. Une excuse pitoyable…

Le mardi, toujours rien. Ses règles aussi se faisaient désirer. Ce soir-là, elle fureta en vain dans le vestibule, la cuisine et le salon en quête d'un bouquet.

— Des appels ? demanda-t-elle à Rachel, l'air de rien.

— Seuls tes parents appellent sur le fixe, répondit sa colocataire. Je t'avais pourtant prévenue…

— Il est peut-être dans l'avion.

— Bien sûr. Et son pilote lui aura demandé d'éteindre son portable ? Tu n'aurais pas dû le mettre au pied du mur, Libby.

Elle avait raconté à Rachel son week-end avec Daniil. Du moins en partie.

— Même sans mon ultimatum, il n'aurait pas donné signe de vie, argua-t-elle. Au moins, maintenant, je sais à quoi m'en tenir.

Le mercredi, elle fut distraite, pendant l'un de ses cours, par les pleurs d'un bébé dans la salle d'attente. Non, elle ne pouvait pas être enceinte, se répéta-t-elle. Quelle idiote, aussi, d'avoir fait l'amour sans protection ! Certes, Daniil n'avait pas joui en elle, mais…

À l'interclasse, elle ouvrit son casier et contempla le test de grossesse qu'elle avait acheté, sans avoir le courage de l'utiliser. Elle avait trop peur de découvrir la réponse.

L'arrivée de ses élèves lui changea momentanément les idées. Ce cours avancé pour jeunes adultes ne comprenait que trois étudiants : Sonia, une autre fille appelée Oonagh et un jeune homme du nom de Henry. Tous trois possédaient un tel potentiel que Libby était à la fois excitée et terrifiée à l'idée de former leur talent. Le cours à peine terminé, ses craintes la rattrapèrent.

Elle était capable de surmonter un chagrin d'amour, voire de faire face à une grossesse imprévue. Le vrai problème était Daniil. Il était l'homme le plus distant qu'elle ait jamais rencontré. Tout l'inverse d'elle. Il l'avait prévenue dès le début qu'il ne s'attachait à personne. Et les chances qu'elle attende un enfant de cet homme augmentaient de jour en jour !

— Tu as une mine à faire peur, lança Rachel au moment où elle passait le seuil. Ton père a appelé…

— Je sais, dit Libby. Je viens de l'avoir sur mon portable.

M. Stephenson prenait sa retraite et avait confié à Lindsey l'organisation de la soirée. Il priait Libby de bien vouloir lui rendre visite à Oxford afin d'en discuter, comme si elle faisait partie de l'entreprise familiale. Elle avait refusé tout net. Oxford restait associé dans son esprit à sa rupture avec Daniil. Y retourner était la dernière chose dont elle avait besoin.

Elle posa une main sur son ventre. Devrait-elle confier à Rachel ce qui la tourmentait ? Son amie n'était pas du genre à tergiverser. Elle lui ordonnerait de faire le test et en cinq minutes, Libby serait fixée.

Mais au fond, ne savait-elle pas déjà ?

— Tu ne m'as pas demandé s'il y avait eu des appels ou une livraison, observa sa colocataire.

— Tu me l'aurais dit si c'était le cas, soupira Libby. Peut-être aurais-je dû suivre ton conseil…

— Non, intervint Rachel. C'est toi qui avais raison. Mieux vaut s'épargner les mauvaises surprises et être soi-même dès le départ.

— Même quand on en demande trop ?

— Oui. Tu as su rester ferme. Je suis fière de toi.

— Il m'avait pourtant prévenue de ne pas tomber amoureuse…

Elle fut interrompue par le vibreur de son portable. Un texto.

— C'est Daniil ! s'exclama-t-elle, aux anges.

— Que dit-il ? demanda avidement Rachel.

Salut.
Daniil

— C'est tout ?

Elle se jeta sur Libby pour lui arracher le téléphone des mains. Trop tard. Libby avait déjà envoyé sa réponse, avec force émoticônes, cœurs et baisers. Rachel secoua la tête.

— Je croyais que tu étais fière que je reste moi-même, lui rappela-t-elle.

Peut-être sa réponse avait-elle été un peu trop enthousiaste ? Une confirmation de lecture lui parvint.

— Tu aurais dû attendre quelques heures et te contenter d'un « salut », toi aussi, la sermonna Rachel.

— Je sais, mais…

Son portable sonna.

— Daniil ! s'écria Libby en décrochant.

La joie dans sa voix fit sourire Daniil à l'autre bout du fil. Une joie sincère, sans arrière-pensées. Du Libby tout craché.

— Tu me manques, dit-elle.

Rachel leva les yeux au ciel et Libby alla s'enfermer dans sa chambre.

— Tu me manques aussi, répondit-il. Je t'appelle parce que… je t'ai menti.

— Oh ! Je m'en doute. À quel sujet ? Charlotte ? questionna-t-elle, sans parvenir à atténuer la jalousie dans sa voix.

— Je ne mens pas sur des sujets insignifiants, Libby. Non… Je ne suis pas en voyage d'affaires, comme je l'ai prétendu, mais en Russie.

— Oh.

— J'essaie de découvrir ce que sont devenus mes amis d'autrefois.

— Des résultats ?

— Pas vraiment.

Il changea de sujet.

— Et toi, comment vas-tu ?

Libby hésita. Elle voulait lui dire qu'entendre sa voix la comblait de joie. Que ses règles n'arrivaient toujours pas. Qu'elle n'avait jamais été aussi terrifiée de sa vie. Elle ferma la vanne *in extremis*.

— Je suis pas mal occupée, répondit-elle. Les cours se remplissent.

— Tant mieux.

— Pourquoi m'appelles-tu, Daniil ?

— Je n'aime pas la façon dont nous nous sommes quittés. Je me suis comporté comme un idiot, l'autre nuit.

— Je ne te le fais pas dire.

— Je pensais vraiment que tu dormais…

— Je sais, murmura-t-elle, conciliante. Et cette lettre que ton père t'a donnée ?

— Faut-il vraiment que nous en discutions ?

— Non…

Mais c'était comme interdire à un enfant d'appuyer sur un bouton ou de fouiller la maison en quête de ses cadeaux de Noël.

— Si.

— Tu es impossible, grogna Daniil. Bon, d'accord… J'ai reçu une lettre de Sev.

— L'un de tes amis de l'orphelinat ?

— Oui. Il a dû mettre la main sur l'adresse de mes parents et l'envoyer là-bas. Il me proposait de le retrouver devant

Buckingham Palace, le seul endroit qu'il connaissait à Londres. Sauf que je n'ai appris l'existence de cette lettre que l'autre soir.

— Quand t'a-t-elle été envoyée ?

— Il y a cinq ans.

— Et que disait-elle, exactement ? Lis-la-moi.

Avec un soupir, Daniil rouvrit la lettre.

— Elle dit : « Salut, *shishka.* »

— *Shishka* ?

— « Grand ponte. » Les autres ont commencé à m'appeler ainsi quand ils ont su que j'allais être adopté.

— Et ensuite ?

Daniil traduisit la suite mot pour mot, y compris le passage à propos de la femme qui avait eu une aventure avec lui et tenté de séduire Sev. Il conclut par le rendez-vous que Sev lui proposait en novembre.

— Quoi d'autre ?

— C'est tout. Il dit qu'il espère que je ne lui en voudrai pas de m'avoir écrit.

— Pourquoi lui en voudrais-tu ?

— Il a dû craindre que je ne veuille plus rien avoir à faire avec lui.

— En tout cas, c'est une piste, déclara Libby.

Daniil objecta :

— Il n'y a ni adresse ni nom de famille. Aucune information supplémentaire…

Il s'était trituré la mémoire, cherchant désespérément à se rappeler les noms de famille de Sev et Nikolai. Ils ne les utilisaient jamais, là où ils vivaient.

— Es-tu retourné à l'orphelinat ? demanda Libby.

— C'est une école, aujourd'hui. Je me suis renseigné sur place. Sergio, l'homme à tout faire, est décédé. Mais j'ai discuté avec sa femme hier après-midi. Sev a obtenu une bourse qui lui a permis d'intégrer une bonne école. Nikolai est parti lorsqu'il avait quatorze ans.

— Parti ? Où cela ?

— Il s'est enfui.

Il marqua une pause.

— Il s'est noyé, termina-t-il.

— Mon Dieu ! s'exclama Libby avec une émotion qu'il devinait sincère.

Il continua sans fléchir. Il avait assez pleuré la nuit précédente.

— Katya, la cuisinière, a rejoint sa fille Anya à Saint-Pétersbourg. Et je n'ai rien sur Roman. J'essaie de découvrir où il a effectué son service militaire. À part cela, aucune piste.

— Novembre est dans quelques mois, remarqua la jeune femme. Pourquoi ne pas essayer de rencontrer Sev ?

— Cinq ans ont passé, Libby.

— Cela vaut la peine d'essayer. Si c'était moi qui avais écrit cette lettre, je reviendrais chaque année, pauvre âme en peine, une rose à la main…

Cette image le fit sourire.

— Si nous reprenions à zéro ? proposa-t-il.

— Le pouvons-nous ? murmura Libby.

Était-ce vraiment aussi simple ?

— Que dirais-tu d'un vrai rendez-vous ? J'ai deux billets pour *L'Oiseau de feu*. Nous pourrions aller dîner d'abord…

Libby garda le silence. Elle n'avait assisté à aucun ballet depuis qu'elle avait décidé de mettre fin à sa carrière. Le sentiment d'exclusion serait trop vif, trop douloureux.

— Je ne sais pas…

Daniil cita quelques vers de Iakov Polonski ayant inspiré le ballet :

Et dans mes rêves je me vois chevauchant un loup,
Le long d'un sentier dans une forêt,
Parti combattre un tsar sorcier
Dans ce pays où une princesse captive
Se lamente derrière des murs épais.
Au milieu d'un jardin merveilleux s'élève un palais de verre,
Et un oiseau de feu y chante toute la nuit
Becquetant sur un arbre des fruits dorés.

Son timbre profond diffusa un frisson le long de son échine.

— Sev avait l'habitude de nous faire la lecture, le soir, expliqua-t-il. N'es-tu pas tentée de voir un gentil loup ?

— Cela existe-t-il vraiment ?

— Viens et tu auras ta réponse.

En raccrochant, Libby se demanda si elle avait bien fait d'accepter son invitation. Mais après tout, il lui proposait un rendez-vous. Un vrai !

— Alors ? s'enquit Rachel lorsqu'elle sortit de sa chambre.

— Il m'emmène voir *L'Oiseau de feu* samedi.

Son amie roula les yeux.

— Ce type n'a vraiment aucun tact…

— Il n'est pas au courant, protesta Libby.

— Alors explique-lui ce que tu m'as expliqué il y a quelques semaines. Tu redoutes d'assister à une production de cette ampleur, n'est-ce pas ?

— C'était il y a quelques semaines.

— Tu es sûre ?

Libby opina et s'approcha du calendrier sur le frigo. *Oiseau de feu*, y inscrivit-elle, bien que la perspective de voir un ballet la rende malade. De toute façon, elle avait tout le temps la nausée, ces derniers temps. Au moins, elle avait décroché le gros lot : un rendez-vous avec Daniil. Leur tout premier !

Feuilletant le calendrier, elle se remémora sa dernière semaine avec sa compagnie de danse. D'habitude, c'était cette fichue période du mois qui la rendait émotive…

Elle referma l'almanach.

Elle avait dix jours de retard.

12

Libby avait opté pour une robe noire toute simple et soigné son maquillage. Cette fois, elle n'attendit pas sagement à la fenêtre que Daniil arrive. Pas par orgueil, mais parce qu'elle était si nerveuse qu'elle ne parvenait pas à tenir en place.

— Quand est-il rentré de voyage ? demanda Rachel.

— Je ne sais pas.

Elle avait reçu *un* texto et *un* appel en tout et pour tout. Ne pas le rappeler chaque soir, pour lui demander quand il rentrait ou vérifier l'heure du rendez-vous, lui avait coûté un effort surhumain. Et bien sûr, toujours pas de fleurs. Elle vivait dans un suspense permanent, comme seul ce maudit Russe savait l'entretenir.

— Je suis impatiente d'y être, dit-elle à Rachel. C'est juste que…

— Je comprends.

— Je suis sûre que ce sera fantastique.

Elle avait besoin de voir Daniil. Cette soirée était importante, pour diverses raisons. C'était leur premier rendez-vous et un nouveau départ pour eux. Mais le ballet à venir n'était pas la seule raison de sa fébrilité. Ses nausées persistaient et le déni n'était plus une option…

Comment le lui annoncer ?

Pas ce soir, décida-t-elle. Refouler ses émotions ne lui ressemblait pas, mais elle préférait attendre d'être sûre.

— Daniil est là !

La voix de Rachel la ramena au présent. Elle plaqua un

sourire sur ses lèvres. Il y avait tant en jeu, ce soir ! Mais sa priorité était Daniil et elle, point. Le reste passait après.

Rachel avait fait entrer Daniil, qui patientait dans le vestibule. Le problème de le voir si peu était que chaque fois, sa beauté lui coupait le souffle. La dernière fois, il était en jean, pas rasé, les cheveux un rien trop longs. Ce soir, ils étaient plus longs encore, élégamment coiffés en arrière. La même barbe de trois jours mangeait son visage et son teint était aussi pâle que le sien. Même sa cicatrice passait quasiment inaperçue.

— Quand es-tu rentré ? demanda-t-elle.

— Il y a quelques heures.

Sa beauté, son attitude distante, tout chez lui l'intimidait.

Pas de baiser, cette fois, nota de son côté Daniil. Elle ne lui sauta pas au cou, ni ne l'invita à entrer au salon. Son amie, lorsqu'il passa devant elle, lui jeta un regard hostile.

— Ta colocataire ne semble guère m'apprécier, commenta-t-il dans la voiture.

— Ce n'est pas cela…

Libby hésita. Peut-être était-ce le moment de lui parler de ce qui la tourmentait ? Non, il ne comprendrait sans doute pas.

Arrivés au restaurant, ils furent conduits à la meilleure table. Une certaine gêne flottait entre eux, et Daniil n'y était pour rien. Libby avait l'estomac au bord des lèvres, sans savoir si c'était à cause du ballet qu'ils allaient voir ou de l'odeur d'ail leur parvenant des cuisines.

— As-tu hâte d'être au ballet ? s'enquit Daniil.

— Bien sûr ! s'exclama-t-elle avec un entrain forcé. Il paraît que les costumes sont magnifiques.

Le serveur s'approcha pour prendre leur commande. Libby passa la carte en revue.

— Je vais prendre les coquilles Saint-Jacques…

Elle se ravisa en découvrant l'accompagnement — une sauce aux fèves de Java. Son estomac se souleva.

— Tout compte fait, ce sera un consommé, rectifia-t-elle.

— Et en plat principal ?

— Seulement le consommé.

Le serveur parti, Daniil fronça les sourcils.

— Un simple bouillon pour le dîner ?

— S'il te plaît, ne me fait pas la morale, répondit-elle d'un ton acide.

Elle avait le teint pâle et les yeux humides, et il devinait qu'il n'était pas étranger à son état. Sa colocataire l'avait regardé d'un drôle d'air en lui ouvrant. Les paroles de George résonnèrent dans sa tête avec une force nouvelle. Libby, ce soir, n'était pas heureuse…

Daniil avait fait les choses bien et réservé d'excellentes places pour le ballet. Pourtant, les yeux fixés sur la scène, Libby ne songeait qu'à une chose : elle n'était pas du bon côté du rideau. Venir ici avait été une erreur. Les biographies des danseurs, l'installation de l'orchestre, l'électricité dans l'air… Tout lui donnait envie de prendre la fuite.

Elle se tourna vers Daniil.

— Ne pourrions-nous pas…

Elle fut interrompue par une annonce informant le public que le rôle de l'oiseau de feu serait tenu ce soir par la doublure Tatania Ilyushin.

Libby se figea. Si ce n'était pas remuer le couteau dans la plaie… Elle consulta le programme et nota que la danseuse en question interprétait habituellement l'une des treize princesses. Ce soir, Tatania aurait l'opportunité de briller. C'était la chance dont Libby avait désespérément rêvé alors que ses propres perspectives de carrière s'amenuisaient.

Daniil étouffa poliment un bâillement. Combien de temps encore avant que le ballet commence ? Alors qu'il parcourait le programme, ses doigts se crispèrent sur la seconde page. Cette danseuse aux yeux verts… Il se remémora la jeune fille qui avait aidé la cuisinière à le soigner autrefois. *Anya ?*

Oui, c'était bien elle.

Tatania était peut-être son prénom complet ou un nom de scène. Il n'avait jamais su son nom de famille. D'après l'épouse de Sergio, Anya avait fait son chemin et s'était installée à Saint-Pétersbourg, où sa mère, Katya, l'avait rejointe.

Il lança un regard à Libby, dont l'attention était rivée sur le rideau qui se levait.

Époustouflant, s'extasia Libby devant les volutes de fumée s'enroulant autour des arbres. Elle plissa les yeux, scrutant le décor boisé que l'éclairage tamisé parait d'une aura de mystère. Soudain, un éclair orangé traversa la scène. Un murmure parcourut le public à l'entrée de Tatania. La danseuse était plus fine qu'un roseau et d'une grâce sans pareille. Même en s'exerçant chaque minute de sa vie et en renonçant à toute gourmandise, Libby savait qu'elle n'arriverait jamais à la cheville de cette ballerine.

Peut-être était-elle un peu trop grande, nota la professionnelle en elle. Mais ses bras évoquaient des ailes et elle paraissait véritablement voler sur scène. Elle virevoltait dans les bras du prince, fragile et séductrice à la fois. Libby contemplait son rêve accompli sous ses yeux par une autre. Elle n'aurait pas dû venir. C'était trop tôt. Pourquoi s'infliger un tel supplice ?

Elle accueillit l'intermède avec soulagement. Pas pour longtemps.

— Elle est fantastique ! s'exclama Daniil.

De même que la personne derrière lui. Et celle à sa gauche.

— Tu sais, Libby…

Daniil s'interrompit. Comment lui expliquer que la danseuse interprétant le premier rôle savait peut-être quelque chose à propos de son frère jumeau ?

Daniil semblait ailleurs, ce qui n'avait pas échappé à Libby. Elle mordilla la rondelle de citron accompagnant son verre d'eau. L'acidité du fruit se mariait bien à son humeur. Elle était sur le point de lui suggérer qu'ils s'en aillent quand il vida son verre d'un trait.

— Je reviens, dit-il.

C'était peut-être son premier ballet, mais Daniil obtenait toujours ce qu'il voulait. Après quelques pourparlers, on lui assura que certainement, sa requête d'une entrevue après la représentation serait transmise à Tatania. Au moment de donner son nom, il hésita. Se souviendrait-elle de lui ? Il avait douze ans lorsqu'il avait quitté l'orphelinat et Anya ne le voyait que pendant les vacances. Mais peut-être se rappellerait-elle les jumeaux Zverev ? C'était sa meilleure chance d'accéder à sa loge.

— Dites-lui qu'un des jumeaux Zverev est ici et désire la féliciter personnellement.

— Souhaitez-vous faire préparer un bouquet ?

Daniil acquiesça. Il ignorait le protocole dans le monde de la danse, aussi fut-il reconnaissant de la suggestion.

Libby rongeait son frein, au bord des larmes. La sonnerie indiquant la fin de l'intermède venait de retentir et Daniil n'était toujours pas là. Cette soirée était censée leur permettre de se rapprocher. Certes, elle ne s'était pas montrée d'excellente compagnie. Mais elle ne méritait pas d'être plantée là comme un vulgaire pot de fleurs ! Autour d'elle, des couples souriants regagnaient la salle, main dans la main. Oui, elle était vraiment une idiote d'être venue…

Enfin, Daniil réapparut.

— Où étais-tu passé ? siffla-t-elle.

Déjà, on les pressait de regagner leurs sièges.

— Je t'expliquerai plus tard, chuchota Daniil au moment où le rideau se levait.

— Cela t'amuse de toujours me faire attendre ?

— Libby…

Une femme derrière eux lui souffla de se taire. Daniil n'était pas fier d'avoir délaissé Libby comme il l'avait fait. À la première occasion, il dissiperait le malentendu.

Tatania se révéla pleinement dans la seconde partie. Le mois prochain, ou dans un an peut-être, Libby se réjouirait d'avoir assisté à une telle prestation. D'avoir été présente le soir où le monde entier avait découvert Tatania Ilyushin. La danseuse salua, acceptant les nombreux bouquets qu'on lui tendait. Libby s'en voulait de réagir ainsi, mais le fait est qu'elle était dévorée par la jalousie.

Elle ramassa son sac, pressée de partir, seulement pour surprendre Daniil en plein échange avec l'ouvreur.

— Viens, dit-il.

— Où cela ?

Il ne répondit pas et ils suivirent l'ouvreur qui les entraîna dans un escalier de service, puis à travers un dédale de couloirs, ne s'arrêtant que pour récupérer un énorme bouquet préparé très à l'avance. Une sueur froide perlait dans le dos de Libby. Alors c'était cela, sa surprise ? Rencontrer le casting ?

Viens, Libby. Viens donc te confronter de plus près à ton échec.

— Daniil…

Elle se figea devant la loge, telle une mule refusant d'avancer. Le nom de Tatania dansait devant ses yeux. Elle aurait voulu prendre ses jambes à son cou, mais c'était trop tard. Déjà, Daniil ouvrait la porte. Là, devant la coiffeuse, se démaquillait l'une de ses anciennes maîtresses. Libby en eut la certitude absolue quand Tatania, en apercevant Daniil dans le miroir, poussa un cri perçant. Un cri jailli du tréfonds de son âme, comme si elle l'avait attendu toute sa vie. D'un bond, elle se leva et se jeta dans ses bras.

Oh oui, ils avaient été amants, car la danseuse chercha immédiatement sa bouche. Quelques mots murmurés en russe par Daniil l'arrêtèrent, l'informant sans doute qu'il n'était pas seul. Les épaules de la jeune femme s'affaissèrent et elle recula.

— Libby, dit Daniil. Voici Tatania.

— Pardonnez-moi, mais il y a si longtemps que je n'ai pas vu Daniil, s'excusa la ballerine.

Libby, mortifiée, resta silencieuse, mais les deux autres ne semblaient pas s'en soucier. Ils échangeaient en russe, à voix basse, avec l'air d'avoir beaucoup de choses à se dire.

C'en était trop.

Non, les loups de Russie n'étaient pas gentils. Ils étaient sexy, oui. Fascinants. Et les plus cruels de tous. Et elle qui avait été assez sotte pour lui faire confiance !

Rachel l'avait pourtant prévenue. Daniil lui-même l'avait

mise en garde. Mais elle avait choisi de croire en lui. Malgré son humeur inégale ce soir, elle ne méritait pas un tel traitement. Était-ce cela, sa façon de la reconquérir ? Lui jeter son rêve brisé à la figure, en la personne d'une ex-amante de surcroît ?

Elle quitta la loge, le visage ruisselant de larmes. Daniil ne chercha pas à la rattraper. Il était si absorbé par sa conversation avec Tatania qu'il n'avait même pas remarqué son départ.

13

Ce n'était pas seulement pour éviter Rachel et son « je te l'avais bien dit ! » que Libby se fit déposer au studio de danse.

Elle avait besoin de savoir.

Le taxi parti, elle entra, verrouilla la porte derrière elle et fila droit au vestiaire récupérer le test de grossesse caché dans son casier.

Dans les toilettes, l'attente lui parut interminable. Dans trois secondes, elle serait fixée. Si seulement ses mains voulaient bien arrêter de trembler…

Non, elle ne pouvait pas regarder.

Elle retourna dans la salle de danse, où elle se mit à faire les cent pas. Ce n'était pas tant le résultat qui la paniquait que le fait d'être amoureuse d'un parfait salaud ! Le reste de sa vie ne suffirait pas à le lui faire oublier. Il le faudrait, pourtant. Quitte à prendre des cours de comédie pour parvenir à lui annoncer la nouvelle avec détachement :

— Oui, c'est ton enfant, mais ce n'est pas ton problème…

Elle s'exercerait, encore et encore, jusqu'à être convaincante.

Soudain, elle eut une vision d'elle se présentant à ses bureaux, son bébé dans les bras, et se faisant rediriger par la réceptionniste vers une crèche… Une crèche remplie d'enfants aux yeux gris et aux cheveux de jais, auxquels souriaient leurs mères qui, toutes, avaient succombé au charme ravageur de Daniil Zverev.

Pourtant, malgré ses doutes et ses craintes, elle enviait ces mères. Elle aussi voulait un enfant, une partie de lui qui lui appartiendrait en échange de son cœur. Dès le premier jour, elle aurait aussi bien pu le déposer sur son bureau, entouré d'un joli ruban.

Un bébé était tout ce qu'elle obtiendrait jamais de lui, conclut Libby. C'est tout juste si elle n'avait pas dû le supplier pour un bouquet…

Une voiture s'arrêta devant le studio.

Instantanément, elle reconnut le coup de frein à main, le claquement de la portière, les pas sur le trottoir. *Daniil.* Son cœur bondit dans sa poitrine. Au lieu de lui ouvrir, elle se recroquevilla contre le mur pour ne pas être vue. C'était cela ou succomber à la tentation de le revoir une dernière fois. De lui accorder dix minutes de plus, juste dix petites minutes…

Daniil était comme ces régimes que l'on repoussait sans cesse au lendemain.

Un espoir qui refusait de s'éteindre.

— Libby.

Sa voix était calme, *trop* calme. Blasée ?

— Je sais que tu es là.

Il ouvrit la fente de la boîte aux lettres et elle se boucha les oreilles pour ne pas entendre sa voix enjôleuse. Une voix capable de la convaincre qu'elle serait idiote de ne pas leur accorder une nouvelle chance.

— Libby, je te vois dans le miroir…

— L'école est fermée, cria-t-elle. Allez-vous-en !

— Si tu ne veux pas parler, alors écoute-moi. Je suis désolé pour ce soir. Je n'avais pas l'intention de t'ignorer…

— Oh ! non ! C'est une seconde nature, chez toi, railla-t-elle. Tu as été excité de nous voir dans la même pièce, Tatania et moi ? Espérais-tu un plan à trois ?

— Bon sang, Libby, ouvre cette porte !

Il ne semblait plus si calme, tout à coup.

— Non, s'obstina-t-elle. Je veux que tu disparaisses. Cette soirée était une erreur. Je savais que je n'étais pas prête à voir un ballet. Et comme si cela ne suffisait pas, tu me présentes à ton ex-maîtresse ! As-tu la moindre idée de ce que j'ai ressenti ?

Sa voix se brisa.

— Ce qu'a vécu cette fille ce soir, c'était mon rêve de toujours. Cela fait mal, Daniil ! Mais ce n'est rien à côté du mal que tu m'as fait, *toi*…

Daniil ferma les yeux. *Quel idiot !* Il ne lui avait pas traversé l'esprit une seconde qu'assister à un ballet puisse être une épreuve pour elle. À présent, il comprenait ce qu'elle avait enduré.

— Nous n'avons jamais été amants, la détrompa-t-il.

— Menteur !

— C'est la vérité. J'ai connu Anya à l'orphelinat où j'ai grandi. Tu sais que j'en suis parti à douze ans. Ouvre la porte, Libby.

— Non.

Libby serra les poings.

— Je sais ce que j'ai vu, Daniil. Elle s'est jetée dans tes bras comme…

Comme elle-même l'aurait fait. Elle aussi se serait précipitée vers lui, le cœur gonflé d'espoir, s'il était subitement réapparu dans sa vie après plus de dix ans de séparation. Dans un accès de faiblesse, elle s'approcha de la porte.

— Va-t'en, dit-elle. Tu me fais trop de mal.

— Non, refusa-t-il. N'est-ce pas toi qui veux toujours discuter, d'habitude ?

— Pas ce soir.

— Tu aurais dû me prévenir que tu n'étais pas prête à aller voir un ballet.

Il avait raison, bien sûr. Mais ce n'était pas seulement à cause du ballet qu'elle avait les émotions à fleur de peau depuis une semaine.

— Si tu m'en avais parlé…

— C'est fort, venant de quelqu'un qui garde tout pour soi, répliqua-t-elle.

Elle vit ses lèvres esquisser un sourire à travers la fente.

— Je suis venu pour parler, dit-il.

— Tu risques de ne pas aimer ce que tu vas entendre.

Oh ! Il fallait qu'ils discutent, oui. Mais d'abord, elle avait besoin de se décharger de ce poids sur sa poitrine.

— Tu te souviens de notre première rencontre ? Tu m'as expliqué qu'il valait toujours mieux jouer cartes sur table dès le début.

Daniil opina. Où voulait-elle en venir ? Il s'était précipité au studio pour enfin lui parler de son frère. Au lieu de quoi, c'était elle qui lui demandait d'écouter ce qu'elle avait à dire.

— Mes règles…, commença-t-elle.

— Ah. Je comprends mieux ton comportement irrationnel.

— Non, souffla Libby.

Elle lui ferait ravaler ce préjugé une autre fois.

— Elles ont du retard.

Elle ferma les yeux, redoutant sa réaction.

— Combien de temps ?

Sa voix était calme. Aussi calme que lorsqu'il lui avait demandé si elle injectait ses propres fonds dans son projet d'école de danse. L'enjeu, cependant, était autrement plus important.

— Dix jours, répondit-elle en rouvrant les yeux. C'est beaucoup, pour moi.

— Comment te sens-tu ?

— Malade.

— Physiquement ou moralement ?

— Les deux, admit-elle. Je suis terrifiée…

— Ne le sois pas. Je suis là, Libby.

— Tu n'es pas fâché ?

— Pourquoi le serais-je ? Nous avons tous les deux agi en connaissance de cause. Je te l'ai dit, je ne prends jamais de risque sans être prêt à en assumer les conséquences.

— Tu y as réfléchi ?

— Pas vraiment…

Elle le vit sourire derrière la fente.

— Mais je n'ai jamais pris un tel risque avec une autre femme, ajouta-t-il. Libby, enceinte ou non, tu n'as pas à avoir peur.

— C'est plus fort que moi. Je viens tout juste d'ouvrir mon école…

Daniil l'entendit fondre en larmes. Il aurait pu lui promettre que le studio survivrait. Que même si elle ne voulait pas de lui, il s'occuperait de tout financièrement. Mais il savait qu'il n'était pas vraiment question de l'école en soi. Elle avait besoin d'entendre que tout irait bien pour *elle*.

— C'est trop tôt pour engager quelqu'un. Peut-être même devrais-je fermer…

— Libby !

D'abord, il convenait de calmer sa panique.

— Sais-tu pourquoi les banques coopèrent toujours avec mes projets ?

— Non.

— Parce que je suis un pessimiste. Les banques savent que j'envisage toujours le pire. Maladie, grossesse, danseuse prête à fermer boutique au prétexte que son futur ex-amant a peut-être couché avec une ballerine il y a plus de dix ans…

Libby sourit. Elle aussi partageait cette tendance au pessimisme. Comment travailler avec le cœur brisé ? Comment continuer à sourire et à danser en attendant un bébé dont le père ne serait plus à ses côtés ?

— Tu penses vraiment que je peux y arriver ?

— Bien sûr. Sinon, je n'aurais pas validé ton projet.

La panique de Libby se dissipa.

— Tu es doué pour gérer les crises, observa-t-elle.

— Oui. C'est le quotidien qui me pose problème. Appeler, envoyer des fleurs, te raconter ma journée… Ce genre de choses. Tu veux bien me laisser entrer ?

Elle ne bougea pas.

— Tu me demandes de t'inclure dans ma vie, Libby. Comment le pourrais-je si tu ne m'ouvres pas ?

Cette fois, elle défit le verrou, mais s'interdit de se jeter dans ses bras. La spontanéité avec laquelle Tatania avait fait de même restait fichée dans son cœur telle une flèche empoisonnée.

— Je ne te crois pas une seconde quand tu prétends que vous n'avez pas été amants.

— C'est pourtant la vérité, persista Daniil.

— Pourquoi mentir ? s'impatienta-t-elle. Je l'ai *vue* te sauter au cou !

— As-tu vu son expression et la façon dont elle a reculé quand elle a aperçu ma cicatrice ?

— Je ne comprends pas…

— Elle pensait que j'étais Roman.

— Roman ? Pourquoi penserait-elle cela ?

— Roman est mon frère jumeau.

Libby resta sans voix, sous le choc.

— De vrais jumeaux, précisa Daniil. L'espace d'un instant, Anya… Enfin, Tatania, a cru que j'étais lui. Mais tu as raison. Quelque chose a dû se passer entre eux après mon départ.

— Vous avez été séparés ? s'exclama Libby, horrifiée par le puzzle qui prenait forme. Tes parents ne t'ont pas permis de garder le contact ?

— Ils ne lui ont jamais envoyé mes lettres.

Libby était à court de mots et Daniil se méprit sur son silence.

— J'ai tout gâché, ce soir. Quand j'ai vu Anya…

— Non, non, le détrompa-t-elle. À ta place, j'aurais bondi sur scène pour exiger des réponses.

— Ce n'était pas ma seule préoccupation, dit Daniil. Je voyais bien que tu ne passais pas un bon moment. Tu aurais dû me dire que tu n'étais pas prête…

— Avec le recul, je suis contente d'être allée voir ce ballet, affirma-t-elle. Tatania était fabuleuse ! Et comment pourrais-je ne pas passer un bon moment avec toi ? Je suis folle de toi, tu le sais bien. Je ne m'en suis jamais cachée.

— J'ai rendu mes parents malheureux. George s'est chargé de me le rappeler…

— Foutaises ! s'emporta-t-elle. Ils l'étaient bien avant que tu arrives.

— Tu n'en sais rien.

— Oh que si ! Marcus a travaillé pour eux pendant trente ans.

Et elle lui raconta, les larmes aux yeux, comment il avait repoussé son départ en voyant arriver à la villa un orphelin de douze ans.

— Il n'avait pas le cœur à te laisser seul avec eux. Je n'arrive pas à croire qu'ils n'aient jamais envoyé tes lettres. Qu'ils vous aient séparés…

— C'est ainsi, dit Daniil.

Il avait eu des années pour s'habituer à ce qu'elle découvrait tout juste.

— Non, se révolta-t-elle. Nous le trouverons !

Ces trois mots étaient les plus beaux qu'il ait jamais entendus, car nourris par l'espoir que lui-même commençait à perdre. La priorité qu'elle accordait à cette quête, réaliste ou non, scella son amour. Pour la première fois depuis l'orphelinat, il faisait partie d'un « nous », promesse que la jeune femme résiderait à jamais dans son cœur.

— Nous le retrouverons, répéta Libby, sans plus chercher à combattre ses sentiments.

Elle se jeta dans les bras de Daniil. Des bras qui se refermèrent sur elle. Qui l'accueillaient et l'acceptaient. Dans ces bras, elle se sentait enfin à sa place.

— J'ai essayé, murmura-t-il.

— Nous poursuivrons les recherches.

Elle prit soudain conscience de ce qu'elle disait. « Nous. » À son insu, le fait qu'ils possèdent un avenir ensemble était devenu une évidence.

— Qui est l'aîné ? demanda-t-elle.

— Je l'ignore.

Le cœur de Libby se serra. Quelle vie se construisait-on sans aucunes fondations ?

— La boxe était notre passeport pour la réussite, continua-t-il. Nous rêvions de devenir professionnels. C'est vers cette époque que les Thomas ont commencé à s'intéresser à moi. Je n'avais aucune envie d'être adopté, mais Roman insistait. Il affirmait qu'il réussirait mieux sans moi. Nous nous sommes battus. Ce n'est que plus tard que j'ai compris qu'il essayait de me donner une chance…

— C'est de là que vient ta cicatrice ?

Cette fois, il n'éluda pas la question et acquiesça. Elle comprenait mieux pourquoi il n'avait jamais eu recours à la chirurgie esthétique. Cette cicatrice était la marque d'un amour fraternel qu'il arborait avec fierté.

— Nous retrouverons ta famille, souffla-t-elle.

— J'ai une famille, maintenant. Toi.

Dès lors, Libby oublia tout. Peu importaient leurs problèmes, car elle était dans ses bras. Le baiser qu'ils échangèrent était différent de tous les précédents. Un ballet à deux, qu'ils dansaient ensemble.

— J'ai envie de toi, susurra-t-elle contre ses lèvres.

— Après t'avoir ignorée comme je l'ai fait, je ne pensais pas…

Il s'interrompit en sentant ses fesses nues sous sa robe.

— Pas de sous-vêtements ?

— Je…

Seigneur, comment avait-elle pu oublier ?

— Mon test de grossesse !

Entre deux baisers affamés, elle lui désigna le coin où elle avait abandonné le bâtonnet. La lumière s'alluma, mais c'est à peine si elle s'en aperçut. Le visage enfoui dans son cou, elle s'attaquait déjà à sa braguette.

— Tu es enceinte.

Il étouffa d'un baiser tout regain de panique. Trop tôt ? Trop compliqué ? Non. C'était une merveilleuse nouvelle et ils méritaient tous deux un peu de bonheur dans leur vie.

Devenir parents n'était-il pas censé rendre responsable ?

Plus tard. Pour l'instant, le dos plaqué contre le miroir, elle s'agrippait à la barre d'exercices d'une façon… inédite. Ils s'étreignaient avec une ardeur désespérée, le silence du studio rompu par leur respiration haletante. Libby perdait pied. Daniil la pressa contre son torse et elle s'agrippa à son cou. Un sanglot la secoua comme il commençait à jouir en elle. Chacun de ses muscles s'accorda aux siens, à ses mouvements, son tempo. Ni l'un ni l'autre n'avait le dessus et elle dansait, libre, dans ses bras.

— Tu es enceinte, répéta-t-il, toujours en elle. Es-tu heureuse ?

— Très heureuse. Et toi ?

— Plus encore.

Oui, il était heureux, car sa famille venait tout juste de s'agrandir, songea Daniil.

Ils échangèrent le plus tendre des baisers. Mais lorsqu'il voulut la déposer à terre, elle résista.

— Je ne te lâcherai plus jamais.

Adorable Libby ! Affectueuse, démonstrative... Exactement ce dont il avait toujours eu besoin sans le savoir.

— Je t'aime, murmura-t-elle.

Il sourit.

— Rentrons chez nous.

14

— Quand as-tu compris que tu m'aimais ? demanda Libby en entrant dans son appartement.

— Ai-je dit que je t'aimais ?

— Allez, dis-le-moi !

Daniil sourit. Elle ne ressemblait à personne d'autre et elle seule était capable de cet exploit : le faire sourire. Elle inspecta le salon, agacée, devinait-il, de ne pas voir son ours sur l'étagère. Ni dans la chambre où elle jeta un coup d'œil furtif.

— La femme de ménage l'a-t-elle déplacé ?

— Quoi donc ? la taquina-t-il.

Elle afficha une moue boudeuse.

— Je n'arrive pas à croire que tu aies jeté mon premier cadeau. Moi, j'ai toujours la serviette de notre premier rendez-vous.

— Sérieusement ?

— J'ai aussi fait sécher trois de tes fleurs dans un livre et…

Elle fouilla dans son sac, d'où elle sortit un petit savon.

— Hé, cela vient de ma salle de bains !

— Oui. Je voulais un souvenir de notre unique nuit ensemble, se justifia-t-elle. Tu n'es vraiment pas sentimental…

— Il y a quelque chose pour toi dans la cuisine.

Un sourire fleurit sur les lèvres de Libby. Elle s'y précipita, bien qu'elle évite cette pièce d'habitude. Sur le plan de travail trônait un paquet.

Il y avait tellement de scotch que plusieurs rouleaux avaient dû y passer. Choisir un présent et l'envelopper constituait une démarche visiblement nouvelle, pour lui.

— Je peux l'ouvrir ?

— Je t'en prie.

Daniil était nerveux. Il comprenait, à présent, ce qu'elle avait ressenti en lui offrant l'ours. Lorsqu'on choisissait un cadeau pour un être aimé, on espérait de tout cœur que cette personne l'apprécie.

— Il n'y a pas de boutique de souvenirs, d'où je viens, et je ne voulais pas acheter quelque chose à l'aéroport, expliqua-t-il. La femme de Sergio connaissait un souffleur de verre. J'ai suivi chaque étape de la confection.

Les mains de Libby tremblaient en ouvrant le paquet. À l'intérieur miroitait une délicate ballerine en verre, au sourire aussi éclatant que ses yeux bleus.

— Il y a même un trou pour insérer une fleur ! s'exclama-t-elle, ravie. Merci, c'est le plus magnifique cadeau qu'on m'ait jamais fait. Tu dois vraiment m'aimer, n'est-ce pas ?

— Peut-être.

Il lui prit la main et la guida vers la pièce dont il lui avait interdit l'accès, la première fois. Libby ouvrit la porte et pénétra dans son intimité.

— Alors tu l'avais gardé…

Elle sourit. Là, sur l'étagère derrière les divers équipements de gym, était assis son ours en porcelaine. Elle traversa la pièce et déposa sa ballerine à côté, avant d'apercevoir deux photos comptant sans doute plus que tout pour lui. L'une d'elles montrait quatre garçons qui, tous, arboraient un teint pâle et des cheveux de jais.

— Vous avez l'air de quatre frères, commenta-t-elle.

— Seuls Roman et moi sommes liés par le sang, dit Daniil, debout derrière elle. J'ai trouvé ces photos dans mon sac à mon arrivée en Angleterre. Roman a dû les y glisser à mon insu. J'en ai fait faire des copies pour les lui envoyer. Mais bien sûr, elles n'ont jamais été postées.

Quelle cruauté, pensa Libby avec un pincement au cœur.

— Mes parents ont essayé de les jeter, mais Marcus me les a rapportées.

— Ce ne sont pas tes parents, cracha-t-elle. Ils ne méritent pas ce titre.

— Tu es toujours aussi franche ?

— Hum, désolée…

— Non, c'est une qualité précieuse.

Il baissa les yeux sur la photo.

— C'est Sev, dit-il en désignant un garçon à l'air sérieux.

— Celui qui t'a envoyé la lettre ? demanda Libby.

Il acquiesça.

— Tu le retrouveras, assura-t-elle.

— Peut-être.

— Et là, ce doit être Nikolai.

Un long silence suivit. Daniil caressa du pouce l'image du jeune garçon arraché trop tôt à la vie.

— Oui, murmura-t-il.

— Comment s'est-il noyé ?

— On l'a retrouvé dans une rivière. Il s'est enfui parce qu'il était maltraité.

Il ferma les yeux un moment, et Libby eut la délicatesse de respecter son silence.

— Et bien sûr, il y a Roman, reprit-il, sans le pointer du doigt. Tu ne réussiras pas à nous différencier. Personne n'en a jamais été capable.

— Moi, si.

Elle désigna le garçon sur la gauche.

— C'est toi.

— Coup de chance, affirma-t-il. Et sur celle-là ?

Il lui présenta l'autre photo, elle aussi prise avant qu'il n'ait sa cicatrice. De nouveau, elle le reconnut sans hésitation.

— Comment as-tu fait ? demanda-t-il, stupéfait.

— Ce doit être l'amour, répondit Libby malicieusement.

Elle le regarda poser les deux photos derrière l'ours, dont le sourire semblait dire : « Promis, je les protégerai. »

— Viens, dit Daniil.

Cette fois, ils entrèrent dans sa chambre main dans la main. Une autre de ses questions trouva sa réponse comme Big Ben sonnait les douze coups de minuit. Elle s'immobilisa, des papillons dans le ventre. Cette pièce qui lui avait paru si vide résonnait à présent du carillon familier. Comment avait-elle pu le manquer lors de leur première nuit ?

Daniil devina sa question avant même qu'elle la formule.

— On l'entend par nuit calme. C'est agréable de se laisser bercer par son carillon.

— Ah ! Toi aussi, tu es sentimental ! s'exclama Libby.

— Bien sûr. Et la réponse à ta question est : 9 heures.

Elle fronça les sourcils.

— Pardon ?

— Quinze heures après que tu as fait irruption dans mon bureau et quinze minutes après ton départ de chez moi, l'horloge a sonné 9 heures. Je devais déjà être amoureux, car j'ai appelé Cindy et fait annuler tous mes rendez-vous pour travailler sur ton projet d'entreprise. Et toi ? demanda-t-il. Quand as-tu su que tu m'aimais ?

— À 18 heures, répondit Libby.

C'était la vérité.

Elle l'avait su au premier regard.

Épilogue

— Je te déteste, maugréa Rachel en apportant la touche finale à la coiffure de Libby.

Libby sourit. Dans une demi-heure, elle épouserait l'homme de ses rêves et Rachel serait son témoin. Moulée dans sa robe de mariée, elle lança un dernier regard à l'appartement. Il semblait si vide depuis qu'elle avait déménagé ses affaires chez Daniil, quelques semaines auparavant. Elle serra très fort sa colocataire dans ses bras.

— Tu es la meilleure des amies…

— Pas de larmes ou tu vas ruiner ton maquillage, plaisanta Rachel.

Le sourire de Libby se crispa.

— Je suis tellement nerveuse…

— Pourquoi ? Tu es folle amoureuse et tu n'as pas peur de le montrer.

— C'est vrai, mais… Je me demande comment tout le monde va réagir en apprenant que Daniil et moi nous sommes mariés.

Son père ferait une crise devant l'opportunité manquée d'organiser un tel événement. Quant à la presse, elle se délecterait de la nouvelle du mariage du sulfureux Daniil Zverev. Surtout en apprenant que sa jeune épouse était enceinte.

— Ce serait injuste envers Daniil d'organiser un grand mariage familial alors qu'il reste sans nouvelles de son frère, lui rappela Rachel.

Oui, c'était la raison pour laquelle ils avaient opté pour une cérémonie intime.

— Es-tu déçue ?

— Déçue ? Au contraire, assura Libby. Pour moi, c'est le mariage idéal.

Elle étudia son reflet dans le miroir. Sa robe était un long fourreau de soie tout simple couleur ivoire qui épousait sa silhouette à la perfection. Des chaussons de danse neufs complétaient sa tenue, ainsi qu'un bouquet de roses, pivoines et arums, auxquels elle avait ajouté quelques anémones.

— Est-ce qu'on devine que je suis enceinte ? lança-t-elle, une main posée sur son ventre.

— Cela ne fait que dix semaines, lui rappela Rachel en riant.

Dix semaines qui comptaient déjà parmi les plus belles de sa vie. Elles montèrent dans la voiture de Rachel, direction le bureau d'état civil.

— Tu crois que Daniil se doute de ta surprise ? s'enquit son amie.

— Oh ! Non.

Pas question de faire appel à n'importe qui, avait-elle décidé au moment de choisir leurs témoins. Elle avait donc invité en secret Marcus et sa femme Shirley, qui seraient présents au mariage. Après tout, ils étaient comme une famille pour Daniil.

Daniil, qui attendait nonchalamment devant l'entrée de l'hôtel de ville.

— Tu n'es pas nerveux ? demanda-t-elle en prenant sa main.

— Un loup n'est jamais nerveux, décréta-t-il. Et pourquoi le serais-je ? Je m'apprête à devenir le plus heureux des hommes.

Ils entrèrent main dans la main dans le vieil édifice. Et Daniil, toujours si calme, toujours si posé, fut submergé par l'émotion en découvrant Marcus et Shirley qui les attendaient à l'intérieur.

— Merci, dit-il à l'homme qui avait toujours discrètement veillé sur lui.

— Nous n'aurions manqué cela pour rien au monde, répondit Marcus.

Ils n'étaient que cinq en tout et pour tout. Mais l'amour qui les rassemblait valait toutes les mondanités.

Le cœur de Libby battit la chamade lorsque l'homme le moins sentimental au monde passa l'alliance à son annulaire — un anneau orné d'un diamant rose, sa couleur préférée.

— Je t'aime et te le prouverai chaque jour qui passe, souffla-t-il. Toi seule danseras éternellement dans mon cœur.

Son plus beau rôle, pensa Libby. L'amour de Daniil était une consécration qui dépassait toutes ses espérances.

— Je t'aime aussi, murmura-t-elle. Pour toujours.

La pièce montée, préparée avec amour par Shirley, était un pur délice. Du champagne fut servi à tous, sauf à la mariée. Mais Libby n'avait nul besoin de bulles pour flotter sur un petit nuage.

Bientôt, il ne resta qu'eux deux, mari et femme. Ils avaient réservé une suite dans un luxueux hôtel avec vue sur Buckingham Palace, devant lequel, le lendemain à midi, ils se posteraient dans l'espoir de voir apparaître Sev.

— Je doute qu'il vienne, dit Daniil.

— Cela ne coûte rien d'essayer.

— Tu as raison.

Lorsqu'on aimait, le jeu en valait toujours la chandelle. C'était la leçon que lui avait enseignée Libby. L'amour était un cadeau précieux, car dans son sillon fleurissait l'espoir.

Il ferma le rideau et se tourna vers sa femme, sa merveilleuse épouse, qu'il enlaça tendrement. Son baiser lui fut rendu sans réserve. Demain, ils chercheraient des réponses. Mais en attendant, les questions attendraient.

Ce soir, seule comptait la célébration de leur amour

CAROL MARINELLI

Le prix de l'interdit

INTÉGRALE
HÉRITIERS RUSSES

Traduction française de
ANNE-LAURE PRIEUR

SAGAS
HARLEQUIN

Titre original :
THE COST OF THE FORBIDDEN

Ce roman a déjà été publié en 2017

Prologue

— Vous êtes anglaise ?

Naomi leva les yeux vers Sevastyan Derzhavin. Assis derrière son imposant bureau, il étudiait son CV sans enthousiasme. Sans doute avait-il déjà décidé qu'elle ne convenait pas pour le poste. Cette entrevue n'était qu'une formalité.

Ce qu'elle ignorait, c'est que Sevastyan ne perdait jamais de temps en formalités. Ce n'était pas son genre.

— Je suis née aux États-Unis et mon père vit à New York. Je suis ici légalement…

— Vous m'avez mal compris, la coupa-t-il. C'est seulement votre accent qui a aiguisé ma curiosité. Depuis combien de temps êtes-vous ici ?

— Douze jours.

Il fronça les sourcils.

— Vous logez à l'hôtel ?

— Oui, le temps de trouver un appartement. C'est plus compliqué que je ne l'avais anticipé, répondit la jeune femme en s'empourprant.

Elle rougissait beaucoup, nota Sev. Surtout lorsqu'il prononçait son prénom. À moins qu'elle n'eût naturellement le teint couleur pivoine ?

— Je croyais que votre père vivait…

— Sa femme vient d'avoir un bébé, l'interrompit-elle.

— Tout s'explique.

— Pardon ?

Sev se raidit. C'était la troisième fois qu'elle bredouillait ce mot.

— Je comprends que vous préfériez ne pas côtoyer un bébé hurlant à longueur de journée, déclara-t-il.

Au silence de la jeune femme, il comprit son erreur. C'était son père qui refusait de l'accueillir sous son toit.

Cette entrevue était une perte de temps, pour lui comme pour elle. Les émotions n'étaient pas son rayon. Les ordinateurs, oui. Et les livres. Pas les gens. Inutile de faire traîner les choses : elle n'avait pas le profil pour devenir son assistante. Si elle lui en demandait la raison, il la lui donnerait sans détour.

Naomi Johnson était le genre de personne qui passait son temps à s'excuser, et il détestait cela. « Pardon » était un mot qu'il employait rarement. Naomi, elle, l'avait prononcé deux fois avant même de s'asseoir.

Elle s'était excusée une première fois lorsqu'il était venu la chercher à la réception et qu'elle avait renversé son verre d'eau en se levant. Puis derechef au moment de s'installer dans son bureau : il lui avait demandé poliment comment s'était passée sa journée et, visiblement, elle avait mal entendu. À son « pardon ? », il avait maugréé un « peu importe » agacé.

Et elle venait de le dire pour la troisième fois.

— Cela ne fonctionnera pas, décréta-t-il.

— Monsieur Derzhavin…

— Sev, la reprit-il. Je ne suis pas votre professeur.

Elle battit des cils, son émotivité si transparente qu'il se radoucit légèrement. Naomi, à l'évidence, avait fait beaucoup d'efforts pour cet entretien. Son hôtel frôlait le taudis, mais elle était tirée à quatre épingles. Quoi que son tailleur fût peut-être un peu trop serré, jugea-t-il devant la façon dont il moulait ses courbes. Avec ses yeux bruns sérieux et son chignon strict, elle lui rappelait…

Qui ? Impossible de mettre le doigt dessus. À vrai dire, il préférait ne pas s'appesantir sur la question.

— Écoutez, Naomi. Pour une jeune femme de vingt-cinq ans, vous êtes très qualifiée et avez beaucoup d'expérience…

Il la vit déglutir nerveusement et décida de faire preuve de tact.

— Votre liste de hobbies est impressionnante. Lecture, équitation, ballet, théâtre… Le problème est que mon assistante ne peut en avoir qu'un : moi.

— Félicity m'a mise au courant, répondit Naomi.

Son entretien préliminaire avec l'actuelle assistante de Sev ne lui avait laissé aucun doute quant à la nature exigeante du poste. L'expertise de Sevastyan Derzhavin en matière de cybersécurité était recherchée dans le monde entier. En plus d'une charge de travail impossible, son assistante devait gérer ses déplacements en jet privé, ainsi que son carnet d'adresses très fourni de play-boy invétéré.

Oui, elle savait exactement à quoi s'attendre. Cet homme était arrogant, insensible, et n'hésitait pas à tuer ses employés à la tâche. Mais le salaire était mirobolant pour qui se dévouait à lui corps et âme. À l'amertume dans la voix de Félicity, Naomi devinait une raison plus personnelle au brusque départ de la jeune femme…

Sev écarta son CV, signe certain qu'il s'apprêtait à la congédier.

— Et si je vous disais que j'ai menti sur mon CV, changeriez-vous d'avis ? lança-t-elle.

— J'en doute.

Mais, au lieu de se lever, il s'adossa à son fauteuil.

— Continuez.

— Eh bien, j'aime le ballet et le théâtre, mais je ne parlerais pas de hobbies. Quant à l'équitation… Je ne suis pas montée sur un cheval depuis mes quatorze ans.

— Et la lecture ?

— Je lirai au lit.

Sev retint *in extremis* une repartie osée. La jeune femme parut s'apercevoir de la perche qu'elle lui avait tendue car elle s'empourpra.

— Ce que vous faites au lit ne me concerne pas…

Quoi que cela ne lui déplairait pas de participer.

— Mais autant vous prévenir. Vos journées, elles, me seront entièrement consacrées, reprit-il. Vous en passerez chaque seconde devant un ordinateur, ou au téléphone, à organiser *ma* vie. Vous n'aurez même pas le temps de lire votre horoscope.

— Je ne crois pas à ces choses-là.

— Mais vous le lisez quand même, n'est-ce pas ?

— Quel rapport avec le poste ?

Tiens, tiens. Elle était plus coriace qu'elle en avait l'air. Il la dévisagea intensément, happé par ses yeux d'un brun profond qui faisaient presque oublier ses lèvres pleines et la rondeur de ses joues.

Sous ce regard perçant, Naomi se demanda si elle avait vraiment besoin du poste, tout compte fait. Travailler dix-huit heures par jour ne l'effrayait pas. Avec un tel patron, en revanche…

— Je vois que vous êtes fiancée, remarqua-t-il après un bref coup d'œil à son annulaire.

— Là encore, quel rapport avec le poste ?

— Mieux vaut qu'il soit compréhensif pour supporter l'emploi du temps qui sera le vôtre, répondit-il avec une pointe d'aigreur.

— Mon fiancé n'est pas à New York.

Et même si, par miracle, Sev lui offrait le poste, elle refuserait.

Quelques minutes plus tôt, sa vie était compliquée, mais sous contrôle. À peu près. Elle rangeait son portable dans son sac, après avoir suggéré à son père de la retrouver une fois l'entretien terminé, quand Sevastyan Derzhavin l'avait appelée.

— Naomi.

Il était à couper le souffle.

Des cheveux de jais, le teint pâle, des jambes interminables. Malgré son costume de créateur, il aurait aussi bien pu sortir d'une boîte de nuit au petit matin. Sa cravate était desserrée, son menton mal rasé, son regard fatigué. Il n'avait pas souri, se contentant d'indiquer son bureau d'un hochement de tête.

Naomi s'était rappelé le jour où elle s'était rendue chez son médecin habituel, une femme formidable, seulement pour tomber sur son très sexy remplaçant. Dans son trouble, elle avait demandé un vaccin contre la grippe au lieu d'un frottis. Aujourd'hui, face à Sevastyan, même scénario. Elle avait d'abord renversé son verre d'eau, puis l'avait contraint à répéter sa question, trop subjuguée par sa voix pour écouter ce qu'il lui disait. Même l'évocation de ses hobbies avait pris une tournure suggestive. Elle n'avait qu'une envie, se lever et prendre ses jambes à son cou.

Elle était fiancée, bon sang ! Comment osait-il lui faire un tel effet ?

Non, elle ne voulait pas de ce poste d'assistante.

— Vous ne parlez pas d'autres langues ? questionna Sev.

— Non.

— Aucune ?

— *Nein*, répéta-t-elle, riant à sa propre plaisanterie.

Sev resta de marbre.

— Les Anglais sont paresseux, dit-il enfin.

— Pardon ?

— Je veux dire, les anglophones.

— Oh !

— Ils comptent sur le fait que tout le monde parle leur langue.

— Et vous, combien de langues parlez-vous ? s'enquit Naomi.

— Cinq.

Parfait, pensa-t-elle. Elle n'était pas engagée.

— Mais puisque tout le monde parle anglais, cela ne devrait pas poser problème.

Au secours !

— Je tiens à préciser que je ne reste qu'un an à New York, ajouta-t-elle dans l'espoir de le décourager.

Il haussa les épaules.

— Vous ferez un burn-out bien avant cela. Aucune de mes assistantes n'a tenu plus de six mois. Vous, je vous en donne trois. À mon grand regret…

— Écoutez…

Elle lui décocha son plus beau sourire.

— Je ne veux pas vous faire perdre votre temps. J'ignorais

que le travail était si exigeant et tiens à mes week-ends. Je suis ici pour me rapprocher de mon père, vous comprenez…

— Vous aurez des week-ends de libres, coupa Sev sans lui rendre son sourire. Sauf quand nous serons en voyage d'affaires.

— Je n'ai pas d'expérience dans votre domaine, insista-t-elle.

— Pas d'expérience dans mon domaine ?

Il haussa un sourcil amusé. Naomi rougit.

— Je veux dire, en cybersécurité.

— Si c'était le cas, vous seriez ma concurrente.

Elle se leva et tendit la main.

— Désolée. Je…

— Vous disposerez d'un appartement de fonction avec vue sur Central Park, poursuivit Sev. L'endroit est agréable. Je m'y plais beaucoup.

— Nous habiterions le même immeuble ?

De pire en pire !

— Rassurez-vous. Je ne viendrai pas frapper à votre porte vous emprunter du sucre, dit-il. Disons que c'est pratique en cas de réunion tardive ou matinale. Et cela nous fait gagner du temps lors des voyages d'affaires. Nous n'avons qu'à monter ensemble à l'héliport sur le toit.

Il lui communiqua ensuite le montant alloué à sa garde-robe. Cette information lui donna le vertige.

— Non, vraiment…

Elle voulait disparaître d'ici. Effacer cette rencontre et retrouver sa vie d'avant.

Sev dévisageait la jeune femme, appétissante tel un fruit défendu. Il la voulait. « Non » était une réponse dans laquelle il voyait un défi à relever. *Et à gagner.*

— Merci de m'avoir reçue, dit-elle, la main tendue.

Il ne la serra pas.

— Désolée.

Encore à s'excuser. Cette fois, cependant, il n'en conçut aucune irritation. Il la regarda s'en aller en silence.

Le CV suivant ne l'intéressait pas. Ses pensées restaient attachées à la jeune femme aux yeux chocolat. Des yeux tristes, pareils à ceux d'un chiot craignant d'être battu, mais avide d'affection. C'était bien la dernière chose dont il avait besoin.

Il se leva et alla appeler Emmanuel. La réception était déserte.

— Félicity…

Mais son assistante avait disparu. Son sac aussi. Un message d'adieu à son intention s'étalait sur son écran d'ordinateur.

J'AI SIMULÉ ! ! !

— J'en doute, murmura Sev en souriant.

Son sourire s'estompa comme un jeune homme jaillissait de l'ascenseur, l'air paniqué. Emmanuel, vraisemblablement.

— Désolée pour mon retard, monsieur Derzhavin…

Sev fronça les sourcils. Il le reconnaissait. Emmanuel avait postulé quelques années auparavant et retentait sa chance aujourd'hui. Il avait cinq minutes de retard.

— Pas la meilleure première impression, déclara-t-il, glacial.

— Je sais, mais…

— Inutile de nous faire perdre mutuellement notre temps.

— Monsieur Derzhavin…

Sev n'écouta pas ses excuses et regagna son bureau, où flottait encore le parfum fleuri de Naomi Johnson. Sa décision était prise.

Naomi cherchait son portable dans son sac lorsqu'il sonna. Ce devait être son père. Il avait paru impressionné quand elle avait lui avait parlé du poste chez Sevastyan. Sans doute l'appelait-il pour savoir comment s'était passé l'entretien.

— Salut, papa. Je sors tout juste de…

— C'est Sev.

— Oh !

Sev perçut la note de déception dans la voix de Naomi. Une première, pour lui. D'ordinaire, les femmes se battaient pour qu'il les rappelle.

— Votre patron, ajouta-t-il.

— Pardon ?

— Ah, il va falloir corriger cela… Félicitations, Naomi. Vous êtes engagée.

Naomi se figea au milieu du hall d'entrée. La meilleure option était de raccrocher et de disparaître. *Maintenant.*

— Je croyais avoir été claire…

— Que diriez-vous de voyages trimestriels au Royaume-Uni ? l'interrompit Sev. Je m'y rends justement en novembre pour raison personnelle. Vous pourrez profiter de quelques semaines avec votre fiancé.

Elle n'avait pas eu le temps de répondre qu'il enchaîna :

— Pourquoi ne vous a-t-il pas accompagnée ?

— Pardon ?

— À New York. Pourquoi êtes-vous venue seule ?

— Nous nous faisons confiance.

Bizarrement, depuis sa rencontre avec Sev, elle doutait de sa propre fidélité.

— Je ne parlais pas de cela, dit Sev. Je me demandais simplement pourquoi il n'était pas venu.

Zut ! Il avait le don d'appuyer là où cela faisait mal. Cette question, elle aussi se l'était posée.

— Son travail est important, répondit-elle.

— Le mien aussi.

Sev en resta là. Peu importait qu'elle ait un fiancé, absent de surcroît. Cela ne le regardait pas, aussi supprima-t-il cette donnée de ses considérations concernant Naomi Johnson.

— Venez travailler pour moi, Naomi.

Naomi ferma les yeux. La voix suave de Sev au troublant accent russe l'étourdissait.

— Marché conclu ?

Elle jouait avec le feu, elle le savait. Mais un feu unilatéral. Un homme comme Sevastyan ne risquait pas de se consumer de désir pour elle. Tout ce qu'elle avait à faire était de garder ses émotions sous contrôle, se persuada-t-elle. Justement, c'était sa spécialité, fruit de vingt-cinq années d'expérience. Et qui sait si la nouvelle de son engagement à un poste aussi prestigieux ne lui vaudrait pas enfin l'approbation de son père ? C'était peut-être l'amorce d'un nouveau départ entre eux.

— Naomi ?

— Oui, marché conclu, acquiesça-t-elle. Quand est-ce que je commence ?

Dans un mois, espérait-elle. Ou deux semaines. Ou même lundi. Elle avait besoin d'un peu de temps pour se ressaisir avant de l'affronter à nouveau. Mais avec la précision d'un expert, il arrêta le chronomètre de sa vie lorsqu'il répondit :

— Remontez dans l'ascenseur. Vous commencez maintenant.

1

Naomi attendait l'aube, le regard perdu dans l'obscurité, des papillons dans le ventre.

Hier soir, elle avait appelé Andrew pour lui annoncer que tout était fini. Il l'avait mal pris. Tout comme il avait déjà mal pris sa décision de s'installer un an à New York pour renouer avec son père. Ils avaient même rompu la veille de son départ. Le lendemain, il avait débarqué à l'aéroport avec une bague de fiançailles en promettant de l'attendre.

Cette scène, Naomi se la remémorait sans tendresse. Il lui avait fallu plusieurs mois pour comprendre qu'elle avait accepté sous la pression, acculée dos au mur. Et depuis quand avait-elle besoin de sa permission pour passer du temps avec sa famille ?

Leur rupture était un réel soulagement, et ce n'était pas à Andrew qu'elle pensait, ce matin. Son estomac se noua. Quelle nouvelle épreuve lui réservait Sev aujourd'hui ?

Bien sûr, Andrew lui avait demandé s'il y avait quelqu'un d'autre. Naomi avait hésité une fraction de seconde — une de trop.

Non, il n'y avait personne, avait-elle fini par répondre.

C'était la vérité. En quelque sorte… Elle travaillait pour Sev depuis trois mois et il ne s'était pas gêné pour lui faire des avances. Une fois, au Mali, alors qu'ils patientaient dans son jet privé, bloqué sur le tarmac, il avait posé son livre et lui avait proposé une sieste. Améliorée. Avec lui. Une autre fois, de retour d'une réunion à Helsinki, il avait professé être définitivement guéri de son faible pour les blondes. Avant de l'inviter dans son lit.

Naomi s'était déclarée flattée de la proposition, mais, hélas, elle était fiancée et, de toute façon, elle ne fricotait pas avec son patron. Il était la personne la moins romantique qu'elle ait jamais rencontrée ! Et elle était totalement sous le charme. Bien qu'on le lui eût dépeint comme quelqu'un de froid, il ne l'était jamais avec elle.

Elle baissa les yeux sur sa bague de fiançailles. Malgré sa rupture avec Andrew, elle continuerait à la porter le temps de son contrat avec Sev. Même si, techniquement, il n'y avait personne d'autre, le fait est que résister aux charmes de son patron relevait du défi quotidien. Oh ! Elle adorerait coucher avec Sev, juste pour l'avoir eu comme amant. C'était la suite qu'elle redoutait. Ou, plutôt, l'absence de suite de la part de Sev.

L'alarme de son téléphone l'arracha à ses pensées. Elle repoussa sa couette et alla se préparer un café à la cuisine. L'appartement était splendide avec ses hauts plafonds, ses portes en acajou et ses élégantes cheminées. Qu'elle n'utilisait jamais, par peur de mettre le feu à l'immeuble. Le chauffage électrique faisait l'affaire.

Sev, qui occupait le penthouse, ne lui avait pas menti. Sauf lorsqu'ils convenaient à l'avance de se retrouver dans le hall d'entrée, leurs chemins se croisaient rarement en dehors du travail. C'était justement cela, le problème : les interminables journées de travail qu'ils passaient côte à côte. Sans oublier les voyages d'affaires. Plus exactement, le problème était ce qu'elle ressentait pour Sev.

Elle retourna au lit avec sa tasse de café. S'apprêtait-elle à commettre la plus grosse erreur de sa vie en démissionnant ?

Comme en réponse à sa question, son portable sonna. Il était 6 heures du matin, mais cela n'arrêtait pas Sev. Elle était disponible vingt-quatre heures sur vingt-quatre, sept jours sur sept. Impossible de souffler et de mettre de l'ordre dans ses émotions. Il ne lui accordait aucun répit.

— Salut, Sev.

— Quelle heure est-il ? demanda-t-il sans préambule.

Naomi serra les dents. Elle n'était pas son horloge parlante ! Quoique son salaire ne l'autorisât guère à se plaindre.

— Six heures… Du matin, précisa-t-elle au cas où.

— Annule mes rendez-vous de la journée. Je ne rentre que demain.

Ce n'est pas vrai ! C'était donc pour cela qu'il lui avait demandé l'heure. Il appelait de l'autre bout des États-Unis !

— Sev, où es-tu ?

— En route pour l'aéroport.

— Mais encore ? Tu es censé rencontrer le cheikh Allem à 11 heures. Nous dînons avec lui et sa femme, ce soir. C'est prévu depuis des semaines !

— Je sais, grogna-t-il.

— Tu dois absolument être là.

— Quel est le décalage horaire entre Rome et New York ?

Seigneur ! Il n'était même pas sur le même *continent* !

— Un peu plus de huit heures, soupira-t-elle.

— Tu vois, c'est impossible.

Elle pouvait presque le voir hausser les épaules.

— Sev, implora-t-elle. Allem m'a encore répété hier soir à quel point lui et sa femme se faisaient une joie de te revoir. Il s'est montré plus que patient.

En effet, Sev n'avait cessé de reporter sa visite à Dubaï, où l'un des hôtels du cheikh Allem attendait son expertise en matière de sécurité. Finalement, ce dernier avait fait lui-même le déplacement. Ils étaient proches, amis plus que partenaires d'affaires. Mais Sev n'avait pas besoin d'amis. Pourquoi Allem et sa femme refusaient-ils de le comprendre ?

— D'accord, capitula-t-il. Je vais m'arranger avec le pilote. Mais ne compte pas sur moi pour être là avant 15 heures.

Naomi poussa un soupir.

— Que dois-je dire au cheikh ?

— Trouve une excuse. C'est pour cela que je te paie, déclara Sev. Use de tes charmes.

— Je crains d'avoir épuisé ma réserve.

— J'ai remarqué. Ces derniers temps, tu es particulièrement…

— Irritable ?

— Oui, voilà. Irritable.

— Peut-être parce que mon patron trouve amusant de s'évanouir dans la nature, répliqua-t-elle sèchement. Que fais-tu à Rome, au juste ?

Elle gérait son agenda, réservait ses vols, organisait son emploi du temps. Elle était bien placée pour savoir qu'il n'avait rien à faire là-bas !

— Que veux-tu savoir au juste ? repartit Sev d'un ton appuyé.

Évidemment, il y avait une femme là-dessous. Voilà pourquoi elle était irritable. Elle détestait les conflits, surtout quand elle en était l'initiatrice. Si seulement Sev pouvait la renvoyer ! Cela la dispenserait d'avoir à donner sa démission.

— J'ai besoin d'une explication à fournir au cheikh, se justifia-t-elle.

— Oh ! Eh bien, disons que cela semblait une bonne idée, sur le moment.

— Une impulsion du samedi soir ?

— Tu me connais bien. J'étais à une soirée et…

— Tout compte fait, je ne veux rien savoir, le coupa-t-elle.

— Quelle réaction typiquement anglaise, s'esclaffa Sev. Ah, pendant que j'y suis… Peux-tu faire livrer un bouquet pour moi ?

Naomi ferma les yeux.

— Disons deux douzaines de roses blanches…

Il n'avait pas besoin de préciser. C'était toujours la même routine. Le lundi, elle envoyait des fleurs à son amante du week-end. Le mercredi, elle réservait une chambre d'hôtel. Il y avait parfois un second bouquet le lundi suivant, mais c'était rare. Il se lassait rapidement.

— À quel nom ? demanda Naomi en attrapant un stylo. Dois-je faire ajouter une carte ?

— Tu sais quoi ? Oublie cela, dit Sev. À part Allem, qu'y a-t-il de prévu, aujourd'hui ?

— Juste notre réunion de début de mois.

Il y eut un silence.

— Nous sommes en novembre, ajouta-t-elle.

— Je sais.

— Je tenais seulement à m'en assurer.

— Autre chose ?

— Non. La journée avait été libérée pour Allem.

— J'arrive aussi vite que possible. Dis à Allem…

Sev réfléchit un instant.

— Trouve une excuse et, s'il fait des siennes, rappelle-lui que c'est lui qui tient à me voir.

Il raccrocha sans dire au revoir. Décidément, songea Naomi, cet aspect du travail ne lui manquerait pas. Réorganiser son emploi du temps à la dernière minute, mentir à ses clients… Bizarrement, les clients en question ne semblaient pas s'en formaliser. Ce côté insaisissable renforçait au contraire la popularité de Sev. Plus il les laissait mijoter, plus ils s'arrachaient ses services.

— Maudit Sev, grommela-t-elle tout haut.

Elle laissa retomber sa tête sur l'oreiller. Plus besoin de se presser, alors autant profiter de cette grasse matinée providentielle.

Tout le monde la jugerait folle de plaquer un tel travail et ses innombrables avantages. Peut-être l'était-elle. Mais avantage ne rimait pas avec bonheur. Un bel appartement, une garde-robe de créateur, une manucure impeccable… Tout cela n'effaçait pas la réalité de sa situation.

Elle était tombée amoureuse de Sev.

Un véritable coup de foudre.

Et comme ses prédécesseurs, elle savait qu'il était inutile d'espérer plus qu'une brève liaison. Mieux valait prendre ses distances avant de succomber. Entre ses rapports chaotiques avec son père et sa rupture avec Andrew, elle avait déjà suffisamment à gérer comme cela. Car ce qui ne serait qu'une passade pour Sev était sûr de laisser une marque indélébile dans son cœur.

Il n'était jamais froid avec elle. En fait, sa seule mission sur Terre semblait être de la faire sourire. Oh ! Ses propos étaient parfois déplacés. Mais pas plus que ses propres pensées à son égard. Sa voix faisait naître des milliers de papillons dans son ventre. S'il était dénué d'émotions, il avait le don de mettre les siennes sens dessus dessous…

Le matin se levait sur Central Park, qu'il peignait de riches couleurs mordorées. Ce devait être agréable de se lover sous la couette en hiver, à la chaleur d'un feu de bois, et de contempler la neige habiller les arbres nus. Elle, hélas, n'en ferait pas l'expérience. Dès ce soir, elle présenterait sa démission à Sev.

2

Sev regardait sans les voir les rues de Rome défilant derrière les vitres teintées de sa Mercedes. Avec cette circulation, sans doute arriverait-il plus vite à l'aéroport en mobylette. Il s'en voulait d'avoir traîné au lit et d'être en retard à son rendez-vous avec Allem. Mais pas au point de s'abaisser à une telle extrémité. Raison pour laquelle il avait chargé Naomi d'arranger la situation.

La jeune femme était d'humeur revêche, aussi avait-il écourté l'appel. Par chance, l'aéroport était enfin en vue. Que lui avait-il pris de s'envoler pour l'Italie avec cette fille ? Il ne se rappelait même pas son nom ! Le sexe était consommé bien avant qu'ils montent dans l'avion et son italien basique limitait toute conversation. Il regrettait déjà assez ce coup de tête sans supporter le ton moralisateur de sainte Naomi.

Shannon, l'hôtesse de l'air, le salua et lui demanda comment il préférait son café. Ses goûts variaient selon son humeur.

— Allongé, un seul sucre, commanda-t-il en enlevant sa veste.

À peine était-il assis qu'il changea d'avis.

— Non, plutôt un latte avec deux sucres.

Peut-être le lait adoucirait-il son humeur. Grâce à Naomi, il souffrait d'un rare accès de mauvaise conscience.

Il appréciait Allem et sa femme et savait qu'ils étaient à New York avant tout pour une visite amicale. Prétextant du travail, il avait en effet décliné leurs deux dernières invitations à Dubaï. C'était Allem qui lui avait offert sa première opportunité. Avec son passé, Sev aurait dû finir à la rue. Mais ses excellents résultats scolaires lui avaient valu une bourse d'études dans une école prestigieuse, puis un stage chez Allem, où son concept de téléphone portable avait consolidé la fortune du cheikh. Si Allem avait exploité son idée, il l'avait aussi soutenu financièrement, permettant à Sev de se faire sa place dans l'industrie cybernétique. Aujourd'hui, son génie était mondialement reconnu. Parmi ses clients figuraient des souverains, des gouvernements, des compagnies aériennes, ou encore des personnalités du show business. Sev combattait ses ennemis virtuels avec talent et respect. C'était un jeu sans fin, qu'il gagnait le plus souvent.

Sa réussite, toutefois, était le fruit de son seul travail. Il ne devait rien à Allem, estimait-il.

Shannon vint débarrasser sa tasse vide, au moment même où Jason, le pilote, annonçait compter sur un vent arrière pour atteindre New York vers 15 heures.

— Souhaitez-vous que je fasse préparer un déjeuner ? s'enquit l'hôtesse de l'air.

— Inutile, je vais faire une sieste. Ne me réveillez pas, à moins que l'avion ne soit sur le point de s'écraser.

Il rectifia après coup :

— Ne me réveillez pas, *surtout* si l'avion est sur le point de s'écraser.

Il ouvrit son livre, celui qu'il lisait toujours au moment du décollage. Impossible de se concentrer sur sa lecture. Il n'avait pas besoin d'amis et ne se liait jamais à qui que ce soit. Pourtant, Allem persistait à garder contact.

Après le décollage, il alla prendre une douche, puis s'affala sur le lit. Mais le sommeil le fuyait. Aiguillonné par sa culpabilité, il rappela Naomi.

— Où es-tu ? demanda-t-elle.

— Nous avons quitté Rome il y a une heure. As-tu parlé à Allem ?

— Pas encore. Je lui ai envoyé un mail pour l'informer de ton retard. Je l'appellerai à une heure plus décente.

Une note d'irritation perçait dans sa voix.

— Fouille dans mon bureau, déclara Sev. Tu devrais y trouver une boîte en laque. C'est un présent pour Jamal et Allem. Peux-tu l'emballer pour moi ?

— Entendu. Je m'en occupe dès que j'arrive au bureau.

— Tu n'y es pas encore ?

— Ah, prise en flagrant délit…

— En flagrant délit de quoi ?

— De grasse matinée. Mais je suis levée, maintenant, ajouta vivement la jeune femme.

— Menteuse.

— J'ai eu un bon professeur.

Ils étaient tous les deux au lit et tous deux le savaient.

— En parlant de mensonge, qu'est-ce que je raconte à Allem ? reprit-elle.

Mais Sev avait l'esprit ailleurs. Imaginer Naomi au lit, peut-être aussi nue que lui, l'excitait. Elle le rendait fou. Il n'arrivait pas à la cerner. Un peu comme quand la météo annonçait une vague de chaleur et qu'une averse glacée vous accueillait dehors.

— Naomi, je peux te poser une question ?

— Non. Que dois-je dire à Allem ?

Ah, oui. La raison première de son appel.

— Prétexte une urgence familiale. Dis-lui que ma mère est malade et que je reviens tout juste de Russie. Pour le cadeau, vérifie aussi chez moi, au cas où…

— Sev, ta mère est-elle en vie ?

— Hum… Oui.

— Est-elle malade ?

— Elle pourrait très bien l'être.

Il entendit la jeune femme soupirer.

— Tu n'aimes pas mon idée ?

— Ce n'est pas à moi de juger.

— C'est pourtant ce que tu fais, constamment ! s'emporta-t-il. Tu sais quoi ? J'en ai assez. Prends cela comme un avertissement.

— Officiel ?

Naomi était ravie de cette chance d'être renvoyée. Même sa colère l'excitait ! Ce n'était pas bon signe.

— Officieux, répondit Sev.

Bon sang, il aimait jusqu'à ses disputes avec elle ! Lui qui considérait tout conflit comme une perte de temps…

Un silence tendu s'installa entre eux. Mais ni l'un ni l'autre ne raccrocha. Quand Sev reprit la parole, sa voix s'était radoucie.

— Je peux te poser une question personnelle ?

Non, il n'était plus en colère, Naomi en était sûre. Et elle n'était pas offensée par sa requête.

— Je t'écoute.

— Je suis curieux à propos de quelque chose.

Quelle coïncidence ! Elle aussi était curieuse à propos de lui. Nue dans son lit, elle imaginait sa voix suave lui murmurant des mots doux tandis qu'il lui faisait l'amour. La tentation n'avait jamais été aussi grande de concrétiser ce fantasme.

— J'imagine que tu aimes ton fiancé, reprit-il.

Elle garda le silence.

— Et que tu as envie de lui.

Où voulait-il en venir ?

— Alors comment…

— Comment quoi, Sev ?

— Tu es à New York depuis trois mois et je n'ai pas souvenir que ton fiancé t'ait rendu visite…

— Non, il n'est jamais venu.

— Dans ce cas, comment tiens-tu ?

Comment *tenait-elle* ! C'était donc cela, pour lui. Un simple besoin à satisfaire. Une case à cocher dans un emploi du temps.

— Sev, à mon tour de te donner un avertissement. Officiel, celui-là, répondit-elle d'une voix cassante.

Elle lui raccrocha au nez.

Sev jeta son téléphone de frustration. *Maudite Naomi !* Il bouillonnait de désir et elle le laissait en plan ! Soudain, il se rappelait pourquoi il s'était envolé pour Rome. Elle était brune. C'était aussi simple, aussi stupide que cela. Au diable Naomi et ses sautes d'humeur ! Il n'avait pas besoin d'une dame vertu conne assistante. Il la payait pour organiser son emploi du temps, pas pour juger ses choix de vie. Peu importait ce qu'elle pensait. Il ne se souciait de personne.

Non, ce n'était pas tout à fait vrai.

Dieu ce qu'il détestait le mois de novembre ! Depuis toujours. En Russie, la fête des mères tombait ce mois-là. Les autres enfants à l'école, ceux qui avaient une famille, fabriquaient de jolies cartes pendant que les orphelins des *detsky dom* se retrouvaient à coller des pâtes sur des morceaux de carton pour personne en particulier.

Ils étaient quatre à sa table, ensemble depuis toujours. Sev était l'intello. Nikolaï aimait les bateaux. Quant aux jumeaux, Roman et Daniil, ils devaient devenir boxeurs professionnels, un jour. Un jour… ou jamais.

— Si vous n'avez pas de mère, fabriquez une carte pour quelqu'un à qui vous tenez, suggérait le professeur année après année.

Les cartes n'étaient jamais faites.

Quelques années plus tôt, Sev avait découvert qu'il avait bien une mère. Pas le genre, cependant, à s'extasier devant une création à base de pâtes collées. Il lui enverrait des fleurs, bien sûr, comme toujours. Et au lieu de déléguer la tâche à Naomi, il écrirait lui-même la carte. Chaque année, il devait se creuser un peu plus la cervelle.

Merci d'être là ?

Elle ne l'avait jamais été.

Tout mon amour en ce jour si spécial ?

Ce n'était pas un jour spécial pour elle. Et quel amour ?

Novembre était aussi le mois de naissance de sa nièce. D'ailleurs, ne fêtait-elle pas ses dix-huit ans, cette année ? Il s'arrêterait chez Tiffany sur le trajet du bureau. Peu importait ce qu'il lui offrait : son cadeau serait de toute façon revendu.

Oui, pour toutes ces raisons, il détestait le mois de novembre.

Il ferma les yeux, mais le sommeil persistait à le fuir. Le regard perdu dans le vague, il se rappelait comme si c'était hier les pleurs étouffés de Nikolaï, cette nuit-là. Tous quatre n'avaient plus pleuré depuis le berceau, aussi craignait-il de braquer son ami en l'interrogeant.

— Que se passe-t-il ? avait-il demandé avec précaution.

— Rien, avait chuchoté Nikolaï.

— À d'autres…

— Laisse tomber.

Il n'avait pas insisté. Un choix qu'il regretterait toute sa vie.

Le lendemain matin, Nikolaï avait disparu.

Une semaine plus tard, son corps avait été repêché dans la rivière. Sergio avait rapporté son sac, lequel contenait le bateau en allumettes fabriqué par Nikolaï.

Sev pensait à son ami et à son triste sort. Aux jumeaux qui lui manquaient aussi. Le 12 novembre, la date même où Nikolaï s'était enfui, il serait à Londres pour une énième et futile tentative de renouer avec son passé. Il était russe, donc superstitieux. Il suffisait qu'il rate le rendez-vous pour que Daniil se montre.

3

Le cheikh Allem se montra de bonne composition face au changement de plan. En fait, quand Naomi l'avait appelé vers 9 heures, il avait paru s'y attendre et proposé de décaler le rendez-vous à 16 heures. Accepterait-elle, d'ici là, d'emmener Jamal faire du shopping ?

— Bien sûr, avait répondu Naomi.

Elle avait enfilé une petite robe bleu marine et des ballerines plates, avant de monter à l'appartement de Sev vérifier si le cadeau pour Allem s'y trouvait.

Le penthouse occupait tout l'étage. Elle y venait régulièrement faire les valises de Sev ou servir de guide à un décorateur quand il lui prenait l'envie soudaine de modifier un mur ou un éclairage. Elle gérait tous les menus détails de sa vie de manière à l'en décharger totalement.

Une domestique était là, occupée à changer les fleurs et à faire en sorte que tout soit parfait pour le retour de Sev. Naomi la salua et se dirigea droit vers l'étude. Aucune boîte en laque sur le bureau, ni dans les tiroirs. Seulement un vieux bateau en allumettes, malhabilement construit, qui déparait avec le reste de l'appartement. Drôle de décoration, songea Naomi en le reposant.

Elle entra dans la chambre, profitant de ce qu'elle était là pour récupérer quelques chemises propres pour le bureau. Cette pièce était sa préférée. Elle la fascinait. L'acajou de la porte, par exemple, avait été remplacé à l'intérieur par de l'ébène. Encore un changement fantaisiste de Sev. Une autre domestique était en train de faire le lit, en ébène lui aussi. La vue était magnifique, encadrée par des rideaux noirs qui contrastaient avec les murs blanc cassé, égayés d'une touche de vert pistache — la seule note de couleur dans toute la pièce.

Comme en chaque début de mois, Naomi sortit sa tablette pour un rapide inventaire. Une personne gérait les achats vestimentaires, une autre tout ce qui était d'ordre alimentaire. L'assistante de Sev, elle, se chargeait des articles personnels.

Naomi remarqua sur la commode l'eau de Cologne achetée à Paris le mois précédent. Le flacon était encore à demi plein, mais elle prit note d'en commander un nouveau. De même, elle passa en revue le reste de la pièce afin de compléter sa liste. Encore une tâche qui ne lui manquerait pas ! Exaspérée, elle prit les chemises propres et s'en alla, sans inspecter la salle de bains.

Au siège de la société, sur le bureau de Sev, trônait en évidence une boîte en laque. Par curiosité, elle jeta un œil à l'intérieur. Il l'avait achetée au Mali, si sa mémoire était bonne. Elle s'était d'ailleurs demandé ce qu'il comptait faire d'une statuette de la fertilité…

Elle hésita. Devait-elle lui signaler que ce cadeau était totalement inapproprié ? Oh ! Et puis zut. Tant pis pour lui. Elle n'était pas d'humeur pour une autre conversation téléphonique avec un Sev en tenue d'Adam. Elle enveloppa la boîte et la reposa sur le bureau. Qu'il affronte les conséquences de son faux pas. Elle passa ensuite l'après-midi à faire les boutiques avec Jamal avant de la raccompagner à son hôtel. À 15 heures, un appel du chauffeur de Sev lui apprit que son avion avait atterri. Mais à son retour au bureau, toujours pas de Sev.

Et flûte !

Allem serait bientôt là. Elle détestait cela, mentir pour couvrir Sev. Avant aujourd'hui, elle ignorait même qu'il avait une mère ! Au fond, elle ne savait rien de lui. Il ne parlait jamais de sa famille. Les fleurs qu'elle était chargée d'envoyer étaient toutes destinées à des amantes. Elle vérifia son compte chez le fleuriste pour le mois de mai. Non, aucun bouquet n'avait été envoyé le jour de la fête des mères.

Mêle-toi de tes affaires ! se sermonna-t-elle.

Allem arriva peu après, vêtu d'une tunique longue et d'un keffieh. Ses manières étaient si exquises qu'elle le soupçonnait d'appartenir à la famille royale.

— Son avion vient d'atterrir, l'informa-t-elle.

Elle envoya un texto pressant à Sev et servit le thé. L'attente s'éternisait, sans qu'Allem s'en formalise le moins du monde.

— Depuis combien de temps travaillez-vous pour Sevastyan ? l'interrogea-t-il.

— Trois mois, répondit-elle.

Avec son préavis, cela ferait trois mois et deux semaines. Sa décision était prise : elle donnerait sa démission aujourd'hui même.

Sev daigna enfin arriver, aussi débraillé que s'il avait fait le trajet en vol charter plutôt que dans son luxueux jet privé. Même ainsi, il était à couper le souffle, constata Naomi. Elle le salua d'un sourire pincé. Son cou portait les traces de son week-end de passion. Au sac qu'il tenait à la main, elle comprit ce qui l'avait retardé : il avait fait un détour par chez Tiffany — et certainement pas pour *elle*.

— Navré pour votre mère, dit Allem avec sympathie. Comment va-t-elle ?

— Mal, fit Sev en balayant la question d'un geste de la main.

Il ne s'excusa pas pour ses sept heures de retard.

— Allons dans mon bureau.

Au moment de refermer la porte, il remercia Naomi d'un sourire. S'il croyait s'en tirer à si bon compte, il se trompait. Ne voyait-il pas qu'Allem, par politesse, fermait les yeux sur son mensonge et le suçon dans son cou ?

Naomi en avait par-dessus la tête de ce travail. Ce n'était pas seulement la fatigue : il avait menti à propos de sa mère ! Sev était un salaud. Félicity l'avait prévenue lors de son entretien d'embauche. Sev lui-même ne s'en était jamais caché. Dès le premier jour, il lui avait confié le soin de gérer une ex-amante qui le harcelait au téléphone.

— Je préfère les machines, avait-il dit en bâillant. Pas de scènes, pas de larmes.

Naomi s'était empourprée.

— Je ne parle pas de sexe.

— Je n'ai rien dit de tel, s'était-elle défendue.

— Je voulais dire que je préfère les machines aux gens.

Elle se remémora ce premier jour et les mois qui avaient suivi. Elle avait beau gérer tous les détails de sa vie, il restait une énigme pour elle. Elle ignorait même comment il prenait son café. Ses préférences étaient à son image, changeantes et imprévisibles.

Sev ferma la porte sur Naomi et son silence réprobateur. Sur son bureau était posé le cadeau, enveloppé selon ses ordres. Il invita Allem à s'asseoir et le lui tendit.

— J'ai trouvé ceci pour Jamal pendant mon séjour au Mali. Tu m'as bien dit qu'elle aimait les statues, non ?

Allem ouvrit le paquet, puis la boîte en laque, et éclata de rire.

— Qu'y a-t-il de si drôle ?

— Tu ne peux pas offrir cela à ma femme, Sevastyan. C'est une statuette de la fertilité !

— Vraiment ? Alors, pas de cela dans mon bureau.

— Cela amusera beaucoup Jamal de savoir que tu l'as achetée en pensant à elle, s'esclaffa Allem. Mais l'attention arrive un peu tard. J'ai le bonheur de t'annoncer que nous attendons un bébé pour mars prochain.

Sev débita les félicitations de rigueur. Allem, lorsqu'il l'avait connu, était un play-boy et un noceur invétéré. C'était pour cette raison qu'ils s'étaient si bien entendus. Combien de soirées mémorables avaient-ils passées à écumer les bars et les clubs ?

Aujourd'hui, Allem était intarissable sur les nausées matinales de Jamal, sa perte de poids et son émotivité exacerbée. Sev étouffa un bâillement.

— Mais elle a adoré faire du shopping avec Naomi et se réjouit de la revoir ce soir. Sera-t-elle des nôtres ?

— Bien sûr, répondit Sev.

— Alors, Naomi et toi sortez ensemble ? J'ai remarqué qu'elle portait une bague de fiançailles…

Sev était là pour parler affaires. Il n'avait aucune envie de s'engager sur le terrain personnel.

— Je ne suis pas l'heureux élu, dit-il sèchement. Où diable es-tu allé chercher une idée pareille ?

— Tu invites rarement ton assistante à nos dîners, observa Allem.

Bien vu. D'habitude, il dénichait une partenaire de dernière minute, à qui il promettait de se faire pardonner dans la nuit ce dîner rébarbatif. Mais ces derniers temps, il venait toujours accompagné de Naomi. La jeune femme s'entendait à merveille avec ses clients. Malgré ses nombreux défauts et ses piques incessantes, elle n'avait pas son pareil pour désamorcer les tensions qu'il tendait à créer.

Enfin, la conversation prit un tour plus professionnel et Allem réitéra son invitation à Dubaï.

— Je suis débordé, en ce moment, soupira Sev. Il me faudra au moins quatre jours complets, ce qui reporte à mars…

— Jamal accouche en mars, rappela Allem. Sev, je sais que tu es très occupé. Mais je me suis montré plus que patient.

Sev hocha la tête et consulta son agenda. Cette semaine, il avait un rendez-vous à Washington qu'il ne pouvait manquer. La semaine suivante, il s'envolait pour Londres — un autre déplacement non négociable. Mais sa conscience commençait à le travailler. Après tout, Allem attendait sa visite depuis des mois et son retard d'aujourd'hui était inexcusable.

— Je vais demander à Naomi de déplacer certains de mes rendez-vous. Nous serons à Dubaï samedi.

Naomi leva les yeux comme la porte du bureau s'ouvrait. Allem était tout sourires. Il vint la remercier pour le thé et pour avoir tenu compagnie à Jamal.

— Nous avons hâte de vous revoir au dîner.

— Moi aussi, répondit-elle en lui rendant son sourire.

Sev qui, d'ordinaire, ne dépassait pas l'ascenseur offrit de raccompagner Allem jusqu'à sa voiture, à la surprise de Naomi. Étaient-ils amis ? Ils semblaient si mal assortis…

— Je n'en ai pas pour longtemps, lui souffla Sev.

Derrière le dos d'Allem, il fit un geste de la main signifiant « verse-moi un cognac ».

Naomi entra dans son bureau pour préparer son verre. Son regard tomba sur le tiroir. Poussée par la curiosité, elle l'ouvrit et en sortit le sac Tiffany. Il contenait un écrin turquoise entouré d'un ruban blanc. Une bague de fiançailles ? Était-ce la raison de l'escapade de Sev à Rome ?

Son cœur se serra. Depuis qu'elle travaillait pour lui, il n'avait jamais offert de bijoux à qui que ce soit. Seulement des roses blanches.

— On fouille dans les tiroirs ?

Naomi ne sursauta même pas.

— Je me demandais si je devais l'envelopper, dit-elle en se tournant vers Sev.

— Tu penses faire mieux que le vendeur de Tiffany ? ironisa-t-il.

Elle posa l'écrin dans la main qu'il tendait.

— Je ne sais pas si elles font l'affaire…

Il arracha le ruban, ouvrit l'écrin et soumit son contenu à son jugement. Naomi fixa en silence les boucles d'oreilles en forme de cœur serties de diamants roses.

— Elles sont magnifiques, murmura-t-elle.

Elle le pensait. Mais Sev semblait hésiter.

— Ne sont-elles pas un peu trop roses ? Enfin, elle est jeune… Toutes les femmes se les arrachent, d'après le bijoutier.

Pas de roses blanches pour la mystérieuse Italienne, donc, pensa Naomi.

— Tu n'as pas l'air convaincue, observa Sev devant son manque d'enthousiasme.

— Sev, elles sont splendides, assura-t-elle avec une conviction forcée. N'importe quelle femme serait enchantée d'un tel présent.

Surtout venant de lui.

Il continua à examiner les boucles d'oreilles, le front plissé. Lui qui s'inquiétait si peu des sentiments des autres semblait vraiment soucieux qu'elles plaisent à leur destinataire.

Il était grand temps pour elle de s'en aller.

— Bon, revoyons mon emploi du temps, lança-t-il en fermant l'écrin d'un geste sec.

Il le lui confia afin qu'elle renoue le ruban.

— Nous nous envolons pour Dubaï samedi et, de là, nous nous rendrons directement à Londres. Je dois y être pour le 12.

— Au matin ?

— Non. Nous arriverons le 11 au soir en cas d'imprévu.

Naomi haussa un sourcil. Les imprévus, c'était généralement lui qui les créait.

— C'est beaucoup de réorganisation, je sais. Mais je ne peux pas annuler Washington, ni repousser indéfiniment ma visite à Allem.

— Je comprends, assura-t-elle. A-t-il apprécié la statuette ?

— Oui, beaucoup.

Cette réponse la plongea dans une grande perplexité.

— Sev, puis-je te parler un instant ?

— Plus tard. Nous retrouvons Allem et sa femme dans moins d'une heure.

— Non, cela ne peut pas attendre.

Plus elle repousserait l'échéance, plus la tâche serait difficile. D'ailleurs, s'il voulait engager un remplaçant, le plus tôt serait le mieux.

— Dans ce cas, tu vas devoir me regarder me changer, la prévint-il.

— Ce ne sera pas la première fois, grogna-t-elle.

Elle s'appuya contre le bureau, trop nerveuse pour rester

debout. Sev sélectionna une chemise propre dans le dressing adjacent. Peu lui importait comment elle était arrivée là. Ce n'était pas son problème. Il étudia son reflet dans le miroir.

— Je ferais mieux de me raser.

Sa chemise tomba au sol. Il se pencha vers elle pour prendre son verre sur le bureau, torse nu, sans se soucier de l'effet que cela produisait sur elle. Cela non plus n'était pas son problème.

Sa peau très pâle soulignait sa musculature d'athlète, accentuant chaque ombre sur son torse sculpté à la perfection. Ses tétons étaient du même grenat que ses lèvres et tout aussi appétissants. Son pantalon tombait bas sur ses hanches, sa ceinture desserrée d'un cran de trop. Un détail qu'elle essayait tant bien que mal d'ignorer tandis qu'il remplissait un second verre à son intention.

— Bois quelque chose, lui conseilla-t-il. La soirée s'annonce très longue, sans alcool.

Naomi déclina. Une gorgée de cognac atténuerait sa nervosité. Mais, en présence de Sev, elle préférait garder les idées claires.

Non, décidément, cela ne fonctionnait pas. Elle adorait son travail. Sa carrière signifiait tout pour elle. Mais avec ses précédents patrons, partager un verre avant un dîner d'affaires pendant qu'ils se changeaient était un événement anodin, insignifiant. Avec Sev, elle ne savait où poser les yeux.

— Si c'est à propos de ce matin, inutile de t'excuser, dit-il en étalant de la mousse à raser sur son menton. Je ne veux plus t'entendre prononcer le mot « désolée », d'accord ?

Naomi n'en croyait pas ses oreilles. Non, mais quel culot ! Si quelqu'un devait s'excuser, c'était bien *lui* ! Elle s'abstint de tout commentaire, trop troublée par le jeu de ses muscles dans son dos à chacun de ses mouvements.

Elle en avait assez de réprimer ses sentiments. Des sentiments qui ne pouvaient que la faire souffrir, elle le savait, et l'entravaient dans son travail. Quel droit avait-elle, en tant qu'assistante, de faire la tête lorsqu'il rentrait en retard d'une escapade à l'étranger ?

— Non, c'est autre chose, assura-t-elle.

Elle s'éclaircit la gorge.

— Je voulais t'annoncer que je démissionne.

Le rasoir dans la main de Sev se figea à quelques centimètres de sa mâchoire. Puis il reprit son geste comme si de rien n'était.

— Lors de mon entretien d'embauche, tu me donnais trois mois, lui rappela-t-elle.

— En effet.

— J'adore ce travail, vraiment. C'est juste que…

Il se tourna vers elle.

— Tu n'as pas à te justifier, Naomi.

Maudit Sev ! Il pouvait se montrer si conciliant, parfois.

— Comptes-tu rester le temps de trouver un remplaçant ? s'enquit-il en reprenant son rasage.

— Je ferai ce que je peux cette semaine, répondit-elle. Mais à Dubaï, cela risque d'être difficile. À moins que tu ne préfères que je reste ici ?

— Non, j'ai besoin de toi là-bas. Je dois être à Washington après-demain…

Il réfléchit un instant.

— Je serai de retour jeudi soir. Si tu pouvais m'avoir sélectionné deux candidats d'ici là…

— Pas de problème.

Travailler pour Sevastyan Derzhavin était une chance. Chaque jour, des dizaines de candidatures inondaient sa boîte mail.

— Après Dubaï, je t'accompagnerai à Londres, où nos routes se sépareront, annonça-t-elle.

— Mais tu reviendras à New York, n'est-ce pas ?

— Bien sûr. Je compte y fêter Noël avec ma famille.

— Comment cela se passe-t-il ? demanda Sev.

— Très bien. Je vais justement chez eux demain soir.

— Pour dîner ?

— Garder le bébé. Ils vont au théâtre.

Sev fulmina intérieurement. Il détestait la façon dont elle exécutait les quatre volontés de son père. Même en pleine réunion, s'il lui envoyait un texto, elle devait se contenir pour ne pas répondre dans la seconde.

— Toi aussi, tu aimes aller au théâtre, déclara-t-il.

— Pas vraiment.

— C'est indiqué dans ton CV.

— Et j'ai avoué que c'était un mensonge, répondit-elle.

— As-tu besoin d'une lettre de recommandation ?

Naomi acquiesça.

— Je m'en occupe demain à la première heure, promit-il.

Il se rinça le visage, s'aspergea le cou d'eau de Cologne, finit son cognac et enfila une chemise propre.

Naomi relâcha son souffle. Voilà, c'était fait. Elle avait donné sa démission.

Sans que Sev batte d'un cil.

4

— Tu ne te changes pas ?

Naomi fit signe que si. L'indifférence de Sev la confortait dans sa décision de partir. Les gens entraient et sortaient de sa vie sans qu'il s'en émeuve. Elle ne faisait pas exception, et cela la blessait.

— Ah, je viens de me souvenir… Je devais aller chercher ma robe au pressing pendant ma pause déjeuner. Mais je suis partie faire du shopping avec Jamal et j'ai oublié.

— Pas de problème.

Il géra ce contretemps avec le même flegme qu'il avait accepté sa démission.

— Nous n'avons qu'à passer chez toi avant d'aller au restaurant.

Ce qu'ils firent. Dans l'ascenseur qui les emmenait au dixième étage où elle habitait, elle fit de son mieux pour ignorer l'odeur enivrante de son eau de Cologne.

— Au fait, où dînons-nous ? l'interrogea Sev.

Elle lui donna le nom d'un restaurant oriental huppé. Sev fit la grimace.

— Pas très original. N'ont-ils pas envie d'autre chose que de plats de chez eux ?

— J'avais réservé une table dans un restaurant français. Mais Jamal se sent un peu…

Elle hésita. Non, inutile de lui répéter ce que Jamal lui avait confié durant leur séance shopping. Il était trop insensible pour comprendre.

— Elle préfère un menu qu'elle connaît, se reprit Naomi.

— Soit.

— Sers-toi un verre pendant que je me change, lança-t-elle en le laissant seul dans le salon.

Sev entra dans la cuisine et ouvrit le frigo. Quelque chose à boire ? Il n'y avait rien de décent ! Pas même une bouteille de vin au frais.

De retour dans le salon, il remarqua la photo d'un homme sur la console près du téléphone. Son fiancé, certainement. *Adorable*, grinça-t-il en son for intérieur. Lorsqu'elle lui parlait, elle avait donc les yeux rivés sur son futur mari.

Il se remémora leur conversation de la matinée. Sa question, bien que déplacée, trahissait une curiosité sincère. Et pas uniquement à propos du sexe. Lui ne s'attacherait jamais assez à une femme pour se fiancer. Mais cet imbécile-là, si. En octobre dernier, c'était l'anniversaire de Naomi. Devant son humeur morose, il l'avait questionnée jusqu'à ce qu'elle avoue que ni son père ni sa mère n'avaient pensé à le lui souhaiter.

— Je suis sûr qu'une belle surprise t'attend, l'avait-il consolée.

Il le pensait. Son fiancé était sûrement déjà dans l'avion pour la kidnapper le temps d'une soirée romantique. Naomi répétait souvent qu'Andrew occupait un poste important. Il devait avoir les moyens de se payer le billet d'avion le jour de l'anniversaire de sa future femme.

Apparemment, non.

Sev avait accompagné Naomi au théâtre, chose qu'il détestait, puis l'avait invitée à dîner. De retour à leur immeuble, chacun avait regagné ses pénates respectifs. Cette conclusion l'avait laissé sur sa faim. Lui et Naomi…

Il y avait quelque chose entre eux. Quelque chose qui ne demandait qu'à se concrétiser.

Il leva son majeur devant la photo d'Andrew, juste au moment où Naomi entrait dans le salon. *In extremis*, il se rattrapa en faisant mine de se gratter l'oreille. La jeune femme se débattait avec la fermeture d'une élégante robe grise ajustée, un collier dans une main, des escarpins dans l'autre.

— Ai-je le temps de me coiffer ? demanda-t-elle en enfilant les escarpins.

— Non.

De nouveau, elle tenta de fermer sa robe.

— Laisse-moi t'aider.

Naomi ne préférait pas. Mais ne trouvant aucune excuse valable, elle releva ses cheveux et lui présenta son dos. Sev, au lieu de remonter la fermeture, la descendit jusqu'en bas.

— Sev ! protesta-t-elle.

Ils n'avaient pas le temps pour ce genre de petit jeu !

Mais Sev n'était plus si pressé, subjugué par la nuque délicate de Naomi. La main tenant ses cheveux tremblait légèrement. Non, il n'avait pas inventé la tension sexuelle qu'il avait perçue entre eux au bureau. Naomi Johnson était aussi excitée que lui.

La lanière de son soutien-gorge barrait son dos nu et il lui démangeait de l'en débarrasser. Elle avait un très joli dos. Au lieu de la faire pivoter sur ses talons comme il l'aurait fait en temps normal, il promena un doigt léger le long de son échine.

Naomi ferma les yeux, frémissante.

— Naomi…

Sa voix était plus rauque qu'à l'accoutumée, l'air chargé d'électricité.

— Maintenant que tu as démissionné, rien ne nous empêche de passer les deux prochaines semaines au lit, susurra-t-il.

— Comment en arrives-tu à cette conclusion, au juste ?

— À Helsinki, tu as affirmé que tu ne coucherais jamais avec ton patron.

— C'était au Mali, rectifia-t-elle. Et je suis certaine d'avoir dit que je ne coucherais jamais avec *toi*.

— Parce que tu es fiancée ?

Il n'imaginait tout simplement pas qu'on puisse lui résister, réalisa Naomi. À raison, sans doute. Elle-même luttait pour ne pas se retourner. Oh ! Comme elle avait eu raison de continuer à porter sa bague de fiançailles ! Non que cela suffît à le dissuader. Il n'avait aucun scrupule. Les doigts dans le creux de son dos, il ne feignait même plus de chercher à remonter sa fermeture.

Sev désirait Naomi, depuis le début. Maintenant qu'elle lui avait annoncé son départ, il la désirait encore plus ! Toutes ses assistantes finissaient par démissionner et cela lui était égal, d'habitude.

Pas cette fois.

Il s'était consolé en se disant qu'au moins, les deux semaines à venir mêleraient plaisir et travail. Mais Naomi freinait des quatre fers. *Pas pour longtemps.*

— À Helsinki, je t'ai dit que j'étais guéri des blondes…

Il enroula une longue mèche brune autour de son index.

Naomi sentit un souffle chaud sur sa nuque. Ou était-ce juste sa respiration ?

— Je croyais que nous devions nous dépêcher, bredouilla-t-elle. Tu m'as dit que je n'avais pas le temps de me coiffer…

— Ce n'est pas à ta coiffure que je pense, là, tout de suite.

Elle non plus. Elle était tellement lasse de lutter ! Peut-être commanderait-elle son propre bouquet de roses blanches, une fois la parenthèse refermée. Car ce ne serait que cela pour lui, une parenthèse. En pincer pour Sevastyan était une maladie incurable dont on ne pouvait, au mieux, qu'atténuer temporairement la douleur.

Sev se rapprocha de la jeune femme, pas trop vite afin de ne pas l'effrayer par l'ampleur de son érection. Quelque chose parut céder en elle.

— Tu as maigri, nota-t-il en lui caressant la taille.

— Oui, admit Naomi.

Pourquoi la simple chaleur de sa main sur sa peau l'excitait-elle autant ? Elle n'était plus qu'à quelques centimètres de ses seins, qui semblaient se tendre à sa rencontre.

— Je croyais au contraire que j'allais grossir…

Elle s'interrompit. Elle n'allait pas lui avouer qu'elle se jetait sur la nourriture pour combler le vide affectif de sa vie ! Le stress devait compenser car, loin de prendre du poids, elle flottait à présent dans ses vêtements.

Ce fut Sev qui rompit le charme. Sa main se figea sous la poitrine de la jeune femme. Pourquoi croyait-elle qu'elle allait grossir ? Il songea à sa conversation avec Allem, à la statuette de la fertilité. Naomi avait les émotions à fleur de peau, en ce moment. Se pouvait-il…

Bon sang, Naomi était-elle enceinte ? Était-ce la raison de sa démission ?

Son regard tomba sur la photo d'Andrew sur la console. Il remonta la fermeture de la robe. Il n'avait pas besoin d'une assistante enceinte. Encore moins d'une *amante* enceinte.

— Allons-y, dit-il d'une voix bourrue. Nous sommes déjà en retard.

Ce qui aurait dû être un dîner agréable tourna rapidement au cauchemar. Sev boudait dans son coin et Naomi peinait à entretenir la conversation. Par chance, Allem vola à son secours.

— À l'époque, Sev faisait dans les téléphones portables. C'est ainsi que nous nous sommes rencontrés.

Sev réclama un autre verre d'eau à un serveur. De l'eau coupée à la vodka, soupçonnait Naomi. Il était d'une humeur massacrante, sans qu'elle en devine la raison. Alors qu'elle s'apprêtait à céder à trois mois de désir grandissant, il avait brusquement changé d'avis. Décidément, elle ne le comprendrait jamais. Et très bientôt, elle n'aurait plus à essayer.

— Tu t'en souviens, Sev ? insista Allem.

Sev haussa les épaules.

— Je me souviens d'avoir eu l'idée d'un concept…

— Qui en serait resté à cela sans mon financement.

— Exact.

— Alors, comment t'es-tu lancé ? s'enquit Naomi.

Dieu qu'il l'agaçait, à se montrer si grossier ! Elle devait se retenir pour ne pas lui donner des coups de pied sous la table.

— Tu as obtenu une bourse, n'est-ce pas ? intervint Jamal.

Sev confirma d'un hochement de tête. Il détestait évoquer son passé. C'était le problème, avec les gens. Ils adoraient parler, alors que lui préférait rester chez lui à coder des logiciels.

— Il y avait un vieil ordinateur dans le bureau, là où je vivais, ajouta-t-il à contrecœur. Ils allaient le jeter…

— Le bureau où tu vivais ? releva Naomi, les sourcils froncés.

— Je voulais dire, à mon école, répondit Sev.

Il lança un regard d'avertissement à Allem. Ce dernier connaissait en partie son passé. Mais Sev n'avait aucune envie de replonger dans cette période sombre de sa vie. Tout cela était loin, très loin derrière lui.

— J'avais treize ans, alors. Je l'ai démonté et…

Il haussa les épaules, minimisant le temps qu'il avait passé à le remonter et à écumer les déchetteries en quête des pièces de remplacement. Celui-là réparé, il était passé au suivant. Puis au troisième.

— La bourse m'a aidé, mais…

Sa vraie formation, c'étaient les innombrables heures passées le nez sur les machines et dans les livres. N'importe quel livre, au début. Contes, romans d'amour, biographies, policiers… Il dévorait tout ce qui lui tombait sous la main, souvent plusieurs fois. Un jour, il avait déniché un livre de programmation informatique. C'était devenu sa bible. Sa fascination ne s'était jamais démentie, depuis.

Mais tout cela, il le garda pour lui.

— Tu te souviens, Sev, de cette princesse qui te plaisait ?

Allem adressa un sourire complice à Naomi.

— Savez-vous, lui dit-il, que Sevastyan avait piraté le site du palais royal pour proposer d'en corriger les failles ?

— Je recourais à cette méthode, à l'époque, quand les clients étaient encore rares, admit Sev.

— As-tu conquis la princesse ? demanda Naomi.

Sev ricana.

— Question idiote.

Leurs regards se croisèrent. Ni l'un ni l'autre n'aurait admis être vexé.

La tension entre eux n'avait pas échappé à Allem, pas plus

que les piques qu'ils s'échangeaient. Il avait même surpris le regard de Sev suivant la jeune femme lorsqu'elle s'était rendue aux toilettes. Jamais il ne l'avait vu ainsi. C'était la première fois qu'il venait à un dîner avec Jamal sans sa maîtresse du moment, dont Allem oubliait systématiquement le nom. Mais il appréciait Naomi et voulait voir Sev heureux, pour une fois.

— Quand vous serez à Dubaï, pourquoi ne pas sortir en mer ? suggéra-t-il.

— Je ne viens pas en vacances, grogna Sev. Tu n'auras qu'à emmener Naomi.

La jeune femme roula des yeux.

— Parce que moi, je n'ai pas de travail, peut-être ?

— Prends une journée et profite du soleil.

Sev revit son dos nu et satiné, ses joues pâles qui s'étaient embrasées lors de leur première rencontre. Comme elles s'embrasaient maintenant. Si seulement Jamal et Allem pouvaient disparaître ! Il n'avait qu'une envie, reprendre là où Naomi et lui en étaient restés un peu plus tôt. S'il glissait la main entre ses cuisses, sous la table, le repousserait-elle ? Non qu'il comptât passer à l'acte. Les femmes enceintes aimaient-elles d'ailleurs seulement le sexe ?

— De notre côté, nous aimerions aller au théâtre pendant que nous sommes à New York, dit Jamal.

— Vous avez frappé à la bonne porte.

Il fixait toujours Naomi.

— Tu adores le théâtre. Demain soir, nous pourrions…

— J'ai déjà des projets, le coupa Naomi.

— Quels projets ?

— Je te l'ai dit. Je m'occupe des enfants de mon père.

Sev serra les dents. Elle avait chamboulé sa vie pour s'installer à New York et renouer avec lui. Mais à part les quelques fois où elle gardait ses enfants, quand le voyait-elle ?

Oui, c'était plus raisonnable de garder son avis pour lui et de demander l'addition.

Le chauffeur de Sev déposa Jamal et Allem à leur hôtel, et le reste du trajet s'effectua en silence. Dans l'ascenseur de leur immeuble, Sev décida qu'il en avait assez d'être raisonnable.

— Appelle ton père et dis-lui que tu n'es pas disponible demain soir.

— Pourquoi ferais-je cela ? répliqua Naomi.

— Je paierai une gouvernante.

— Une gouvernante ? Sev, dans quel monde vis-tu ?

— Un monde sans enfants.

— Je suis contente d'aider, insista la jeune femme.

— Aider ? Tu te fais exploiter !

— Ce sont mes sœurs.

— *Demi*-sœurs.

La tension entre eux monta d'un cran.

— L'affection paternelle ne se divise plus en parts égales, quand la famille s'agrandit…

— Mêle-toi de tes affaires, siffla Naomi. Ne me dis pas comment gérer ma famille alors que tu n'hésites pas à mentir sur la santé de ta mère.

Au dixième étage, elle sortit de l'ascenseur. Il la retint.

— Naomi, j'ai vraiment besoin que quelqu'un m'accompagne…

— Alors trouve quelqu'un, lâcha-t-elle. Il est minuit. Tu m'as appelée à 6 heures du matin. Je fais des journées de dix-huit heures et n'aurai pas mon week-end. Est-ce trop te demander de m'accorder *une* soirée de libre à passer avec ma famille ?

Renvoie-moi, qu'on en finisse ! le suppliait-elle du regard.

— C'est bon. Tu as ta soirée, céda Sev.

Il suivit la jeune femme des yeux jusqu'à ce qu'elle disparaisse dans son appartement.

Très bien, il trouverait quelqu'un d'autre. Et il n'avait pas à chercher très loin. Le temps d'arriver à son penthouse, il avait déjà décroché son téléphone.

— Salut, Félicity. Tu te souviens d'Allem et Jamal ?

Félicity les connaissait bien. Quel meilleur substitut qu'une ancienne assistante, sublime de surcroît, et qui ne portait pas l'enfant d'un autre ?

5

— Comment cela se passe-t-il avec Derzhavin ?

Naomi soupira. Elle n'était pas vraiment d'humeur à parler de Sev. C'est à peine s'il lui avait adressé la parole de la journée. Son voyage à Washington tombait à pic et lui permettrait de souffler jusqu'à vendredi. Hélas, Sev constituait son principal sujet de conversation avec son père.

Elle le regarda cajoler Amélia, sa petite sœur de quatre mois, puis la confier à Judy afin qu'elle monte la coucher. *Demi-sœur*, aurait corrigé Sev. Oh ! Elle n'était pas aussi cynique que lui. Et pas davantage le paillasson pour lequel il la prenait.

Elle savait exactement pourquoi elle était à New York : donner une nouvelle chance à sa relation avec son père. Son cœur se serra comme la petite Madison, âgée de trois ans, sautait dans les bras d'Anderson pour son câlin du soir. Naomi était plus jeune encore qu'Amélia quand sa mère était rentrée au Royaume-Uni en l'emmenant. Depuis, elle n'avait revu son père qu'une seule fois.

À dix-huit ans, elle était venue un mois en vacances chez lui. Vacances qu'elle avait finalement passées dans une auberge de jeunesse au prétexte que le second mariage de son père vivait ses derniers soubresauts. Elle ne voyait Anderson que lors de rares déjeuners entre deux visites touristiques en solitaire.

C'était différent, aujourd'hui. Son mariage avec Judy semblait solide.

— Alors ? Derzhavin ? insista-t-il.

Naomi s'arracha à ses réminiscences.

— Oh ! Toujours aussi impossible, soupira-t-elle.

— Lui as-tu remis ma carte ?

— Il a déjà un avocat, papa. D'ailleurs, je lui ai donné ma démission hier.

— *Quoi ?* Qu'est-ce qui t'a pris de faire cela ? s'exclama son père.

— Les journées sont interminables. Surtout en voyage d'affaires. Samedi, nous partons pour Dubaï, puis enchaînerons avec Londres…

Elle secoua la tête.

— C'est là que je quitte le navire. J'ai déjà commencé à chercher un remplaçant.

— C'est une formidable opportunité que tu laisses filer, objecta Anderson.

— Je ne suis pas ici pour ma carrière, lui rappela Naomi.

— Tu comptes retourner vivre à Londres ?

Elle fit mine d'ignorer le regard qu'il échangea avec Judy.

— Non. Je te l'ai dit, je suis ici pour un an. Je cherche un autre poste avec des horaires plus réguliers. Mes économies me permettent de souffler un peu en attendant.

— Et l'appartement ? intervint Judy.

— J'en cherche un nouveau. Cela risque de prendre du temps…

Ils parurent soudain remarquer l'heure. N'étaient-ils pas déjà en retard ? Surtout, qu'elle n'hésite pas à se servir dans le frigo. Ils tâcheraient de rentrer avant minuit.

— Qu'allez-vous voir ? demanda Naomi.

Anderson lui donna le titre d'une certaine comédie musicale.

— Judy en est fan.

Moi aussi ! aurait voulu s'écrier Naomi. C'était justement le spectacle qu'allaient voir Sev, Allem et Jamal. Elle avait l'impression d'être une domestique plutôt qu'un membre de la famille. Pire, puisqu'elle n'était même pas payée. Puis elle songea à ses petites sœurs, adorables toutes les trois. Surtout Kennedy, l'aînée, toujours si heureuse de voir Naomi.

— J'aime bien quand c'est toi qui nous gardes, lui chuchota-t-elle lorsque Naomi vint la border.

Elle en éprouva un pincement au cœur. Elle voulait passer plus de temps avec elles, apprendre à les connaître. Pas lire une note sur le frigo lui rappelant de lancer le lave-vaisselle ! Était-elle censée nettoyer la table et plier le linge, aussi ?

Avec un soupir, elle s'affala sur le canapé. Son regard s'égara vers les joncs dehors et la rivière au-delà. Long Island était un endroit agréable et la maison, gigantesque. Elle comprenait que sa présence eût été de trop à la naissance d'Amélia. Mais maintenant… Ce ne serait que l'affaire de quelques semaines. Le trajet était trop long jusqu'à Manhattan. Tout ce qu'elle attendait d'eux, c'était qu'ils l'accueillent sous leur toit et l'encouragent à prendre son temps.

Elle repensa à sa dispute avec Sev, la veille au soir. Ce n'était pas contre lui qu'elle était en colère, mais contre son père. Sev la trouvait pathétique, car il ne comprenait pas…

Elle avait besoin de se faire sa propre idée.

Enfant, elle avait grandi avec l'impression d'être la plus grosse erreur dans la vie de sa mère. Naomi la soupçonnait d'être tombée enceinte exprès dans l'espoir de sauver son mariage, avant de rejeter sur elle la faute de son échec. Toute son enfance, elle l'avait vécue suspendue à une lettre ou un appel qui n'étaient jamais venus. Son père payait la pension, et même cela rendait sa mère furieuse. Il remplissait son devoir légal envers sa fille, point.

Adolescente, Naomi avait appelé Anderson pour lui cracher ce qu'elle avait sur le cœur. En réponse, il lui avait énuméré les raisons pour lesquelles il s'était tenu à l'écart : le travail, la peur de causer des frictions entre elle et sa mère, les pressions de sa femme qui ne voulait pas entendre parler de sa fille en Angleterre.

Depuis, il avait divorcé et s'était remarié avec Judy. Les excuses commençaient à manquer. Mais Naomi tenait à se faire sa propre opinion plutôt que de se fier à celle, biaisée, de sa mère. Voilà pourquoi elle était là aujourd'hui : pour découvrir si, oui ou non, il voulait d'elle dans sa vie.

Elle alluma sa tablette et consulta son horoscope. Encore un point sur lequel elle avait menti lors de son entretien d'embauche. « Il y a de la tension dans l'air », avertissait l'astrologue. Apparemment, un certain événement cosmique semait la discorde entre tous les signes. En l'absence de projets, mieux valait rester chez soi.

Naomi roula des yeux. Des tensions ? Ce devait être l'horoscope de la veille...

Anderson et Judy rentrèrent vers minuit. Sans la mettre à la porte, ils ne cachèrent pas leur impatience de la voir partir. Judy bâillait ostensiblement en répétant qu'elle était fatiguée. Anderson se servit un cognac, mais ne lui en proposa pas un. Il ne l'invita pas non plus à passer la nuit sur place. Peut-être s'était-elle trop habituée aux offres de Sev ?

— J'essaierai de faire un saut avant mon départ pour Dubaï, dit Naomi en enfilant son manteau.

— Oh ! Tu seras sûrement très occupée, protesta Judy. Ne te donne pas cette peine.

— Mais c'est ton anniversaire vendredi, papa.

Son regard passa de son père à Judy. Leurs sourires se figèrent.

— Comment le sais-tu ? demanda Anderson.

— Comment pourrais-je oublier ton anniversaire ? lança-t-elle avec une pointe d'amertume.

Lui ne lui avait jamais souhaité le sien.

— Cinquante ans, cela se fête. Qu'avez-vous prévu ?

— Rien, répondit vivement son père.

Judy raccompagna Naomi à la porte.

— Il ne veut pas en faire tout un plat, lui murmura-t-elle en aparté. Ce doit être la crise de la cinquantaine. Je suis tellement plus jeune que lui, tu comprends ? L'écart d'âge le gêne. S'il te plaît, Naomi, n'insiste pas. Nous te verrons à ton retour.

Dans la voiture, Naomi alluma la radio et se mit à chanter tout haut pour ne pas pleurer. Peine perdue. Tout ce qu'elle avait toujours désiré, c'était une famille. Des parents qui s'exclament fièrement : « Oui, ma fille Naomi est très douée ! » Ou qui se disent, en passant devant une vitrine : « Cela plairait à Naomi ». Peut-être était-ce pour cette raison qu'elle avait si longtemps repoussé sa rupture avec Andrew. Elle s'accrochait à l'espoir de fonder sa propre famille. Mais Andrew n'était tout simplement pas l'homme de la situation.

Elle pleurait encore en entrant dans son immeuble. Et comme si elle n'était pas déjà suffisamment déprimée comme cela, là, devant l'ascenseur, attendait Sev.

En compagnie de Félicity.

Ils étaient tous deux à couper le souffle : Sev en costume ajusté sous un manteau anthracite, Félicity en robe lamée, agitant sa luxuriante crinière blonde. Avec son jean et ses bottines plates, Naomi s'était rarement sentie aussi terne. Elle hésita à faire demi-tour. Non, ce serait encore plus embarrassant s'ils s'en rendaient compte. Elle s'avança donc droit vers eux. Le sourire de Sev s'évanouit lorsqu'il l'aperçut.

— Salut, lança-t-il en lâchant la taille de sa compagne.

Il remarqua ses yeux rougis.

— Tout va bien ?

— À merveille, répondit Naomi.

Ce fut le trajet en ascenseur le plus atroce de sa vie. Félicity gloussait et se frottait contre Sev telle une chatte en chaleur. À peine les portes s'ouvraient-elles que Naomi se rua hors de la cabine. Quelques secondes plus tard, elle était chez elle.

L'envie de pleurer lui était passée. Elle était furieuse ! Félicity ! Son ex-assistante, avec qui il avait couché par le passé ! Oh ! Il n'était pas allé chercher très loin…

Mufle.

Elle se déshabilla et enfila sa robe de chambre, puis déboucha une bouteille de vin dans la cuisine. Jamais elle ne s'était sentie aussi seule qu'à New York. Exactement comme lors de son premier séjour, à dix-huit ans. New York était une ville pleine de vie, peut-être la plus animée au monde. Mais une ville qui vous engloutissait et où vous disparaissiez sans que personne s'en aperçoive. Tout ce qu'elle voulait, c'était un endroit où elle se sente chez elle…

Un coup résonna à sa porte. Elle l'ignora. Sans doute une erreur. Avec le second coup s'éleva la voix de Sev.

— Naomi, c'est moi.

Zut, elle n'avait vraiment pas besoin de cela. S'il avait oublié ses clés, qu'il s'adresse au portier.

— Sais-tu l'heure qu'il est ? grogna-t-elle en ouvrant la porte.

Elle remarqua aussitôt la trace de doigts sur sa joue.

— Que s'est-il passé ?

— J'ai expliqué à Félicity que quand un homme dit non, c'est non. Elle l'a mal pris.

Naomi se mordit la lèvre. Même maintenant, il arrivait à la faire rire.

— Elle est rentrée chez elle, précisa-t-il.

— Que veux-tu, Sev ?

— Je n'ai plus de sucre.

— Sérieusement ?

— Tu pleurais.

— Ai-je besoin de ta permission pour cela ? soupira-t-elle.

Mais au lieu de refermer la porte, elle s'écarta pour le laisser entrer.

— Comment va ton cher papa ? lança Sev.

— Garde tes sarcasmes pour toi, veux-tu ?

Il la dévisagea avec attention. Puis son regard tomba sur le verre qu'elle tenait à la main.

— Est-ce bien raisonnable ?

Quel culot, de la part de quelqu'un qui avait clandestinement introduit de la vodka à un dîner sans alcool !

— Après la journée que j'ai eue, j'ai bien mérité un verre de vin, rétorqua-t-elle.

— Ce n'est pas conseillé aux femmes enceintes.

Le choc laissa Naomi sans voix.

— Écoute, poursuivit Sev. J'avoue avoir eu du mal à me faire à l'idée. Je n'ai jamais eu d'assistante enceinte, mais nous pouvons nous arranger. Il y a une garderie au rez-de-chaussée. En ce qui concerne les voyages d'affaires…

— Sev.

Naomi avait retrouvé ses esprits.

— Qu'est-ce que c'est que cette histoire ? D'où sors-tu cela ?

— N'est-ce pas pour cette raison que tu démissionnes ?

— Je croyais que je n'avais pas à me justifier.

— C'est le cas. Je cherche seulement à comprendre, répondit Sev.

Attitude qui ne lui ressemblait pas. Les gens entraient et sortaient de sa vie. Il l'avait accepté depuis longtemps. Pourquoi était-ce différent avec Naomi ?

— Comment en es-tu venu à la conclusion que j'étais enceinte ? insista la jeune femme.

— Eh bien, ces derniers temps, tu es irritable, émotive, lunatique… Plus que quand tu as tes règles.

— Tu tiens vraiment à te faire gifler sur l'autre joue ?

— Tu as dit toi-même que tu aurais dû grossir…

Naomi éclata de rire.

— Je parlais de tout ce que je mange à cause du stress, expliqua-t-elle.

— Est-ce moi qui te stresse ?

Elle éluda la question.

— Le monde ne tourne pas autour de toi, Sev.

— Donc, tu n'es pas enceinte ? Tu en es sûre ?

— Sûre et certaine.

— Voilà une nouvelle qui se fête, déclara-t-il.

— Tu veux fêter le fait que je n'attende pas de bébé ? répéta-t-elle, incrédule.

— Quelle meilleure raison ?

Il appela le restaurant situé au rez-de-chaussée. Malgré l'heure indue, leur commande leur fut rapidement livrée — champagne dans son seau de glace et sélection d'appétissants hors-d'œuvre. Sev alluma même un feu dans la cheminée, ce à quoi Naomi n'avait jamais osé se risquer.

— Je croyais que c'était juste pour la décoration, avoua-t-elle.

— Tout a une fonction. Rien n'est jamais là « juste pour la décoration ». À Naomi, qui n'est pas enceinte. Santé !

— Santé.

Ils entrechoquèrent leurs verres.

— Comment l'aurait-il pris ? questionna Sev en s'asseyant par terre devant le feu.

Sans réfléchir, elle l'imita.

— Qui cela ?

— Eh bien, ton fiancé.

— Sev…

— Je demandais cela comme cela.

— Pourquoi discuter d'une grossesse qui n'existe que dans ta tête ?

Quant à la réaction d'Andrew, elle se félicitait de n'avoir jamais à la découvrir.

C'était agréable de bavarder ainsi devant le feu. Sev s'amusait à faire tenir sa coupe de champagne en équilibre sur son ventre. Elle déclina lorsqu'il l'encouragea à essayer. Son propre ventre n'était pas si ferme et elle ne portait qu'une robe de chambre. Elle s'allongea néanmoins à son côté. Quand s'était-elle sentie aussi détendue pour la dernière fois ?

Puis elle se rappela avec qui Sev avait passé la soirée.

— Comment était le spectacle ?

— Horrible, répondit Sev. Je déteste le théâtre.

— Tu disais adorer cela quand tu m'y as emmenée.

— C'était ton anniversaire. Si j'avais dit la vérité, tu aurais refusé d'y aller.

Naomi se remémora cette soirée. Pas un instant elle n'avait soupçonné qu'il faisait cela pour elle. Il avait prétendu avoir ces tickets depuis des mois ! C'était le plus beau cadeau d'anniversaire qu'on lui ait jamais fait.

— Ce spectacle-là était particulièrement atroce, poursuivit-il. Des chansons, encore des chansons…

— C'est le principe d'une comédie musicale, observa-t-elle.

— Eh bien, je déteste cela. Pourquoi ne pas simplement parler ? Tu imagines, si je chantais tout ce que je dis ?

Elle n'eut pas à le faire, car il se mit à entonner d'une voix grave de baryton :

— Tu connais Jamal, toujours si aimable ?

Ils éclatèrent de rire. Très vite, Sev cessa de chanter pour lui raconter ce qui s'était passé.

— Quand elle a vu que ce n'était pas toi qui m'accompagnais, elle s'est transformée en véritable peste. Elle a totalement ignoré Félicity et s'est montrée d'une grossièreté sans nom. Encore plus que nous au dîner !

Naomi rit, avant de céder à la curiosité.

— Allem et toi, vous êtes amis ?

— En quelque sorte.

— Comment vous êtes-vous rencontrés ?

— Sur un forum de discussion.

Les joues de la jeune femme s'empourprèrent.

— Ces sites ne tournent pas tous autour du sexe, Naomi. J'avais une idée pour un téléphone portable, mais pas les moyens de la concrétiser. Je lui en ai dit juste assez pour lui donner envie de me rencontrer. C'était étrange… Lorsque nous discutions en ligne, nous parlions affaires et c'est tout. Ce n'est qu'en arrivant à Dubaï que j'ai découvert qu'il était un riche cheikh. Et lui a été surpris que je sois…

Il haussa les épaules.

— Disons que je n'avais jamais pris l'avion avant. Encore moins en première classe. Quelques mois plus tard, il m'envoyait à New York travailler sur un prototype. Je ne suis jamais revenu.

— Jamais ?

— Oh ! Quelquefois.

Il détourna la conversation sur elle.

— Qu'est-ce qui t'a mis dans un tel état, ce soir ?

— Mon père et Judy étaient au théâtre, aux aussi.

— Et tu aurais aimé qu'ils te proposent de les accompagner, devina-t-il.

Elle opina.

— Ton père et ta mère sont-ils restés longtemps ensemble ? questionna-t-il.

— Ils se sont mariés quand ma mère est tombée enceinte, puis séparés alors que je n'avais que quelques mois. Je crois que ma mère est tombée enceinte exprès pour forcer mon père à rester et a passé les vingt-cinq dernières années à le regretter.

— Vous n'êtes pas proches, donc ?

— Non. Sa carrière passait avant tout. À chaque congé, j'étais expédiée chez mes tantes ou mes grands-parents.

Elle secoua la tête.

— Tout ce que je voulais, c'était une famille, tu comprends ?

Oui, Sev comprenait. Lui aussi avait rêvé d'une famille, enfant. Quelques années plus tôt, son rêve s'était réalisé. Mais sa mère, alcoolique rachitique, était à mille lieues de la femme souriante aux rondeurs maternelles qu'il avait imaginée. Et elle ne voulait rien avoir affaire avec lui. Quant à sa sœur, autant ne pas en parler. Depuis, ses dernières illusions s'étaient définitivement envolées.

— C'est un rêve puéril, Naomi.

— Peut-être, mais c'est le mien.

— Tu as déjà une famille.

Elle faisait partie de ces enfants qui collaient des pâtes sur des cartes pour leurs mères. De ces enfants qui avaient tout. Du moins était-ce ce qu'il croyait, à l'époque. Plus maintenant.

— Accepte la réalité au lieu d'essayer de réarranger la formule.

— Ce ne sont pas des maths, Sev.

— Non, concéda-t-il. Mais peut-être que si tu envisageais les choses de façon plus rationnelle au lieu de tout prendre à cœur…

— C'est ce que je fais. Mon père et moi nous connaissons à peine. Je nous donne une chance de remédier à cela.

Elle soupira.

— C'est son anniversaire, vendredi. Il fête ses cinquante ans. Judy m'a suppliée de ne rien faire.

— Alors, ne fais rien.

— Je ne peux pas ignorer son anniversaire !

— Bien sûr que si, dit Sev. Je fais cela tout le temps, moi.

— Mais toi, tu es un cas à part, répliqua la jeune femme en souriant.

— Comment s'appelle-t-il ?

— Anderson.

— Anderson Johnson ?

Il fouilla sa mémoire, cherchant à se rappeler si leurs routes s'étaient déjà croisées.

— Non, dit Naomi. Je porte le nom de famille de ma mère.

— Quel est le sien ?

— Anderson.

— Il s'appelle Anderson Anderson ?

L'incrédulité de Sev fit sourire Naomi.

— Une chance qu'il n'ait que des filles… Allem, je te présente Anderson Anderson. Et voici Anderson Anderson Junior, ironisa-t-il en prenant une voix solennelle.

Naomi pouffa. Sev avait sauvé sa soirée du naufrage. Pour la première fois depuis longtemps, elle se sentait heureuse.

— Et ton père, comment s'appelle-t-il ? demanda-t-elle.

— Joker. Changeons de sujet.

— Parlons de ta mère, alors. Ai-je le droit de savoir son nom ?

— Breta. Question suivante.

Naomi saisit le message : ses parents étaient un sujet tabou. Elle passa donc à une autre question qui la taraudait.

— Pourquoi des roses blanches ?

— Parce que les femmes interprètent tout et s'attachent à des détails insignifiants. La preuve, soupira-t-il. Des roses rouges seraient perçues comme une déclaration d'amour. Roses, comme un début d'idylle. Jaunes… Je ne sais pas. Mais elles inventeraient quelque chose. Le blanc est une couleur neutre, associée à rien.

— Au mariage ? suggéra Naomi avec un sourire.

— Oh ! Non. Aucune chance, venant de moi.

— L'innocence ?

— Là où je passe, l'innocence trépasse.

Il tourna la tête vers elle.

— Pourquoi les femmes refusent-elles de comprendre que je ne cherche pas de relation durable ? Je ne veux rien de sérieux.

Naomi l'écoutait confirmer tout haut ce qu'elle savait déjà.

— Question suivante, dit Sev.

Oh ! Beaucoup se pressaient sur ses lèvres. Elle opta pour une question banale.

— Quelle est ta couleur préférée ?

Sev allait répondre aucune, puis se ravisa. Ce qu'il allait dire lui vaudrait peut-être les faveurs de la jeune femme. Il plongea les yeux dans les siens et murmura :

— Marron.

— Oh ! Par pitié !

Naomi était lasse de ses pitoyables répliques de drague.

— C'est la vérité.

— La couleur des roses fanées, soupira-t-elle.

— Que l'on fait sécher entre les pages d'un livre.

Leurs regards se happèrent. Oui, pensa Naomi. Si Sev lui offrait des roses, c'est exactement là qu'elles finiraient. Entre les pages d'un livre.

— Et toi, quelle est ta couleur préférée ? demanda-t-il.

— Aucune. Un jour, adolescente, j'ai fait l'erreur de répondre vert. Depuis, ma mère m'offre chaque Noël une palette d'ombres à paupières de cette couleur.

— Tu dois répondre à la question.

— Alors, noir.

— Techniquement, ce n'est pas une couleur.

C'est vrai, convint Naomi. C'était même l'absence de couleur. Le fondu au noir qui accompagnerait la rencontre de leurs lèvres, si proches à présent. Une douce anesthésie pendant qu'il lui arrachait le cœur pour jouer avec, quelques heures, jours ou semaines peut-être.

Là, tout de suite, elle s'en fichait.

Leurs visages se touchèrent. Ce fut le plus doux, le plus léger des baisers. Ses lèvres étaient aussi sensuelles qu'elle les avait imaginées. Ils restèrent allongés ainsi sur le dos, les yeux ouverts, pour quelques secondes de pure tendresse. Puis il roula sur le côté et prit le contrôle, au cas où elle changerait d'avis.

Aucun risque. Elle ferma les yeux, emportée par sa couleur préférée. Comme tout serait plus simple si ce baiser décevait ses attentes… Mais la langue de Sev s'insinua entre ses lèvres aussi habilement que sa main entre les pans de sa robe de chambre. Ses seins se tendirent à son contact, avides des caresses si brutalement interrompues la veille.

Sa raison lutta en vain contre son corps pleinement consentant. Le renflement dur contre sa cuisse, leur baiser de plus en plus profond confirmaient les prédictions de Naomi : très vite, ils se retrouveraient nus sur la moquette.

— Naomi, souffla Sev.

Il avait rêvé de ce baiser, hésitant et maladroit dans son imagination — un baiser pour persuader. Mais la réalité se révélait d'une volupté inouïe, tant leurs bouches se complétaient à la perfection. Il se plaça au-dessus d'elle, les coudes de chaque côté de sa tête, et pressa son corps contre le sien. Le contact de son érection la mit dans tous ses états. Il sentait le désir pulser en elle, vibrant, impatient. Il déboucla sa ceinture. Tant pis pour les préliminaires. Il la voulait, *maintenant.*

S'ensuivit un branle-bas frénétique et extrêmement sexy. Elle tentait tant bien que mal d'enlever sa culotte tandis que lui-même abaissait sa braguette. Ni lui ni elle ne songeaient à se procurer un préservatif. Ses ondulations lascives le rendaient tellement fou qu'il n'était même pas sûr d'avoir le temps d'entrer en elle.

Naomi était en feu, excitée comme jamais. Alors elle se rappela que sans leur rencontre impromptue devant l'ascenseur, c'était Félicity qui jouirait de ses faveurs.

Sev avait raison : elle aussi se mettrait à interpréter le moindre détail s'ils faisaient l'amour. *Faire l'amour…* Comme si c'était de cela qu'il s'agissait ! Sev n'avait simplement rien de mieux à faire. Comme cette fois-là au Mali, lorsqu'ils étaient restés bloqués sur le tarmac…

— Stop.

Oh ! Les filles comme elle avaient un nom.

Tant pis si elle était une allumeuse. Elle devait protéger son cœur à tout prix. Le souffle court, le corps en fusion, elle repoussa Sev. Son regard transperça le sien. Sans un mot, il roula sur le côté, se releva et boucla sa ceinture. Elle se redressa, incapable de le regarder dans les yeux.

— Bonne nuit, Naomi, dit-il d'une voix glaciale.

Il se dirigea vers la porte, avant de faire demi-tour pour revenir vers elle.

— Est-ce à cause de lui ?

Il prit sa main et examina la bague qu'elle portait comme un bouclier. Quelle idiote d'avoir cru qu'un simple bijou la protégerait de Sev !

— Je n'aurais pas mauvaise conscience, si j'étais toi. C'est du toc.

Avait-il deviné à propos de ses fiançailles rompues ? Elle mit quelques secondes à comprendre qu'il parlait du diamant. Malgré elle, les larmes roulèrent sur ses joues.

Sev ne s'en aperçut pas, trop occupé à étudier la bague.

— L'a-t-il dégotée dans un de vos catalogues spécial bonnes affaires ? railla-t-il. Bénéficie-t-il d'un paiement étalé sur vingt-quatre mois ?

— Salaud.

Alors seulement, il remarqua ses larmes et serra la mâchoire.

— Cela t'amuse de m'humilier, Sev ?

— C'est lui qui devrait avoir honte.

— Va-t'en.

— Tu sais, Naomi, je suis peut-être un salaud, mais un salaud honnête.

À peine était-il parti qu'elle jeta la bague au feu.

Oui, songea Naomi. Il n'avait jamais caché le genre d'homme qu'il était. Et elle avait su dès le premier jour qu'il malmènerait son cœur.

6

Par chance, Naomi n'avait pas à le voir le lendemain. Il partait pour Washington jusqu'au vendredi et n'avait pas requis sa présence.

Elle se réveilla à l'aube sans parvenir à se rendormir, honteuse et furieuse contre elle-même. Sev avait toutes les raisons de lui en vouloir. Elle souhaitait autant que lui ce qui avait failli arriver. Comment lui expliquer que ce n'était pas le sexe qui l'inquiétait, mais l'après ? En s'installant à New York, elle était consciente que son père risquait de la faire souffrir. De la part de Sev, c'était une certitude et elle n'avait vraiment pas besoin de cela. Pourtant, c'était bien sa versatilité qui les avait conduits à cette situation. Elle lui devait au moins des excuses.

Elle saisit son téléphone, puis se ravisa.

Pas tout de suite.

Arrivée au bureau, elle s'attela à la recherche d'un nouvel assistant, tout en montant un dossier résumant les habitudes de Sev. Tâche ardue s'il en était. Même ses goûts en matière de café variaient d'une tasse à l'autre. Aucune routine n'émergeait de son agenda. Il voyageait à travers le monde, mais jamais au même endroit, exception faite d'un séjour annuel en Angleterre en novembre.

Il l'appela plusieurs fois dans la journée, uniquement pour des questions d'ordre professionnel. Le désastre de la veille ne fut pas évoqué.

— Je ne vois pas comment caser quatre jours complets à Dubaï si tu tiens à être à Londres le 11, remarqua-t-elle.

— Débrouille-toi.

Cette réponse cassante était éloquente : il n'avait aucune envie de lui parler.

Elle fit de son mieux pour satisfaire ses exigences et, les jours suivants, passa aux entretiens des candidats. Les imaginer à sa place et elle partie se révéla plus difficile qu'elle ne l'avait anticipé.

— C'est la troisième fois que vous postulez à ce poste ? observa-t-elle en parcourant l'excellent CV d'Emmanuel.

On était jeudi après-midi. Demain était son dernier jour au bureau et, malgré ses efforts, elle n'avait retenu qu'un seul candidat qualifié. Avec un peu de chance, Emmanuel serait le second.

— En effet, confirma-t-il. Lors de mon premier entretien, M. Derzhavin a remarqué que je ne parlais pas mandarin. C'est réparé. J'ai suivi des cours du soir pendant deux ans et séjourné un mois en Chine pour m'immerger dans la langue.

Il tenait vraiment à décrocher ce poste, nota Naomi, honteuse de ses propres lacunes linguistiques. Lacunes dont Sev n'avait pas tenu compte. Il devait y avoir une autre raison pour laquelle Emmanuel n'avait pas été engagé.

— Et le second entretien ?

— Il n'a jamais eu lieu. J'étais en retard, expliqua Emmanuel. C'est inexcusable, bien sûr. Mais mon chien a eu une attaque juste au moment où je partais…

— En avez-vous informé M. Derzhavin ?

— Il ne m'en a pas laissé le temps.

— Comment se porte votre chien, maintenant ?

Elle regretta aussitôt sa question en voyant les yeux d'Emmanuel se brouiller.

— Il a dû être euthanasié.

Le jeudi soir, Sev appela pour la prévenir qu'il était rentré. Pouvait-elle passer lui apporter quelques comprimés d'aspirine ?

— Pourquoi n'y en a-t-il plus ? la houspilla-t-il. Je te paie pour ne pas avoir à m'occuper de ce genre de détails.

— J'ai oublié de vérifier, avoua Naomi, se rappelant la façon dont elle avait écourté son inventaire mensuel.

Non, décidément, ce travail ne lui manquerait pas. Elle monta à l'appartement de Sev, frappa et entra.

Seigneur, il avait une mine à faire peur ! Il était encore plus pâle que d'habitude et semblait épuisé. Que faisait-il devant son ordinateur au lieu d'être au lit ?

— Comment était Washington ?

Il haussa les épaules.

— Pluvieux.

— Voilà ton aspirine.

Elle posa les comprimés sur son bureau.

— Tu as besoin d'autre chose ?

— Non.

— Au sujet de mon remplacement… J'ai sélectionné deux candidats. Le premier entretien est à midi et le second…

— Cela peut attendre demain, l'interrompit Sev. Je n'ai pas envie de discuter travail ce soir.

Naomi partie, il avala trois comprimés d'aspirine. Ce n'était pas par ruse qu'il l'avait fait monter. Il avait vraiment mal à la tête. Ce devait être l'effet « mois de novembre ».

Il passa en revue ses mails. Sa mère avait été transférée en soins intensifs et le cadeau de sa nièce avait bien été livré, à son école plutôt que chez elle. Sev n'avait aucune confiance en sa demi-sœur. L'année précédente, il avait envoyé à Mariya un splendide collier ancien, une pièce très rare. Quelques mois plus tard, il était tombé dessus dans un catalogue de vente aux enchères. Les boucles d'oreilles de chez Tiffany étaient plus communes. Si Renata les revendait, au moins, il n'en saurait rien.

L'aspirine n'eut aucun effet et il se réveilla le lendemain en se demandant s'il ne ferait pas mieux de rester au lit. Hors de question, bien sûr. Contrairement à ses habitudes, il acheta un café à emporter en chemin. Naomi était déjà là, vêtue du même tailleur que lors de son entretien d'embauche. Il n'était plus trop serré, aujourd'hui. Il la salua du bout des lèvres et gagna son bureau.

Elle lui avait manqué et cela le contrariait. Il était même tenté de ne pas l'emmener à Dubaï.

— Qui est le premier candidat ? demanda-t-il lorsqu'elle le rejoignit.

— Elle s'appelle Dianne. Emmanuel est prévu à 14 heures. Ils sont tous les deux très qualifiés.

— J'en jugerai par moi-même, merci.

— Comment veux-tu ton café, aujourd'hui ?

— J'ai déjà ce qu'il faut.

Il désigna le gobelet sur son bureau. Ce n'était pas une rebuffade, même si cela y ressemblait. Il souhaitait seulement en finir au plus vite. Si l'un des deux candidats faisait l'affaire, c'était décidé : il le ferait commencer sur-le-champ.

Dianne se présenta à l'heure, un sourire scotché aux lèvres.

— Il ne devrait pas tarder, lui dit Naomi. Puis-je vous proposer quelque chose à boire ?

— Non, merci, répondit Dianne sans se départir de son sourire.

Tandis qu'elle prenait un siège, Naomi informa Sev par Interphone de l'arrivée de la première candidate. Elle s'interdit de lever les yeux lorsqu'il vint chercher Dianne. Mais alors que la jeune femme entrait dans son bureau, il s'approcha d'elle.

— Tu peux prendre ta pause déjeuner.

— Entendu.

Naomi ravala sa déception. À quoi s'attendait-elle ? Un déjeuner de départ en tête à tête ? Elle aurait tout donné pour effacer cette soirée désastreuse. Du moins, son dénouement. En fait, elle regrettait de ne pas avoir couché avec Sev, ne serait-ce que pour entrevoir ce qui aurait pu advenir. Plus que tout, elle regrettait leur complicité et leurs plaisanteries comprises d'eux seuls. Leurs échanges, désormais, étaient aussi brefs que guindés. C'est tout juste si elle osa le regarder dans les yeux lorsqu'il lui donna ses instructions d'un ton cassant.

— Peux-tu t'assurer que ma valise soit faite avant 17 heures ? J'ai de la compagnie, ce soir.

— Bien sûr, dit Naomi. Je m'en occupe maintenant.

— Au fait…

Il désigna son bureau du menton.

— Quand peut-elle commencer ?

— Dès aujourd'hui.

L'implication était claire : Naomi n'irait pas à Dubaï.

Pour la dernière fois sans doute, elle se rendit à l'appartement de Sev. Les domestiques étaient déjà passées, car le lit était fait, nota Naomi en ouvrant l'armoire. Le temps serait chaud et humide à Dubaï, froid et pluvieux à Londres. Le mieux était de préparer deux valises. Une fois les vêtements sélectionnés, elle passa aux affaires de toilette. Étrange, d'avoir ainsi accès à l'intimité d'une personne sans la connaître vraiment…

Elle déposa les deux valises dans le vestibule et déambula une dernière fois dans l'appartement. Une façon de repousser le moment de retourner au bureau, où Sev lui annoncerait que ses services n'étaient plus requis. Mais c'était mieux ainsi. Elle aurait dû suivre son instinct, il y a trois mois, et refuser le poste. Son cœur savait déjà, alors, quelles épreuves l'attendaient.

En chemin vers le bureau, elle s'arrêta dans une pâtisserie récupérer le gâteau qu'elle avait commandé plus tôt dans la semaine. Pour l'accompagner, elle acheta une bouteille de champagne.

— Nous fêtons ton départ ? lança Sev en la voyant revenir ainsi chargée.

— Vraiment, tu n'aurais pas dû te donner tant de mal, ironisa-t-elle.

Il la suivit dans la petite cuisine attenante à la réception. À peine posait-elle la boîte sur la table qu'il l'ouvrit. Sur le gâteau était écrit : « Joyeux anniversaire, papa ! »

— Il t'avait pourtant demandé de ne rien faire, dit-il.

— Les gens disent toujours cela, rétorqua-t-elle en plaçant la bouteille dans le frigo.

— Les hommes pensent ce qu'ils disent, Naomi. Surtout les salauds. Crois-moi.

— Ce n'est qu'un gâteau.

Oh ! C'était plus que cela. Sev la connaissait assez pour le savoir. Ce gâteau, c'était son cœur et ses espoirs servis sur une assiette et il ne devinait que trop bien le sort qui les attendait. Mais comment la mettre en garde sans évoquer sa propre expérience ? Non, il s'y refusait. Après tout, c'était son problème.

— Tout est prêt pour Dubaï, déclara-t-elle. Ton vol est à 7 heures, soit une arrivée à Dubaï à 6 heures le dimanche matin.

— Et mon vol de retour ?

Elle s'était déjà retirée de l'équation, nota-t-il. Ne restait qu'à le lui annoncer officiellement. *Lorsqu'il serait prêt.*

— Tu quittes Dubaï à 5 heures du matin le jeudi 12. Avec le décalage horaire, cela te fait arriver à Londres le même jour à 8 heures.

— J'avais pourtant spécifié que je voulais y être le 11 au soir.

— Tu as aussi requis quatre jours complets chez Allem. De cette façon, tu arrives assez tôt à Londres.

— Non, Naomi. Si je dis que je veux y être le 11, tu me fais arriver le 11 !

Le jour qu'il détestait le plus venait d'être allongé de trois heures !

— Désolée, Sev. Je n'ai pas le pouvoir de modifier les fuseaux horaires, s'énerva Naomi.

Répugnant à partir sur une dispute, elle se radoucit.

— Je vais voir ce que je peux faire…

— Inutile, gronda Sev.

Il détestait le 11 aussi. S'il pouvait revenir sur une date, ce serait celle-là. Il aurait insisté auprès de Nikolaï pour savoir ce qui se passait ou serait resté éveillé afin de garder un œil sur lui. Ce n'était pas par hasard si Sev avait donné rendez-vous à Daniil le 12. Ce jour-là, à son réveil, il avait trouvé le lit de son ami vide. La date de sa mort étant incertaine, il avait choisi l'anniversaire de sa disparition pour apprendre à Daniil ce qu'ils avaient perdu, ce jour-là.

— Comment s'est passé l'entretien avec Dianne ? s'enquit Naomi.

— Elle ne convient pas.

— Elle est parfaite !

— Pas pour moi. Elle sourit trop nerveusement.

Naomi poussa un soupir agacé, qui céda la place à un sourire. Il n'avait pas tout à fait tort.

— Tu me reprochais de trop m'excuser, Sev. Tu peux bien lui donner une chance ?

— Non.

— Eh bien, espérons que le second entretien se passe mieux.

— J'en doute, maugréa Sev. C'est la troisième fois qu'il postule. Certaines personnes sont incapables de comprendre que « non » veut dire « non ».

Leurs regards se croisèrent.

— Pas moi.

— Sev…

Naomi s'empourpra et les larmes lui montèrent aux yeux. C'était le moment de prendre son courage à deux mains.

— Je tiens à m'excuser pour l'autre soir. J'ai reculé au dernier moment…

— Tu en avais tous les droits, affirma Sev.

Il lui caressa la joue. Lui non plus ne voulait pas qu'ils se quittent sur une dispute.

— Ne pleure pas à cause de moi. J'ai réfléchi de mon côté. À propos de ma remarque sur le catalogue…

À son tour de prononcer ces mots qu'il avait si souvent reprochés à Naomi :

— Je suis désolé.

Elle hocha la tête d'un air las.

— Je ne cherchais pas à t'humilier, Naomi.

— Je sais.

— A-t-il eu ce qu'il méritait, au moins ?

Il avait remarqué avec jubilation qu'elle ne portait plus sa bague de fiançailles.

— Pas de commentaire.

Il soutint son regard chocolat. Il voulait savoir. Pourquoi tenait-il tant à l'entendre dire qu'elle avait rompu ?

Il était temps de changer de sujet.

— Bien. À propos d'Emmanuel… Pour être honnête, je ne suis pas très optimiste. Il était en retard, la dernière fois.

— Son chien avait fait une attaque, expliqua Naomi.

— Donc si je l'engage, je devrais organiser mon emploi du temps en fonction du chien épileptique de mon assistant ?

— Il a été euthanasié.

Elle soupira.

— Sev, il a passé les deux dernières années à apprendre le mandarin à la suite d'une de tes remarques. Donne-lui une chance.

Sev n'avait aucune envie de lui donner une chance. En fait, il n'avait aucune envie que Naomi s'en aille.

Quelques instants plus tard, Naomi prévint Sev par Interphone qu'Emmanuel était arrivé. Elle se rappelait son propre entretien d'embauche avec lui et comment elle avait renversé son verre en le voyant. Il lui faisait toujours le même effet.

— Emmanuel.

Sa voix profonde l'ensorcelait comme au premier jour.

Emmanuel prit une grande inspiration et suivit Sev dans son bureau.

— Vous revoilà, lança Sev. Pour quelle raison tenez-vous tant à m'offrir vos services ?

— Je veux travailler pour le meilleur, répondit Emmanuel.

— Etes-vous conscient de la charge de travail que cela implique ?

— Oui. Naomi m'a parlé de journées de dix-huit heures…

— Parfois plusieurs d'affilée, insista Sev.

— Je suis insomniaque.

Décidément, il avait réponse à tout.

— Quand pourriez-vous commencer ?

— Dès maintenant.

— Et votre actuel employeur ?

— Pour l'instant, je travaille en intérim. J'ai remarqué que vous cherchiez à embaucher environ tous les trois mois.

— La plupart de mes assistants font un burn-out au bout de cette période, expliqua Sev.

— Pas moi, affirma Emmanuel. Je tenais également à vous exposer en personne la raison de mon retard, la dernière fois.

— Votre chien.

Sev ne se liait à personne, encore moins à un animal. Ce genre d'attachement le dépassait. Mais, non, il n'imaginait pas Emmanuel délaissant son chien agonisant.

— Combien de langues parlez-vous ?

— Quatre.

Il aurait dû répondre *vier*, pensa Sev en se rappelant la répartie de Naomi. C'était son seul impair.

— Naomi vous recontactera.

Il passa le reste de la journée à ruminer dans son bureau.

À 5 heures, Naomi s'apprêtait à partir quand Sev se matérialisa devant elle. *Ça y est*, se dit-elle. C'était le moment où il lui annonçait officiellement son remplacement. Emmanuel était sorti aux anges de son entretien et avait bien précisé qu'il était disponible tout de suite.

— Qu'as-tu pensé d'Emmanuel ? l'interrogea-t-elle.

Sev secoua la tête.

— Inemployable. Ce n'est pas par hasard si je l'ai écarté à deux reprises.

Cette réponse stupéfia Naomi.

— As-tu déjà trouvé un autre poste ? demanda Sev.

— J'ai plusieurs pistes.

— Et un nouvel appartement ?

Il la vit déglutir.

— Pourquoi ne pas rester le temps que j'engage un remplaçant qualifié ? suggéra-t-il.

— Non, merci, répondit la jeune femme.

— Naomi, tu n'as pas trouvé d'appartement, n'est-ce pas ? Je t'ai entendue au téléphone, ce matin…

— Ce n'est qu'un contretemps, l'interrompit-elle. Je ne suis pas à la rue. J'ai de la famille, ici.

La lumière se fit dans son esprit. Elle mettait son père au pied du mur ! Enfin, il commençait à la cerner. Ce matin-là, lorsqu'il l'avait appelée depuis l'avion, elle avait tout fait pour se faire renvoyer et s'épargner une confrontation en démissionnant. Et aujourd'hui, elle poussait son père à reconnaître ouvertement que, non, il ne voulait pas d'elle dans sa vie.

Elle disparut dans la cuisine et en revint avec le gâteau dans sa boîte.

— Veux-tu que je t'accompagne chez ton père ?

La stupeur de la jeune femme n'avait d'égale que la sienne. Que lui avait-il pris de proposer cela ?

— Hum… Pourquoi viendrais-tu ? bredouilla-t-elle.

Il haussa les épaules.

— Je pourrais conduire.

— Non, merci.

Naomi regarda autour d'elle. C'étaient ses dernières minutes dans ce bureau. Elle plaquait un travail de rêve et un patron qui n'avait rien d'un cauchemar — même si lui aussi la réveillait au milieu de la nuit.

— Quand veux-tu passer récupérer tes affaires ?

— J'ai vidé mon bureau hier. Sev, j'ai donné ma démission et fait mon possible pour trouver un remplaçant…

— Je sais, dit Sev.

Problème : il n'avait aucune envie de la remplacer.

— On se voit demain matin.

Les épaules de Naomi s'affaissèrent.

— J'ai besoin de toi à Dubaï, Naomi. Nous aurons beaucoup de travail durant ces quatre jours. Tu étais d'accord…

— Oui, c'est vrai, concéda-t-elle. As-tu écrit ma lettre de recommandation ?

— Je m'en occupe.

Naomi hocha la tête. Il répétait cela depuis des jours. Malgré le peu de temps qu'elle avait travaillé pour lui, le nom de Sev sur son CV lui ouvrirait de nombreuses portes. À vrai dire, elle n'avait aucune envie de partir. Mais le côtoyer et gérer sa vie amoureuse un jour de plus était au-dessus de ses forces.

— Bonne chance avec ton père. Mais ne te fais pas trop d'espoir, dit Sev.

Sur ces mots, il regagna son bureau. Naomi attendit. Un bouquet de fleurs, un cadeau de départ… Un signe qu'elle avait compté au moins un peu pour lui. En vain. Assis derrière son écran, il ne leva même pas les yeux lorsqu'elle quitta définitivement les bureaux de la société Derzhavin.

Ne pas se faire trop d'espoir, hein ?

La route fut longue jusqu'à Long Island en cette heure de pointe. Au moins, elle ne se faisait aucune illusion concernant son père. Tout ce qu'elle désirait, c'était un moment en famille autour d'un gâteau et d'un café — lui et Judy pouvaient garder le champagne. Thanksgiving approchait et elle n'avait reçu aucune invitation de leur part. Noël n'avait pas davantage été évoqué. Naomi avait déjà acheté des cadeaux pour toute la famille, cachés dans son armoire. Pourquoi les cacher, d'ailleurs ? Son père ne s'était jamais donné la peine de lui rendre visite.

Elle se sentait très lasse, tout à coup.

Après le goûter d'anniversaire, il lui restait encore à faire sa valise pour Dubaï et Londres. Elle n'avait pas hâte de rentrer en Angleterre. Elle avait envoyé la date et l'heure de son arrivée à sa mère, qui n'avait même pas répondu. Quant à Andrew… Il n'y avait jamais eu d'amour entre eux. Elle le comprenait, aujourd'hui. Elle aimait *l'idée* d'aimer et d'être aimée par quelqu'un. Mais Andrew ne l'aimait pas. Il cherchait seulement à la posséder.

Restait Sev.

Ses yeux s'embuèrent de larmes, qu'elle chassa d'un battement de cils.

Plus elle approchait de la maison de son père, plus il y avait de voitures stationnées un peu partout. Elle se gara où elle put et vit un couple sortir de l'une d'elles avec un paquet. Il se dirigea vers la plage, de même qu'une famille avec enfants.

— Les Anderson ont de la chance qu'il fasse si beau…

Naomi se figea. Puis, mécaniquement, elle les suivit, son gâteau à la main. Là, sur la plage, la fête battait son plein autour d'un barbecue, sur fond de musique entraînante. Fête à laquelle elle n'avait pas été conviée.

Le gâteau tomba à ses pieds. Elle tourna les talons et courut droit à sa voiture. Quelques minutes plus tard, elle roulait en direction de Manhattan. Son père avait organisé une fête pour ses cinquante ans et omis d'inviter sa propre fille…

Elle n'arrivait même plus à pleurer.

Que diable était-elle venue faire à New York ?

7

Comment s'est passée la soirée de Naomi chez son père ?

C'est la première question que se posa Sev à son réveil, le lendemain. Lui mieux que quiconque comprenait ce qu'elle traversait. D'ailleurs, s'il s'inquiétait pour elle, c'était uniquement pour cette raison, se persuada-t-il.

Il se leva, peu enthousiaste à l'idée d'aller à Dubaï. Impossible d'annuler. Depuis le temps qu'Allem l'invitait, pour affaires, mais aussi pour le loisir… Son premier séjour là-bas avait été sa grande percée, sans qu'il en ait vraiment conscience à l'époque. Avait suivi son premier voyage d'affaires, qui incluait une escale à Londres.

Daniil vivait à Londres.

Il lui avait écrit en lui donnant rendez-vous devant Buckingham Palace, le jour de la disparition de Nikolaï. Daniil avait été adopté par une riche famille anglaise et se faisait désormais appeler Daniel Thomas. Sans surprise, il n'était pas venu.

Pourquoi persistait-il à se rendre à Londres chaque année ? se demanda Sev.

Pourquoi s'accrochait-il à l'espoir que son ami finisse par se montrer, au mépris de toute logique ? L'année précédente, il avait annulé son vol, avant de se raviser à la dernière minute. Il était arrivé à Buckingham Palace sur les coups de midi. Bien sûr, Daniil n'était pas là.

Autre voyage, autre désillusion : alors qu'il commençait à faire fortune, il était retourné en Russie, plein d'espoir à l'idée de rencontrer sa mère. Un souvenir sur lequel il préférait ne pas s'appesantir. D'ailleurs, il n'en avait jamais parlé à personne. Il comprenait donc parfaitement ce que Naomi ressentait.

Cette dernière avait planifié leur voyage à la minute près. Tout ce qu'il avait à faire était de se doucher et de s'habiller. Il opta pour un jean noir et une chemise, sans se donner la peine de se raser.

Un air vif et froid l'accueillit dehors, annonçant les rigueurs de l'hiver à venir. Sev monta dans la voiture et attendit que Naomi le rejoigne. D'habitude, ils se retrouvaient dans le hall d'entrée. Mais, ce matin, la jeune femme manquait à l'appel.

— Où est Naomi ? demanda-t-il à son chauffeur.

— Je viens de charger une partie de ses bagages dans le coffre, répondit-il. Elle est montée chercher le reste.

Sev fronça les sourcils. Comme lui, Naomi voyageait léger. Se charger inutilement ne lui ressemblait pas.

Le son de sa voix lui parvint par la vitre ouverte. Elle échangeait quelques mots avec le portier pendant que le chauffeur s'occupait du reste de ses valises. Sev aperçut un chariot rempli de cadeaux de Noël. Selon toute apparence, elle les confiait au portier. Puis elle lui tendit les clés de son appartement, ainsi que de l'argent liquide.

Il ne fit aucun commentaire lorsqu'elle monta dans la voiture. Elle portait une robe noire sous un élégant manteau et des bottes assorties. Le sac léger qu'elle tenait à la main devait contenir quelques vêtements de rechange pour Dubaï. Son rouge à lèvres, loin de les dissimuler, rehaussait au contraire sa pâleur et les cernes sombres sous ses yeux. À la voir ainsi au bord des larmes, il devina que la soirée chez son père s'était mal passée.

Pauvre type.

Il était tenté de faire un détour par Long Island, histoire d'apprendre à Anderson Anderson quelques manières.

— Comment s'est passé l'anniversaire ? demanda-t-il.

Elle le fusilla du regard sans répondre.

— Que se passe-t-il, Naomi ? Que signifient toutes ces valises ?

— Tu n'auras qu'à déduire les frais d'excédent de bagages de mon salaire, grommela-t-elle.

— Naomi ?

— Je ne reviens pas à New York.

— Bon sang, vas-tu me dire ce qui s'est passé ?

— Je n'ai pas envie d'en parler.

Sev n'insista pas. Elle semblait vraiment déprimée et frissonnait malgré le chauffage. Lui proposer un cognac à cette heure n'était sans doute pas une bonne idée. Il lui semblait qu'au moindre faux pas de sa part, elle sauterait de la voiture et s'évanouirait dans la foule.

Ils discuteraient dans l'avion, décida-t-il. Elle ne pourrait pas l'éviter, coincée avec lui à dix mille mètres d'altitude.

Posséder un jet privé présentait de nombreux avantages, dont celui de dispenser de faire la queue à l'aéroport. Ils furent conduits directement sur le tarmac où Jason, le pilote, ainsi que Shannon et une autre hôtesse de l'air les attendaient. Sev confia son manteau à Shannon et prit place sur son siège. Naomi, de son côté, commença à discuter des détails du vol avec l'équipage.

— Naomi, viens t'asseoir, lui intima-t-il.

— Je n'en ai pas pour longtemps.

— Assieds-toi.

Naomi obéit et s'installa en face de lui. Comme à chaque décollage, Sev sortit son livre habituel. Il ne devait guère avancer dans sa lecture, car elle sentait son regard sur elle. Peu lui importait qu'il la voie pleurer tandis que Manhattan rapetissait en dessous d'eux. Elle se rappelait son premier voyage à New York à dix-huit ans, le cœur rempli d'espoir à l'idée de revoir son père. Malgré l'échec de ces premières retrouvailles, le même espoir l'accompagnait il y a trois mois, lorsqu'elle était revenue. Quelle idiote ! Mais quelle idiote !

Le café leur fut servi. Avec crème et sucre pour elle, noir et allongé pour Sev. Alors qu'elle mordillait sans appétit dans son croissant, il revint à la charge.

— Que s'est-il passé hier soir, Naomi ?

— Je t'ai dit que je ne voulais pas en parler.

— Étant donné que tu quittes l'appartement sans préavis, je suis en droit de…

— Je t'ai donné un préavis, le coupa-t-elle. La seule nouveauté est que je ne reviendrai pas à New York après Londres. Pour ce qui est de mes affaires, j'ai emporté le maximum avec moi et fait envoyer le reste en Angleterre. J'ai également laissé de l'argent en dédommagement des frais de ménage.

— Et les cadeaux de Noël ?

Elle ferma les yeux et soupira.

— Nous ne sommes même pas encore en décembre, insista Sev.

— J'aime être organisée, répondit-elle.

— Tu n'aurais pas dû me gâter autant.

Sa plaisanterie lui arracha un pâle sourire. Il savait très bien que les cadeaux étaient destinés à ses demi-sœurs.

— Veux-tu que je me charge de les faire livrer au moment des fêtes ? suggéra-t-il.

— S'il te plaît. Sauf si mon père ou Judy passe les récupérer…

Mais ils ne viendraient pas. Sev le savait aussi bien qu'elle.

— En tout cas, ta mère doit se réjouir de ton retour…

Cette remarque ramena la jeune femme au bord des larmes. Il ne cherchait en aucun cas à la blesser, seulement à jauger la situation.

— Que s'est-il passé, hier soir ? demanda-t-il une nouvelle fois.

Sans répondre, elle fouilla dans son sac et en sortit un comprimé d'aspirine qu'elle avala. Il remarqua que sa main tremblait autour du verre d'eau.

— As-tu réussi à dormir ? insista-t-il.

Elle secoua la tête.

— Ne t'inquiète pas. Je dormirai pendant ta sieste. D'ici à ce que nous arrivions à Dubaï, j'aurai récupéré.

— Va te coucher, Naomi.

— Non, merci.

Il n'y avait qu'une seule chambre à bord et Naomi n'était pas d'humeur à partager.

— Va te coucher, répéta Sev. Tu as l'air d'un zombie. Dois-je te rappeler que tu me représentes ?

C'était le seul argument capable de la convaincre.

Naomi était réellement exténuée. Non seulement elle avait passé la nuit à faire ses valises et à nettoyer au mieux l'appartement, mais encore elle n'avait pas davantage fermé l'œil la nuit d'avant, nerveuse à l'idée d'aller chez son père et de vivre sa dernière journée au bureau.

— Que fais-tu ? demanda Sev, irrité, en la voyant sortir sa tablette.

— J'aimerais passer en revue les mails d'hier soir, dit-elle.

Il répondit à chacune de ses questions par un laconique « oui » ou « non ». Enfin, elle cessa de faire semblant.

— Tout compte fait, je vais peut-être m'allonger un moment, si tu le permets.

— C'est même un ordre, gronda Sev. Tu es si pâle que je ne suis pas loin de croire aux fantômes.

Elle se leva de son siège.

— Désolée.

— Je doute que tu aies à t'excuser de quoi que ce soit à propos d'hier soir, déclara Sev. Tu me connais assez pour…

— Te connaître ! s'emporta Naomi.

Elle n'était pas en colère contre lui, pas vraiment. Mais lui aussi l'avait blessée sans le vouloir et tout ce qu'elle gardait sur le cœur commençait à déborder.

— Je ne sais rien de toi, Sev.

— Qu'est-ce que tu racontes ? Tu gères chaque détail de ma vie depuis trois mois.

— Oh ! Oui. Je connais ton emploi du temps et tes préférences en matière de literie. Mais tu ne partages rien. Comment pourrais-tu me réconforter ? Tu n'as aucune idée de ce que je ressens !

— Crois-moi, Naomi…

— Tu te fiches bien de ta famille, poursuivit-elle sans l'écouter. Tu n'envoies même pas de fleurs le jour de la fête des mères !

— Hé, là, du calme !

— C'est la vérité ! Tu n'aimes personne, Sev. Alors garde tes conseils pour toi !

Elle était allée trop loin, elle le savait. Tant pis, elle s'excuserait plus tard. Tournant les talons, elle gagna la chambre et ferma la porte derrière elle.

La pièce, luxueuse, offrait tout le confort d'un hôtel cinq étoiles. Difficile de ne pas oublier qu'elle était dans un avion. Elle se déshabilla et passa sous la douche dans l'espoir de se réchauffer. Sans succès. Frissonnante, elle se glissa nue entre les draps, trop fatiguée pour sortir un pyjama. Elle avait envie de pleurer toutes les larmes de son corps, mais la présence de Sev derrière la fine cloison la retenait. Son cœur lui faisait mal, brisé en un millier de fragments qu'elle ignorait comment recoller. Comment aller de l'avant en sachant que son père ne voulait rien avoir affaire avec elle ? Et plus difficile encore…

En sachant qu'après Dubaï, Sev disparaîtrait de sa vie ?

Sev repoussa le plateau de viennoiseries et se fit servir un cognac, du même brun profond qu'une certaine paire d'yeux tristes…

Laisse-la dormir, se sermonna-t-il. *Elle a besoin de repos.*

Il inclina son siège et ferma les yeux. Non, il ne pouvait pas la laisser seule. À coup sûr, elle était en train de pleurer dans son oreiller.

Naomi entendit un coup frappé à la porte. Elle n'avait pas eu le temps de répondre que Sev se matérialisa sur le seuil.

— Je croyais que j'avais ordre de me reposer…

— Je voulais juste m'assurer que tout allait bien, dit Sev.

— J'étais sur le point de m'endormir, mentit-elle.

— Tu veux bien qu'on discute un peu ?

— Non.

Elle hésita.

— Désolée pour ce que j'ai dit à propos de la fête des mères.

— Tu avais tort. En Russie, elle tombe en novembre et je me charge moi-même de la livraison du bouquet.

Naomi ne sut que répondre.

— Tu ne veux vraiment pas me dire ce qui s'est passé hier soir ? demanda-t-il avec douceur.

Naomi contempla sa silhouette dans l'embrasure et décida de tout lui dire. Au moins, dans la pénombre, elle ne distinguerait pas sa réaction.

— Je voulais savoir ce qu'il pensait vraiment de moi et si un nouveau départ était possible…

— Et ?

— Maintenant, je sais.

Ces trois mots résumaient tout. Sev vint s'asseoir sur le bord du matelas, qui s'enfonça sous son poids. S'il ne quittait pas immédiatement la chambre, c'est elle qui le ferait.

Il lui prit la main.

— Je sais ce que tu ressens, affirma-t-il.

— Crois-moi, tu n'en sais rien.

— Tu te sens humiliée, indésirable. Une erreur de parcours.

Le tiercé gagnant. Elle pleurait sans retenue, maintenant.

— Chut, murmura Sev en posant une main réconfortante sur son épaule.

Il semblait à Naomi que ses larmes ne cesseraient jamais de couler. Elle avait tellement honte ! Oh ! Pas de craquer devant Sev. Elle avait honte de l'empressement avec lequel elle avait voulu plaire à son père. Honte de son aveuglement face aux regards de connivence entre lui et Judy et leurs mensonges pour la tenir à l'écart de leur vie.

— Je pensais que s'il apprenait à me connaître…

— Je sais.

— Que quand il me verrait…

— Je sais.

Le jour de son entretien d'embauche, il s'était demandé à qui Naomi lui faisait penser. Aujourd'hui, il savait.

À lui-même.

— Comment le sais-tu ? demanda-t-elle.

— Parce qu'il m'est arrivé la même chose.

8

Sev n'en avait jamais parlé à personne. Jamais. Cette blessure, il l'avait pansée par lui-même. Mais c'était différent pour Naomi. Il n'avait pas envie de la laisser se débattre seule avec tout cela.

— Tu as raison, dit-il. Je ne partage rien. Rien de personnel, en tout cas.

— Oh ! Ce n'est pas vrai. J'ai commandé tes préservatifs et rompu avec deux de tes maîtresses, ironisa Naomi.

Cette soudaine intimité la paniquait. Pendant trois mois, elle s'était languie d'en savoir plus. Mais c'était trop tard. Les adieux seraient suffisamment douloureux comme cela. À quoi bon faire tomber les barrières si elle ne devait plus jamais le revoir ?

— Tu n'es pas obligé de m'en parler, lança-t-elle.

— Si, j'y tiens.

Sev plongea dans ses yeux bruns et tristes. Des yeux qui l'avaient toujours remué. Il savait pourquoi, désormais. Toute sa vie d'adulte, il l'avait passée à s'endurcir le cœur. Mais depuis qu'il connaissait Naomi, ses émotions reprenaient le dessus. Il éprouvait le besoin de la réconforter, d'être là pour elle.

Il s'allongea sur le lit, sans arrière-pensées. Peu importait qu'elle soit nue entre les draps. Cette conversation était bien plus intime que du sexe. Pour la première fois, il était proche de quelqu'un, plus qu'il ne l'avait jamais été.

— Tu te souviens du dîner avec Allem et Jamal ? déclara-t-il. J'ai raconté comment j'avais réparé cet ordinateur du bureau là où je vivais…

— Celui de ton école ?

— C'est ce que j'ai prétendu, oui. En réalité, j'ai grandi dans un orphelinat.

La jeune femme écarquilla les yeux. Maintenant qu'il s'était lancé, impossible de faire marche arrière.

— Nous étions quatre. Quatre amis aussi proches que des frères. Nous parlions de tout, sauf de cela.

— Quoi ?

— Ce rêve secret d'avoir une famille.

Les yeux de Naomi s'embuèrent de larmes.

— Dans notre groupe, il y avait les jumeaux, Daniil et Roman. Nous étions tous très proches, mais eux étaient vraiment frères. Et puis, il y avait Nikolaï et moi. Toujours là l'un pour l'autre, presque des jumeaux aussi.

Il déglutit.

— Tous les quatre, nous nous moquions de savoir qui étaient nos parents ou de ne pas être adoptés. Enfin, c'était ce que nous affirmions. Mais je mentais. Et avec le recul, je parie que les autres aussi. Daniil a fini par être adopté. Il ne voulait pas partir, sans doute pour ne pas être séparé de Roman.

— Les jumeaux ont été séparés ?

Sev confirma d'un hochement de tête. Il éluda le sujet pour se concentrer sur l'essentiel.

— Bon lecteur, j'avais pris l'habitude de leur lire des histoires, le soir. Dans ma tête, ma mère était une princesse et c'était par sécurité que nous vivions loin l'un de l'autre. Vers sept ans, j'ai changé de version. Mes parents étaient trop pauvres pour me nourrir et attendaient de gagner assez d'argent pour me récupérer. J'ai inventé tellement d'histoires justifiant notre séparation…

— Moi aussi, admit Naomi.

Elle roula sur le côté pour lui faire face.

— J'incriminais la distance, le travail… Mon père ne

manquait pas d'excuses non plus. C'était toujours la faute de ma mère ou de sa femme.

— Il y a quelques années, j'ai retrouvé ma mère, reprit Sev. Elle vivait dans un foyer après des années de prostitution. Je me suis aussi découvert une demi-sœur, Renata, bien plus âgée que moi. Je ne savais pas quoi faire.

— Tu veux dire que tu n'étais pas sûr de souhaiter les contacter ?

La confusion se lisait dans ses yeux bruns. Pour la dissiper, il n'avait d'autre choix que de se dévoiler davantage.

— Sev ?

— Naomi, penses-tu que je sois asocial ?

— Hum, pas exactement, répondit Naomi.

Il se montrait parfois un peu *trop* sociable à son goût. Mais les mondanités n'étaient définitivement pas son fort.

— Si tu m'avais connu, autrefois, ta réponse aurait été sans appel, ajouta-t-il. J'ai vécu à l'orphelinat jusqu'à quinze ans, puis dans un pensionnat huppé. L'enfer, pour un boursier. Les livres et les ordinateurs étaient mes seuls amis. À l'université, je dormais dans une chambre minuscule. Même après avoir commencé à gagner ma vie, j'ai continué à louer une chambre dans une maison avec cinq autres intellos.

Naomi n'était pas sûre de comprendre où il voulait en venir.

— Nous parlions peu et ne mangions jamais ensemble, poursuivit Sev. Le week-end, je faisais la tournée des bars, où je me trouvais une compagne pour la nuit. C'était le meilleur moment de ma semaine. Puis le lundi, rebelote. Jusqu'au jour où j'ai reçu une offre de Dubaï pour l'un de mes concepts.

— Allem ?

Il opina.

— C'était la première fois que je prenais l'avion. Allem m'a fait voyager en première classe.

— Waouh !

— Non, c'était un calvaire, objecta Sev. Ce voyage m'a arraché à tout ce que je connaissais. Je n'avais jamais mangé en famille avant, jamais reçu de cadeaux. Mais Allem et moi nous entendions bien et il m'a appris beaucoup de choses. Alors, quand j'ai découvert que j'avais une famille, c'est vers lui que je me suis tourné. Allem m'a conseillé de ne pas trop attendre de la première rencontre. D'y aller avec des fleurs, en gardant à l'esprit que ma mère serait sans doute gênée, voire bouleversée. J'ai prévenu le personnel du foyer à l'avance afin que ma visite ne soit pas un choc.

— Que s'est-il passé ?

— J'étais très nerveux.

Il prit sa main et la posa sur sa poitrine.

— Mon cœur battait la chamade. Quand je suis entré, c'est moi qui ai eu un choc. Elle était très maigre et me ressemblait. Je l'ai reconnue tout de suite.

— À quel âge es-tu arrivé à l'orphelinat ?

— Deux semaines. Mais je l'ai vraiment reconnue. C'était indescriptible. Dans mon émotion, je me suis précipité pour la serrer dans mes bras. Elle m'a repoussé. « Je t'ai abandonné bébé. Pourquoi voudrais-je de toi maintenant ? » m'a-t-elle dit.

Il soutint le regard de Naomi.

— Elle a remarqué mon costume et le bouquet et m'a demandé si j'étais riche. Je l'étais, alors. Elle vit aujourd'hui dans un foyer confortable et boit de l'excellente vodka. Mais elle ne veut pas de moi dans sa vie.

— Peut-être qu'elle…

— Non.

Il en avait fini avec les excuses et les contes de fées.

— Je lui suis reconnaissant de sa franchise. Au moins, je savais à quoi m'en tenir. Et il semble que toi aussi, désormais.

Elle hocha la tête.

— La vérité vaut mieux que les illusions, Naomi.

— Je ne suis pas sûre d'être d'accord…

— Que s'est-il passé, hier soir ?

Enfin, elle lui fournit une explication.

— Quand je suis arrivée, j'ai vu des gens se dirigeant vers la plage, dit-elle. Une fête y était donnée pour les cinquante ans de mon père. J'ai fait demi-tour.

— T'a-t-il vue ?

— Non. Peut-être… Peut-être était-ce une fête-surprise…

— Non.

Il ne la laisserait pas s'aveugler plus longtemps.

— Si c'était une surprise, pourquoi sa femme ne t'a-t-elle pas invitée ?

— Arrête, s'il te plaît.

— Tu dois t'endurcir, Naomi. Dorénavant, ne pense qu'à toi-même.

— C'est ce que tu fais ?

— Absolument, approuva Sev. Je ne m'attache à personne et personne ne s'attache moi. C'est très bien ainsi.

— Tu n'as donc aucun ami ?

Naomi n'y croyait pas une seconde.

— Et Allem ?

— Oh ! Allem insiste pour que je vienne en vacances et que je l'appelle plus souvent. Il aimerait qu'on parle d'autre chose que de travail…

— Mais pas toi ?

— Pas vraiment. Il est marié, maintenant. Ce n'est plus pareil. Je prends des nouvelles de Jamal, dîne avec eux… Je vais même au *théâtre* !

Il lui adressa un clin d'œil.

— Et dans quelques mois, ce sera encore différent. Ils auront un bébé. Ne te lie à personne, Naomi.

— Je ne suis pas comme toi, objecta-t-elle.

— Deviens-le. Moi aussi, parfois, je fléchis, puis je me ressaisis. C'est un choix. N'accepte des gens que ce dont tu as besoin et ne donne pas plus que tu n'es prête à perdre.

— N'est-ce pas égoïste ?

— Non. Famille, amitié, amour… Je me fiche de tout cela. Le sexe reste le temps fort de ma semaine.

— Certaines personnes finissent par souffrir…

Elle pensait à ces femmes en larmes qu'elle avait dû consoler. Mais surtout à elle-même.

— Je t'ai repoussé parce que j'avais peur de souffrir aussi.

— J'ai été franc dès le début. Seul le sexe m'intéresse, objecta Sev. Le choix de ne pas mettre ton cœur en jeu t'appartient. N'attends rien de personne…

Un sourire étira ses lèvres.

— Tout en exigeant le maximum.

— Je ne comprends pas.

— Prends ton père, par exemple. S'il veut renouer avec toi, oblige-le à faire des efforts.

— C'est peine perdue, dit Naomi.

— Alors, à quoi bon insister ?

— Je pourrais ne plus jamais revoir mes sœurs.

— Quelle importance ?

— Je ne veux pas être comme toi.

— C'est la seule façon de ne pas souffrir, déclara Sev. Appelle ton père. Dis-lui que tu es partie et pourquoi. Prends ton courage à deux mains, Naomi. Il est temps de montrer que toi aussi, tu en as…

Sans réfléchir, il saisit sa main qu'il plaça sur son entrejambe. Ils étaient ensemble sur un lit, et Naomi avait la main entre ses cuisses. Il marmonna quelque chose, mais elle résista lorsqu'il tenta de l'enlever.

— Je ne suis pas venu pour cela, dit-il. J'illustrais simplement mon propos.

— Je sais.

Le désir pulsait sous ses doigts, elle le sentait. En elle aussi, et il n'avait pas attendu le geste de Sev. Il avait parlé de ne pas mettre son cœur en jeu. En l'écoutant, elle avait pris conscience de son plus grand regret. Ce soir-là, c'était son instinct autant que celui de Sev qu'elle avait nié.

Elle voulait Sev. Elle voulait sentir ses lèvres sur elle, s'abandonner à ce désir qui la consumait depuis leur première rencontre. Était-elle capable, comme il le suggérait, d'exclure son cœur de l'équation ?

Sev devait le reconnaître : il avait beau ne pas être venu pour cela, son corps avait réagi à la proximité de Naomi. C'était tout naturellement qu'il avait guidé sa main sur lui, mû par leur puissante alchimie.

— Naomi, c'est la troisième fois, dit-il tandis qu'elle le caressait.

— La troisième fois ?

— Tu étais nue au lit, ce matin-là, quand je t'ai téléphoné depuis l'avion. Dois-je te rappeler la seconde fois ?

— Non.

— Je ne prendrai pas l'initiative. Si c'est ce que tu veux, viens le chercher.

Non, mais quel macho ! pensa Naomi. Il repoussa sa main le temps d'enlever sa chemise, qu'il laissa tomber par terre.

Elle l'avait déjà vu torse nu, généralement lorsqu'il se rasait. Cette fois, il était allongé sur un lit, les joues mangées par une barbe de trois jours, le corps offert à son exploration. Il ne la regardait pas, ni ne cherchait à l'embrasser.

— Je ne plaisante pas, la prévint-il. À toi de prendre les devants.

— Quoi, tu vas rester allongé là, sans rien faire ?

— Exactement. Regarde où mes avances m'ont mené… À ton tour de me séduire.

Naomi le contempla en silence. Il n'avait pas tort : elle avait gâché un certain nombre de chances. Elle se pencha vers lui et l'embrassa, mais il ne lui rendit pas son baiser. Butiner librement sa bouche avait quelque chose de stimulant. Le goût du cognac sur ses lèvres, si tôt le matin, était si délicieusement décadent ! Sev ne réagissait pas, ne participait pas. Il se contentait de la laisser faire ce qui lui plaisait.

C'était très excitant. Elle approfondit leur baiser et tenta de l'amadouer avec sa langue. Le souffle de Sev se raccourcit, seule preuve de l'effet qu'elle produisait sur lui. Non, pas la seule… En s'agenouillant pour planifier sa prochaine attaque, elle remarqua la bosse à peine contenue dans le jean. Cette fois, c'est elle qui lui ôta sa ceinture.

C'était du sexe. Rien que du sexe. Le savoir était incroyablement libérateur.

Sev ouvrit les yeux et découvrit une Naomi décontractée, réconciliée avec son désir, dont la silhouette féminine se découpait dans la pénombre. Cette vision d'un érotisme intense enflamma ses sens. Il adorait cette nouvelle facette d'elle, totalement désinhibée, et devait faire appel à tout son sang-froid pour ne pas la toucher.

Naomi baissa sa braguette et glissa la main à l'intérieur. *Seigneur !* Il était si dur ! La sensation lui donna le vertige. Elle tira fébrilement sur son jean.

— L'autre soir, j'allais te prendre à la sauvage, dit-il en soulevant les hanches, juste assez pour qu'elle le déshabille.

Sa voix l'enveloppait, grave, sévère. Elle l'excitait autant que sa splendide nudité. Oh ! Ce n'était pas la première réprimande qu'elle recevait de lui. Certaines avaient même dégénéré en disputes. Mais celle-ci…

Celle-ci les emmènerait beaucoup plus loin.

— J'allais te prendre d'un coup et rattraper plus tard les préliminaires, poursuivit-il. Mais tu as dit non. Tu m'as chassé de chez toi.

Elle prit son sexe entre ses doigts tandis qu'il poursuivait ses remontrances sensuelles.

— Si tu crois que je te réservais un orgasme éclair, ce matin-là, au téléphone, tu te trompes. Personne ne t'a jamais parlé comme j'allais le faire. Si tu savais ce que tu as manqué…

Il prononça quelques mots en russe. Des mots osés, sans aucun doute. La tension enfla entre ses reins et ses doigts se resserrèrent sur son érection.

— Sors un préservatif, ordonna Sev. Après quoi…

Il continua en russe. Folle d'excitation, Naomi ouvrit le tiroir de la table de nuit. Il était vide.

— Où sont-ils ?

— À côté de la douche.

— Salaud.

— Oui, mais tu vas aller les chercher, susurra-t-il. Et ouvre la lumière en revenant.

Il n'attendait pas qu'elle le supplie. Il l'obligeait à prendre les devants. Le visage que lui renvoyait le miroir était celui du désir, pur et débridé. Un visage qu'elle ne se connaissait pas. Il lui fallut à peine quelques secondes pour mettre la main sur les préservatifs. De retour dans la chambre, elle alluma la lumière.

— Marche lentement, ordonna Sev.

Le spectacle qu'elle offrait était un régal pour les yeux. Elle était aussi excitée que lui. Il le voyait à ses joues en feu, ses tétons hérissés, ses yeux brillants de fièvre.

Un frisson d'anticipation parcourut Naomi. Elle s'attendait presque à voir jaillir une étincelle lorsqu'elle effleura le sexe de Sev. Sa chair palpitait sous ses doigts, chaude et humide. Visiblement pas assez à son goût.

— Lèche-moi, lui enjoignit-il.

— Je croyais que c'était à moi de prendre l'initiative.

— Fais ce que je te dis.

Elle rit, d'elle-même, de l'idée que Sev était venu lui faire l'amour. Non, ce n'était que du sexe et cela chassait toutes ses inhibitions.

Sev la positionna à califourchon et elle se pencha en avant pour l'aspirer dans sa bouche. Lui ne la touchait pas, ne cherchait pas à la goûter intimement comme elle le faisait, ce qui l'excitait encore plus. Ses gémissements emplissaient la pièce, de plaisir et de frustration mêlés face aux caresses qu'il persistait à lui refuser. Soudain, il lui agrippa les hanches, l'obligeant à s'interrompre.

— Tourne-toi.

Son autorité, plus que le geste, l'étourdit. Elle s'installa sur ses cuisses, ivre de désir. Sev déchira l'emballage du préservatif et le lui tendit.

— Mets-le.

— Vas-tu me dire non au dernier moment ? demanda-t-elle avec appréhension.

— Pourquoi ferais-je cela ?

Il la regarda dérouler le préservatif sur son sexe érigé.

— Maintenant, empale-toi dessus.

Oh ! Il tenait à ce que « oui » signifie « oui » ! Elle s'exécuta. Mais alors qu'elle soulevait les hanches, elle se sentit brusquement renversée en arrière et se retrouva clouée au matelas. C'était lui qui la dominait, à présent. Comme cette fameuse nuit avant qu'elle le repousse. À la différence qu'ils étaient nus et Sev, prêt à l'action. Naomi s'arqua contre lui, au bord de l'orgasme.

— Oh ! Que non, grogna-t-il. Tu jouiras avec moi.

Il plongea en elle d'un coup. Elle n'avait jamais rien connu de pareil — être prise violemment tout en jouissant déjà. Toute son énergie était accaparée par l'effort qu'il lui imposait. Elle n'avait même plus la force de crier, tout au plus de l'implorer de lâcher prise à son tour. Mais non, il continuait à la pilonner et son orgasme, s'il diminuait en intensité, ne s'estompait jamais. Comme sa vie avait été insipide, jusque-là ! Le souffle haché, elle approcha les lèvres de son oreille :

— Sev…

C'était trop. Il *fallait* que cela s'arrête ! Sev s'appuya sur ses coudes et ralentit le tempo. Ses mouvements d'une lenteur délibérée la retenaient captive, tout en lui laissant entrevoir l'ultime délivrance. C'était un supplice, mais un supplice exquis ! Peu à peu, il accéléra de nouveau la cadence et, à son gré, la propulsa au point de non-retour.

— *Krasavitsa*, haleta-t-il comme, enfin, il jouissait à son tour.

Naomi poussa un long cri de plaisir. Le noir se fit dans son esprit tandis qu'elle s'envolait vers des sommets inconnus. Mais il était là, avec elle.

— Je crois que tu viens de prendre ma virginité, balbutia-t-elle entre deux spasmes.

Jamais le sexe n'avait ressemblé à cela, avant.

Il rit et s'écroula sur elle. Il comprenait, sans doute, car il murmura :

— Et toi, tu viens de prendre la mienne.

9

— Que sont devenus les autres ?

Ils avaient dormi un peu et passé le reste du temps dans les bras l'un de l'autre. À présent, Naomi avait les idées claires, plus qu'à aucun moment ces trois derniers mois. Elle voulait en savoir plus.

Sev haussa les épaules.

— Je l'ignore.

— Tu n'as pas cherché à savoir ?

— Pourquoi faire ? répliqua-t-il, cinglant. Parler du bon vieux temps ?

Il se radoucit légèrement.

— Daniil est un homme d'affaires à succès. Je lui ai écrit, une fois, mais il n'a jamais répondu.

— Roman ?

— Aucune idée. Il s'attirait sans cesse des ennuis, surtout après le départ de Daniil. Moi, je préférais me concentrer sur mes notes pour obtenir une bourse et filer de là.

— Et Nikolaï ?

— Il est décédé. À quatorze ans, il s'est jeté dans une rivière.

Il avait dit cela d'un ton neutre, sans émotion ni explication, se contentant de relater les faits.

— Pourquoi ? demanda Naomi.

Mais Sev n'avait pas envie d'en parler.

Shannon frappa à la porte, au grand embarras de Naomi. Que devait-elle penser ? Sev accepta le petit déjeuner que l'hôtesse proposait. Quelques minutes plus tard, celle-ci réapparut avec un plateau magnifiquement garni. Champagne, jus d'orange frais… Naomi n'en revenait pas. Mais le plus touchant était un gâteau avec son nom dessus.

— Je n'ai pas dit à Shannon que je partais…

— C'est moi qui l'ai contactée hier.

Il avait donc bien fait un effort !

— Considère cela comme ta fête de départ, dit Sev. Je ne pensais pas qu'elle aurait lieu au lit, mais je ne m'en plains pas.

— Nous aurions pu attendre le vol vers Londres, observa Naomi.

Sev secoua la tête. Au lit ou non, il ne serait pas d'humeur à faire la fête. Pas ce jour-là. Il contempla Naomi à son côté. Bientôt, il aurait une autre raison de détester cette date…

— Tu as un poste qui t'attend, à Londres ? s'enquit-il.

— Mon ancien patron m'a envoyé un mail, il y a quelques semaines. Son assistante actuelle ne convient pas. J'avais écarté cette idée, mais…

Elle leva les yeux vers lui.

— Ce que tu as dit à propos de continuer à travailler pour toi…

— Non. Revenir à New York uniquement à cause de ce qui s'est passé aujourd'hui serait stupide, la coupa Sev sans prendre de gants.

— Je sais, murmura Naomi.

Ces mots, dans la bouche d'un autre, l'auraient blessée. Mais pas venant de Sev. Au contraire, elle appréciait cette franchise entre eux.

— À notre arrivée à Dubaï, contacte Emmanuel, ajouta-t-il.

— Je croyais qu'il ne convenait pas ?

— Oh ! Il fera l'affaire, dit Sev.

Il n'allait pas lui avouer qu'il avait dit cela uniquement dans l'espoir qu'elle reste. C'était ce qu'il souhaitait, bien sûr. Mais la faire revenir juste pour le sexe serait cruel et égoïste.

— Tu sais ce qu'il te faut ? Des vacances, décréta-t-il.

— Si je reprends mon ancien poste, je devrais commencer

tout de suite, soupira la jeune femme. Mais peut-être pourrais-je négocier quelques jours…

— Non, je parle de *vraies* vacances. Tous les deux, avant ton retour à Londres.

— Nous n'avons pas le temps.

— Et si je te disais que si ?

— Tu es censé honorer ton contrat avec Allem en quatre jours, lui rappela-t-elle.

— Oh ! Le travail est déjà bien avancé.

Il lui adressa un sourire de conspirateur.

— Sais-tu garder un secret ?

— Oui.

— Je ne devrais pas avoir besoin de plus de deux jours, lui confia-t-il. Et ne me reproche pas de surfacturer, Naomi. Allem me paie pour mon expertise, pas pour la mise en place effective. Alors, qu'en dis-tu ?

— De vraies vacances ?

— Oui. Ce sera une première, pour moi.

Il avait voyagé partout dans le monde, sans jamais garder du temps pour lui.

— Je ne sais pas…

— Réfléchis-y, lui conseilla-t-il avant d'aller prendre une douche.

Naomi pesa le pour et le contre. Si elle avait refusé de coucher avec lui, la première fois, c'était par peur de tomber encore plus amoureuse. Mais elle n'avait plus peur, maintenant. Elle était sûre de ses sentiments. Et même s'il était idiot d'espérer quoi que ce soit de Sev, c'était plus fort qu'elle. Elle voulait plus. D'autres trouveraient idiot de suspendre sa vie pour renouer avec son père. Pourtant, malgré son échec, elle était heureuse d'avoir au moins essayé.

— Alors ? lança Sev en sortant de la salle de bains.

Il dénoua la serviette autour de sa taille pour s'essuyer avec.

— Alors quoi ? fit-elle distraitement.

— Les vacances ?

— Oh ! Cela…

Elle continua à admirer sa nudité en silence. Sa décision était prise. Non, elle ne mettrait pas son cœur en jeu. Elle garderait ses sentiments pour elle et n'exigerait pas de Sev plus qu'il n'était prêt à donner. Et lorsque la parenthèse se refermerait, elle partirait la tête haute. Au moins, elle aurait essayé.

— J'ai besoin d'une réponse, insista Sev.

— D'accord, dit-elle, les yeux rivés sur son érection. Je suis partante.

Elle n'avait pas terminé sa phrase qu'il bondissait sur le lit.

— Hé, ce n'est pas ce que je voulais dire !

Puis avec un sourire :

— Mais partante pour cela aussi.

Un soleil de plomb les accueillit à leur arrivée à Dubaï. Par chance, leur hôtel était une véritable oasis de fraîcheur. Allem leur fit fièrement faire le tour du propriétaire. Avec ses piscines à l'eau cristalline et sa plage privée paradisiaque, le complexe repoussait les frontières du luxe. Naomi n'osait imaginer à quoi ressemblaient les chambres.

— Nous accueillons de nombreux dignitaires étrangers et membres de familles royales, expliqua Allem. Il serait inacceptable que leur intimité soit compromise. Le mois dernier, les comptes clients de l'un de mes concurrents ont été piratés et des données très personnelles, révélées au public. C'est pour cette raison que je presse Sev d'actualiser notre système…

— Pas de problème, intervint Sev. Je rencontrerai ton équipe informatique, mais superviserai moi-même l'opération.

Il était clair qu'Allem n'avait vraiment confiance qu'en Sev pour ce travail.

— Je reviendrai après Londres, au cas où il resterait des bugs à résoudre.

Le visage d'Allem s'éclaira.

— Je vous revois donc tous les deux bientôt !

— Non, seulement moi, corrigea Sev. Naomi a donné sa

démission et mon nouvel assistant ne sera pas encore en poste. En cas de problème, tu peux me contacter directement.

Il se tourna vers Naomi.

— Je pars rencontrer l'équipe informatique. Je devrais être de retour vers 14 heures. De ton côté, prends ta journée et profite de l'hôtel.

— J'espère que vous apprécierez votre séjour, dit Allem. Si vous avez besoin de quoi que ce soit, n'hésitez pas à me le faire savoir.

— Merci, répondit Naomi.

Elle s'éloigna, laissant les deux hommes entre eux.

— Pourquoi a-t-elle démissionné ? questionna Allem dès qu'ils furent seuls.

— Je l'ignore, admit Sev.

Le sexe ne pouvait en être la raison, puisqu'elle avait fait sa demande avant qu'ils couchent ensemble.

— Tu termines à 14 heures ?

— Oui, dit Sev. J'ai décidé de prendre un peu de vacances. Si tout n'est pas finalisé, je repasserai après Londres.

— Parfait. Jamal et moi nous ferons un plaisir de te faire visiter la ville. Et que dirais-tu d'une sortie en mer ?

— Non, merci. Naomi et moi avons juste envie de nous relaxer. Naomi commence son nouveau travail bientôt.

— Oh ! Naomi aussi ? J'ai remarqué qu'elle ne portait plus sa bague de fiançailles, observa Allem.

— En effet.

— Je vous ai fait préparer des chambres adjacentes.

Allem s'était donc souvenu de sa requête. Sev lui en avait fait la demande lors de sa visite à New York. Il aimait la compagnie, mais pas en continu. Les choses avaient changé, depuis.

— Pas besoin de deux chambres, dit-il. Naomi partagera la mienne.

Un coup de fil à la réception et tout fut arrangé.

Naomi resta bouche bée devant la chambre dans laquelle on venait de l'introduire. La décoration, l'ameublement, tout était somptueux, des riches tapis persans aux vases remplis de fleurs exotiques. Le golfe Persique s'étendait à perte de vue au-delà d'une vaste terrasse comprenant piscine et spa. Quel luxe pour la simple assistante qu'elle était !

Elle ne tarda pas en découvrir la raison. Un coup retentit à la porte et un chasseur entra avec deux valises. Celles de Sev.

Naomi déglutit. Elle ne s'était pas attendue à ce qu'ils se rapprochent autant durant ces quelques jours ! Certes, ils avaient souvent voyagé ensemble. Mais, pour la première fois, aucune porte ne les séparait. Le doute s'insinua en elle. Son cœur, en jeu ou non, n'en sortirait pas indemne…

Chassant ces pensées de son esprit, elle se mit au travail. Très vite, cependant, son attention dériva vers l'une des brochures étalées sur la table. C'était décidé : ce soir, ils partaient à l'aventure ! Après tout, c'étaient aussi *ses* vacances.

Sa réservation faite, elle passa le reste de la matinée au spa. Sev, de retour vers 15 heures, la trouva allongée sur un transat, perdue dans la contemplation du golfe Persique.

— Cela a pris plus de temps que prévu. L'équipe d'Allem va se relayer toute la nuit et je reprendrai demain, annonça-t-il. Pour l'instant, repos.

— Je pensais que nous ferions chambre à part, dit Naomi.

— Pour quelle raison ?

— Je ne sais pas. Comme cela… Au fait, tu devrais te changer.

— Pourquoi ?

— Nous avons rendez-vous avec le désert. Au programme : balade à dos de chameau, dîner, danse du ventre et observation des étoiles jusqu'à minuit.

— Tu plaisantes ?

— Pas du tout.

— Je ne fais pas ce genre de choses, grogna-t-il.

— Moi, si. J'en ai envie.

— Allem nous organisera une visite privée…

— Non. C'est moi qui offre, dit-elle. Le bus nous ramène à l'hôtel vers 1 heure du matin. J'aurais aimé réserver le tour nocturne complet, mais je ne savais pas à quelle heure tu reprenais demain. Enfin, si tu ne veux pas venir, tant pis.

L'expérience se révéla absolument magique.

Le désert était d'une beauté à couper le souffle, surtout lorsqu'on le découvrait à dos de chameau. La caravane déambulait lentement tandis que le soleil sombrait derrière les dunes. C'était comme de se mouvoir dans un océan d'or liquide.

Au camp, une odeur alléchante les accueillit. Ils dînèrent sous une tente, assis sur des tapis. Leur groupe était composé de gens formidables. Un couple en lune de miel et un autre qui fêtait son anniversaire de mariage côtoyaient des aventuriers voyageant sac au dos. Un narguilé passa de main en main et Naomi se fit décorer les pieds au henné, tout en se régalant de succulentes dattes. Quant au spectacle de danse du ventre, il la laissa sans voix.

Sev partageait son ravissement. Son quotidien, pour l'essentiel, se résumait à un bureau, une chambre d'hôtel ou la cabine de son jet privé. Ce soir, il respirait à pleins poumons l'air brûlant du désert et admirait les étoiles parmi un groupe de parfaits étrangers. Jamais il ne s'était senti aussi vivant.

Le guide, après leur avoir désigné les diverses constellations, s'éclipsa afin de les laisser profiter du moment.

— C'était fabuleux, admit Sev. Ce ne sera pas pareil, avec Emmanuel…

— Attends qu'il démissionne, plaisanta Naomi.

— L'as-tu appelé ?

— Oui. Il est aux anges. Il a même offert de venir à Dubaï pour faciliter la transition.

— Tu as refusé, j'espère. Le lit de l'hôtel n'est pas assez grand pour trois.

Naomi rit.

— J'ai répondu que c'était inutile pour l'instant, mais que tu aurais peut-être besoin de lui après Londres.

— Non.

Sev ne voulait pas penser à Londres, encore moins à « après ».

— Je lui ai promis de revenir vers lui dès que possible avec les dates, conclut Naomi.

Sev contempla le ciel étoilé. Naomi ne changerait pas d'avis. C'était une certitude, à présent. Elle ne reprendrait pas son poste, car ce serait trop cruel envers Emmanuel. Jamais elle ne lui ferait un tel coup bas.

— Et ton père ? L'as-tu appelé ?

— Non.

Vint le moment de rentrer. Sev regrettait presque que Naomi n'ait pas réservé le tour nocturne complet.

À l'hôtel, une surprise les attendait. Un bain parsemé de pétales de rose avait été préparé à leur intention. L'éclairage était tamisé et une bouteille de champagne trônait sur la table dans son seau de glace.

— Je crois qu'on nous a donné la suite spéciale lune de miel, déclara Sev.

De fait, ce voyage y ressemblait. À une différence près… À la fin, Naomi et lui partiraient chacun de son côté.

Les deux jours suivants, Sev redoubla d'ardeur au travail afin de passer plus de temps avec Naomi. Ses moments préférés étaient leurs longs pique-niques en tête à tête, suivis d'une balade sur la plage.

Ce soir, la lune était si large et brillante qu'elle semblait chercher à concurrencer le soleil.

— J'ai appelé mon père, annonça Naomi. Il fallait bien que je me décide un jour.

— Et ?

— Je n'ai pas mentionné la fête. Seulement que je n'avais trouvé ni travail ni appartement et préférais rentrer à Londres.

— Qu'a-t-il répondu ?

— Qu'il regrettait de ne pas avoir pu me dire au revoir. J'ignore s'il était sincère.

Et leurs propres adieux ? pensa-t-elle. À quoi ressembleraient-ils ?

— Mais je resterai en contact avec mes sœurs…

— Pourquoi faire ?

La poitrine de Naomi se serra. Bon sang, quand son cœur comprendrait-il le message ? Sev ne se liait à personne !

— Et toi… As-tu fini par prendre contact avec ta sœur ? demanda-t-elle.

— Oui, répondit-il. Renata a dix ans de plus que moi et élève seule sa fille.

— Ta nièce ?

Sev haussa les épaules. Il n'attachait pas grande importance aux liens de parenté.

— Ne comptent-elles pas, pour toi ? insista Naomi.

— Non.

La confusion se peignit sur les traits de la jeune femme. Il se sentit contraint de développer.

— Ne laisse pas ton bonheur dépendre des autres, Naomi. À trop ouvrir ton cœur, tu vas finir par y laisser des plumes. Je vais te dire ce qui s'est passé, ajouta-t-il. J'ai effectivement contacté Renata, qui m'a accueilli chez elle et présenté ma nièce, Mariya. Après mon retour à New York, nous nous appelions chaque semaine. Un jour, Renata m'a annoncé que Mariya était malade, atteinte d'une forme très rare de cancer.

— Oh ! Sev…

La gorge de Naomi se noua. Elle ne connaissait ses petites sœurs que depuis peu, mais si l'une d'elles venait à tomber malade…

— J'étais dévasté, poursuivit Sev. Je venais à peine de retrouver ma famille ! Renata m'a alors parlé d'un traitement coûteux, le dernier espoir de Mariya.

Il serra les dents.

— Il ne lui restait que quelques semaines à vivre. Elle était trop faible pour parler au téléphone. J'ai proposé de la faire venir aux États-Unis en jet privé, mais…

Naomi était suspendue à ses lèvres, les yeux brouillés

de larmes. Ceux de quelqu'un qui garderait toujours foi en l'humanité, quels que soient les coups reçus.

— Mais c'était déjà trop tard ?

Une conclusion logique, pour un cœur tendre comme celui de Naomi. Le sien était plus dur que la pierre.

— Un conseil, Naomi. Ne réponds jamais à un mail réclamant tes coordonnées bancaires.

— Je ne comprends pas…

— J'ai demandé à Renata le nom de la clinique afin d'y envoyer la somme nécessaire.

Naomi continuait à le fixer de ses grands yeux de biche. Tant d'innocence l'irritait et le terrifiait à la fois. Elle était si confiante ! Combien de fois l'avait-on blessée par le passé ? Combien de fois le serait-elle encore ?

— Renata insistait pour que je lui envoie directement l'argent…

Naomi déglutit.

— Mariya n'a jamais été malade, expliqua-t-il. Il n'y a jamais eu de cancer. Tu comprends, maintenant, pourquoi mentir sur l'état de santé de ma mère me vient si facilement. Ce doit être dans les gènes.

— Es-tu sûr qu'il s'agissait d'une supercherie ?

— Sûr et certain. Renata et moi avons coupé les ponts, mais j'envoie chaque année un cadeau à Mariya pour son anniversaire. La plupart finissent sur un site de vente aux enchères.

Il enfonça le clou.

— Endurcis-toi, Naomi. C'est le meilleur conseil que je puisse te donner.

— Nous ne sommes pas toutes comme cela…

— Je ne parlais pas que des femmes, coupa Sev.

Mais elle le devança :

— Je sais. C'est l'humanité tout entière que tu condamnes.

10

Sev s'était rarement senti aussi détendu tandis qu'il expliquait à Allem les modifications apportées à son système de sécurité. Un sourire joua sur les lèvres de ce dernier.

— Alors, dis-moi, quels sont tes projets pour Londres ? demanda-t-il, l'air de rien.

— Rien de spécial.

Sev n'avait jamais parlé à qui que ce soit de son espoir d'y retrouver Daniil.

— Vas-tu rencontrer la famille de Naomi ?

— Allem, Naomi et moi, ce n'est qu'une passade.

— Pourquoi ? C'est évident que vous éprouvez des sentiments forts l'un pour l'autre. Je le soupçonnais déjà à New York. Maintenant, c'est un fait.

— Peut-on se concentrer sur le travail ? répliqua Sev avec agacement.

Mais Allem avait raison. Tout comme Naomi, à propos de sa méfiance à l'égard de la race humaine. Oh ! Il avait de bonnes raisons d'être méfiant. Aucune d'elles, cependant, ne s'appliquait à Naomi.

Lui qui, d'ordinaire, ne vivait que pour le travail y était allé à reculons, ce matin. Demain était leur dernier jour à Dubaï. Après-demain, ils s'envolaient pour Londres, où Naomi disparaîtrait de sa vie. Au fond, c'était un soulagement. Loin des yeux, loin du cœur : le bug serait corrigé et il redeviendrait lui-même.

— Jamal et moi avons su dès la première semaine que

nous étions faits l'un pour l'autre, reprit Allem. Nos familles étaient contre, au début. Mais je savais qu'elle était la seule femme que j'épouserais.

— Tout le monde ne souhaite pas se marier, Allem.

— Sevastyan…

— Laisse tomber.

— Non, Sev. Pourquoi refuses-tu de te battre pour elle ?

Sev crispa la mâchoire. Voilà pourquoi il ne voulait pas d'amis. Allem outrepassait les limites de leur relation !

— Sevastyan, depuis combien de temps nous connaissons-nous ?

— Trop longtemps, grommela Sev.

Allem ne se formalisa pas de cette réponse. Oh ! Cela n'avait pas toujours été le cas, surtout à leurs débuts. Un vol en première classe mettrait n'importe qui dans de bonnes dispositions. Mais Sev était descendu de l'avion plus tendu que jamais. Il avait expédié les civilités et ne s'était guère donné la peine de dissimuler son malaise durant le dîner princier préparé à son intention. Au moment de se retirer pour la nuit, il avait découvert un paquet dans sa chambre, qu'il avait déposé sans l'ouvrir devant sa porte. Allem, bien sûr, s'était offensé de ce geste.

— Tu te souviens de ton premier séjour à Dubaï ? Je ne comprenais pas pourquoi tu avais laissé mon cadeau de bienvenue dans le couloir…

Sev émit un rire à ce souvenir.

— Tu croyais qu'il avait été déposé dans ta chambre par erreur, ajouta Allem.

— Parce que je n'avais jamais reçu de cadeau de ma vie, expliqua Sev.

— Après cela, tu as proposé que nous sortions et nous sommes allés faire un tour en voiture.

Le sourire de Sev s'estompa. Il se souvenait de cette soirée comme si c'était hier.

C'était la première fois qu'il quittait la Russie. Le vol avait été un calvaire en raison de l'attention constante des hôtesses de l'air. Jamais il n'avait été reçu chez qui que ce soit, encore moins dans une demeure aussi somptueuse que celle d'Allem. Face à toute cette nouveauté, il s'était senti submergé.

Allem et lui avaient fini dans un bar, d'un standing bien supérieur à ce à quoi il était habitué.

— Ce soir-là, tu m'as confié d'où tu venais, dit Allem.

— J'ai fait du chemin, depuis.

— C'est vrai. Cette réussite, tu ne la dois qu'à toi-même.

Et au soutien d'un ami, compléta Sev. Car c'était bien ce qu'Allem était pour lui : un ami.

— Allem ?

Il remit son travail à plus tard. Il avait un conseil à lui demander. Plus d'un, en fait.

Dubaï était fantastique ! À moins que ce ne fût l'effet vacances ? Naomi avait visité des lieux incroyables dans le cadre de son travail. Mais ce séjour remportait la palme haut la main. Peut-être en raison de la personne qui l'accompagnait…

À son réveil en fin de matinée, elle avait trouvé une note de Sev l'informant qu'il travaillerait toute la journée afin de libérer entièrement celle du lendemain.

Leur dernier jour.

Non, elle ne voulait pas y penser. Tout en savourant son brunch, elle feuilleta plusieurs brochures en quête d'une activité pour l'après-midi. Un appel de Jamal décida pour elle. C'était à son tour de l'emmener faire du shopping, décréta la jeune femme au téléphone.

D'humeur radieuse, Naomi se prépara pour la journée. Leur dernière sortie ensemble remontait à New York. Elle cherchait alors le courage de donner sa démission à Sev. Tant de choses avaient changé depuis ce jour-là. Et tout changerait à nouveau après-demain…

— Allem vient d'appeler. Lui et Sev travailleront tard, déclara Jamal lorsqu'elle monta dans sa voiture. Nous avons tout le temps devant nous.

Jamal était une professionnelle du shopping, tout comme son chauffeur qui semblait habitué à porter ses nombreux sacs. Elle détourna volontairement Naomi des marques qu'elle connaissait.

— Je m'habille dans un style traditionnel, expliqua-t-elle. Je privilégie donc les créateurs locaux.

Naomi comprit très vite pourquoi. Les tissus étaient splendides et les coupes, raffinées. Elle se retrouva à essayer des tenues qu'elle n'aurait jamais osé revêtir ailleurs.

— Que penses-tu de celle-ci ? suggéra Jamal en lui tendant une robe longue dans les tons argentés.

Une robe bien trop élégante. Mais avec ses cheveux détachés et les délicats motifs au henné sur ses pieds, le résultat était fabuleux.

— Je ne sais pas…

Oh ! Elle l'adorait. Mais c'était si éloigné de ce qu'elle portait d'habitude !

— Elle est parfaite, affirma Jamal. Je te l'offre.

— Non, s'il te plaît. Cela me gênerait, protesta Naomi.

Jamal hocha la tête.

— Je comprends. Mais je t'assure, elle te va à ravir.

Naomi finit par céder. Après tout, elle pouvait bien s'accorder ce petit plaisir.

— Il ne me reste plus qu'à trouver une occasion de la porter, soupira-t-elle.

— C'est tout trouvé, déclara Jamal. Allem et moi vous invitons à dîner demain soir, toi et Sev. C'est l'occasion idéale pour l'étrenner.

— N'est-ce pas un peu trop habillé pour un simple dîner ? objecta Naomi en riant.

Mais Jamal était on ne peut plus sérieuse.

— Nous tenons à vous dire au revoir dans les formes. C'est une telle joie d'avoir Sevastyan parmi nous ! Cela vaut bien que nous fassions un effort, non ?

Elles passèrent chez le coiffeur, puis prirent un thé accompagné de succulents scones aux dattes et à la confiture de roses. C'étaient les vacances que Naomi n'avait jamais eues. Une parenthèse dans une ville incroyable, en excellente compagnie, où elle prenait le temps de faire ce qui lui plaisait. Comme d'envoyer des chocolats en forme de chameau à ses petites sœurs, par exemple. Elle expédia le paquet sur-le-champ. Si elle comprenait le choix de Sev de garder ses distances avec sa famille, elle, de son côté, refusait d'en faire autant. Elle imaginait déjà Kennedy et Madison sautant de joie en ouvrant leur paquet… Rester dans leur vie, même de loin, était la bonne décision.

Après leur pause thé, elles visitèrent plusieurs boutiques de vêtements et équipement pour bébé. C'était touchant de voir Jamal si excitée.

— Cela faisait deux ans que nous essayions, expliqua la jeune femme. Je commençais à m'inquiéter, mais Allem m'a soutenue. Il m'a juré qu'il m'aimerait toujours, quoi qu'il arrive.

— Un homme admirable, commenta Naomi.

— Et tellement romantique, ajouta Jamal. Sev aussi, non ?

Naomi éclata de rire.

— Je ne dirais pas cela.

Alors que l'heure de rentrer approchait, Jamal l'entraîna dans une dernière boutique.

— J'aimerais jeter un coup d'œil aux tapis pour la chambre du bébé, dit-elle. Cela ne t'ennuie pas ?

— J'ai toujours rêvé d'un tapis persan, admit Naomi.

— Ceux-ci sont justement tissés à la main.

Et ils étaient somptueux. Hors de prix, bien sûr, mais quand se représenterait une occasion pareille ? Elle se promenait à Dubaï en compagnie d'une experte !

— Excellent choix, commenta Jamal devant le tapis qu'elle caressait du dos de la main.

Les couleurs — noir, ivoire et pistache — étaient sublimes. Jamal examina les nœuds afin de vérifier qu'il était bien de fabrication artisanale. Difficile d'en douter devant des motifs aussi délicats. Malgré son prix exorbitant, Naomi était tentée.

— Veux-tu que je marchande pour toi ? suggéra Jamal. Je peux faire baisser le prix de moitié.

Naomi secoua la tête.

— C'est gentil, mais non, merci.

Les larmes lui montèrent aux yeux, tout à coup. C'était idiot ! Elle détourna la tête afin que Jamal ne remarque rien. Ce n'était qu'un minuscule nuage dans une journée par ailleurs fantastique. Mais il ne la quitta plus.

De retour à l'hôtel, elle dîna léger et se laissa tomber sur le lit, en proie à un maelström d'émotions.

— Ouf ! J'ai cru que je n'en verrais jamais le bout, lança Sev en rentrant.

— As-tu terminé ?

— Je vois le chef de l'équipe informatique demain midi. Allem a eu raison de faire appel à mes services. Et toi, ta journée avec Jamal ?

— Formidable. On s'est bien amusées.

Il l'arrêta comme elle se levait.

— Reste au lit. J'ai prévu un baptême en montgolfière, demain. Nous devons nous lever aux aurores. Il paraît que survoler le désert au lever du soleil est une expérience magique…

Il se tut. Pour l'instant, explorer le corps de Naomi l'intéressait nettement plus.

Naomi répondit à son invitation. Ce serait un crime de ne pas le faire. Le sexe, comme toujours, fut torride. Et comme toujours, une part d'elle resta en retrait. À présent, son esprit en ébullition l'empêchait de dormir. Elle imaginait le tapis persan qu'elle avait admiré avec Jamal dans la chambre d'amis chez sa mère. À quoi bon acheter un tapis quand on ignorait où l'on allait vivre ?

Elle se le représenta ensuite devant la cheminée du salon, dans son appartement de New York.

Puis elle fit quelque chose de vraiment stupide : elle l'imagina dans la chambre de Sev. Justement, il était assorti aux rideaux. Comme s'il avait été tissé spécialement pour cette pièce…

Combien de temps encore se voilerait-elle la face ? Elle était folle amoureuse de l'homme endormi à son côté !

Une violente mélancolie l'assaillit. Elle n'avait qu'une envie, faire ses valises et rentrer chez elle. Seul problème : elle ignorait où cela se trouvait.

11

L'alarme de son portable tira Sev de son sommeil. Il l'éteignit et resta allongé dans le noir, peu enclin à se lever.

— Naomi ?

La jeune femme ouvrit les yeux. Comme au premier jour, son nom prononcé par Sev éveillait une foule de papillons dans son ventre. Il était pressé contre son dos, une main sur ses seins qu'il caressait distraitement.

— C'est l'heure.

Maudit Allem ! Lui et ses idées ! pesta Sev en son for intérieur. Il n'avait aucune envie de faire un tour en montgolfière. Comme s'il était capable d'être heureux aujourd'hui !

Ou demain. Ces deux jours étaient ceux qu'il redoutait par-dessus tout. Les derniers de Nikolaï…

Il ne voulait pas y penser.

— Sev…

— Debout, l'interrompit-il. Ou nous allons être en retard.

— J'aimerais te dire quelque chose…

Naomi se sentait si bien, lovée contre lui. Sa présence chaude dans son dos l'apaisait. Demain, ils s'envoleraient à l'aube pour Londres. Alors, ce matin, elle avait juste envie de rester ainsi, aussi longtemps que possible.

— Dis-moi, souffla Sev.

Il souleva ses cheveux et déposa un baiser sur sa nuque, comme il en avait eu envie, le soir où il avait joué avec la fermeture de sa robe.

Naomi oublia ce qu'elle voulait dire.

— Tu te rappelles quand j'ai cru que tu étais enceinte ? murmura-t-il.

Sa main délaissa ses seins pour son ventre. Naomi sourit dans l'obscurité.

— Oui…

Les réactions de Sev la déroutaient. Il avait rejeté la candidature d'Emmanuel parce qu'il ne parlait pas mandarin et celle de Dianne parce qu'elle souriait nerveusement. Mais il n'avait pas hésité à lui offrir une place en garderie pour son bébé, tout en proposant de diminuer ses voyages d'affaires !

Son érection frottait contre ses fesses, pressante. Elle aurait voulu que le mouvement circulaire de ses doigts sur son ventre ne s'arrête jamais. Sauf pour descendre plus bas… Elle était si excitée qu'elle l'empêcha de s'éloigner pour enfiler un préservatif.

— Je prends la pilule, Sev.

— Tant mieux.

Il la pénétra sans protection et soupira d'aise. Ni lui ni elle ne prêta attention à l'alarme qui s'était réenclenchée.

— Sev…

Un désir incandescent les attirait ensemble dans le plus voluptueux des abîmes.

— Allez, ma puce.

Ses va-et-vient se firent plus rapides, plus vigoureux, pour un plaisir accru comme lui seul savait lui procurer. Alors, elle exprima tout haut ce qui la rongeait depuis la veille. Pas de grande déclaration, non. Elle se l'était interdit. Mais une vérité toute simple :

— Je n'ai pas envie de faire un tour en montgolfière.

L'orgasme montait en elle, Sev le sentait à la façon dont elle se contractait autour de lui. Il était aspiré, toujours plus loin, déserté par toute pensée rationnelle. Alors que l'aube pointait à l'horizon, une étreinte à la va-vite ne lui suffisait plus. Il voulait se perdre en elle, en eux, et oublier cette journée tant redoutée.

Naomi se préparait au crescendo final. Au lieu de quoi, Sev se retira, la laissant démunie.

Quoi ? Que se passait-il ?

Il la fit rouler sur elle-même de manière à ce qu'ils se retrouvent face à face.

— Sev ?

Le réveil sonna de nouveau. Il l'éteignit pour de bon.

— Pas de montgolfière ce matin.

Il captura ses lèvres, d'une façon qui fit chavirer Naomi. Sur le côté, les yeux ouverts. *Avec tendresse.* Il brisait leur règle et tous deux le savaient. Son sexe était niché contre son ventre, mais ils avaient tout le temps devant eux, à présent.

Alors, elle l'embrassa aussi, comme elle ne le devrait sans doute pas. Trois mois de sang-froid avaient pris fin lors du vol vers Dubaï. Ce matin, une autre forme de retenue s'envolait à son tour. Jamais un baiser ne l'avait autant remuée. Leurs langues se cherchaient, s'enroulaient l'une autour de l'autre, dans un jeu de caresses tout en douceur et volupté. Elle aspira sa lèvre inférieure, juste pour la sentir entre les siennes. Ce baiser lui ouvrait les portes d'un monde qu'après ce matin, elle n'entreverrait plus jamais.

Elle goûtait à l'amour pour la première fois, et le rendait au centuple.

Délaissant sa bouche, elle parsema le visage de Sev de baisers, s'égara vers son lobe d'oreille, puis le long de son cou. Le goût de sa peau et son odeur musquée l'enivraient. Sev faisait courir ses larges mains sur son corps, qu'il déchiffrait tel un lecteur de braille. Ses lèvres aussi étaient partout. Sur ses seins qu'elles butinaient, sur ses mamelons qu'elles taquinaient. Elle s'agrippa à ses cheveux, transportée. C'était trop ! Trop et pas assez ! Alors, d'un seul mouvement, il leva la tête et prit sa bouche en même temps que leurs corps s'unissaient pour ne faire plus qu'un.

Toujours sur le côté, toujours les yeux ouverts. Ils s'étreignaient lentement, sensuellement, le regard chevillé l'un à l'autre. Le corps de Naomi n'était plus que magma en fusion. La sensation était indescriptible. Face à face, les jambes entremêlées, ils se languissaient de la bouche de l'autre, sans se résoudre à rompre le contact visuel. Ils bougeaient à l'unisson et changeaient de tempo à l'instinct, leurs visages peu à peu éclairés par l'aube naissante. Chacun vit alors le plaisir gravé sur les traits de l'autre.

Enfin, leurs bouches se joignirent et ils s'embrassèrent, encore et encore. Chaque coup de reins de Sev provoquait un nouveau séisme en elle, d'une magnitude toujours plus forte. L'ultime onde de choc se propagea dans tout son être avant de se concentrer sur un point précis, au cœur de sa féminité.

Les lèvres de Naomi s'arrondirent. Sev sentit ses muscles intimes — non, son corps tout entier — se resserrer autour de sa chair. Ce fut une explosion silencieuse. Ni lui ni elle n'osaient parler. Pas encore.

Puis il se libéra en elle et Naomi s'abandonna aux dernières vagues de plaisir.

— *Krasavitsa...*

Elle n'avait pas envie de savoir ce que cela signifiait. Il traduisit néanmoins.

— Tu es si belle…

Comment aurait-elle pu savoir qu'il n'avait jamais dit cela à aucune autre femme ?

Il était près de midi lorsqu'ils furent réveillés par la sonnerie du portable de Sev. Ahmed, le chef de l'équipe informatique, l'attendait pour leur rendez-vous.

Sev osait à peine la regarder, nota Naomi. Cela tombait bien : elle non plus ne savait quelle contenance adopter.

— J'ignore pour combien de temps j'en aurai, dit Sev.

— Pas de problème.

Prends ton temps, ajouta-t-elle intérieurement.

Sev parti, elle tenta de se convaincre que le sexe de ce matin n'était pas différent des autres fois.

Foutaises.

Ce n'était pas seulement elle qui avait enfreint la règle. Pour la première fois, Sev lui avait fait l'amour. Et à présent, ils le regrettaient tous les deux. Lui, parce qu'il rejetait toute relation sérieuse. Elle, parce que c'était précisément ce qu'elle espérait. Pourquoi, mais *pourquoi* avait-il fallu qu'il lui laisse entrevoir ce qu'il lui refusait ?

Sev avait instruit Ahmed de toutes les modifications apportées au système. Non sans mal. Toute la journée, il avait eu l'esprit ailleurs, tourné vers le passé.

Seize ans plus tôt, jour pour jour, il était rentré à l'orphelinat après l'école avec Nikolaï. Son ami était silencieux, ce soir-là. Sev n'y avait pas prêté attention. Il aimait faire ses devoirs dans le bus et dégager ainsi sa soirée pour lire. À l'heure du dîner, ils avaient fait la queue avec les autres, leur assiette à la main…

Ce soir était sa dernière soirée à Dubaï, et il allait la passer chez Allem et Jamal.

— Je préférerais rester ici avec toi, soupira-t-il en enfilant sa veste de smoking.

— Moi aussi, admit Naomi.

Quoique… Peut-être pas. Elle serait tentée d'exiger des réponses claires quant à leur relation.

— Très bien. Je les appelle pour annuler.

— Sev, non !

— Tu viens de dire que tu préférais rester ici…

— Ce n'est pas une raison. Allem et Jamal se sont pliés en quatre pour nous. Pas question de leur faire faux bond.

Évidemment, songea Sev. La jeune femme ignorait pourquoi il avait si peu la tête aux mondanités, ce soir.

Naomi passa sa longue robe argentée, qu'elle compléta avec une paire de sandales. Pas de jeu sensuel, cette fois, lorsque Sev remonta la fermeture.

— Allons-y.

Pas de « tu es magnifique » ou « cette robe te va à ravir » non plus. Une colère sourde envahit Naomi. Autant envoyer un mail à Emmanuel le priant de commander deux douzaines de roses blanches. Le moment était venu. Celui où, l'excitation de la conquête retombée, Sev commençait à se lasser. Elle ne savait presque rien de lui, mais ses habitudes, elles, n'avaient aucun secret pour elle.

— Naomi !

Jamal l'accueillit avec chaleur et Allem se montra non moins expansif.

Le dîner fut absolument exquis. Pourtant, il régnait dans l'air une tension dont la raison échappait à Naomi. Quelque chose se tramait, elle en aurait mis sa main au feu. Et elle seule était exclue du secret des dieux. Sev se comportait en véritable rustre, mais leurs hôtes, comme à leur habitude, ne s'en formalisaient pas.

— Je t'ai préparé ton dessert favori, Sev, annonça Jamal.

Un sahlab leur fut servi, sorte de lait chaud épais, parfumé à l'eau de rose et à la fleur d'oranger et saupoudré de pistaches.

— Délicieux, commenta Sev dans un rare accès de civilité.

Avant d'aussitôt consulter son portable. Naomi se retint de lui décocher un coup de pied dans le tibia.

Après le café et le narguilé, Jamal se tourna vers elle.

— Aimerais-tu voir la chambre du bébé ?

— Volontiers, répondit Naomi.

Elle suivit Jamal hors de la salle à manger. Sa soirée avec Sev dans le désert avait été une bulle de détente et d'insouciance. Rien à voir avec ce soir. Même Jamal semblait légèrement crispée derrière son sourire avenant.

Les deux femmes parties, Allem pressa Sev de questions.

— Elle a dit non ?

— Je ne lui ai pas demandé, répondit Sev. Écoute, elle a quelqu'un en Angleterre. Lorsqu'elle le reverra…

— Arrête, Sev.

— Elle sera mieux avec lui.

— C'est ridicule.

— Non.

Ce qui s'était passé ce matin l'avait ébranlé. Pareil degré

de proximité, de symbiose tant physique qu'émotionnelle... Il n'était pas certain de vouloir revivre cela.

— Et le baptême en montgolfière ? Vous ne l'avez pas fait ? insista Allem.

— Non.

Sev changea délibérément de sujet.

— J'ai briefé Ahmed sur le nouveau système. Il semble avoir parfaitement intégré les modifications apportées...

— Sev, je n'ai pas envie de parler travail ce soir. Hier, tu disais...

— J'ai réfléchi depuis, l'interrompit Sev. Ces quelques jours ont été agréables. Nous en avons tous les deux profité...

Il se tut comme Naomi et Jamal réapparaissaient dans le salon.

— Demande à Sev. Je suis sûre qu'il trouvera une solution, disait Naomi.

— Une solution à quoi ? demanda Sev.

— Jamal pense que la chambre du bébé et celle de la nourrice sont trop éloignées de la sienne.

— Je veux être sûre d'entendre le bébé pleurer, expliqua Jamal.

— Nous disposons du meilleur système de sécurité, intervint Allem. Pas d'inquiétude, tu l'entendras.

Maintenant, songea Sev. À peu près à cette heure-là, seize ans plus tôt, il avait entendu son meilleur ami pleurer dans le noir.

Il s'était retourné dans son lit et rendormi.

Non. Quels qu'aient été ses sentiments de la veille, ils lui étaient passés. Il ne laisserait personne lui confier son futur. Encore moins son cœur.

12

Ils étaient restés un jour de trop, pensa Naomi, réveillée par les alarmes simultanées de son portable et de celui de Sev. Trois jours auraient suffi et la parenthèse se serait refermée en douceur, naturellement. Elle serait partie la tête haute, sa dignité intacte.

Ce matin, elle peinait à retenir ses larmes.

Sev avait eu raison de la réprimander pour avoir repoussé la date de leur départ. Si elle s'était conformée à ses instructions, ils seraient déjà à Londres en ce moment, chacun vaquant à ses occupations.

Pas dans ce lit, côte à côte, sans oser se parler, ni même se toucher.

Sev avait suivi les conseils d'Allem. Il ne pouvait faire revenir Naomi à New York juste par caprice. Il avait donc acheté une bague. Et maintenant…

Il ne savait comment la lui donner.

Avait-il forgé une seule relation digne de ce nom qui ait survécu au passage du temps ? *Nyet.* Allem, peut-être. Mais leur relation était surtout professionnelle. De toute façon, il n'avait pas la tête à cela, aujourd'hui.

Seize ans plus tôt, le 12 novembre, il s'était levé à 5 heures du matin. Une heure plus tôt que d'habitude, car lui et Nikolaï étaient de corvée de cuisine. Mais le lit voisin était vide. Une angoisse sourde l'avait étreint. Leur premier devoir, à leur réveil, était de faire leur lit. Et Nikolaï s'y était plié chaque jour sans exception.

Ce matin-là, son lit était défait.

— Debout. C'est l'heure, dit-il.

Naomi était déjà levée. Elle avait préparé leurs valises la veille, les siennes et celles de Sev. Ils avaient beau jouer aux vacanciers, elle restait son employée. Du moins, pour quelques heures encore. Ce n'est qu'à l'aéroport que la réalité la rattrapa pour de bon.

Tout était fini.

Son contrat d'assistante. Leur aventure.

Ils prirent place à bord du jet en silence. Ni l'un ni l'autre ne suggéra de se recoucher. Il y avait assez de gêne entre eux comme cela.

— Où est ton livre ? s'enquit Naomi, histoire de faire la conversation.

Sev lisait toujours au décollage. Sa question demeura sans réponse. Elle se borna donc à parler travail.

— Si j'écris une lettre de recommandation, la signeras-tu ? demanda-t-elle.

— Laisse, je m'en charge.

Il ouvrit son ordinateur portable.

— Combien de temps as-tu travaillé pour moi ?

— Trois mois, soupira-t-elle.

Il ne savait donc même pas cela ?

— Non. Je veux dire, combien de temps veux-tu que j'écrive que tu as travaillé pour moi ?

— Dis simplement la vérité, répondit-elle d'un ton abrupt.

Sev sourit. Elle seule était capable de réclamer une lettre de recommandation en grinçant.

— Irritée ?

— Fatiguée, corrigea-t-elle.

Il tapa un moment, puis lui envoya le résultat par mail.

— Dis-le-moi, si tu souhaites modifier quoi que ce soit.

Naomi ouvrit le dossier et lut la lettre.

Madame, monsieur,

Naomi a été mon assistante pendant trois longs mois.

Lors de l'entretien, il m'est tout de suite apparu qu'elle ne convenait pas pour le poste. Elle s'excusait sans cesse, ce qui avait le don de m'agacer. J'ai néanmoins décidé de lui donner sa chance.

J'ai souvent regretté ce choix par la suite.

Naomi Johnson est lunatique et déteste commander des fleurs. Il lui est même arrivé de se rebeller contre mes ordres. J'ai fini par comprendre qu'elle agissait ainsi car elle mourait d'envie de coucher avec moi.

Ce désir était réciproque.

Je regrette que nous ayons attendu si longtemps. Mais peut-être était-ce pour le mieux.

En conclusion, Naomi Johnson est la meilleure assistante que j'aie jamais eue, doublée d'une personne fantastique. Écrire cette lettre m'attriste, car je n'ai aucune envie de la voir partir, même si je pense sincèrement que c'est mieux ainsi.

Sevastyan Derzhavin

P-S : Je t'envoie maintenant une vraie lettre de recommandation.

Naomi ne fit aucun commentaire. Si gentille que fût cette lettre, elle la mettait en colère. Malgré leur rapprochement, il la laissait partir ! Plus elle apprenait à le connaître, moins elle le comprenait.

Fidèle à sa parole, il lui transmit quelques minutes plus tard une vraie lettre de recommandation, si élogieuse qu'elle lui ouvrirait à coup sûr les portes de sociétés prestigieuses.

Sauf que sa carrière était le cadet de ses soucis.

Laisser son père derrière elle avait été un déchirement. Descendre de l'avion et monter dans la voiture de Sev pour la dernière fois le fut plus encore. Elle avait beau s'être juré de ne pas craquer devant lui, cette promesse se révélait chaque seconde plus ardue à tenir.

— Ma mère est sans doute venue me chercher, dit-elle. Peux-tu me déposer devant la zone des arrivées ?

À contrecœur, Sev relaya l'ordre à son chauffeur.

— Laisse tes valises ici et va chercher ta mère. Je vais vous reconduire toutes les deux, suggéra-t-il lorsqu'ils furent arrivés.

— Inutile, répondit Naomi.

— J'insiste.

— Ma mère a sa voiture. Nous n'allons pas faire le trajet dans des véhicules séparés.

Il n'y avait rien à ajouter. Ils restèrent debout en silence tandis que les affaires de la jeune femme étaient empilées sur un chariot. C'était mieux ainsi, Sev le savait. Naomi méritait mieux que lui. Mais jamais au revoir n'avait été si difficile.

Lorsqu'une de ses assistantes s'en allait, il n'en avait que faire, du moment qu'une autre la remplaçait. Il en allait de même avec ses maîtresses. Avec la famille…

Non, ne t'aventure pas sur ce terrain.

Avec les amis.

C'était un ami qui l'amenait à Londres aujourd'hui. Un ami qu'il attendrait vainement pendant des heures, une fois de plus.

Naomi déposa son dernier sac sur le chariot et se tourna vers Sev, l'homme le plus sexy au monde, qui lui avait fait l'amour comme si elle comptait pour lui et avait ravi son cœur sans savoir qu'en faire.

— Merci pour tout, dit-elle. Si Emmanuel a besoin d'informations…

— Je t'appellerai, ajouta Sev.

— Non. Il n'aura qu'à me contacter par mail.

Sa voix rauque mâtinée d'accent russe avait un peu trop de pouvoir sur elle.

— Tiens.

Elle lui tendit le téléphone de fonction qu'il lui avait remis le premier jour.

— Garde-le, dit Sev.

Ce téléphone, c'était un filet de sécurité au cas où il changerait d'avis. Un lien précieux qu'il l'empêcherait de rompre.

— Non, merci, répondit Naomi.

La dernière chose dont elle avait besoin pour aller de l'avant était un téléphone dont elle attendrait la sonnerie, le cœur battant, ou le bip indiquant qu'elle avait reçu un message. Ce serait lui — qui d'autre ? — lui demandant où se trouvait tel dossier ou…

Elle plongea les yeux dans les siens. Oui, il serait assez cruel pour la réveiller en pleine nuit et jouer avec son cœur dans un moment d'ennui.

Comme il ne faisait pas mine de prendre le téléphone, elle le glissa dans la poche de sa veste.

— J'ai ton numéro personnel, lui rappela-t-il.

— Je vais le changer.

C'était même la première chose qu'elle ferait en rentrant. Et elle n'ouvrirait que les mails venant d'Emmanuel. Cela lui apprendrait à la laisser partir.

— Et maintenant ? demanda Sev. Que comptes-tu faire ?

— Retourner dans le monde réel.

Un monde sans plans tirés sur la comète, sans tendre étreinte au petit matin suivie par de froids adieux.

Il extirpa de sa veste un mince paquet qu'il lui tendit.

— Un cadeau de départ.

Il remuerait donc le couteau jusqu'au bout ! C'était *lui* qu'elle voulait, pas un stupide cadeau de départ !

— Tu vas me manquer, ajouta-t-il.

Mais pas assez pour la retenir. Elle tourna les talons et poussa son chariot en direction de la zone des arrivées. Maudite porte automatique qui s'ouvrait à la vitesse d'une tortue ! Ces quelques secondes d'attente furent quelques secondes de trop. Elle se retourna, à temps pour voir la voiture de Sev redémarrer et s'éloigner.

Pas de signe de la main, pas de regard en arrière.

Sev avait déjà repris le cours normal de sa vie. À elle d'en faire autant.

13

Sev fixait la route sans la voir. Naomi lui manquerait, énormément. En fait, elle lui manquait déjà.

Comme si cette journée n'était pas assez déprimante comme cela.

C'était au prix d'un effort surhumain qu'il résistait à l'impulsion de lui courir après. Elle méritait mieux que d'être entraînée dans sa toute première tentative d'adulte pour forger une véritable relation…

Le vibreur de son téléphone l'arracha à ses pensées.

Et un rayon de soleil troua les nuages.

Sa nièce lui avait envoyé une photo. Elle souriait, radieuse, les boucles d'oreilles qu'il lui avait offertes miroitant à ses oreilles. Un message accompagnait la photo :

> J'ai dit à maman que c'était un cadeau de Zena, une amie du lycée. Elle pense qu'elles n'ont pas de valeur et m'autorise à les garder. Merci beaucoup, oncle Sevastyan.
> Je les adore.
> Je t'aime,
>
> Mariya

Deux cœurs roses suivaient sa signature.

Ce message lui mit du baume au cœur. Chaque année, il envoyait un cadeau d'anniversaire à sa nièce. Cette année, il l'avait fait livrer à son école, au risque que le paquet se perde. Mais il était parvenu à sa destinataire et, par ce simple fait, un lien s'était tissé.

S'il pouvait parler à Naomi… Lui expliquer la tristesse associée à cette journée et sa déception à chaque rendez-vous manqué de Daniil…

Non, il en était incapable. Mais son instinct lui soufflait que Naomi comprendrait. Était-ce cela, l'amour ? Attendre patiemment, jusqu'à ce que l'autre soit prêt ?

Peut-être était-il temps pour lui de le découvrir.

L'enfer, soupçonnait Naomi, devait ressembler à la zone des arrivées d'Heathrow. Partout, ce n'était qu'embrassades familiales et tendres retrouvailles entre couples. Elle balaya la foule des yeux à la recherche de sa mère. Peut-être n'avait-elle pas reçu son message ? À moins qu'elle n'ait tout bonnement pas daigné faire le déplacement.

Les larmes aux yeux, Naomi tourna les talons, seulement pour se heurter à un mur de muscles. Son cœur le reconnut le premier et elle fondit en larmes dans l'étau protecteur des bras de Sev.

— Je ne peux pas te laisser partir, murmura-t-il. Tu me manquerais trop.

Il captura sa bouche et elle lui rendit son baiser avec passion. Elle se détestait d'être aussi faible, mais c'était si bon ! Très vite, elle se sentit plaquée contre un mur à l'écart de la foule. Sev ne lui offrait rien. Un vague sursis, peut-être. De vulgaires miettes qu'elle acceptait avec un empressement humiliant.

Un courant d'air frais venu du dehors la fit frissonner. Il l'attira entre les pans de son manteau qu'il referma sur elle, et elle se lova contre son corps chaud — chaud et dur de désir. Il avait envie d'elle. Les adieux n'en seraient que plus douloureux, mais qui sait ? Peut-être voudrait-il parler après ?

— L'hôtel de l'aéroport ? chuchota-t-il.

— Tu es *vraiment* un salaud.

Elle riait et pleurait à la fois. Elle allait dire oui, mais n'en eut pas le temps. Sev venait littéralement d'être arraché de ses bras. Naomi ne vit qu'un flash rouge et un poing voler vers lui avant qu'il soit projeté contre le mur.

— Personne d'autre ? tonna une voix furieuse.

Naomi sortit de son hébétement en la reconnaissant.

— Andrew ?

Elle leva les yeux vers les ballons rouges en forme de cœur qui dérivaient vers le plafond. Andrew était venu la chercher ?

Tel un boxeur contre les cordes du ring, Sev rebondit, prêt à en découdre. Il se battait depuis toujours pour s'en sortir. Mettre ce type K-O serait un jeu d'enfant. Puis il entendit qui était son adversaire.

Le coup suivant l'atteignit de plein fouet au ventre. Naomi tenta de s'interposer en criant à Andrew qu'il n'avait aucun droit d'agir ainsi. Lorsque ce dernier accabla la jeune femme d'insultes, Sev vit rouge. Il allait étaler cette ordure par terre en moins de deux !

Quatre bras musclés le maîtrisèrent avant qu'il puisse agir. La sécurité, alertée par le tapage, venait de faire irruption. Alors seulement, Sev remarqua l'attroupement qui s'était formé autour d'eux et les visages choqués des gens. Il s'obligea à se calmer. Un aéroport n'était pas une arène. Du reste, si Naomi avait été sa fiancée, il aurait réagi exactement comme ce type.

— C'est bon, ça va, dit-il aux hommes de la sécurité.

— Etes-vous sûr ?

— Oui.

— Je pense tout de même…

Sa phrase resta en suspens. Andrew, contrairement à Sev, était libre de ses mouvements et en profita lâchement.

Naomi poussa un cri en voyant la tête de Sev basculer en arrière sous la violence de l'impact. Les hommes de la sécurité se jetèrent sur Andrew pour le maîtriser et Sev s'écroula par terre. S'ensuivit une bruyante confusion quand débarquèrent la police, puis les secours.

— Pas besoin, balbutia Sev face à l'insistance de ses derniers pour le conduire à l'hôpital.

— Bien sûr que si, intervint Naomi. Tu as perdu connaissance !

— Combien de temps ? interrogea un infirmier.

— Trois minutes.

Les trois plus longues minutes de sa vie. Elle n'eut pas un regard pour Andrew lorsqu'il fut arrêté. Elle ne pensait qu'à Sev. C'était devenu une habitude, ces derniers mois. À quoi bon se voiler la face ? se résigna-t-elle en suivant dans l'ambulance le brancard sur lequel était étendu Sev. Son cœur lui appartenait, et les plus stoïques des adieux n'y changeraient rien.

À l'hôpital, l'inquiétude de Naomi se heurta à la machine administrative. L'infirmière affectée au tri des urgences admit Sev. Mais à l'évidence, il n'était pas pour eux la priorité qu'il était pour elle. Il n'aurait d'ailleurs jamais dû le devenir en premier lieu. Dès le début, son instinct l'avait mise en garde : à trop s'approcher du soleil, elle finirait par se brûler les ailes. Bien sûr, elle ne l'avait pas écouté.

— Qu'est-ce que c'est que cet endroit ? pesta Sev une heure plus tard.

Il portait une chemise d'hôpital, était encore légèrement groggy et de plus en plus acariâtre. Ce qui, aux dires de l'infirmière, n'était pas bon signe. Naomi se garda de mentionner qu'il était ainsi depuis la veille.

— Pourquoi ne leur as-tu pas demandé de me conduire dans une clinique privée ? lui reprocha-t-il.

— Les secours se fichent que tu sois millionnaire, expliqua Naomi. Ils t'ont emmené à l'hôpital le plus proche.

— Résultat, me voilà condamné à attendre indéfiniment d'être examiné. Je n'ai rien à faire ici.

— Tu as besoin de points de suture, Sev.

Une vilaine balafre l'empêchait d'ouvrir l'œil gauche.

Les heures passèrent, durant lesquelles il s'assoupit par intermittence, pour se réveiller plus renfrogné que jamais, exigeant de connaître l'heure.

— Onze heures, répondit l'infirmière. Nous attendons un créneau pour votre IRM.

— Je n'ai pas besoin d'IRM.

— Vous êtes somnolent.

— Peut-être parce que cela fait des heures que je patiente !

Il parut soudain se rappeler quelque chose.

— Où est mon téléphone ?

— Tiens.

Naomi lui tendit son portable qu'elle avait ramassé durant la bagarre. Il s'alluma par inadvertance et elle poussa un cri en découvrant la photo sur l'écran. Ces boucles d'oreilles étaient celles qu'il avait achetées chez Tiffany, aucun doute. Et la jeune fille qui les portait arborait un uniforme scolaire !

— Seigneur, Sev ! Quand tu as dit qu'elle était jeune…

— C'est ma nièce, Mariya, la coupa Sev. Je lui ai offert ces boucles d'oreilles pour ses dix-huit ans.

— Oh !

— L'année dernière, je lui ai envoyé un collier, que Renata a revendu en ligne. Je ne suis même pas sûr que Mariya l'ait vu. Cette fois, j'ai fait livrer son cadeau à son école.

Naomi s'adossa à son siège en plastique. L'uniforme de Mariya était celui d'une école privée. Prestigieuse, de surcroît. Elle pourrait côtoyer Sev pendant des siècles et ne jamais le connaître vraiment. Mais elle commençait à le comprendre.

— Tu leur as envoyé l'argent, n'est-ce pas ?

— Pardon ?

— L'argent pour le traitement de Mariya.

— Évidemment.

— Pourquoi ? insista Naomi. Tu savais que c'était une supercherie.

— Peu importait la raison. L'essentiel était que Mariya bénéficie d'une bonne éducation et que ma sœur vive à l'abri du besoin.

Il se corrigea aussitôt.

— *Demi*-sœur. Elle mène une vie confortable, mais nous ne nous parlons pas. Écoute…

Il parut agité, tout à coup.

— Je dois absolument me rendre à Buckingham Palace.

— Le palais sera encore là demain, assura l'infirmière.

— Mais je dois y être aujourd'hui à midi !

Naomi commençait sérieusement à se demander si sa blessure à la tête n'était pas plus grave qu'il n'y paraissait. Sev n'avait jamais *besoin* d'être où que ce soit. C'étaient les autres qui se pliaient à son bon vouloir. Il était arrivé avec huit heures de retard à un rendez-vous avec un cheikh, sans présenter la moindre excuse !

— Tu as une IRM à passer, lui rappela-t-elle.

— Non. Je dois y aller.

— Qu'est-ce qui peut bien être si important que cela ne puisse attendre ?

— Cela me regarde.

Sev bouillait de frustration. Dès que Naomi et l'infirmière auraient le dos tourné, il s'échapperait.

— Peux-tu aller me chercher une boisson au distributeur ? demanda-t-il à Naomi.

— Ni boisson ni nourriture, décréta l'infirmière avant de les laisser seuls.

— Désolée, dit Naomi avec un sourire penaud.

Elle s'excusa pour le comportement de son ex-fiancé, ce qui l'irrita encore plus.

— Ne t'excuse pas. N'as-tu donc rien appris, ces trois derniers mois ? Ce n'est pas ta faute si ton fiancé…

— *Ex*-fiancé. Je l'ai plaqué.

— Quoi ? Quand ?

— La veille du jour où j'ai donné ma démission.

— Et tu n'as pas jugé bon de m'en informer ? s'emporta-t-il. Je l'ai laissé me frapper !

— Je sais.

Sa colère s'évanouit. Au fond, il avait vu juste dès le début : Andrew n'avait pas sa place dans l'équation.

— Naomi, laisse-moi aller à Buckingham Palace…

— Après ton IRM, répliqua-t-elle, avec la même intransigeance que l'infirmière.

Sev fulmina. Satanée Naomi, toujours à s'opposer à ses ordres ! Un autre plan lui vint à l'esprit.

— Dans ce cas, accepterais-tu d'y aller à ma place ?

— À Buckingham Palace ? Sev, je crois que tu n'as pas les idées claires…

— Au contraire, s'impatienta-t-il. Je m'y rends chaque année. Il faut absolument que je sois là.

— Pourquoi ?

— Au cas où Daniil se montrerait. Je lui ai écrit il y a quelques années, pour lui donner rendez-vous le 12 novembre à midi devant le palais. Il n'est jamais venu.

— Tu penses qu'il sera là aujourd'hui ?

— Non. Mais je ne me le pardonnerais jamais s'il venait et que moi, je n'étais pas là.

— D'accord, répondit Naomi. À quoi ressemble-t-il ?

— Je ne l'ai plus vu depuis nos douze ans. Grand, les cheveux noirs… Russe.

Elle n'irait pas très loin avec cette description. De nouveau, elle se laissait aspirer dans son orbite. À peine quelques heures plus tôt, il ne songeait qu'à l'entraîner dans l'hôtel le plus proche. Elle méritait mieux que cela.

— Je vais y aller, Sev, puis je viendrai te faire un compte rendu, dit-elle posément. Après quoi, nos chemins se sépareront. Pour de bon.

C'était sans espoir. Hormis quelques courageux touristes grelottant sous leurs parapluies, les passants étaient rares devant Buckingham Palace. Naomi en voulait à Sev de prolonger son tourment. Elle devrait être chez sa mère, en ce moment, en train de défaire ses valises. Pas de scruter les passants à la recherche d'un parfait inconnu. Comment diable était-elle censée reconnaître un homme avec pour seul indice qu'il avait les cheveux noirs ? Une jeune femme blonde semblait attendre aussi, oublieuse de la pluie. Son air déterminé suggérait qu'elle était là pour un moment.

Tout comme Naomi.

Il était 13 heures passées lorsqu'elle finit par renoncer. Personne n'était venu. Elle sourit à la jeune femme blonde et la vit rejoindre un homme à la mine résignée en tirant sur son manteau. Celui-ci haussa les épaules, mais elle le retint fermement lorsqu'il commença à s'éloigner. L'homme était grand, avec les cheveux noirs. Naomi s'approcha. Tant pis si elle avait l'air d'une idiote.

— Daniil ?

Le visage de la jeune femme s'éclaira.

— J'en étais sûre ! Sevastyan ?

— Si c'est lui, il a bien changé, lança Daniil.

Naomi s'esclaffa. Tous trois se dévisagèrent, un peu gênés et ne sachant que dire.

— Je suis l'assistante de Sev, se présenta Naomi. Il aurait aimé venir lui-même, mais…

— Je suis là.

Naomi fit volte-face. Sev se tenait devant elle, pâle comme un linge, mais son entaille suturée. Les deux hommes se serrèrent la main. En matière de retrouvailles, il y avait déjà eu plus émouvant. Tandis qu'ils échangeaient en russe sur un ton circonspect, la jeune femme blonde se tourna vers elle.

— Je suis Libby, dit-elle avec un large sourire.

Naomi serra la main qu'elle lui tendait et remarqua son alliance.

— Vous êtes la femme de Daniil ?

— Oui.

Elle rit.

— C'est si étrange de dire cela. Nous nous sommes mariés hier.

— Oh ! Félicitations ! s'exclama Naomi.

Les deux hommes conclurent leur conversation et Sev se joignit à la leur.

— C'est un plaisir de vous rencontrer, Libby. Félicitations pour votre mariage, dit-il à son tour.

— Merci.

— Je suis heureux d'avoir retrouvé Daniil, mais nous ne voudrions pas déranger pendant votre lune de miel. D'ailleurs, je dois rentrer à mon hôtel.

Il se tourna vers Naomi.

— Allons-y.

Les deux hommes se serrèrent de nouveau la main et Daniil et Libby partirent de leur côté.

C'est tout ? s'étonna Naomi. Après des années d'amitié, puis de séparation, ils n'avaient rien de plus à se dire ? Leur échange avait duré en tout et pour tout dix minutes ! Mais n'était-ce pas du Sev tout craché, cette attitude froide et distante ? Quand donc finirait-elle par le comprendre ?

— Tu vas devoir veiller sur moi, annonça-t-il en lui tendant un dépliant sur les risques liés aux traumatismes crâniens. Ils ont accepté de me laisser sortir à la seule condition que quelqu'un vérifie mon état toutes les heures jusqu'à demain.

— Engage une infirmière, rétorqua Naomi.

— Si j'avais voulu qu'une inconnue me regarde dormir, je serais resté à l'hôpital.

— Eh bien, dommage. Il se trouve que je ne travaille plus pour toi.

— Très bien.

Il héla un taxi et s'y engouffra. *Et zut.* Il était bien capable de passer la nuit seul, au mépris du danger. Elle le suivit dans le taxi.

— D'accord, grogna-t-elle. Mais juste pour une nuit.

Vu sa pâleur, ce n'était certainement pas un prétexte pour l'attirer dans son lit.

À leur arrivée à l'hôtel, Naomi se chargea de l'enregistrement. Sitôt dans la chambre, Sev enleva ses chaussures, déposa ses affaires dans le coffre et s'affala tout habillé sur le lit.

Naomi tira les rideaux et se laissa choir dans un fauteuil.

— De quoi avez-vous discuté avec Daniil ? demanda-t-elle.

Sev haussa les épaules.

— Il voulait savoir ce qu'était devenu Roman. Je lui ai

répondu que je l'ignorais, ayant quitté l'orphelinat à quinze ans grâce à une bourse.

— Avez-vous parlé de Nikolaï ?

— Daniil savait déjà, pour sa mort. Apparemment, il était maltraité.

Il n'y avait aucune émotion dans sa voix. Seulement une profonde lassitude née de l'habitude du malheur.

— Je n'étais pas au courant.

— Je suis désolée, murmura Naomi.

— Je l'ai laissé tomber, avoua-t-il d'une voix sombre. Une nuit, je l'ai surpris à pleurer et n'ai pas su comment réagir. Quand je lui ai demandé ce qui n'allait pas, il m'a envoyé paître. Je n'ai pas insisté. Le lendemain matin, il s'était enfui. On a retrouvé son corps une semaine plus tard, ainsi que son sac au bord de la rivière. À l'intérieur, il y avait le bateau en allumettes qu'il avait construit.

— Celui sur ton bureau ?

— Oui. L'œuvre de sa vie, en quelque sorte, conclut Sev avec amertume.

Épuisé, il finit par sombrer dans le sommeil.

Naomi le réveilla toutes les heures afin de vérifier que tout allait bien. À 19 heures, c'est elle qui tombait de fatigue quand Sev émergea du sommeil.

Il mit quelques instants à se rappeler où il était. *À l'hôtel.* Lui et Naomi n'en cherchaient-ils pas un, justement, avant d'être violemment interrompus ?

— Viens te coucher, susurra-t-il.

— Non, merci. Je veille sur toi jusqu'à demain matin, puis je rentre.

— Où cela ?

— Chez moi, dit Naomi. Enfin, chez ma mère, le temps de trouver un endroit…

Un endroit. C'était si impersonnel.

— Oh ! Je connais l'endroit parfait, insista-t-il d'un ton suggestif.

— C'est pas vrai ! Tu as vraiment la tête dure !

— Pas que la tête…

Elle rit malgré elle. C'était le problème, avec lui. Il arrivait toujours à la faire rire.

— Viens au lit, Naomi. Après la journée que j'ai eue, j'ai besoin de sexe.

— Comment résister à une telle invitation ? repartit-elle, sarcastique.

Elle serra les dents en se rappelant comment il l'avait laissée partir.

— Si Andrew ne t'avait pas frappé, ce serait terminé entre nous.

— Rembobine, coupa Sev. Je t'ai proposé d'aller à l'hôtel et…

— C'est vrai. Tu es si romantique !

— Je n'ai jamais prétendu l'être.

— Je vais me commander à dîner. Tu veux quelque chose ?

Il déclina. Lorsqu'elle chercha son porte-monnaie dans son sac, sa main effleura le cadeau de Sev. Elle attendrait qu'il se rendorme pour l'ouvrir.

Quelques minutes plus tard, on frappa à la porte. Son dîner était servi.

— Bon appétit, lança Sev. Tiens, finalement, je ne serais pas contre un peu de champagne.

— Pas d'alcool après un choc à la tête, déclara Naomi. C'est écrit dans le dépliant.

— Tu n'es pas très gentille…

— Je n'ai jamais prétendu l'être.

Elle savoura un délicieux steak au beurre de truffe, accompagné d'une coupe de champagne qu'elle vida devant lui.

— Et en plus, tu es cruelle, ajouta-t-il avec un sourire en coin.

— Tout à fait.

— Peux-tu aller chercher quelque chose dans ma veste ? Daniil m'a donné une copie d'une photo…

Elle fit ce qu'il lui demandait. Sur la photo jaunie s'alignaient quatre jeunes garçons.

— Daniil et Roman sont de vrais jumeaux ! s'exclama-t-elle.

— Oui.

D'une certaine façon, cela rendait leur séparation encore plus déchirante.

— Daniil ne parvient pas à retrouver Roman, dit Sev. Tout ce qu'il a réussi à découvrir, c'est qu'il s'est installé quelque temps avec Anya après avoir quitté l'orphelinat, avant de disparaître.

— Anya ?

— La fille de la cuisinière. Apparemment, elle est devenue une célèbre ballerine.

Naomi contempla les quatre garçons côte à côte. Sev, en particulier. Elle l'aurait reconnu entre mille.

— Tu as l'air d'un intello, plaisanta-t-elle.

— J'en suis un.

Oui, convint-elle dans le secret de son cœur. L'intello le plus sexy au monde.

14

Sev endormi, Naomi sortit le paquet de son sac et l'ouvrit sans bruit.

Son livre ?

Pourquoi ?

C'était un vieux livre écorné, celui qu'il lisait toujours au décollage. Elle l'avait taquiné, une fois, en pointant qu'il n'avançait pas beaucoup. C'était au Mali, elle s'en souvenait très bien. Il lui avait alors proposé une sieste améliorée, l'avance la plus explicite qu'il lui ait jamais faite. Bien que tentée, elle l'avait éconduit et il avait repris sa lecture.

Elle feuilleta les pages jaunies du livre. Le texte était en russe, illustré de quelques images en noir et blanc, dont celle d'une magnifique femme chevauchant un loup. Des contes, réalisa-t-elle. Ceux qu'il lisait à ses amis, enfant.

Elle le regarda dormir, cet homme sexy et complexe, distant et désinvolte, qui lisait des contes de fées à chaque décollage de son jet privé. Un homme qui prétendait fuir toute relation, mais attendait chaque année devant Buckingham Palace dans l'espoir de retrouver un ami perdu. Soudain, elle comprenait cette douleur gravée sur ses traits. Celle de tant de pertes successives…

Après toute une vie de malheurs, ses retrouvailles avec Daniil ne pouvaient qu'être froides. Défiantes. Les deux hommes avaient gardé leurs distances pour se protéger. Et elle comprenait mieux, aussi, à quel point cette journée avait dû être difficile pour lui. Comment lui en vouloir d'avoir « besoin de sexe », comme il l'avait si élégamment formulé ? Il avait besoin de s'oublier dans les bras de quelqu'un…

Les siens.

Elle posa le livre sur la table de nuit, se déshabilla et se glissa entre les draps. Sev roula aussitôt vers elle.

— Quelle agréable surprise, chuchota-t-il dans son cou.

Sa main s'égara sur son corps nu.

— De mieux en mieux.

Ils échangèrent un langoureux baiser. Naomi n'était pas armée pour une nouvelle et tendre étreinte en face à face, les yeux dans les yeux, chargée de promesses que l'aube tuerait dans l'œuf. C'était au-dessus de ses forces. Alors elle embrassa ces tétons grenat et ces abdominaux d'acier qui l'avaient toujours tentée, parcourut de ses lèvres le corps de Sev jusqu'à la partie préférée de son anatomie virile.

Elle prendrait tout son temps, car c'était la dernière fois.

Sev la caressait paresseusement, comme il caresserait une chatte. Lui seul savait embraser ses sens en quelques secondes. Le silence de la chambre était à peine troublé par les sons étouffés qui leur échappaient. Un gémissement rauque lui signala l'apothéose finale, et il écarta les doigts en elle en même temps qu'il s'abandonnait au plaisir. C'était à la fois douloureux et merveilleux de jouir ainsi sur sa paume, tout en l'avalant entièrement. Lorsqu'elle se redressa, il l'attira contre lui.

— Je te retournerai la faveur demain, souffla-t-il.

La faveur ? Dieu ce qu'il pouvait l'excéder, parfois ! Une faveur, c'est tout ce que c'était, pour lui. Une vulgaire démangeaison.

Elle reprit le livre sur la table de nuit et tourna les pages bien qu'elle ne comprît pas le texte.

— Tu te souviens de ton entretien d'embauche ? murmura Sev. Tu m'as dit que tu lirais au lit…

Elle réprima un sourire. Oui, elle s'en souvenait très bien.

— Que lis-tu ?

— Mon cadeau, répondit-elle. Sev, pourquoi m'offrir ce livre ?

— Parce que tu crois encore aux contes de fées.

— Pas toi ?

— Seulement les passages sombres. Je ne sais plus en quoi je crois… C'est une mauvaise journée.

— Tu as pourtant retrouvé ton ami, aujourd'hui.

— C'est aussi l'anniversaire de la disparition de Nikolaï, soupira Sev. Daniil et moi… Je sais que, bientôt, nous serons sincèrement heureux de nous être retrouvés. Mais je sais aussi que Roman lui manque et qu'il aurait préféré que ce soit lui plutôt que moi.

— Bien sûr que non ! protesta Naomi.

— Si, crois-moi. Je le sais car, de mon côté, j'aurais aimé que ce soit Nikolaï. Je donnerais tout pour revenir en arrière et changer le cours du temps.

— Comment ?

— Il pleurait, cette nuit-là. Aucun de nous ne pleurait plus depuis longtemps, déclara Sev. Alors, quand je l'ai entendu, je n'ai pas su quoi faire. J'ai pensé qu'il serait gêné si je lui en parlais. J'ai fini par le questionner quand même, mais il m'a dit de laisser tomber. Et c'est ce que j'ai fait. Le lendemain, il avait disparu. J'étais tout ce qu'il avait au monde, Naomi… Et je me suis rendormi.

— Comme cela ? dit Naomi en fermant les yeux.

— Il n'y a pas de quoi plaisanter, gronda Sev.

— Je ne plaisante pas, Sev. Tu dis toi-même que tu ne l'avais jamais entendu pleurer, que tu avais peur de le gêner… Alors, l'as-tu vraiment laissé tomber ? Ou t'es-tu endormi en réfléchissant au meilleur moyen d'aborder le sujet avec lui ?

— Je me suis dit que je lui en parlerais le lendemain, pendant la corvée de cuisine, admit Sev. J'aurais dû m'y prendre autrement.

— Qui sait ? murmura Naomi. Peut-être avait-il simplement *besoin* de pleurer, sans que tout le dortoir soit au courant. Daniil et Roman étaient-ils là ?

— Non. Daniil avait déjà été adopté et Roman, déplacé dans une autre section. Je te l'ai dit, l'émotionnel, ce n'est pas mon truc.

— Pourtant, quand j'étais si déprimée pendant le vol vers Dubaï, tu t'es inquiété. Tu m'as confié des choses que tu n'avais aucune envie de partager.

Elle réfléchit un instant.

— Et ce soir-là, quand je pleurais en rentrant de chez mon père, tu es venu voir ce qui n'allait pas.

— Pour quel résultat…

— Oh ! Cela, c'est plutôt ma faute, dit Naomi en souriant.

Elle roula sur le côté. Elle s'était rarement sentie aussi épuisée.

— Dors, lui chuchota Sev.

— Je suis censée vérifier ton état toutes les heures.

— Dors. Je règle l'alarme.

Sev savait que c'était inutile. Si quelque chose arrivait, elle était là, mi-éveillée, mi-endormie. Comme lui, cette nuit fatidique. Naomi avait raison : il avait lutté contre le sommeil, cherchant désespérément un moyen de parler à Nikolaï le lendemain. Peut-être n'avait-il pas eu la réaction appropriée, mais au moins avait-il appris de son erreur.

Jamais il ne laisserait Naomi pleurer seule dans le noir.

— Quelle heure est-il ?

Naomi ouvrit les yeux et consulta le réveil sur la table de nuit.

— Six heures… Du matin, précisa-t-elle.

Au cas où. Mais elle n'était plus payée pour être son horloge parlante. Avec effort, elle s'obligea à sortir du lit et alla prendre une douche.

Aujourd'hui, elle partait.

C'était un grand pas en avant, pour elle. Oh ! Elle aimait Sev. À la folie. Mais elle ne voulait pas d'un homme qui, à l'évidence, ne souhaitait pas qu'elle fasse partie de sa vie. En tout cas, pas assez pour la retenir. Elle méritait mieux que des miettes. Mieux que du sexe quand l'envie lui en prenait et de vagues discussions quand cela l'arrangeait. Ce n'était pas seulement à lui qu'elle disait au revoir, mais à toute une vie passée à attendre que ses vœux se réalisent d'eux-mêmes. Désormais, elle prenait son destin en main.

— Que fais-tu ? demanda Sev en la voyant s'habiller.

— J'ai veillé sur toi cette nuit, répondit Naomi. Mon travail d'infirmière s'arrête là.

— Tu as fait un peu plus que veiller sur moi. À moins que le sexe fasse partie de la thérapie ?

Naomi s'esclaffa. Il réussirait toujours à la faire rire, même après lui avoir brisé le cœur.

— Je m'en vais, dit-elle.

— Pourquoi partir au moment où les choses deviennent intéressantes ?

— Pour moi, elles le sont depuis des mois, Sev. Je ne vais pas attendre gentiment pendant que tu me gardes sous le coude en te demandant si je compte ou non pour toi. Je ne suis pas une distraction. J'ai pris ma décision. À toi de prendre la tienne.

Sev contempla la jeune femme avec admiration. Il n'avait jamais été aussi fier d'elle. Ni, après cette nuit de réflexion, aussi prêt à sauter le pas. Novembre était un mois qu'il avait toujours détesté. Si Naomi le quittait aujourd'hui, rien ne le rachèterait jamais.

— Peux-tu sortir quelque chose du coffre pour moi ?

— Fais-le toi-même, grogna Naomi en enfilant son manteau.

— Je suis malade, protesta Sev.

Il tapota du doigt son visage amoché par Andrew.

— Qui sait si je ne vais pas garder une cicatrice ?

Une pointe de culpabilité s'insinua en Naomi. Avec un soupir, elle s'approcha du coffre.

— Quel est le code ?

— N est la quatorzième lettre de l'alphabet.

Elle pressa sur la touche 1, puis 4. Sur une intuition, elle appuya de nouveau sur la touche 1. A était la première lettre de l'alphabet.

— Tu es mon code secret, dit Sev, confirmant ses soupçons. La seule clé capable d'ouvrir la porte la mieux fermée…

— À quoi joues-tu, Sev ?

— Depuis Helsinki, je suis fou de toi.

— Pourquoi n'avoir rien dit ?

— J'ai essayé. Quand je t'ai annoncé que j'étais guéri des blondes…

— Pour ensuite disparaître avec une Italienne !

Elle avait été si jalouse de la mystérieuse Romaine. Surtout parce qu'elle avait cru que les boucles d'oreilles en forme de cœur lui étaient destinées. Un sourire se forma sur ses lèvres.

— Et au Mali, poursuivit Sev. Je te voulais, alors.

— Tes techniques d'approche laissent à désirer…

— Elles fonctionnent parfaitement, d'habitude.

Oui, quand tout ce qu'on voulait était du sexe, songea Naomi. Mais elle souhaitait plus.

— Qu'y a-t-il dans le coffre, Naomi ? insista-t-il doucement.

Un petit sachet en velours.

Elle déglutit, nerveuse tout à coup. Elle ne supporterait pas de voir ses espoirs déçus une nouvelle fois. Mais lorsqu'elle l'ouvrit, une ravissante bague tomba dans le creux de sa paume.

— Je l'ai achetée à Dubaï, expliqua Sev. J'allais te demander de quitter ce pauvre type pour moi, puis j'ai changé d'avis.

— Tu as regretté ton achat…

— Naomi, aie davantage confiance en toi. Non, j'ai changé d'avis car je ne me sentais pas le droit d'aller de l'avant le jour de la disparition de Nikolaï. Et puis, je n'étais pas sûr d'être capable de te rendre heureuse. Maintenant, si.

Au fond, il l'avait toujours été. Ne réussissait-il pas chaque fois à la faire sourire, même dans les pires moments ?

— Naomi, veux-tu m'épouser ?

— Sev !

Naomi était sous le choc. Il n'avait pas besoin d'aller aussi loin !

— Naomi Derzhavin…

— Sev, si c'est une plaisanterie, elle est de mauvais goût.

— Je ne plaisante pas, assura Sev. Je n'ai jamais été aussi sérieux de ma vie. Approche.

Elle vint s'asseoir sur le bord du lit.

— Ma famille, c'est toi, Naomi. Tu es mon bonheur et je veux être le tien. Je veux voir mon livre sur la table de chevet près de *notre* lit. Je sais que je dois changer et je ferai l'impossible pour cela.

Naomi plongea les yeux dans les siens. Il n'avait pas besoin de changer. Enfin, peut-être un peu. Mais rien ne l'empêchait de rester un débauché, tant que c'était avec elle.

Elle admira la bague dans sa main.

— C'est un diamant noir naturel, très rare, expliqua Sev. L'anneau est en platine avec un alliage de rhodium. J'ai choisi le rhodium car c'est un métal solide, bien que peu malléable…

Naomi réprima un sourire. Il allait bientôt lui réciter tout le tableau périodique des éléments.

Sev contemplait la bague. Sa beauté ne faisait aucun doute, pas plus que sa destinataire. C'étaient ses propres doutes qui le freinaient. *Plus maintenant.*

— Sais-tu pourquoi j'ai choisi un diamant noir ?

— Parce que c'est ma couleur préférée ? suggéra Naomi.

— Pas seulement. C'est le nom de cette pierre qui m'a décidé, « Étoile invisible ». Tu es peut-être une étoile invisible pour certains, mais pas pour moi.

— Tu *es* romantique, tout compte fait !

— Mais aussi un salaud. Reconnais que cette bague bat largement celle d'Andrew, non ?

— À plate couture, concéda Naomi en souriant.

Il la glissa à son annulaire. Elle était absolument parfaite. Naomi n'avait jamais couru après les bijoux, mais n'importe quelle femme se pâmerait devant cette bague. Surtout venant de Sev.

— Elle va à merveille avec ta robe argentée, non ?

Naomi fronça les sourcils, prise d'un soupçon. Jamal avait beaucoup insisté pour qu'elle porte cette robe, le soir du dîner.

— Jamal et Allem étaient au courant ? Même pour la bague ?

— Hum, il se peut que j'aie demandé conseil à Allem…

Il l'aimait vraiment. Elle en était convaincue, maintenant.

— Mais j'avais besoin de franchir le pas à ma façon, ajouta

Sev. Et seulement après une certaine date trop chargée de souvenirs douloureux.

Ils échangèrent un tendre baiser, Sev nu, elle dans son manteau qu'il lui enlevait déjà.

— Tu ne peux pas dire non, déclara-t-il. Jamal et Allem ont déjà acheté un cadeau de fiançailles.

— Oh ! C'est donc pour cela qu'ils étaient si bizarres, lors du dîner ?

Tout s'éclairait, à présent.

— Oui. Tu étais censée porter la bague, ce soir-là. Allem m'avait conseillé de faire ma demande à bord d'une montgolfière au lever du soleil. Tu m'imagines, *moi*, avoir une idée pareille ?

— Non, admit-elle. Et ce n'est pas non plus ce que je voulais.

— Tu vois ? Nous sommes faits l'un pour l'autre. Au fait, sais-tu ce qu'est notre cadeau de fiançailles ? poursuivit Sev. Un tapis. Qui se trouve être parfaitement assorti aux rideaux de ma chambre. Étonnante coïncidence, non ?

Naomi s'empourpra et Sev éclata de rire.

— Une dernière chose, dit-il en prenant sa main dans les siennes. Si tu flirtes avec un autre homme en portant cette bague, comme tu l'as fait avec moi…

— Sev, l'interrompit-elle. Mes fiançailles avec Andrew étaient du toc. Les nôtres sont réelles. Et puis, je n'ai jamais flirté avec toi…

Elle se l'était toujours interdit.

— Crois-moi, tu ne m'as jamais vue flirter.

— Pas encore.

Il avait hâte de la découvrir. Avec Naomi à ses côtés, le mois de novembre ne serait plus jamais aussi morose, désormais.

Épilogue

— Tu es magnifique, dit Anderson.

Naomi avait enfin l'approbation de son père. Sauf qu'elle n'en avait plus besoin. Depuis six mois, elle filait le parfait amour avec Sev, et cet amour la rendait plus forte.

Ensemble, ils avaient décidé de célébrer le mariage à Londres. C'était chez elle, après tout. Et elle avait beau ne pas être proche de sa mère, celle-ci aurait pris comme un affront un mariage à New York. Ce choix épargnait également à Libby, la femme de Daniil, enceinte et proche du terme, un pénible trajet en avion.

Sev et Daniil étaient en contact régulier, désormais. Peu à peu, le voile du passé se déchirait. Un processus douloureux, mais que tous deux estimaient nécessaire.

Depuis ses fiançailles, Anderson livrait une cour assidue à Sev. Il l'invitait à son club de golf, où il le présentait fièrement comme son futur gendre. Sev se pliait à l'exercice, pour elle plus que pour son père. Il la rendait heureuse comme jamais elle n'aurait cru l'être un jour. Alors, aujourd'hui, c'était à son tour de faire quelque chose pour lui. Pour elle, aussi.

Son père avait fait le déplacement à Londres avec Judy et ses trois petites sœurs. Kennedy était si fière d'être demoiselle d'honneur ! Jamais il n'avait pris le temps de lui rendre visite, avant. Mais il était là, aujourd'hui, et c'était uniquement à cause de Sevastyan, dont le nom était un sésame pour lui ouvrir de nombreuses portes. Le moment était venu pour un face-à-face trop longtemps différé.

— Nous donnerons une autre fête à la maison, déclara Anderson. Avec la famille de Judy, et nos collègues et amis…

— Non.

Naomi prit une profonde inspiration.

— Si nous organisons une autre fête, ce sera en petit comité. Et j'oublierai de t'inviter, comme tu as oublié de m'inviter à ton anniversaire.

Anderson eut la décence de paraître mal à l'aise.

— C'était une fête-surprise, se défendit-il maladroitement.

— Vraiment ? Alors, pourquoi Judy ne m'a-t-elle pas invitée ? Elle en avait l'occasion pendant que je gardais les filles, répliqua Naomi.

Elle secoua la tête.

— J'ai toujours pensé que c'était ta deuxième femme qui ne voulait rien avoir affaire avec moi. Mais ce n'était qu'une excuse, n'est-ce pas ?

— C'est ton mariage, coupa son père. Inutile de nous fâcher.

— Oh ! Je ne suis pas fâchée. Plus maintenant. J'avais apporté un gâteau, ce jour-là… Mais tu étais déjà occupé à faire la fête avec les personnes qui comptent pour toi.

— Je t'en prie, Naomi. Pas aujourd'hui.

— Si, aujourd'hui.

Elle se leva et lui fit bravement face dans sa robe de mariée.

— Tu n'as jamais été là pour moi, assena-t-elle. Pourquoi devrais-tu me conduire à l'autel aujourd'hui ?

— Cela va sembler étrange si…

— Si tu entres dans l'église et t'assois avec ta femme et tes filles ? C'est pourtant ce que tu vas faire. Tu es un invité, rien de plus. Pour le bien de mes sœurs que j'adore, je resterai polie avec toi. Mais ne prétends jamais que tu m'aimes ou que tu tiens à moi…

— C'est le cas, répliqua Anderson. Maintenant que j'ai appris à te connaître…

— Il va falloir faire mieux que cela pour me convaincre.

Elle désigna la porte.

— On se retrouve à l'église.

— Nerveux ? souffla Daniil.

Sev attendait devant l'autel en compagnie de son témoin et meilleur ami.

— Je suis curieux de découvrir sa robe, répondit-il.

Noire ? Peu probable, même si c'était sa couleur préférée. Il pariait sur brun, la couleur de ses yeux et des roses fanées.

Le grincement de la porte le fit se retourner. Anderson Anderson entra et s'installa à côté de Judy. Alors, ça y est, elle s'était enfin confrontée à son père. Dieu qu'il aimait cette femme !

Il balaya des yeux son côté de l'église. Libby, le ventre rond, était assise au côté de son amie, Rachel. Anya avait pris un congé loin de ses répétitions et lui sourit. Il lui rendit son sourire. Mariya portait les boucles d'oreilles qu'il lui avait offertes. Renata était également présente. Il sourit à Mariya, mais se contenta d'un hochement de tête à l'adresse de sa sœur. Le temps aidant, peut-être, de l'eau coulerait sous les ponts.

Allem et Jamal avaient fait spécialement le voyage depuis Dubaï avec leur nouveau-né pour partager ce moment. Sev en était profondément touché. Emmanuel était là aussi. Il était même partout, veillant à ce que tout soit parfait dans les moindres détails. Ce garçon était une perle. Il aurait dû l'engager dès le début, pensa Sev.

Mais alors, il n'aurait pas rencontré Naomi.

Jamais il n'aurait cru se marier un jour à l'église. Encore moins avec autant d'invités de son côté. Il n'était pas nerveux, non. Du moins, jusqu'à ce que Daniil paraisse avoir vu un fantôme.

— *Bozhe moi !*

Sev suivit son regard. Ce visage, il l'aurait reconnu entre mille malgré le temps écoulé. L'homme à qui il appartenait cherchait à s'asseoir discrètement sur le banc du fond.

— Nikolaï !

Toute tradition oubliée, il quitta l'autel et s'élança, suivi par Daniil, vers l'ami qu'ils avaient cru perdu.

— Nikolaï… Tu t'es noyé…

— Non.

Il secoua la tête.

— Je ne comprends pas…

— Plus tard, dit Nikolaï. Ce qui compte, aujourd'hui, c'est ton mariage.

Les premières notes de la marche nuptiale s'élevèrent dans l'église et l'assemblée se leva. Mais Sev ne bougea pas, encore sous le choc.

— Je croyais…

Il avait toujours cru que c'était sa faute. Que s'il lui avait parlé, ce soir-là, les choses auraient tourné différemment. Il peinait à réaliser que Nikolaï était là, devant lui, en chair et en os. Mais il tenait enfin sa chance de s'excuser.

— Je suis désolé de t'avoir ignoré, cette nuit-là. J'aurais dû insister…

— *Nyet*. Tu n'as rien à te faire pardonner, affirma Nikolaï. Maintenant, file te marier.

Naomi entra dans l'église, stupéfaite de tomber non pas sur deux, mais *trois* ténébreux apollons aux cheveux noirs. Daniil avait donc fini par retrouver Roman, pensa-t-elle avec une joie sincère. Sev s'avança vers elle tandis que les deux autres rejoignaient Libby et Rachel.

— Nikolaï est là, dit-il d'une voix étranglée.

Naomi écarquilla les yeux.

— Nikolaï ? Mais je croyais…

Elle se tut. Devant elle, cet homme jugé par beaucoup incapable d'émotions luttait contre les larmes qui lui montaient aux yeux.

— Je suis si heureuse pour toi, murmura-t-elle. Comment te sens-tu ?

— Soulagé, admit-il.

Le choc passé, Sev contempla la jeune femme avec admiration. Comme le jour de leur première rencontre, ses cheveux bruns étaient attachés en arrière. Sa robe, d'un blanc immaculé, épousait sa silhouette et mettait en valeur son buste diaphane.

— Tu es…

Les mots lui manquaient. Elle tenait à la main un énorme

bouquet de roses. Des roses blanches, symbole, désormais, de leur amour et dont les pétales fanés finiraient entre les pages d'un livre. Il sourit. Naomi avait raison : le blanc était bien la couleur du mariage. Elle rehaussait mieux qu'aucun autre son étoile invisible — la bague et Naomi elle-même. Et le sourire qu'elle lui rendit en disait long sur son habileté à flirter. La nuit de noces s'annonçait tout sauf chaste…

Il embrassa la mariée avec passion, à tel point qu'elle faillit lâcher son bouquet.

— Hum… Mes bien chers frères…

La voix du pasteur les ramena au présent.

Sev prit la main de sa future femme.

— Allons nous marier.

Naomi fut conduite à l'autel par Sev lui-même. Elle n'aurait pu rêver meilleure escorte. Les vœux qu'ils échangèrent étaient sincères et profonds, et ce fut à l'invitation du pasteur qu'ils les scellèrent d'un nouveau baiser passionné.

À l'hôtel où se tenait la réception, son père leva son verre en l'honneur des mariés. Naomi se félicita d'avoir mis les choses au point avec lui en le voyant pianoter sur son téléphone pendant le toast de Sev. Puis vint le tour de Daniil. Après les remerciements d'usage, son discours prit un tour plus personnel :

— Sev veillait toujours sur nous, raconta-t-il. Il apaisait les conflits et nous faisait la lecture, le soir. Des livres qu'il trouvait ici et là… Tu t'en souviens, Sev ? Un certain livre coquin nous captivait tout particulièrement. Nous l'obligions à nous le lire, encore et encore…

Un éclat de rire salua cette anecdote.

— Et puis, il y avait les contes de fées, poursuivit-il. Sous nos airs de durs à cuire, nous continuions tous à y croire en secret.

Naomi serra la main de Sev, étreinte par l'émotion. Sev mentait, enfant, quand il prétendait ne pas vouloir être adopté. Il l'avait lui-même reconnu. Aujourd'hui, Daniil l'admettait à son tour.

— Qui aurait cru…

Il s'interrompit. Naomi suivit son regard et comprit pourquoi. Une seule raison pouvait pousser Libby à quitter la pièce pendant le discours de son mari. Leur famille était sur le point de s'agrandir !

— Passe à la version abrégée, suggéra Sev.

— À Naomi et Sevastyan, conclut Daniil, avant de rejoindre précipitamment sa femme.

Quelle meilleure conclusion ? Il n'y avait rien à ajouter.

— Es-tu heureuse ? lui demanda Sev un peu plus tard tandis qu'ils virevoltaient sur la piste de danse.

Heureuse ? Jamais elle n'aurait cru connaître un jour un tel bonheur. Être aimé, compter plus que tout pour quelqu'un d'autre… Sev et elle avaient mis des années à en faire l'expérience. Depuis, il ne se passait pas un jour sans qu'ils se disent « je t'aime ».

— Très heureuse, murmura-t-elle.

— Que dirais-tu de nous éclipser dans notre chambre ? lui souffla-t-il à l'oreille.

— Maintenant ? Il est à peine 10 heures !

— Et alors ?

— Et nos invités ? Nous ne pouvons pas les planter là.

Sev haussa les épaules.

— Pourquoi pas ? Jamal et Allem sont montés coucher le bébé. Daniil et Libby sont partis à l'hôpital. Ta mère est complètement soûle…

Sa désinvolture fit sourire Naomi. Il avait raison : ils n'avaient pas besoin de rester plus longtemps.

— La seule personne avec qui je souhaite discuter, c'est Nikolaï, poursuivit Sev. Mais cette conversation risque de durer un moment. Et puis, il semble très occupé avec…

— Rachel, conclut Naomi. Une amie de Libby.

En effet, ils paraissaient très bien s'entendre.

— Tu sais ce que j'ai réalisé aujourd'hui ? reprit-il. Ce roman érotique que je lisais aux autres… C'est dans ce livre que j'ai appris le mot *krasavitsa*.

Celui qu'il susurrait lorsqu'il jouissait ? Une brusque chaleur envahit Naomi. Sev dut percevoir sa capitulation, car il lui prit la main.

— Allons prendre congé, chuchota-t-il. Puis direction l'ascenseur…

Avec la précision d'un expert, il arrêta le chronomètre du temps.

— La lune de miel commence maintenant.

CAROL MARINELLI

Une seule nuit avec toi

INTÉGRALE
HÉRITIERS RUSSES

Traduction française de
ANNE-LAURE PRIEUR

SAGAS

HARLEQUIN

Titre original :
BILLIONAIRE WITHOUT A PAST

Ce roman a déjà été publié en 2017

Prologue

Nikolaï Eristov avait tourné la page sur son passé. Du moins s'en était-il persuadé. Ce matin pourtant, il ne toucha pas tout de suite à la tasse de thé apportée par son majordome. Sa main risquait de trembler et il mettait un point d'honneur à ne jamais trahir la moindre faiblesse. C'est à cela qu'il devait sa survie.

Le petit déjeuner servi, son majordome s'apprêtait à quitter la suite somptueuse qu'il occupait sur son yacht privé lorsqu'il le rappela :

— J'aimerais que tu ailles faire une course pour moi, ce matin.

— Certainement.

— J'ai besoin d'un nouveau costume.

— Savile Row semble tout indiqué…

— Non, l'interrompit Nikolaï.

Il n'avait aucune intention de recourir aux services d'un tailleur parmi les plus réputés de Londres.

— Va dans un magasin et achète-moi un costume. Tu connais mes mesures.

— Mais…

Nikolaï eut un geste d'impatience. Il n'avait pas à se justifier auprès de son majordome !

— Choisis un costume anthracite, précisa-t-il. Ajoute une chemise, ainsi qu'une cravate décente pour un mariage. Oh ! et des chaussures, aussi.

— Vous me demandez d'acheter du prêt-à-porter ? dit le majordome, surpris.

Sa perplexité se comprenait. Grand, large d'épaules, Nikolaï ne portait que des tenues sur mesure. Les plus grands créateurs se battaient pour une chance d'avoir le ténébreux Nikolaï Eristov photographié dans l'un de leurs costumes.

— Oui, dit Nikolaï. Et sur-le-champ. Le mariage a lieu à 14 heures.

Il lui indiqua la fourchette de prix qu'il avait en tête. Son majordome, toujours impassible d'ordinaire, écarquilla les yeux.

— Je n'avais pas réalisé qu'un an s'était déjà écoulé, plaisanta-t-il.

Nikolaï concéda un mince sourire. Chaque année, pendant quelques mois, il abandonnait sa vie confortable sur son yacht de luxe pour travailler sur l'un de ces énormes brise-glace qui fendaient l'Atlantique. Il venait tout juste de rentrer. Le reste du temps, il affichait volontiers son opulence. Il était riche, prospère dans tout ce qu'il entreprenait. Personne ne soupçonnait ses origines misérables, ni la peur et la honte qui le réveillaient en sueur autrefois.

— Dois-je acheter un cadeau de mariage ?

— Inutile, répondit-il.

Son majordome parti, il souleva sa tasse de thé. Il avait eu raison d'attendre : sa main tremblait bel et bien devant la journée qui s'annonçait.

Sa vie n'avait pas toujours été rose, mais il s'en était sorti. Il avait refusé de se laisser briser par son agresseur et s'était battu, pour survivre, mais aussi pour réussir. Plutôt que sombrer dans l'alcool ou la drogue, il s'était confronté à son passé. Et il était sorti vainqueur. Aujourd'hui à la tête d'une flotte de yachts de luxe, il était régulièrement invité à de prestigieux événements. Une soirée sur son yacht privé comptait parmi les privilèges les plus prisés.

Il avait grimpé tous les échelons, et cela grâce à Yuri, son sauveur et mentor. Que n'aurait-il donné pour le revoir ! Jamais il n'avait eu autant besoin de ses conseils avisés. Lui seul avait connu son secret.

— *Beris druzhno ne budet gruzno*, avait-il affirmé.

Un vieux dicton russe selon lequel « un fardeau est moins lourd quand il est partagé ».

Nikolaï ne lui avait avoué la vérité que pour le dissuader d'alerter les autorités, qui l'auraient renvoyé au *detsky dom*, l'orphelinat d'où il s'était enfui. La suite lui avait prouvé la véracité du dicton. Mais Yuri n'était plus là, aujourd'hui. Il ne pouvait compter que sur lui-même.

Le problème était d'assister au mariage de son ami incognito. Si Sev le reconnaissait, il voudrait comprendre : pourquoi s'était-il enfui sans l'en avertir, cette nuit-là ? Nikolaï refusait de remuer ces vieux souvenirs. Son passé ne devait pas entacher le présent. Il se glisserait donc discrètement au fond de l'église et s'éclipserait de la même façon. Yuri, bien sûr, aurait désapprouvé. Se cacher, selon lui, revenait à choisir la solution de facilité, ce qui ne lui ressemblait pas.

Nikolaï se leva et contempla Canary Wharf, où son yacht avait mouillé la veille au soir. Le verre de la baie vitrée était teinté, une précaution nécessaire contre les paparazzi, toujours en embuscade. Sur le quai, des promeneurs pointaient du doigt et photographiaient l'attraction que constituait son bateau. Nikolaï avait l'habitude. Son yacht *Svoboda*, « Liberté » en russe, attirait les foules partout où il mouillait, surtout lorsque le pont s'abaissait et qu'il jaillissait des entrailles du bateau dans sa luxueuse voiture de sport. Le sud de la France et le golfe Persique comptaient parmi ses destinations favorites.

C'est pendant qu'il croisait dans le golfe d'Aqaba qu'il avait appris le mariage de Sev et Naomi. Incapable de fermer l'œil, il avait délaissé la sublime blonde dans son lit pour sortir prendre l'air sur le pont. Là, il avait allumé son ordinateur portable et cherché des nouvelles de ses anciens amis du *detsky dom*, comme il aimait à le faire. Il était alors tombé sur cet article :

L'expert en cybersécurité Sevastyan Derzhavin, basé à New York, a été aperçu à Londres, affichant une balafre et un œil au beurre noir. Il était accompagné de son assistante, Naomi Johnson, qui portait à l'annulaire gauche un énorme diamant noir.

La photo jointe montrait Sev, main dans la main avec une jeune femme — Naomi, selon toute vraisemblance. Malgré l'état de son visage, il semblait heureux. Tant mieux. Il méritait de l'être. Sev avait été comme un frère pour lui, enfant.

Ils étaient quatre amis à l'orphelinat, quatre garçons aux cheveux noirs et au teint pâle défiant l'autorité. Nés sans espoir, ils se raccrochaient à leur rêve : celui d'être choisis par une famille. Cela n'était jamais arrivé. Ils avaient fini par en découvrir la cruelle raison : leur apparence de sauvageons, qui les rendait moins faciles à placer qu'un sage bambin blond aux yeux bleus.

Néanmoins, ils avaient continué à rêver. Les jumeaux, Daniil et Roman, deviendraient de célèbres boxeurs. Sev, le plus intelligent de la bande, irait loin. Quant à Nikolaï, il en était convaincu : son père, qui qu'il fût, devait être marin. Il était tombé amoureux de l'océan bien avant de le voir pour la première fois.

Mais au *detsky dom*, les rêves ne faisaient pas long feu. À douze ans, Daniil avait finalement été adopté par une famille anglaise. Roman, devenu plus rebelle que jamais, avait été déplacé dans l'aile correctionnelle de l'orphelinat. À quatorze ans, Sev, qui brillait par ses notes, avait été changé de classe dans l'espoir de lui faire décrocher une bourse pour une prestigieuse école. Lui et Nikolaï continuaient à prendre le bus ensemble et partageaient la même chambre. Mais sans l'aide de son ami, ses propres notes avaient chuté. Son professeur de mathématiques s'en était aperçu.

— Dis-moi, Nikolaï, pourquoi tes résultats sont-ils en baisse ?

Nikolaï s'était contenté de hausser les épaules. Il détestait ce professeur, qui semblait le punir dans le seul but de lui faire manquer le bus.

— Sevastyan t'a-t-il aidé ? avait-il insisté.

— *Nyet.* Je peux y aller, maintenant ?

Il n'avait aucune envie de rentrer à pied. Il neigeait et son manteau le protégeait mal du froid.

— Nous devons éclaircir cette histoire, avait persisté le

professeur. Ou dois-je signaler dans le dossier de ton ami qu'il t'a aidé à tricher ? Sa demande de bourse risque d'être compromise…

— Il ne m'a pas aidé.

Le professeur avait sorti un contrôle que Nikolaï avait passé récemment, en lui intimant de le refaire.

— Tu as réussi ce contrôle il y a deux mois. Pourquoi n'en es-tu plus capable ?

— Je ne sais pas.

— Dommage pour ton ami…

Nikolaï avait fixé l'exercice en priant pour que les réponses lui tombent du ciel. Bien sûr, Sev les lui avait soufflées lors du contrôle. C'était de l'entraide plus que de la triche, qui risquait aujourd'hui de coûter cher à son ami.

— Sevastyan t'a-t-il laissé copier sur lui ?

Le professeur avait levé la main comme pour le frapper. Au lieu de quoi, elle s'était refermée sur son épaule.

— *Nyet*, avait-il répondu en tentant de se dégager.

Le professeur était venu s'asseoir à côté de lui.

— Allons, Nikolaï. Comment puis-je t'aider si tu me mens ?

— Il ne m'a pas laissé copier sur lui.

— Dans ce cas, tu devrais être capable de résoudre cet exercice.

Non, il en était incapable. Un coup de klaxon avait retenti dehors. Le bus partait sans lui.

— Je te ramènerai, avait déclaré le professeur.

Au grand dam de Nikolaï, qui préférait encore rentrer à pied sous la neige.

— À propos de cette histoire de triche…

— Nous n'avons pas triché ! avait-il protesté, cherchant désespérément à protéger son ami. Il m'avait expliqué comment faire avant.

— C'est bon. Cela restera entre nous et personne n'aura d'ennuis…

Le ton doucereux du professeur l'avait alarmé. Sa main s'était alors posée sur sa cuisse.

— N'est-ce pas ?

Nikolaï avait gardé le silence.

De retour avec le costume demandé, son majordome trouva la table renversée au milieu de la pièce. Le souvenir de ce qu'il avait subi enfant avait plongé Nikolaï dans une violente rage. Il alla prendre une douche et renonça à se raser. Ses épais cheveux noirs tombaient à la perfection. Quant au costume, il épousait sa carrure bien mieux qu'il ne s'y était attendu. Des lunettes de soleil, et il était prêt.

Par souci de discrétion, il quitta son yacht à pied et héla un taxi le long de South Quay. Ignorant le bavardage du chauffeur, il le fit patienter une fois arrivé à destination.

— Deux minutes, dit-il avec un fort accent russe.

Les deux minutes se prolongèrent en dix, grassement payées. Nikolaï observait les invités qui piétinaient sur le parvis de l'église. La police était présente pour contenir la foule de curieux, à laquelle se mêlaient des journalistes. Sev devait déjà être à l'intérieur, car il ne l'apercevait nulle part. Son ami avait toujours été introverti, plus à l'aise avec les livres qu'avec les gens. Pourtant, de nombreuses personnes s'étaient réunies pour célébrer son mariage.

Lui inclus.

Une femme élancée à la luxuriante chevelure rousse descendit d'une voiture proche. Elle riait et parlait gaiement en aidant une femme enceinte à sortir à son tour. Il reconnut aussitôt cette dernière. Il s'agissait de Libby, la femme de Daniil, dont il avait vu la photo dans un article en ligne. Donc Daniil était là aussi.

Les cloches se mirent à sonner et les deux femmes entrèrent dans l'église, imitées par les autres invités.

— Deux minutes de plus, lança-t-il au chauffeur.

Le moment tant redouté approchait.

Sev l'avait surpris à pleurer, la nuit où il s'était enfui, et lui en avait demandé la raison. Nikolaï n'avait pas eu la force de répondre, alors. Et il ne répondrait pas davantage aujourd'hui. Pas question d'embarrasser Sev avec cet épisode sordide du passé.

Sur une profonde inspiration, il descendit du taxi et se faufila dans l'église, juste au moment où la voiture de la mariée s'immobilisait devant le parvis. Avec un peu de chance, personne ne l'avait remarqué. Yuri, s'il était vivant, le traiterait de lâche. Mais pour une fois, il suivrait son propre jugement et garderait sa honte tapie en lui. Elle n'avait pas sa place dans le présent.

1

— Je ne te comprends pas…

Rachel, de retour d'une longue tournée en Australasie, venait d'annoncer sa décision d'arrêter la danse. Un choix qui semblait atterrer Libby. Jusqu'à récemment, les deux amies avaient été colocataires en plus d'appartenir à la même compagnie. L'année précédente, Libby elle-même, peu avant de rencontrer son mari, Daniil, avait mis un terme à sa carrière de ballerine. Cela avait été un crève-cœur. La jeune femme s'était résignée à cette retraite plus qu'elle ne l'avait choisie. Rachel, elle, l'avait décidée de son plein gré.

Bien qu'amies, elles étaient le jour et la nuit. Libby avait les émotions à fleur de peau, tandis qu'*elle* gardait son cœur verrouillé à double tour après avoir jeté la clé. Un mur invisible l'entourait. Oh ! elle avait le contact facile, mais s'arrangeait toujours pour orienter la conversation sur l'autre personne. Elle flirtait et enchaînait les aventures, toujours selon *ses* termes.

Les deux amies achevaient de se préparer dans la chambre d'hôtel de Rachel. Elles assistaient tout à l'heure à un mariage très en vue, où Daniil était le témoin. Rachel n'avait jamais rencontré les futurs mariés. Elle était là uniquement pour soutenir Libby, à une semaine du terme.

Daniil possédait l'hôtel où elles se trouvaient, ce qui avait valu à Rachel une suite fantastique. Nerveuse à l'idée d'annoncer sa retraite, mais résolue à rester enjouée pour son amie, elle avait pris un long bain parfumé afin de se relaxer. Sans succès. Rachel vivait dans un état d'anxiété permanent, même si elle le cachait bien. Et cet état venait d'atteindre un pic. Elle sortait tout juste de la salle de bains quand Libby était arrivée. Au détour de la conversation, elle avait glissé un mot sur son départ de la compagnie. Résultat, elle était encore plus en retard.

— Que vas-tu faire ? demanda anxieusement Libby.

— Je ne sais pas encore, soupira Rachel en retirant un à un ses bigoudis. J'aurai tout le temps d'y réfléchir pendant mes longues grasses matinées.

— Comment peux-tu être partie sans aucun projet ? Je te croyais heureuse !

— C'est le cas.

Soucieuse de changer de sujet, elle sortit de son sac une robe en velours couleur cuivre qu'elle enfila.

— Qu'en penses-tu ? demanda-t-elle.

— Tu es…

La réponse de Libby resta en suspens. Rachel releva la tête pour voir son amie grimacer de douleur.

— Tu ne peux pas accoucher aujourd'hui ! s'écria-t-elle.

— Je sais, répondit Libby. Mais le bébé, lui, n'a pas l'air au courant.

Rachel joignit les mains.

— Mon Dieu, c'est excitant !

— Pas du tout ! Ce mariage est important, pour Daniil. Sev est comme sa famille.

— Je suis certaine que tout ira bien, assura Rachel avec l'autorité que lui conférait son penchant pour les séries médicales. Les premiers prennent toujours leur temps. D'ailleurs, tu n'as pas encore perdu les eaux. Imagine si cela arrive à l'église !

— Merci, Rachel. Tu es d'un tel réconfort…

Elle sourit néanmoins.

— Allons, dépêche-toi de te maquiller. Nous sommes en retard.

— Je le ferai dans la voiture.

Rachel enfila une paire de talons aiguilles assortis à sa robe et secoua sa crinière rousse. Elle était prête. Dehors, le chauffeur de Daniil les attendait. Sitôt dans la voiture, elle sortit sa trousse à maquillage. Elle avait l'habitude de se maquiller à la va-vite, et dans des lieux beaucoup moins confortables.

— Tu es si pâle, commenta Libby. Mais j'y pense… Nous n'avons rien mangé !

Elles étaient si absorbées dans leur discussion qu'elles avaient oublié de déjeuner.

— Je n'ai rien avalé non plus ce matin, admit Rachel.

Mais son maquillage passait avant tout. Grâce à un formidable fond de teint découvert récemment, ses taches de rousseur s'évanouirent. Puis elle appliqua sur ses cils blond-roux une couche de mascara noir qui rehaussait le vert de ses yeux. Une touche de fard et de gloss corail, et le tour était joué. Elle étudia le résultat dans son miroir de poche.

— J'envisage de me faire poser un appareil, lança-t-elle en passant la langue sur ses dents du bonheur.

— Pourquoi ?

— Comme cela.

Elle referma le miroir et le rangea.

— Bon, je suis perdue, entre tous ces Russes. Rafraîchis-moi la mémoire. Le marié est Sev, un ami de Daniil du temps où il vivait à l'orphelinat ?

— Oui. Mais évite de le qualifier ainsi.

— Hé, je sais faire preuve de tact !

— Parfois, concéda Libby avec un sourire.

— Parle-moi de la mariée, continua Rachel.

— Elle s'appelle Naomi. Elle était son assistante à New York, mais elle vient de Londres.

— Quel genre de personne est-elle ?

— Je ne l'ai rencontrée qu'une fois en coup de vent. Elle était encore son assistante et Daniil et moi étions en pleine lune de miel. Ah, Anya sera là aussi.

— Anya ?

— Tatania.

Rachel laissa échapper un petit cri de joie en reconnaissant ce nom de scène. Anya était la fille de la cuisinière de l'orphelinat, lui expliqua Libby. Elle s'était élevée au rang de première ballerine au sein de sa compagnie de danse russe, actuellement à Londres pour une série de représentations de *L'Oiseau de feu*. Rachel, qui l'avait vue danser, brûlait de la revoir avant la fin de la tournée, la semaine suivante.

— Tu crois qu'elle pourrait m'obtenir un billet ? demanda-t-elle. Tout est parti si vite !

— Je doute qu'elle accepte. Anya n'est pas très amicale.

— On peut toujours essayer. Et les deux autres, comment s'appellent-ils, déjà ?

Libby avait évoqué quatre amis orphelins, dont elle peinait à retenir les noms.

— Nikolaï ?

— N'en parle surtout pas, dit vivement Libby. C'est celui qui s'est suicidé à quatorze ans parce que son professeur le violentait.

— Quelle horreur !

Rachel avait prononcé les mots attendus, mais les battements de son cœur s'étaient accélérés. Il y avait certaines choses dont on ne parlait pas. Surtout avec son amie enceinte à moins d'une heure d'un mariage.

— Le quatrième est Roman, reprit Libby. Le frère jumeau de Daniil. Il…

De nouveau, elle s'interrompit.

— Une autre contraction ? s'enquit Rachel.

— Non… Peut-être…

La voiture venait de s'arrêter devant l'église et Rachel aida son amie à en descendre.

— Faites que je n'en aie pas pendant la cérémonie ! pria Libby. Je ne voudrais pas gâcher le mariage…

— Ne t'inquiète pas. Si quelque chose arrive, je te cacherai sous un manteau, plaisanta Rachel.

Elle ajouta d'un ton apaisant :

— Tout ira bien.

Les cloches sonnaient à la volée quand les deux amies entrèrent dans l'église, sous les flashs des photographes qui n'en perdaient pas une miette. Elles furent accueillies par le son grave de l'orgue et la blancheur immaculée d'une multitude de roses. Rachel suivit Libby vers un banc à l'avant, contaminée par l'excitation qui régnait dans l'air. Elle adorait les mariages et celui-ci s'annonçait prometteur. Daniil était sexy en diable. Le marié aussi. L'assemblée compterait sûrement d'autres jolis garçons.

À cet instant, une superbe jeune femme, fine comme un roseau, s'assit sur le banc derrière elles et tapota l'épaule de son amie.

— Libby.

— Quel plaisir de vous revoir, Anya, répondit Libby en se retournant. Voici mon amie Rachel…

— Anya !

Rachel était tout excitée. Elle était fan de Tatania depuis des années et avait suivi sa carrière avec assiduité.

— Je vous ai vue danser au moins dix fois… non, douze !

— Elle n'exagère pas, affirma Libby. Elle n'a manqué aucun de vos passages à Londres, sauf lorsque elle-même était sur scène.

— Je vous ai même vue à Paris, quand vous interprétiez la Fée des Lilas dans *La Belle au bois dormant*. J'espérais vous revoir dans *L'Oiseau de feu*, ajouta Rachel d'un ton appuyé.

— Les représentations se terminent la semaine prochaine, dit Anya.

— Je sais. Je n'ai pas réussi à obtenir de billet…

Elle poussa un soupir théâtral, comptant sur un élan de solidarité de la part d'Anya. Entre danseuses, on se soutenait, non ?

— Toutes les dates sont complètes, répondit laconiquement la ballerine.

Dépitée, Rachel se retourna sur son banc. Libby pouffa dans sa barbe.

— Je t'avais prévenue.

En attendant l'arrivée de la mariée, Libby relança la conversation sur ses projets d'avenir suite à sa retraite anticipée.

— Il y a toujours de la place dans mon école pour un professeur talentueux…

— Je ne veux pas enseigner, décréta Rachel.

— Alors que vas-tu faire ?

— Je ne sais pas encore.

Sa mère lui avait posé la même question la veille. « Je t'avais prévenue de prévoir un plan B », l'avait-elle sermonnée.

Rachel avait serré les dents. Sa mère ne parlait pas d'une autre carrière. Evie Cary aimait se faire entretenir. Tous ses amants étaient de riches hommes d'affaires capables de lui assurer le train de vie qu'elle désirait. Ces liaisons duraient entre un week-end et quelques mois. L'une d'elles avait réussi à tenir plusieurs années. L'homme en question avait quitté sa mère à peine deux semaines après le départ de Rachel de la maison…

Comme par hasard.

Elle chassa ces sombres souvenirs pour se concentrer sur le futur. Elle n'avait pas besoin d'un plan B. Ce qu'elle voulait, c'était démarrer une nouvelle vie. L'argent n'était pas un problème à court terme. Sa carrière l'accaparait tellement qu'elle n'avait guère eu le temps de dépenser ses salaires. Ces économies lui donnaient aujourd'hui le temps de réfléchir tranquillement à son avenir. À vrai dire, elle avait déjà une idée de reconversion.

— J'envisage de tenir un blog, confia-t-elle à son amie.

— Un blog ? Quel genre de blog ?

— Oh ! on verra.

L'église continuait à se remplir, mais surtout du côté droit, celui de la mariée. Évidemment, puisque le marié était orphelin. Rachel poussa un soupir de déception qui fit rire Libby.

— J'espérais rencontrer quelques ténébreux apollons russes…

— Il te reste toujours André.

Libby faisait référence à son collègue et ami *très* intime. Rachel secoua la tête.

— Non. Il a rencontré quelqu'un et c'est du sérieux. Ils se marient dans deux semaines.

— Vraiment ? Pourquoi n'en ai-je pas entendu parler ?

— C'est tout frais.

— Eh bien, voilà au moins un mariage où tu n'iras pas, conclut Libby.

Rachel garda le silence. Au contraire, sa présence serait inévitable, mais son amie n'avait pas besoin de savoir. Ce qui ne l'empêcha pas de revenir à la charge.

— Alors dis-moi, qui est l'heureuse élue ?

Seigneur, faites que la mariée arrive ! pria Rachel. *Ou que Libby ait une contraction.* N'importe quoi pour lui épargner de répondre. Car il y avait plus, bien sûr. La famille Cary cachait plus de squelettes dans ses placards qu'un cimetière entier !

— Rachel ?

Ses prières furent entendues. Un murmure parcourut l'assemblée et Daniil chuchota quelque chose à l'oreille de Sev. La mariée devait être arrivée. Curieuse de la découvrir, Rachel se retourna.

Doux Jésus.

Un homme aussi séduisant aurait dû se douter qu'il ne passerait pas inaperçu ! Toutes les têtes s'étaient tournées à son entrée.

— Qui est-ce ? demanda-t-elle, la voix rauque tout à coup.

— Je ne sais pas, souffla Libby. On dirait…

Elle tourna la tête vers son mari. Rachel suivit son regard. Daniil semblait sous le choc, et le marié plus encore. Rompant le protocole, les deux hommes se dirigèrent vers l'inconnu. Tout le monde était debout, à présent, pour observer la scène. Rachel aussi, sur la pointe des pieds, sans parvenir à apercevoir quoi que ce soit.

— Que se passe-t-il ? s'enquit-elle avidement.

Pour toute réponse, Libby grimaça de douleur.

— J'ai une nouvelle contraction, gémit-elle en s'accrochant au banc.

— Pas d'affolement. Elles sont encore très espacées, assura Rachel.

Elle avait parlé avec autorité afin de calmer son amie qui commençait à paniquer. Libby, comme toutes les danseuses, était très à l'écoute de son corps. Trop. La moindre tache de son devenait un cancer. Alors une crampe d'estomac à ce stade de la grossesse signifiait *forcément* que le travail avait commencé…

Rachel en arrivait à se stresser elle-même.

— La mariée vient d'arriver, annonça-t-elle.

Elle parlait en continu afin de distraire Libby pendant que celle-ci s'efforçait d'inspirer et expirer. Maintenant que Naomi était là, le service allait sûrement commencer. Mais non, le marié fit approcher sa future épouse pour lui présenter l'inconnu. Tout cela était fascinant. Ce mariage débutait sur les chapeaux de roues ! Et voilà que les futurs époux échangeaient un baiser passionné, mais du mauvais côté de la nef !

— Sev et Naomi s'embrassent, maintenant, commenta-t-elle. Je crois que…

Elle se tut. Daniil venait de les rejoindre, accompagné du séduisant étranger. Il était si grand et large d'épaules que, lorsqu'il voulut s'asseoir, Libby, qui tenait à garder sa place près de l'allée en cas d'urgence, dut se recroqueviller sur son passage. Rachel fit de même et inhala l'odeur boisée de son eau de Cologne.

Seigneur.

Il devait s'agir de Roman, supposa-t-elle.

Non, quelque chose ne collait pas. L'homme, bien que grand et ténébreux, ne ressemblait pas à Daniil. Les deux frères n'étaient-ils pas de vrais jumeaux ? Décidément, elle ne comprenait rien.

— Libby, voici Nikolaï, annonça Daniil. Il va rester avec nous.

La perplexité de Rachel se mua en totale confusion.

— Empêche-le de filer, ajouta Daniil à son attention.

Oh ! elle garderait volontiers un œil sur lui.

Toute l'assemblée se leva comme Sev et Naomi remontaient la nef, main dans la main. Mais Rachel s'intéressait plus à son voisin, qu'elle épiait du coin de l'œil. Des cheveux noirs ondulés, des yeux d'un brun profond…

Libby avait raison : elle manquait de tact. Abandonnant toute discrétion, elle fixa ouvertement l'homme assis à côté d'elle.

— Excusez-moi, mais… N'êtes-vous pas censé être mort ?

2

Nikolaï ne répondit pas. Le fait que Sev l'ait cru mort, toutes ces années, l'avait secoué. Durant leur bref échange, il avait découvert que son ami s'était toujours blâmé de ce qu'il considérait comme un suicide. Quel terrible fardeau il lui avait transmis sans le vouloir ! Autant dire qu'il n'était guère d'humeur à assouvir la curiosité de sa voisine.

— Je m'appelle Rachel, se présenta-t-elle.

— Nous sommes censés suivre le service, répondit-il sèchement.

Plus que son ton peu amène, c'est sa voix qui fit frissonner Rachel. Grave, profonde, mâtinée d'un riche accent russe. Elle se tourna vers Libby, qui semblait partager sa perplexité. Une foule de questions se pressaient sur ses lèvres. Mais déjà, l'assemblée se levait pour le premier cantique.

— Vous pouvez suivre avec moi, offrit-elle en remarquant qu'il n'avait pas de programme.

Seigneur, elle était comme une abeille autour d'un pot de miel ! pesta Nikolaï en son for intérieur. Il ne lui avait rien demandé. Tout ce qu'il voulait était assister au service et disparaître sans laisser de traces.

— Ça va ? chuchota-t-elle.

Il mit une seconde à comprendre que la question ne s'adressait pas à lui.

— Il va bien falloir, grommela la femme enceinte. Reste près de moi, Rachel.

Contre toute attente, la jeune femme — Rachel — s'esclaffa.

C'était une réaction si incongrue qu'il réprima un sourire. Son parfum évoquait un champ de fleurs par un beau jour d'été. Une abeille, oui. Il avait tapé dans le mille. Mais une abeille inoffensive. Il observa ses mains délicates qui tenaient le programme devant lui. Un geste inutile, car ni lui ni elle ne chantaient.

— A-t-elle des contractions ? demanda-t-il.

— Oui, mais très espacées.

Le cantique s'acheva et ils se rassirent. Il eut la vision fugitive d'une cuisse pâle comme sa robe remontait sur ses jambes. Elle tira nerveusement dessus. Puis elle fouilla dans son sac à main et en sortit un caramel qu'elle tendit à son amie. Quand celle-ci déclina, c'est lui qui se vit offrir la friandise.

— Nous ne sommes pas au cinéma, fit-il remarquer.

Il se surprit à retenir un autre sourire. Son comportement était peut-être inapproprié. Mais là où les autres s'étaient contentés de le dévisager, elle avait fait de lui un compagnon. Nikolaï évitait généralement les mariages. Cependant, devant le bonheur de son ami, il ne regrettait pas d'être venu. Même s'il avait dû réapparaître d'entre les morts pour cela.

L'assemblée se leva pour un nouveau cantique.

— Ah, je le connais, celui-là, commenta Rachel.

Elle se mit à chanter, très fort et très faux. À côté d'elle, la femme de Daniil eut une nouvelle contraction, sans qu'elle semble s'en apercevoir.

— Votre amie a mal…

— Je sais, soupira-t-elle.

Le cantique terminé, ils se rassirent.

— Pourquoi croyez-vous que je chantais si fort ? J'essayais de détourner l'attention sur moi.

Oh ! elle n'avait pas besoin de chanter faux pour attirer l'attention, songea Nikolaï. Même assis au fond de l'église, il l'aurait remarquée. Comme il l'avait déjà remarquée lorsqu'elle était descendue de voiture, séduit par ses longues jambes fuselées et sa crinière de feu.

Un musicien entama un morceau à la harpe, qu'il se mit

en devoir de massacrer. Rachel consulta le programme : leur bourreau n'était autre que le cousin de la mariée.

— Aïe, fit-elle à une énième fausse note.

— Avez-vous encore des caramels ? demanda Nikolaï.

— Toujours.

Elle sourit et lui en donna un. Il déchira l'emballage et jeta le caramel dans sa bouche. Croquant à l'extérieur, fondant à l'intérieur. Un délice.

— Savez-vous pourquoi j'adore les caramels ? chuchota Rachel. Ils collent aux dents et on en garde pour plus tard.

Leurs yeux se croisèrent pour la première fois. Les siens étaient d'un brun très sombre, presque noir, nota Rachel. Elle rougit lorsqu'il fixa sa bouche d'un regard pénétrant.

— J'envisage de me faire poser un appareil, dit-elle à brûle-pourpoint.

Peut-être pour rester sur le sujet des dents, ou juste pour meubler le silence.

— Quelle idée, protesta-t-il.

— Je voulais dire, un de ces appareils invisibles…

— Mais pourquoi gâcher une si jolie bouche ?

Seigneur. Si elle s'écoutait, elle prendrait sa main et s'enfuirait avec lui ! Il était vraiment incroyable. Si seulement il voulait bien sourire !

Aucune repartie ne lui vint à l'esprit. Peu importait, car Nikolaï avait reporté son attention sur les mariés, qui remontaient la nef dans un vacarme de cloches. Daniil lança un regard inquiet à sa femme en passant.

— Je vais bien, dit-elle à mi-voix,

— C'est faux, démentit Rachel.

Sur le parvis, les gens furent invités à se rassembler pour la photo. Nikolaï en profita pour s'esquiver. Sev méritait peut-être des réponses. Mais ce serait pour une autre fois.

Un claquement de talons résonna derrière lui.

— Hé !

Il n'avait pas besoin de se retourner pour deviner de qui il s'agissait. L'abeille était tenace.

— Vous ne pouvez pas partir !

Rachel se préoccupait moins de Sev que d'elle-même. Comment osait-il s'en aller après avoir si impudemment flirté avec elle ?

— Je peux. Et c'est exactement ce que je vais faire, répliqua-t-il.

— On m'a chargée de ne pas vous laisser filer. Je prends très à cœur mon devoir d'amie de la femme du témoin du marié.

Nikolaï n'avait cure de son devoir et allait s'éloigner quand elle lança :

— Ce n'est pas juste vis-à-vis de Sev.

Il se raidit.

— Son mariage n'est pas l'occasion idéale pour parler du bon vieux temps.

— Il serait heureux que vous restiez.

Nikolaï jeta un coup d'œil vers le parvis. En effet, Sev regardait dans leur direction, l'air inquiet de le voir disparaître.

Une fois de plus.

— Très bien, soupira-t-il. Je reste pour la réception. Ensuite, je rentre.

— Où cela ?

Rachel était curieuse d'en savoir plus. Étant donné son fort accent, il ne devait pas résider à Londres.

— Où vivez-vous ? répéta-t-elle tandis qu'ils se dirigeaient vers le groupe.

— Jamais longtemps au même endroit. Je ne m'attache à rien ni personne.

Le regard en biais qu'il lui jeta la dissuada d'insister.

— Voilà Libby, dit-elle.

Elle fit signe à son amie, qui semblait les chercher.

— Ah, vous voilà. Sev vous veut sur les photos, Nikolaï, lui dit-elle en souriant.

Il hocha la tête et rejoignit ses deux amis. Une première série de photos fut prise de Naomi avec les trois hommes. Puis Libby fut invitée à se joindre au groupe. La jeune femme monta péniblement les marches de l'église et offrit son plus beau sourire à l'objectif. Suivit un portrait des trois amis d'enfance seuls.

Rachel, restée à l'écart, remarqua la présence d'Anya.

— Quel dommage que le quatrième ne soit pas là, commenta-t-elle. Roman, je crois…

Anya haussa les épaules.

— S'il était venu, il aurait gâché la fête. C'est certain.

— Mais ne serait-ce pas formidable que Daniil retrouve son frère ?

— Certaines personnes ne veulent pas être retrouvées, répondit Anya. Daniil doit l'accepter.

— C'est son frère jumeau !

— Et alors ?

Dieu ce qu'elle pouvait être froide, pensa Rachel en regardant la jeune femme s'éloigner. Si elle ne l'avait pas vue danser, elle l'aurait crue dépourvue d'émotions. Mais elle avait assisté à ses ballets, et comptait bien y retourner.

Nikolaï fit le trajet avec Rachel et Libby jusqu'à l'hôtel où avait lieu la réception.

— Votre mari a acheté cet endroit l'année dernière ? demanda-t-il.

— Oui.

Libby sourit.

— Vous suiviez donc sa vie ?

— Un peu, admit Nikolaï.

Il observa Rachel du coin de l'œil. Elle était occupée à réappliquer son rouge à lèvres. Lorsqu'elle reprit la parole, il fut soulagé de constater qu'elle avait autre chose en tête qu'apprendre où il vivait.

— Crois-tu que je devrais lui demander franchement ? dit-elle à son amie. Peut-être ai-je été trop subtile, tout à l'heure.

— Personne ne saurait t'accuser d'être « trop subtile », la taquina Libby.

Elle se tourna vers lui.

— Rachel tient absolument à revoir *L'Oiseau de feu*, mais il n'y a plus aucune place disponible, expliqua-t-elle. Elle espérait qu'Anya…

— Anya ? répéta Nikolaï.

Il connaissait ce nom.

— La fille de la cuisinière à l'orphelinat, précisa Libby. Son nom de scène est Tatania et elle danse le rôle-titre dans *L'Oiseau de feu*. Elle était assise derrière nous à l'église.

— Sera-t-elle à la réception ? s'enquit Nikolaï.

— Oui, mais elle ne restera pas longtemps. Elle a une représentation, ce soir.

— Et je compte bien lui demander un billet pour la semaine prochaine ! intervint Rachel.

L'hôtel où se tenait la réception appartenait à Daniil. Rien d'étonnant, donc, à ce que tout soit parfait. Le nom de Nikolaï avait même été ajouté sur le plan de table. Il était assis entre Anya et un autre invité. Rachel, sans vergogne, sortit un stylo et modifia la disposition de manière qu'il se retrouve à côté d'elle.

— Vous ne connaissez personne, n'est-ce pas ?

Champagne et canapés furent servis aux invités en attendant l'ouverture de la salle de réception. Il accepta une coupe tandis que Rachel et Libby discutaient entre elles. Il appréciait qu'elles ne le soumettent pas à un interrogatoire en règle. Il est vrai qu'elles avaient d'autres préoccupations.

— Comment te sens-tu ? demanda Rachel.

— Ça va, répondit Libby en buvant une gorgée d'eau pétillante. Je n'ai plus eu de contraction depuis l'église.

— Ce devait être un échauffement avant la semaine prochaine…

— Avez-vous appelé votre médecin ? intervint Nikolaï.

Rachel tressaillit à cette intrusion dans ce qui était si manifestement une discussion de filles.

— Ce n'est pas nécessaire, assura Libby.

Puis, sur une arrière-pensée :

— Vous pensez que si ?

— On n'est jamais trop prudent.

— Je suis certaine que tout ira bien, déclara Rachel en lui lançant un regard noir.

Il haussa les épaules.

— Assez parlé de bébés, conclut Libby. Rachel, tu ne m'as toujours pas dit qui André épousait.

La jeune femme s'empourpra, visiblement gênée. Elle avala une gorgée de champagne avant de répondre.

— Je n'ai pas envie de parler de lui.

— S'il te plaît, la pressa Libby. J'ai tout manqué ! De qui s'agit-il ?

— Juste quelqu'un qu'il a rencontré pendant la tournée.

— Tu ne vas pas au mariage, n'est-ce pas ? Ce serait gênant, étant donné que toi et André…

— Libby, la coupa Rachel d'un ton sec. Changeons de sujet, tu veux bien ?

L'embarras de la jeune femme était palpable. C'est tout juste si elle ne bondit pas sur le serveur pour se faire servir une autre coupe de champagne, nota Nikolaï. Elle ignora son regard interrogateur. Au même moment, les portes de la salle de réception s'ouvrirent et l'assemblée fut invitée à entrer.

La salle était splendide, entièrement décorée dans les tons blancs, des nappes immaculées aux somptueux bouquets de roses blanches qui embaumaient l'air. Chacun s'installa à sa place désignée.

— Anya !

Nikolaï se leva et embrassa la ballerine sur la joue.

— C'est si bon de te revoir. J'ai appris que les choses marchaient bien, pour toi.

— En effet.

Du coin de l'œil, il surprit le sourire de Rachel et Libby devant l'arrogance d'Anya.

Le repas était divin — pour ceux qui avaient de l'appétit. Libby déclina l'entrée, et Anya écarta l'accompagnement, se contentant de grignoter du bout des lèvres un morceau de langouste. Rachel et Nikolaï, eux, firent honneur à chacun des plats.

— Quel bonheur de ne plus avoir à surveiller ma ligne ! s'exclama Rachel, dévorant à belles dents son bœuf Wellington.

Nikolaï, de son côté, avait entamé une conversation en russe avec Anya. C'était reposant, car elle était si égocentrique qu'elle ne posait aucune question.

— Je dois partir sitôt après les discours, expliqua-t-elle.

Elle enchaîna sur sa carrière et sa rapide ascension vers le succès.

— Depuis quand es-tu en contact avec Daniil ? demanda Nikolaï.

— Depuis que Libby et lui sont venus me voir danser, il y a quelques mois.

— Et Sev ?

— Je ne le connais pas vraiment.

— Et Roman ?

Anya haussa les épaules.

— Je ne passe pas mon temps à traquer les anciens pensionnaires de l'orphelinat où travaillait ma mère.

Elle jeta un regard à Rachel, qui ne cachait pas son agacement d'être ainsi ignorée.

— Tu as une fan, je crois.

— Je sais, dit Nikolaï.

Le plus étonnant était que lui aussi commençait à devenir fan de Rachel.

— Et toi, comment vas-tu ? s'enquit-elle.

— Bien.

— Tant mieux.

Cette froide indifférence était typique du tempérament russe. Mais s'ils restaient en contact, les questions finiraient par arriver. Pour l'instant, le problème venait plutôt de Rachel, qui tentait désespérément de s'immiscer dans leur conversation.

— Anya, commença-t-elle en contournant Nikolaï. Je dois vous dire que j'aimerais vraiment…

— Je vais aux toilettes, annonça Libby.

— Veux-tu que je vienne avec toi ?

— Inutile d'être aux petits soins, Rachel. Ça ira.

Libby partie, Rachel fixa Anya.

— Alors comme cela, vous m'avez vue sur scène ? dit la ballerine, daignant enfin lui adresser la parole.

— Très souvent, affirma Rachel. J'ai vu *L'Oiseau de feu* plusieurs fois avant que vous obteniez le premier rôle. J'étais furieuse que Libby ait été là ce soir-là et pas moi.

— Véra aussi était furieuse, glissa Anya avec un sourire narquois.

— Véra ?

— Atasha, la danseuse qui jouait le premier rôle avant moi.

— J'ai assisté à votre deuxième représentation, reprit Rachel. J'ai même rédigé une critique.

— Pour quel journal ?

— Oh ! juste pour moi.

Cela n'intéressait pas Anya. Elle se tourna vers Nikolaï, à qui elle s'adressa en anglais, cette fois.

— Tu devrais venir me voir, un de ces soirs.

Oh ! alors pour *lui*, il restait des places, fulmina Rachel.

— Je n'ai aucun intérêt pour le ballet, déclina Nikolaï.

Seigneur, ils étaient aussi malpolis l'un que l'autre !

— Vous auriez pu accepter et me donner le billet, lui chuchota Rachel.

Libby les rejoignit à table, l'air très agité.

— Peut-être devrais-tu suivre le conseil de Nikolaï…

— Chut, souffla-t-elle. Les discours vont commencer.

Le père de la mariée, le premier à prendre la parole, délivra un monologue ennuyeux comme la pluie. Puis vint le tour de Sev, qui porta un toast aux absents et leva son verre en l'honneur de Nikolaï. Rachel n'écoutait que d'une oreille, distraite par Libby qui respirait de plus en plus fort à côté d'elle. Mais le discours de Daniil, centré sur la vie des quatre amis à l'orphelinat, accapara son attention. Elle avait envie d'en savoir plus sur Nikolaï. Il émanait de lui une aura de mystère qui la fascinait.

— Sev veillait toujours sur nous, racontait Daniil. Il apaisait les conflits et nous faisait la lecture, le soir. Des livres qu'il trouvait ici et là… Tu t'en souviens, Sev ? Un certain livre coquin nous captivait tout particulièrement…

L'assemblée partit d'un grand rire lorsqu'il expliqua comment ils obligeaient Sev à le leur lire, encore et encore.

Rachel épia Nikolaï. Son visage n'exprimait aucune émotion. Même quand Daniil évoqua leur espoir à tous quatre d'avoir un jour une famille.

Nikolaï avait-il espéré, lui aussi ?

— Rachel…

La voix plaintive de Libby la ramena au présent. Son visage était un masque de douleur.

— Ça ne va pas ?

— Non ! Rejoins-moi dans quelques minutes. Discrètement, d'accord ?

— Entendu.

Libby quitta la salle en catimini. Rachel lança un regard à Anya, qui n'avait que faire de la scène. Alors qu'elle allait se lever à son tour, une voix grave s'adressa à elle :

— Avez-vous de quoi faire une péridurale ?

Rachel se surprit à sourire.

— Hum, non.

— Mais vous avez des caramels ?

— Oui. Elle pourra les mordre pour atténuer la douleur.

— Vous feriez mieux de la rejoindre.

Elle se leva et se pencha à son oreille :

— Si vous entendez quelqu'un crier… ce sera moi, chuchota-t-elle.

La jeune femme partie, Nikolaï s'adossa à sa chaise, encore émoustillé par son parfum et la caresse de ses cheveux sur sa joue. S'impliquer avec elle serait idiot, bien sûr. Même pour une seule nuit. Rachel était liée aux personnes de son passé et il n'avait vraiment pas besoin de ce genre de complication.

Daniil, en voyant sa femme s'éclipser, avait écourté son discours. Bientôt, le bal serait ouvert.

— Je dois y aller, annonça Anya. Peux-tu m'accompagner dehors ?

Il accepta volontiers. Maintenant que les discours étaient terminés, Sev allait sûrement chercher à lui parler. C'était le moment de prendre la poudre d'escampette.

Dans le hall, ils tombèrent sur Libby, soutenue par Rachel, et Daniil au téléphone.

— Daniil appelle l'hôpital, expliqua Rachel. Son chauffeur est en route.

— Je vais appeler le mien, déclara Anya en sortant son propre téléphone.

Ils étaient tous si réservés, pensa Rachel. La plupart des gens — comme elle — paniqueraient dans cette situation. Daniil était bien un peu pâle. Mais Anya et Nikolaï, eux, bavardaient tranquillement en russe, oublieux de la jeune femme sur le point d'accoucher devant eux.

— T'arrive-t-il de te remémorer cette époque ? demanda Anya.

— Je fais plutôt mon possible pour l'oublier, répondit Nikolaï. Pourquoi Sev pensait-il que j'étais mort ?

— Un corps a été repêché dans la rivière, quelques semaines après ta disparition. Et ton sac a été retrouvé en amont sur la berge, avec ton bateau en allumettes à l'intérieur.

Nikolaï déglutit.

— Sev était dévasté, dit Anya. Il s'en voulait énormément.

— Pour quelle raison ?

— À ton avis ? Imagine que ton meilleur ami se jette dans une rivière plutôt que de te confier ce qui le tourmente…

Cette conversation difficile passait pour du badinage, vue de l'extérieur. Rachel n'en revenait pas de la désinvolture des deux Russes alors que Libby gémissait de douleur à côté d'eux.

— Tes amis sont vraiment étranges, commenta-t-elle.

— Je sais.

La voiture d'Anya arriva et celle-ci prit congé.

— Au revoir, Libby. J'espère que tout se passera bien.

À peine était-elle partie que Libby fit la grimace.

— Garce.

Rachel tressaillit. Elle n'avait jamais entendu son amie insulter qui que ce soit.

— Tu vas avoir le bébé ici ! s'écria-t-elle. J'ai vu dans

une série que les femmes sur le point d'accoucher devenaient agressives…

Daniil fit signe à son chauffeur en train de se garer de se dépêcher. Nikolaï, qui avait accompagné Anya dehors, réapparut.

— Où étiez-vous passé ? s'écria Rachel. Libby pourrait avoir besoin d'aide !

— Avez-vous envie de pousser ? demanda-t-il posément à Libby.

— Non.

— Alors vous avez tout le temps.

Il se tenait là, parfaitement calme, presque blasé.

— L'hôpital est-il loin d'ici ? s'enquit-il à l'arrivée du chauffeur de Daniil.

— À cinq minutes… Sans embouteillages, dit Libby entre deux halètements.

La circulation dans la rue était quasi paralysée.

— Ça ira, affirma-t-il.

Daniil semblait partager son optimisme et déclina l'offre de Rachel de les accompagner.

— Et si elle accouche dans la voiture ? argua-t-elle.

— Rachel, combien de bébés as-tu déjà mis au monde ? demanda Daniil.

— Hum… Aucun.

— Et toi, Nikolaï ?

— Deux, répondit-il.

Il réprima un sourire devant la moue dépitée de Rachel.

— Voulez-vous que je vienne avec vous ?

— Non ! s'écria Libby.

— Appelez-moi quand le bébé sera né, dit Rachel. Peu importe l'heure.

— Promis.

Daniil et Libby partis, elle se tourna vers Nikolaï.

— Vous avez complètement gâché mon moment, lança-t-elle d'un ton accusateur.

Enfin, il sourit, d'un sourire franc, éclatant, qui l'emporta tel un raz-de-marée. Un sourire qui laissait entrevoir l'homme qu'il était réellement. Dans cette rue pourtant animée, elle avait l'impression d'être seule au monde avec lui.

— Comment se fait-il que vous ayez mis au monde deux bébés ? demanda-t-elle. Êtes-vous médecin ?

— Non.

— Infirmier ?

— Non plus.

— Alors comment ?

— J'ai travaillé sur des bateaux, expliqua-t-il. La mère du premier était une passagère clandestine. Bien sûr, elle avait caché sa grossesse et ne possédait pas d'assurance santé.

— Mon Dieu !

Cet homme était absolument fascinant ! Elle *devait* en savoir plus !

— Et le second ? Une autre passagère clandestine ?

— Non. Une collègue qui ignorait qu'elle était enceinte. Le bébé était minuscule à la naissance.

— A-t-il survécu ?

— Oui.

— Dites-m'en plus.

Un nouveau sourire joua sur les lèvres de Nikolaï. *Seigneur, cette bouche !* Elle fit un pas dans sa direction, comme aimantée.

— Je finirai bien par en savoir plus, l'avertit-elle.

— J'en doute.

— Oh ! je suis tenace. On ne se débarrasse pas de moi si facilement.

Elle était grande sur ses talons aiguilles, presque autant que lui. Sa proximité semblait le laisser de glace. Rares étaient les hommes à ne pas être intimidés par ses manières aguicheuses. Et Nikolaï était tout sauf intimidé.

— Le bal a dû commencer, remarqua-t-elle.

— Probablement, dit-il sans faire mine de rentrer.

— N'allez-vous pas m'inviter à danser ?

Elle était une habile séductrice. Mais dans ce domaine, elle n'arrivait pas à la cheville de Nikolaï. Elle le comprit lorsqu'il susurra :

— Je n'ai pas besoin de vous inviter.

Il prit ses mains qu'il noua autour de son cou, puis l'attira contre lui.

Debout dans la rue, à côté du tapis rouge menant à l'hôtel, ils dansaient au son d'une musique imaginaire. Enfin, *elle* dansait. Ou du moins essayait, car il l'enlaçait si étroitement qu'elle pouvait à peine bouger, les yeux rivés aux siens. Leurs regards s'échangeaient leurs secrets sans pudeur. Celui de Nikolaï parlait de désir. Le sien l'invitait à l'embrasser.

Il n'en fit rien. Ses yeux, maintenant, lui promettaient de la faire languir. Elle approcha les lèvres, juste un peu. Il recula son visage. La chaleur de ses mains à travers sa robe n'était rien à côté de celle qui couvait entre ses cuisses. Peut-être valait-il mieux qu'il ne l'embrasse pas. Si leurs bouches se touchaient, elle risquait de s'embraser.

— Rentrons, dit-il.

— Pourquoi ?

Elle était bien ici, avec lui.

— Il faut qu'on parle.

— Je croyais que vous n'aimiez pas parler.

C'est vrai, pensa Nikolaï. Leurs lèvres se frôlaient presque, mais il voulait plus que le goût de sa bouche sur la sienne. Il voulait entendre ce qu'elle avait à dire.

— Moi aussi, j'aimerais savoir qui est la future femme d'André.

Rachel sourit. Malgré son apparente désinvolture, il n'avait rien perdu de ses propos.

— Pourquoi devrais-je parler de moi alors que vous refusez de le faire ? C'est injuste.

— Mais c'est ainsi, dit-il en la transperçant de son regard brun.

Le cœur de Rachel s'emballa. Cet homme jouait selon ses règles et ses règles seules.

— Rentrons.

— C'est très bruyant, à l'intérieur, objecta-t-elle. Pas l'idéal pour discuter.

Elle préférait rester ici, seule avec lui.

Nikolaï sourit.

— Alors nous n'aurons qu'à rester près l'un de l'autre.

3

Nikolaï prit Rachel par la main et la conduisit à l'intérieur. En effet, le bal avait déjà commencé. Mais plus qu'un contact physique, c'était un rapprochement d'un autre genre qu'ils recherchaient. Vouloir en savoir plus sur quelqu'un était nouveau pour Nikolaï. Il se contentait généralement du minimum d'informations. Mais Rachel l'intriguait autant qu'elle le fascinait.

Rachel se laissa conduire par Nikolaï dans un coin calme. Comment pouvait-elle s'apprêter à lui confier ce qu'elle répugnait à avouer à sa meilleure amie ? Peut-être parce que, contrairement à Libby, il avait perçu sa gêne à propos du mariage d'André. Oh ! elle n'en voulait pas à son amie. Libby avait clairement eu d'autres soucis en tête, cet après-midi. Quelle serait sa réaction quand elle apprendrait que la future femme d'André n'était autre que sa propre cousine Shona ? Rachel n'était pas prête à affronter son jugement.

Nikolaï, lui, était étranger à tout cela. Il serait intéressant d'entendre un avis extérieur. Elle en avait assez de se débattre seule avec cette histoire.

Il appela un serveur et commanda deux cafés, qui leur furent servis accompagnés d'une part de la pièce montée. Comme il ne la pressait pas, elle prit le temps de retirer la pâte d'amande de son gâteau.

— Vous n'aimez pas cela ?

— Non.

Elle le regarda prélever la sucrerie dans son assiette avec les doigts. S'il la portait à sa bouche, elle ne ferait pas sa difficile…

Dieu ce qu'il pouvait être sexy ! Ce n'était pas seulement sa beauté physique, mais ses gestes mesurés et son regard qui aimantait le sien. Au lieu de l'interroger sur André, il s'intéressa à elle :

— Vous êtes danseuse professionnelle ?

— Oui, répondit-elle. Enfin, je viens de quitter ma compagnie. Nous autres ballerines vieillissons mal.

— Quel âge avez-vous ?

— Dix-neuf ans.

Sa petite plaisanterie lui valut un délicieux sourire.

— Trente-deux, rectifia-t-elle. Et vous ?

— Trente et un.

— Et vous n'êtes pas mort.

— Comme vous le voyez.

— J'en suis ravie.

— Moi aussi, dit-il avec un nouveau sourire en coin.

— Allez-vous garder le contact avec vos amis, maintenant que vous les avez retrouvés ? s'enquit-elle.

— J'en doute. Je ne suis venu que pour le mariage.

Rachel ravala une protestation. Quel droit avait-elle de lui dicter sa conduite ? D'ailleurs, l'idée de ne jamais le revoir la rassurait. Elle pouvait lui avouer la vérité sans craindre de le croiser de nouveau.

— Alors dites-moi, pourquoi redoutez-vous tant ce fameux mariage auquel vous êtes invitée ?

Son anglais, bien qu'excellent, était légèrement décousu, et son accent, plus marqué que ceux de Sev et de Daniil, nota Rachel. Devant son silence, il ajouta :

— Vous n'êtes pas obligée de m'en parler.

— Si, c'est juste que…

Elle fit la grimace.

— La mariée est ma cousine, et le marié, un ex-petit ami.

Elle guetta un froncement de sourcils, une réaction dédaigneuse. Mais il resta impassible.

— Nous avons rompu il y a deux ans, continua-t-elle. Ma tante Mary et ma cousine Shona sont venues me voir danser à Singapour, il y a quelques mois. Lorsqu'elles sont passées dans ma loge, je leur ai présenté André.

— Je vois.

— Non, vous ne voyez pas. Il est danseur aussi, dans la même compagnie que moi. Nous rentrons tout juste d'une longue tournée en Australasie…

— Vous avez encore des sentiments pour lui ?

— Pas vraiment. Mais de temps en temps…

Elle haussa les épaules et il fit signe qu'il avait compris. Oui, elle et André avaient continué à coucher ensemble.

— Pendant les tournées, essentiellement.

Comment lui expliquer la sensation d'être sans cesse une étrangère dans chaque nouvelle ville ? Quand le reste du monde s'endormait, eux répétaient pendant des heures ou dansaient sur scène…

— On se sent un peu seul, acheva-t-elle.

— J'imagine.

Le soulagement envahit Rachel. Il la comprenait sans la juger et c'était un réel réconfort.

— C'est terminé, bien sûr, ajouta-t-elle très vite, rouge comme une pivoine.

Nikolaï devinait qu'elle ne lui disait pas tout, mais il n'insista pas.

— Votre cousine sait-elle que vous avez été amants ? demanda-t-il.

— Elle sait que nous sommes sortis ensemble pendant un temps. Je ne me voyais pas amener ma vie sexuelle sur le tapis pendant les présentations.

Elle poussa un soupir.

— Leur relation me met mal à l'aise. Shona me ressemble beaucoup. Peut-être a-t-il un faible pour les rousses au teint pâle…

— Je le comprends. Je crois que moi aussi.

— Alors vous devez absolument rencontrer ma cousine !

Il sourit et elle aussi. Étrange, cette aisance avec laquelle elle plaisantait avec lui sur un sujet aussi sensible…

— Pourquoi avez-vous rompu ? demanda-t-il.

Elle se rembrunit.

— Il m'a trompée.

— Et quelle excuse a-t-il inventée ?

Cette question l'embarrassait car elle l'obligeait à se dévoiler un peu trop.

— Apparemment, je serais quelqu'un de froid, répondit-elle.

— Je ne suis pas d'accord.

— Oh ! c'est la vérité. Je ne suis guère démonstrative.

— Moi non plus.

Sa façon de minimiser ses défauts la fit sourire.

— Il me reprochait de ne pas vouloir emménager ensemble. D'après lui, notre relation n'allait nulle part. Je l'avais pourtant prévenu que je ne chercherais jamais à me caser ni fonder une famille.

Elle ne précisa pas pourquoi.

— J'appelle cela être honnête, commenta Nikolaï.

Il ne la poussait pas à se justifier et sa langue se délia d'elle-même.

— Il disait que je n'en avais que pour le sexe et qu'il se sentait utilisé…

— Pauvre bichon.

— Toute cette situation est si gênante, soupira-t-elle. Alors devoir assister à leur mariage…

— Eh bien, n'y allez pas, suggéra Nikolaï.

— Je n'ai pas le choix. Ce serait un problème si je ne m'y montrais pas.

— N'est-ce pas déjà un problème pour vous ?

Il marquait un point. Mais comment dire non à sa famille sans que cela fasse des histoires ?

— Est-ce pour cela que vous avez démissionné ?

— Je n'ai pas démissionné, réfuta Rachel. Mon contrat arrivait à sa date de renouvellement et…

Elle poussa un soupir de capitulation.

— D'accord, c'est en partie la raison. La danse a toujours été une échappatoire, pour moi…

— Une échappatoire à quoi ?

Elle ignora sa question. Parler avec Nikolaï était libérateur, mais il y avait certaines choses qu'il valait mieux garder pour soi. Elle en avait fait l'amère expérience…

Je ne l'aime pas, maman. Il…

Tais-toi. Il paie tes leçons de danse.

Sa mère avait refusé de l'écouter. Oui, la danse avait été une échappatoire. Son passeport pour une vie meilleure, loin de sa famille. Elle l'avait payé au prix fort.

Nikolaï n'insista pas. Non parce qu'il se désintéressait de la réponse, mais parce que Sev s'avançait vers eux. À contrecœur, il se leva et serra la main de son vieil ami.

— Nikolaï, c'est si bon de te revoir ! s'exclama Sev en russe.

— Le plaisir est partagé, répondit-il en anglais.

Le ton était donné. Pas de discussion privée entre eux.

— Comment vas-tu ? demanda Sev.

— Bien. Et inutile de t'inquiéter. On s'occupe de moi, dit-il en désignant Rachel.

— Quand pouvons-nous discuter ?

— N'est-ce pas ce que nous sommes en train de faire ?

Rachel entendit malgré elle la réponse évasive de Nikolaï. Il ne s'ouvrait à personne, pas même à son ami d'enfance. Il donnait l'impression de devoir se volatiliser à tout instant. Exactement comme il avait essayé de le faire à la sortie de l'église. Décidément, il l'intriguait au plus haut point.

Lorsque la mère de la mariée appela Sev pour lui présenter un parent, elle surprit son discret soupir de soulagement.

— Tu es très demandé, ce soir. Je te libère, lui lança-t-il.

— On se parle plus tard, insista Sev.

Nikolaï hocha la tête sans répondre, avant de se rasseoir.

— Étiez-vous proches, autrefois ? demanda Rachel.

— Oui.

— Plus maintenant ?

— Nous sommes restés des années sans nous voir

— Et sinon, qu'est-ce que vous faites dans la vie ?

Nikolaï hésita. Elle lui avait bien parlé d'elle. Il se garda néanmoins de mentionner sa flotte de yachts de luxe, ainsi que les bars à vodka huppés qu'il possédait à travers le monde.

— Quelques mois par an, j'embarque sur un brise-glace, répondit-il simplement.

— Un brise-glace ?

— Un de ces navires qui ouvrent les voies de navigation dans les eaux prises par la banquise.

— N'est-ce pas solitaire, comme travail ?

— Pas du tout.

— Et le reste de l'année, que faites-vous ?

— Ce qui me plaît.

En quelque sorte. Ses diverses affaires l'occupaient à plein temps. Mais cela lui plaisait de se consacrer pleinement à son travail, où qu'il se trouve sur la planète.

— C'est mon rêve, soupira Rachel.

— Travailler sur un brise-glace ?

Elle éclata de rire.

— Non ! Travailler dur quelques mois, puis faire ce qui me plaît. Je pensais…

Elle s'interrompit. Elle n'en avait parlé à personne, pas même à Libby malgré son insistance.

— À quoi pensiez-vous ? l'encouragea Nikolaï.

Demain, il aurait disparu de sa vie. Elle appréciait son point de vue et ses réponses mesurées. Aussi se laissa-t-elle aller pour la première fois à évoquer ses timides projets.

— J'aime être sans attaches, expliqua-t-elle. J'ai beaucoup voyagé, c'est vrai, mais toujours dans le cadre de mes tournées. Ma vie était entièrement dédiée à la danse. C'était mon rêve depuis mes cinq ans. Aujourd'hui, j'aimerais essayer de nouvelles choses…

— Telles que ?

— Écrire sur la danse, par exemple.

Elle rougit.

— J'aime observer comment une performance évolue soir après soir. Étudier sa dynamique, ses diverses interprétations…

J'ai des économies, je peux me permettre de prendre du temps pour moi. Peut-être voyager et assister à plein de ballets…

— Sans avoir à danser vous-même ?

— Voilà.

— Pourquoi ne pas publier vos critiques ? suggéra Nikolaï.

Par ces simples mots, il venait d'insuffler vie à son embryon de rêve. Mais pas assez pour dissiper ses doutes.

— J'aimerais bien, mais qui les lirait ?

— Anya, dit-il avec un sourire moqueur. Elle ne manque aucun article parlant d'elle.

— J'ai créé un blog, continua Rachel. Si je lui donne forme et ajoute des liens, peut-être finirai-je par avoir des abonnés… C'est sans doute une idée stupide.

— Pas du tout, protesta Nikolaï. Vous connaissez le milieu du ballet mieux que n'importe quel journaliste d'art. Et puis, le monde évolue et les moyens de gagner sa vie aussi. Le succès de Sev dans la cybersécurité en est un exemple. Pourquoi ne pas lui demander conseil ?

Rachel secoua la tête.

— Il a certainement mieux à faire.

— Sev s'y connaît dans ce domaine. Je suis sûr qu'il serait prêt à vous aider.

— Vous lui demanderiez pour moi ?

— C'est son mariage, rappela Nikolaï.

— Pas ce soir, mais une autre fois.

— Vous devriez plutôt vous adresser à Libby.

De nouveau, il laissait entendre qu'il ne comptait pas s'attarder dans les parages.

— Je vais y réfléchir, dit-elle.

— Parfois, il est bon de ne pas trop réfléchir ou on finit par s'enliser.

— Peut-être…

Demander de l'aide n'allait pas de soi pour Rachel. Farouchement indépendante, elle avait appris à ne compter que sur elle-même. Voir sa confiance trahie faisait trop mal.

— Venez, dit Nikolaï.

Il l'entraîna sur la piste, ses doigts chauds et fermes autour des siens. Non, il n'avait pas besoin de l'inviter. Elle noua elle-même les bras autour de son cou tandis qu'il capturait sa taille. La sensation de son corps musclé contre le sien lui donna le vertige. Elle n'avait rien d'autre à faire qu'à se laisser porter. Sa barbe de trois jours râpa sa joue lorsqu'il se pencha à son oreille :

— Vous m'entendez ?

— Non, mentit-elle, étourdie par son souffle chaud sur sa peau.

Il l'enlaça plus étroitement.

— Et maintenant ?

— Un peu.

Son étreinte se resserra encore. Danser avec lui était un vrai plaisir. Il émanait de lui une présence calme et assurée. Les mots n'étaient plus nécessaires. Leurs corps se mouvaient à l'unisson, consumés par le même désir incandescent. Tous deux savaient qu'ils finiraient dans le même lit.

Vilaine Rachel, se sermonna-t-elle.

Mais elle se sentait si bien, dans les bras de Nikolaï.

Malgré la nature de leur relation, elle n'avait jamais trompé André. La façon dont ils s'étaient quittés l'avait d'autant plus blessée. Puis était venue l'annonce de son mariage. Un mariage qui effaçait la frontière entre deux mondes qu'elle avait toujours tenus éloignés l'un de l'autre — la danse et sa famille. La panique l'avait envahie.

La danse était son refuge. Un monde où elle avait le droit d'être sexy et provocante sans être jugée. Dans les bras de Nikolaï non plus, on ne la jugeait pas. Son eau de Cologne recelait un étrange pouvoir qui lui donnait envie d'enfouir le visage dans son cou et mordiller son lobe d'oreille.

— Vous êtes bon danseur, le complimenta-t-elle.

— Comment ne pas l'être avec une telle partenaire ?

Ils continuèrent à danser. Pour Nikolaï, c'était une façon d'éviter Sev, qui lançait de fréquents regards dans sa direction. Il était évident qu'il souhaitait un entretien en tête à tête.

Pas ce soir.

— Vous savez que j'ai pour mission de vous garder à l'œil, murmura Rachel avec un sourire.

— Il paraît.

Jamais slow n'avait été aussi langoureux. Ils bougeaient front contre front, leurs bouches avides l'une de l'autre. Comme s'ils étaient seuls au monde. Soudain, il devenait urgent qu'ils le soient.

— Où logez-vous, ce soir ? demanda Rachel.

— Je n'ai pas de réservation.

Il était bien tenté de la ramener à son yacht. Mais ce serait en révéler plus sur lui qu'il n'était prêt à le faire.

— Une chance que j'aie une suite dans cet hôtel, alors, lança la jeune femme.

Elle allait droit au but, sans jouer les vierges effarouchées. Il aimait cela.

— Je veux tes lèvres, susurra-t-il.

— Je sais.

Rachel lui souffla à l'oreille le numéro de sa suite. S'ils s'embrassaient ici, ils ne s'arrêteraient plus. Les mains de Nikolaï remontèrent lascivement le long de ses hanches pour s'arrêter quelques centimètres trop bas à son goût. Ses seins se tendirent d'anticipation. Les paumes de Nikolaï étaient brûlantes à travers sa robe, fermes et subtiles dans l'expression de son désir.

— Vas-y, murmura-t-il.

Il imprima sur ses lèvres un baiser léger, mais prolongé, qui enflamma ses sens. Le goût de sa bouche resta sur la sienne même après qu'il eut reculé la tête, et elle s'humecta les lèvres.

— Vas-y, répéta Nikolaï.

Il la regarda s'éloigner en tirant sa robe sur ses cuisses. Elle tourna la tête une dernière fois, comme pour s'assurer qu'il comptait bien la suivre. Leurs regards se croisèrent et elle quitta la salle. Après un temps approprié, il s'éclipserait à son tour. Il avait assisté à la cérémonie, à la réception. Quelle raison avait-il de rester plus longtemps ?

Mais le marié ne l'entendait pas de cette oreille.

— Tu t'en vas ? l'interpella Sev au moment où il passait la porte.

Nikolaï hocha la tête.

— Oui. Content de t'avoir revu. Et encore tous mes vœux de bonheur.

— Nikolaï, quand pourrons-nous avoir une vraie discussion ? Je m'envole demain en lune de miel, mais…

— Moi aussi, je pars après-demain pour l'étranger, dit-il dans l'espoir que les choses en restent là.

Mais Sev ne semblait pas prêt à perdre son ami une seconde fois.

— Dans ce cas, je repousse mon départ et on se voit demain.

— Tu ne ferais pas cela à ta nouvelle épouse…

Il se raidit en le voyant faire signe à Naomi d'approcher.

— Naomi, Nikolaï s'en va après-demain à l'étranger…

— Alors nous partirons plus tard, décréta Naomi. Vous deux avez besoin de rattraper le temps perdu. Je sais à quel point c'est important pour vous.

Elle sourit à Nikolaï, qui ne lui rendit pas son sourire.

— Nikolaï, je ne t'ai jamais cherché car je te croyais mort, reprit Sev. Si j'avais su…

— Quand rentres-tu de ta lune de miel ? le coupa-t-il.

Il ne voulait pas gâcher l'atmosphère, ni remuer ces vieux souvenirs en présence de Naomi.

— Dans deux semaines, répondit Sev.

— Je vais rester jusqu'à ton retour.

— Juré ?

Il acquiesça et Sev lui serra la main.

— J'ai hâte qu'on puisse discuter, tous les deux.

Nikolaï ne partageait pas son enthousiasme. Sev, pour l'instant, était capable de le regarder dans les yeux, sans qu'il y ait de gêne entre eux. Ce ne serait plus le cas lorsqu'il aurait appris la vérité. Mais il avait donné sa parole, aussi lui communiqua-t-il son numéro de portable.

— Merci, dit Sev. Je le transmettrai à Daniil.

Nikolaï réitéra ses félicitations et quitta la salle. Devant les ascenseurs, il hésita. Il lui semblait que quatre murs se refermaient sur lui. Il n'avait qu'une envie : prendre la fuite. Jeter son portable dans la Tamise et couper tout contact plutôt que prendre le risque de laisser la vérité refaire surface.

Mais alors qu'il foulait le tapis rouge vers la sortie, il se revit dansant avec Rachel au son d'une musique inexistante. Il sentait encore le goût de ses lèvres sur les siennes, revoyait son sourire et ses adorables dents du bonheur. Par sa seule présence, elle avait rendu agréable ce qui s'annonçait comme une épreuve.

Il l'imagina en train de l'attendre dans sa suite. Le désir fusa dans ses veines.

Alors qu'il faisait demi-tour, Rachel était tout ce qu'il avait en tête.

4

Qu'est-ce qu'il fiche ?

Rachel alluma toutes les lampes. C'était un secret bien gardé, mais elle avait peur du noir. Elle veillerait à ce que la porte de la chambre reste entrouverte, cette nuit. Il y avait peu de chances que Nikolaï se relève pour éteindre la lumière du salon.

C'était une habitude, chez elle. Elle ne supportait pas davantage de dormir avec un homme et se forçait à rester éveillée. Pas étonnant que toutes ses relations échouent. Jamais elle ne s'était sentie assez en confiance avec quelqu'un pour évoquer sa peur du noir. Encore moins ce qu'elle avait subi adolescente. Pas même avec Libby.

Des pas résonnèrent dans le couloir. *Nikolaï.* Soulagée, elle courut lui ouvrir sans attendre qu'il frappe.

Un grand sourire accueillit Nikolaï. Il apprécia qu'elle ne lui offre pas à boire, ni ne cherche à faire la conversation. À peine était-il entré qu'elle se pendit à son cou.

— Vous, mon cher, avez été une agréable surprise, aujourd'hui, lança-t-elle.

— Tout comme vous.

Il le pensait. S'il avait su qu'il serait reconnu et attirerait l'attention générale, il ne serait pas venu. Quant à la réception, c'était uniquement à cause de Rachel qu'il y était resté. Rien ne s'était déroulé comme prévu. Mais la jeune femme avait compensé tous les désagréments.

Et continuait à le faire. Ses doigts agiles dénouèrent sa

cravate, qui glissa autour de son cou. Alors il captura sa bouche avec fièvre.

Rachel gémit et se moula contre lui. Quel baiser ! Sa mâchoire était rugueuse contre la sienne, sa langue insistante. Elle sentit ses larges mains glisser le long de sa robe pour se refermer sur ses fesses. L'impatience la gagna. Qu'attendait-il pour la soulever contre lui ?

Elle embrassait avec le feu du désir, apprécia Nikolaï. Et il le lui rendait bien. Après l'avoir regardée toute la journée tirer sur sa robe, il se délectait à présent de la retrousser sur ses hanches. La jeune femme gémit encore lorsqu'il fit tomber sa culotte sur ses chevilles. Elle souleva un pied, puis l'autre, pour s'en débarrasser et glissa les mains sous sa veste.

Elle allait droit au but, sans chichis. Il aimait cela. Mais ce soir, il voulait prendre le temps d'explorer cette délicieuse bouche. De se familiariser avec ce corps de liane qui l'avait émoustillé tout l'après-midi. Au lieu de la déshabiller et la porter sur le lit, il continua à l'embrasser, lentement, par petites touches sensuelles. Ses lèvres butinaient les siennes tandis qu'il lui caressait la joue. C'était un baiser incroyablement intime, qu'il refusait de gâcher par trop de précipitation.

Délaissant sa bouche, il se mit à papillonner le long de son cou. Rachel renversa la tête en arrière, transportée. Ses petites succions, la caresse humide de sa langue, son souffle tiède quand ses lèvres planaient au-dessus de sa peau… Jamais elle n'avait connu pareille félicité.

Ne devraient-ils pas déjà être en pleine action ? Elle, plaquée contre le mur, les jambes nouées autour de ses hanches ? Non, il continuait à exiger plus et, pendant un moment, elle succomba. Lorsqu'il plongea une main dans ses cheveux, elle laissa reposer sa tête contre sa paume. Sa langue insatiable taquinait le creux de sa gorge, là où battait son pouls. La sensation était grisante.

Il releva la tête et leurs regards se croisèrent. Le désir qu'elle lut dans ses yeux lui coupa le souffle.

Sans un mot, il l'entraîna vers la chambre.

Rachel chancelait sur ses jambes, comme si elle marchait

avec des talons pour la première fois. Ses lèvres et son cou étaient encore tout humides des baisers de Nikolaï. Sans cesser de l'embrasser, il l'allongea sur le lit. Mais Rachel faisait les choses à sa manière. Elle détestait avoir un homme sur elle, aussi se dégagea-t-elle pour s'agenouiller à côté de lui. Il se laissa aller contre les oreillers, visiblement résolu à prendre son temps. Lorsqu'elle voulut se déshabiller, il l'arrêta d'une voix rauque :

— Laisse-moi faire.

Rachel n'avait pas l'habitude de tels atermoiements. Un peu incertaine, elle regarda Nikolaï déboutonner sa chemise, révélant son torse musclé. Ses chaussures et chaussettes volèrent par terre. Puis il ôta sa ceinture et commença à descendre sa braguette. Le souffle de Rachel se bloqua dans sa gorge. Il interrompit son geste.

— Approche, susurra-t-il.

Son regard sulfureux promettait de nouveaux baisers. Justement, elle mourait d'envie d'être embrassée, encore et encore. Docile, elle vint s'asseoir sur ses genoux. Il lui retroussa sa robe et la positionna de manière à presser son sexe nu contre son érection.

Elle enfouit les doigts dans ses boucles noires, tout entière offerte au plaisir des langoureux baisers dont il parsemait son cou. Le désir pulsait entre ses reins, de plus en plus intense. Peu à peu, il glissa le long des oreillers et se retrouva allongé. C'est sa bouche à elle qui cherchait la sienne, à présent. Seules leurs lèvres se touchaient tandis qu'elle ondulait sur lui de manière provocante. Il joua avec sa langue et approfondit leur baiser, tout en lui caressant l'intérieur de la cuisse.

Rachel gémit de plaisir. Sa bouche ne lui suffisait plus. Elle écarta les pans de sa chemise et promena les doigts sur son torse nu, puis se pencha pour goûter sa peau, légèrement salée, délicieuse. Elle en savourait chaque centimètre carré, mordillait çà et là, suçait un mamelon puis l'autre.

Nikolaï poussa un grognement lorsqu'elle descendit plus bas. Tiens, tiens, il commençait à perdre patience ? Enhardie, elle caressa le relief de son érection, avant de lui arracher son pantalon sans plus de cérémonie. Son sexe jaillit à l'air libre, incroyablement dur et massif. Elle ne pouvait pas ne *pas* le prendre dans sa main.

Nikolaï n'aimait pas être touché ainsi, d'habitude. Pourtant, ses yeux étaient comme aimantés par ces longs doigts fins sur lui, ces mêmes doigts qui avaient tenu le programme à l'église, avec leurs ongles corail… Il jura en russe. Et ce n'était pas pour lui intimer d'arrêter. Il la regardait s'activer, hypnotisé. Plus il approchait de l'extase, plus les doigts de la jeune femme luisaient d'humidité.

Rachel sentait le regard de Nikolaï sur sa main. Elle s'humecta les lèvres et plongea en avant, avide de le goûter. Non, tout compte fait, elle était trop impatiente de le sentir en elle, décida-t-elle en relevant la tête. Tant pis si c'était égoïste.

— Tu me rends fou, pantela Nikolaï.

— Vraiment ?

Elle sourit et lui aussi. Une première pour tous les deux. Le sexe, pour eux, était plus une nécessité qu'un acte intime. Mais ce soir, ils souriaient. De nouveau, il l'arrêta lorsqu'elle voulut ôter sa robe.

— Laisse-moi te déshabiller.

— Alors déshabille-moi.

Elle l'implorait presque et se mordit la lèvre lorsqu'il l'ignora pour enfiler un préservatif.

— Viens.

Il la positionna au-dessus de lui, mais continua à prendre son temps.

Nikolaï dévorait des yeux ce mont de Vénus flamboyant. Il perçut le frisson de la jeune femme lorsqu'il la caressa, puis aventura les doigts en elle. Lentement, il l'empala sur son érection et l'emplit tout entière.

Rachel poussa une plainte. C'était si bon ! Même lorsqu'elle se mit à bouger, il continua à maintenir ses hanches et réclamer ses lèvres. Il lui donnait le vertige. Par sa façon d'encourager son plaisir, de la regarder le chevaucher entre deux langoureux baisers… Elle plaqua les mains sur son torse et accéléra la cadence. C'était toujours elle qui dictait ses règles au lit. Elle se servait de lui et il la laissait faire, tout en faisant preuve d'une volonté d'acier.

Il était divin, s'extasia Rachel. Elle aimait son torse athlétique et ses mains sur ses fesses, qui l'agrippaient sans la guider. Elle ferma les yeux, consciente de son regard de braise sur elle. À ses grognements rauques, elle le devinait prêt à jouir. Ses larges mains prirent le contrôle, lui imposant un rythme de plus en plus lent tandis qu'elle pressait les lèvres sur les siennes. Ses cuisses frémirent et une décharge d'électricité courut le long de sa colonne vertébrale. Dans un sanglot, elle s'abandonna à l'orgasme qui l'emportait.

Nikolaï sentit les muscles intimes de la jeune femme se contracter autour de lui. Au comble de l'excitation, il dut rassembler tout son sang-froid pour se contrôler et la fit aller et venir lentement jusqu'à ce que s'éteigne le feu entre ses reins.

Le souffle court, Rachel s'agenouilla, le front contre le sien, et attendit l'aiguillon familier de la culpabilité. Alors seulement, elle s'aperçut qu'il n'avait pas joui. Ses yeux cherchèrent les siens, et elle paniqua en se retrouvant soudain plongée dans le noir. C'était Nikolaï qui faisait passer sa robe par-dessus sa tête.

Encore étourdie par son orgasme, elle le laissa dégrafer son soutien-gorge et l'allonger sur le lit. Très vite, il fut sur elle, pesant de tout son poids. Elle se débattit. Nikolaï, conciliant, roula sur le côté.

Elle ne lui fit pas face. Étendue sur le dos, elle fixait le plafond en se demandant ce qu'il lui réservait. Tout son être tremblait d'anticipation. La réponse ne se fit pas attendre. Nikolaï lui souleva une jambe qu'il déposa sur les siennes et la pénétra par le côté.

Rachel étouffa un gémissement. Jamais elle n'avait fait l'amour ainsi. Elle était sur le dos, mais pas sous lui, offerte à ses mains. L'une d'elles caressait ses seins et son ventre, l'autre soutenait sa nuque tandis qu'il mordillait son lobe d'oreille. Elle s'arqua contre la main sur son ventre, qui la repoussa contre le matelas. Chaque nouveau coup de reins décuplait sa félicité. C'était si bon d'être prise sans être écrasée ! D'être embrassée et décryptée avec une telle volupté…

Les doigts de Nikolaï trouvèrent son clitoris et son plaisir redoubla. Son corps tout entier frémissait. Nikolaï accéléra le tempo en lui murmurant des paroles en russe. Sa main à l'intérieur de sa cuisse lui maintenait fermement les jambes écartées. Mais ses lèvres étaient douces et sensuelles dans son cou.

— Oh ! c'est tellement…

Les mots lui manquaient. Ses reins se cambrèrent d'eux-mêmes lors de l'ultime crescendo. De nouveau, elle cria sa jouissance, un cri issu des tréfonds de son être. La force de la déferlante était telle qu'elle s'agrippa au matelas. Nikolaï ne lui accordait aucun répit. Il continuait à la pilonner, encore et encore, le front collé au sien, la main sur la sienne là où palpitait la source de son plaisir.

Ils dérivèrent ainsi, ensemble, les doigts entrelacés. La façon dont il l'embrassa troubla Rachel. Il y avait de la tendresse dans ce baiser. Une tendresse telle qu'elle n'avait jamais connue. En cet instant, ils étaient un banal couple au lit, leur désir satisfait.

Sans aucune honte.

Il faisait frais, à présent. Nikolaï tira la couette sur eux et éteignit sa lampe de chevet. C'était le moment que Rachel redoutait. Comme il se penchait au-dessus d'elle pour éteindre la sienne, elle l'arrêta :

— Laisse-la allumée.

— Non. Trop de lumière.

Une réponse naturelle. Adulte.

La chambre plongea dans l'obscurité, seulement atténuée par le mince rai de lumière provenant du salon. Rachel n'osait avouer sa terreur du noir. Cela ne mènerait qu'à plus de questions. Comment lui expliquer qu'elle ne pouvait s'endormir à côté d'un homme ? La main de Nikolaï errait paresseusement sur son corps nu. C'était agréable… pour l'instant. Mais le même geste pendant qu'elle dormait provoquerait chez elle une terrible crise de panique.

Étrangement, pour la première fois, elle se sentait prête à confier son secret. Nikolaï était si posé, si sûr de lui. Et ne connaissait-elle pas une partie de son passé ? Mais non, ce n'était que du sexe. Il l'avait prévenue qu'il n'y aurait pas de demain. Mieux valait faire semblant de dormir et surmonter cette nuit comme elle pouvait. À vrai dire, leurs ébats l'avaient tellement épuisée qu'elle luttait pour ne pas sombrer dans le sommeil.

Nikolaï savait Rachel éveillée à côté de lui. Il se leva pour aller éteindre la lumière du salon et remarqua sa veste par terre, l'étiquette du magasin bien visible. Comme pour le narguer. Son plan initial d'assister au mariage incognito avait lamentablement échoué. Maintenant qu'il avait promis à Sev de rester jusqu'à son retour, impossible d'éviter les questions. Son passé allait le rattraper, et la vérité, éclater au grand jour…

Et Rachel saurait aussi.

Cette pensée le glaça. Ils avaient passé une journée et une nuit extraordinaires. Toute la beauté de cette rencontre serait gâchée dès qu'elle apprendrait la vérité. Elle serait la première de ses amantes à savoir. Et quelle amante ! Lire le dégoût dans les yeux de ses amis lui était à peine supportable. Mais dans ceux de Rachel ?

Yuri lui reprocherait d'être lâche. Une attitude indigne de lui. Pourtant…

Il se glissa dans la chambre, ramassa ses vêtements éparpillés et se rhabilla.

— Rachel…

Sa voix n'était pas aussi posée qu'il l'aurait voulu. Il s'éclaircit la gorge, mais elle continua à faire semblant de dormir. Inutile d'insister. Il rassembla ses affaires et quitta la suite. Alors que la porte se fermait avec un clic, il fut presque tenté de frapper et… Dire quoi ? Qu'il s'était enfermé dehors par mégarde ?

Non. Mieux valait passer pour un salaud que laisser la

vérité arriver jusqu'à elle, décida-t-il en se fondant dans les rues de Londres.

Il avait cru avoir tourné la page sur son passé.

Il s'était trompé.

5

Rachel entendit la porte se refermer et alluma sa lampe de chevet.

Salaud.

À quoi s'attendait-elle ? Ce n'était que du sexe, non ? Pourtant, lorsqu'ils s'étaient envolés ensemble vers le septième ciel, leurs regards rivés l'un à l'autre, elle avait senti une connexion. Jamais elle ne s'était ainsi offerte en toute confiance. Pour la première fois, elle avait goûté au bonheur de s'abandonner dans les bras d'un homme.

À présent, elle se sentait seulement vide et honteuse.

Elle tenta de justifier sa conduite. Après tout, à part André, elle n'avait eu personne depuis des années. Mais le départ de Nikolaï comme un voleur ternissait ce qu'ils avaient vécu.

Elle sombra dans un sommeil agité et fut réveillée au matin par le vibreur de son portable :

C'est une fille !

Une photo accompagnait le message : une couverture blanche au milieu de laquelle surnageait un petit visage rouge. Elle était enfin là !

Rachel tapa rapidement une réponse.

Adorable ! Félicitations ! Comment s'appelle-t-elle ?

Peu après, son téléphone vibra de nouveau.

Nous n'avons pas encore choisi le prénom.

Rachel promit à Libby une visite dans l'après-midi. Tout en tapant son message, elle se surprit à pleurer. Des larmes de joie, se persuada-t-elle. Elle était heureuse pour son amie et soulagée que l'accouchement se soit bien passé.

Comme si elle dupait qui que ce soit.

Seule dans ce grand lit vide, impossible de se voiler la face plus longtemps : sa vie était un champ de ruines. Après avoir tourné le dos à sa carrière, elle s'était laissée aller à une aventure d'un soir avec un quasi-inconnu qui s'était volatilisé comme il était venu. Elle avait consulté un psychologue, une fois, dans une tentative pour surmonter son passé. D'après lui, les femmes victimes de traumatismes similaires tendaient à suivre le même schéma : elles développaient une profonde méfiance envers les hommes, ou privilégiaient les histoires sans lendemain. Ce soir, en associant les deux, Rachel avait le sentiment d'avoir touché le fond.

Au lieu de paresser au lit, elle se leva et s'habilla, les joues ruisselantes de larmes. Elle qui ne pleurait plus depuis longtemps… Son sac fait, elle inspecta une dernière fois la suite afin de ne rien oublier. Là, sous la chaise où Nikolaï avait posé sa veste, un objet attira son attention.

Ses lunettes de soleil.

Une chance. Elle pourrait au moins cacher ses yeux au moment de rendre les clés.

Maudit Nikolaï ! Pourquoi avait-il fallu qu'il l'embrasse ainsi ? Qu'il la regarde droit dans les yeux et exige d'elle plus qu'elle ne donnait d'habitude ? À croire qu'une digue avait cédé en elle. Cette nuit avait libéré toutes ces émotions qu'elle gardait soigneusement enfouies depuis des années. Nikolaï n'était pas le seul déclic. C'était une réaction en chaîne : le mariage de Shona, l'abandon de sa carrière, la maternité toute neuve de Libby…

Devenir mère. Voilà bien une chose qui ne risquait pas de lui arriver. Elle était incapable de s'engager dans une relation, alors élever un enfant… D'ailleurs, c'étaient les enfants qui avaient peur du noir. Pas leurs mères.

Retrouver son chez elle ne lui apporta aucun réconfort. Il y avait encore peu, elle ne vivait que pour ces dimanches de liberté, sans répétitions ni représentations. Le seul jour où son corps pouvait se remettre des rigueurs de la semaine. Elle en profitait pour rattraper son manque de sommeil en s'octroyant une grasse matinée bien méritée.

Aujourd'hui, elle se retrouvait à appliquer des sachets de thé sur ses paupières gonflées avant de rendre visite à Libby. Elle devait avoir l'air aussi pétillante qu'à son habitude. Son fond de teint magique masquerait l'essentiel des dégâts, tandis qu'une double couche de gloss corail détournerait l'attention de ses yeux rougis. Sa tenue, elle, était toute trouvée : une robe portefeuille dans les tons céladon, sa préférée, et une paire de talons hauts pour se donner confiance en elle.

Elle se força à sourire devant le miroir. Ah, ces horribles dents du bonheur ! C'était décidé : demain, elle prenait rendez-vous chez l'orthodontiste. Puis les mots de Nikolaï lui revinrent. « Pourquoi gâcher une si jolie bouche ? » Tout l'après-midi, ils avaient tourné l'un autour de l'autre. Il était si facile de discuter avec lui. Lorsqu'elle lui avait confié son projet de blog, il n'avait pas ri. Au contraire, il l'avait encouragée. Pourquoi fallait-il qu'il soit si fabuleux !

À la clinique, elle passa à la boutique acheter un énorme bouquet de fleurs ainsi qu'un joli ballon rose. Elle trouverait un vrai cadeau plus tard dans la semaine. Une mauvaise surprise l'attendait à la réception de la maternité : André était là, en pleine discussion avec la réceptionniste. Il se tourna vers elle à son approche.

— Libby n'accepte aucune visite, l'informa-t-il en secouant la tête.

— Oh… Est-ce que tout va bien ? s'enquit Rachel.

— Oui, assura la réceptionniste. Il est simplement noté dans mon registre qu'elle ne souhaite pas être dérangée.

Rachel hésita. Devait-elle expliquer qu'elle était une amie proche ? Elle comprit la raison de cette interdiction en voyant approcher d'autres membres de leur compagnie. Pauvre Libby !

C'était dimanche : toutes ses amies danseuses tenteraient une visite sur leur seul jour de libre.

— Pouvez-vous lui transmettre ceci ? dit-elle en tendant le bouquet et le ballon à la réceptionniste.

— Bien sûr.

Elle tourna les talons, mais André la rattrapa.

— Attends, l'interpella-t-il.

Inspirant profondément, elle plaqua un sourire sur ses lèvres avant de se retourner.

— J'ai appris que tu avais quitté la troupe, commença André. C'est si inattendu ! Tu n'as jamais laissé entendre que…

— Et quand l'aurais-je fait, André ? Lors d'une de nos longues discussions ? Ah, non, c'est vrai. Nous n'en avons jamais eu.

— Tu m'en veux à cause de Shona.

— Non.

Si, elle lui en voulait. Mais pas pour les raisons qu'il imaginait. Elle lui en voulait d'avoir mélangé deux mondes qui n'auraient jamais dû se rencontrer.

— Si, je le vois bien, insista-t-il. Je ne t'aurais pas cru jalouse…

— Je ne suis pas jalouse, réfuta-t-elle, cinglante. Franchement, ma *cousine* ? Tu ne vois pas quel est le problème ?

— Bon sang, Rachel ! C'est ridicule !

Rachel n'était pas d'humeur à débattre sur le sujet. Mais pour être honnête, ce mariage la rendait malade. Dorénavant, à chaque rassemblement familial, elle serait contrainte de le croiser, lui, son ex-amant. Qu'il n'y voie aucun inconvénient la mettait hors d'elle ! Furieuse, elle le planta là, alors que le reste de leur troupe s'apprêtait à les rejoindre.

Ex-troupe.

Elle n'appartenait plus à ce monde, désormais. Maintenant que la nouvelle de son départ était connue de tous, elle prenait la pleine mesure de ce que cela signifiait. Sa carrière de danseuse était derrière elle. Et comme si cette journée n'avait pas assez mal commencé, voilà que s'avançait vers elle… Nikolaï.

Que diable faisait-il ici ? Il était la dernière personne qu'elle s'attendait à croiser, étant donné sa propension à disparaître. Et bien sûr, il était à tomber à la renverse. En pantalon de lin noir et chemise ajustée, savamment mal rasé, il aurait été plus à sa place sur un podium à Milan. Lui aussi tenait un bouquet de fleurs.

— Rachel…

Nikolaï avait assisté à la scène. Il avait vu la jeune femme s'éloigner comme une tornade après son échange avec le séduisant André. Car ce ne pouvait être que lui. Tout, dans leurs postures, indiquait qu'ils avaient été plus que de simples amis. Cette évidente intimité sexuelle l'avait dérangé.

Il n'était pas enclin à la jalousie. Pourtant, c'était bien ce qu'il avait ressenti en les apercevant tous les deux au détour du couloir. Et bien qu'il n'eût aucun droit d'être jaloux, il ne put s'empêcher de l'interpeller en passant à sa hauteur.

— Quoi ? grommela Rachel.

Il remarqua ses yeux rougis et son visage bouffi. En était-il la cause ? Une chose était sûre : son départ en catimini ce matin avait été tout sauf élégant.

— À propos d'hier soir…

— Si tu voulais discuter, tu as laissé filer l'occasion, le rabroua-t-elle.

— Écoute…

— Je n'ai pas envie d'écouter !

Rachel serra les dents. À quoi bon revenir sur la nuit dernière ? Elle ne voulait pas se rappeler la chaleur de ses bras, ni ses larmes de ce matin. Son regard tomba sur le bouquet qu'il tenait.

— Vraiment, il ne fallait pas, ironisa-t-elle.

— Le rose n'est pas ta couleur, dit-il. Je parie même que les fleurs ne sont pas ton truc.

Il avait raison. Mais elle ne lui concéderait pas le plaisir d'en sourire.

— Elles sont pour Libby, ajouta-t-il.

— Libby n'accepte pas de visiteurs.

— Tant mieux.

Cette réponse la dérouta. Mais elle ne s'attarda pas pour éclaircir le mystère. Tandis qu'il apportait le bouquet à la réception, elle se dirigea droit vers l'ascenseur.

Allez, dépêche-toi, implora-t-elle en s'acharnant sur le bouton d'appel.

La chance n'était décidément pas de son côté. André fut le premier à la rejoindre, suivi par Nikolaï. C'est donc en compagnie des deux hommes qu'elle monta dans l'ascenseur, à son grand dam.

— J'ai entendu dire que la troupe fêtait ton départ samedi après-midi, dit André.

Évidemment, il se fichait de la présence de Nikolaï. Elle, de son côté, ne savait où se mettre.

— Non. Je n'étais pas disponible, ce jour-là. Le pot a été repoussé au samedi suivant, rectifia-t-elle.

Elle avait délibérément proposé cette date, la veille du mariage d'André, dans l'espoir qu'il soit empêché.

Les portes s'ouvrirent et elle sortit de l'ascenseur.

— Rachel, allons discuter autour d'un verre…

— Elle n'est pas libre.

C'était Nikolaï qui était intervenu. André fronça les sourcils à cette intrusion. Mais Rachel n'était pas au bout de ses surprises.

— Rachel et moi avons rendez-vous.

6

— Tu n'étais pas obligé de faire cela.

André était parti en fulminant et Rachel se retrouvait seule face à l'homme qui l'avait froidement abandonnée au lit quelques heures plus tôt.

— Faire quoi ? dit Nikolaï.

— Inventer un prétexte.

— Je n'invente rien. Il faut qu'on parle.

— Certainement pas.

Elle tourna les talons, très remontée.

— Alors tu vas me laisser en plan ?

Rachel manqua s'étrangler. Non mais quel culot !

— Exactement ce que j'aurais pu dire ce matin, répliqua-t-elle en lui faisant face.

Un sourire joua sur les lèvres de Nikolaï. *Mon Dieu !* L'effet était encore plus étourdissant que la veille. Nikolaï souriait rarement. Elle l'avait compris en ne le voyant sourire qu'une fois à ses amis pendant la réception. Il s'engouffra dans la brèche :

— S'il te plaît. Je tiens à m'excuser pour mon comportement de ce matin.

Une nouvelle bouffée de colère envahit Rachel.

— Si tu ne m'avais pas croisée à l'instant, tu n'aurais jamais…

— Rachel.

Sa voix était calme, posée.

— On se connaît peu, mais m'imagines-tu rendant visite à une femme rencontrée la veille, quelques heures après son accouchement, sans aucune raison ? Si je suis venu, c'est uniquement pour demander ton numéro à Daniil.

— Je ne te crois pas.

Il haussa les épaules.

— C'est pourtant la vérité.

— Et que comptais-tu faire après avoir obtenu mon numéro ?

— La même chose que maintenant. T'inviter à dîner afin de m'expliquer. Qu'en dis-tu ? On va manger quelque part ?

— Il est 4 heures de l'après-midi, souligna-t-elle.

— Je meurs de faim.

Bon, elle aussi.

— Très bien, soupira Rachel.

Elle contrevenait à tous ses principes en capitulant ainsi. S'il s'était agi de quelqu'un d'autre, elle l'aurait planté là. Mais Nikolaï était une étoile filante. Il ne faisait que passer. Elle voulait en apprendre plus sur lui avant qu'il disparaisse. D'ailleurs, n'était-il pas venu lui présenter des excuses ?

Nikolaï avait mauvaise conscience depuis ce matin. Cela ne lui ressemblait pas. Si hier avait été une journée difficile, aujourd'hui semblait voué à l'être tout autant.

— Nous pouvons marcher ou prendre un taxi, dit-il. Ce n'est pas loin.

— Qu'est-ce qui n'est pas loin ?

— Un bar que je connais.

Il se garda de préciser que le piano-bar en question était l'un de ces bars à vodka qu'il possédait à travers le monde. Remarquant ses talons hauts, il décida pour elle.

— Prenons un taxi.

Ils montèrent dans le premier qui s'arrêta. Nikolaï surprit l'expression tendue de Rachel.

— Je suppose que l'homme dans l'ascenseur était ton ex, dit-il.

— Quelle importance ?

Oh ! cela importait pour lui. André ne lui inspirait que mépris. Ce n'était pas seulement sa familiarité avec Rachel. Il n'éprouvait tout simplement aucune sympathie pour un homme qui proposait un verre à son ex-petite amie deux semaines avant son mariage. Il décelait une certaine vulnérabilité chez Rachel, derrière son apparente assurance. Un homme comme André n'hésiterait pas à en profiter, il en était convaincu.

Le portable de Rachel sonna dans son sac. Elle décrocha en voyant le nom de Libby s'afficher.

— Je viens d'avoir tes fleurs. Pourquoi n'as-tu pas donné ton nom ? la réprimanda-t-elle. Tu étais sur la liste des personnes autorisées !

— André était là, puis les autres sont arrivés, expliqua Rachel. Repose-toi. Je viendrai te voir chez toi, promis.

— Nikolaï aussi est passé, dit Libby. Daniil et moi nous en voulons de l'avoir laissé livré à lui-même, hier soir…

— C'était un cas de force majeure. Je suis sûre qu'il comprend, assura-t-elle avec un regard vers Nikolaï.

Elle répugnait à admettre qu'elle se trouvait justement avec lui. Elles bavardèrent encore quelques minutes, puis Rachel raccrocha.

— Comment va-t-elle ? s'enquit Nikolaï.

— Elle s'inquiétait de t'avoir abandonné, hier soir.

— Je suis orphelin. J'ai l'habitude.

Son humour noir la fit sourire. Elle était si curieuse à son sujet qu'elle en oublia sa colère.

— Sais-tu qui étaient tes parents ?

Cette question sans détour surprit Nikolaï. Mais c'était Rachel, après tout. Franche et indiscrète. Il fit non de la tête.

— Pas du tout ?

— Non. On m'a trouvé dans une boîte dans une église.

Cette réponse ne suffit pas à décourager la jeune femme.

— Quel âge avais-tu ?

— Un jour, je crois.

Un étau lui serra la poitrine. Il se méprisait de cette faiblesse. Au moins, il avait réduit Rachel au silence. Que pouvait-on répondre à cela ?

— C'était bienveillant de sa part, murmura-t-elle.

Il fronça les sourcils.

— Bienveillant ?

— Ta mère t'a déposé quelque part où elle était sûre qu'on te trouverait. Cela a dû être si dur…

— Je n'ai pas besoin de ta pitié, la rabroua-t-il.

— Pour ta mère, je veux dire.

Elle lui donna un petit coup dans le tibia en souriant. Il se surprit à sourire aussi.

— Qu'est-ce qui te fait dire cela ?

— Libby semblait très émotive, au téléphone, répondit Rachel. Et elle a Daniil pour la soutenir. Je ne peux imaginer ce que ce doit être, pour une mère, de n'avoir d'autre choix qu'abandonner son bébé d'un jour.

Nikolaï n'avait jamais envisagé les choses sous cet angle. Peut-être avait-elle raison. Peut-être l'abandonner avait-il été la décision la plus difficile que sa mère ait jamais eue à prendre.

— Et toi, désires-tu des enfants ? demanda-t-il.

— Non. Je suis bien trop égoïste.

Égoïste ? Il ne le croyait pas. Directe, oui, mais pleine d'empathie. N'avait-elle pas tenté de le réconforter, à sa manière ?

— De toute façon, je ne te parle pas, grommela Rachel, se rappelant qu'elle était censée lui faire la tête.

Elle n'en eut pas le temps. Déjà, le taxi ralentissait. Ils étaient arrivés. La rue était déserte, sans aucun restaurant à la ronde.

— Par ici.

Ils descendirent quelques marches jusqu'à une salle souterraine où un portier les fit entrer. Le genre d'endroit dont seuls les initiés connaissaient l'existence, pensa Rachel.

Nikolaï ordonna en russe au maître d'hôtel de le traiter comme un client ordinaire. Après coup, il se rappela que Rachel, contrairement à toutes les autres femmes qu'il avait fréquentées, ne savait rien de sa fortune. Il s'était habillé simplement pour le mariage et déplacé en taxi plutôt qu'en voiture avec chauffeur. Une façon de se cacher, en quelque sorte. Mais ce petit jeu touchait à sa fin. Lorsqu'il aurait parlé avec Sev, son secret serait éventé. Et le peu qu'il était prêt à partager, il préférait que Rachel l'apprenne de lui plutôt que de quelqu'un d'autre. Si elle avait des questions, il ferait de son mieux pour y répondre.

Le bar baignait dans une semi-obscurité sur fond de piano. Il n'y avait aucune horloge nulle part. Dans cette ambiance tamisée, il aurait pu être midi comme minuit. Ils s'assirent à une table éclairée aux chandelles, sur un confortable canapé en velours.

— Mazette, murmura Rachel.

Ses yeux s'étaient habitués à la pénombre. La clientèle sophistiquée et l'air d'opulence générale la fascinaient.

— C'est donc ici que disparaissent les gens raffinés le dimanche…

— Exactement.

Rachel consulta le menu et secoua la tête.

— Tout cela est si… nouveau.

— Laisse-moi choisir pour toi, offrit Nikolaï.

— S'il te plaît.

Elle se laissa aller contre le dossier tandis qu'il passait commande en russe.

— Alors ? Que m'as-tu pris ?

— Tu le sauras bien assez tôt.

— Donc… Tu voulais t'excuser ? commença-t-elle tout de go.

— Et si nous mangions, d'abord ?

Une bouteille et deux verres furent apportés à leur table. Nikolaï se chargea du service. Siroter de la vodka au gingembre à 4 heures de l'après-midi avait quelque chose de délicieusement décadent. L'alcool glacé lui brûlait la langue et elle adorait cela.

— Alors ? s'enquit Nikolaï.

— Exquis.

— C'est ma boisson préférée. Son goût de feu me rappelle ta chevelure…

Elle le fusilla du regard.

— Inutile de flirter, Nikolaï. Je suis toujours en colère.

— Je sais, et je compte bien me racheter. Mais mangeons d'abord.

Il lui versa un autre verre, tout en lui décrivant les plats servis. Difficile de rester fâchée face à tant de mets savoureux. Ce furent d'abord de succulents *pirojkis*, sortes de petites bouchées fourrées aux champignons ou à la viande fumée. Puis vinrent des blinis recouverts d'une généreuse couche de caviar. Rachel ferma les yeux, le palais en fête. Surprenant le regard de Nikolaï, elle rougit.

— Si tu essaies de regagner mes faveurs par la nourriture, c'est réussi.

— Tu aimes le caviar ?

— J'adore cela, avoua-t-elle. Je pourrais en manger tous les jours au petit déjeuner.

Ce n'était pas seulement le caviar. Même le chou était à tomber ! Du chou rouge, assaisonné au gingembre pour accompagner leur vodka. Rachel avait les joues en feu.

— Fabuleux, soupira-t-elle.

— Toi aussi, tu es fabuleuse.

Elle eut un rire dédaigneux en se rappelant la raison de ce dîner.

— Apparemment, pas tant que cela.

— Et si tu vidais ton sac ? l'encouragea-t-il.

— Tu n'es qu'un salaud.

— C'est vrai. Mais pas cette fois.

— Chacun son point de vue.

Cette conversation la troublait. Avouer à quel point son attitude l'avait blessée ne revenait-il pas à admettre qu'elle tenait à lui ?

— Je regrette la façon dont je me suis éclipsé ce matin, déclara-t-il. Cela m'a travaillé toute la journée. Tu ne méritais pas d'être traitée ainsi.

— Je me suis sentie vulgaire, murmura Rachel. Je ne m'attendais pas à une demande en mariage, mais disparaître comme cela…

Elle se tut. Soudain, elle comprenait pourquoi elle avait tant pleuré. Le départ de Nikolaï en catimini avait réveillé de douloureux souvenirs qu'elle se refusait à exhumer.

— J'ai essayé de te prévenir que je partais, mais tu faisais semblant de dormir.

Bon sang, il y avait certaines choses que l'on feignait de ne pas voir ! C'était une règle tacite connue de tous. Sauf de Nikolaï, apparemment.

— Tu étais gênée et moi aussi, poursuivit-il. J'ignore quelles sont tes raisons. Mais je peux t'expliquer les miennes.

Rachel s'agita nerveusement sur le canapé, mais le laissa parler.

— Hier, tout ce que je désirais était assister au mariage de Sev. Reprendre contact avec mes anciens amis n'était pas mon intention. Si je me faisais repérer, je savais qu'une mise au point serait inévitable. Ils ont sûrement beaucoup de questions…

— Évidemment, dit Rachel. Ils veulent combler les années manquantes.

Nikolaï remplit son verre en silence. Il comprenait que ses amis cherchent à retracer son parcours. Ce qu'il redoutait, c'était qu'ils lui demandent pourquoi il s'était enfui en premier lieu. Même maintenant, il peinait à trouver les mots.

— Nous n'avons pas vraiment eu le temps de parler, reprit-il avec hésitation. Sev est en lune de miel, Daniil est occupé avec le bébé…

Rachel fronça les sourcils.

— Ne comptes-tu pas rester en contact ?

— Une part de moi le souhaite, soupira Nikolaï. Je le dois à Sev. J'ignorais qu'il pensait que je m'étais suicidé. Il doit se demander pourquoi je me suis enfui de l'orphelinat…

Il marqua une pause.

— J'ai été abusé par un professeur, confessa-t-il.

Rachel avala une longue gorgée de vodka. Mais le vertige qui la saisit n'avait rien à voir avec l'alcool et tout à voir avec le sujet abordé. Elle sentait le regard perçant de Nikolaï sur elle, sans oser lever les yeux. Plus que ce qui lui était arrivé, c'était le parallèle avec son propre passé qui la mettait mal à l'aise.

Lui avait agi.

L'homme assis à côté d'elle avait eu le courage de s'enfuir, alors qu'elle s'était contentée de subir en silence. Elle revivait la scène comme si c'était hier. Le petit ami de sa mère, se glissant dans sa chambre… C'était le souvenir qu'il avait ravivé en elle ce matin : celui de la porte se refermant sur elle, seule dans le noir.

Utilisée, puis abandonnée.

Elle aurait voulu être honnête avec Nikolaï, lui dire qu'elle comprenait. Mais non, elle n'était pas prête à briser ce tabou. Ni maintenant, ni jamais.

— Abusé… sexuellement, précisa Nikolaï.

La sueur perlait sur sa lèvre supérieure. N'y avait-il pas trop de monde autour d'eux pour une telle discussion ?

— Tu n'es pas obligé de m'en parler, dit-elle d'une voix étranglée.

Devait-elle lui avouer qu'elle était au courant ? Que ses amis savaient déjà ? Non, ce serait pire encore. Comme entendre son journal intime être lu à voix haute.

— Je voulais juste t'expliquer pourquoi je me suis enfui, conclut-il.

— Je comprends.

— Je préférais que tu l'apprennes de moi plutôt que de quelqu'un d'autre…

— J'ai compris, d'accord ?

Une serveuse leur apporta la carte des desserts, qu'elle fit mine d'étudier avec intérêt. Elle avait désespérément besoin de normalité. De remettre son masque en place.

— Au fait, tu as oublié cela…

Elle sortit les lunettes de soleil de son sac et les posa sur la table.

— Merci.

Le malaise de la jeune femme n'avait pas échappé à Nikolaï. Elle tortillait une mèche de ses cheveux avec l'air de ne savoir quelle contenance adopter.

— La glace à la réglisse a l'air délicieuse.

— Vraiment ? fit-il froidement.

— Tout bien réfléchi, je suis repue. Je me passerai de dessert.

De nouveau, elle fouilla dans son sac, en quête de son porte-monnaie.

— Inutile, dit Nikolaï.

— Laisse-moi au moins payer ma part.

— Ce n'est pas la peine.

Rachel se leva, légèrement étourdie. Tandis qu'elle cherchait la serveuse des yeux, elle nota qu'il ne sortait pas son portefeuille.

— L'addition…

— Je suis propriétaire du bar, déclara Nikolaï.

Finis, les mensonges, même par omission. Et fini, avec Rachel. Oh ! il s'était attendu à de la gêne, à des questions embarrassantes. Mais qu'elle ignore sa confession pour se concentrer sur le menu… Cette attitude l'avait profondément blessé.

Quelques minutes plus tard, ils étaient dans la rue. Rachel cilla, éblouie par la lumière des lampadaires. Seigneur, elle avait vraiment réagi comme un pied ! La nausée lui nouait encore l'estomac après ce plongeon indésirable dans son propre passé.

— Nikolaï…

Trop tard pour réparer les dégâts. Déjà, Nikolaï hélait un taxi. Qu'il ne comptait pas prendre avec elle, à en croire la façon dont il lui tenait la portière ouverte. Il tendit quelques billets au chauffeur.

— Je peux payer ! protesta-t-elle.

— C'est moi qui t'ai amenée ici, dit Nikolaï. Je tiens à m'assurer que tu rentres chez toi sans encombre.

Et seule.

Il en avait fini avec Rachel Cary.

7

Quel monstre d'égoïsme !

Rachel se méprisait d'avoir été si insensible. Nikolaï, ignorant qu'elle était au courant, lui avait confié un lourd secret. Et sa seule réaction avait été de lui proposer une glace ! Il avait mis son âme à nu et elle avait fermé la sienne à double tour. Comment s'excuser après cela ?

Le mercredi, elle appela Libby pour prendre des nouvelles. Elle laissa un message sur le répondeur et retenta sa chance le lendemain. Puis le jour suivant.

— Désolée, Rachel…

Libby semblait fatiguée lorsqu'elle parvint enfin à la joindre le vendredi.

— Je voulais t'appeler. Mais chaque fois que j'essaie, la petite se réveille !

— Pas de problème. Comment va-t-elle ?

— Très bien, tant qu'on s'occupe d'elle. Daniil dit qu'elle est mon portrait craché.

— Toujours pas de prénom ?

— Nous te le dévoilerons demain, dit Libby.

— Demain ?

— Quand tu passeras voir le bébé. J'ai une faveur à te demander. Deux, en fait.

Rachel fronça les sourcils.

— Lesquelles ?

— Pouvons-nous en parler demain ?

Des pleurs résonnèrent au bout du fil.

— Bien sûr, acquiesça Rachel. Qui sera là ?

— Juste nous. Oh ! et peut-être Anya. Nous avions aussi invité Nikolaï…

Les doigts de Rachel se crispèrent sur le combiné.

— Mais il n'a pas répondu, termina Libby. Apparemment, il devait partir à l'étranger après le mariage. Daniil lui a envoyé plusieurs messages qui sont restés sans réponse.

— Oh.

— Nikolaï ne semble pas vouloir rester en contact. Daniil va devoir l'accepter.

Les pleurs du bébé redoublèrent.

— Désolée, je dois y aller, dit Libby.

— Bien sûr.

Rachel raccrocha et poussa un soupir. Elle se sentait coupable du brusque départ de Nikolaï. Il avait certes prévenu qu'il ne resterait pas. Mais n'aurait-il pas pris le temps d'une vraie discussion avec ses amis si elle avait mieux réagi à sa difficile confession ? Avait-il craint de leur part une réaction aussi froide que la sienne ?

— Flûte, marmonna-t-elle.

Au diable sa fierté. Demain, elle demanderait son numéro à Daniil. C'était à son tour de s'excuser.

Le lendemain, elle se présenta chez Libby et Daniil, impatiente de faire la connaissance du bébé, mais nerveuse à l'idée de ce qu'elle avait à demander. Sa nervosité se mua en panique lorsqu'elle franchit le seuil du luxueux penthouse.

Dans le salon se tenait Nikolaï en personne.

Elle lui adressa un sourire timide.

— Salut.

Il ne lui rendit pas son sourire, se contentant d'un bref hochement de tête. Anya ne se montra guère plus démonstrative. Rachel s'approcha de Libby, assise sur le canapé avec le bébé. Elle l'embrassa sur la joue et lui tendit son cadeau.

— Faisons l'échange, proposa Libby en souriant.

Elle transféra le bébé dans ses bras. Rachel s'assit à son tour et caressa la joue de la fillette. Elle était si minuscule ! Des larmes d'émotion lui montèrent aux yeux.

— Elle est magnifique, murmura-t-elle. J'aimerais la garder contre moi pour toujours.

— Avec plaisir, dit Libby. Elle se met à pleurer dès qu'on la délaisse !

— Comme nous tous, non ? repartit Rachel.

Elle s'était réjouie pour Libby en apprenant sa grossesse. Mais tenir contre son cœur ce petit être de chair et de sang la remuait au plus profond de son âme. Tellement qu'elle en oublia Nikolaï.

— Oh ! Rachel, s'écria Libby, émue, en découvrant son présent.

Rachel avait eu le coup de foudre pour une couverture en cachemire d'un rose pastel très doux.

— C'est superbe !

— Je voulais faire broder son prénom, mais comme je l'ignore…

— Nadia, dit Daniil. Cela signifie « espoir ».

Nikolaï observait la scène en silence. Rachel le fascinait. Le bébé avait laissé Anya indifférente, mais la jolie rousse, elle, était émue aux larmes.

— Maintenant que nous sommes tous réunis, j'ai quelque chose à demander, commença Libby. Rachel, accepterais-tu d'être la marraine de Nadia ?

— Moi ? s'exclama Rachel.

— Je sais que c'est un peu précipité. Mais Anya s'envole bientôt pour Paris et Nikolaï s'en va dès le retour de Sev et Naomi…

— Je pars ce lundi pour la semaine, intervint Nikolaï.

— Eh bien, tu seras rentré dimanche pour le baptême, répondit Libby.

Le cœur de Rachel sombra.

— C'est le mariage d'André, dimanche prochain.

— Et alors ? rétorqua Libby, balayant l'obstacle. Tu as dit toi-même que tu ne voulais pas y aller.

— Ce n'est pas cela…

Nikolaï remarqua la pâleur de la jeune femme et la façon dont elle fuyait le regard de son amie.

— C'est le mariage de ma cousine Shona, bredouilla-t-elle.

— Shona se marie, elle aussi ?

L'indifférence de Rachel suite à son difficile aveu ne l'inclinait pas à l'empathie. Il se surprit pourtant à compatir tandis que Libby assemblait les pièces du puzzle.

— Tu veux dire que Shona et André… ?

Libby ouvrit des yeux ronds.

— N'est-elle pas venue te voir à Singapour ?

— Si. Ils se sont rencontrés à cette occasion, dit Rachel, toujours sans la regarder.

— Mais lui et toi étiez encore…

— Libby !

Elle l'implora du regard. Alors seulement, Libby perçut son malaise.

— Oh ! Rachel, je suis désolée.

Rachel aurait voulu disparaître dans un trou de souris, tant elle avait honte.

— J'ignorais qu'ils sortaient ensemble jusqu'à il y a quelques semaines, quand ma mère m'a annoncé leur mariage, expliqua-t-elle.

Elle n'osait pas croiser le regard de Nikolaï.

— Désolée, Libby. Je ne pourrai pas être présente au baptême.

— Si vous avez besoin d'une remplaçante, je suis là, lança Anya.

Libby demeura sans voix. Même Rachel réprima un sourire devant cette offre totalement déplacée. Elle vola au secours de son amie.

— Je parlerai à ma mère au sujet du mariage. Nous trouverons bien un arrangement.

— Mon offre tient toujours en cas de besoin, dit Anya. Je

dois y aller. C'est la dernière représentation. J'ai besoin de temps pour me préparer.

Elle se tourna vers Nikolaï.

— Trop tard, pour les billets. Tu vas devoir venir à Paris pour me voir danser.

C'est tout juste si elle daigna honorer Rachel d'un regard, ou même Libby et le bébé, tandis que Daniil la raccompagnait à la porte. Un silence gêné s'installa, que Libby tenta de rompre en taquinant Nikolaï :

— Est-ce sa façon de flirter avec toi ?

— Non, répondit-il. Anya a toujours été arrogante, persuadée que tout le monde rêve de la voir sur scène.

En attendant, Rachel n'avait qu'une envie, rentrer chez elle au plus vite.

— Tu n'as aucune intention de parler à ta mère, n'est-ce pas ? dit Libby alors que Daniil les rejoignait.

— Non. Je cherchais à décourager Anya.

— J'aimerais tellement que tu sois là !

— Moi aussi, soupira Rachel. Mais ma mère et ma tante sont très proches. Shona et moi avons grandi ensemble. Ce serait mal vu que je ne vienne pas au mariage.

Quoi qu'il lui en coûte, pensa Nikolaï.

— Pourquoi ne pas venir aux deux ? suggéra-t-il sur une impulsion.

Bon sang, de quoi se mêle-t-il ?

— Le baptême est à 11 heures, appuya Libby.

— Et le mariage à 13 heures, en pleine campagne, dit Rachel. C'est impossible.

Elle tenta de changer de sujet.

— Tu avais autre chose à me demander, je crois ?

— Ah, oui. Le professeur qui me remplace au studio doit se rendre à des funérailles en Espagne, expliqua Libby. Il sera absent une semaine. Je sais que tu n'aimes pas enseigner, mais...

— Une semaine, ce n'est pas la mort, assura Rachel.

— Tu en es sûre ? Je peux toujours demander à Maria.

— Non, je m'en charge. Désolée, Libby, je dois vraiment y aller.

Tout le monde devinait que c'était un mensonge, mais elle était trop pressée de partir pour s'en soucier.

— Bien sûr, dit Libby.

Elle reprit Nadia dans ses bras tandis que Rachel prenait congé de Daniil et saluait Nikolaï d'un hochement de tête. Sur le seuil, Libby s'excusa de son indiscrétion à propos d'elle et André.

— Ce n'est rien, assura Rachel.

— Bien sûr que si. Je t'ai mise dans l'embarras.

— Tu n'as fait que dire la vérité.

Elle embrassa son amie sur la joue et s'en alla.

— Eh bien, on peut dire que j'ai mis les pieds dans le plat, soupira Libby, de retour dans le salon.

— Je suis sûr qu'elle ne t'en tient pas rigueur, la consola Daniil. Reste à trouver une autre marraine.

— Je tenterai de nouveau de la convaincre, mais je doute d'y arriver. Rachel ne supporte pas qu'on parle de sa famille. Je me demande bien pourquoi. Ne pourrait-elle tenir tête à sa mère, pour une fois ?

Nikolaï suivait attentivement la conversation. Lui aussi était curieux de percer ce mystère, mais il s'abstint de tout commentaire.

— Je vais donner le biberon à Nadia, annonça Libby.

La jeune femme partie, Nikolaï se retrouva seul avec Daniil, pour la première fois depuis de longues années.

— Et toi, alors ? Comment cela s'est-il passé, avec ta famille adoptive ? s'enquit-il.

— Mal, répondit Daniil. Nous avons coupé les ponts. Mais j'ai Libby et Nadia, maintenant. Et Sev, aussi.

— Il part s'installer à New York, non ?

— Nous avons déjà prévu de passer le nouvel an chez lui.

— Ah, les vacances en commun…

Daniil ne s'offusqua pas de son dédain affiché. Sans doute parce que ce mécanisme de défense lui était familier. Ils avaient tous appris, en grandissant, à mépriser quiconque dépendait des autres.

— C'est agréable de passer du temps entre amis. Et maintenant qu'on t'a retrouvé…

— N'oublie pas Anya, l'interrompit Nikolaï, soucieux de couper court aux questions.

— Ce n'est pas faute d'essayer, plaisanta Daniil.

Ils échangèrent un sourire.

— Elle n'a pas changé.

— Je soupçonne que quelque chose s'est passé entre elle et Roman, après mon départ pour l'Angleterre. Tu n'as rien remarqué ?

Nikolaï se remémora ses années à l'orphelinat après l'adoption de Daniil.

— Roman a été placé dans l'aile correctionnelle. Je ne l'ai plus beaucoup vu, après cela. Quant à Anya, elle ne revenait qu'aux vacances pour aider sa mère…

Il secoua la tête.

— Je me suis enfui à quatorze ans. Peut-être sont-ils sortis ensemble plus tard.

Zut, voilà qu'il avait ramené le sujet sur sa fugue. Il s'approcha de la baie vitrée, qui offrait un fabuleux panorama de Londres où se détachaient Big Ben et les tours de Westminster.

— Jolie vue, commenta-t-il.

La sienne changeait constamment. Il ne restait jamais au même endroit et ce mode de vie lui convenait. Pourtant, se retrouver ici chez Daniil, dans son foyer, lui procurait une sensation étrange. Même les pleurs du bébé participaient à l'atmosphère paisible qui y régnait.

— Alors tu n'as aucune nouvelle de Roman ? demanda-t-il.

— Non, soupira Daniil. Je suis retourné plusieurs fois en Russie, sans résultat. Au fait, tu te souviens de Sergio, qui nous apprenait la boxe, à Roman et moi ?

— Bien sûr. C'était un homme bien.

— Il est décédé, il y a quelques années.

Nikolaï ne manifesta aucune émotion. La force de l'habitude, sans doute.

— J'ai quelque chose pour toi, dit Daniil.

Il quitta la pièce et réapparut peu après avec une photo.

— C'est une copie. Garde-la.

La photo les représentait tous les quatre, enfants. C'était lui, Nikolaï, qui avait supplié Sergio de la prendre. L'émotion le submergea. Ils étaient heureux, alors. Les autres enfants, ceux qui avaient une famille, se moquaient d'eux parce qu'ils étaient seuls au monde. Mais c'était faux. Ils étaient tous les quatre. Ce n'est qu'après l'adoption de Daniil que tout était parti à vau-l'eau.

Sans un mot, Nikolaï glissa la photo dans la poche de sa veste.

— Lors de mon dernier voyage, j'ai discuté avec la veuve de Sergio, reprit Daniil. Elle m'a raconté que Roman s'était rebellé après mon départ et qu'il avait sans doute rejoint l'armée. Cette piste a abouti à une impasse. Elle m'a aussi parlé de toi et de la lettre que tu avais laissée avant que ton corps soit repêché dans la rivière…

Nikolaï sentit le sol se dérober sous ses pieds.

— Elle t'a parlé de la lettre…

Son cœur battait à tout rompre. Avant de s'enfuir, il avait écrit une lettre dénonçant les abus qu'il avait subis et l'avait glissée sous la porte du bureau du directeur dans l'espoir d'éviter qu'il y ait d'autres victimes. Pas étonnant que tout le monde ait cru à un suicide !

D'autres souvenirs se bousculaient dans sa tête. Ce matin-là, il avait été témoin d'une altercation. Un jeune garçon était tombé à l'eau. Il avait lâché son sac, prêt à plonger…

Mais un détail le préoccupait avant tout.

— T'a-t-elle parlé du contenu de la lettre ?

— À propos des abus ?

Daniil hocha la tête.

— Elle a ajouté que le professeur avait été suspendu.

Daniil savait ! réalisa Nikolaï. Il était au courant et le regardait sans ciller.

— Sev sait aussi ?

— Bien sûr. Nous cherchions à comprendre…

— Et Libby ?

Il acquiesça.

— Et Libby quoi ? lança celle-ci en les rejoignant.

— Nous parlions de la raison pour laquelle Nikolaï s'est enfui de l'orphelinat.

— J'espère que ce type brûlera en enfer pour ce qu'il t'a fait ! s'écria-t-elle.

Libby savait aussi. Il avait tant redouté le moment des révélations, et tout le monde connaissait déjà son secret ! Et si Libby savait…

— Qui d'autre est au courant ?

— Personne, assura Daniil.

Mais c'était Libby que Nikolaï fixait. La jeune femme s'empourpra.

— Il est possible que j'aie laissé échapper quelque chose devant Rachel, admit-elle. Nous étions colocataires, à ce moment-là. J'étais si excitée que Sev et Daniil se soient retrouvés…

— Ce n'est pas grave, dit Nikolaï.

Ses pensées fusaient dans tous les sens. Rachel savait depuis le début. Elle connaissait son secret quand ils avaient dansé. Quand ils avaient parlé de l'un et de l'autre. Quand ils avaient fait l'amour. Elle connaissait son secret et n'avait rien changé dans sa façon d'être.

Alors pourquoi ce malaise pendant sa confession ? Pourquoi avait-elle désespérément cherché à changer de sujet ? C'est tout juste si elle n'avait pas pris la fuite lorsqu'il avait parlé d'abus sexuels. Exactement comme lui quand Yuri l'avait interrogé.

Il se remémora la scène.

« J'ai compris, d'accord ? »

Comment avait-il pu passer à côté de cela ? La colère dans ses yeux, la panique… Même Libby, sa meilleure amie, ignorait pourquoi Rachel refusait de parler de sa famille. Il en devinait la raison, à présent.

Oui, Rachel comprenait.

Elle avait traversé la même épreuve, il en était convaincu.

8

Rachel avait envie de mourir de honte. Roulée en boule sur son lit, elle se repassait en boucle sa visite chez Libby. Non seulement elle ne s'était pas excusée, mais Nikolaï avait appris que jusqu'à récemment elle couchait encore avec André ! Pas besoin de se triturer les méninges pour deviner ce qu'il pensait d'elle.

Un long bain chaud lui ferait du bien, décida-t-elle. Alors qu'elle traversait le vestibule en robe de chambre, on frappa à sa porte. Impossible de faire la morte : le visiteur avait dû l'entendre. Sa mère, probablement. Elle alla ouvrir.

Ce n'était pas sa mère.

— Libby a oublié de te donner les clés du studio, dit Nikolaï. J'ai proposé de le faire pour elle.

Il lui tendit le jeu de clés.

— Il y a aussi un emploi du temps des cours…

— Je suis désolée !

Rachel n'avait que faire des clés et de l'emploi du temps. Les mots qu'elle préparait depuis une semaine se bousculèrent sur ses lèvres.

— J'ai mal réagi quand tu m'as confié que…

— Pas de problème, l'interrompit-il.

— Si, je m'en veux. Je comptais demander ton numéro à Daniil, mais… Tu étais là.

Il lui sourit, de ce sourire qu'elle avait cru ne jamais revoir. Elle était incapable de le lui retourner.

— J'ai tellement honte, murmura-t-elle.

— Pourquoi ?

— À cause de…

Elle leva timidement les yeux, comme si elle affrontait le Jugement dernier.

— Tu sais.

— À cause d'André ? Rachel, c'est lui qui est en faute. Tu n'as pas à avoir honte de quoi que ce soit, affirma Nikolaï. Puis-je entrer ?

Rachel ne s'attendait pas à le trouver sur son palier — encore moins à ce qu'il veuille entrer ! Elle opina et s'écarta pour le laisser passer. Le moins qu'on pût dire était que sa présence détonnait dans son vestibule vétuste.

— Alors comme cela, tu voulais mon numéro ?

— Oui, dit-elle. Pour m'excuser.

— N'espérais-tu pas que je t'invite de nouveau à sortir ?

Elle secoua la tête.

— Tu en es sûre ?

— Sûre et certaine. De toute façon, tu t'en vas lundi, non ?

— J'ai reporté mon voyage d'une semaine. Mais je croyais que tu fuyais les relations sérieuses, observa-t-il.

— C'est le cas.

— Et si je te disais que j'ai en ma possession deux billets pour *L'Oiseau de feu* ce soir ?

— Tu es sérieux ?

— Toujours.

— Comment les as-tu obtenus ?

Nikolaï ne répondit pas. Après avoir quitté Daniil et Libby, il avait eu l'intention de retourner à son yacht, se changer et sortir s'amuser. Il se sentait si léger ! Le fait que ses amis connaissent déjà son secret avait enlevé un poids de ses épaules. Il avait même hâte que Sev rentre de sa lune de miel afin de rattraper le temps perdu.

Londres débordait de vie. L'air était doux et les femmes exhibaient leurs jambes dans leurs minijupes. Il avait des amis, ici. Il était temps de faire la tournée des grands ducs ! Et pourquoi ne pas finir la nuit en beauté sur son yacht ? Il n'avait donné aucune fête depuis son arrivée. Cela ne lui ressemblait pas. Il avait été trop occupé à penser à Rachel…

Et c'était encore elle qui accaparait son esprit au moment de sauter dans sa voiture. Son projet de nuit de débauche avait aussitôt perdu tout attrait. Ce qu'il voulait, c'était être là pour elle. Lui offrir le réconfort d'un fardeau partagé. La sensation était difficile à décrire, mais lorsqu'il avait confié son secret à Yuri… le monde n'avait pas seulement continué de tourner, il était devenu plus beau.

Et il l'était devenu encore un peu plus ce soir avec le soutien de Daniil.

Peut-être ne faisait-il que passer dans la vie de Rachel, mais il tenait à ce qu'elle ressente cela aussi. Voilà comment il se retrouvait chez elle avec une offre qu'elle ne pouvait refuser.

Rachel n'en revenait pas.

— C'est Anya qui te les a donnés ?

— Non. Je ne demanderai jamais rien à Anya.

— Pourquoi ?

— Question de principe. Alors, partante ou non ?

Elle sourit.

— À ton avis ?

— Dans ce cas, nous devons partir maintenant.

— Maintenant ? Je ne suis pas prête !

— Alors file t'habiller.

Comme elle tournait les talons, il la retint par le poignet et lui caressa la joue.

— C'est joli, ça.

— Quoi ?

— Ces taches de rousseur.

Rachel s'empourpra. Elle avait complètement oublié qu'elle n'était pas maquillée !

— Elles ne viennent pas avec nous au ballet, dit-elle.

— Dommage.

— Appelle un taxi pendant que je m'habille.

Elle s'enferma dans sa chambre et passa en revue le contenu de sa penderie. Ce n'était pas le choix qui manquait. Elle adorait faire du shopping, avec un faible pour les couleurs tape-à-l'œil. Mais ce soir, elle avait envie d'un style plus sobre, aussi opta-t-elle pour une petite robe noire toute simple, avec une culotte en dentelle beige et un soutien-gorge assorti.

Alors que sa robe de chambre tombait au sol, la voix de Nikolaï lui parvint du couloir.

— Dépêche-toi ou nous allons être en retard.

— Je fais aussi vite que je peux !

Elle s'habilla en hâte pour s'empêcher de l'inviter dans sa chambre. Le savoir ici, dans son petit appartement, la troublait. Tout comme le désir que sa présence avait aussitôt allumé en elle. Non, elle ne cherchait pas de relation sérieuse, mais elle chérissait chaque moment passé avec lui.

Elle s'assit devant sa coiffeuse et hésita devant son tube de fond de teint. Et si elle s'en passait, ce soir ? Ce serait une première, mais pourquoi pas ? Elle se contenta donc de maquiller ses yeux et d'étaler un peu de blush sur ses joues, avant d'attacher à la va-vite ses cheveux en chignon. Voilà, elle était prête !

Le regard de Nikolaï sur elle lorsqu'elle sortit fit courir des frissons sur sa peau. C'était rare qu'elle porte une tenue aussi sage. Pourtant, elle se sentait totalement nue devant lui !

— Allons-y, dit-il.

— Le taxi est déjà là ?

— Mon chauffeur nous attend.

— Ton chauffeur ?

— Celui de la compagnie dont j'emploie les services quand je viens à Londres.

Elle ne savait décidément rien de lui, songea Rachel en vaporisant un nuage de parfum dans son cou. Elle glissa ses clés dans son sac et suivit Nikolaï dehors, où ils prirent place à l'intérieur d'une luxueuse berline.

— Où vis-tu quand tu n'es pas à Londres ? demanda-t-elle.

— Ici et là.

— Mais encore ? Où se trouve ton QG ?

Il ne répondit pas. Rachel ne s'en formalisa pas. Après tout, elle aussi était experte dans l'art d'éluder certaines questions.

Elle changea de sujet.

— Je n'arrive pas à croire que nous allions à la dernière d'Anya. As-tu déjà assisté à un ballet ?

— Jamais, admit Nikolaï.

— Oh ! tu vas adorer, tu verras !

— Comptes-tu rédiger un article sur la représentation de ce soir ?

— Bien sûr, répondit Rachel. Je mets toujours un point d'honneur à écrire dès mon retour, tant que c'est encore frais dans ma mémoire.

Nikolaï avait pris sa décision — là, à l'instant. Ce soir, il l'inviterait dans son « QG ».

Chez lui.

La voiture s'arrêta devant le théâtre et la portière leur fut ouverte. À peine sortie, Rachel lissa sa robe du plat de la main comme elle le faisait toujours. Il commençait à connaître ses petites manies, ce qu'il évitait généralement. Mais avec Rachel, cela lui plaisait.

— Comment diable t'es-tu procuré ces billets ? dit-elle, revenant à la charge alors qu'ils entraient dans le théâtre.

Rachel peinait encore à y croire. Elle-même, malgré ses relations dans le monde de la danse, avait fait chou blanc. Ils suivirent le placeur qui les conduisit à leur loge. Quel choc en constatant que sa voisine n'était autre qu'une célèbre duchesse ! Elle se tourna vers Nikolaï, stupéfaite. Ces sièges étaient réservés pour d'éventuels milliardaires ou têtes couronnées qui souhaiteraient à la dernière minute assister à la représentation. C'étaient les meilleures places, celles dont on savait, sur scène, qu'elles pouvaient être occupées par une princesse !

— Nikolaï, comment as-tu eu ces billets ?

— Cesse de poser des questions et profite du spectacle, chuchota-t-il alors que les lumières s'éteignaient.

C'est exactement ce qu'elle fit. Anya était à couper le souffle. Sa silhouette élancée collait parfaitement au rôle. Lors de ses fouettés, elle semblait se métamorphoser en un tourbillon doré. Rachel l'avait vue sur scène à de nombreuses reprises. Mais ce soir, elle était tout simplement aérienne — une plume soufflée par la brise. Anya dansait corps et âme et, comme toujours, donnait tout à son public.

À l'entracte, les spectateurs parurent quitter leurs sièges à contrecœur. Rachel, elle, était partagée. Le plaisir de la représentation valait celui d'échanger avec Nikolaï, l'entendre évoquer l'enfance d'Anya… *Être avec lui.*

— Elle travaillait ses pas dans la cuisine de l'orphelinat, raconta Nikolaï, l'air impressionné, lui aussi. Sa mère était la cuisinière. À chaque période de vacances, elle répétait sans relâche.

— Elle est tellement brillante, soupira Rachel.

— Serais-tu jalouse ?

— Non. J'apprécie simplement d'admirer des artistes au sommet de leur art. Je sais que je ne pourrai jamais danser comme Anya.

— Pour quelle raison ?

— Ma taille. Un inconvénient majeur pour les pas de deux. Mes partenaires craignaient d'y laisser leur dos…

— Mais tu es si fluette ! s'exclama Nikolaï.

— Pas tant que cela, le détrompa-t-elle. Non, pour ma part, j'ai tout de suite accepté le fait que je ne serais jamais danseuse étoile. Libby, elle, envierait Anya.

Elle avait dit cela sans malice. C'était une simple observation.

— Quel était ton rôle préféré ? demanda Nikolaï.

— J'ai été l'un des cygnes dans *Le Lac des cygnes* pendant quelques saisons. Le costume était sublime. Une féerie de plumes blanches…

Elle poussa un soupir à ce souvenir.

— Je n'ai jamais été Odette, mais j'étais un cygne heureux. Danser était tout ce qui comptait, pour moi. Chacun a ses propres motivations. Libby, c'était chasser le premier rôle…

— Et toi ?

Elle réfléchit un instant.

— M'évader. J'aimais la sensation de liberté que me procurait la danse.

— Et sans elle ? insista doucement Nikolaï.

La sonnerie annonçant la reprise retentit. Elle l'ignora. Nikolaï avait touché juste : qu'aurait-elle fait sans la danse ? C'était ce qui la gouvernait depuis l'âge de cinq ans. Désormais, elle était seule avec elle-même.

— Ai-je le droit de garder le silence ? éluda-t-elle.

Son sourire rencontra le regard sérieux de Nikolaï.

— Accordé.

Oh ! le soulagement ! Elle lui était sincèrement reconnaissante de ne pas la harceler de questions.

Ensemble, ils regagnèrent leurs sièges et elle se laissa de nouveau aspirer dans un autre monde — en partie seulement. La chaleur de la cuisse de Nikolaï contre la sienne faisait naître une foule de papillons dans son ventre. Au passage le plus palpitant, elle agrippa sa main et sentit ses doigts serrer très fort les siens.

— Je n'ai pas envie que cela s'arrête, murmura-t-elle comme le rideau tombait.

Le public se leva et un tonnerre d'applaudissements éclata. Le vacarme était assourdissant. Nikolaï lâcha sa main tandis qu'Anya, sur scène, saluait et ramassait les bouquets qu'on lui jetait. Soudain, elle se figea, les yeux fixés sur un point en hauteur. Cela ne dura qu'une seconde. Après une dernière révérence, elle disparut en coulisses.

— Veux-tu aller la saluer ? proposa Nikolaï.

— Non.

Elle avait passé la soirée avec lui au milieu d'autres gens. À présent, elle le voulait pour elle seule.

— Allons-nous-en.

Elle sentait ses yeux dans son dos tandis qu'ils fendaient la foule vers la sortie. Lorsqu'il prit sa main, un frisson la traversa. Pourquoi ce simple geste l'excitait-il autant ? Elle se serait enfuie au bout du monde avec lui, en cet instant.

Dans la rue, il l'entraîna directement vers la voiture, sans chercher à l'embrasser. Rachel réprima sa déception et le suivit à l'intérieur. Ils laissèrent un écart entre eux — c'était plus prudent. Mais sa main ne lâcha pas la sienne.

— Où allons-nous ? demanda-t-elle.

La voiture se dirigeait vers l'île aux Chiens plutôt que son quartier. Y avait-il réservé un hôtel pour la nuit ? La panique la gagna à l'idée d'une nouvelle nuit dans le noir. Chez elle, elle serait plus à l'aise. Elle pourrait laisser la lampe du couloir allumée…

— Nikolaï, je dois rentrer. J'ai mon article à écrire.

— Je t'invite chez moi, dit Nikolaï.

La voiture venait de s'arrêter sur les quais, devant un yacht imposant illuminé de mille feux qu'un petit attroupement prenait en photo. Rachel ouvrit des yeux ronds. Non, tout de même pas…

Si. Nikolaï ne vivait pas à l'hôtel ou dans un appartement, mais sur un immense yacht. Un tapis rouge couvrait la rampe d'accès et un domestique en uniforme les accueillit à bord. C'était comme un palace, mais sur l'eau. Ils gravirent un escalier, puis traversèrent le pont principal avant d'atteindre le salon. Rachel accepta le verre que lui offrit un majordome. Celui-ci annonça que le dîner serait bientôt servi et s'éclipsa.

— Comment un orphelin en est-il arrivé là ? s'exclama-t-elle sans aucun tact. D'abord, des places réservées, et maintenant, ce yacht !

Nikolaï sourit.

— C'est un secret.

— Oh ! je finirai bien par te tirer les vers du nez. Je suis persévérante.

Mais il tint bon.

— Dans ce cas, fais-moi visiter, dit-elle. Qu'y a-t-il là-haut ?

Il l'emmena sur le pont supérieur, qui comprenait des chambres d'amis, un théâtre, un bar, ainsi qu'une vaste piste de danse.

— Eh bien, il a dû s'en passer, de folles soirées, ici !

— En effet, reconnut Nikolaï.

Et qui disait soirées, disait conquêtes, compléta mentalement Rachel.

— Cela ne t'inquiète pas ?

— Quoi donc ?

— Que les gens ne t'approchent que pour tout cela…

Elle désigna le yacht d'un geste évasif.

— Pourquoi cela m'inquiéterait-il ? répliqua Nikolaï avec un haussement d'épaules. Ma situation me convient. Je garde rarement le contact avec les gens.

Ils continuèrent la visite. Le yacht était équipé de tout le confort : une salle à manger en plein air chauffée, un jacuzzi, une salle de gym, une autre réservée aux massages. Des pièces prêtes à être investies, conçues pour combler le moindre désir de passagers éphémères. Ce yacht était fabuleux. Et pourtant… Y vivre devait ressembler à une tournée perpétuelle.

Une autre forme de solitude.

— Y a-t-il un capitaine ?

— Oui. Moi, répondit Nikolaï.

— Je veux dire, un vrai.

Cette désobligeance involontaire le fit sourire.

— Je suis un « vrai » capitaine. J'ai commandé des navires plus imposants que celui-ci. Ici, j'ai un second et deux ingénieurs.

— Et un cuisinier ?

— Un chef et un sous-chef.

C'est vraiment un monde à part, pensa Rachel.

— Où se trouve la salle de contrôle ?

— Le poste de barre ? rectifia Nikolaï. Viens, je t'y emmène.

Elle s'installa dans l'un des fauteuils de la petite pièce et le questionna sur les diverses commandes. Il aimait sa curiosité. Il avait envie de lui faire découvrir le yacht au summum de sa splendeur — en mer, au coucher du soleil.

— Que dirais-tu de partir quelques jours ? Nous serions de retour à temps pour le baptême.

— Tu sais bien que je ne peux pas y aller, lui rappela Rachel.

— Pour le mariage, alors. Qu'en dis-tu ?

Elle rit de cette proposition extravagante. C'était la plus

belle qu'on lui eût jamais faite. Elle avait beau avoir beaucoup voyagé au cours de sa carrière, la perspective d'une semaine oisive au gré des flots ne manquait pas d'attrait. Surtout en compagnie de Nikolaï. Mais cela signifiait aussi dormir avec lui. Une ou deux nuits, peut-être en était-elle capable. Mais une semaine ? Non. C'était précisément pour cette raison que ses relations ne duraient jamais.

Oh ! comme il lui en coûtait de refuser !

— Désolée. J'ai trop à faire, cette semaine. J'ai promis à Libby de la dépanner.

Ils savaient tous les deux que Libby pouvait se passer d'elle. Mais Nikolaï préféra ne pas insister.

Pour l'instant.

— Qu'y a-t-il, là-haut ? demanda-t-elle alors qu'ils passaient devant un escalier menant à une porte.

— Je te montrerai plus tard, dit Nikolaï.

— Ah, serait-ce la porte du paradis ?

— Plus tard.

Désobéissant aux ordres du capitaine, elle s'élança dans l'escalier et ouvrit la porte…

Oh! Le paradis, en effet.

Les lampes formaient comme une myriade d'étoiles au-dessus du lit, entouré à trois cent soixante degrés de murs en verre. Jamais elle n'avait vu de chambre aussi belle.

Nikolaï l'avait rejointe et se tenait juste derrière elle.

— Quand on est en mer, par temps calme, on a l'impression d'être étendu sur l'eau…

Zut. Elle mourait d'envie d'en faire l'expérience, maintenant. Et il le savait.

Il l'enveloppa de ses bras et embrassa son lobe d'oreille comme elle se laissait aller contre lui.

— Viens avec moi, souffla-t-il.

Oh ! ce n'était pas seulement du noir qu'elle avait peur. À quoi bon devenir intime avec lui si c'était pour le voir disparaître ?

— Je ne peux pas.

Les lèvres de Nikolaï dévoraient sa joue. Les mains sur

son ventre, il appuya de manière à lui faire éprouver toute la vigueur de son désir. Puis il les remonta vers ses seins, qu'il pétrit longuement à travers le fin tissu de sa robe. Rachel tourna la tête, le cou tendu. Elle voulait sa bouche.

Un petit cri lui échappa. La main de Nikolaï s'était faufilée sous sa robe et sa culotte. Les caresses qu'il lui prodiguait étaient un tel délice qu'elle en oublia de l'embrasser. Elle se moula plus étroitement contre lui. Soudain, elle s'imagina plaquée contre la vitre, prise par-derrière. Sa fièvre monta d'un cran. Alors qu'elle se débarrassait de sa culotte, Nikolaï la fit pivoter.

— Tu meurs d'envie de venir. Pourquoi aller contre ton désir ?

— Oh ! je ne fais rien de tel, assura-t-elle.

Elle se jeta sur ses lèvres.

— Rachel…

Quelle ténacité ! Comment pouvait-il encore tenir une conversation dans son état ?

— Je n'ai pas envie de parler.

Et elle connaissait le meilleur moyen de le faire taire. Ses doigts volèrent à sa braguette. C'était toujours elle qui dictait les règles au lit…

Sauf ce soir.

Il lui donna une tape sur la main.

— Monte sur le lit, ordonna-t-il d'une voix rocailleuse.

Il l'y poussa à reculons tout en l'embrassant, le regard assombri de désir. Un préservatif apparut de nulle part et fut rapidement mis en place. L'air manquait à Rachel. Elle allait être prise comme jamais elle ne l'avait été ! Son corps bouillonnait d'impatience. Mais de vieux souvenirs la firent freiner des quatre fers.

— Pas le lit…

Nikolaï s'immobilisa. D'où venait cette peur dans ses yeux ? Il se rappela sa résistance la fois précédente et comprit : elle ne voulait pas être sous lui.

Rachel se mordit la lèvre. Elle avait provoqué le tigre, sans l'informer de ses règles. Un cri lui montait à la gorge. Un cri de terreur qu'il ne méritait pas et qui risquait de gâcher cette soirée si parfaite...

Le cri mourut sur ses lèvres. D'un geste leste, il l'avait soulevée contre lui, et elle noua les jambes autour de sa taille. Le soulagement l'envahit. Elle prit sa bouche avec une passion décuplée tandis qu'il la pénétrait. Les mains plaquées sur ses fesses, il la bougeait à *leur* rythme, car ils ne faisaient plus qu'un.

Nikolaï aimait l'agilité de la jeune femme, la souplesse de ses cuisses, l'étreinte de ses muscles intimes sur sa chair. Il la voulait nue contre lui. Un jour, lui susurra-t-il en russe, il lui ferait l'amour lentement, en prenant tout son temps. Le feu de son corps était la réponse qu'il attendait.

Rachel, pantelante, renonça à l'embrasser. Elle croisa les chevilles derrière lui et s'arqua entre ses mains comme il accélérait le tempo. Elle aussi brûlait d'être nue, d'arracher ses vêtements pour exposer à l'air libre sa peau embrasée par le désir.

Avant même que Nikolaï crie son plaisir, elle perçut le spasme qui le secoua. Une plainte lui échappa, à mi-chemin vers le sanglot. Il la serra contre lui en même temps qu'il se libérait, et elle répondit à cette union intime de tout son être, vibrant sous ses baisers.

Elle sut à cet instant qu'il n'y aurait jamais personne d'autre que lui.

Au prix d'un effort surhumain, elle contint ses larmes lorsqu'il la posa à terre. Lentement, avec des gestes tendres, il la déshabilla et la mit au lit, avant de l'y rejoindre.

— Dîner ?

Elle rit. Quelle délicieuse suggestion ! On leur servit du homard accompagné de champagne.

— Et mon caviar ? dit-elle. Le service laisse franchement à désirer.

Alors elle l'entendit pour la première fois — le rire de Nikolaï. Un rire franc, chaleureux, qui lui donna envie de pleurer, car elle n'aurait bientôt plus jamais l'occasion de l'entendre.

Leurs plateaux furent débarrassés. Ne restaient qu'elle et lui et la nuit. Nikolaï tourna l'interrupteur et les étoiles au-dessus d'elle s'éteignirent. Cette obscurité était différente de celle qu'elle connaissait. Le reflet de la lune dans l'eau dansait au plafond, mais cela était loin de l'apaiser. Au contraire, les ombres démesurément grandies se mouvaient autour d'elle en raison des remous et lui donnaient le vertige.

— Tout va bien ? s'enquit Nikolaï, comme s'il avait perçu sa tension.

Rachel inventa une excuse.

— Je n'ai pas rédigé mon article. J'aimerais au moins griffonner quelques notes.

— Pourquoi ne pas l'écrire maintenant ? Utilise mon ordinateur.

— Je peux ?

— Bien sûr.

Sans rallumer la lumière, il passa dans la pièce d'à côté et rapporta son ordinateur portable qu'il lui tendit. Assise contre les oreillers, seulement éclairée par l'écran, Rachel revint sur la représentation de la soirée.

Il y avait tant à dire ! Comment exprimer toute la magie de la prestation d'Anya ? Sa grâce aérienne. La légèreté avec laquelle elle virevoltait sur scène, pareille à un éclair d'or. C'était son âme qu'elle avait insufflée à sa danse. Le Prince, ce soir, avait paru l'aimer plus que jamais.

Rachel relit ce qu'elle avait écrit. Ses yeux se fermaient tout seuls. C'était agréable de travailler au lit, Nikolaï endormi à son côté. Relaxant, même. Un peu trop.

Le bruit de l'ordinateur portable heurtant le sol la réveilla en sursaut. Elle s'était assoupie !

— Laisse, murmura Nikolaï comme elle se penchait pour le ramasser.

C'était dit gentiment. Il était 4 heures du matin, après tout. Mais sans la lueur de l'écran, elle se retrouvait de nouveau dans le noir ! Nikolaï remua et sa main se retrouva sur son ventre. Si seulement elle parvenait à se réfugier dans ses rêves, elle aussi ! Dormir, c'était fuir les ténèbres. Mais que cette main descende un peu plus bas…

Garde les yeux ouverts, s'exhorta-t-elle.

Difficile dans ce lieu atypique. Une vue panoramique signifiait plus d'obscurité encore. Elle avait la sensation d'être cernée. Et ces ombres qui dansaient, dansaient… Rachel avait la nausée.

Nikolaï dut percevoir son angoisse, car il roula vers elle. Elle sentit le début d'une érection contre sa cuisse. Bientôt, il aurait de nouveau envie d'elle.

Comment expliquer à un homme qui venait de vous faire passionnément l'amour que, dans le noir, le plus léger contact vous faisait hurler ?

C'était impossible.

Elle se dégagea d'entre ses bras et sortit du lit. Le bateau tangua, si bien qu'elle se retrouva à quatre pattes à tâtonner à la recherche de ses vêtements. La panique commençait à l'envahir. Elle n'avait qu'une hâte, se rhabiller et filer.

Ses doigts venaient de trouver sa robe quand la voix de Nikolaï s'éleva dans son dos.

— Que fais-tu ?

— Je rentre chez moi.

— Pardon ?

— Tu ne t'es pas gêné, toi, se défendit-elle.

— Nous en avons déjà discuté. Je t'ai expliqué mes raisons.

Son ton posé ne fit qu'accentuer sa panique.

— J'ai juste envie de rentrer, d'accord ?

— En pleine nuit ?

— Et alors ? rétorqua-t-elle.

Ne comprenait-il pas que c'était justement pour cela qu'elle partait ?

— Rachel ?

Mais sa voix ne l'atteignait plus. L'angoisse avait pris le dessus.

— Nikolaï…

Elle se releva, chancelante, les doigts crispés sur sa robe qu'elle tenait serrée contre elle. Et la vérité qu'elle n'avait jamais confiée à qui que ce soit jaillit de ses lèvres.

— J'ai peur du noir !

9

Les étoiles se rallumèrent et un flot de lumière inonda la pièce. Rachel respirait de nouveau.

Elle était très pâle, nota Nikolaï. La panique dans ses yeux lui rappelait la sienne, autrefois, quand il se réveillait en sueur au milieu de la nuit.

— Reviens te coucher.

— Je ne peux pas…

— Nous laisserons la lumière allumée, promit-il.

— Je ne veux pas m'endormir.

— À cause des cauchemars ?

Rachel hésita. C'était une excuse plausible. Mais elle ne lui avait jamais menti jusque-là et répugnait à le faire.

— Je n'aime pas dormir à côté de quelqu'un, dit-elle, optant pour une vérité partielle.

— Nous ne sommes pas obligés de dormir, dit Nikolaï.

Le visage de la jeune femme se ferma. Elle avait dû croire à une allusion sexuelle, réalisa-t-il après coup. Quel imbécile ! Ce n'était pas du tout ce qu'il avait en tête.

— Si tu reviens au lit, je te révélerai comment un orphelin en est arrivé là.

Rachel sourit. Il l'amadouait avec ses propres mots et cela fonctionnait. Sa peur se dissipait déjà.

— Je croyais que tu refusais d'en parler ?

— Pour toi, je ferai une exception.

Une exception à ce qui était une règle d'or, pour Nikolaï. Il n'avait jamais eu cette conversation avec qui que ce soit. Mais les temps changeaient. Bientôt, il raconterait son histoire à ses anciens amis. Et il tenait à ce que Rachel l'entende la première.

— Allez, viens…

Rachel prit la main qu'il lui tendait. Il ne lui posa aucune question, ce dont elle lui fut reconnaissante. Mieux encore, c'est lui qui s'ouvrit à elle.

— J'avais quatorze ans quand je me suis enfui, commença-t-il. J'ai pris le Transsibérien pour Vladivostok, clandestinement.

— Vladivostok ? C'est à l'autre bout du pays ! Comment as-tu fait ?

— Les voyageurs m'aidaient. Ils me donnaient à manger, me cachaient au passage des contrôleurs. J'ai tout de même fini par me faire pincer et chasser du train. J'ai attendu deux jours le suivant, avant de finalement atteindre Vladivostok, le plus grand port de Russie. C'était mon rêve d'aller là-bas. Après avoir observé les différents bateaux, j'ai choisi celui sur lequel j'embarquerais.

— Comme passager clandestin ?

— Oui.

Rachel frémit à cette idée. Elle s'allongea sur le côté pour mieux boire ses paroles.

— Je me suis caché dans la cale avec quelques provisions, poursuivit-il. Puis j'ai commencé à voler de la nourriture la nuit. J'ai failli me faire prendre une fois, alors qu'ils déchargeaient leur cargaison au Japon. Je me suis caché à temps dans une conduite et n'en suis sorti qu'après l'inspection du capitaine, une fois le bateau reparti. Tout allait bien, jusqu'à ce que nous tombions sur des pirates en mer de Chine.

Rachel écarquilla les yeux.

— Cela arrive, dit Nikolaï. Ils attendent que le bateau s'engage dans un passage étroit et le piègent avec leurs hors-bords.

— Que voulaient-ils ? La cargaison ?

— Non, eux en avaient après l'argent. Ils ont raflé le contenu du coffre et détroussé les membres de l'équipage avant de leur tirer dessus. Quand je suis sorti de ma cachette, le capitaine, Yuri, était blessé, mais en vie.

— A-t-il été surpris de te voir ?

— Rien ne surprend un bon capitaine, affirma Nikolaï. Mais il était furieux. J'ai appris plus tard qu'il se targuait de mener des inspections infaillibles. Les passagers clandestins sont un véritable fléau.

— Comme la femme dont tu as mis le bébé au monde ?

Nikolaï hocha la tête.

— C'est arrivé des années plus tard. Mais le problème est le même. Une fois découverts, ils doivent être rapatriés aux frais de la compagnie. Nous sommes donc retournés à Vladivostok. J'étais terrifié à l'idée que Yuri me livre aux autorités. Comme seuls quelques membres de l'équipage avaient survécu, j'ai essayé de me rendre utile. Finalement, Yuri et moi nous sommes liés d'amitié. Il a même voulu m'offrir une partie de la cargaison — des jeans, *beaucoup* de jeans — en faisant couvrir la perte par l'assurance. J'aurais pu devenir un oligarque.

Rachel le fixa sans comprendre.

— En faisant fortune au marché noir, expliqua-t-il. Au lieu de quoi, je lui ai demandé de m'apprendre son métier.

— Et il a accepté ?

— Oui. Dans un premier temps, j'ai été matelot de pont. Puis grâce à un de ses contacts, je suis parti dans le Nord travailler sur un brise-glace. Ce fut la meilleure expérience de ma vie. Ces navires sont si puissants qu'ils pulvérisent la glace sur leur passage. C'est un spectacle incroyable.

— J'aimerais naviguer sur un brise-glace, murmura rêveusement Rachel.

— Cela ne m'étonne pas de toi.

Nikolaï sourit à cette pensée.

— Ces navires allient taille, puissance et vitesse. Quand on regarde le passage que l'on vient d'ouvrir, on se sent minuscule. Aujourd'hui encore, c'est le travail que je préfère.

— N'est-ce pas solitaire ? s'enquit Rachel.

— Non. On mange tous ensemble, on visionne des films… C'est une autre vie. On peut aussi s'isoler quand on le souhaite.

Après quelques années sur un brise-glace, je suis revenu à Vladivostok, où j'ai retrouvé Yuri.

— Quel âge avais-tu, alors ?

— Vingt ans.

Rachel n'en revenait pas. Tant d'expériences à un si jeune âge !

— C'est à cette époque que les choses sérieuses ont commencé, continua-t-il. J'ai passé les examens de second, puis de premier matelot. Chacun requiert une période de trois cent soixante-cinq jours en mer. Yuri m'a tout appris sur le droit maritime, les salaires, la douane, les formalités et l'éternel problème des passagers clandestins. Puis j'ai postulé à la fonction de capitaine, qui requérait du temps supplémentaire en mer, ainsi qu'une évaluation à bord. Je venais tout juste de l'obtenir quand Yuri m'a annoncé qu'il était mourant. Il m'a alors entraîné dans un dernier voyage.

— Avait-il une famille ?

— Il était veuf, sans enfants. J'étais comme un fils pour lui, et lui, comme un père pour moi. À dix-huit ans, j'ai pris son nom de famille.

Rachel avait été fascinée par Nikolaï au premier regard et son instinct ne l'avait pas trompée. Elle aurait pu l'écouter pendant des heures.

— Lors de ce dernier voyage, nous avons beaucoup bu. Beaucoup parlé, aussi. Il m'a donné quelques derniers conseils avant de mourir. Il repose désormais au fond de l'eau.

— Oh ! non…

— C'était ce qu'il souhaitait, dit Nikolaï. Il était prêt à rejoindre sa femme qu'il n'avait jamais cessé d'aimer. Après sa mort, j'ai découvert que son contact dans le Nord n'était autre que l'un de ses employés. Yuri possédait deux brise-glace, ainsi que le navire marchand à bord duquel il s'est éteint. Il valait des millions… et m'a tout légué.

Rachel le contempla en silence.

— Il a fait de moi son unique héritier.

— Il t'aimait comme un fils, murmura-t-elle. N'es-tu pas heureux d'avoir refusé cette cargaison de jeans ?

Cette réponse fit sourire Nikolaï.

— Tu ne réalises pas la fortune que j'aurais pu amasser, à l'époque.

— Mais tu voulais travailler sur un bateau ?

— C'était mon rêve, oui. Mon vrai père devait être marin, car j'ai toujours voulu naviguer.

— Et maintenant, tu diriges une flotte de yachts de luxe…

— Exactement. Après quelques années, le navire marchand de Yuri a dû être démantelé. Ce fut un crève-cœur. C'est après cela que je me suis lancé dans les yachts de luxe. J'en possède trois. Celui-ci, que j'habite, et deux autres que je loue.

— Yuri te manque-t-il ?

— Terriblement. Il est le seul à qui j'aie raconté ce qui m'était arrivé à l'orphelinat.

Rachel parut surprise.

— J'étais terrifié à l'idée qu'il m'y renvoie, alors j'ai prétexté que j'étais harcelé, expliqua-t-il. Bien sûr, il a tout de suite compris que je lui cachais quelque chose. « *Beris druzhno ne budet gruzno* », m'a-t-il dit. « Un fardeau est moins lourd quand il est partagé. »

— Avait-il raison ?

— Oui. J'avais tant de colère en moi… Et lui semblait si calme, si sûr de lui…

Rachel n'avait jamais été aussi proche de révéler son secret. À lui, peut-être le pouvait-elle… *Non.* Aussi compréhensif qu'il soit. Son secret était trop honteux. Car son corps avait réagi. Cela ne signifiait-il pas qu'elle y avait pris du plaisir ?

Certaines choses, décida-t-elle, ne devaient jamais être exprimées.

Nikolaï devinait le conflit intérieur de la jeune femme. Lui aussi avait dû lutter contre ses démons avant de réussir à s'ouvrir. Parce qu'il comprenait ce qu'elle vivait, il s'abstint de toute question.

Les premières lueurs du jour s'invitaient déjà dans la chambre.

— Dors, lui souffla-t-il. J'ai du travail à terminer.

Nikolaï parti, Rachel prit ses aises dans le lit, mais le sommeil persista à la fuir.

Huit nuits.

Encore huit nuits, et il disparaîtrait de sa vie.

10

Son propre lit ne semblait plus si douillet à Rachel. Le dimanche soir, après une journée idyllique avec Nikolaï, elle s'était fait reconduire chez elle. Depuis, elle s'efforçait de jouer les indifférentes. C'était à lui de la rappeler, non ?

Alors qu'attend-il ?

À 10 heures, le lundi matin, on frappa à sa porte. Rachel eut la surprise de découvrir un magnifique bouquet de fleurs. Elle exécuta quelques pas de danse dans son vestibule, aux anges. Sa belle humeur retomba lorsqu'elle ouvrit l'enveloppe. Le bouquet provenait de sa troupe de danse. L'attention était touchante, bien sûr. Mais elle avait espéré un autre commanditaire.

Son après-midi vit s'enchaîner les cours à l'école de danse de Libby. Alors qu'elle s'affalait sur le canapé en fin de journée, trop épuisée pour penser à Nikolaï, son portable sonna.

— Alors ?

Sa voix profonde amena un sourire sur ses lèvres. Il n'avait effectivement pas besoin de se nommer.

— Tu veux une réponse sincère ?

— Toujours.

— J'ai détesté, avoua-t-elle. Je ne suis vraiment pas faite pour enseigner. D'abord, il y a eu la classe des petits. Quelle galère de les garder concentrés plus d'une minute ! Puis le cours des seniors. Je crains d'y être allée un peu fort avec eux…

Le rire de Nikolaï caressa son oreille comme du velours.

— Et toi, qu'as-tu fait, aujourd'hui ? s'enquit-elle.

— Un peu de travail, un peu de réflexion…

— Et maintenant ?

Nikolaï sourit.

— Pourquoi cette question ?

Il savait pertinemment qu'elle attendait une certaine suggestion de sa part.

— Oh ! pour rien, répondit Rachel d'un ton dégagé.

— J'admire le coucher du soleil. Au fait, j'ai besoin de ton adresse mail pour t'envoyer ton article.

Elle s'efforça de prolonger la conversation après la lui avoir donnée. Mais parler de la pluie et du beau temps n'était pas le fort de Nikolaï. Il avait son adresse mail. Il n'y avait rien à ajouter, si ce n'est…

Tiens, si tu m'invitais chez toi, ce soir ?

Non, elle ne s'abaisserait pas à cela.

— Est-ce qu'on vient de frapper chez toi ? demanda-t-il.

— Oui.

— Alors je te laisse.

Il raccrocha. C'était lui à la porte ! pensa-t-elle. Il jouait avec elle ! Le cœur léger, elle alla ouvrir.

Ce n'était pas Nikolaï, mais un livreur avec un paquet à son attention. Elle n'attendait rien. De qui cela pouvait-il provenir ? Elle déchira l'emballage et découvrit… une énorme boîte de caviar accompagnée d'une petite cuiller en nacre !

Contrevenant à sa règle, elle le rappela aussitôt.

— On ne parle pas la bouche pleine, la sermonna Nikolaï.

— C'est le meilleur cadeau de tous les temps ! s'exclama-t-elle. Bien mieux que des fleurs !

— Je me rattrape pour le petit déjeuner que j'ai manqué.

— Nikolaï…

Au diable ses règles !

— Quand nous revoyons-nous ?

— Mon chauffeur attend en bas de ton immeuble.

Pas la peine de le lui dire deux fois.

Ce fut la plus belle semaine de sa vie — plus belle encore que lorsqu'elle avait dansé dans *Le Lac des cygnes*. Chaque nuit, Nikolaï lui faisait l'amour, et la journée, elle dormait comme un bébé. Il mettait son monde sens dessus dessous ! Même faire cours à une classe de marmots dissipés devenait un plaisir en sachant que son chauffeur l'attendait à la sortie pour la conduire à son yacht.

Oh ! elle n'était pas amoureuse de lui, non. Ce n'était qu'une parenthèse divertissante. Elle s'amusait à jouer les femmes entretenues pour quelques jours, voilà tout. Il n'y avait pas de quoi s'affoler, se persuada-t-elle toute la semaine. C'est encore ce qu'elle se disait le vendredi soir en fermant le studio. Lorsqu'elle monta dans la voiture, elle eut la surprise d'y trouver Nikolaï.

— J'ai besoin de faire un saut chez moi, le prévint-elle.

Sur le trajet, elle mentionna son rendez-vous chez le dentiste le lundi. Et sa séance de massage le lendemain. En fait, elle avait des occupations prévues toute la semaine.

Parce qu'il ne serait plus là.

— Je n'en ai pas pour longtemps, lança-t-elle en descendant de voiture.

Mais il l'accompagna. Sans qu'elle s'explique comment, ils se retrouvèrent à bavarder dans la cuisine. Et alors qu'elle aurait dû se délecter de caviar hors de prix sur son yacht, ils finirent par terre dans son salon avec une assiette de spaghettis.

Bien sûr, la soirée se termina au lit. L'idée que tout s'arrête bientôt lui était insupportable. Elle l'aurait giflé d'oser l'abandonner dans un monde où lui ne serait pas. Mais elle n'en fit rien.

— J'y vais, annonça Nikolaï vers 1 heure du matin.

Il savait qu'elle avait besoin de sommeil, mais ferait semblant de dormir tant qu'il serait là.

— Reste encore un peu, l'implora Rachel.

Elle s'assit dans le lit.

— Ton pauvre chauffeur…

— Il n'est pas à plaindre, assura Nikolaï en l'obligeant à se recoucher près de lui.

— On ne peut pas le faire attendre dans la voiture indéfiniment…

— Que suggères-tu ? Qu'il nous rejoigne ?

Elle rit.

— Non.

Oh ! comme c'était agréable de se blottir ainsi dans ses bras, la tête sur son torse !

— As-tu parlé à ta mère à propos de dimanche ? demanda-t-il.

Elle serra les dents.

— J'ai essayé, mais… C'est impossible. Mieux vaut ne pas la contrarier.

— Que se passe-t-il quand on la contrarie ?

— Elle devient hystérique. Elle a toujours été comme cela, répondit-elle. Et vu que son mariage prend l'eau, je m'attends à une nouvelle crise à tout moment.

— Depuis combien de temps est-elle mariée ?

— Avec celui-là ? Trois ans.

Nikolaï haussa un sourcil.

— Combien de fois a-t-elle été mariée ?

— Elle en est à son troisième mari. Sans parler de la ribambelle de petits amis entre chaque…

Rachel le fixa.

— Ne mentionne surtout pas ta fortune devant elle. Elle chercherait à te mettre le grappin dessus !

— Sans succès.

Rachel sourit. Ses yeux se fermaient tout seuls, mais elle se forçait à les garder ouverts.

— J'y vais, répéta Nikolaï.

— Reste.

Le pauvre ! Lui ne risquait pas de fermer l'œil avec toutes ces lampes allumées.

— Tu es sûre ? Je ne veux pas que tu fasses semblant de dormir…

— Je suis trop fatiguée pour faire semblant, assura-t-elle.

En réalité, elle avait moins peur du noir que d'être touchée dans son sommeil. Peut-être avait-il raison, tout compte fait. Il valait mieux qu'il s'en aille. Des larmes roulèrent sur ses joues.

— Pars.

— Non. Pas question de te laisser dans cet état.

— Si tu me touches pendant que je dors, je vais paniquer !

— Alors je ne te toucherai pas.

Tout était si simple, avec lui. « Un fardeau est moins lourd quand il est partagé. » Peut-être était-il temps pour elle de partager le sien. Ne venait-elle pas de le faire, à demi-mot ?

— As-tu eu peur quand tu t'es enfui ? demanda-t-elle.

— J'avais plus peur encore de rester, répondit-il. Alors j'ai fait mon sac, écrit une lettre et pris le large.

— Et tout le monde t'a cru mort…

— Je cherchais à rejoindre la gare. Au bord de la rivière, j'ai surpris une rixe entre adolescents. L'un d'eux est tombé à l'eau et les autres ont décampé. Je me suis débarrassé de ma veste et de mon sac pour le secourir, mais quelqu'un m'a arrêté. Il m'a dit que c'était trop tard, que si je sautais j'y resterais aussi. Je savais qu'il avait raison. Des sirènes ont retenti. J'avais peur que la police m'attrape, alors je me suis enfui. J'espère un jour découvrir qui était ce garçon.

À ton tour, pensa Nikolaï. Devant le mutisme de la jeune femme, il reprit la parole dans l'espoir de l'inciter à s'ouvrir aussi.

— Je suis parti avec une maquette que je construisais depuis des années. Un bateau…

— En allumettes, compléta Rachel. Libby m'en a parlé.

— Libby et toi, vous vous dites tout ?

— Non, pas tout.

— De quoi ne discutez-vous pas ?

Rachel garda le silence.

— Tu te souviens de ce livre érotique dont Daniil a parlé pendant la réception ? reprit-il. Je l'ai emporté aussi.

— Pourquoi ?

— Pour me rappeler que j'aimais les femmes. Ces types-là te retournent le cerveau, Rachel.

— Mais tu t'en es sorti.

Contrairement à elle. La différence entre elle et Nikolaï était que lui avait agi. Il avait eu le courage de s'enfuir, en laissant une lettre pour protéger les autres, tandis qu'elle s'était contentée de faire semblant de dormir.

Non, elle ne pouvait pas lui dire. De toute façon, il s'en allait bientôt.

Il déposa un baiser dans ses cheveux. Sa respiration se fit de plus en plus régulière à mesure qu'il sombrait dans le sommeil, une main sur son bras qu'il caressait distraitement. Elle commençait à s'assoupir à son tour quand une voix du passé s'éleva dans sa tête.

Tu aimes cela, pas vrai ?

Rachel tressaillit. Elle se rappelait comme si c'était hier son choc et sa confusion. Comment un homme qu'elle haïssait pouvait-il la faire jouir ?

Elle tenta de s'asseoir, mais le bras de Nikolaï pesait de tout son poids sur elle. Alors elle resta allongée, bercée par la caresse apaisante de sa main. Peu à peu, elle se détendit, jusqu'à s'endormir pour la première fois au côté d'un homme.

11

Deux nuits.

C'est la première chose qui lui traversa l'esprit au réveil.

Deux nuits et il serait parti.

Il ne lui avait promis qu'une semaine. Un marché qui l'avait satisfaite, alors. À présent, elle aurait aussi bien pu être attaquée par des pirates en mer de Chine. On lui volait son cœur, son âme et un amour qu'elle ignorait être capable de donner.

Nikolaï s'étira à côté d'elle, sexy en diable.

— Qu'y a-t-il pour le petit déjeuner ? s'enquit-il le plus naturellement du monde.

S'il n'avait pas été le premier homme au côté duquel elle se réveillait, cette question lui aurait valu une repartie cinglante. Au lieu de quoi, elle éclata de rire.

— Du caviar, répondit-elle.

— Je me contenterai d'un thé.

Elle l'escalada pour sortir du lit. Enfin, tenta, car il l'intercepta et ils échangèrent un tendre baiser, elle à cheval sur son torse.

— Trois sucres, s'il te plaît.

— Macho, le rabroua-t-elle. Pourquoi ne te le prépares-tu pas toi-même ?

— Nous sommes chez toi, lui rappela Nikolaï.

— Et sur ton yacht, on te le sert sur un plateau.

— N'hésite pas à utiliser la cambuse, la prochaine fois.

Rachel s'éclipsa dans la cuisine. *Ne t'accroche pas à lui*, se répéta-t-elle en plongeant un sachet de thé dans une tasse d'eau chaude. Mais elle avait besoin de savoir.

— Alors, où est-ce que tu pars, lundi ? demanda-t-elle de retour dans la chambre.

— En France.

— Tu pourrais aller voir Anya à Paris, lança-t-elle, l'air de rien.

— Les représentations ne débutent que le mois prochain. Je serai parti depuis longtemps.

Quelle idiote ! se maudit Rachel. C'est elle qui avait abordé le sujet de son départ. Mais l'entendre en parler faisait trop mal.

Nikolaï lut la déception de la jeune femme dans ses yeux. Il lisait en elle comme en un livre ouvert. Ils s'étaient pourtant mis d'accord : une nuit, puis une semaine. Il s'était montré franc dès le début.

Rachel aussi. Mais pour elle, les choses avaient changé.

— Je vais devoir te mettre à la porte, dit-elle avec une légèreté forcée. J'ai rendez-vous chez le coiffeur à 9 heures.

— Ah, c'est vrai. Tu as ton pot de départ, aujourd'hui.

— Non. Je m'y rends chaque semaine. Tiens, encore un détail que tu ignorais sur moi.

Nikolaï releva la référence à leur discussion de la veille. Sa façon, sans doute, de minimiser ce qu'elle lui avait confié à propos de sa peur d'être touchée dans le noir.

Il se trompait.

Rachel était furieuse. Furieuse contre elle-même de s'être laissée aller à des confidences avec un homme qui, dans moins de quarante-huit heures, réduirait son cœur en miettes.

Son portable sonna. Sa mère. Elle décrocha.

Nikolaï, tout en buvant son thé, écoutait la conversation. Du moins, ce qu'il en entendait.

— Maman, le bébé de Libby se fait baptiser demain et…

Il y eut une pause.

— Je n'ai pas dit que je ne viendrais pas au mariage. Mais peut-être que si j'arrivais pour la réception…

Nouvelle pause. Très longue, celle-là. Il secoua la tête en entendant Rachel capituler.

— Entendu. Ne t'inquiète pas.

Quelle tristesse de voir cette jeune femme si affirmée s'aplatir de la sorte ! Pour autant, il ne s'en mêlerait pas. Quelle légitimité avait-il, lui, orphelin, à lui donner des conseils d'ordre familial ?

Il finissait de s'habiller lorsqu'elle revint dans la chambre.

— On est pressé, à ce que je vois…

Son ton acide n'augurait rien de bon. La dispute n'était pas loin.

— Tu as rendez-vous chez le coiffeur, lui rappela-t-il calmement. Et moi, j'ai à faire avant mon départ…

C'était la vérité. Il n'était pas un de ces milliardaires oisifs qui se la coulaient douce sur leur yacht. Il en était le capitaine, avec toutes les responsabilités que cela impliquait.

Au moment de partir, il se pencha pour l'embrasser.

Rachel recula la tête, pleine de colère. Peut-être le pouvait-il, mais *elle* était incapable de prolonger ce mensonge. Pas question de donner une miette de plus de son cœur à un homme qui ne l'aimerait jamais en retour.

— Va-t'en, lança-t-elle.

Alors que la porte se refermait sur lui, elle sut qu'elle l'avait perdu.

Nikolaï réveilla son chauffeur d'un tapotement contre la vitre. De retour à son yacht, il planifia le trajet du lundi. Mais son esprit était ailleurs. Lui aussi se débattait avec des émotions conflictuelles. Sa première semaine à Londres lui avait paru interminable. La seconde, avec Rachel, avait filé à la vitesse de l'éclair. Les relations n'étaient pas son truc. Ses conquêtes le divertissaient quelque temps, puis il les quittait sans un regard en arrière.

Pas cette fois.

Demain, Sev serait de retour. Après le baptême, les trois hommes rattraperaient le temps perdu et il s'en réjouissait. Il avait apprécié le temps passé avec Daniil, Libby et le bébé. Ou même Anya. Ils partageaient un passé, une histoire. C'était bon d'être de nouveau en contact. Mieux, d'être ici. Il avait toujours aimé Londres, mais jamais autant qu'à présent. Pour la première fois, il y avait un endroit qu'il n'avait pas envie de quitter.

Ou était-ce quelqu'un ?

Une femme qui, comme lui, refusait toute attache.

Et c'était précisément ce qui les liait, réalisa-t-il. Il s'était enfui, autrefois, pour fuir l'horreur. Aujourd'hui, ne fuyait-il pas le bonheur ? Il revit les lèvres crispées de la jeune femme. La colère dans ses yeux verts. Autant de signes qu'elle souffrait en silence. Alors il sut, sans l'ombre d'un doute.

Il l'aimait.

Rachel sortit de chez le coiffeur plus maussade que jamais. Le brouhaha des conversations et le vacarme du sèche-cheveux lui avaient donné mal à la tête. Elle s'en voulait de la façon dont Nikolaï et elle s'étaient quittés. Mais hors de question de lui envoyer un message.

Après le coiffeur, elle entra dans une petite boutique huppée en quête d'un cadeau pour Nadia. La semaine prochaine, elle rendrait visite à Libby et tenterait de réparer leur amitié que son absence au baptême ne manquerait pas de détériorer. À vrai dire, elle avait déjà arrêté son choix sur une délicate ballerine en porcelaine. Pendant que la vendeuse l'emballait, elle erra entre les rayons. Un objet accrocha son œil : un ravissant bateau en cristal sculpté. Parfait pour Nikolaï. Elle n'avait aucune raison de lui offrir un présent, mais…

Avait-elle vraiment besoin d'une raison ?

Elle en avait envie, voilà tout. Le prix exorbitant faillit la dissuader. Puis elle pensa au bateau qu'il avait perdu. À ce qu'elle avait ressenti dans ses bras. Cela n'avait pas de prix, décida-t-elle en tendant sa carte de crédit à la caisse. Ce matin, ils s'étaient quittés en froid. Demain, il y avait le mariage. Leur temps ensemble était compté et elle le perdait en reproches idiots ! Elle tenait à ce qu'ils se séparent avec le sourire. Nikolaï méritait bien cela.

Ravie de son achat, elle se rendit d'un pas léger à sa fête de départ. Tous ses amis et collègues étaient réunis. Libby avait même amené Nadia. Il y avait du gâteau, du champagne… Tout ce qui n'était pas bon pour elle.

Y compris André.

Rachel l'ignora poliment. Elle découpa son gâteau et applaudit aux discours prononcés en son honneur. Puis les lumières s'éteignirent pour le diaporama. Assise à côté de Libby, elle regarda sa carrière défiler sur l'écran. Le montage incluait même des photos d'elle à quinze ans, à l'internat qu'elle avait intégré grâce à une bourse. Son soulagement en quittant la maison avait été immense. Elle était si jeune, alors. Son cœur s'emplit de colère au souvenir de ce que ce type avait infligé à cette fillette innocente…

— Donne-moi Nadia, chuchota-t-elle à Libby.

Elle prit le bébé dans ses bras et se regarda danser sur l'écran.

— Oh !

Elle en cygne dans *Le Lac des cygnes.* Quel fantastique souvenir. Et là encore… Sauf que ce soir-là, son tutu était trop court et laissait apparaître ses genoux !

— Tu te souviens ? Ils avaient perdu ton costume et avaient dû le remplacer à la dernière minute, souffla Libby en riant.

— Je veux bien que cette photo se perde aussi, marmonna Rachel.

Mais un sourire joua sur ses lèvres. Ce montage retraçait à merveille ses plus belles années de ballerine. La lumière se ralluma. Ainsi s'achevait sa carrière, et elle n'avait aucune idée de ce que l'avenir lui réservait. Dans quelque domaine de sa vie que ce soit.

— Nous aimerions tellement que tu sois là demain, lui dit Libby au moment de partir.

— Moi aussi.

Cela lui fendait le cœur de renoncer à devenir la marraine de Nadia. Et pour un stupide mariage auquel elle n'assistait que parce qu'elle était incapable de dire non !

— Merci d'être venue, ajouta-t-elle.

— Pas de quoi. Je n'allais tout de même pas rater ta fête de départ…

Libby s'interrompit. Rachel, elle, raterait bien le baptême de sa fille. Elle comprenait que Libby lui en veuille. Elle était sa meilleure amie et s'apprêtait à manquer l'un des moments les plus importants de sa vie !

Les invités s'en allaient les uns après les autres. Rachel trouva une excuse pour les imiter.

— Je te raccompagne, proposa André.

— Oh ! pas la peine, déclina-t-elle.

— Allons, Rachel. Autant mettre les choses à plat maintenant plutôt qu'à un repas de Noël dans cinq ans, tu ne crois pas ?

Il n'avait pas tort. À quoi bon laisser leurs rapports s'envenimer ? Elle monta donc dans sa voiture.

— Toi et moi, nous n'allions nulle part, dit André sur le trajet. Tu m'as bien fait comprendre que tu ne souhaitais pas t'engager.

— Tu épouses ma *cousine*, répliqua Rachel. Ce n'est pas correct.

— Shona est enceinte. Si elle ne l'était pas…

— Je me fiche de le savoir !

Rachel gardait les yeux droit devant elle. André la croyait jalouse, mais ce n'était pas du tout cela.

— C'est important, pour moi, de ne pas tout mélanger. Il y a travail et vie privée d'un côté, et famille de l'autre…

Ils étaient arrivés devant son immeuble et elle n'avait toujours pas réussi à exprimer ce qu'elle avait sur le cœur.

— Ce n'est pas seulement contre toi que je suis fâchée. Shona ne s'est pas souciée une seconde du fait que tu étais mon ex. Sait-elle que nous couchions encore ensemble quand vous vous êtes rencontrés ?

C'était sa dernière chance. Parler maintenant ou se taire à jamais.

— C'est moi qui vous ai présentés l'un à l'autre à Singapour. Et nous avons continué à nous voir alors que vous sortiez déjà ensemble ! Si j'avais su pour toi et Shona, ce ne serait pas arrivé !

Colère, honte et mépris se disputaient en elle. Elle sortit de la voiture en claquant la portière.

— Rachel, ne pars pas comme cela !

André la rattrapa devant sa porte.

— Écoute. Toi et moi, on se comprend. Tu n'es pas romantique, tu me l'as assez répété. Mon mariage avec Shona ne change rien.

— Quoi ?

Rachel était si abasourdie qu'elle ne réagit pas lorsqu'il prit sa bouche. Les mains sur sa taille, il l'attira à lui.

Il se mariait demain, mais s'invitait ce soir dans son lit !

Alors qu'elle aurait dû se dégager, elle restait là, paralysée de dégoût. Soudain, André fut violemment tiré en arrière, et Rachel mit quelques secondes à comprendre à qui elle devait sa délivrance.

Nikolaï.

— Rentre, aboya-t-il en maintenant André par le col.

— Ce n'est pas…

Oh ! Seigneur ! Il l'avait surprise avec la langue de son ex dans la bouche et il était furieux !

— Nikolaï…

— Rentre, répéta-t-il.

Elle obéit. Quelques minutes plus tard, il la rejoignit, la mine ombrageuse. Elle se jeta contre son torse. Elle devait lui expliquer, se justifier. À sa stupéfaction, il l'entoura de ses bras. Alors elle comprit. Il était furieux, oui…

Mais pas contre elle.

12

Non, Nikolaï n'était pas furieux contre Rachel. Il avait reconnu son expression lorsque André l'avait embrassée. La peur. L'impuissance. Lui aussi était passé par là.

— Je n'allais pas coucher avec lui, tu sais…

Rachel cherchait désespérément à dissiper le malentendu. Mais allait-il la croire après ce qu'il avait vu ?

Il la guida dans le salon et l'assit sur le canapé avant de s'agenouiller devant elle. Ils s'étaient séparés sur une note discordante. Malgré cela, il était revenu… pour la trouver dans les bras d'un autre !

— Je ne savais pas quoi faire, se défendit-elle.

— Je sais.

— Non, tu ne sais pas…

— Alors parle-moi.

— Je ne peux pas.

Elle leva la tête et lut dans ses yeux bruns une patience infinie. Et si, cette fois… ?

— J'ai paniqué, bredouilla-t-elle.

— Tu étais incapable de bouger ? Avec l'impression que, même si tu criais, personne ne t'entendrait ? l'encouragea Nikolaï.

Les coups de klaxon résonnaient dans sa tête. Le bus s'en allait et lui restait sur sa chaise, paralysé par la peur et l'incompréhension…

La voix de Rachel le ramena au présent.

— C'était comme avec le petit ami de ma mère…

Elle baissa les yeux. Les mains de Nikolaï entouraient les siennes. *Plus pour longtemps*, pensa-t-elle.

— Il venait me souhaiter bonne nuit le soir et s'asseyait sur mon lit. Au début, il me caressait seulement les cheveux. J'entendais des bruits bizarres, mais faisais comme si de rien n'était. Puis il s'est mis à me toucher.

— En as-tu parlé à ta mère ? demanda Nikolaï.

— J'ai essayé. Mais quand je lui ai dit qu'il me mettait mal à l'aise, elle s'est énervée. Elle m'a accusée d'être jalouse de son bonheur et d'inventer des histoires. Selon elle, j'aurais dû lui être reconnaissante de payer mes cours de danse. Et tu sais quoi ?

Elle inspira profondément.

— Une part de moi souhaitait qu'ils restent ensemble pour ne pas qu'elle retombe en dépression. Elle est incapable de vivre sans un homme. Je ne sais pas. Peut-être n'ai-je pas assez essayé…

— Elle savait, décréta Nikolaï. Elle a simplement préféré fermer les yeux.

Ses mains étaient toujours autour des siennes, réconfortantes. Mais le pire restait à venir.

— L'autre raison est que je tenais à continuer la danse, reprit-elle d'une voix ténue.

— Quelle petite fille ne le voudrait pas ?

— Je visais une certaine bourse qui me permettrait de quitter la maison, mais impliquait des cours supplémentaires. La facture du trimestre est arrivée, puis celle du costume. Ma mère s'est plainte que c'était trop cher et son petit ami l'a soutenue. Il disait que j'avais besoin d'un appareil dentaire, qu'il prendrait en charge les frais…

Elle déglutit.

— J'ai répondu que je préférais continuer la danse. Je savais ce qui arriverait. Cette nuit-là, j'ai fait semblant de dormir. Il est entré dans ma chambre et m'a dit de ne pas m'inquiéter, qu'il paierait mes cours privés. Puis il s'est glissé dans mon lit…

— C'est fini, Rachel. Tout va bien.

Rachel fondit en larmes.

— Non, ça ne va pas. C'était horrible. Mais quand il est revenu, la nuit suivante… Je crois que j'ai aimé.

— C'est lui qui t'a dit cela ?

La honte lui tordait les entrailles. Elle aurait tout donné pour quitter son corps et disparaître très loin plutôt qu'avouer l'indicible vérité.

— *Beris druzhno ne budet gruzno*, l'encouragea doucement Nikolaï.

Comme elle avait envie de le croire ! Son fardeau était si lourd…

— Il m'est arrivé de jouir.

Elle ferma les yeux très fort pour ne pas lire la répulsion dans les siens. Elle s'attendait à une gifle, à une exclamation de dégoût, au claquement de la porte d'entrée.

Rien de tout cela n'arriva.

Lorsqu'elle rouvrit les yeux, Nikolaï était toujours là, agenouillé devant elle. Exactement le même. Lui aussi savait ce que c'était d'être éveillé trop tôt aux plaisirs charnels. Il connaissait la culpabilité née d'une réponse physique incontrôlée. Blottie dans ses bras, elle se vida de toute sa honte et de toute sa terreur.

— Toi, au moins, tu as fui, hoqueta-t-elle. Moi, je suis restée. J'ai fait semblant de dormir…

— Tu as fui aussi, affirma-t-il. Grâce à ta bourse. Si tu n'avais pas eu la danse, il aurait trouvé un autre moyen de pression. Te rappelait-il souvent combien ta mère irait mal sans lui ?

Elle opina. Quelques mots de lui avaient suffi à remettre de l'ordre dans sa tête.

— Moi, il m'a menacé de dénoncer Sev pour tricherie et ruiner ses chances d'intégrer une bonne école, continua-t-il.

Rachel écoutait, la gorge nouée.

— Comme toi, j'ai fui cet homme. Avouer mon secret à Yuri a été une étape difficile, mais libératrice. Ces types nous enferment dans une honte qui ne devrait pas être la nôtre, Rachel. Moi, j'avais peur que mes amis pensent que j'avais aimé cela, ou que j'étais gay, alors que j'aimais les femmes. J'ignorais, alors, que la peur, l'interdit, une simple friction, pouvaient amener à jouir. Mais ce n'était pas de la jouissance. À cause de ce salaud, tu es terrifiée d'être touchée dans le noir. C'est bien la preuve que tu n'y as jamais pris de plaisir.

Leurs regards se happèrent. Oui, il était toujours là, et elle aussi. Ce n'était pas elle qui avait quitté son corps, mais son passager clandestin — sa honte ancrée en elle depuis si longtemps. Nikolaï avait traversé la même épreuve. Cet homme fort, sûr de lui, avait autrefois nourri les mêmes terreurs qu'elle. À quinze ans, elle avait mis sa vie en suspens, prisonnière d'un corps coupable dont chaque orgasme l'enfermait un peu plus dans un conflit toxique. Elle rêvait de se sentir plus légère…

C'était le cas aujourd'hui. Presque. Pas tout à fait.

— Souhaites-tu te confronter à lui ? demanda Nikolaï.

Cela aussi, elle en avait rêvé. Affronter cet homme en tant qu'adulte, cette fois. Cracher toute la colère qu'elle accumulait depuis des années.

— Tu l'as fait, toi ?

— J'y ai pensé. Yuri m'a proposé de s'occuper de lui, mais j'ai décliné. J'ai fini par comprendre que je refusais de lui sacrifier une minute de plus de ma vie.

Elle aussi y avait pensé. Chaque jour de son existence.

— Je peux m'occuper de lui, offrit Nikolaï.

Voulait-il dire… ?

Rachel préférait ne pas savoir ce qu'il entendait par là. Elle sourit.

— Inutile, déclina-t-elle. Mais merci.

— Sera-t-il présent au mariage ?

— Oh ! non. Ma mère et lui ont rompu quelques semaines après mon départ pour l'école de danse.

— Évidemment…

La colère de Nikolaï perçait derrière la douceur de son regard. Rachel se sentait épuisée, tout à coup. Elle n'avait qu'une envie, dormir.

— Quelle corvée d'aller à ce mariage, soupira-t-elle.

— Alors n'y va pas.

Comme si c'était aussi simple…

— Il le faut. Et si tu m'accompagnais ?

C'était rare, pour elle, de demander de l'aide.

— Ce n'est pas une invitation à rencontrer ma famille, dit-elle très vite. Je serais simplement plus à l'aise si tu étais là.

Nikolaï secoua la tête.

— Non. Je n'écouterai pas un type avec un œil au beurre noir réciter à l'église des vœux que nous savons tous les deux être un mensonge.

— Tu l'as frappé ? s'exclama Rachel.

— Et pas qu'au visage. Sa nuit de noces risque d'en pâtir…

Elle aurait souri, s'il ne venait pas de refuser catégoriquement de lui rendre un précieux service.

— Il est temps de suivre tes envies et dire non à ce qui te fait du mal, continua Nikolaï.

— Je ne peux pas dire non à ma mère.

Et il le comprenait. Sa voix avait été ignorée si longtemps qu'elle avait oublié comment la faire entendre. Mais il croyait en elle. Bien plus qu'elle ne croyait en elle-même. Il avait réfléchi toute la journée et était ici pour une raison.

Sauf que Rachel n'était pas prête à l'écouter. Elle était au bord des larmes, qu'elle cherchait désespérément à contenir. Comme lui quand il avait tout raconté à Yuri. Elle avait besoin de temps. Hélas, le temps manquait. Le mariage avait lieu demain. Il pouvait toujours insister, la secouer par les épaules. Mais ce serait contre-productif. Elle avait besoin de comprendre par elle-même. Et il savait exactement comme l'y aider.

Il lui encadra le visage des mains.

— Tu dois faire ce qui est juste pour toi, Rachel.

— Je sais. Nikolaï…

Rachel se tut. Non, elle était trop fière pour réitérer sa demande de l'accompagner au mariage. Nikolaï ne lui en laissa d'ailleurs pas le temps. Déjà, sa bouche était sur la sienne. Sa langue s'insinua entre ses lèvres en un baiser possessif.

Peut-être cherchait-il à marquer son territoire après l'avoir surprise avec André ?

Un violent désir l'envahit comme il se penchait vers elle. Mais alors qu'elle écartait les genoux pour lui livrer passage, quelque chose l'arrêta.

— Nikolaï…

Rachel recula la tête. Elle venait de lui raconter le plus sombre épisode de son enfance. André s'était jeté sur elle moins d'une heure avant. N'était-ce pas de l'insensibilité de sa part de l'embrasser maintenant ? Et à en croire la caresse pressante de ses mains sous sa robe, il avait plus qu'un simple baiser en tête.

— Pas maintenant.

Voilà, elle l'avait dit. Les mains sur ses cuisses s'immobilisèrent.

— Pardon ?

— Je… J'ai besoin de temps.

— De temps ? répéta Nikolaï, feignant de ne pas comprendre.

— Je ne suis pas d'humeur pour une galipette sur le canapé ! s'écria-t-elle avec emportement.

Dire qu'il s'était montré si exemplaire pendant qu'elle s'épanchait.

— Je viens de te parler de…

Non, le sujet était trop sensible. Elle ne voulait pas revenir dessus.

— Je viens de te demander de m'accompagner au mariage, dit-elle, optant pour un autre prétexte. Sais-tu seulement ce que cela m'a coûté ?

Oh ! et puis à quoi bon ?

— J'ai besoin de temps pour réfléchir.

— Et tu ne peux pas le faire en ma présence ?

— Pas avec tes mains sous ma robe, rétorqua-t-elle. Pars, s'il te plaît.

— Tu veux que je parte ? répéta Nikolaï.

— Oui.

Elle se leva et lissa sa robe des paumes, de ce geste qu'il aimait tant. Elle alla même jusqu'à lui ouvrir la porte.

— Appelle-moi si tu as besoin de quoi que ce soit, lança-t-il.

— Oui, d'accord.

— Je suis sérieux.

Restée seule, Rachel éclata en sanglots au milieu de son vestibule.

De l'autre côté de la porte, Nikolaï entendit la digue céder et le déferlement de larmes trop longtemps refoulées. Au prix d'un immense effort, il se retint d'aller la consoler.

Après ses confessions à Yuri, il s'était pelotonné sur son lit et avait pleuré toutes les larmes de son corps. Ce devait être la dernière fois. Cette nuit-là, il avait laissé le passé derrière lui. Le lendemain, Yuri avait frappé à sa porte. Il lui avait sonné les cloches pour son retard et ordonné de filer à la cambuse préparer le petit déjeuner.

Retour à la normale.

Mais une normalité différente. Ce matin-là, c'était un nouveau Nikolaï qui était sorti de sa cabine.

Rachel aussi avait besoin de temps à elle. Il regagna donc sa voiture et rentra au yacht.

Des années plus tard, Yuri lui avait confié avoir passé une nuit blanche à se demander s'il avait eu les bons mots, tiraillé entre l'inquiétude et la conviction que cet isolement était nécessaire.

Nikolaï n'était pas vraiment seul dans cette cabine. Quelqu'un veillait sur lui.

Il se versa un verre de vodka au gingembre, son portable posé sur la table.

Rachel non plus n'était pas seule. Ses pensées l'accompagnèrent toute la nuit pendant qu'elle pleurait, pas pour lui, mais pour l'adolescente de quinze ans qu'elle avait été et le fardeau qu'elle portait depuis plus de quinze ans.

Rachel pleura, et pleura encore. Puis la rage prit le dessus. Elle alluma son ordinateur et chercha compulsivement son adresse. Elle s'imagina traversant Londres et…

Non. Comme Nikolaï, elle refusait de gâcher un autre chapitre de sa vie à cause de lui. Si elle y allait, il lui faudrait ensuite expliquer à la police pourquoi elle avait renversé ce salaud avec sa voiture ou arraché de ses gonds la porte de chez lui.

Ce qu'elle voulait, c'était démarrer une nouvelle vie, libérée de son passé.

Cette résolution l'apaisa. Jamais elle n'avait été aussi calme. Yuri avait raison : elle se sentait tellement plus légère, maintenant !

Elle hésita à appeler Nikolaï pour le remercier de l'avoir écoutée, puis y renonça. Elle lui en voulait encore de sa réaction déplacée. *Les hommes, tous les mêmes,* pensa-t-elle. Elle se félicitait d'avoir dit non. Et elle réitérerait cette prouesse !

Au lieu de l'appeler, lui, elle composa le numéro de sa mère.

— Salut, maman.

— Oh ! tu ne vas pas le croire, lança celle-ci sans préambule. Mary vient d'appeler. Ce pauvre André s'est fait agresser pendant son enterrement de vie de garçon !

Rachel leva les yeux au ciel à cette piètre excuse d'André pour cacher la vérité sur son œil au beurre noir.

— Maman…

Elle prit une profonde inspiration.

— Je ne viendrai pas au mariage demain.

— S'il te plaît, ne commence pas, soupira Evie.

— Maman, André et moi sommes sortis ensemble…

— Et voilà, encore à faire des histoires. C'est du passé, tout cela.

— Nous n'avons arrêté de coucher ensemble que parce que tu m'as appris qu'il était fiancé à Shona.

Elle choisit de taire ce qui s'était passé avec André quelques heures plus tôt. Non que la vérité eût changé quoi que ce soit.

— Rachel, ma sœur a toujours été là pour moi, dit Evie. Si tu crois que je vais te laisser gâcher le mariage de sa fille…

— Maman, l'interrompit Rachel. Libby m'a demandé d'être la marraine de Nadia. J'ai décidé d'accepter. Je prends ce rôle très à cœur et compte bien être là pour elle, en commençant par me rendre à son baptême demain.

— Rachel…

— Je n'irai pas au mariage, répéta-t-elle d'une voix plus ferme. Peut-être es-tu capable de fermer les yeux et prétendre que tout va bien, mais pas moi. Je serai une excellente marraine…

Meilleure que la mère que tu as été.

Elle ne le dit pas. Mais son silence était un défi à Evie de poursuivre cette discussion. Elle avait une voix et n'hésiterait plus à la faire entendre.

— Eh bien, on dirait que ta décision est prise, maugréa sa mère.

En effet. Sitôt après avoir raccroché, elle envoya un message à Libby pour lui annoncer qu'elle serait là pour le baptême, ravie d'être la marraine si l'offre tenait toujours. Puis elle transféra sur son blog son article sur la dernière représentation de *L'Oiseau de feu* et pressa sur la touche « Publier ».

Les dés étaient jetés.

Elle prépara sa tenue pour le lendemain ainsi que le cadeau pour Nadia. Elle avait menti à Nikolaï en affirmant ne pas vouloir d'enfants. Et surtout, elle s'était menti à elle-même, trop terrifiée de ne pas être à la hauteur pour oser l'admettre : elle rêvait de fonder une famille. Et elle savait, à présent, qu'elle serait une bonne mère.

Ils auraient chacun leur veilleuse, pensa-t-elle avec un sourire mélancolique.

De nouvelles larmes roulèrent sur ses joues. Pas de honte, ni de colère.

Des larmes de tristesse à la pensée de l'homme qui ne partagerait jamais sa vie et lui manquait déjà.

13

Rachel s'enfonça dans son bain, bigoudis dans les cheveux et sachets de thé sur les paupières. Ah, quel bonheur ! Son anxiété qui était devenue comme une seconde nature s'était envolée. Elle était excitée par cette journée autant qu'elle la redoutait. Les plus : devenir la marraine de Nadia et passer un moment agréable entre amis, au lieu de subir un calvaire familial. Les moins…

Le départ de Nikolaï.

Mais pas question de laisser cette fausse note gâcher le baptême. Ragaillardie, elle sortit du bain et retira un à un les bigoudis chauds. Pendant que ses cheveux refroidissaient, elle passa la tenue choisie la veille : sa robe céladon préférée et une paire de talons aiguilles, inappropriés pour l'église mais trop jolis pour moisir au fond d'un placard.

Alors qu'elle appliquait son gloss, elle examina ses dents du bonheur dans le miroir. Son rendez-vous chez l'orthodontiste était fixé au lendemain. Mais ce détail ne semblait plus si important, désormais.

Un taxi la conduisit à l'église, devant laquelle un petit groupe était déjà rassemblé. Une boule lui noua l'estomac.

— Donnez-moi quelques minutes, dit-elle au chauffeur.

Les adieux seraient un déchirement. Elle avait besoin d'un peu de temps pour parfaire son masque enjoué. Sev et Naomi étaient rentrés de leur lune de miel. Daniil discutait avec Anya. Et Nikolaï avec Libby.

Il était à couper le souffle. En costume sombre, rasé de frais, il affichait une parfaite insouciance. Jamais elle ne l'avait vu aussi jovial et détendu. Alors que son cœur à *elle* menaçait d'éclater ! C'était injuste ! Mais cette fois, elle ferait les choses correctement. Pas question de répéter la débâcle de leur dernier au revoir. Le baiser esquivé, elle lui tenant la porte…

Cela n'avait été que du sexe, pour lui. Elle l'acceptait. Pour elle, il était tout. C'est pourquoi elle lui dirait au revoir avec un cadeau, en le remerciant de tout ce qu'il avait fait pour elle. Car même le cœur brisé, elle se sentait enfin légère, libérée de son fardeau.

Elle descendit du taxi et rejoignit le petit groupe, son sourire soigneusement en place. Libby se précipita à sa rencontre, Nadia dans les bras.

— Rachel, je suis si heureuse que tu sois là ! Tu dois filer ensuite ?

— Non, pas du tout.

Rachel baissa les yeux sur le bébé dans les bras de son amie. Nadia dormait comme un ange, enveloppée dans la couverture qu'elle lui avait offerte.

— Tu imagines Anya marraine ? dit Libby.

Elles échangèrent un petit rire.

— Nous avons un invité surprise. Tu ne devineras jamais qui…

Rachel n'en eut pas l'occasion car Anya venait de les rejoindre. Elle l'embrassa sur les deux joues, à sa stupéfaction.

— J'ai lu ton article. Il est fantastique ! s'exclama-t-elle. Restons en contact. Je dois pouvoir t'obtenir des billets pour la première de mon prochain ballet.

Rachel en croyait à peine ses oreilles. Une voiture s'arrêta à proximité et Anya se retourna. En fait, ils se retournèrent tous d'un seul mouvement. Décidément, elle les confondait tous. Était-ce Daniil qui arrivait ? Non, impossible puisqu'il était déjà là. S'agissait-il de…

Roman ?

— N'est-ce pas lui qui est censé avoir disparu ?

— Oh ! il n'a jamais disparu, railla Anya. Il était à Paris.

— Tu savais depuis le début et tu n'as rien dit à Daniil ! lança Libby d'un ton accusateur.

— Vous avez entendu parler des épouses russes sur catalogue ? Eh bien, Roman était l'*Alfonso* d'une riche parisienne, dit Anya avec dédain.

— Un *Alfonso* ?

Rachel se tourna vers Nikolaï qui s'était joint à leur groupe.

— Qu'est-ce que c'est ?

— Un gigolo russe, répondit-il avec un sourire.

Il redevint sérieux.

— Tu es venue.

— Oui. J'ai appelé ma mère et je lui ai dit…

Elle secoua la tête.

— Peu importe. Tu es très élégant !

Nikolaï sourit. Il pouvait l'être : il était vêtu pour un mariage. Malgré ses mots durs de la veille, son intention avait bel et bien été de rejoindre Rachel au mariage après l'onction afin de la soutenir, puis filer retrouver Sev. C'était pour ce dernier qu'il était resté jusqu'à aujourd'hui. Mais une autre raison s'y était greffée.

Ses yeux se posèrent sur la femme à son côté. Elle était enfin libre. Il avait lu son article en ligne, vers 2 heures du matin, et n'avait jamais été aussi fier d'elle.

— J'ai vu que tu avais publié ton article. Anya est sur un nuage.

— Oui…

Rachel prit son courage à deux mains.

— Nikolaï, je peux te parler après le baptême ? Je sais que tu pars demain. J'aimerais juste…

— On a prévu de se retrouver au yacht avec Sev et les autres, l'interrompit-il. Sev s'envole ce soir pour New York. Pour nous, c'est aujourd'hui ou jamais.

— Je comprends.

Elle voulait seulement lui dire au revoir et lui donner son cadeau. Elle était certaine de pleurer si elle le faisait ici.

— Tu peux toujours passer après leur départ, suggéra Nikolaï.

Ah ! Pour qu'il retente sa chance comme hier !

— Je ne crois pas, répondit-elle.

— À toi de voir.

Il haussa les épaules et s'éloigna.

Rachel fulminait. Elle allait se le faire rembourser, son bateau en cristal ! Puis sa colère retomba. Après tout, la star de la journée, c'était Nadia.

Nadia Rachel Zverev.

Le plus beau cadeau qu'on lui eût jamais fait.

L'émotion fut au rendez-vous durant le service. Rachel était si heureuse d'avoir fait le choix d'être là ! Après quoi, elle suivit tout le monde à l'appartement de Daniil et Libby pour la réception. Le salon résonnait de rires et de discussions enjouées. Des cupcakes au glaçage rose et du champagne — rosé, bien sûr — leur furent servis. Du Libby tout craché !

Peu à peu, la pièce se vida. Nikolaï s'approcha de la baie vitrée. La vue était la même, et pourtant différente de la dernière fois. Un orage se préparait. Depuis cet appartement, le spectacle serait incroyable.

L'océan offrait aux tempêtes un théâtre plus grandiose encore. Nikolaï aimait se trouver en leur cœur. Sentir autour de lui le rouleau des vagues et la puissance d'une nature déchaînée. Rachel se posta à côté de lui et il lui sourit.

Elle était la tempête dans son existence.

Imperturbable, Nadia dormait dans les bras de la jeune femme.

— Pour quelqu'un qui ne veut pas d'enfants, tu es incapable de la lâcher, commenta-t-il.

— Elle pleure dès qu'on la pose, expliqua Rachel.

Elle aussi avait envie de pleurer. Mais ces larmes-là seraient des larmes de guérison, pas de regrets. Ce qu'elle avait vécu avec Nikolaï était précieux. Elle ne regrettait rien. Même l'incident avec André lui avait permis d'aller de l'avant.

— J'ai changé d'avis sur le fait de ne pas avoir d'enfants…

Nikolaï tressaillit.

— Ne t'inquiète pas, ajouta-t-elle très vite. Nous avons fait attention et je prends la pilule. Tu ne recevras pas de message codé en morse sur ta radio t'annonçant que je suis enceinte.

Un sourire incurva les lèvres de Nikolaï.

— Tu pourrais simplement m'envoyer un texto.

— Je préfère l'idée du message en morse.

— Suis-je encore en train de gâcher ton moment ?

Ils sourirent à cette référence complice. Elle avait l'impression de revivre leur première soirée ensemble. Lui, imperturbable. Elle, dans tous ses états.

— Merci.

Ça y est. Elle l'avait dit.

— Merci pour cette semaine inoubliable et…

Non. Je ne pleurerai pas.

— Je te l'ai dit, tu peux me remercier en privé ce soir, murmura Nikolaï.

— Non.

Elle ne se contenterait plus d'aventures sans lendemain, désormais. Saisissant cette occasion, elle fouilla dans son sac dans l'espoir de lui offrir son cadeau en toute discrétion. Mais elle fut interrompue par Sev.

— Nikolaï…

Les invités s'en allaient. Il était temps pour les quatre amis de se retrouver. C'était pour ce moment qu'il était resté, ces deux dernières semaines. Peut-être lui avait-elle servi de passe-temps, mais elle ne s'en plaignait pas.

— Si tu ne peux pas ce soir, pourquoi pas demain ? proposa Nikolaï.

— J'ai rendez-vous chez l'orthodontiste, soupira Rachel. Quoique… Si j'envisage de fonder une famille, je ne devrais pas gaspiller autant d'argent pour mes dents.

Elle eut une soudaine révélation.

— Hé ! C'est la première fois que je prends une décision dans l'intérêt de quelqu'un d'autre. Peut-être ne suis-je pas si égoïste ?

— Tu es *loin* d'être égoïste, protesta Nikolaï.

— Oh ! si. Je dis et fais ce qu'il faut. Mais à l'intérieur, je bouillonne !

Nouveau sourire complice.

— Petit déjeuner demain ?

— Je ne sais pas…

Annuler son rendez-vous n'était pas le problème. C'étaient les adieux qu'elle redoutait. Mais elle tenait à être seule avec lui pour lui offrir son présent. *Juste une dernière fois.*

— D'accord pour le petit déjeuner, acquiesça-t-elle. Sur ton yacht ?

— Non. Il y a un endroit que j'aimerais essayer.

Il lui donna le nom d'un café huppé non loin de Buckingham Palace. Un lieu public. Autant dire qu'ils ne risquaient pas de se jeter l'un sur l'autre. C'était bien ce qu'elle voulait, non ?

— Parfait, dit-elle avec un grand sourire.

Tout en bouillonnant intérieurement.

— À demain, lança Nikolaï avant de s'éloigner.

Nadia se réveilla au même instant et se mit à pleurer. Rachel n'était pas loin de l'imiter. Libby vint à sa rescousse.

— Je vais lui donner son biberon et la mettre au lit, dit-elle.

Rachel l'accompagna dans la nursery. Libby passa un pyjama à Nadia, qui s'endormit sitôt son biberon terminé.

— La journée a été longue, pour elle.

— J'en veux un aussi, soupira Rachel en contemplant le bébé endormi.

— Je croyais que ce n'était pas ton truc, les enfants ?

— Je sais. C'est ton devoir, maintenant, de me faire changer d'avis. À propos, comment s'est passé l'accouchement ? Nous n'avons pas vraiment discuté, depuis le mariage…

Les deux femmes quittèrent la nursery sur la pointe des pieds et s'installèrent au salon, à présent désert. Tout en discutant, elles burent du champagne et savourèrent les derniers cupcakes. Rachel écoutait, mi-fascinée, mi-horrifiée, Libby narrer son accouchement avec force détails. Puis la conversation dériva sur elle.

— Alors comme cela, Anya t'a proposé un billet pour son prochain ballet ?

— Sa première, précisa-t-elle. À Paris.

Le regard de Rachel se perdit dans le vague. Demain, à coup sûr, elle serait de retour sur ce canapé, à pleurer sur l'épaule de son amie et épuiser sa réserve de mouchoirs. Ou peut-être au port de l'île aux Chiens, à fixer avec mélancolie l'espace que le yacht de Nikolaï occupait auparavant…

— Ah ! Peut-être y croiseras-tu Nikolaï !

Elle tressaillit.

— Je l'ai entendu dire à Anya qu'il la verrait à Paris. Tu crois qu'il y a anguille sous roche ? demanda Libby.

Rachel haussa les épaules. Il n'y avait rien entre eux. Libby l'aurait su aussi si sa maternité toute neuve n'avait pas absorbé toute son attention.

— Ils cherchent seulement à rester en contact, assura-t-elle.

Un désir qu'elle partageait. Son esprit vagabondait déjà vers cette fameuse première et la possibilité de passer une nouvelle nuit dans les bras de Nikolaï. Oh ! elle aurait pu accepter son invitation de ce soir. Mais il avait tellement bouleversé sa vie en tout juste deux semaines, ouvert tellement de portes, qu'elle tenait à de *vrais* au revoir. Si elle le rejoignait maintenant, elle savait comme cela se terminerait. Et n'avait-elle pas tiré un trait sur le sexe sans lendemain ? Pourtant…

Fidèle à son instinct, elle se leva.

Sa résolution avait duré à peine vingt-quatre heures. Pathétique… Mais tant pis.

Elle voulait une dernière nuit avec lui.

14

Londres brillait comme un sou neuf après l'orage. Rachel descendit du taxi, le cœur battant. Le yacht de Nikolaï, tout illuminé, se fondait dans la beauté du coucher de soleil reflété sur l'eau. La première nuit, ces reflets dansants l'avaient effrayée. Mais elle n'avait plus peur, maintenant.

Une petite foule de curieux était massée sur le quai. Elle s'y mêla et, comme eux, prit une photo du *Svoboda*.

« Liberté ».

Le cadeau que lui avait fait Nikolaï : la liberté d'être elle-même et d'aller de l'avant.

Elle ne lui en voulait pas de passer à autre chose. C'était le marché depuis le début. Et après ce qui s'était passé avec André hier…

Rachel ferma les yeux. Elle aurait préféré qu'il n'assiste pas à cette scène.

Elle s'assit sur un banc et entendit un homme se plaindre de ce que la voiture tardait à sortir.

— C'est ce que vous attendez ? demanda-t-elle.

— Oui. Cette voiture, voyez-vous, a été conçue comme un accessoire du yacht ! s'exclama-t-il.

Il se lança alors dans un long monologue sur le nautisme. Rachel décrocha, jusqu'au moment où il la questionna :

— Et vous, pourquoi êtes-vous là ?

— Pour le capitaine.

Elle fouilla dans son sac et offrit un caramel à son nouvel ami. L'attente s'éternisait. Les quatre hommes devaient avoir beaucoup à se dire. Sa réserve de bonbons était presque épuisée quand un vent d'excitation agita la foule. S'ensuivit un soupir de déception lorsque aucune voiture ne jaillit des entrailles du yacht. À sa place apparurent trois Russes sexy, un rien débraillés, tandis qu'un quatrième s'avançait sur le pont pour les regarder partir.

C'est là que Nikolaï l'aperçut, assise sur un banc, en pleine conversation avec un inconnu.

Rachel.

Il lui envoya un message et la vit sortir son portable de son sac. Elle rit en lisant ce qu'il avait écrit.

À bord toute !

Elle se leva et lissa sa jupe sur ses cuisses avant de s'avancer vers la rampe. Nikolaï descendit à sa rencontre.

— Je dois avoir l'air d'une harceleuse, postée devant ton yacht. Je ne voulais pas interrompre votre réunion, bredouilla-t-elle.

— Je suis heureux que tu sois là.

— C'est important, non ?

Elle était venue lui dire au revoir avec le sourire, réalisa Nikolaï. Cela demandait du courage.

— Alors, comment était-ce ?

— Je n'ai pas envie de parler des autres.

C'était d'elle et lui qu'il voulait parler.

Mais un objet, incongru dans ce décor luxueux, avait attiré l'attention de Rachel. Un vilain petit bateau verni sur la table basse.

— C'est le bateau que tu as construit enfant ? demanda-t-elle.

— Oui. Sev l'a gardé toutes ces années. Il l'a fait expédier de New York pendant son absence et vient de me le rendre.

Rachel examina le bateau, assemblage minutieux de centaines d'allumettes. Le résultat était impressionnant. Au lieu de s'extasier, elle fit la grimace.

— Maudit Sev, grommela-t-elle.

Nikolaï sourit. Décidément, ses réactions le surprendraient toujours.

— Pourquoi dis-tu cela ?

— Son geste est touchant, mais il gâche un peu mon cadeau.

Elle sortit de son sac un paquet qu'elle lui tendit. Il l'ouvrit et découvrit un délicat bateau en cristal sur un coussin de velours noir. Son premier réflexe fut de répondre qu'elle n'aurait pas dû. Que c'était trop. Il se retint *in extremis*. Ce n'était pas une question de devoir ou ne pas devoir. Encore moins d'argent.

Il posa le bateau de cristal à côté de son aîné en allumettes, à court de mots pour la remercier. Toutes ces années, il avait rêvé d'un avenir meilleur…

Même en rêve, il n'avait jamais imaginé cela.

— C'est magnifique, dit-il d'une voix hachée. C'est le plus beau cadeau qu'on m'ait jamais fait.

— Vraiment ?

— Vraiment. Si le yacht coulait, c'est le seul objet que je sauverais.

Rachel rougit. Les achats impulsifs étaient parfois récompensés.

— Tu es le capitaine, observa-t-elle. N'es-tu pas censé sombrer avec ton bateau ?

— J'ai le droit de survivre si tous les passagers sont saufs.

— Tout de même… On te critiquerait pour avoir voulu sauver un simple objet.

Elle prenait ses mots à la légère, mais dans sa poitrine, son cœur chantait.

Nikolaï, soudain, comprit à quel point ce cadeau était précieux. Un cadeau venu du cœur, qui n'exigeait rien en retour. Rachel était bel et bien venue lui dire au revoir.

Et il n'avait aucune envie de l'écouter.

— Je suis désolée, pour hier, reprit Rachel.

— Tu n'as aucune raison de l'être. Je suis heureux que tu te sois ouverte à moi.

Elle secoua la tête.

— Ce n'est pas ce que je voulais dire. Je suis désolée que tu m'aies vue avec André. Mais tu es arrivé au bon moment.

— Tu n'aurais pas couché avec lui.

— Non, je ne crois pas. Mais je comprendrais que tu en doutes.

— J'ai confiance en toi.

Bien plus qu'elle n'avait confiance en elle-même.

— Tu étais sous le choc, rien de plus.

— C'est vrai, admit-elle. Je ne comprenais pas ce qui se passait…

— Lui, si. Il savait exactement ce qu'il faisait, décréta Nikolaï. Mais tu n'es pas comme cela, Rachel. Ta confusion passée, tu l'aurais giflé et chassé.

— Oui, c'est ce que j'aurais fait.

— Bien sûr ! Après tout, tu m'as dit non, à *moi*.

Elle sourit à cette pointe d'arrogance.

— Et tu me désires plus que lui, ajouta-t-il.

— Tu es bien sûr de toi, le taquina-t-elle.

— En effet. Pourtant, tu m'as repoussé.

— Tes avances étaient déplacées après ce que je venais de te confier…

La lumière se fit dans son esprit.

— Ne me dis pas que… C'était ton but ! Tu *voulais* que je dise non !

— Exact.

— Et moi qui te prenais pour un salaud insensible…

Elle noua les bras autour de son cou.

— Maintenant, tu sais dire non, dit Nikolaï.

— Une femme a-t-elle le droit de changer d'avis ?

— C'est même sa prérogative.

Rachel le bâillonna d'un baiser. C'était sa dernière nuit avec lui. Hors de question de la gâcher. Demain, elle retrouverait son banc, d'où elle regarderait le yacht quitter le port, et lui sa vie. Mais ce soir, elle s'autorisait à l'aimer. Ce baiser était différent de tous ceux qu'ils avaient échangés, car il était dicté par le cœur et non un simple désir physique. Elle savourait ses lèvres comme un précieux nectar, ou une gorgée de vodka au gingembre. Ou simplement celles d'un homme qui l'embrassait comme personne ne l'avait jamais embrassée.

Il parsemait ses lèvres de petits baisers légers, si doux qu'elle ferma les yeux pour retenir ses larmes. Alors il s'empara pleinement de sa bouche, les doigts plongés dans ses cheveux, et elle entrouvrit les lèvres sous la pression de sa langue, sans que leur étreinte perde en tendresse.

Ils se déshabillèrent l'un l'autre, lentement. Rachel rêvait que cette nuit ne s'arrête jamais, aussi prenait-elle son temps. Même lorsqu'ils se retrouvèrent nus l'un contre l'autre, que leurs baisers se firent plus torrides, qu'elle s'allongea enfin sur le lit, elle continua à le faire mariner en repoussant le dénouement.

Il l'embrassait avec volupté, la courtisait de ses lèvres. Tant de douceur lui faisait presque mal. La brûlure de sa bouche sur ses seins et ses caresses intimes balayaient un à un ses pires souvenirs pour les remplacer par une félicité absolue. Elle pressa le visage de Nikolaï contre sa chair en feu, avide de plus, tandis qu'elle se cambrait à la rencontre de ses doigts.

Sa bouche descendit plus bas et, dans le même mouvement, il s'agenouilla devant elle. Rachel renversa la tête en arrière, chavirée. Par les sensations inouïes qu'il lui prodiguait, mais aussi la liberté d'action qu'elle lui accordait. Le sexe, pour elle, avait toujours été entaché de culpabilité. Et voilà qu'elle jouissait dans sa bouche, emportée dans un tourbillon de plaisir. Elle ferma les yeux et attendit.

Que cette voix dans sa tête lui rappelle que c'était mal. Que ce qu'elle convoitait était défendu. Mais c'est la voix de Nikolaï qui lui souffla à l'oreille :

— Tu es tout pour moi.

Ce soir, elle le croyait. Il l'embrassait et le goût de leurs lèvres se mêlait en une saveur unique. Son poids sur elle ne la dégoûtait pas : c'était la chose la plus naturelle au monde. Il était appuyé sur les coudes, le regard chevillé au sien. Cela faisait toute la différence. Le regarder dans les yeux. Ne plus nier ce qui arrivait, mais au contraire l'encourager.

— Oh !

Il l'avait pénétrée et l'étirait à l'infini, et leurs yeux ne se quittaient pas. Son corps céda sous une rafale d'exquises sensations, avant de se joindre à l'offensive.

Nikolaï la chevauchait lentement, chaque coup de reins mesuré, accueilli par ses gémissements de plaisir. Elle s'agrippa à ses épaules. La tension dans ses muscles était palpable sous l'effort qu'il faisait pour faire durer le moment. Mais Rachel était prête. Elle noua les jambes autour de ses hanches et l'attira en elle, sans craindre le poids de son corps sur le sien. Le feu de la passion la consumait tout entière. Il n'y avait plus qu'elle et lui au monde. Les mouvements de Nikolaï devinrent plus rapides, plus vigoureux. Elle le supplia :

— Nikolaï…

L'orgasme la submergeait. Mais elle garda pour elle les trois mots qu'aucun play-boy ne désirait entendre.

Je t'aime.

Ce fut un électrochoc. Jamais elle n'avait connu pareil orgasme. Son corps convulsa, traversé par une décharge de dix mille volts. Dans un grondement rauque, Nikolaï jouit à son tour, magnifiant son plaisir. Il n'en fallut pas plus pour la faire basculer une seconde fois dans l'extase. C'est à peine si elle respirait encore. Il libéra sa semence en elle et le plaisir se dissipa peu à peu.

Elle ouvrit les yeux et sourit. Elle n'éprouvait ni honte ni culpabilité. Seulement une profonde émotion devant la beauté de ce qu'ils venaient de vivre.

— Heureuse ? la taquina Nikolaï.

— Plutôt deux fois qu'une.

Ils échangèrent un sourire complice. Comment survivrait-elle à son départ ? Étreindre l'amour de sa vie sans pouvoir lui dire qu'il l'était lui tordait le cœur.

Ils restèrent allongés côte à côte, la lumière allumée. Si une douce langueur infusait les membres de Rachel, son esprit, lui, tournait à mille à l'heure.

Comment parviendrait-elle à l'oublier ?

La réponse était simple : il n'y aurait jamais personne d'autre que lui.

Mais elle sourirait et ferait comme si elle avait tourné la page.

— Qu'y a-t-il ? demanda Nikolaï, semblant deviner son tourment.

— Rien.

Et si elle lui avouait ses sentiments ? Ce serait plus facile dans le noir — dommage qu'elle en eût si peur. Justement, Nikolaï se penchait vers sa table de nuit. Mais au lieu d'éteindre la lumière, il en sortit un petit sachet qu'il lui tendit.

— Moi aussi, j'ai un cadeau.

— Qu'est-ce que c'est ?

Elle ouvrit le sachet et en tira une étoffe de velours noir. Un masque pour les yeux. Elle lui jeta un regard incrédule.

— Je déteste avoir les yeux bandés. J'ai peur du noir ! C'est le présent le plus indélicat que…

— C'est pour moi.

Il lui prit le masque des mains et l'ajusta sur ses yeux, avant de s'enfoncer sous la couette avec l'intention manifeste de dormir.

— Comme cela, tu peux garder la lumière allumée.

— Oh.

Elle s'allongea à son tour et il l'entoura de ses bras. Pas si indélicat que cela, tout compte fait… Mais elle avait envie de voir ses yeux. Même fermés, ils étaient ce qu'il avait de plus beau. Rassemblant son courage, elle éteignit la lampe et lui retira le masque. Avec lui à côté, elle n'avait plus peur du noir.

— Je ne te toucherai pas dans ton sommeil, lui promit-il.

— Merci.

Nikolaï se rappela soudain ce qu'il était censé lui dire et son projet pour la soirée. Il consulta son radio-réveil. Minuit. Mieux valait tard que jamais.

Rachel sentit Nikolaï s'asseoir à côté d'elle.

— Ne t'inquiète pas, je prends la pilule, dit-elle d'une voix ensommeillée.

Il venait sans doute de prendre conscience qu'il n'avait pas mis de préservatif. Elle cilla, aveuglée, lorsqu'il alluma la lumière et l'écouta donner ses instructions au majordome via l'Interphone.

— Pourquoi fais-tu préparer la voiture ?

— Parce qu'il y a quelque chose que j'aimerais te montrer, répondit-il. Habille-toi.

— Nikolaï, il est minuit passé.

Mais il avait aiguisé sa curiosité et elle obtempéra. Après tout, c'était leur dernière nuit. Ils n'allaient pas la passer à dormir !

Dehors, la foule avait grossi. Des exclamations de joie s'élevèrent du quai comme la rampe s'abaissait enfin. Pas de Russe sexy au volant, cette fois, mais une rousse déchaînée, peu habituée aux freins ultrasensibles de ce modèle de luxe. La voiture bondit littéralement sur le quai, mais Nikolaï eut la délicatesse de s'abstenir de tout commentaire.

— Où allons-nous ? demanda-t-elle.

— Suis les instructions du GPS.

Alors qu'ils se dirigeaient vers l'ouest de Londres, elle crut deviner leur destination.

— Nous allons du côté de Buckingham Palace ! s'exclama-t-elle triomphalement. Le café où on devait se retrouver…

— Non.

Il la fit tourner vers Hans Place et Rachel se gara — fort mal — un peu plus loin.

— Que faisons-nous ici ?

Un homme les attendait avec un sourire éclatant malgré l'heure indue. Il leur ouvrit la porte d'une imposante villa.

— Qui est-ce ? chuchota Rachel.

— Un agent immobilier, répondit Nikolaï.

— Les agents immobiliers ne travaillent pas à 1 heure du matin.

— Pour moi, si.

Évidemment. Rien d'étonnant, du reste, dans ce quartier huppé.

Ses talons claquaient sur le plancher, le bruit décuplé par la hauteur de plafond. Il n'y avait aucun meuble.

— Voici la salle à manger.

Rachel pénétra dans une vase pièce aux fenêtres habillées de somptueuses tentures. Elle adorerait voir un feu pétiller dans la cheminée. Un immense chandelier scintillait de mille feux, parfaitement à sa place dans ce décor raffiné.

— Vous aurez accès à Hans Gardens et aux courts de tennis, précisa l'agent immobilier.

Rachel émit un petit rire en admirant les jardins depuis la porte-fenêtre.

— Je ne t'imagine pas vraiment jouant au tennis, Nikolaï.

Ils visitèrent la cuisine, puis la bibliothèque, avant de descendre à la cave. Ce fut ensuite au tour de l'étage, auquel ils accédèrent par un escalier majestueux. Il y avait tellement de pièces — plus qu'elle ne pouvait en dénombrer ! Le cœur de Rachel battait la chamade. S'il achetait cette villa, cela signifiait-il qu'il comptait passer plus de temps à Londres, à l'avenir ?

— Est-ce un investissement ? s'enquit-elle, l'air de rien.

— Pourriez-vous attendre dehors ? demanda Nikolaï à l'agent immobilier.

— Je vais attendre en bas, répondit celui-ci.

— Non. Dehors.

Rachel s'approcha de la fenêtre. La vue était splendide. De loin lui parvint le bruit de la porte d'entrée se refermant.

— Sois un peu plus aimable, l'admonesta-t-elle en voyant le pauvre agent immobilier s'adosser à sa voiture. N'aurait-il pas pu attendre à la cuisine ?

— Rachel, je ne veux pas d'auditoire pour ce qui va suivre.

— Ce qui va suivre ?

— Si j'achète cette maison, c'est parce que j'ai l'intention de m'y installer, annonça Nikolaï.

— Alors tu restes ?

Le cœur de Rachel se gonfla d'espoir. Le moment n'était donc pas encore venu d'écrire le mot « fin » à leur histoire.

— Et ton yacht ? demanda-t-elle.

— Oh ! il sera parfait pour les vacances. Mais pas pour un bébé.

L'air manqua à Rachel. Avait-elle bien entendu ? Nikolaï Eristov parlait bien d'acheter une maison où élever un enfant ? Un avenir se dessinait devant ses yeux, un peu trop beau pour être vrai. Non. D'une seconde à l'autre, il allait lui parler de ce sublime top model russe qu'il fréquentait en secret…

— Regarde sur la cheminée.

Mécaniquement, elle tourna la tête. Sur le manteau était posé, ouvert, un petit écrin garni de velours.

— Qu'est-ce que c'est ?

— À ton avis ?

Oh ! elle savait. Une bague de fiançailles, sertie d'une magnifique émeraude. Elle osait à peine respirer, de peur que le rêve se dissipe.

— Une bague pour le top model ? avança-t-elle.

— Quel top model ?

— Celui que je viens de créer dans ma tête. Le véritable amour de ta vie.

— C'est toi, l'amour de ma vie.

— Je ne te crois pas.

Il se moquait d'elle. Tout cela n'était qu'une cruelle mise en scène.

— Toi et moi, nous fuyons les relations sérieuses, lui rappela-t-elle.

— Et nous allons nous marier, répondit-il sur le ton de l'évidence.

— Hum, n'es-tu pas censé faire ta demande d'abord ?

— Je n'en ai pas besoin.

Il avait raison.

— La tradition veut que tu poses un genou à terre…

— Fais-le, toi, si tu y tiens.

Il combla la distance qui les séparait. Elle préféra se pendre à son cou. Tout cela n'était peut-être pas un rêve, finalement.

— Je croyais que tu partais pour la France…

— *Nous* partons pour la France, rectifia-t-il. Direction Paris pour la première d'Anya. Un article de plus à écrire sur ton blog.

— Quand as-tu décidé cela ?

Elle tombait des nues. Elle s'était préparée à ne plus jamais le revoir, et voilà qu'il lui annonçait qu'ils allaient passer le reste de leur vie ensemble !

— Tu m'as dit samedi que tu t'en allais…, ajouta-t-elle.

— En le disant, j'ai compris que c'était une erreur. Je n'ai jamais voulu me fixer avec une personne ou à un endroit donné. Me réveiller chaque jour avec la même vue ne m'intéressait pas. Pourtant…

Il ne trahissait jamais la moindre faiblesse. C'est ainsi qu'il avait appris à survivre. Mais Rachel était son talon d'Achille. Sa force, aussi. Elle s'était mise à nu devant lui. À lui d'en faire autant.

— Je veux me réveiller chaque matin à ton côté. Voir défiler les saisons au même endroit. Je veux des amis, une famille, un chez-moi. Pour la première fois, je crois ce rêve possible.

Il sortit la bague de son écrin et la lui passa au doigt.

— Je t'aime, Rachel. Depuis le premier jour.

— Tu as filé au milieu de la nuit ! s'exclama-t-elle.

— Je ne voulais pas que la femme dont j'étais en train de tomber amoureux apprenne mon passé. Comment aurais-je pu savoir que tu le connaissais déjà ?

— J'ai été odieuse quand tu m'en as parlé…

Rachel se rappelait avec horreur la façon dont elle avait réagi, ce soir-là.

— À cause de ton propre passé, l'excusa Nikolaï.

— Finalement, je ne l'ai jamais goûtée, cette glace à la réglisse…

Elle fit mine de bouder. Mais Nikolaï ne se dérida pas. Il était très sérieux.

— Rachel, notre relation va demander des compromis, mais je te promets une chose. Peu importe que tu dormes avec la lumière allumée, tant que c'est à mon côté. Je ne te réveillerai jamais pour faire l'amour…

— Oh ! on peut travailler sur cela, l'interrompit-elle.

Il sourit, et elle aussi. Ensemble, ils pouvaient sourire du pire. C'était cela, l'amour.

— Et si nous faisions une fugue ? proposa-t-elle.

— Excellente idée.

— J'aimerais que l'on se marie en mer…

— Moi aussi.

Rachel en avait la certitude, à présent. La réalité dépassait tous les rêves.

Épilogue

— Rachel, je ne comprends rien.

Libby était perplexe. Il y avait de quoi. Rachel venait de lui annoncer qu'elle avait fugué en mer et se mariait dans dix minutes !

— Toi et Nikolaï ?

— Oui. L'officiant vient d'arriver en hélicoptère.

— Mais où êtes-vous ?

— Quelque part non loin du sud de la France, dit Rachel.

— Oh ! Rachel, j'aimerais tellement être là !

— Ma mère se vexerait. Et elle insisterait ensuite pour que tante Mary et Shona viennent aussi…

— J'ai compris, la coupa Libby en riant.

— Sans compter que Nikolaï serait capable de jeter André aux requins, ajouta Rachel.

— Montre-moi au moins la robe. Comment est-elle ?

— Libby, tu vas me gronder. Tu te souviens de mon costume du *Lac des cygnes* que j'aimais tant ?

— Celui qui a été perdu ?

— Hum, il n'a jamais été perdu, confessa Rachel. Il est… accidentellement tombé dans mon sac.

C'était mal, bien sûr. Mais c'était pour une bonne cause. Elle se mit debout devant l'écran et entendit le cri admiratif de son amie.

Elle portait son costume de prédilection, mais avec les cheveux libres sur les épaules et coiffés en anglaises. Côté maquillage : un épais mascara noir, son gloss corail préféré et aucun fond de teint. Mais c'est son sourire rayonnant qui parut éblouir Libby.

— Nikolaï te réussit, remarqua-t-elle.

— Je le crois aussi.

— Je suis si heureuse pour toi, Rachel !

— Moi aussi.

Elles se dirent au revoir et Rachel monta sur le pont principal. Nikolaï l'avait tenue à l'écart toute la journée. Elle comprenait pourquoi, maintenant.

Non, les fleurs n'étaient pas son truc. Elle découvrait une multitude de plumes blanches qui parsemaient le pont et virevoltaient dans la brise légère. Elle s'avança vers Nikolaï sur un morceau joué à la harpe — magnifiquement, cette fois. Leur amour était intime et ils avaient choisi une cérémonie à son image.

— Tu es magnifique, murmura Nikolaï.

— Toi aussi.

Il portait le costume bon marché qu'il arborait le jour de leur rencontre. Le jour où elle était tombée amoureuse de lui. Mais ses yeux n'étaient plus dissimulés derrière d'épaisses lunettes de soleil. Il n'avait plus rien à cacher, désormais.

Le service fut bref, mais chargé d'émotion.

— Tu es la meilleure chose qui me soit jamais arrivée, dit Nikolaï en passant l'alliance à son annulaire. Je t'aimerai toujours.

Rachel pensa à Yuri, cet homme qui avait été un père pour Nikolaï, fidèle à sa femme même après sa mort. Aujourd'hui, c'était elle qui recevait la promesse de vivre chaque jour jusqu'à son dernier auprès de l'homme qu'elle aimait. D'apprendre à le connaître chaque jour un peu plus. Elle se sentait comme Odette, l'héroïne du *Lac des cygnes*.

À son tour, elle glissa l'anneau au doigt de Nikolaï, où il resterait à jamais. Elle n'avait plus besoin de taire les trois mots que chantaient son cœur, car un certain play-boy désirait ardemment les entendre.

— Je t'aime.

Ils étaient désormais mari et femme. Ils formaient une famille et scellèrent leur bonheur par un baiser divin.

Ensemble, ils regardèrent le montage de sa carrière. C'était la première fois que Nikolaï la voyait danser. Ils dégustèrent un délicieux homard accompagné de tonnes de caviar et arrosé de vodka au gingembre. Puis le gâteau fut servi. Chacun une main sur le couteau, ils le découpèrent. À l'intérieur, pas de pâte d'amande, mais un mystérieux aliment noir…

De la glace à la réglisse !

Cela avait valu la peine d'attendre.

Plus tard, ils s'embrassèrent sous les étoiles, leurs langues encore noires. Rachel plongea les yeux dans ceux de Nikolaï, ces yeux bruns qui avaient fait fondre son cœur.

— Mon brise-glace, murmura-t-elle.

— Pour toujours.

CAROL MARINELLI

La brûlure d'un souvenir

INTÉGRALE
HÉRITIERS RUSSES

Traduction française de
ANNE-LAURE PRIEUR

SAGAS

HARLEQUIN

Titre original :
RETURN OF THE UNTAMED BILLIONAIRE

Ce roman a déjà été publié en 2017

1

Lorsqu'elle dansait, c'était pour lui…

Anya se préparait pour la dernière londonienne de *L'Oiseau de feu*. Lors de son précédent passage à Londres, elle s'était vue propulsée dans le rôle-titre du jour au lendemain, elle qui avait été si longtemps cantonnée à celui de doublure et d'une des treize princesses secondaires. Aujourd'hui, en raison de son succès fulgurant, le ballet était de retour dans la capitale anglaise.

C'était Tatania, le pseudonyme sous lequel dansait Anya, que la foule était venue acclamer. La salle était comble. Une duchesse figurait même parmi les spectateurs, lui avait-on soufflé. Mais, ce soir encore, Anya ne danserait que pour lui.

Roman Zverev.

Son premier et unique amour. En dehors du ballet.

Les longues heures d'entraînement, les préparatifs rigoureux, l'éternelle quête de perfection : tout cela, elle l'accomplissait pour elle-même ; mais, sur scène, c'était pour *lui* qu'elle dansait.

Comme toutes les danseuses, elle était superstitieuse. Dans sa loge, sa coiffeuse ressemblait à un autel avec sa multitude de porte-bonheur collectés au fil des ans et ses accessoires de maquillage soigneusement alignés.

Elle s'était échauffée. Ses pieds étaient bandés, ses chaussons, assouplis. D'autres paires avaient été préparées en cas de besoin. Elle avait noué ses longs cheveux bruns en un chignon serré et blanchi son visage. Avec un soin méticuleux, elle appliqua le maquillage noir et or qui rehaussait le vert pâle de ses yeux.

Ses préparatifs suivaient un ordre précis. Une demi-heure avant d'entrer en scène, elle prit une boisson à la noix de coco et mangea une demi-banane. L'autre moitié serait pour l'entracte, accompagnée d'un carré de chocolat. Elle adorait le chocolat. Cela lui rappelait Roman.

Son en-cas rangé, elle ajusta sur sa tête sa couronne de plumes rouges et or, en s'assurant à plusieurs reprises qu'elle était bien fixée. Rassurée, elle peignit ses lèvres en carmin et appela la chef costumière.

Son costume se composait d'un corset moulant d'un rouge profond orné d'appliques orange et or et d'un tutu piqué de plumes de soie. Anya leva les bras pour permettre à la costumière d'en remonter la fermeture invisible. Le costume lui allait à la perfection et mettait en valeur les lignes de son corps. Dans la rue, son extrême minceur lui valait parfois des regards appuyés. Mais, bien que menue, elle affichait une silhouette athlétique. Et pour cause : chaque jour, elle travaillait d'arrache-pied à sculpter son corps. Des heures d'entraînement et une discipline de fer se cachaient derrière ses prestations, que toutes les autres danseuses lui enviaient.

Malgré son assurance sur scène, à dix minutes de son entrée, elle tremblait de stress. La costumière effectua une dernière vérification. Elle n'était plus Anya, mais Tatania, son alter ego scénique.

— Merde, lui lança la costumière en guise d'encouragement, car on ne disait jamais « bonne chance » avant une représentation.

Anya hocha la tête, trop nerveuse pour répondre. Elle enroula sur ses épaules un épais châle de soie qu'elle avait acheté pour sa mère. Celle-ci, cuisinière dans un orphelinat en Russie, l'avait élevée seule. Elle était décédée récemment, non sans avoir eu le bonheur d'assister à l'ascension de sa fille. Katya avait toujours cru en sa réussite, bien avant Anya elle-même.

Enfant, Anya délaissait leur petit appartement glacial pour s'entraîner dans la cuisine du *detsky dom* où travaillait sa mère. Pendant qu'elle répétait ses pas, un délicieux fumet lui titillait les narines. Mais qu'elle osât goûter au pot-au-feu maternel et c'était la gifle assurée.

— Tu veux finir grosse comme moi ? la réprimandait sévèrement Katya.

Durant son adolescence, les disputes s'étaient multipliées.

— Oublie les garçons, l'avait grondée sa mère en surprenant ses œillades à Roman. Surtout ce Zverev. Ce n'est qu'un bon à rien.

— Son frère lui manque, avait protesté Anya.

— Le frère qu'il a frappé au point de lui laisser une cicatrice ?

— Daniil refusait d'être adopté. C'est le seul moyen qu'il a trouvé pour le faire partir.

— Ne sois pas insolente !

Le soir, à la maison, elle avait eu droit à un nouveau sermon :

— Si tu veux réussir, tu dois te consacrer corps et âme au ballet. Je t'interdis de sortir avec des garçons. Surtout ceux de l'orphelinat !

Anya avait obéi. Il n'y avait eu aucune bluette.

Quelques années plus tard, loin de l'orphelinat, elle avait revu Roman. Mais ce n'était plus un garçon ; il était devenu un homme.

Prête à entrer en scène, elle ouvrit un coffret renfermant ses reliques les plus précieuses : un emballage d'aluminium roulé en boule, une petite créole en or et une étiquette délavée, qu'elle caressa du bout du doigt. Elle l'avait arrachée aux draps dans lesquels Roman et elle avaient fait l'amour pour la première fois. Elle la porta à ses lèvres, puis la replaça dans le coffret, dont elle ferma le couvercle.

On frappa à la porte de sa loge. C'était l'heure.

Anya se dirigea vers la scène à travers le dédale de couloirs du vieux théâtre londonien. « Merde » résonna plusieurs fois sur son passage, mais elle ne répondit pas. Anya n'était pas sociable. Sa réussite était tout ce qui comptait pour elle et tous la trouvaient froide. Elle était la Reine de glace…

Jusqu'à ce qu'elle commence à danser.

Mika était prêt. Il portait un costume rouge et un chapeau

qu'une des plumes du costume d'Anya ne tarderait pas à orner, cadeau de l'Oiseau de feu au prince. Ils échangèrent un signe de tête. Rien de plus. Chacun était trop immergé dans sa propre routine mentale.

La presse ne se gênait pas pour leur prêter une liaison. Mika avait du succès auprès des femmes, et leur alchimie sur scène était telle qu'il allait de soi pour beaucoup qu'elle se prolongeait en coulisses. En réalité, Mika et elle ne s'entendaient guère. Anya n'était proche de personne. Autrefois, avant que Roman la quitte, sa vie avait été un tourbillon de rires et de passion. Elle avait le contact facile, alors.

Plus maintenant.

Le brouhaha dans la salle mourut aux premières notes de l'orchestre. Anya enleva son châle et s'étira une dernière fois.

— Merde, souffla-t-elle à Mika.

Celui-ci s'empara de son arc et de sa flèche, accessoires du premier acte. Sous ses yeux, il se métamorphosa en prince Ivan et entra en scène.

Anya inspira profondément, prise de nausée. Après toutes ces années, elle avait toujours le trac. Plus elle avançait dans sa carrière, plus cela empirait. Ce rôle comptait parmi les plus exigeants qui soient. La pression sur ses épaules était énorme.

Elle se mit en position et ferma les yeux, dans l'attente du signal. Anya et même Tatania n'existaient plus. Elle n'incarnait pas l'Oiseau de feu : elle *était* l'Oiseau de feu.

La salle retint son souffle lorsque Anya traversa la scène d'un bout à l'autre, tel un éclair d'or. Sa fugace apparition intriguait le prince, qui se cachait alors derrière un arbre du jardin enchanté. Anya, en coulisse de l'autre côté de la scène, prit une nouvelle inspiration. Le moment était venu d'éblouir son public…

Le prince, en embuscade, attendait une occasion de la capturer. Après une pause, elle réapparut dans le jardin, cueillant au passage un fruit d'or.

L'Oiseau de feu était si beau, songeait Anya en virevoltant sur scène. Mince. Fragile. Gracieux. Peu de gens devinaient la somme d'efforts et de sacrifices derrière une telle perfection. Mais elle ne regrettait rien, car, ce soir encore, Anya dansait pour *lui*.

Roman. L'homme qu'elle avait tant aimé.

Leur histoire avait duré deux semaines. Puis il s'était évanoui dans la nature, du jour au lendemain. Longtemps, elle l'avait cru mort ; jusqu'à ce qu'elle le croise par hasard à Paris. Jamais il ne lui avait dit « je t'aime ».

Le verrait-elle à nouveau ? se demandait l'Oiseau de feu alors que le prince la capturait, lançant le pas de deux. Un fol espoir l'envahit. Bientôt, la troupe se produirait à Paris, où elle savait que Roman vivait désormais. Se montrerait-il, cette fois ? s'interrogea-t-elle, soulevée vers les cieux par le prince. Ensuite, seule sur scène, elle exécuta son solo, en donnant tout.

Arriva l'entracte. Ignorant les bavardages de ses collègues, Anya fila s'isoler dans sa loge. Il lui fallut bien dix minutes pour retrouver une respiration apaisée. Elle mangea la deuxième moitié de sa banane, puis un carré de chocolat qu'elle laissa fondre sur sa langue. Un délice… Elle se rappelait encore la première fois qu'elle avait goûté du chocolat.

Devenue adolescente, elle s'était vu interdire par sa mère de s'entraîner dans la cuisine. Selon elle, la voir danser autour d'eux émoustillait les orphelins, à table. Elle enfilerait donc un tablier et l'aiderait à servir les repas. Il y avait pourtant un garçon qu'elle se plaisait à émoustiller…

Roman.

Lui et son frère étaient doués pour la boxe. Sergio, l'homme à tout faire de l'orphelinat, avait entrepris de faire des jumeaux Zverev des champions. Anya se moquait souvent d'eux et de leur entraînement en se vantant d'être la plus musclée. C'était la vérité. Elle avait d'ailleurs intégré une prestigieuse école de ballet, d'où elle ne revenait que pour les vacances.

Ils étaient quatre amis inséparables : Roman, Daniil, Nikolaï et Sev. Des fauteurs de troubles aux yeux du personnel de l'orphelinat. Mais pas pour elle. La veille de l'adoption de Daniil par une riche famille anglaise, une bagarre avait éclaté entre les deux frères. Roman l'avait emporté. Elle revoyait Daniil assis dans la cuisine pendant que sa mère soignait son estafilade.

— Les familles riches ne veulent pas de gamins amochés, l'avait tancé Katya, avant d'envoyer Anya chercher la trousse de secours.

Anya avait lu la confusion dans les yeux de Daniil. Il ne comprenait pas comment son frère avait pu lui faire une chose pareille. *Roman veut ce qu'il y a de mieux pour toi*, aurait-elle voulu lui expliquer. Il était évident pour elle que Roman n'était pas vraiment fâché contre Daniil. Mais elle avait eu trop peur d'intervenir en présence de sa mère.

Après le départ de Daniil, la bande s'était rapidement désagrégée. Sev avait obtenu une bourse pour une excellente école, dont il avait intégré le pensionnat. Nikolaï, lui, s'était enfui et jeté dans une rivière. Du moins était-ce ce que tous avaient cru jusqu'à sa récente réapparition.

Seul Roman était resté à l'orphelinat. Il mangeait désormais après tout le monde, avec le groupe des pensionnaires jugés difficiles. Il était si beau ! Ses cheveux noirs et son teint pâle la captivaient, et son regard ténébreux ne manquait jamais d'accrocher le sien à travers la salle. Elle attendait les repas avec impatience, le visage en feu. Le soir, lorsqu'elle lui servait son pot-au-feu, leurs doigts s'effleuraient sous l'assiette qu'il lui tendait pour qu'elle la remplisse.

Anya ne vivait que pour ces moments. Elle rêvait de lui parler en tête à tête, mais c'était impossible depuis qu'il logeait dans l'aile correctionnelle. Parfois, elle se persuadait que Roman n'éprouvait rien pour elle ; que leurs interactions fugaces n'étaient que le fruit de son imagination. Jusqu'au soir où, sous l'assiette, elle avait senti quelque chose entre ses doigts.

Elle l'avait aussitôt glissé dans sa poche de tablier, à l'insu de sa mère. Mais, sitôt dans le placard où Katya l'obligeait à se cacher pour manger, elle l'avait ressorti. C'était une barre de chocolat. Belge, de surcroît ! Où diable s'était-il procuré un tel trésor ? Et pourquoi la lui donner au lieu de la garder pour lui ?

Bien sûr, sa mère avait tout découvert. Elle l'avait surprise dans le placard en train de déguster le chocolat. Anya avait reçu une gifle mémorable. Mais elle ne regrettait rien. Plus que la friandise elle-même, c'était l'attention de Roman qui l'avait touchée. Des années plus tard, elle possédait toujours l'emballage d'aluminium. Elle le caressa du doigt et sourit à ce souvenir, puis revint au présent : il était temps de se préparer pour le second acte.

Le châle de sa mère drapé sur les épaules, elle remit un soupçon de rouge à lèvres, avant de se diriger vers la scène.

L'Oiseau de feu s'envola au firmament. Tout en affrontant les monstres dans l'ombre, elle pensait à l'amant qui l'avait abandonnée autrefois, sans même un au revoir. Comme il lui avait brisé le cœur ! Mais elle s'était relevée. Toute sa peine, toute sa colère et sa passion, elle les avait déversées dans son second amour — la danse.

Son acharnement avait payé. Ce soir, elle était la star du ballet et tenait le public dans le creux de sa main. De même que l'Oiseau de feu se jouait des monstres, qu'il terrassait de son inépuisable énergie. Dans les bras du prince, elle tutoyait la perfection. Une part d'elle espérait que Roman la regarde, dévoré de regrets…

Puis elle se remémora son sourire.

Une épidémie de grippe s'était abattue sur l'orphelinat et tous les pensionnaires avaient été confinés dans leurs dortoirs. Anya était venue apporter sa soupe à Roman dans sa chambre. Il y avait longtemps qu'ils ne s'étaient plus retrouvés seul à seule. Jamais l'envie de l'embrasser ne lui avait autant démangé.

— Où as-tu trouvé le chocolat ? lui avait-elle demandé.

Il n'avait pas répondu. Mais son sourire — le premier qu'elle lui voyait — lui avait fait fondre le cœur. Des années plus tard, ce sourire embrasait chacun de ses pas sur scène.

L'Oiseau de feu n'apparaissait pas dans le tableau final. Anya, en coulisse, s'assit à même le sol, exténuée. Les applaudissements crépitèrent à la fin de la représentation et elle se releva. C'était son tour de saluer. Le public se leva à son entrée sur scène. Il avait conscience d'avoir assisté à une prestation extraordinaire, de la part d'une danseuse qui avait tout donné.

Anya esquissa une révérence et collecta les bouquets jetés sur scène. Elle souriait aux applaudissements et acclamations. L'ovation n'en finissait pas. Sans cesse, on la rappelait pour saluer. Alors que le tumulte commençait à s'estomper, elle les entendit. Deux petits mots :

— *Brava krasavitsa !*

Anya se figea. Elle leva les yeux et scruta la pénombre, en vain. Mais son cœur l'avait reconnu.

Roman était dans la salle.

2

Ce n'étaient pas les mots qui lui avaient fait lever les yeux. Les Russes étaient nombreux dans le public. Non. C'était sa voix, grave et profonde. L'espace de quelques secondes, elle était redevenue Anya Ilyushin, la fille de la cuisinière.

Les pensionnaires de l'orphelinat la trouvaient snob parce qu'elle avait une mère et fréquentait une prestigieuse école de danse — école où elle avait également appris à manger, à marcher et à s'exprimer comme une dame. Ils ignoraient qu'elle était aussi pauvre qu'eux. Pendant les vacances, elle se levait aux aurores pour accompagner sa mère à l'orphelinat, où elle l'aidait du matin au soir à cuisiner, à faire le ménage et à gérer les stocks. Ce n'est qu'une fois tout prêt pour le lendemain qu'elles regagnaient leur minuscule appartement, prêtes à enchaîner sur une nouvelle journée. Anya attendait alors le matin suivant avec impatience. À l'orphelinat, elle cherchait fébrilement Roman des yeux. Comme elle le faisait maintenant. Mais il ne se manifesta plus. Peut-être avait-elle mal entendu ? À moins qu'elle ne soit tout simplement devenue folle, pensa-t-elle en regagnant sa loge.

Elle était à la fois épuisée et agitée. On lui annonça que la duchesse désirait la saluer.

— Qui d'autre ? s'enquit-elle.

Ses admirateurs étaient nombreux. Anya retenait son souffle en écoutant s'égrener la liste des noms. L'année précédente, lorsqu'elle avait dansé le rôle de l'Oiseau de feu pour la première fois, Daniil, le frère jumeau de Roman, avait assisté au spectacle et s'était présenté à sa loge. Elle s'était jetée à son cou, croyant voir Roman. Mais, avant même de remarquer sa cicatrice, son cœur avait sombré. Pas question de se bercer à nouveau de faux espoirs.

Bien sûr, elle comprenait la nécessité de recevoir la duchesse ; de même que l'un de leurs sponsors, venu en compagnie de sa fille qui rêvait de devenir ballerine. Anya serrait les poings à chaque nouveau nom prononcé.

— Qui d'autre ? s'impatienta-t-elle.

— Ah, il y a aussi ce monsieur qui s'est présenté comme le frère jumeau de Daniil Zverev…

Le cœur d'Anya bondit dans sa poitrine. Roman était bien là ! Pourquoi n'avait-il pas donné directement son nom ?

— Il vous adresse ses félicitations pour votre prestation de ce soir et m'a chargé de vous remettre ceci.

Anya baissa les yeux. Dans la paume de l'assistant brillait une créole en or. La boucle d'oreille qu'elle avait perdue le jour où Roman lui avait fait l'amour pour la première fois… Elle s'en souvenait comme si c'était hier. Elle était rentrée tard et sa mère l'avait questionnée à ce sujet.

— Il te manque une boucle d'oreille, avait noté Katya.

Ce n'était pas le seul détail qu'elle avait remarqué. Ses yeux pétillants, ses lèvres enflées, sa peau en feu… Anya avait vacillé sous la violence de la gifle.

Jamais elle n'oublierait la félicité que Roman et elle avaient trouvée dans les bras l'un de l'autre. Et aujourd'hui, il lui rapportait sa boucle d'oreille…

— Dites au frère jumeau de Daniil qu'il me la donne lui-même. Je le recevrai dans ma loge après avoir salué les autres.

Quelle joie de réunir enfin la paire ! C'était sa mère qui lui avait offert ces boucles d'oreilles le jour où elle avait été acceptée à l'école de danse. Mais elle n'accepterait celle manquante de personne d'autre que de Roman lui-même. Elle le devait à son cœur.

En ligne avec le reste de la troupe, elle accueillit gracieusement les félicitations de la duchesse. Tout en conversant avec elle, Anya tremblait d'impatience. Roman répondrait-il à son invitation ? Les admirateurs se succédèrent, elle les remercia chaleureusement de leurs compliments. Elle offrit même une paire de chaussons de danse à la fille de leur sponsor.

Enfin seule dans sa loge, elle se prépara à recevoir son dernier invité. Sa respiration s'accéléra. Après tout ce temps, ils allaient finalement se retrouver face à face ! Elle l'avait bien aperçu, une fois, quelques années plus tôt, mais de loin. D'ailleurs, elle préférait oublier cet épisode.

On frappa à sa porte. Elle resta immobile sur son tabouret…

Même lorsque la porte s'ouvrit puis se referma, Anya ne se retourna pas. Un frisson la parcourut. Peu à peu, une silhouette se dessina dans le miroir. D'abord un pantalon sombre, puis une chemise blanche. Il était plus grand qu'autrefois, plus large d'épaules aussi. Son visage apparut à son tour et elle croisa son regard.

Seigneur ! Il était encore plus beau que dans son souvenir. Ses cheveux d'ébène étaient coupés un peu plus court. Et ces yeux d'un noir profond… Son cœur s'emballa. Aucun doute, il avait toujours autant d'emprise sur elle. Et elle ne supporterait pas de le perdre une seconde fois.

Non, troisième. Elle chassa ce souvenir.

Leurs années de séparation, douloureuses pour elle, semblaient lui avoir réussi. L'homme qui se tenait derrière elle était élégant et sophistiqué. Son coûteux parfum lui tournait la tête. Cela, au moins, n'avait pas changé : il lui faisait déjà cet effet-là, autrefois. En jean troué ou en costume de créateur, Roman avait le don d'affoler ses sens. Peu lui importait que les ongles de la main à présent posée sur son épaule soient manucurés. Il était là. C'était tout ce qui comptait.

Elle ferma les yeux, submergée par l'envie de presser sa joue contre cette main familière.

— *Brava*, dit-il.

— Roman.

La voix d'Anya n'était guère plus qu'un murmure, mais, pour lui, c'était déjà trop. Son prénom sur ces lèvres, et ce timbre voilé qu'il connaissait si bien libérèrent en lui une foule de souvenirs.

Apprendre que Daniil était marié et père d'une petite fille avait été un choc. Il avait une nièce ! La tentation de reprendre contact n'avait jamais été aussi grande. Après leur bagarre à l'orphelinat, Roman avait été convoqué dans le bureau de l'assistant social. Il s'y était rendu avec désinvolture, habitué aux remontrances.

— Daniil refuse de saisir cette chance, à moins qu'ils ne t'adoptent aussi, avait déclaré l'assistant.

Une pause avait suivi.

— Ils ne veulent pas de toi.

Roman avait gardé le silence.

— Tu te souviens de ce couple marié qui vous avait emmenés en balade, quand vous aviez quatre ans ? avait repris l'assistant social.

— *Nyet.*

— Ils envisageaient de vous adopter tous les deux, mais y ont renoncé car tu étais ingérable.

Roman se rappelait vaguement cette journée. Ils étaient allés dans un parc, où il avait fait de la balançoire pour la première et unique fois de sa vie.

— À l'époque, nous refusions de séparer des jumeaux. Daniil a perdu une formidable opportunité à cause de toi. Ne répète pas la même erreur.

— Dites-lui que s'il part, dans quelques années…

— Non, l'avait interrompu l'homme. Tu ne mesures pas la chance que cette adoption représente pour Daniil. Il recevra une éducation prestigieuse, qui lui ouvrira les portes d'une nouvelle vie. Fais le bon choix, Roman. Laisse-le partir.

C'était ce qu'il avait fait.

Daniil vivait aujourd'hui à Londres. Roman s'y trouvait pour quelques jours dans le cadre d'un achat immobilier. Le fait que son passage coïncide avec la reprise de *L'Oiseau de feu* était un pur hasard. Finalement, il avait acheté un ticket pour la représentation de ce soir. Assis au bord de son lit, dans sa chambre d'hôtel, il avait fixé longuement la boucle d'oreille dans sa paume. *N'y va pas. Déchire le billet.*

Il s'était juré de ne jamais revoir Anya. Pourtant, il était là. Son souffle s'était suspendu lorsqu'elle était apparue sur scène. Il l'avait regardée danser, le cœur gonflé de fierté. Elle avait parcouru un tel chemin ! Il se remémorait l'adolescente d'autrefois, répétant inlassablement ses pas dans la cuisine. Elle s'était accrochée à son rêve et était aujourd'hui danseuse étoile. Serait-elle allée aussi loin s'il était resté ?

Non. Il en était convaincu.

À la fin de la représentation, son intention avait été de s'éclipser sans un mot, en emportant la vision d'Anya au sommet de sa gloire. Mais, incapable de résister, il l'avait interpellée. Depuis la scène, elle l'avait entendu et cherché des yeux. Aurait-il apporté la boucle d'oreille s'il avait vraiment prévu de ne pas se manifester ? Non, le raisonnement ne tenait pas : il la gardait toujours sur lui.

Voudrait-elle le revoir ?

— Que fais-tu ici ? demanda-t-elle.

À présent qu'il était devant Anya, il ignorait comment répondre à sa question. Elle avait parlé en russe. Il y avait bien longtemps qu'il ne s'était plus exprimé dans sa langue maternelle. Il y revint pourtant avec une facilité réconfortante.

— À ton avis ? Je suis venu te féliciter. J'ai toujours su que tu réussirais.

Quand Roman se pencha au-dessus d'elle pour poser sur sa coiffeuse la boucle d'oreille manquante, Anya inhala son odeur et sentit son bras frôler son épaule nue. Elle ramassa la créole, ses pensées perdues dans le souvenir d'eux à dix-huit ans, isolés dans leur bulle de passion.

— Tu m'as dit que tu ne l'avais pas retrouvée.

— Pas tout de suite. Seulement quand j'ai quitté mon studio.

Il avait jeté toutes ses affaires dans un sac à dos et disparu sans un au revoir.

— Tu aurais pu me la rapporter à ce moment-là.

— Non. Nous aurions de nouveau fini au lit.

Sans doute… Elle ne lui pardonnait pas d'être parti. Mais la façon dont il avait conservé sa boucle d'oreille toutes ces années la touchait. Elle se garda toutefois de la ranger avec l'autre : pas question de se trahir devant lui. Elle la reposa donc sur la coiffeuse et se retourna. Elle lui ferait face, même si cela la tuait de voir ce qu'elle avait perdu.

Il était à couper le souffle. Rasé de frais, impeccablement coiffé, son costume lui allait à la perfection. Sur une impulsion, elle effleura le revers de sa veste. Son torse était un roc sous ses doigts. Les larmes montèrent aux yeux d'Anya. Le Roman devant elle était si différent du boxeur désargenté qu'elle avait connu…

Il lui prit la main — pour la repousser, lui sembla-t-il. Au lieu de quoi, il la laissa posée sur la sienne. Leurs regards se happèrent. Soudain, toutes les années qui les avaient séparés s'effacèrent. Personne ne la touchait au cœur comme Roman.

Personne.

— Où étais-tu, tout ce temps ?

Sa réticence à répondre était palpable. Alors qu'elle avait tant besoin de savoir !

— Cela n'a pas d'importance, dit-il enfin.

— Pour moi, si.

Roman secoua la tête, sans pour autant lui lâcher la main.

— Je ne reste pas longtemps…

— Tu pourrais au moins m'inviter à dîner, protesta-t-elle. Nous serions plus à l'aise pour discuter.

— N'es-tu pas attendue ?

— Pas vraiment, répondit-elle.

Pendant qu'ils parlaient, leurs doigts s'étaient entrelacés, mus par cette flamme qui n'avait jamais cessé de brûler entre eux.

— Notre dernier dîner n'a pas été une franche réussite, lui rappela-t-il.

Anya rit à ce souvenir. Roman, qui tentait de percer dans la boxe, l'avait invitée à dîner pour la Saint-Valentin grâce à l'argent gagné lors d'un combat. Cette fête était encore peu en vogue alors, en Russie. Mais Anya avait tenu à la célébrer. Elle rêvait de fleurs et de chocolats. Au lieu de quoi, Roman avait insisté pour l'emmener au restaurant. Ils s'étaient fait refouler une première fois, car Roman ne portait pas de smoking. Les choses ne s'étaient guère mieux passées dans le second établissement. Roman, habitué aux gargotes, était resté ahuri devant le menu et la carte des vins apportés par le serveur du restaurant qui les avait finalement acceptés.

Il lui aurait tout donné, alors qu'il ne possédait rien.

Mais il avait massé ses membres endoloris après chaque répétition et apaisé ses angoisses la veille d'auditions importantes. Allongés sur son lit, ils avaient discuté pendant des heures, entrevu un futur ensemble malgré la réprobation de Katya. Puis un jour, sans crier gare, il avait disparu.

— Tu m'as abandonnée, murmura-t-elle en lui martelant le torse.

Sa peine était aussi vive qu'à l'époque, malgré les années écoulées. Les doigts de Roman se serrèrent autour des siens.

— Anya, il le fallait. Tu n'en serais pas là aujourd'hui si j'étais resté.

— Tu n'en sais rien.

— Si. Tu rêvais d'aller à Saint-Pétersbourg et tu l'as fait.

— Tu aurais pu venir avec moi. Nous aurions loué un appartement et…

— Non, la coupa-t-il. Je n'en avais pas les moyens. Et il était hors de question que je reste les bras ballants pendant que…

Il n'acheva pas sa phrase, mais le sous-entendu était clair.

Cette soirée au restaurant avait été un véritable fiasco. La pire Saint-Valentin imaginable. De retour dans la studette de Roman, ils s'étaient mis au lit sans un mot. Il ruminait en silence, persuadé sans doute de l'avoir embarrassée par son manque de manières.

Anya, elle, fixait le plafond en se demandant ce qui lui avait pris de commander un tel repas : du steak au *hren*, une sauce au raifort, son péché mignon, le tout arrosé de vin. Un dîner aussi riche était la dernière chose dont elle avait besoin avant une audition cruciale ! Roman avait dépensé toutes ses économies, elle le savait. Il avait dû se dire qu'un repas consistant lui donnerait des forces pour le lendemain. Sauf qu'il lui était resté sur l'estomac. Alors, quand elle l'avait cru endormi, elle s'était faufilée aux toilettes et avait fait le nécessaire. Sa honte lorsque la lumière s'était allumée demeurait cuisante encore aujourd'hui. Une violente dispute s'était ensuivie.

— Bon sang, Anya ! Tu te rends compte de ce que tu t'infliges ?

— Tu ne comprends pas. La concurrence est impitoyable !

— Rien ne vaut la peine d'en arriver là ! avait hurlé Roman. Katya a tort de t'encourager…

Il n'avait pas fini sa phrase. Mortifiée de s'être fait surprendre et résolue à sauver la face, Anya s'était empressée de prendre la défense de sa mère.

— Elle ne veut que mon bien, Roman. Que sais-tu de l'amour familial ?

Elle avait aussitôt regretté ses paroles en voyant son amant se fermer. Cette conversation avait été leur dernière.

Non, pensa Anya, il n'aurait pas pu rester les bras ballants face aux innombrables sacrifices qu'elle s'était imposés pour réussir. Elle ne s'était plus jamais fait vomir après ce soir-là, optant pour un régime alimentaire strict allié à un entraînement physique intensif. Mais un tel mode de vie exigeait une discipline que peu de gens comprenaient.

— Où étais-tu, tout ce temps ? répéta-t-elle.

— En France, répondit-il. En Corse.

— Alors, tu t'es engagé dans la Légion étrangère ?

— Oui.

Anya fixait sa main sur la sienne et retenait tant bien que mal ses larmes. Roman avait évoqué cette option lorsqu'ils sortaient ensemble. Après son départ, elle s'était aussitôt renseignée. Les légionnaires, avait-elle appris, recevaient une nouvelle identité, étayée par un passeport et un extrait de naissance. Leur passé était totalement effacé. Ainsi, un soldat pouvait mourir sans que celle qui l'aimait le sache jamais.

— Tu as choisi de t'engager plutôt que de rester avec moi ?

— J'avais besoin d'un nouveau départ, Anya.

— Comment t'appelles-tu, aujourd'hui ?

Il ne répondit pas. Évidemment, il ne lui révélerait pas sa nouvelle identité. Dans son cœur, il serait toujours Roman. Certains détails avaient peut-être changé, mais ses sentiments pour lui restaient les mêmes.

— Es-tu toujours dans la Légion ?

— Non.

— Combien de temps y es-tu resté ?

— Dix ans.

Ce qui l'amenait à l'âge de vingt-huit ans. Il en avait trente-deux, aujourd'hui. Qu'avait-il fait, ces quatre années manquantes ?

— Pourquoi es-tu là ? demanda-t-elle alors d'une voix vibrante.

Roman serra les dents. Il était là parce qu'il n'avait pas su tenir sa promesse de rester dans l'ombre, voilà pourquoi.

— Je voulais m'assurer que tu allais bien, répondit-il.

— Avant de disparaître à nouveau ?

— Oui.

Il le fallait. Sa présence ne ferait que compliquer la vie d'Anya. Il avait lu dans la presse qu'elle sortait avec Mika, son partenaire dans *L'Oiseau de feu*. Lui qui avait toujours considéré les danseurs comme de jolis éphèbes en collant… Son opinion avait changé ce soir.

— Je suis simplement venu voir ce que tu devenais, reprit-il. À l'évidence, tout va bien pour toi.

— Alors va-t'en !

Mais il ne bougea pas. Elle non plus. Leur conversation se

prolongeait sans mots, avec les yeux. Comme autrefois, quand leurs regards se croisaient à travers le réfectoire.

T'ai-je manqué ? demandait celui d'Anya.

Les yeux de Roman lui disaient que oui. Des yeux noirs comme le charbon, capables de l'embraser, eux aussi. Ils se posèrent sur sa bouche. Il allait l'embrasser, Anya le savait. Il saisit un mouchoir en papier sur sa coiffeuse. Lentement, il essuya le rouge de ses lèvres. Elle le laissa faire.

Pars d'ici, se répétait Roman. *Maintenant !* Qu'avait-il cru ? Qu'il pouvait venir regarder danser Anya et simplement disparaître ? Quel naïf… Ils se fixaient en silence, perdus dans le regard de l'autre, le souffle court. Comme avant leur tout premier baiser. Ce soir-là, Anya l'avait regardé d'un œil différent. Puis elle avait approché les mains de son visage. D'instinct, il avait reculé.

Pas ce soir.

Anya était comme aimantée. Du bout des doigts, elle explorait ces pommettes ciselées, ces lèvres qui s'apprêtaient à l'emmener au paradis.

— Considère ceci comme un baiser d'adieu, dit Roman.

Il ne lui demanda pas la permission. Il n'en avait jamais eu besoin.

Sa douceur la surprit, car ses baisers avaient presque toujours été brutaux. Il pencha la tête et lui souleva délicatement le menton avant de l'embrasser. Anya entrouvrit les lèvres, et la langue de Roman se faufila à la rencontre de la sienne. Affamés l'un de l'autre, ils prenaient pourtant le temps de se goûter, de se redécouvrir.

Très vite, cependant, Roman approfondit leur baiser. Lui seul avait le pouvoir de l'étourdir ainsi. Il gouvernait ses sens comme personne d'autre ne le ferait jamais. Son tutu s'écrasa contre ses jambes lorsqu'il l'enlaça étroitement, tout en continuant à dévorer sa bouche. Les doigts d'Anya cherchèrent son torse, avide d'éprouver sa force virile.

En réponse, l'une des mains de Roman s'égara dans le creux de son dos, chaude et sensuelle. Les plumes du tutu entravèrent sa progression — pas pour longtemps, car elle se referma bientôt sur ses fesses.

Leurs langues s'entremêlaient et la fièvre montait entre eux. Ce baiser n'était plus un simple baiser d'adieu. Leurs corps se consumaient de désir l'un pour l'autre. Anya sentait la pression de celui de Roman contre son ventre. Une main sur son sein, il agaçait le téton à travers le tissu. La sensation était électrisante. Elle n'avait qu'une envie : offrir ses seins nus à ses caresses.

— Tatania ? fit la voix de la costumière de l'autre côté de la porte.

Ils rompirent leur baiser. Mais Roman continuait à lui caresser les seins, les yeux chevillés aux siens. Son érection frottait contre la cuisse d'Anya. Son corps était plus large, plus sculpté qu'autrefois. Elle le voulait, maintenant. Soudain, il devenait impératif de rattraper le temps perdu…

Il faut partir, songea Roman. En fait, il aurait déjà dû le faire. Mais leurs regards se murmuraient tout autre chose : « Une dernière fois… »

Leurs corps aussi méritaient de se dire adieu.

— Je m'occupe de mon costume, cria Anya à travers la porte. Tu peux y aller.

Plus exactement, c'était Roman qui s'occuperait de son costume. Elle le regarda tourner la clé dans la serrure. Il était revenu. Pas pour sa dernière, non : pour *leur* dernière…

3

Anya tremblait, plus de stress mais de désir. Ses jambes, qui avaient accompli des prouesses sur scène, semblaient avoir oublié comment marcher. Roman la prit par la main et, gentiment, la guida vers le tabouret, sur lequel il la fit asseoir avant de s'agenouiller devant elle.

Avec des gestes délicats, il dénoua les rubans de ses chaussons et les lui enleva. Anya grimaça de douleur. Après chaque représentation, elle souffrait le martyre. Il y avait même du sang sur son collant. Elle avait pourtant assoupli ses chaussons et soigneusement bandé ses pieds. Avec douceur, Roman en massa la plante, puis le talon ; il remonta ensuite vers ses mollets endoloris. Ses muscles étaient incroyablement tendus. Il les malaxa un moment et ils mollirent sous ses doigts.

Anya ferma les yeux et s'appuya sur les épaules de Roman. Si seulement ses mains voulaient bien monter plus haut…

— Debout, lui intima-t-il, de cette voix rauque qui la faisait vibrer.

Il se leva et elle l'imita, les bras levés en une invitation à l'effeuiller. Roman abaissa la fermeture du corset. Le costume tomba aux pieds d'Anya, qui s'en extirpa avant de l'accrocher à la patère.

— Ne me dis pas que je suis trop maigre…

— Chut.

Elle comprit qu'il ne voulait pas revivre leur dernière dispute. Pinçant des doigts la taille de son collant, il le lui fit glisser le long des jambes.

Anya était entièrement nue, à l'exception des bandages autour de ses pieds. De nouveau, elle s'assit sur le tabouret pour que Roman puisse les dérouler, à genoux devant elle. Ce fut plus fort qu'elle : elle effleura des doigts ses cheveux d'ébène. Elle n'en revenait pas que son amour d'adolescence soit vraiment là après toutes ces années.

Il leva les yeux, qu'il promena sur son corps ; elle ferma les siens. La langue de Roman et son souffle chaud lui effleurèrent les seins. Il aspira ses tétons entre ses lèvres, l'un après l'autre, et les suça goulûment. Seigneur ! C'était si bon que cela en devenait douloureux. Anya se raccrocha aux cheveux de son amant, enivrée. Ses cuisses tremblaient, mais il les maintenait fermement en place.

— Roman…

Il lui faisait perdre la tête. Elle reprit son souffle lorsqu'il délaissa ses seins. Mais, déjà, il lui écartait les jambes. Comme elle espérait qu'il y enfouisse le visage ! Non, il la caressa un moment, avant d'insérer un doigt en elle et de dessiner un huit autour de son clitoris. Ils sourirent de concert en se remémorant leur première fois : c'était elle qui lui avait montré où il se trouvait. Roman ne se souciait que de son seul plaisir, à l'époque. Au début… Puis il avait découvert celui que représentait la jouissance de sa partenaire.

Il retira son doigt et se leva. Anya admira sa puissante érection, la palpa tandis qu'il débouclait sa ceinture. Elle prit le relais pendant qu'il dénouait sa cravate et déboutonnait sa chemise, qu'il garda ouverte sur son torse nu.

Tellement sexy, pensa Anya en se passant la langue sur les lèvres. Elle pencha la tête afin de le goûter. Elle fit plus que cela…

Roman émit un grognement appréciateur. Cette réaction excita le désir d'Anya. Elle le prit tout entier dans sa bouche, en ralentissant ses va-et-vient. Les doigts de Roman couraient dans ses cheveux, occupés à détacher sa couronne. Toute délicatesse oubliée, il la jeta de côté et dénoua le chignon d'Anya.

Elle sentait qu'il était près de jouir. Il l'interrompit et la releva. D'un coup de pied, il renversa le tabouret, balaya du bras ses porte-bonheur et assit la jeune femme sur la coiffeuse. Elle se remit à le caresser tandis qu'il inclinait les miroirs de manière à démultiplier leur reflet. Alors, il la pénétra en lui promettant l'extase de sa voix rocailleuse.

Anya s'agrippa au bord de la coiffeuse et arqua le dos. Douleur et plaisir fusèrent en elle, comme lors de leur toute première fois. Roman avait toujours aimé regarder. Ce soir encore, il lui écarta les cuisses afin de se voir aller et venir en elle. De son côté, elle fixait le miroir. Leurs corps unis s'y reflétaient à l'infini, une multitude d'Anya et Roman qui auraient dû être autant de souvenirs…

— Je… Je te hais d'être parti, souffla-t-elle entre deux gémissements de plaisir.

Roman, les yeux toujours baissés, la souleva de la coiffeuse et la plaqua contre lui. Les seins nus d'Anya s'écrasèrent sur son torse en même temps que leurs bouches se rencontraient. Elle noua les jambes autour de sa taille et se remit à bouger. Elle dansait et ondulait contre lui, l'enserrait entre ses cuisses tandis qu'il la pilonnait avec une ardeur décuplée. Une main sur chaque fesse, il les caressa en rythme jusqu'à la faire frissonner de l'intérieur.

— Ne bouge plus, ordonna-t-il.

— Je ne peux pas…

— Je veux te sentir jouir.

Il avait deviné que cela ne tarderait plus — ils connaissaient par cœur leurs corps respectifs. Ses mains, pareilles à deux étaux, empêchaient Anya de bouger. Bientôt, il enfla en elle. Un râle primitif ponctua l'orgasme de Roman. Le sentir exploser en elle précipita sa propre extase. Une décharge parcourut sa colonne vertébrale. Elle se crispa dans ses bras, luttant pour prolonger le plaisir, encore et encore, avide de ne rien en perdre.

Au baiser qu'ils échangèrent, Anya sut qu'elle le tenait en son pouvoir. Front contre front, ils s'embrassaient, leurs langues engagées dans une joute sensuelle. Leur désir était si infini qu'il lui suffirait de remuer les hanches pour qu'ils s'oublient de nouveau l'un dans l'autre. Ce fut exactement ce qu'elle fit, ondulant lascivement contre son amant.

Un coup frappé à la porte rompit le charme. Anya en aurait hurlé de frustration. On l'informa depuis le couloir qu'une voiture venait la chercher pour la conduire à la soirée prévue en l'honneur de la dernière.

Elle quitta à regret les lèvres de Roman, qui la posa à terre, alors qu'elle aurait voulu que ses pieds ne touchent jamais le sol. Elle appuya le front contre son torse, enveloppée par leurs deux odeurs mêlées.

— M'aimais-tu, Roman ?

Elle avait besoin de savoir. Il garda le silence. Quatorze ans s'étaient écoulés et elle n'avait toujours pas la réponse. Quatorze longues années sans le voir. Non, pas tout à fait. Il y avait bien cette fois où elle l'avait aperçu de loin… Oh ! comme elle avait essayé d'effacer ce souvenir ! Elle aurait préféré n'avoir rien vu.

Les lèvres de Roman s'incurvèrent. C'était rare de le voir sourire. Était-ce une lueur de triomphe qui brillait dans ses yeux ? Se félicitait-il de son emprise pérenne sur elle ? Après toutes ces années, il n'avait eu qu'à surgir comme par magie pour qu'elle lui tombe dans les bras !

Une colère sourde envahit Anya. Elle était furieuse contre lui, et plus encore contre elle-même d'avoir succombé si facilement. Son soulagement de le découvrir vivant, deux ans plus tôt, n'avait duré qu'une seconde ; la rage avait aussitôt pris le dessus. Cette même rage qui refaisait surface maintenant.

La gifle partit toute seule. Roman ne tressaillit même pas. Alors, elle lui posa la question qu'elle aurait dû lui poser dès le début :

— Comment va ta femme ?

4

Roman soutint le regard d'Anya. Leur amour avait toujours été ainsi, intense et dévorant, au point de ne laisser place à rien d'autre. Il l'avait dans la peau, et la réciproque était évidente. C'était pour cette raison qu'il était parti.

— Tu étais au courant ? demanda-t-il.

— Je t'ai vu à Paris, il y a deux ans. Avec *elle*, lâcha Anya entre ses dents serrées. Vous vous embrassiez.

Cette scène lui avait déchiré le cœur. Elle sortait de son hôtel, en route pour sa répétition à l'Opéra. Soliste depuis peu, elle dansait le rôle de Violente, l'une des fées, dans *La Belle au bois dormant*, tout en étant la doublure de la Fée des lilas. Ce soir-là, elle incarnerait cette dernière, l'un des rôles phares du ballet, pour la première fois. Elle était sur un petit nuage en marchant le long de l'avenue quand elle s'était arrêtée net. Aucun doute, c'était *lui*. Assis à la terrasse d'un café, auréolé de soleil. Son cœur l'avait aussitôt reconnu malgré le costume raffiné.

À son côté se trouvait une femme d'âge mûr. Anya n'eut pas le temps de se demander qui elle pouvait bien être : l'inconnue s'était penchée pour embrasser Roman. Anya en était restée ébahie. Elle avait noté qu'une alliance brillait à l'annulaire de la femme. Ainsi, Roman entretenait une liaison avec une femme plus âgée, mariée de surcroît ? Puis il avait soulevé sa tasse et elle avait aperçu l'alliance à *son* doigt…

Une flèche lui avait transpercé le cœur. Et une seconde quand Roman avait pris la main de *sa femme* et l'avait embrassée. Une passante s'était retournée au gémissement qui avait échappé à Anya. Elle avait eu envie de se jeter sur eux pour les séparer. Ou les frapper. Comment Roman osait-il la tromper ? Car c'était exactement ce qu'elle avait ressenti : la douleur d'une femme trahie par son amoureux...

Le courage lui avait manqué et elle s'était éloignée. Dévastée, elle avait failli rentrer à son hôtel pour se rouler en boule sous sa couette et pleurer toutes les larmes de son corps. Pour la première fois de sa vie, elle avait douté de sa capacité à continuer la danse. À quelques heures d'un tournant crucial dans sa carrière !

Finalement, elle avait poursuivi son chemin. À l'Opéra, elle avait rangé un à un tous ses porte-bonheur — la boucle d'oreille, l'emballage en aluminium, l'étiquette du drap —, même s'il s'en était fallu de peu qu'ils ne finissent à la poubelle. Et, après avoir longuement pleuré sur ce qui aurait pu être, elle s'était relevée. Ce soir-là, elle avait dansé comme jamais, la rage au cœur. Une rage qui ne l'avait jamais quittée.

— Alors ? Comment va-t-elle ? répéta Anya en se couvrant d'un peignoir. Est-elle en train de t'attendre en coulisses ?

Roman remit de l'ordre dans sa tenue.

— En tout cas, elle habille ses joujoux avec goût, lança-t-elle, cynique.

— Mon argent m'appartient, répliqua-t-il, piqué au vif.

— Tu parles ! dit-elle avec dédain. Tu étais sans le sou.

— Quand je t'ai connue, oui. Depuis, j'ai fait fortune.

— En épousant une femme riche ! Je l'ai vue, croulant sous ses bijoux. Un bon parti, n'est-ce pas ?

— Oui, c'était une femme formidable, répondit calmement Roman. Ne parle plus jamais d'elle en mal, Anya, ou tu risques de ne pas aimer ma réaction.

Une violente jalousie envahit Anya. Sa femme était donc décédée, et il la défendrait envers et contre tout. Il n'éprouvait aucun remords à avoir épousé quelqu'un d'autre !

— Céleste est morte l'année dernière.

Anya serra les poings. Elle n'avait pas besoin de connaître

son prénom ! Et en un an, il n'avait pas songé à la joindre ! Cela n'avait rien d'étonnant. Il n'avait pas repris contact avec son frère non plus. Roman était l'homme le plus froid, le plus complexe qu'elle ait jamais connu. Il y avait toujours eu, dans son regard, un certain éclat de mystère.

— Savais-tu que j'étais à Paris, à ce moment-là ? demanda-t-elle.

— Oui.

— Es-tu venu me voir danser ?

— Non. Céleste insistait pour y aller, mais j'ai prétexté du travail. Elle a proposé à une amie à la place.

— Pourquoi ?

Roman serra les poings. Il se souvenait très bien de ce soir-là : Céleste et lui s'étaient installés à une terrasse de café en attendant que l'amie de celle-ci arrive.

— Pourquoi refuses-tu de m'accompagner au ballet ? lui avait-elle demandé pour la énième fois.

Il avait haussé les épaules.

— C'est juste que…

— Tu veux rompre, c'est cela ? Je comprends, Roman. Nous avions convenu de deux ans, pas plus.

Et ces deux années touchaient à leur fin. Mais Céleste venait d'apprendre qu'elle était atteinte d'une maladie incurable et qu'il ne lui restait que six mois à vivre.

— Je ne te laisserai pas seule dans cette épreuve, avait-il décrété en posant sa tasse. Je serai à tes côtés jusqu'au bout.

Une promesse qu'il avait scellée d'un tendre baiser, ce baiser dont Anya avait été témoin.

— Pourquoi ? répéta cette dernière, le ramenant au réel. Pourquoi n'es-tu pas venu me voir ? Tu t'en fichais ?

— Non. J'avais promis à ma femme de lui être fidèle. Te regarder danser aurait été comme de la tromper.

Anya fronça les sourcils. Insinuait-il que ses sentiments pour elle n'avaient pas changé malgré la distance ? malgré son mariage ? Décidément, elle ne le comprenait pas.

— Pourquoi n'as-tu pas informé ton frère que tu étais à Londres ? demanda-t-elle.

— Qu'en sais-tu ? répondit Roman.

— J'étais chez lui cet après-midi.

Roman serra les dents. Elle et Daniil étaient en contact ?…

— Il s'est marié, poursuivit-elle.

— Je sais.

— Et il vient d'avoir un bébé.

— Oui. J'ai appris la nouvelle dans les journaux.

— Il te cherche toujours, tu sais, murmura Anya. Il ignore même si tu es encore vivant.

— Lui as-tu dit que tu m'avais vu à Paris ?

— Non.

Elle n'en avait pas parlé à Daniil car elle aurait préféré ne jamais voir Roman à cette terrasse, embrassant une autre femme.

— Je peux toujours le lui apprendre la prochaine fois que je le vois, déclara-t-elle, provocante. Es-tu au courant que le baptême de ta nièce a lieu dimanche prochain ?

Le visage de Roman se ferma.

— Peut-être as-tu effacé ton passé quand tu as rejoint la Légion, reprit Anya, mais pas nous. Ta nièce s'appelle Nadia.

Il leva une main pour l'interrompre. Oh non ! elle ne se tairait pas.

— Sev sera là également, avec sa femme Naomi. Nikolaï vient aussi. Tu te souviens comme il aimait les bateaux ? Eh bien, il est à la tête d'une flotte de yachts de luxe, aujourd'hui…

Elle le vit accuser le coup tandis qu'elle le bombardait des noms de son passé. Des noms de personnes aimées qu'il avait pourtant choisi de ne jamais recontacter.

— Tu mens ! s'écria-t-il. Nikolaï s'est suicidé.

Roman se souvenait encore du jour où on leur avait annoncé la nouvelle. Cette période comptait parmi les plus sombres de sa vie. Il avait demandé l'autorisation de voir Sev, sachant que ce dernier serait dévasté — lui et Nikolaï avaient été très proches. La permission lui avait été refusée. Seul dans sa chambre, aucune larme n'était venue. Ce ne fut que plus tard dans la nuit qu'il avait fini par craquer.

Et voilà qu'Anya lui apprenait qu'il était vivant !

— Nikolaï a fugué de l'orphelinat, mais ce n'est pas son corps qui a été repêché dans la rivière, expliqua-t-elle.

Roman demeura impassible. Il avait toujours su dissimuler ses émotions, un talent que la Légion avait encore affûté. Mais jamais cela ne lui avait coûté un tel effort qu'en cet instant où il apprenait que Nikolaï était vivant et que tous ses amis seraient réunis le dimanche suivant.

— Y seras-tu aussi ? demanda-t-il d'une voix aussi égale que possible.

— Oui. Je reviens exprès pour la journée.

— « Reviens » ?

— Nous partons demain pour Paris.

— Qui cela, « nous » ?

— Ma compagnie de danse.

Roman hésita à la questionner sur Mika. Il y renonça. À quoi bon ? Ce qui s'était passé ce soir n'était qu'une parenthèse en souvenir du bon vieux temps.

Un nouveau coup retentit à la porte. La voiture chargée de la conduire à la soirée était avancée.

— Qu'elle attende ! cria Anya.

— Tu devrais y aller, fit Roman. Ta mère va encore me traiter de saboteur…

— Elle est décédée, Roman. Et ne me dis pas que tu es désolé.

— Je n'en avais pas l'intention.

Il avait haï Katya, plus encore qu'Anya ne pouvait l'imaginer.

— Je te laisse te préparer, ajouta-t-il.

Anya eut un rire amer.

— Un petit coup entre deux portes et au revoir tout le monde ? Rien ne change, pas vrai ?

Il vérifia sa mise dans le miroir. C'était pour elle qu'il le faisait, elle le savait : cela ferait mauvais genre s'il quittait sa loge débraillé. Son calme imperturbable la mettait hors d'elle. Il rajusta sa cravate, lissa ses cheveux en arrière et, à l'aide d'un mouchoir, essuya une trace de poudre sur son menton. Elle recula la tête lorsqu'il se pencha pour l'embrasser sur la joue. Toutefois, alors qu'il ouvrait la porte, elle lança :

— Comment as-tu rencontré ta femme, Roman ?

— Quelle importance ?

— Je veux savoir. J'en ai besoin. Était-ce un coup de foudre ? Ou en avais-tu seulement après son argent ?

— J'ai répondu à une petite annonce, expliqua Roman. Elle cherchait un mari.

Cet aveu acheva de briser le cœur d'Anya. C'était encore plus sordide qu'elle ne l'avait imaginé.

— Salaud !

— Je sais.

— Tu n'es qu'un gigolo, Roman. Je te hais !

— Parce que je me suis construit ma propre vie ?

Une vie sans elle, oui. Jamais elle ne lui pardonnerait d'avoir épousé une autre femme.

— Allons, Anya. Comme s'il n'y avait eu personne d'autre de ton côté…

— Bien sûr que si. Que croyais-tu ? Que j'avais fait vœu d'abstinence en t'attendant ?

De fait, il n'y avait réellement eu personne d'autre. Aucun homme ne lui arrivait à la cheville. Après son départ, elle s'était emmurée dans le souvenir de leur relation et son cœur s'était peu à peu gelé. La danse était devenue toute sa vie.

— C'était sympa de te revoir, Roman. À Paris, je préférerais toutefois que l'on garde nos distances.

Sur le seuil du cabinet de toilette, elle se tourna une dernière fois vers lui.

— Fais savoir à ton frère que tu es vivant, ou c'est moi qui m'en chargerai. Puisque tu as choisi de réapparaître, ne compte plus sur moi pour garder tes secrets.

Elle lui communiqua l'adresse de Daniil.

— Il a repris votre nom il y a quelques années, dans l'espoir que tu le contactes. Je n'arrive pas à croire que tu ne l'aies pas fait…

Elle regarda l'homme debout devant elle. Un homme qui avait sciemment tourné le dos à ce qu'aurait pu être leur histoire.

— J'espère qu'elle en valait la peine, murmura-t-elle.

— Anya…

— Va-t'en !

Il obéit. Seul son orgueil la retint de le rattraper.

Sa douche prise, Anya se prépara à la hâte pour la soirée. Un coup de sèche-cheveux, et ses longues mèches brunes dansaient souplement autour de son visage. Seigneur, ses mains tremblaient encore après ses retrouvailles avec Roman ! Elle enfila une robe gris perle, une paire d'escarpins assortis, et quitta sa loge.

— Où étais-tu passée ? grommela Mika lorsqu'elle prit place dans la limousine.

— J'avais des gens à recevoir.

Ils firent le trajet en silence, Anya perdue dans ses pensées et Mika plongé dans la lecture en ligne des critiques de leur prestation. Mais, sitôt en public, Mika l'enlaça par la taille. Cette complicité affichée ajoutait à l'aura de mystère qui entourait le monde du ballet. Ils sourirent aux objectifs et, sous les hurlements des groupies de Mika, s'engouffrèrent dans l'hôtel où avait lieu la petite sauterie.

D'ordinaire, Anya refusait les canapés et petits-fours qu'on lui proposait. Son eau citronnée était sa meilleure alliée dans ces occasions. Mais ce soir, elle se laissa tenter par un appétissant beignet et mordit à belles dents dans la pâte tendre. Quelques sourcils se haussèrent lorsqu'elle en avala un deuxième, puis un troisième. Était-ce le sexe qui lui avait donné faim ? Ou le fait que Roman soit de retour ?

Les gens autour d'elle percevaient-ils le changement ? Pas seulement parce qu'elle mangeait : elle avait les joues roses et ses yeux étincelaient, avait-elle remarqué en passant devant le grand miroir du hall. Après toutes ces années, son corps revenait à la vie… Alors même que Roman lui avait arraché le cœur !

Tôt le lendemain, la troupe prit la route de l'aéroport. Direction Paris ! Anya luttait pour ne pas faire stopper la voiture. Puis, dans l'avion, elle résista à l'envie de sauter sur le tarmac. Roman était à Londres : cela n'avait aucun sens de partir alors qu'il était là, tout près !

Pendant le vol, elle ignora le bavardage de ses collègues et laissa vagabonder ses pensées. Irait-il voir Daniil ? Ce serait formidable que les deux frères rattrapent enfin le temps perdu. Puis elle se repassa les événements de la veille. Malgré ses dures paroles, elle était certaine d'une chose : Roman viendrait au baptême. La flamme d'autrefois brûlait toujours.

Rien n'était fini entre eux.

5

Roman se réveilla le jour du baptême de sa nièce en proie à une sensation inhabituelle. Paris lui manquait, son appartement aussi, il avait hâte de rentrer chez lui, mais avant il verrait Daniil. Aujourd'hui, même s'il ne l'avait pas encore contacté.

Son frère jumeau et lui avaient été abandonnés à l'âge de deux semaines. Ils ignoraient qui était né le premier, mais Roman avait toujours été considéré comme l'aîné. Il était un leader-né et protégeait son frère, allant jusqu'à se faire punir à sa place. Il voulait ce qu'il y avait de mieux pour lui. C'est pourquoi, quand Daniil avait été adopté, il s'était juré de couper le cordon, afin de ne pas gâcher cette chance inespérée qui était offerte à son frère.

Or Daniil avait refusé de partir. Il s'était accroché à leur espoir puéril de réussir ensemble sur le ring. Roman lui avait alors affirmé avec morgue qu'il était meilleur boxeur et que Daniil ralentirait sa carrière. Un combat clandestin avait été organisé dans le dortoir. Roman n'avait pas retenu ses coups et son frère s'était écroulé, en sang.

— Tu vois, je m'en sors mieux sans toi.

Humilié par la défaite, Daniil était parti en Angleterre. Roman ne lui avait jamais écrit, n'avait jamais cherché à garder contact. Son frère lui avait terriblement manqué, mais savoir qu'il menait une nouvelle vie quelque part était une consolation.

Quand Roman était parti de l'orphelinat, sa première impulsion avait été de chercher à retrouver Daniil. Puis très vite l'idée de risquer de devenir un fardeau pour son jumeau l'en avait dissuadé. L'envie l'avait de nouveau effleuré après son départ de la Légion étrangère. Contrairement à la plupart de ses camarades, il l'avait quittée riche. Grâce à Dario.

Les légionnaires évoquaient rarement leur vie passée — celle qu'ils avaient fuie en s'engageant. Toutefois, une nuit dans le désert, alors que Dario et lui, tous deux blessés, attendaient les secours, leurs langues s'étaient déliées. Roman s'en souvenait comme si c'était hier.

— Reste avec moi, répétait-il à Dario, qui menaçait de perdre connaissance.

Lui-même luttait pour garder les yeux ouverts. Le sable dans son dos lui faisait l'effet de sel sur ses plaies et le simple fait de respirer frisait la torture. Il s'était raccroché à la boucle d'oreille qu'il serrait dans son poing. C'était comme si Anya était là, à ses côtés. Et pour elle, il était resté conscient.

— Dario, parle-moi.

Pas de réponse.

— À quoi penses-tu ?

— À ma femme, avait finalement soupiré Dario. J'ai semé le chaos derrière moi. J'espère qu'elle va bien. Si j'étais resté, j'aurais fini derrière les barreaux. Et toi ?

— Je ne sais pas…

Roman avait essayé d'imaginer sa vie s'il n'avait pas fui. Comment aurait-il subvenu aux besoins d'Anya ? Les reproches cinglants de Katya résonnaient encore dans sa tête : si l'audition d'Anya s'était mal passée, c'était uniquement sa faute, lui avait-elle jeté à la figure.

— J'ai tenté ma chance dans la boxe. Sans résultat.

— Tu es doué, pourtant, avait commenté Dario.

Roman faisait partie de l'équipe de kickboxing de leur régiment de parachutistes.

— Je n'y connaissais rien en nutrition, à l'époque. Et puis, gagner ma vie en recevant des coups ne m'intéressait pas. C'était juste un rêve de gosse.

— Moi, je savais jouer en Bourse, avait déclaré Dario. Je me suis enrichi. Puis j'ai dérapé.

— Quel genre de dérapage ?

— Je n'ai pas suivi les règles. Il faut savoir quand investir et quand se retirer.

Dario avait alors expliqué à Roman les lois de la finance et comment en tirer parti. Quelques semaines plus tard, en convalescence en Provence, Roman avait commencé à son tour à boursicoter. Ensuite, guéri de ses blessures, il s'était réengagé pour cinq ans dans la Légion, mais avait continué à miser et à investir, des sommes de plus en plus importantes. Et il s'était peu à peu enrichi.

La veille de son départ, ses camarades et lui avaient beaucoup bu. Roman leur manquerait. Pour eux, il était le meilleur soldat, un compagnon fiable qui les épaulait lors des entraînements comme dans la bataille. Ils parcoururent pour rire la rubrique « Rencontres » d'un journal.

— Et celle-là ? avait lancé Dario. Moi, je serais partant. Le ballet et le théâtre, ce n'est pas mon truc. Le sexe, en revanche…

La femme de l'annonce avait la petite quarantaine et vivait à Paris. Si elle cherchait à se marier, c'était uniquement pour faire plaisir à son père mourant, car elle ne croyait plus en l'amour. Elle était donc en quête d'un jeune homme séduisant pour l'accompagner au théâtre et au ballet, doublé d'un amant aventureux. Le mariage durerait au minimum deux ans. Le logement et les repas seraient fournis.

Roman avait été attiré par la franchise de cette femme. Toute sa vie, il avait reçu le gîte et le couvert. D'abord en tant qu'orphelin, puis légionnaire. Pourquoi pas en qualité d'amant ? Ses camarades l'avaient applaudi lorsqu'il avait déchiré l'annonce pour la glisser dans sa poche.

Il n'avait jamais eu de vrai chez-lui, n'était jamais allé au théâtre. Ni même au restaurant, hormis son expérience désastreuse avec Anya. Il y avait tant de choses qu'il ignorait de la vie. Il s'était donc envolé pour Paris. Embarrassé par son inexpérience, il avait renoncé à retrouver son frère.

L'acclimatation à sa nouvelle vie s'était révélée difficile. Vivre dans un appartement parisien, partager un lit, s'attarder à table lors des repas : tout lui coûtait un effort surhumain. Puis, au fil des semaines, les choses s'étaient améliorées. Céleste, soi-disant ravie de ses prouesses d'amant, avait entrepris de faire son éducation. Elle lui avait appris comment être toujours impeccablement habillé, comment manger dans de la vaisselle fine et à commander avec aisance au restaurant. Céleste cuisinait comme un chef et n'avait pas tardé à lui transmettre sa passion. En outre, elle connaissait bien le marché immobilier parisien. Très vite, des appartements étaient venus garnir le portefeuille de valeurs de Roman.

Si sa vie sexuelle avec Céleste avait été torride, une certaine tendresse s'était aussi installée avec le temps. Si bien que quand elle était tombée malade, c'était lui qui avait proposé de prolonger leur mariage. Dans la Légion, il n'avait jamais abandonné un camarade ; de la même façon, il était resté aux côtés de Céleste. Devenu le professeur, il lui avait appris que courage et détermination pouvaient transformer six mois en un an.

— Tu es la meilleure chose qui me soit arrivée, lui avait-elle murmuré juste avant de mourir.

Sans surprise, c'était la sœur de Céleste qui avait hérité de ses biens. Elle s'était étonnée qu'il ne conteste pas le testament. La famille de Céleste s'imaginait qu'il l'avait épousée pour son argent. Ils se trompaient. Ce mariage avait été, pour lui qui n'avait rien connu d'autre que des institutions et des champs de bataille, un moyen de s'instruire, d'apprendre à vivre dans le « vrai » monde.

Après la mort de Céleste, il avait fait l'acquisition d'un appartement dans le huitième arrondissement de Paris afin de le mettre en location. En l'arpentant, une étrange émotion l'avait saisi. Le mobilier très français, la vue spectaculaire sur la ville, le balcon courant le long de la façade, l'antique ascenseur desservant le penthouse : tout lui plaisait. À tel point qu'il s'y était installé. Pour la première fois, il avait eu l'impression d'appartenir au monde dans lequel il vivait. Il était enfin prêt à recontacter son frère — à un détail près.

Daniil avait été adopté par une riche famille anglaise. Sa femme était anglaise, elle aussi. Lui ne parlait que le russe et le français, la langue obligatoire dans la Légion. Il avait donc consacré ces derniers mois à apprendre l'anglais.

Et aujourd'hui, à l'occasion du baptême de sa nièce, il allait renouer avec Daniil, ce frère à qui il s'était pourtant juré de rendre sa liberté.

Il ne serait pas un fardeau.

Une fois douché et habillé, Roman ouvrit le coffre-fort de sa chambre. Il avait déniché une bijouterie russe à Londres. Dans la vitrine, une pierre d'un vert très pâle, comme les yeux d'Anya, avait attiré son attention. Son cadeau pour sa nièce, toutefois, était une croix en platine sertie de diamants. Le mot *sila* — « force » en russe — y était gravé en cyrillique. Ce n'était pas un bijou à porter, plus une garantie en cas de coup dur. Cette sécurité financière était tout ce qu'il avait à offrir.

À vrai dire, il n'était plus si sûr d'être prêt à revoir son jumeau. Mais Anya l'avait prévenu : elle ne le couvrirait plus. Et il prenait très au sérieux son avertissement. Il se fit donc conduire à l'adresse qu'elle lui avait indiquée et pénétra dans un luxueux hall d'entrée. Le portier le salua d'un signe de tête.

— Bonjour, monsieur Zverev.

Quand cela lui était-il arrivé pour la dernière fois ? À l'orphelinat, personne ne les différenciait, Daniil et lui, ce qu'ils n'hésitaient pas à utiliser à leur avantage.

— Ce n'est pas moi. Vous me confondez avec mon frère, affirmaient-ils chacun de son côté.

— Eh bien ! Ton frère, lui, dit que c'est toi !

Roman en profita une fois de plus et se dirigea droit vers l'ascenseur. Il avait beau avoir combattu dans les pires conditions et vécu l'enfer sur le front, il s'était rarement senti aussi nerveux qu'en cet instant, devant la porte de chez Daniil. Son cœur cognait à tout rompre, comme lorsqu'il avait été sur le point de revoir Anya après toutes ces années.

Il frappa à la porte. Au bout de quelques minutes, une jeune femme blonde lui ouvrit. Il vit le choc se peindre sur ses traits.

— Daniil ! appela-t-elle d'un ton pressant.

Elle sembla soudain émerger de sa stupéfaction.

— Roman, nous t'avons tant cherché, dit-elle en le serrant dans ses bras.

Quelques années plus tôt, par réflexe, il se serait dégagé. Mais Céleste l'avait bien éduqué et il accepta l'étreinte de sa belle-sœur.

— Je suis Libby.

Il remarqua des larmes au coin de ses yeux lorsqu'elle recula.

— Je comprends que ce soit un choc pour vous, déclara-t-il dans son anglais encore approximatif. Félicitations pour la naissance de votre fille. J'ai apporté un cadeau…

Sa voix mourut sur ses lèvres : Libby s'était tournée vers son mari, qui s'avançait dans le vestibule.

C'était comme de se regarder dans un miroir. Son frère et lui étaient identiques, à une différence près : la cicatrice barrant la joue de Daniil.

— Ce n'est pas trop tôt ! s'écria ce dernier en guise d'accueil. Je te croyais mort.

— Tu te trompais, répondit Roman.

Pas d'effusions pour ces retrouvailles. Pas après toutes ces années. Il y avait trop de blessures, trop de questions entre eux pour que cela soit possible.

— J'ai appris que tu étais papa, reprit Roman. Félicitations.

— Elle s'appelle Nadia.

Ce bref échange lui fit prendre conscience de son fort accent par rapport à celui de son frère. Par confort, il continua en russe et lui demanda comment il allait :

— *Kak dela ?*

— Nous parlerons en anglais devant ma femme, répliqua sèchement son jumeau.

— Daniil ?

Libby fronça les sourcils, visiblement déconcertée par la réaction de son mari.

— Où étais-tu, tout ce temps ? interrogea Daniil.

Roman ne répondit pas.

— Où habites-tu ?

— À Paris.

— Depuis longtemps ?

— Quelques années.

— C'est à une heure de Londres ! s'emporta son frère. Tu n'as jamais songé à me contacter ?

— Daniil !

Libby avait haussé le ton. Elle se radoucit :

— Entre, Roman.

L'appartement était superbe avec ses murs vitrés offrant une vue panoramique de Londres. Dehors, la ville miroitait sous le soleil matinal. Mais l'atmosphère dans la pièce était aussi tendue que Roman l'avait imaginé.

Il prit place sur le canapé. Cela lui faisait drôle de voir Daniil adulte. Dans sa tête, il avait toujours douze ans.

— Tu devrais faire arranger cela, dit-il en désignant sa joue.

— Je l'ai gardée exprès. C'est tout ce qu'il me restait de toi, répliqua Daniil d'un ton amer.

— Et les photos ?

Roman se rappelait les avoir glissées dans le sac de son frère, juste avant le départ de celui-ci pour l'Angleterre. Daniil hocha la tête.

— Je t'ai cherché, tu sais, reprit celui-ci. Je suis retourné en Russie plusieurs fois. On m'a dit que tu t'étais engagé dans la Légion étrangère…

— Oui, à dix-huit ans, confirma Roman. J'y ai servi pendant dix ans.

— Comment t'appelles-tu, maintenant ? demanda-t-il d'un ton agressif.

À l'évidence, il lui en voulait d'avoir changé d'identité.

— Tu ne comptes pas me le dire, n'est-ce pas ?

Non, mais pas pour les raisons qu'il supposait. Dans la Légion étrangère, chaque soldat se voyait offrir une nouvelle identité. Ce que Daniil et Anya ignoraient, c'est qu'au bout d'un an, ils avaient la possibilité de reprendre leur nom d'origine s'ils le souhaitaient. Son but, en s'engageant, avait été de faire table rase du passé. Mais un an plus tard, allongé sur son étroit lit de caserne, il avait longuement réfléchi.

Et il n'avait pas pu.

Il avait survécu au plus brutal des entraînements, sauté en parachute à d'innombrables reprises, appris le français à la perfection. Il avait un but, un groupe de camarades soudés. Tout ce qu'il avait cherché en s'engageant, il l'avait obtenu. Pourtant, il n'avait pas pu se résoudre à verrouiller définitivement la porte sur son passé. Conserver sa nouvelle identité signifiait se conformer à certaines règles. Il était un soldat, entraîné à obéir. Franchir ce pas, c'était s'interdire à jamais de revoir Daniil. Ou Anya. Le moment qu'ils avaient partagé, la semaine dernière, n'aurait jamais eu lieu. Les retrouvailles de ce matin non plus.

Mais avouer cela à Daniil ou Anya, c'était trahir à quel point il avait besoin d'eux, lui qui répugnait à s'imposer dans leur vie. Il garda le silence.

— Cette bagarre… C'était pour me faire partir, n'est-ce pas ? reprit Daniil.

— Tu aurais refusé l'adoption, sinon.

— Je n'avais pas envie d'être adopté.

— Regarde où tu en es aujourd'hui. Grâce à cette famille qui t'a accueilli…

— J'ai vécu un enfer ! s'écria Daniil, les poings serrés. Je n'étais qu'un substitut à leur fils décédé !

Roman demeura impassible.

— Tu as reçu une bonne éducation.

— *Poshyol ty !* jura Daniil en russe.

— Je croyais que nous devions parler en anglais devant ta femme.

— Tu n'as aucune idée de ce que j'ai vécu, Roman.

— Parce que tu ne m'as jamais écrit.

L'amertume perçait derrière ces mots, qui avaient jailli malgré lui.

— Je t'ai écrit, objecta Daniil. J'ai découvert depuis que mes parents adoptifs n'avaient jamais posté mes lettres. J'ai abandonné mon nouveau nom pour redevenir Daniil Zverev, dans l'espoir que tu me trouves.

— Oui, je l'ai appris.

— Quand cela ?

— L'année dernière.

— Mais tu ne t'es pas manifesté…

Oh non, pensa Libby, médusée par leurs retrouvailles. Elle savait avec quelle obstination son mari avait recherché Roman. Que se passait-il ? Ces instants n'auraient dû être que rires, champagne et embrassades !

— Je vais chercher le bébé, lança-t-elle.

Elle quitta hâtivement le salon et revint avec Nadia, en priant pour qu'opère le charme de sa fille.

— Quel âge a-t-elle ? s'enquit Roman.

— Deux semaines.

L'âge auquel Daniil et lui avaient été abandonnés à l'orphelinat.

— Veux-tu la porter ? suggéra Libby.

— Non. Laisse-la dormir.

La jeune femme ignora sa réponse et lui tendit d'autorité sa nièce. Roman n'avait jamais tenu de bébé dans ses bras.

— Elle est si légère !

Nadia ouvrit les yeux. Elle était magnifique, un mélange parfait entre ses deux parents. La ressemblance avec Daniil était telle qu'elle aurait pu être *sa fille à lui*. C'était étrange… Il ne s'était jamais imaginé en père — pas plus qu'il n'avait imaginé Daniil, d'ailleurs. Une vive émotion l'étreignit. Cette enfant grandirait choyée et entourée d'amour. Son frère y veillerait.

Renouer avec son passé se révélait plus poignant que prévu. Roman n'avait jamais versé la moindre larme. Il n'allait pas commencer aujourd'hui. Il rendit Nadia à sa mère avant que son masque ne se fissure.

— J'ai fait graver ceci pour votre fille, dit-il en tendant l'écrin à Libby.

Daniil s'interposa :

— Tu le lui donneras à notre retour de l'église. Nous revenons ici après le service.

— Je ne peux pas rester au baptême…

— Je me fiche de ta nouvelle identité ! le coupa son jumeau. Peu m'importe que tu puisses ou non être vu avec nous : tu assisteras au baptême de ta nièce.

Roman resta silencieux.

— Nikolaï sera là. Tout comme Sev, qui revient exprès de sa lune de miel. Tu peux bien faire un effort, toi aussi. On se réunit tous les quatre ce soir sur le yacht de Nikolaï. Anya viendra peut-être aussi. Tu te souviens d'elle ? La fille de la cuisinière, qui répétait dans la cuisine…

— Vaguement.

Roman préférait taire le fait qu'Anya et lui se connaissaient intimement, et qu'ils s'étaient revus.

— Elle est danseuse étoile, maintenant, expliqua Daniil.

— Et elle a bien failli être la marraine de Nadia, soupira Libby.

Il fronça les sourcils.

— Vous êtes si proches que cela ?

— Pas vraiment. Nous avons beau être toutes danseuses…

— « Toutes » ? l'interrompit-il, intrigué.

— Ma meilleure amie Rachel et moi ; et Anya, qui fait un peu bande à part.

— Est-ce ainsi que vous vous êtes rencontrées ?

— Oh ! non, répondit Libby. J'ai pris ma retraite l'année dernière et Daniil m'a emmenée voir un ballet pour me remonter le moral.

— Mon idée n'a pas eu le succès escompté, déclara Daniil, pince-sans-rire.

— Toujours est-il que ton frère a reconnu Anya, poursuivit Libby. Nous sommes allés la saluer dans sa loge après la représentation et sommes restés en contact depuis. Rachel devait être la marraine, mais n'était pas sûre de pouvoir venir. Anya s'est proposée comme substitut. Finalement, Rachel sera bien présente. Je crains d'avoir vexé Anya et qu'elle ne vienne pas…

L'Interphone grésilla : le traiteur était arrivé. Libby s'agita en constatant l'heure avancée.

— Il faut que je change Nadia. Roman, tu viens au baptême, n'est-ce pas ?

Il hésita. Mais puisqu'il y avait des chances qu'Anya ne vienne pas, il accepta.

Restés seuls dans la pièce, les deux frères se dévisagèrent sans un mot. Ce fut Roman qui rompit le silence :

— Je te laisse te préparer. On se retrouve à l'église.

— Viens avec nous.

— J'ai mon propre chauffeur.

— Je t'interdis de disparaître à nouveau, lança Daniil.

Il ne le pourrait pas, même s'il le voulait. Maintenant que le contact était renoué, il désirait désespérément faire partie de leur vie.

« Tu es un fléau, Roman. Un fardeau pour la société. » Les mots de Katya étaient gravés au fer rouge dans son esprit. « Pas étonnant que tu n'aies jamais été adopté. Quelle famille voudrait de toi ? »

La sienne, peut-être ? En assistant au baptême, il en aurait le cœur net.

6

Anya paya le taxi et balaya des yeux le petit groupe devant l'église.

Pas de trace de Roman.

Arrivée de Paris le matin même, elle avait réservé son billet de retour pour l'après-midi. Une précaution afin de ne pas passer la nuit avec Roman.

Comme si cela pouvait suffire à les stopper…

Tout le monde avait fait l'effort d'être là. Sev et Naomi, qui vivaient à New York, étaient revenus exprès de leur lune de miel. Nikolaï, à Londres pour quelques jours, avait repoussé son départ à l'étranger. Même Rachel, censée assister à un mariage dont elle ne savait comment se dépêtrer, était parvenue à se libérer.

Seul Roman manquait à l'appel.

Quel imbécile ! Anya masqua sa déception derrière une attitude plus avenante qu'à son habitude. Elle s'avança vers Rachel. La flamboyante rousse avait récemment mis un terme à sa carrière de danseuse et ouvert un blog sur le ballet.

— J'ai lu ton dernier article. Il est fantastique ! s'exclama-t-elle. Restons en contact.

Rachel lui avait tendu une perche en ce sens au mariage de Sev et Naomi. Anya l'avait ignorée et tentait de se rattraper aujourd'hui. Elle se savait trop réservée. Elle ne se faisait pas facilement des amis. Mais elle commençait à s'attacher à ces gens qui avaient surgi dans sa vie depuis que Daniil et Libby étaient venus la saluer en coulisses. Elle n'osait pas s'ouvrir aux autres, terrifiée à l'idée d'en souffrir. Depuis la réapparition de Roman, elle sentait son sang-froid lui échapper et ses émotions reprendre le dessus : une heure dans ses bras et elle n'était plus la même personne.

Rachel sembla surprise de ce changement. Elles rejoignirent le groupe.

— Bonjour, Anya.

La nervosité de Libby transparaissait derrière son sourire. Anya ne tarda pas à en comprendre la raison. Une voiture s'arrêta devant l'église, et Roman en descendit.

— Il s'est présenté chez nous ce matin, expliqua Libby. Les retrouvailles ne se sont pas très bien passées…

— N'est-ce pas lui qui est censé avoir disparu ? s'étonna Rachel.

Libby secoua la tête avec une mimique qui signifiait de ne surtout pas aborder le sujet. Anya, au contraire, jugeait le moment tout à fait opportun.

— Il n'a jamais disparu, lança-t-elle avec malice. Il était à Paris.

— Tu savais depuis le début et tu n'as rien dit à Daniil ! s'écria Libby.

Anya haussa les épaules.

— Je l'ai appris il y a peu. Vous avez entendu parler des épouses russes sur catalogue ? Eh bien, Roman en était le pendant masculin pour une riche Parisienne…

— Roman est *marié* ?

La voix de Daniil avait claqué dans l'air tel un coup de fouet. Sans attendre la réponse d'Anya, il marcha droit sur son frère, suivi par Sev et Nikolaï. Pour la première fois depuis vingt ans, les quatre amis étaient à nouveau réunis. Anya les observait du coin de l'œil, ces quatre hommes auprès desquels elle avait grandi. D'aussi loin que remontaient ses souvenirs, l'un d'eux avait possédé son cœur… Pas question toutefois de le laisser transparaître, par exemple en donnant à Roman l'impression qu'elle avait fait un effort vestimentaire pour lui. Anya s'habillait toujours de façon neutre, et ce matin ne dérogeait pas à la règle : une robe couleur sable et des ballerines plates, ainsi qu'un cardigan.

Elle soupira. Sa semaine avait mal commencé. Une partie de la troupe ayant pris un congé avant le début de leur saison parisienne, les répétitions étaient provisoirement suspendues. Anya s'était promenée dans Paris et ses pas l'avaient très vite menée à la terrasse du café où elle avait surpris Roman en compagnie de sa femme. Elle s'était installée à la même table et avait commandé à déjeuner, imaginant la vie parisienne de Roman avec son épouse.

Cette blessure ne cicatriserait jamais.

Dans l'église, Anya se retrouva assise à côté de Rachel, juste derrière Roman. Il n'avait pas même daigné la saluer et évitait ostensiblement son regard. *Ignore-moi tant que tu veux*, pensa Anya en foudroyant son dos des yeux.

Il finit par se retourner, l'air furibond.

— Merci pour ta discrétion, maugréa-t-il à voix basse en russe. Je n'avais pas prévenu Daniil que j'avais été marié.

Anya eut un rire dédaigneux.

— Rachel demandait ce que tu étais devenu. Je lui ai répondu. Pourquoi devrais-je mentir ?

— Je m'occuperai de toi plus tard.

— Dans tes rêves !

Roman réprima un sourire d'un pincement de lèvres. Typique de leurs rapports. Ils connaissaient leur danse — qui ne se terminerait pas au lit, cette fois, Anya se l'était promis.

Le service confina au calvaire. Elle osait à peine regarder le bébé. Après des années de régime draconien, enfanter était devenu impensable. Anya avait beau se répéter qu'elle n'avait pas la fibre maternelle, voir Daniil serrer contre lui ce petit être lui nouait la gorge. La ressemblance avec son frère n'aidait pas. C'était comme d'avoir sous les yeux le tableau de ce qu'elle n'aurait jamais — un bébé et Roman.

À la sortie de l'église, chacun se dirigea vers une voiture.

Anya s'empressa d'accepter l'invitation de Sev et Naomi à partager la leur. Elle n'avait rencontré Naomi qu'une fois, lors de son mariage. La jeune femme était amicale et avait lu un article à propos d'Anya sur le blog de Rachel.

— J'adorerais te voir sur scène, lui dit-elle lorsqu'ils eurent pris place dans la voiture.

Elle et Sev se mirent à planifier un éventuel week-end à Paris le mois suivant. Anya, elle, ne songeait qu'à deux choses : à Roman et au sachet de confiseries au beurre de cacahuète que Naomi venait de sortir de son sac.

— Je ne crois pas que nous ayons besoin d'apporter à manger, déclara Sev.

— J'ai acheté ces friandises à New York. Tout le monde les adore ! rétorqua Naomi en riant.

En effet, songea Anya. C'étaient ses préférées.

Dans l'appartement de Daniil et Libby, le champagne coulait à flots. Cupcakes et amuse-gueules se succédaient à l'infini. Anya s'en tint à l'eau : elle s'était un peu trop laissée aller, ces derniers temps. Mais quand Naomi versa ses friandises dans un saladier, la tentation revint au galop.

La famille de Libby était là, ainsi que d'autres gens qu'elle ne connaissait pas. Anya, cependant, n'avait d'yeux que pour Roman. L'appartement avait beau être immense, sa présence emplissait tout l'espace. Du coin de l'œil, elle l'épia tandis qu'il offrait son cadeau à Nadia.

— Merci, Roman. C'est magnifique, dit Libby. Je suis certaine qu'elle la chérira toute sa vie.

Lorsqu'il s'éloigna vers le bar, Anya demanda à Libby si elle pouvait jeter un coup d'œil au cadeau de Roman. La petite croix sertie de diamants était une pure merveille. Comment diable avait-il aujourd'hui les moyens d'offrir un tel présent ? Elle retourna le délicat objet et lut l'inscription gravée au dos :

« *Sila* »

Elle aussi aurait bien besoin de force, pensa-t-elle. Se trouver dans la même pièce que Roman était autant un bonheur qu'un supplice. Elle oscillait entre son besoin d'être avec lui et sa fierté qui le lui interdisait. Son regard s'égara vers le saladier de friandises. *Juste une*, se promit-elle.

Elle s'approcha de la table et en glissa une dans son sac à main. Elle la savourerait plus tard. Peut-être en aurait-elle besoin d'une autre pour le vol de retour ? Elle en prit une deuxième, puis une poignée pour les entractes de ses représentations parisiennes. En souvenir de cette journée avec Roman…

Sa main se figea. Quelqu'un la regardait, elle le sentait. Elle se retourna et vit Naomi qui la fixait, les sourcils froncés. Puis Roman. La honte l'envahit, exactement comme quand sa mère l'avait surprise à goûter au chocolat. Elle était prise la main dans le sac et ne savait comment se justifier.

Mortifiée, elle s'enfuit de la pièce.

— Pourquoi Anya vole-t-elle de la nourriture ? chuchota Naomi à Sev.

Parce qu'elle a grandi en étant contrainte d'agir ainsi, faillit répondre Roman, qui avait entendu la remarque. Sans un mot, il sortit à son tour et rattrapa Anya dans le vestibule.

— Laisse-moi tranquille ! s'écria-t-elle.

Anya cherchait désespérément à retenir ses larmes. Elle sentait encore la brûlure de la main de sa mère sur sa joue après que celle-ci l'avait surprise à manger sa barre de chocolat.

— J'ai tellement honte…

— Il n'y a pas de raison, lui assura Roman.

Il l'entraîna dans une pièce au calme et la serra contre lui.

— Tu n'as rien fait de mal.

— Mais ils m'ont vue ! hoqueta Anya.

C'était horrible. Elle toujours si maîtresse d'elle-même s'était fait surprendre à voler de la nourriture !

Roman lui souleva le menton et sourit, lui qui souriait si rarement.

— Et alors ? Tu aimes le chocolat. Moi, c'est le champagne. Tu crois qu'ils me trouveront grossier si j'emporte une ou deux bouteilles en partant ? ironisa-t-il.

Anya lui était reconnaissante de ses efforts, mais ne put retenir ses larmes plus longtemps.

— Chut, ce n'est rien…, la réconforta-t-il.

— Si, murmura-t-elle. Je voulais juste emporter quelques friandises pour plus tard. C'est idiot, je sais, mais je déteste manger devant les autres.

— Ce n'est pas idiot, dit Roman. Katya te forçait à te cacher pour manger.

— Elle finissait toujours…

Elle se tut. Elle ne voulait pas manquer de respect à sa défunte mère. Roman termina à sa place :

— Elle finissait toujours pas te surprendre et te frappait.

— Comment le sais-tu ?

— Il n'y avait pas de télévision, à l'orphelinat. Alors je gardais un œil sur toi.

Anya esquissa un sourire. Lui seul pouvait comprendre, car il avait été là, témoin de l'éternelle campagne de culpabilisation dont elle avait été victime.

— Elle m'accablait de reproches, reprit Anya. « Tu vas grossir », ou : « Si tu veux réussir dans la danse, tu dois rester mince. »

— Anya, je n'aimais pas Katya, mais je crois qu'elle faisait seulement de son mieux pour continuer à t'emmener au travail avec elle.

C'était ce qu'il avait tenté de lui expliquer, ce fameux soir où elle l'avait accusé de ne rien comprendre à l'amour familial.

— Elle essayait de sauver son poste, tout en te gardant près d'elle au lieu de te laisser seule à la maison, poursuivit-il. Le directeur la harcelait sur le fait qu'ils avaient bien assez de bouches à nourrir sans y ajouter celles des enfants des employés. S'il avait surpris ta mère à te donner à manger, au mieux, il lui aurait interdit de t'emmener à l'orphelinat ; au pire, elle aurait perdu son travail.

Anya fronça les sourcils.

— Comment le sais-tu ?

— J'observais et écoutais tout ce qui se passait quand j'étais de corvée de cuisine. Pendant qu'elle préparait les repas, Katya se voyait systématiquement interdire d'en prévoir un pour toi.

Anya se rappelait comment sa mère l'envoyait manger sa soupe dans le placard. Ainsi, sa croisade contre la nourriture avait commencé comme un stratagème de survie… Mais à mesure que s'épanouissait le talent de sa fille, c'était devenu une véritable obsession pour Katya. Puis pour Anya aussi.

— Tu sais, enfant, je croyais que tu étais riche parce que tu avais une mère, reprit Roman. Mais tu étais aussi pauvre que nous. Peut-être même plus. Nous, au moins, bénéficions de trois repas par jour.

Ces mots la réconfortèrent. Grâce à Roman, elle était enfin capable de pardonner à sa mère. C'était si agréable de se confier à lui, blottie entre ses bras protecteurs.

— J'avais faim tout le temps.

— Je sais, dit Roman. C'est pour cela que je t'ai emmenée au restaurant. Je voulais que tu manges à ta faim avant ton audition. Nous étions si ignorants, à l'époque…

— Mais heureux malgré tout.

Anya se remémora avec nostalgie ses fausses disputes avec Daniil et Roman quand elle se moquait de leur entraînement de boxe. Et puis il y avait le repas de Noël, où les familles du personnel venaient passer la journée à l'orphelinat. À cette occasion, exceptionnellement, elle mangeait à table avec les quatre amis au lieu de rester à l'écart dans la cuisine.

— Heureux, oui, c'est vrai, confirma Roman.

Cette réponse surprit Anya.

— Je n'aurais jamais cru que tu gardais de bons souvenirs de cette époque…

— Oh si, énormément. Les douze premières années, j'avais Daniil, Sev et Nikolaï. Et toi. C'était toujours un plaisir de te voir. Tu te souviens de la fois où tu m'as apporté mon dîner dans ma chambre ?

— Je mourais d'envie de t'embrasser, avoua-t-elle.

— Et moi, de te toucher les seins.

Cet aveu amena un sourire sur les lèvres d'Anya.

— Te réjouissais-tu de me voir aujourd'hui ? demanda-t-elle.

— Non.

Elle ne se vexa pas. Elle savait pourquoi — la flamme entre eux, ce désir que seul l'autre avait le pouvoir d'assouvir —, mais voulait l'entendre de sa bouche.

— Pour quelle raison ?

— Celle-ci…

Si elle levait la tête, Roman l'embrasserait, elle le savait. Alors, c'est ce qu'elle fit…

Roman embrassa d'abord ses cils humides, et de nouvelles larmes montèrent aux yeux d'Anya. Puis ses lèvres suivirent la courbe de sa joue, avant de prendre les siennes dans un baiser très doux. Il ne l'embrassait pas ainsi, autrefois. Cette tendresse, ce n'était pas auprès d'elle qu'il l'avait apprise. Elle la haïssait autant qu'elle en redemandait.

Leur baiser gagna en profondeur. Les mains de Roman tirèrent sur son cardigan, qui tomba au sol.

— Cesse de te cacher, la réprimanda-t-il.

Il la connaissait par cœur… Son baiser se fit plus brutal. Un baiser familier qui appelait à plus. Roman l'enlaça étroitement et elle se hissa sur la pointe des pieds, avide de sentir leurs corps moulés l'un contre l'autre. *Non, tu ne peux pas faire ça*, lui ordonna soudain une petite voix dans sa tête. À regret, elle détacha sa bouche de celle de Roman.

— Nous n'allons quand même pas coucher ensemble dans la chambre d'amis le jour du baptême de ta nièce…

— *Ça*, ce serait vraiment grossier, plaisanta Roman en souriant. Si les autres nous surprenaient, nous n'aurions pas fini d'en entendre parler…

Anya balaya la pièce des yeux. Ce n'était pas une chambre

d'amis, comme elle l'avait cru. Ils étaient si absorbés l'un par l'autre qu'ils n'avaient même pas remarqué où ils se trouvaient.

— Roman…

La pièce était immense. C'était une salle de sport — de boxe, plus exactement. Il y avait des miroirs aux murs, un parquet ciré, des poids, des punching-balls, un sac de frappe. Le genre d'endroit dont Daniil et Roman rêvaient, enfants.

— Pas de ring, observa-t-il.

Anya se demanda si ce serait utile aux jumeaux pour combattre leurs démons.

— Un jour, peut-être…

Oui, un jour peut-être les deux frères seraient à nouveau capables de se parler normalement. Libby ne comprenait pourquoi ils ne tombaient pas dans les bras l'un de l'autre, mais Anya, si. Ils avaient beaucoup souffert pour en arriver là où ils étaient aujourd'hui, sans jamais compter sur personne d'autre qu'eux-mêmes. Accepter de dépendre de quelqu'un d'autre, vouloir se sentir digne de son amour n'allait de soi ni pour l'un ni pour l'autre.

— Il a réussi sa vie, dit Roman. C'est drôle de le voir adulte, à la tête de sa propre famille.

— Es-tu jaloux de lui ? Il a une femme, un enfant…

— Au contraire. Je suis heureux qu'il ait tout ce que j'ai moi-même toujours désiré.

Le cœur d'Anya sombra dans sa poitrine. Roman aussi rêvait de fonder une famille ? Alors, elle ne pourrait jamais lui offrir ce qu'il souhaitait.

Pour dissimuler sa détresse, elle s'approcha d'une étagère encastrée dans l'un des murs. Elle lui rappelait sa coiffeuse avant une représentation, une sorte de petit autel sur lequel s'alignait une collection d'objets à l'évidence précieux pour Daniil : une photo de lui et Libby le jour de leur mariage, une de Nadia. Anya avait l'impression de violer son jardin secret. Un petit ours en porcelaine argentée était assis entre deux photos qu'elle reconnut aussitôt.

— Je me souviens de ce jour-là. Sergio avait apporté son appareil photo.

L'une des images montrait les deux frères en short de boxe, figés dans une pose de combat. Roman affichait une mine renfrognée.

— Tu avais hâte d'en finir avec la séance photo, nota Anya en riant.

— C'est vrai, admit-il. Aujourd'hui, je suis heureux qu'on ait pris ces photos.

— Pourquoi les as-tu données à Daniil ?

— Au moment où il a été adopté, j'ai pensé que cela la réconforterait d'avoir des souvenirs.

— Mais toi, tu n'avais plus rien !

Elle contempla l'autre photo, celle des quatre garçons aujourd'hui enfin réunis.

— Nous nous retrouvons sur le yacht de Nikolaï après la fête, histoire de rattraper le temps perdu, annonça Roman.

— Cela n'a pas l'air de te réjouir…

— Je ne sais pas, soupira-t-il. Je te dirai comment cela s'est passé après.

— Je ne serai plus là. Je rentre à Paris dans l'après-midi.

— Anya, il faut qu'on parle. Tu le sais.

Ils étaient de retour dans la vie l'un de l'autre. Maintenant que Roman en avait pris conscience, il ne laisserait plus rien les séparer. Mais Anya semblait vouloir se dérober…

— Non, lança-t-elle. On va encore se disputer.

— Et alors ? Tu sais comment finissent nos disputes.

Un sourire incurva les lèvres de la jeune femme. Pas pour longtemps.

— Je ne suis pas prête à parler de ta femme, Roman. Peut-être ne le serai-je jamais. Je ne changerai pas d'avis. Et je ne veux pas te voir à Paris.

— Menteuse. Dès que j'ai fini avec les autres, j'affrète un avion et…

— Rien que cela ! s'écria Anya. D'abord, tu offres à ta nièce une croix sertie de diamants. Maintenant, tu parles d'affréter un avion… Qui es-tu, Roman ?

— Je t'expliquerai tout ce soir. Attends-moi, s'il te plaît.

— Je t'ai assez attendu. C'est fini.

Anya se força alors à poser la question qu'elle redoutait entre toutes. Elle connaissait Roman : il ne tolérerait pas plus de cinq minutes la compagnie de quelqu'un qu'il n'aimait pas. Or il était resté plus de deux ans avec sa femme…

— Avais-tu des sentiments pour elle ?

Roman soutint le regard d'Anya. Mentir maintenant les détruirait. Mais la prudence s'imposait.

— Pas les mêmes sentiments que j'ai pour toi, répondit-il évasivement.

— Que tu *avais* pour moi, corrigea-t-elle. Sinon, tu aurais cherché à me revoir.

Il garda le silence.

— Tu l'aimais ? insista Anya d'une voix butée.

Comment aurait-elle pu oublier que Roman ne lui avait jamais dit « je t'aime » quand ils étaient ensemble.

— Une forme d'amour s'est développée avec le temps, admit-il après un moment.

Salaud ! eut-elle envie de hurler. Non, elle ne serait jamais prête à entendre l'histoire du mariage de Roman. Ni à lui avouer sa stérilité. Leurs rêves d'autrefois s'étaient depuis longtemps envolés en fumée.

Sans un mot, elle tourna les talons et quitta la pièce.

7

Roman peinait encore à croire qu'ils étaient tous les quatre réunis. Le luxueux yacht de Nikolaï, à quai sur l'Île aux Chiens depuis deux semaines, constituait une véritable attraction. Mais aucun d'eux ne réclama de faire le tour du propriétaire, et Nikolaï ne le proposa pas : leur temps ensemble était trop précieux. Après vingt ans de séparation, ils avaient beaucoup à se dire. Une bouteille de vodka au gingembre apparut, sortie de nulle part. Roman et Daniil firent la grimace.

— Si tu préfères, dit Nikolaï en lui tendant une bouteille de vodka nature glacée à souhait.

Roman emplit deux verres, un pour lui et l'autre pour son frère.

— Tiens, *shishka*, lança Roman en faisant glisser le verre vers Daniil.

Celui-ci le foudroya du regard : il avait toujours haï ce surnom. Mais il ne releva pas, d'autant que Nikolaï, pressé par Sev, commençait à leur raconter son histoire.

Il avait toujours su où sa vie le mènerait — en mer. Il avait débuté comme passager clandestin !

— Tout plutôt que de rester *là-bas*, se justifia-t-il.

Roman hocha la tête. Il avait appris, à l'époque, que Nikolaï avait été abusé sexuellement par un professeur, raison de sa fugue. Il le revoyait construisant son bateau en allumettes, qu'il avait emporté en s'enfuyant de l'orphelinat. Ce bateau avait été retrouvé dans son sac près de la rivière, lorsque tous l'avaient cru mort noyé. Sev l'avait gardé et le lui rendit.

— Il m'avait fallu un temps fou pour le fabriquer, murmura Nikolaï.

Il le posa sur la table basse, visiblement touché que Sev l'ait conservé toutes ces années.

D'un geste du bras, Roman désigna l'opulent salon.

— Cet endroit a dû accueillir quelques fêtes mémorables, non ?

— En effet, confirma Nikolaï en riant.

— Tu vois quelqu'un en ce moment ? s'enquit Daniil.

— Je vois plein de monde, plaisanta leur ami, avant de se tourner vers Sev : Quand rentres-tu à New York ?

L'empressement avec lequel il avait changé de sujet n'avait pas échappé à Roman.

— Ce soir, répondit Sev. Daniil et Libby viendront chez nous pour le nouvel an. Roman, Nikolaï, vous êtes aussi les bienvenus.

Roman leva les yeux au ciel. Passer les fêtes à New York à se remémorer le bon vieux temps avec ses amis rangés et heureux de l'être, très peu pour lui ! Ses pensées s'égarèrent vers Anya. Depuis qu'il l'avait revue, ce matin, il était résolu à la reconquérir. Les choses allaient bien pour elle, en ce moment, mais il y avait en elle une vulnérabilité dont lui seul connaissait l'existence. Ils avaient besoin de se parler.

À son tour, Sev se raconta, tandis que les verres de vodka se succédaient. Comme tous l'avaient prédit, il avait brillamment réussi. À l'orphelinat, il avait toujours le nez dans un livre. C'était aussi lui qui intervenait quand la situation dérapait. C'était un génie, désormais expert en cybersécurité.

Tous écoutèrent ensuite l'histoire de Daniil — Roman sans doute plus attentif que ses compagnons. Sa famille adoptive s'était révélée détestable.

— Ils ont très vite réalisé leur erreur et compris que jamais je ne remplacerais leur fils décédé, expliqua son frère.

Il avait travaillé dur pour réussir. D'abord comme barman dans un hôtel en difficulté financière, où il s'était découvert une affinité avec les chiffres. En aidant le gérant à redresser la barre en échange d'une participation dans l'affaire, il avait posé la première pierre de son empire financier.

Roman écoutait en silence. Il y avait tant de similarités entre eux. Tant de différences aussi, après une si longue séparation.

— Et toi, Roman ? questionna Sev, quelques vodkas plus tard.

— J'ai quitté l'orphelinat à seize ans, répondit-il avec un haussement d'épaules. Je me suis essayé à la boxe.

Il se tourna vers son frère.

— Sergio avait tout faux : j'ai perdu la plupart de mes combats. Avec l'argent de mes rares victoires, je suis parti en France, où j'ai rejoint la Légion étrangère.

Il passa sous silence son temps dans l'aile correctionnelle de l'orphelinat, ainsi que le taudis minable qu'il avait habité pendant deux ans et le réconfort trouvé auprès d'Anya. Un muscle tressautait sur la joue de Daniil. Roman savait pourquoi : alors que les autres s'étaient volontiers ouverts sur leur passé, lui se contentait d'un rapport bref, impersonnel.

— J'y ai servi pendant dix ans, poursuivit-il. Puis je me suis installé à Paris, et me voilà.

— N'oublies-tu pas quelque chose ? intervint son frère. Quand comptes-tu nous parler de ta femme ?

Roman soutint calmement le regard de Daniil, avant de s'adresser au groupe.

— J'ai été marié, c'est vrai. Céleste est décédée l'année dernière.

Sev et Nikolaï offrirent leurs condoléances. Roman les accepta d'un hochement de tête. Il n'était pas sûr de les mériter — son mariage avec Céleste avait été tout sauf conventionnel. Mais Daniil n'en resta pas là :

— Tu as quitté l'orphelinat et fait ta vie. Tu t'es marié. J'aurais pu être présent à ton mariage et à tes côtés pour les funérailles. Finalement, je n'aurai même jamais rencontré ta femme !

La tension qui couvait entre eux depuis son retour atteignait son paroxysme. Daniil s'était levé, les poings serrés. Roman se leva à son tour et fit face à son jumeau.

— Ce n'était pas un mariage comme le tien, expliqua-t-il calmement. Comme Anya l'a laissé entendre, j'ai répondu à une petite annonce.

— Anya était au courant ?

Roman haussa les épaules, ce qui mit son frère hors de lui.

— Je me fiche de la façon dont vous vous êtes rencontrés ! s'emporta Daniil. Céleste comptait pour toi. Tu n'aurais pas passé plusieurs années de ta vie avec elle si ce n'était pas le cas !

— Cela ne fait pas si longtemps que tu as repris ton nom, riposta Roman d'un ton détaché.

— Peut-être. Mais toi, tu n'as même pas essayé de me chercher. Et ne prétends pas le contraire !

— Non, je n'ai pas essayé.

Il bloqua le coup de poing de Daniil juste avant qu'il n'atteigne son visage.

— C'est une autre cicatrice que tu veux ? le mit-il en garde.

— Ça suffit ! coupa Sev, éternel pacificateur du groupe.

Roman se calma, tout comme Daniil. La colère ne résoudrait rien. Ils échangèrent une brève accolade, qui ressemblait davantage à une empoignade entre deux boxeurs.

— J'aimerais simplement en savoir plus sur ta vie, dit Daniil.

— Un jour, peut-être, répondit Roman, empruntant les mots d'Anya.

Cette conversation, c'était à elle qu'il la devait avant quiconque.

Daniil lui communiqua les numéros de chacun. Parmi eux figurait celui d'Anya. Leurs regards se croisèrent et Roman sut que son frère soupçonnait quelque chose entre eux. Ils étaient jumeaux, après tout : parfois, les mots étaient superflus. Ils échangèrent un sourire de connivence.

Il était temps d'y aller. Même s'il n'était pas très tard, ils n'étaient plus très frais après cette soirée alcoolisée. Nikolaï les raccompagna à la passerelle, où ils se serrèrent la main. Sev partit de son côté, laissant Roman seul avec Daniil. Roman aperçut une rousse flamboyante assise sur un banc, dans l'ombre. Rachel ?… Voilà qui expliquait l'embarras de

Nikolaï quand ils l'avaient interrogé sur une éventuelle petite amie. Il décida de garder le secret.

— Où loges-tu ? lui demanda son frère.

Il lui indiqua le nom de l'hôtel où il était descendu.

— Viens à la maison, proposa Daniil.

Roman déclina. C'était trop tôt.

— Tu as un bébé…

— C'est ta nièce. Je ne te laisserai pas dormir à l'hôtel alors que j'ai un toit sous lequel t'accueillir.

— Non, je préfère rentrer chez moi. Je ne sais pas vraiment pourquoi, avoua Roman.

Ce n'était pas par froideur qu'il refusait l'invitation de son frère, il tenait à ce que celui-ci le comprenne.

— J'en ai assez, de l'hôtel, même si je n'y manque de rien. J'ai besoin de…

Il ne savait pas vraiment comment l'expliquer.

— De dormir dans *mon* lit, conclut-il. D'être entouré de *mes* affaires.

— D'être chez toi, conclut Daniil. Ton appartement te manque.

Pas seulement son appartement, réalisa Roman. Paris aussi. Parce qu'Anya s'y trouvait.

De retour à son hôtel, Roman appela son assistant afin d'arranger un vol et fila à l'aéroport. Pendant qu'il patientait sur le tarmac, il composa le numéro d'Anya.

Anya décrocha mécaniquement. À coup sûr, c'était Mika qui se demandait ce qu'elle fabriquait, car toute la troupe l'attendait dans le hall de l'hôtel. Son portable faillit lui tomber des mains lorsqu'elle reconnut la voix de Roman.

— Comment as-tu eu mon numéro ? se ressaisit-elle.

— Peu importe. Où es-tu ?

— Nous étions sur le point de sortir dîner.

— Qui, « nous » ?

— Cela ne te regarde pas, répondit-elle sèchement.

— Fais tes valises, lança Roman. J'arrive dans moins de deux heures.

— Pardon ?

— Tu m'as bien entendu.

Il répéta les mots de Daniil :

— Je ne te laisserai pas dormir à l'hôtel alors que j'ai un toit sous lequel t'accueillir.

Anya et lui étaient prêts, il en était convaincu. Prêts à revisiter leur passé ensemble et à voir où cela les mènerait.

— Tiens donc ? Ce n'est pas ce que tu aurais dit la dernière fois que j'étais à Paris, répliqua la jeune femme. Tu étais trop occupé à jouer les gigolos avec ta…

— Anya, la coupa-t-il, nous parlerons de Céleste quand tu seras capable de prononcer son prénom sans qu'il sonne comme une insulte.

— Jamais ! lança Anya.

— Alors nous discuterons de la raison pour laquelle je suis parti.

— Tu es parti parce que tu ne supportais pas que je réussisse !

Pour protéger son cœur meurtri, elle s'était désespérément raccrochée à cette explication après le départ de Roman. Il la balaya d'un seul mot :

— Ridicule.

— À d'autres ! Tu étais donc si intimidé…

— Tu ne m'intimides pas, Anya.

Des larmes lui embuèrent les yeux. Tout le monde était intimidé par elle. On la trouvait froide, insensible. Seul Roman n'était pas dupe. Il lisait son cœur derrière l'armure de glace. Il connaissait sa passion, ses espoirs et ses peurs.

— Je regrette de ne pas avoir été là pour te soutenir, reprit-il.

— Tu parles ! Tu as préféré t'enrichir plutôt que de rester pauvre avec moi, rétorqua-t-elle avec dédain.

Et comme elle l'avait été, pauvre ! On ne devenait ballerine que par passion. Peu de danseuses s'enrichissaient vraiment. Anya n'était pas un prodige. Elle avait dû se battre et travailler d'arrache-pied pour réussir. Elle n'avait que récemment achevé de rembourser ses dettes accumulées au fil des années. Entre-temps, elle avait partagé un minuscule appartement avec sa mère. Son ascension jusqu'au sommet n'avait pas été un chemin pavé de roses, loin de là ! À présent, elle passerait la prochaine décennie — ou aussi longtemps que son corps tiendrait — à économiser pour l'avenir, lorsqu'elle n'aurait plus la danse pour assurer sa subsistance.

En attendant, elle devait se préparer pour sa prochaine représentation. Mais Roman avait d'autres projets :

— Fais ta valise et envoie-moi par texto le nom de ton hôtel, insista-t-il.

— Non.

— Je suis sérieux, Anya. Je mettrai Paris à feu et à sang pour te retrouver, si nécessaire.

— Bon courage avec la police. Ne m'appelle plus, Roman.

Elle raccrocha et éteignit son portable, sans toutefois avoir pu se résoudre à supprimer le numéro de Roman. C'était au-dessus de ses forces.

Toute la soirée, pendant que les autres riaient et bavardaient gaiement, elle se repassa mentalement cet appel. Roman voulait l'installer chez lui ! Puis elle se remémora la première fois qu'ils avaient partagé un lit — ou plutôt un matelas. Ils avaient fait l'amour, cette nuit-là. Il était si égoïste, alors, seulement préoccupé de son propre plaisir. La jouissance les avait pris par surprise, d'une intensité qui resterait à jamais gravée dans sa chair.

8

Quatorze ans plus tôt

Anya quitta le théâtre par la porte de derrière, pressée de rentrer. Elle avait une formidable nouvelle à annoncer à sa mère : dans deux semaines, elle auditionnait pour intégrer le corps de ballet pour leur prochaine représentation. C'était le tremplin qu'elle attendait, l'opportunité pour laquelle elle avait travaillé si dur ! Ce fut alors qu'elle l'aperçut…

Roman Zverev.

Elle ne l'avait plus revu depuis qu'il avait quitté l'orphelinat, deux ans plus tôt. Il portait un jean noir déchiré et une veste légère. Des flocons de neige parsemaient ses cheveux noirs, longs dans le cou. Il avança vers elle, et Anya remarqua son œil au beurre noir, sa joue balafrée, ses lèvres enflées.

— Tu as perdu ton combat, lança-t-elle en guise de salut.

— Les nouvelles vont vite.

Roman contempla Anya. Il était ravi de la croiser. Pour lui, elle était la perfection incarnée, délicate et forte à la fois. Elle était la seule personne de l'orphelinat à lui avoir manqué. Son regard vert pâle soutenait franchement le sien, libéré de la surveillance de Katya.

Depuis le départ de Daniil, il vivait un enfer. Anya avait été son seul réconfort. Sergio avait bien essayé de canaliser sa colère à travers la boxe, mais c'était comme si son désir de devenir boxeur l'avait quitté en même temps que son frère ; d'ailleurs, il n'avait remporté qu'une poignée de combats. La veille, il avait perdu contre une brute épaisse de deux fois son gabarit.

— Tu as combattu dans la mauvaise catégorie, expliqua Anya, visiblement informée. Tu dois perdre du poids avant la pesée. C'est ce qu'a fait ton adversaire pour passer de justesse en poids moyen, alors qu'il appartient à la catégorie supérieure.

— Je n'ai pas besoin de tes conseils alimentaires, Anya.

Elle était encore plus mince que dans son souvenir, et cela l'inquiétait. Elle restait cependant magnifique.

— De toute façon, j'en ai assez de la boxe, poursuivit-il en haussant les épaules. J'ai déposé une demande de passeport.

— Pourquoi ?

— Parce qu'il n'y a rien pour moi, ici.

— Tu pars à la recherche de Daniil ?

— Non. Pas question de me présenter sur le pas de sa porte.

— Peut-être est-ce ce qu'il attend ?

— Non.

Roman était inflexible sur ce point. Il refusait d'être un fardeau pour son frère.

— Où comptes-tu aller ?

Anya n'avait pas envie qu'il parte. Même si elle ne l'avait pas vu depuis deux ans, elle aimait le savoir dans les parages et avoir des nouvelles de lui de temps en temps. Elle avait rêvé de tomber sur lui par hasard, dans la rue. Aujourd'hui, son vœu était exaucé.

— Et toi, que deviens-tu ? demanda-t-il.

— Toujours danseuse. Je viens d'apprendre que j'avais une audition dans deux semaines pour intégrer le corps de ballet. Un petit rôle, mais je serai sur scène.

— Tu l'auras, affirma Roman.

Il avait toujours su qu'elle irait loin.

— Tu viendras me voir, si je l'obtiens ?

Il leva vers les yeux vers l'imposant théâtre. Sa présence serait déplacée dans un tel endroit. Pourtant, il brûlait de voir Anya danser.

— Oui.

Il ignorait comment, mais il l'admirerait sur scène, un jour. Anya parut touchée de sa réponse. Elle tendit la main vers son œil poché. Par réflexe, il recula. Les coups de poing étaient la seule forme de contact qu'il connaissait. Il n'avait jamais connu d'affection, dans sa vie. Les filles qui traînaient autour du gymnase l'idolâtraient et se fichaient bien qu'il soit une brute. Anya était différente. Alors, il ferma les yeux sous la caresse de ses doigts légers.

Anya avait toujours eu un faible pour Roman. « Pas de garçons ! lui avait ordonné sa mère. Réussir dans la danse exige des sacrifices. » Tant de sacrifices ! Mais Roman était son plaisir coupable, et c'était en pensant à lui qu'elle s'était familiarisée avec son corps de femme.

Après sa bagarre avec son frère, Roman avait été jugé impropre à l'adoption et confiné dans l'aile correctionnelle. Anya savait qu'il n'avait rien à faire là-bas. À seize ans, il avait quitté l'orphelinat. Il lui avait tellement manqué, les deux années suivantes. Et voilà qu'il se tenait devant elle, avec ses lèvres amochées qu'elle mourait d'envie d'embrasser. Elle avait le souffle court ; Roman, lui, respirait lentement, inspirant et expirant profondément.

Qui fit le premier pas ? Elle l'ignorait, mais leurs bouches se trouvèrent et, l'espace d'une seconde, ce fut très doux. Puis Roman l'écrasa contre lui et glissa la langue entre ses lèvres. Il n'en fallut pas plus à Anya pour être sienne. Elle avait attendu ce moment si longtemps ! Ses bras s'enroulèrent autour du cou de Roman en même temps que ses omoplates heurtaient le mur contre lequel il l'appuyait. Tout en approfondissant leur baiser, Roman lui déboutonna son manteau. Ses mains étaient chaudes sur ses seins à travers son pull épais. Anya se délectait de ce contact intime. Pendant que leurs langues dansaient, elle glissa la main là où une saillie dure pressait contre sa cuisse. La nouvelle qu'elle se réjouissait quelques minutes auparavant d'annoncer à sa mère ne lui paraissait plus aussi importante.

— Anya…, chuchota Roman en repoussant sa main.

— J'ai envie de toi. Depuis toujours. Emmène-moi chez toi.

Roman secoua la tête. Il avait trop honte du taudis où il vivait.

— Non. Rentre chez ta mère.

Le corps en feu malgré la température glaciale, Anya le regarda s'éloigner dans la rue. Elle venait de connaître son premier baiser, et elle était bien décidée à ce que les choses n'en restent pas là !

Alors elle courut après Roman, aussi vite que ses jambes le lui permettaient. Puis elle lui sauta sur le dos et s'accrocha à lui tel un singe. Il éclata de rire, sans pour autant s'arrêter. Incroyable : il *riait* !

D'une pirouette, il la fit glisser sous son bras, de sorte qu'Anya se retrouva de face, les jambes nouées autour de sa taille.

— D'où provenait cette barre de chocolat ? demanda-t-elle à brûle-pourpoint.

Il avait esquivé lorsqu'elle lui avait posé la question, autrefois. Cette fois, il répondit :

— Sev avait gagné un prix de calcul, et cette barre de chocolat en faisait partie. Il l'avait gardée pour moi.

— Tu aurais dû la manger.

— J'ai toujours rêvé d'avoir quelque chose à te donner. À ce propos, qu'a dit ta mère quand elle t'a surprise ? Nous devions retourner dans nos chambres, j'ai entendu des cris de loin…

Anya sourit.

— Elle a dit que tu n'apportais rien de bon. Que tu étais un saboteur.

Roman se figea au milieu de la rue. Lorsqu'il tenta de faire descendre Anya, elle s'agrippa à lui de toutes ses forces. L'insulte avait touché une corde sensible. « Saboteur… » Saboter la vie d'Anya — ou celle de son frère — avait toujours été sa plus grande peur. On lui répétait sans relâche qu'il ne créait que des ennuis, qu'aucune famille ne voudrait jamais de lui…

Leurs bouches s'unirent à nouveau. C'était plus facile qu'une explication. Le sexe d'Anya frottait contre son érection grandissante. Ils savaient tous les deux où cela les mènerait. Il n'était que seize heures, mais, en ce début février, cela signifiait que la nuit ne tarderait pas à tomber.

— Rentre chez toi, répéta-t-il, avec un peu moins de conviction cependant.

— Non. Je veux rester avec toi. Je veux que tu sois mon premier.

Roman resserra son étreinte autour d'elle. L'idée qu'un autre que lui ravisse sa virginité lui était insupportable.

— Emmène-moi à ton appartement, souffla-t-elle.

— Ce n'est pas un appartement…

C'était une chambre minable dans un immeuble fourni par le gouvernement aux parasites dans son genre.

— Nous en ferons notre nid à nous, dit Anya.

Ils s'embrassèrent dans le froid. Anya ne le sentait pas. Ses pieds ne touchaient pas le sol et les bras de Roman l'enveloppaient tel un manteau. Leur baiser brûlant la réchauffait de l'intérieur.

Roman la déposa par terre et ils reprirent leur chemin. À une pharmacie, il lui dit de patienter dehors et entra. Un peu plus loin, il pénétra dans un autre magasin.

— Attends-moi ici, dit-il, énigmatique.

Quelques minutes plus tard, il en ressortit un sac à la main. Anya lui demanda ce qu'il avait acheté.

— Rien d'important.

Au moment d'entrer dans son immeuble, il lui lâcha la main et elle le suivit dans l'escalier. De nouveau, il la fit patienter, devant sa porte cette fois. Anya attendit, nerveuse. Qu'est-ce qu'il pouvait bien fabriquer ?

Lorsque Roman l'autorisa enfin à entrer, Anya remarqua tout de suite les draps neufs sur le matelas posé à même le sol. Il n'avait pas fallu plus de quelques minutes à Roman pour faire ce lit de fortune. Le fait qu'il se donne la peine de rendre la chambre plus attrayante pour elle la toucha. Le petit chauffage d'appoint mettrait un certain temps à réchauffer la pièce, où il faisait presque aussi froid que dehors.

— Déshabille-toi, lui intima Roman.

Pas très romantique… Mais quand elle enleva ses vêtements, il les déposa sur une chaise près du chauffage afin qu'ils soient chauds lorsqu'elle se rhabillerait. Habituée des vestiaires, Anya n'éprouvait aucune gêne à se déshabiller devant quelqu'un. Pourtant, sous le regard incandescent de Roman, elle rougit. Tremblante, elle se glissa entre les draps un peu rêches pendant que Roman se déshabillait à son tour dans la grise lumière hivernale.

Seigneur ! Il était vraiment à tomber. Large d'épaules, athlétique… Elle côtoyait tous les jours des corps sculptés telles des statues grecques, mais le sien redéfinissait la notion de perfection — malgré les ecchymoses parsemant son torse pâle.

Roman jeta à côté du matelas les préservatifs achetés à la pharmacie, avant d'enlever son caleçon. Le souffle d'Anya se bloqua. Et dire qu'il serait bientôt en elle ! Un frisson la parcourut, d'excitation et de nervosité mêlées. À peine la rejoignait-il sur le matelas que sa chaleur virile l'enveloppa. Avec un soupir, elle s'abandonna à la force de ses bras autour d'elle, caressa ses cuisses du bout des doigts, libre de le toucher enfin et de le serrer contre elle.

Il tendit la main vers les préservatifs.

— Roman. Embrasse-moi, s'il te plaît.

Il lui prit la bouche dans un baiser brutal, plus encore que dans la ruelle.

— Mes seins… Goûte-les ! l'implora-t-elle.

Il obéit, léchant et suçant à lui faire délicieusement mal. Son érection enflait de seconde en seconde contre la cuisse d'Anya. De nouveau, il tâtonna à la recherche des préservatifs.

— Attends…

Elle voulait plus de ses baisers.

— Je n'ai pas envie d'attendre, grogna Roman.

Il roula sur le dos, agacé. Anya s'installa à califourchon sur son ventre. La brûlure des lèvres de la jolie danseuse sur son torse, sa façon de mordiller ses tétons : il n'aimait pas cela.

Ou plutôt si, tellement qu'il avait besoin d'être en elle, pas de sentir son sexe frotter contre son ventre.

— Je veux jouir, s'impatienta-t-il.

Elle souleva les hanches. Mais, au lieu de s'empaler sur son sexe, elle le prit dans ses mains et se mit à le caresser.

— Je peux faire cela moi-même.

Elle prenait trop son temps à son goût, se montrait trop délicate.

— Nous aurions déjà fini si je te laissais faire, se plaignit-elle.

— Exactement !

Il était habitué à de rapides orgasmes sous la douche. Aujourd'hui encore, c'était son endroit de prédilection. Le sexe devait aller vite. Quel plaisir y avait-il à rester allongé et à regarder sa partenaire le toucher ?

— Tu vas trop lentement, ajouta-t-il.

— Alors, débrouille-toi ! dit Anya en se dégageant.

Non. Tout compte fait, il y avait bien quelque chose qu'il ne pouvait pas faire lui-même, se dit-il, effrayée par sa propre audace. À genoux à côté de lui, elle l'entendit grogner de plaisir lorsqu'elle promena la langue sur son sexe dressé.

— Encore, l'encouragea-t-il.

Anya ne se fit pas prier. Elle le prit dans sa bouche, enhardie par ses exhortations rauques à aller plus vite. Anya était tout près de jouir elle-même. Le sexe de Roman enfla, puis il jouit dans un râle. Ensuite, il ferma les yeux, le souffle court.

Lorsque Roman rouvrit les yeux, ayant retrouvé une respiration normale, Anya était allongée sur le dos. Il s'agenouilla à côté d'elle et lui écarta les jambes, tout en la dévorant des yeux.

— Tu es magnifique, dit-il.

Il aventura les doigts entre les jambes de celle qui venait de lui donner tant de plaisir. Elle se redressa sur les coudes pour le regarder.

— Quand je me touche en pensant à toi, je me touche ici, avoua-t-elle en lui posant l'index sur l'endroit précis.

Roman était de nouveau dur, excité d'apprendre qu'Anya se caressait en fantasmant sur lui. Il plongea la tête entre ses cuisses. Au cri qu'elle poussa, presque un sanglot, il sut qu'il avait touché un point sensible. Son souffle, sa langue : tous les moyens étaient bons pour faire basculer Anya dans l'extase.

Anya se sentait approcher du point de non-retour. La caresse âpre de la mâchoire de Roman ajoutait un côté sauvage aux assauts fougueux de sa langue. La combinaison était étourdissante. Elle s'arqua contre lui en gémissant. Elle serra les dents et ravala un cri comme la tension entre ses reins se relâchait d'un coup. Les lèvres de Roman vibrèrent à l'unisson de son pouls dans un accord parfait. Lentement, il lui baissa les hanches.

Les forces d'Anya l'avaient abandonnée. Roman s'allongea sur elle, appuyé sur les coudes, le visage penché au-dessus du sien.

— Je ne veux pas te faire mal, murmura-t-il.

— Roman, ce n'est pas grave…

Elle écarta les jambes. Le sexe de Roman palpitait contre le sien. Au prix d'un effort visible, il la pénétra de quelques centimètres seulement. Un sanglot étouffé la fit hoqueter. Son amant se retira aussitôt, avant d'essayer de nouveau. La douleur fut si intense qu'Anya ne put retenir une plainte.

— Vas-y d'un coup, l'encouragea-t-elle.

— Tu es sûre ?

— S'il te plaît.

Il s'exécuta. Anya crut mourir. La sensation était celle d'un brûlant et implacable supplice. Mais, lorsqu'elle ouvrit les yeux, Roman était tout entier en elle.

Il l'embrassa comme il ne l'avait jamais fait avant. Pour s'excuser. Chasser la douleur. C'était un baiser tel qu'elle en avait rêvé, infiniment tendre. Un baiser à perdre haleine. Il se mit à bouger en elle, et l'inconfort céda la place à une chaleur grandissante. Bientôt, Anya se surprit à bouger en rythme.

Roman était au paradis. Le frottement de leurs peaux embrasées frôlait le sublime. C'était la première fois qu'il entrait en symbiose avec quelqu'un. Il aimait la douceur des mains d'Anya sur ses épaules, leur pression sur ses fesses pour l'inciter à s'enfoncer davantage.

Ils roulèrent sur le côté et s'embrassèrent avec passion. Il allait et venait en elle, les coups de reins de plus en plus vigoureux.

— Roman…, fit-elle d'une voix rauque, presque implorante.

Anya avait joui de nombreuses fois en pensant à lui, mais jamais ainsi. Le plaisir se diffusait lentement dans tout son être. Tout ce qu'elle ressentait, elle le ressentait par lui et à travers lui. Il la fit rouler sur le dos et son corps pesa de tout son poids sur le sien. La sensation était indescriptible.

La jouissance déferla en elle, un torrent de feu qui l'inonda pour se concentrer au cœur de sa féminité. C'était un appel, auquel Roman répondit par un puissant crescendo qui l'ébranla dans sa chair, jusqu'à ce qu'elle s'envole au septième ciel. Son orgasme était un océan infini, dont le flux et reflux les entraînaient ensemble vers des horizons inconnus.

Le temps se suspendit. Ils restèrent allongés dans le noir, repus. Le chauffage avait fait son office et une agréable chaleur régnait à présent dans la petite pièce.

— Je n'ai pas envie de rentrer, murmura-t-elle.

— Il le faut, dit Roman.

— Je veux rester avec toi.

Elle se tourna vers lui.

— Je t'aime, Roman..

Il la dévisagea en silence, puis se leva du matelas.

— Viens. Je te ramène chez toi.

Il l'aida à se rhabiller, avant de la raccompagner sous la neige, vers un monde dans lequel elle n'avait aucune envie d'être si Roman n'y était pas…

9

Se remémorer cette nuit avait aiguisé l'appétit d'Anya. D'ordinaire, elle aurait mordillé dans une salade en laissant de côté les croûtons de pain. Ce soir, elle avait commandé de la caille. Hélas, même un somptueux dîner dans un restaurant parisien trois étoiles ne pouvait assouvir sa faim. C'était de Roman qu'elle avait besoin.

À la fin du repas, elle ralluma son portable. Il n'avait pas rappelé. La déception lui étreignit la poitrine. Elle s'était attendue à plus de persévérance de sa part ; à plus de frissons dans la chasse.

La troupe rentra à pied à l'hôtel. Dans les rues, des affiches faisaient la promotion du ballet, vantant l'arrivée de la célèbre compagnie de danse à Paris. Quelques journalistes étaient attroupés devant le palace et Mika glissa un bras autour de sa taille.

— Peux-tu me rendre un service ? lança Anya.

Mika fronça les sourcils, sans doute parce qu'il était rare qu'elle demande de l'aide.

— Bien sûr.

— Tu veux bien garder mon portable cette nuit et ne surtout pas me le rendre, même si je te supplie ?

— Puis-je savoir pourquoi ?

Elle ne s'épanchait jamais sur sa vie personnelle. Mais ce soir, elle n'en pouvait plus de porter seule son fardeau. Elle avait besoin d'un ami.

— Parce que l'amour de ma vie a mon numéro et moi le

sien, et je crains d'être trop faible et de finir par l'appeler cette nuit, répondit-elle.

— Entendu, murmura-t-il avec un drôle d'air, comme si elle l'avait offensé ou blessé.

Il prit néanmoins son portable et lui lâcha la taille sitôt dans le hall de l'hôtel, avant de s'éloigner sans un mot.

— Où vas-tu ? lui lança Anya.

Elle avait espéré discuter, échanger avec quelqu'un qui l'aide à mettre de l'ordre dans ses émotions.

— Au bar.

Soudain, elle sentit un regard sur elle. Exactement comme lorsqu'elle avait volé ces friandises chez Daniil et Libby. Elle fit volte-face.

Seigneur…

Roman était assis dans un fauteuil du hall, les jambes étendues devant lui dans une posture nonchalante. À l'évidence, c'était elle qu'il attendait. Il se leva, une lueur de triomphe dans les yeux.

L'instinct d'Anya lui souffla de fuir, de s'éloigner à tout prix de cet homme. Son corps refusa d'obéir. Elle resta plantée là, le cœur battant, tandis que Roman s'avançait calmement vers elle.

— Comment… ? balbutia-t-elle.

Ce fut le seul mot qu'elle parvint à articuler. Comment l'avait-il retrouvée ?

— De deux choses l'une, déclara Roman. Soit nous montons faire tes valises, soit nous allons chez moi maintenant et mon assistant viendra récupérer tes affaires plus tard.

Anya leva les yeux au ciel.

— Je te l'ai déjà dit : je n'ai aucune intention de m'installer chez toi.

— Ce n'est pas négociable. Tu viens avec moi.

— Essaie de m'y forcer et j'appelle la sécurité !

— Pourquoi chasseraient-ils un client de leur hôtel ?

— Tu as pris une chambre ici ? s'exclama-t-elle, incrédule.

— Naturellement. Et crois-tu vraiment qu'ils seraient de taille à me mettre dehors ?

Anya coula un regard vers les deux membres de la sécurité à l'entrée, occupés à refouler un groupe de journalistes. Non, ils ne faisaient pas le poids face à Roman.

— Dois-je te jeter sur mon épaule ? ajouta-t-il.

Il en était bien capable ! Il lui prit son sac des mains, sortit sa carte de l'hôtel et vérifia son numéro de chambre.

— Ou alors nous pouvons monter faire tes valises.

Sans lui laisser le temps de répliquer, il l'empoigna par le coude et l'entraîna vers les ascenseurs.

— Comment m'as-tu retrouvée ? demanda-t-elle tandis qu'ils s'élevaient vers son étage. J'ai expressément interdit à la réception de divulguer la moindre information.

— Je n'ai pas appelé la réception.

— Ne me dis pas que tu m'as fait suivre !

— Quelle imagination débordante…

En effet, avec Roman, Anya n'avait jamais cherché à censurer ses émotions. Jusqu'à sa disparition. Cela faisait des années maintenant qu'elle les refoulait. Mais en revenant, il avait rouvert les vannes et la femme émotive qu'elle était autrefois reprenait ses droits.

— Je veux savoir comment tu m'as retrouvée !

— Ton petit ami a posté sur les réseaux sociaux une photo de la vue depuis sa chambre d'hôtel. Je connais très bien Paris. Est-ce parce que vous partagez la même chambre que tu ne veux pas que je monte ? ajouta Roman avec une pointe d'acidité.

Comment lui dire que c'était seulement parce qu'elle n'était pas prête ? Comment pourrait-elle lui avouer à quel point elle l'aimait ? Qu'il n'y avait jamais eu et n'y aurait jamais personne d'autre que lui ? Qu'elle ne voudrait *jamais* entendre parler de sa femme ?

Enfin, son corps se décida à obéir à son instinct : à quelques mètres de sa porte, elle fit demi-tour et courut vers l'ascenseur. Roman n'eut aucun mal à la rattraper et à la jeter sur son épaule.

— Lâche-moi ! cria-t-elle en lui martelant le dos.

— Je croyais que tu aimais être portée. Est-ce que ton petit ami fait cela, aussi ? ajouta-t-il en promenant les doigts le long de sa cuisse.

Sa jalousie fit sourire Anya.

— Oui, mais avec beaucoup plus d'habileté, le provoqua-t-elle.

La poigne de Roman se resserra autour de sa jambe. Sa main disparut sous sa jupe et deux doigts entreprirent de lui caresser l'entrejambe avec une adresse démoniaque.

— Menteuse.

Non, personne ne lui arrivait à la cheville, songea Anya.

Il retira sa main et passa la carte magnétique dans le lecteur. Sitôt entré, il la déposa sur le lit. Allongée sur le dos, elle fixait son visage au-dessus du sien, la respiration hachée.

Roman aussi avait le souffle court. Pas à cause de l'effort qu'il venait de fournir : c'était un athlète accompli, il lui en fallait plus pour l'essouffler. Il la dévisageait sans un mot. L'air entre eux crépitait d'électricité. Il allait lui faire l'amour, se dit Anya. Il allait monter sur le lit et la faire sienne à nouveau.

Et comme elle en brûlait d'envie !

Pourtant, sans crier gare, il tourna les talons.

Roman passa dans la salle de bains et inspecta la tablette de marbre au-dessus du lavabo. Une seule brosse à dents. Des produits féminins uniquement. La jalousie lui avait tordu les entrailles et le soulagement l'envahit : elle ne partageait pas sa chambre avec Mika. Il comprenait mieux à présent ce qu'elle ressentait lorsqu'elle refusait d'évoquer Céleste.

Il but une longue gorgée d'eau et se força à raisonner posément. Anya travaillait avec Mika, répétait avec lui, dansait sur scène avec lui. S'il voulait donner une chance à leur relation, il lui faudrait faire avec. Pour la reconquérir, il devait accepter son passé sans lui, de même que son présent. Quoi que cela lui en coûte.

Anya s'efforçait de se calmer. Elle ne savait plus quelle attitude adopter. Elle était terrifiée à l'idée de pénétrer l'intimité de Roman, de le côtoyer au quotidien. Autrefois, il l'avait abandonnée sans même un regard en arrière. Malgré la force de leurs sentiments, il était parti. Et il en avait épousé une autre !

— Nous devons réapprendre à nous connaître, affirma Roman en émergeant de la salle de bains.

— Je te connais déjà.

Elle connaissait son cœur, qui avait battu à l'unisson du sien des années plus tôt, et elle connaissait aussi le mal qu'il était capable de lui faire.

— Je ne peux pas te pardonner, ajouta-t-elle.

— Je ne te demande pas de le faire. Mais nous avons besoin de nous retrouver.

— Non.

— Nous ne parlerons pas de Céleste tant que tu ne seras pas prête.

Anya ferma les yeux. Même entendre son prénom la rendait malade.

— Je veux juste que nous passions des moments ensemble, reprit Roman. Que nous rattrapions petit à petit le temps perdu.

— Pourquoi ?

— Parce que nous faisons de nouveau partie de la vie l'un de l'autre.

— Je dois me concentrer sur ma danse.

Plus que jamais, d'ailleurs, pensa-t-elle. Depuis le retour de Roman, elle négligeait son entraînement et grignotait sans arrêt.

— Rien ne t'en empêchera, assura Roman. Ce n'est pas un kidnapping. Je veux que tu t'installes chez moi et je sais que c'est ce que tu souhaites aussi.

— Je n'ai aucune envie de partager ton lit.

— Oh que si !

Il avait énoncé cela comme une évidence. Et il avait raison, Anya n'aurait pu prétendre le contraire.

— Mais si tu préfères jouer les vierges effarouchées, tu peux dormir dans l'une des chambres d'amis.

— « L'une des chambres d'amis » ? répéta-t-elle, ébahie. Il y en a plusieurs ?

Dieu du ciel, qui était donc l'homme debout devant elle ? Peut-être ne le connaissait-elle pas vraiment, tout compte fait…

— Écoute, je ne pense pas que…

— Parfait, l'interrompit Roman. Inutile de réfléchir.

Il ouvrit la porte de l'armoire et en sortit la valise d'Anya. Allongée sur le lit, elle le regarda passer un coup de fil, puis commencer calmement à lui faire ses bagages.

Roman était détendu car il faisait ce qu'il fallait, songea-t-elle. Il l'emmenait auprès de lui, donc *chez elle*.

10

Anya monta dans la voiture pendant que Roman chargeait ses valises dans le coffre. Elle n'avait pas libéré sa chambre d'hôtel. Elle tenait à garder un refuge au cas où leur cohabitation échouerait. Ce qui était une quasi-certitude. Il avait rompu leur relation, des années plus tôt, sans même la consulter. Et de la même façon, il espérait la renouer ?

Roman prit place à côté d'elle et la voiture démarra. Évidemment, il avait un chauffeur. Qui était-il ? Comment en était-il arrivé là ? Mille questions se bousculaient dans sa tête tandis qu'ils s'inséraient dans la circulation. Roman l'informa qu'il habitait dans le très chic huitième arrondissement, à quelques rues des Champs-Élysées. D'où lui venaient de tels moyens ? Roman prétendait que son argent lui appartenait, mais Anya n'y croyait pas.

Alors que la voiture passait le portail d'une rue privée pour se garer devant un magnifique immeuble résidentiel, une terrible pensée lui traversa l'esprit.

— Est-ce ici que tu vivais avec elle ?

— Non, répondit Roman. J'ai acheté mon appartement l'année dernière.

Un portier les salua à l'entrée. Les portes d'un antique ascenseur s'ouvrirent et un vieil employé en sortit. Lui et Roman discutèrent quelques instants en français. D'autres ascenseurs s'alignaient dans ce qui ressemblait au hall d'un luxueux hôtel un peu désuet.

— Cet ascenseur est le seul que tu puisses utiliser, expliqua

Roman. Je te donnerai une clé. Si tu appuies sur ce bouton, tu arrives directement à mon appartement.

Anya hocha la tête sans poser de questions. Lorsque l'ascenseur s'immobilisa, l'opulent décor dans lequel elle pénétra n'avait plus rien de désuet.

Les murs du vestibule étaient d'un pourpre profond. Le plafond et la moquette aussi. Un immense miroir orné de dorures encadrait son pâle reflet, en adéquation avec le reste du splendide mobilier ancien. Une vieille femme potelée s'avança vers eux et parla à Roman dans un français volubile, avant de s'adresser à elle. Anya secoua la tête pour signifier qu'elle ne comprenait pas.

— Josie dit que ta chambre est prête et te demande si tu souhaites souper, traduisit Roman.

— Dis-lui que non, merci, répondit Anya.

— Tu ne parles pas du tout français ?

— Je connais les termes liés au ballet, mais c'est tout.

Le vieil employé réapparut avec ses valises, qu'il alla déposer dans sa chambre. Roman bavarda un moment avec lui et Josie, et la vieille femme éclata de rire.

Anya était déconcertée. Leurs rapports semblaient si chaleureux, presque intimes — très différents d'une relation ordinaire entre patron et domestiques. À minuit passé, ils avaient répondu à son appel et fait le nécessaire pour accueillir son invitée imprévue. Ils leur souhaitèrent bonne nuit à tous les deux, avant de s'éclipser.

— Qui sont ces gens ? demanda Anya.

— Josie et Claude.

Il rit. Ce rire grave et familier l'emplit de nostalgie. C'était la première fois qu'elle l'entendait depuis leurs retrouvailles. Roman l'entraîna dans le plus beau salon qu'elle ait jamais vu.

De lourdes tentures de soie masquaient les fenêtres ; des lampes aux abat-jour damassés diffusaient une douce lumière. Même le somptueux chandelier apportait une touche apaisante.

— Je n'étais pas au courant qu'en achetant cet appartement, j'héritais aussi de Josie et Claude, poursuivit Roman. Le premier jour, à mon réveil, je suis tombé sur Josie dans la cuisine en train de préparer le petit déjeuner. Elle m'a salué le plus naturellement du monde et proposé de me servir sur la terrasse. J'y ai trouvé Claude achevant de mettre la table. Crois-moi, j'étais aussi perplexe que toi. Une chance que je n'aie pas été armé. Imagine ma réaction en découvrant ces deux intrus !

Ce fut au tour d'Anya d'éclater de rire.

— J'ai appris par la suite qu'ils habitaient au rez-de-chaussée et s'occupaient depuis toujours de l'entretien de cet appartement. Comme moi, tu t'habitueras à eux.

— Combien de temps t'a-t-il fallu ?

— Un moment, admit-il.

Et *eux*, de combien de temps disposaient-ils ? s'interrogea Anya. Pouvaient-ils vivre ensemble sans jamais aborder les sujets douloureux ?

— Veux-tu que je te fasse visiter ? proposa Roman.

— Pas maintenant. Je suis morte de fatigue.

— Laisse-moi te montrer ta chambre.

Fidèle à sa parole, il ne chercha pas à l'attirer dans son lit. Anya réprima une moue désappointée lorsqu'il lui souhaita bonne nuit sans même l'embrasser.

La chambre était aussi vaste que son propre appartement. Le papier peint se déclinait dans une profusion de rouge et de rose, avec des rideaux de soie assortis aux fenêtres. Le lit à baldaquin était princier ; un pichet d'eau ainsi qu'un verre trônaient sur la table de nuit, recouverts d'un délicat linge de soie. Anya était conquise. Il y avait même un coin lecture : un élégant fauteuil tapissé de velours disposé devant des étagères débordant de livres — tous en français.

C'était la chambre la plus ravissante qu'elle ait jamais eue. Avec vue sur la tour Eiffel, en plus ! Jamais elle n'aurait imaginé une telle pièce chez Roman.

Dans la salle de bains attenante, elle troqua ses vêtements contre une nuisette. Cet appartement tenait presque du palais, s'extasia-t-elle en se glissant entre les draps. Un changement radical, pour elle qui enchaînait les chambres d'hôtel depuis des semaines. Elle peinait encore à croire que tout cela était bien réel.

Bien qu'épuisée, Anya ne parvint pas à trouver le sommeil. Tant de questions se pressaient dans sa tête ! Elle entendit Roman éteindre les lumières et aller se coucher. Comment dormir alors que deux portes à peine la séparaient de lui ?

Elle sortit de son sac une friandise au beurre de cacahuète qu'elle engloutit.

Puis une autre.

N'y tenant plus, elle sauta à terre, puis se dirigea vers la chambre de Roman. Un rai de lumière filtrait sous la porte. Elle entra sans frapper. Elle le trouva assis sur son lit, le visage enfoui entre les mains, comme terrassé par le chagrin.

— Retourne te coucher, dit-il sans lever la tête.

Elle ne bougea pas, sous le choc. Il avait ôté sa chemise et se trouvait torse nu. Elle qui avait cru connaître chaque millimètre carré de son corps n'aurait pu tomber de plus haut : les cicatrices violettes qui striaient son dos lui arrachèrent un cri.

Roman sursauta. Il ne voulait pas qu'Anya le voie dans cet état. Cela ne pouvait que la peiner. Une part de lui, pourtant, en était soulagée.

Elle grimpa sur le lit et lui effleura le dos.

— Que s'est-il passé ?

— Pas maintenant, Anya.

— Tu aurais pu mourir et je n'en aurais rien su ! s'écria-t-elle dans un sanglot.

Roman serra les dents. Il avait bel et bien frôlé la mort, et plus d'une fois.

Après des années d'angoisse refoulée, Anya donnait libre cours à sa colère. Tout ce qu'elle avait cherché à taire jaillissait de ses lèvres, incontrôlé.

— Je t'ai attendu, Roman ! J'ai craint pour ta vie. Mais j'ai gardé espoir et prié pour que tu me reviennes sain et sauf. Et quand tu es revenu, tu l'as épousée, *elle* !

Pour la seconde fois de la soirée, il la jeta sur son épaule. Elle imprima un baiser sur chacune de ses cicatrices tandis qu'il la ramenait dans sa chambre.

— Je ne suis pas une vierge effarouchée. Laisse-moi dormir avec toi, implora Anya.

— Quand nous serons capables d'avoir une discussion adulte à propos de Céleste et de…

Roman se tut. Lui non plus n'était pas prêt. Prononcer le nom de Mika lui écorchait les lèvres. Il ouvrit grand les couvertures, parsemées d'emballages de friandises, et la déposa sur le lit.

— Si nous y parvenons, alors nous l'aurons mérité.

— *Jamais* je ne parlerai d'elle en bien, s'emporta Anya.

— Dans ce cas, dis adieu à la récompense.

— Tu me menaces d'une grève du sexe ? Eh bien, voyons qui craquera le premier…

— Tu n'as aucune idée de la vie que j'ai menée, dit Roman. L'abstinence ne me fait pas peur.

Il alla fermer les rideaux et revint s'asseoir au bord du lit.

— La tour Eiffel est magnifique, la nuit, mais tu as besoin de dormir.

— J'ai cours à huit heures, demain.

— C'est dans quelques heures.

Anya suivit du doigt les cicatrices sur son épaule.

— Raconte-moi.

— Éclat d'obus.

— Grave ?

— Mon poumon a été perforé.

— Tu aurais pu mourir ?

Il hocha la tête. Anya faillit lui demander s'il avait pensé à elle, à ce moment-là, puis se ravisa. Il était si franc qu'elle n'était pas sûre d'aimer la réponse…

— Mon camarade était plus mal en point que moi, expliqua Roman. Je faisais tout mon possible pour le maintenir conscient.

Il lui raconta sa conversation avec Dario sur la finance, la spéculation et les règles que son ami n'avait pas su respecter.

— Pour ma part, j'ai évité cet écueil, conclut-il.

Il évoqua alors sa convalescence en Provence.

— Je comptais quitter la Légion au bout de cinq ans. Mais ils étaient bons avec moi, là-bas, alors j'ai rempilé pour cinq années supplémentaires.

Il lui expliqua la façon dont il avait fait fortune. Anya dut admettre qu'il n'avait pas menti : son argent était bien le sien, il l'avait gagné seul.

— Et ton camarde, qu'est-il devenu ? s'enquit-elle.

— Dario ? Il est resté dans la Légion.

— Tu es toujours en contact avec lui ?

— Oui.

Il éteignit la lumière, déposa un baiser léger sur ses lèvres et s'éclipsa. Anya ne tarda pas à s'endormir, d'un sommeil si profond qu'au réveil, elle mit plusieurs minutes à se rappeler où elle était.

Les événements de la veille avaient l'air d'être un rêve. Anya chercha son portable dans son sac pour consulter l'heure. *Et zut !* C'était Mika qui l'avait, se souvint-elle.

Sautant du lit, elle courut faire sa toilette. Devait-elle s'habiller pour le petit déjeuner ? Était-il encore servi ? Elle enfila sa robe de chambre et sortit en hâte. Elle avait cours à huit heures, puis une répétition.

— Bonjour, mademoiselle, l'accueillit Josie en français.

— Bonjour, madame, répondit-elle dans la même langue.

Elle s'aventura sur la terrasse, où elle trouva Roman à table en train de lire le journal. Il ne portait qu'un simple jean et n'était pas rasé. Lorsqu'il lui sourit par-dessus le quotidien, elle lutta contre l'impulsion de s'asseoir sur ses genoux et de l'embrasser.

— Quelle heure est-il ? demanda-t-elle.

— Sept heures. J'étais justement sur le point d'aller te réveiller.

Elle prit place à table. Autour d'un bouquet étaient disposés des corbeilles de pain frais et de viennoiseries, ainsi qu'un large pot en argent — de café, sans doute.

— Tu as bien dormi ?

— Je dors toujours bien, répondit Roman. Et toi ?

— Je ne dors jamais bien. Mais hier soir, si, admit Anya. Ma chambre est magnifique. Ce n'est pas toi qui l'as fait décorer, n'est-ce pas ?

Il secoua la tête.

— J'ai acheté l'appartement tel quel. Il me plaisait ainsi.

— Eh bien, il est parfait.

Elle saisit le pot de café pour s'en servir une tasse et fronça les sourcils en humant une délicieuse odeur de chocolat chaud. Pourquoi fallait-il que Roman la tente ainsi ?

— Je préférerais du thé vert, bougonna-t-elle, agacée.

— Bien sûr.

Il appela Josie, qui apparut avec un bol de fromage blanc frais et un autre de fruits rouges. Comme si la table n'était pas déjà assez chargée ! Roman transmit sa requête.

— Cela va prendre un peu de temps, déclara-t-il. Josie doit aller en acheter.

— Du thé Oolong, alors. Ou simplement…

— Ai-je l'air d'un collectionneur de thé ? l'interrompit-il.

— Je ne suis sûrement pas la première à réclamer du thé vert, répliqua-t-elle avec dédain.

— Je n'ai jamais amené de femme ici. Il y a des hôtels pour cela.

Le cœur d'Anya se serra. Roman ne niait pas qu'il y avait eu d'autres femmes. Mais au moins, elle était la seule à avoir été acceptée dans son intimité. C'était une consolation.

— Dis à Josie de ne pas se déranger.

Elle le fusilla du regard en se versant une tasse de chocolat.

— Essaies-tu encore de me remplumer ? demanda-t-elle.

— En aucun cas, répondit-il posément. Je buvais du thé noir à l'orphelinat et du café dans la Légion…

Roman décida de passer sous silence les années dont Anya refusait d'entendre parler.

— Mon premier matin ici, poursuivit-il en beurrant une tranche de pain, quand j'ai surpris Josie dans la cuisine, elle me préparait ce même petit déjeuner. J'ai apprécié, voilà tout. Mon choix de boisson n'a rien à voir avec toi. Tu disposeras d'une sélection de thés à ton retour de répétition.

— Je risque de rentrer tard, le prévint Anya. Je vais devoir mettre les bouchées doubles, ces prochaines semaines.

— Tu es libre de rentrer quand bon te semble. Du moment que tu rentres…

— Nous n'avons jamais pris le petit déjeuner ensemble, observa Anya.

— C'est vrai.

Roman reposa son journal.

— Nous ferions mieux de ne pas traîner ou nous allons être en retard.

Peut-être avaient-ils vraiment changé, tous les deux, songea Anya. Durant leurs quinze jours ensemble, dix ans auparavant, ils faisaient l'amour tous les matins. Anya perdait la notion du temps, au point d'arriver en retard à ses cours. Le soir, au lieu de prolonger ses répétitions, elle filait retrouver son merveilleux amant. Un jour, sa mère l'avait attendue à la sortie du théâtre pour la ramener à la maison. Elle l'avait même pourchassée dans la rue. Mais Anya l'avait semée, juste pour une nuit de plus dans les bras de Roman…

— Je ne m'immiscerai plus entre toi et la danse, déclara soudain Roman.

Il avait retenu la leçon. Après leur désastreux dîner au restaurant et la dispute qui avait suivi, l'audition d'Anya s'était mal passée. Elle n'avait pas été admise dans le corps de ballet. Quelques jours après, Katya était venu le trouver dans le gymnase où il s'entraînait.

— Ma fille a du talent. Elle s'en sortait très bien avant que tu ne réapparaisses, lui avait-elle jeté à la figure. Cela t'amuse de saboter ses chances de réussir ?

C'était ce jour-là qu'elle l'avait traité de fardeau dont personne ne voudrait jamais.

— Tu la tires vers le bas. Elle pleure tout le temps, et c'est moi qui la console. Tant de travail et d'efforts réduits à néant ! J'aimerais que tu n'aies jamais existé !

Son passeport était arrivé le même jour. Roman avait fait son sac et s'était engagé dans la Légion.

Plus jamais il ne saboterait la carrière d'Anya.

Anya avait enfilé un justaucorps par-dessus un legging trois quarts, qu'elle avait dissimulé sous une jupe crayon et un cache-cœur. Elle arriva en cours à huit heures précises. Plus tard qu'à son habitude.

— Où étais-tu passée ? lui chuchota Mika. Nous t'avons attendue dans le hall. La réception n'a pas réussi à te joindre dans ta chambre…

— J'ai quitté l'hôtel, répondit-elle laconiquement.

Mika ne cacha pas sa désapprobation. Pas plus que Lula, qui s'échauffait devant elle et avait apparemment entendu leur conversation. Anya n'était proche de personne, mais leur troupe formait un groupe soudé. Ils partaient en tournée ensemble, dînaient et sortaient ensemble. Le moindre changement était mal perçu.

Le cours se passa à merveille, tout comme les répétitions. Anya était sur un nuage. Elle se sentait sûre d'elle, revigorée à la seule idée de retrouver Roman en fin de journée.

— Ce soir, nous pensions aller au cinéma en plein air à la Villette, annonça le chorégraphe pendant qu'ils rangeaient leurs affaires.

— Ce sera sans moi, déclara Anya sans donner de raison.

Peut-être aurait-elle dû. Un silence hostile s'était attaché à ses pas lorsqu'elle avait quitté le groupe pour rentrer chez Roman.

Elle décida de ne plus y penser et émergea de l'ascenseur le cœur léger.

Aucune réponse lorsqu'elle appela Roman. Son « Bonsoir ! »

claironné à la ronde se répercuta dans le silence : à l'évidence, elle était la première arrivée.

Elle admira la Seine depuis la fenêtre du salon, puis profita de ce moment de solitude pour explorer l'appartement. L'une des portes lui réserva une surprise : une vaste pièce dotée d'un plancher ciré, dont la modernité contrastait avec le reste de l'appartement. Une future salle de sport, sans doute.

Le bruit de l'ascenseur la fit se retourner. Roman s'avançait vers elle, en costume cravate, une sacoche d'ordinateur portable sur l'épaule. Anya eut la vision fugitive d'un mari rentrant auprès de sa femme après sa journée de travail.

— J'ai visité un appartement, dit-il pour justifier son retard.

— Aussi beau que celui-ci ?

— Non. Aucun ne peut l'égaler.

Ils arpentèrent ensemble l'immense pièce vide.

— On dirait la salle de gym de chez Daniil, déclara Anya. Vous vous ressemblez tellement, tous les deux… On pourrait installer un ring, ici. Si vous vous battez, ce sera dans les règles, cette fois.

— Comment s'est passée ta journée ? lança Roman pour changer de sujet.

— Très bien. Les autres m'en veulent un peu, mais…

— Pourquoi t'en veulent-ils ?

— Parce que j'ai quitté l'hôtel et refusé de sortir avec eux, ce soir.

— Tu peux, si tu le souhaites.

— Non. La dernière fois que je suis allée au cinéma en plein air, je me suis fait dévorer par les moustiques.

Roman réprima un sourire. Ainsi, Anya prenait toujours grand soin de sa peau. Il se rappelait ses recommandations d'être plus doux quand il l'embrassait, car leur première fois avait laissé des marques.

— Que dirais-tu de sortir dîner ? suggéra-t-elle.

Il se demanda si elle avait besoin de s'assurer que leur relation pouvait être différente, cette fois. Il acquiesça. Lui aussi avait besoin de le savoir.

11

Anya avait opté pour une robe noire toute simple et un maquillage étudié. Roman était à couper le souffle dans son élégant smoking. Des nœuds dans l'estomac, elle le suivit à travers le restaurant panoramique huppé où il avait réservé une table.

Ils furent installés dans un box capitonné de velours qui assourdissait le brouhaha ambiant. Elle apprécia qu'il écarte la chandelle posée sur la table : débarrassés de cet obstacle, leurs regards se soudèrent. La lumière tamisée accentuait les ombres sous les pommettes de Roman et elle mourait d'envie de toucher son visage. Elle avait l'impression d'être dans des montagnes russes tant son cœur battait la chamade. Cette soirée pouvait-elle marquer un nouveau départ ? Le début de quelque chose de magique, *réel*…

Un fragile espoir s'alluma en elle.

Le menu était fantastique. Hélas, son récent laisser-aller interdisait à Anya toute folie.

— Je vais prendre les asperges à l'écorce d'orange, dit-elle en refermant la carte.

Elle se prépara à un commentaire acide sur ce choix frugal, mais Roman se contenta de passer commande, puis discuta avec le sommelier avant de lui traduire leur échange.

Anya secoua la tête.

— De l'eau me suffira.

Pas question de laisser l'alcool lui tourner la tête. Elle ne s'autoriserait aucun moment de faiblesse en compagnie de Roman.

— Que prends-tu ? demanda-t-elle.

— Une côte de veau Foyot. Du veau au parmesan dans une sauce au vin blanc.

— Ton français est vraiment excellent.

— Même les Français me croient français.

— Tu l'es, non ? riposta Anya d'un ton aigre, faisant allusion à sa nouvelle identité.

Roman soutint son regard.

— Quand on me demande d'où je viens, je réponds : « Je suis un légionnaire. »

Il avait dit ces derniers mots en français, avec une évidente fierté.

— Tu parles aussi anglais.

— Mal. Je n'ai commencé à l'apprendre que l'année dernière. Si je veux être capable de discuter avec Daniil et sa famille…

Sa phrase resta en suspens.

— Ta décision de le retrouver était donc mûrement réfléchie.

Anya était vraiment perspicace, nota Roman. Après la mort de Céleste, il avait ressenti un besoin croissant de revoir son frère en chair et en os. Et Anya…

— Rien n'était complètement décidé, dit-il. Mais au cas où, je voulais être capable de tenir une conversation.

— Raconte-moi, l'encouragea Anya.

Roman se surprit à parler. Pour une raison qui lui échappait, il n'avait aucun mal à évoquer son frère avec elle.

— Quand Libby m'a ouvert, je l'ai félicitée pour le bébé. Puis Daniil est arrivé et m'a questionné sur ma vie. Quand je lui ai dit que j'habitais Paris, à une heure de Londres, il s'est fâché. Je lui ai demandé en russe comment il allait. Il m'a répliqué qu'on parlerait anglais devant sa femme.

Il marqua une pause.

— Il vit en Angleterre depuis ses douze ans. Comme j'avais salué Libby en anglais, il a dû supposer que je parlais couramment la langue.

— Tu aurais dû lui expliquer combien tu t'étais investi pour être capable de communiquer avec sa famille, intervint Anya.

— Peut-être. Mais je ne me sens plus assez proche de lui pour ce genre de discussion.

— Il a essayé de t'écrire. Libby me l'a dit. Il t'a cherché, tu sais. Mais bien sûr, les hommes qui s'engagent dans la Légion étrangère ne souhaitent pas être retrouvés…

Des larmes brillaient dans ses yeux verts. Pour la première fois, Roman prenait la pleine mesure de la peine qu'il lui avait infligée.

Le serveur vint leur apporter leurs boissons. Anya but un peu d'eau et prit une profonde inspiration. Elle était prête à entendre l'histoire de Roman, maintenant.

— Comment était-ce, dans la Légion ? Quand as-tu postulé ?

L'amertume avait percé dans sa voix, malgré ses efforts. Car elle lui en voulait encore d'avoir préparé son départ pendant qu'il sortait avec elle. Tout en lui faisant passionnément l'amour, il planifiait déjà de la quitter !

— As-tu caché les formulaires pour ne pas que je les voie ?

— Il n'y a pas de formulaires, objecta Roman. Ce n'est pas ainsi que cela fonctionne. C'est à toi d'aller frapper à leur porte.

— C'est tout ?

— Non.

Il avala une gorgée de vin.

— Ce n'est que la première étape, reprit-il. Toutes tes affaires te sont confisquées et tu reçois un uniforme et des bottes, à la place. Les semaines suivantes, on te fait passer une batterie de tests. Les recrues potentielles viennent d'horizons très différents. Certaines n'ont même pas tenu un jour.

— Toi, si.

— J'en ai bavé. On n'obtient pas le képi d'un claquement de doigts. Il faut le mériter.

— Le képi ?

— La casquette blanche des légionnaires, expliqua Roman. Je ne me suis jamais entraîné aussi dur de toute ma vie. Si on s'en sort, on est alors envoyé dans un endroit qu'ils appellent « La Ferme ». C'est là que les choses sérieuses commencent. Les marches forcées interminables, les épreuves physiques et psychologiques… Quand j'ai enfin obtenu mon képi, j'ai postulé au régiment de parachutistes et j'ai été envoyé en Corse.

— Tu as sauté en parachute ?

— Souvent, oui. Puis il y a eu les déploiements…

Anya l'interrompit par la question qu'elle n'avait pas osé lui poser, la veille. Peut-être n'aimerait-elle pas la réponse, mais elle était prête à l'entendre, cette fois :

— Pensais-tu à moi, parfois ?

— Pas au début.

Sa franchise brutale la blessa. Mais cela sous-entendait aussi qu'il avait fini par penser à elle.

— À la seconde où tu entres là-bas, ils font tout pour te briser, car ils forment des soldats d'élite. Parfois, on est cantonné à des tâches si triviales qu'on devient fou à la pensée de ce à quoi on a renoncé. Mais la plupart du temps, on est si épuisé qu'on n'a même plus la force de penser. On doit parler exclusivement en français, ce qui exige déjà une concentration permanente.

Anya l'écoutait en silence, fière de ce qu'il avait accompli.

— Le matin, on avait droit à du café et des tartines de confiture. Mais à la fin du petit déjeuner, on avait encore faim. Suivaient les « randonnées de la mort », comme on les appelait. Au début, c'était chacun pour soi. Puis petit à petit, on s'est mis à s'encourager les uns les autres. On a commencé à former une équipe. On chantait en marchant.

Anya s'esclaffa.

— Je ne te vois pas poussant la chansonnette !

Il était si taciturne, si peu démonstratif, qu'il lui était impossible de l'imaginer chantant en chœur avec ses camarades.

— C'était une nécessité.

Roman se souvint d'une marche en particulier, qui avait repoussé toutes les limites de l'endurance. Dario s'était retrouvé à la traîne.

— Suis-moi !

Roman l'avait encouragé en français, sans réfléchir. La nuit précédente, il avait rêvé en français pour la première fois. Il lui semblait que sa vie d'avant lui échappait. Il s'appesantissait rarement sur le passé, mais, avec la distance, il lui était plus facile de prendre du recul. Il avait pensé à Daniil, sans regret de l'avoir forcé à quitter l'orphelinat : nul doute que son frère menait désormais une vie meilleure. Sev, le plus intelligent de la bande, avait intégré une prestigieuse école ; avec un peu de chance, elle lui avait servi de tremplin. Et puis, il y avait Nikolaï. Dans le cœur de Roman béait alors un vide que rien ne comblerait jamais.

Restait Anya. Mais il ne voulait pas penser à elle…

— *Suis-moi*, avait-il répété à Dario.

Deux hommes devant eux s'étaient mis à chanter pour les galvaniser. D'autres avaient joint leur voix. Roman s'était aperçu alors qu'il s'était trompé : son passé ne s'effaçait pas, il l'accompagnait à chaque pas dans cet interminable calvaire.

Il secoua la tête pour revenir au présent et capta le regard d'Anya.

— Un jour, pendant une randonnée, les hommes ont entonné une chanson. Je me suis surpris à changer le prénom dans ma tête et à y substituer le tien…

— Quelle chanson ?

— Une chanson de la Légion.

— Quel prénom ?

— « Monica ».

— Traduis-moi les paroles.

Roman refusa. Heureusement, Anya n'insista pas…

Lorsque leurs plats furent servis, Anya jeta un regard envieux à celui de Roman. L'appétissant fumet lui mettait l'eau à bouche.

— Fais-moi goûter, quémanda-t-elle.

Il coupa un morceau dans la partie la plus tendre, le trempa dans la sauce et approcha la fourchette de ses lèvres. Anya croqua et ferma les yeux. Un délice !

— Est-ce difficile de se priver de tout ce qu'on aime ? questionna-t-il.

— C'est inévitable. Rester au sommet de sa forme requiert de la discipline.

— Combien de temps encore comptes-tu continuer la danse ?

— Pourquoi cette question ? demanda-t-elle, sur la défensive.

— Simple curiosité.

— Je pense avoir encore dix bonnes années devant moi.

Elle but une gorgée d'eau. Cette conversation prenait un tour qu'elle ne prédisait que trop bien.

— Et si tu veux un enfant ? insista Roman.

Et voilà ! Pour toute réponse, elle lui jeta un regard plein de dédain.

— Libby a pris sa retraite pour avoir Nadia, ajouta son compagnon.

— Pas du tout, répondit Anya. Libby a pris sa retraite car sa carrière était au point mort. *Après* seulement, elle est tombée enceinte.

Elle poussa un soupir.

— Les hommes sont tous les mêmes, à attendre des femmes qu'elles renoncent à leur carrière pour avoir des enfants et faire à manger.

— Je t'en prie, Anya. Je t'ai assez vue remuer du pot-au-feu en tablier pour le restant de mes jours.

Elle sourit malgré elle.

— Je n'ai aucune intention de prendre ma retraite, décréta-t-elle. Libby et Rachel ont peut-être fait ce choix mais, pour ma part, je compte bien continuer jusqu'à la quarantaine passée. Je n'ai pas atteint le sommet pour y renoncer maintenant.

Elle ne savait comment lui dire qu'elle ne pouvait pas avoir d'enfants, aussi changea-t-elle de sujet :

— Comment se sont passées vos retrouvailles sur le yacht de Nikolaï ?

Roman n'était pas dupe. Il s'abstint cependant de tout commentaire.

— Bien, dans l'ensemble. C'était intéressant d'apprendre comment les autres avaient mené leur barque. Avec Daniil, les choses sont plus tendues. Il est convaincu qu'il s'en serait sorti aussi bien s'il n'avait pas été adopté. Il a tort. Je l'ai vécu. Mon adolescence à l'orphelinat a été un enfer. Peut-être n'a-t-il pas eu la chance d'atterrir dans un foyer heureux, mais il a au moins évité le pire.

— Il t'en veut d'avoir pris la décision pour lui, déclara Anya. Comme je t'en veux d'avoir mis un terme à notre relation sans me consulter.

— S'il te plaît, Anya, fit-il en réclamant l'addition. Nous commençons à nous disputer, et je déteste les disputes qui ne finissent pas au lit.

Ils rentrèrent à pied, en opérant un détour pour éviter la place où Anya les avait vus s'embrasser, lui et Céleste.

Sur le seuil de sa chambre, il lui souhaita bonne nuit.

— Je n'ai pas envie de me coucher…, murmura-t-elle.

— Moi, si, dit Roman.

Fidèle à sa parole, il lui déposa un baiser chaste sur les lèvres : pas de discussion, pas de récompense.

Seule dans son lit, Anya maudit Roman et sa cruelle intransigeance.

12

— J'ai mal dormi, marmonna Roman le lendemain matin.

— Moi aussi.

Une sélection de thés avait été préparée à l'intention d'Anya. Elle opta néanmoins pour un chocolat chaud. Elle était si nerveuse à la pensée de l'accueil que lui réserverait la troupe qu'elle avait besoin d'un remontant. De même, elle bouda le fromage blanc au profit d'un croissant.

— Je ne suis pas pressée d'y aller, soupira-t-elle.

Cela ne lui ressemblait pas. D'ordinaire, elle filait en cours sitôt debout. Ce matin, pourtant, elle avait eu un mal fou à sortir du lit, allant jusqu'à retarder l'alarme sur son portable. La danse aspirait toute son énergie et Roman aussi. Y avait-il vraiment assez de place dans sa vie pour les deux ?

Elle commençait à douter.

En attendant que le théâtre soit disponible, la troupe répétait dans un studio. Ce n'était pas l'idéal. Anya regrettait d'autant plus ce matin l'absence d'une loge où s'isoler. Le ballet était un monde dans lequel s'affrontaient d'incessantes rivalités. Son départ de l'hôtel était perçu comme une menace pour le délicat équilibre de la troupe. Pour ne rien arranger, elle accusait la fatigue et avait la tête ailleurs. À dix-sept heures, alors que les autres quittaient le studio, Mika insista pour qu'ils reprennent une dernière fois leurs pas de deux. Le chorégraphe le seconda.

À dix-neuf heures, ils répétaient toujours. Anya enchaînait les erreurs.

— Bon sang, Anya, où as-tu la tête ? Cesse de rêvasser et concentre-toi un peu ! la sermonna le chorégraphe.

C'était sa punition, pensa-t-elle. Un test de loyauté : la danse ou son amant. Et ici, seule la danse comptait. Elle n'osait même pas avouer qu'elle mourait de faim. Vivement qu'elle puisse dîner, prendre un bain et se coucher !

La répétition se prolongea jusqu'à vingt-deux heures. Sur le chemin du retour, la vue brouillée par les larmes, elle se perdit et se retrouva devant le café où Céleste et Roman s'étaient embrassés. Décidément, elle haïssait cet endroit ! Son seul réconfort était de savoir que Roman l'attendait à l'appartement.

Mais à son arrivée, personne. Tout était silencieux. Elle s'aventura dans la chambre de Roman. Il n'était pas là. Il n'était jamais là quand elle avait besoin de lui, songea-t-elle avec amertume.

Elle déambula dans l'appartement et ouvrit une porte au hasard. Ses yeux s'écarquillèrent. C'était la plus jolie chambre d'enfant qui soit. Les murs se déclinaient dans les tons jaune pâle et des rideaux crème encadraient les fenêtres. Un magnifique berceau ancien occupait le centre de la pièce. Le cœur d'Anya se tordit dans sa poitrine. Elle referma vivement la porte.

Elle n'aurait pas dû ouvrir la suivante : devant le papier peint rose et le lit d'enfant aux draps de satin, elle éclata en sanglots. Comme par hasard, Roman arriva pile à ce moment-là…

— Anya ?

Il se précipita vers elle. Elle esquiva lorsqu'il voulut la prendre dans ses bras.

— Où étais-tu ?

— La petite-fille de Josie est malade. Mon chauffeur est en congé, alors je l'ai conduite moi-même à l'hôpital, expliqua Roman. Mais ce n'est pas mon retard qui t'a mise dans cet état, n'est-ce pas ?

Non, c'était un ensemble de choses. Ses répétitions désastreuses. Le fantôme de Céleste. Ces jolies chambres qu'aucun enfant n'occuperait jamais. Elle n'avait pas la force d'avouer la vérité à Roman. Son alimentation avait été une telle pomme de discorde entre eux. Comment oublier leur violente dispute, le soir où il l'avait surprise à se faire vomir ? C'était entièrement sa faute si elle n'avait plus ses règles depuis plus d'un an…

— Viens là, murmura Roman en la serrant contre lui. Parle-moi.

— Je ne peux pas.

Elle se jeta sur sa bouche. Elle voulait s'oublier dans ses bras. Et, à la façon dont il l'embrassa, elle devinait qu'il n'était pas contre. Mais même leur baiser langoureux ne put effacer le souvenir de lui et Céleste à cette terrasse de café. Les larmes ruisselaient sur ses joues. Tiraillée entre désir et colère, Anya repoussa Roman.

— Ce n'est pas la solution. Je rentre à l'hôtel, lança-t-elle.

— Tu n'es pas obligée…

— Si. Ma dernière répétition s'est mal passée. J'ai besoin de me concentrer sur ma danse, et c'est impossible ici.

— Anya…

Elle avait les émotions à fleur de peau. Trop pour écouter la voix de la raison.

— Si tu tiens à moi, laisse-moi partir, dit-elle. Cette relation est vouée à l'échec. Je n'arrive pas à me concentrer quand je suis avec toi.

Roman hocha la tête en silence, le visage fermé. Il l'aida à faire ses valises et la raccompagna à son hôtel. Alors qu'elle descendait de voiture, il la retint par le poignet.

— Tu te trompes, Anya.

— J'en doute. Ne m'appelle plus.

— Entendu.

— Et ne viens plus ici.

— Promis.

Le cœur d'Anya se serra. Seul un fil ténu les reliait encore, et il venait d'être rompu.

Roman tenait toujours ses promesses.

13

Le lendemain, Anya se vit pardonner sa brève absence quand la troupe apprit qu'elle avait réintégré l'hôtel. Tous l'accueillirent chaleureusement dans le hall, leur point de ralliement habituel.

Anya, elle, ne leur pardonnait pas. Elle s'était toujours investie à cent pour cent dans sa danse et leur en voulait d'avoir douté d'elle. Cette fracture imprégna la répétition. Rien n'allait comme prévu. Son corps, d'ordinaire souple et docile, se mouvait sans grâce ; ses pas étaient pesants, empêtrés.

— Tout ira mieux quand nous répéterons au théâtre, la rassura le chorégraphe.

Anya s'accrocha à cet espoir au fil de journées de plus en plus frustrantes où son corps refusait d'obéir. Ses nuits solitaires n'arrangeaient rien. Lorsqu'elle dansait, elle donnait tout et, soudain, c'était comme si elle n'avait plus rien à offrir. Depuis toujours, elle dansait pour Roman. Pour le soldat dont elle ignorait le sort, pour le souvenir de leur histoire passée. Et elle s'était elle-même coupée de cette source…

Comme elle lui en voulait de ne pas s'être battu pour la retenir !

Roman était un homme patient. Dans l'appartement, les travaux se poursuivaient dans la salle de gym — qui n'était pas vraiment une salle de gym… Le plancher fut poli et des miroirs posés sur un mur, ainsi qu'une barre d'exercice. Il évitait soigneusement l'hôtel d'Anya et la salle de répétition afin de ne pas la contrarier. Il apprit néanmoins lors d'une interview diffusée au journal télévisé que la troupe avait investi le théâtre. Une interview d'Anya et Mika…

— Êtes-vous excitée d'être de retour à Paris ? demanda le présentateur.

— Bien sûr, répondit Anya par l'intermédiaire d'un interprète. Je garde de si bons souvenirs de mon dernier passage dans la ville…

Roman sourit. Ces mots, bien sûr, lui étaient destinés. Lui seul en percevait le venin sous-jacent.

— Comment se passent les répétitions ?

Ce fut Mika qui répondit :

— Eh bien, demain a lieu notre première répétition en costume.

— L'alchimie entre vous deux est…

Roman éteignit le poste. Il ne voulait rien savoir. Viendrait pourtant bien un moment où Anya et lui n'auraient d'autre choix que d'affronter certaines vérités déplaisantes.

Il ralluma la télévision, à temps pour entendre la fin de la réponse de Mika :

— Danser, c'est aimer. Sans amour, danser est impossible.

Mika avait raison : sans amour, Anya n'arrivait plus à danser. Elle se méprisait pour sa jalousie, pour son incapacité à parler de Céleste. Toute cette situation la faisait terriblement souffrir.

Elle aimait tellement Roman !

En cette veille de première, toute la troupe se préparait pour la répétition en costume. Anya avait les nerfs à fleur de peau. Comme la costumière remontait la fermeture, elle se rappela Roman effectuant le geste inverse. La fermeture se bloqua. Oh ! juste une fraction de seconde. Assez pour lui valoir un froncement de sourcils réprobateur : son costume devrait être retouché. Elle n'avait pris que quelques centaines de grammes, mais fut réprimandée pour ce laisser-aller.

Au bord des larmes, elle se réfugia dans sa loge. Non, pas

question de craquer et d'appeler Roman. Pour se distraire, elle alluma son ordinateur portable et tapa « Monica » dans le moteur de recherche, titre de la chanson de la Légion dont il lui avait parlé. L'émotion la submergea à la lecture des paroles. Elles étaient absolument magnifiques. Il n'avait donc jamais cessé de penser à elle !

Elle avait besoin de lui. Les mots sur l'écran avaient vaincu ses dernières résistances. Attrapant son téléphone, elle l'appela.

La voix grave de Roman résonna au bout du fil. Anya fut aussitôt aspirée, rattrapée par leur histoire tumultueuse. Dans un sanglot, elle raccrocha et éteignit son portable. Elle devait se concentrer sur la représentation du lendemain, chose impossible avec Roman dans les parages. Chaque fois qu'ils se voyaient, ils se disputaient.

Après avoir passé le costume de rechange, légèrement plus large, Anya se posta en bordure de scène. Sa confiance en elle était au plus bas.

Il n'était pas question, lors de cette répétition, de reprendre la chorégraphie entière. Cela exigeait une énergie folle qu'ils réservaient à leur public. Le programme consistait en une mise au point générale incluant certains portés et jetés.

La répétition fut un cauchemar. La pire qu'elle ait jamais vécue avant une première. Elle se sentait gauche dans les bras de Mika, et toute alchimie entre eux semblait s'être évanouie. Lors d'un porté, Mika méjugea le timing, sans parvenir à corriger son erreur. Embarrassé par sa piètre performance, il la posa à terre.

— Noël est en avance. Notre Oiseau de feu s'empâte, railla-t-il.

Sa remarque fielleuse provoqua quelques ricanements. À la fin de la répétition, le chorégraphe ne se donna même pas la peine d'essayer de la rassurer. Le directeur la prit en aparté afin de lui toucher deux mots. Anya avait la nausée. Visiblement, elle n'était pas la seule à douter de sa capacité à endosser le rôle principal. La panique commençait à la gagner. La première avait lieu dans quelques dizaines d'heures et aucune répétition ne s'était déroulée convenablement.

Elle chercha la costumière afin d'essayer son vêtement retouché. Ce fut sur Lula qu'elle tomba. Sa doublure portait l'habit rouge et or de l'Oiseau de feu. Aucun doute : elle allait être évincée.

Anya courut à sa loge, où elle se démaquilla et se changea à la va-vite. Au moment de partir, elle jeta tous ses stupides porte-bonheur au fond de son sac. Ils ne fonctionnaient pas. Rien ne fonctionnait sans Roman.

Elle s'en alla sans dire au revoir à personne. À peine passait-elle la porte du théâtre que son armure craquela : à travers le rideau de ses larmes, elle l'avait aperçu.

Roman…

Ainsi, il était venu l'attendre ! Anya se jeta dans ses bras et pleura contre son torse pendant qu'il lui murmurait des mots réconfortants.

Roman avait entendu le sanglot d'Anya au téléphone, juste avant qu'elle ne lui raccroche au nez. Il l'avait rappelée dans la seconde. Mais bien sûr, elle avait éteint son portable… Il s'était alors précipité au théâtre et avait attendu dehors afin de ne pas interrompre la répétition.

— Je vais perdre le rôle principal, hoqueta Anya.

— Bien sûr que non !

— Si, je le sais.

— Anya, cela n'arrivera pas.

— Qu'en sais-tu ? Je n'arrive plus à danser ! Je répète depuis des jours, sans résultat. Et je viens de voir Lula, ma doublure, en Oiseau de feu…

— C'est bien aujourd'hui, la répétition en costume, n'est-ce pas ? Il est donc normal que tout le monde essaie ses costumes, non ? argua Roman.

— Si, admit Anya. Mais Mika et moi nous sommes disputés. Il m'a dit…

Elle se tut, trop humiliée sans doute pour répéter les paroles de son partenaire et amant. Roman serra les poings. Alors, comme cela, Mika et Anya s'étaient disputés ? Il n'avait aucune envie de l'entendre parler de leurs querelles amoureuses. Mais si c'était ce dont elle avait besoin, il l'écouterait.

— Que t'a-t-il dit ? insista-t-il doucement.

— Rien d'important.

— Anya…

— Je vais au studio répéter seule, décréta-t-elle.

— Combien de fois l'as-tu fait, ces derniers jours ?

Trop souvent, pensa Anya.

— À l'évidence, cela ne fonctionne pas, insista Roman. Et si on expérimentait une autre méthode ?

Ils prirent à pied le chemin de l'appartement. Ils auraient pu contourner la fameuse place en bordure de laquelle se trouvait le maudit café, mais Anya en avait assez. L'évitement n'était pas la solution. D'ailleurs, traverser cette place n'était pas si terrible quand Roman lui tenait la main.

— J'ai préparé un repas léger, annonça-t-il.

Anya le regarda, surprise.

— Tu cuisines ?

— Oui. Josie et son mari rentreront tard. Au programme ce soir : bain chaud, dîner fait maison et au lit !

Anya sourit. Roman avait toujours su l'apaiser. Certes, il était aussi celui qui lui faisait perdre la tête et la mettait dans tous ses états ; mais sa nature posée, sa force rassurante avaient le don de la réconcilier avec ses émotions.

Au moment de franchir le seuil de l'appartement, un sentiment de plénitude l'envahit. C'était agréable de rentrer à la maison.

— Va prendre un bain, proposa Roman.

— Tu insinues que je sens mauvais ?

— Je n'osais pas le dire.

Son sourire malicieux la fit sourire à son tour.

Elle se fit couler un bain brûlant aux huiles parfumées — rien de tel après une journée éprouvante ! C'était si délassant qu'elle y resta plus longtemps qu'il n'était raisonnable.

Enveloppée dans un peignoir, elle regagna la cuisine, où Roman s'affairait aux fourneaux. Il lui tournait le dos, en jean noir et rien d'autre. Ses cicatrices lui étaient devenues familières. Elle s'approcha par-derrière et déposa un baiser sur son épaule.

Il était occupé à préparer un tartare de crabe. À côté, sur le plan de travail, était posé un bol rempli de sauce rouge. Curieuse, elle y plongea un doigt. Du *hren* ! Elle adorait ce condiment au raifort, si populaire en Russie. Elle se rappelait en avoir commandé, lors de leur désastreux dîner au restaurant. Ce soir, Roman l'avait préparé lui-même.

— J'adore le *hren*, dit-elle.

— Je m'en souviens.

Elle le regarda faire sauter des girolles à la poêle. L'odeur des champignons fit gargouiller son estomac. C'était vraiment le dîner parfait avant une représentation. S'ils étaient sortis, voilà exactement ce qu'elle aurait pu commander. Quant à Roman, il était le compagnon idéal en cas de stress. Certains le jugeaient froid et dépourvu d'émotions. Ils se trompaient. S'il était si prévenant, ce soir, c'était pour elle.

— Est-ce dans la Légion que tu as appris à cuisiner ? demanda-t-elle.

— Tout ce que j'ai appris là-bas, c'est à ouvrir des boîtes de conserve, s'esclaffa Roman.

— La nourriture était si terrible ?

— Elle remplissait le ventre.

— Alors, où as-tu appris à cuisiner ?

— Anya, pas ce soir…

— Auprès de Céleste ?

Elle avait prononcé son prénom sans venin, ce qui l'étonna elle-même. Roman acquiesça.

— Passons à table.

Tout un pan de sa vie restait dans l'ombre. Si sa danse pâtissait du retour de son premier et unique amant, ce n'était pas à cause de lui, réalisa Anya, mais à cause de ses propres peurs.

Dans la salle à manger, la table était mise. Nappe blanche, argenterie, chandelles, tout était parfait. Ce souci de la présentation, c'était à coup sûr de Céleste que Roman le tenait. Il n'y avait pas de service en argent à l'orphelinat, et certainement pas davantage dans la Légion. L'aiguillon de la jalousie transperça le cœur d'Anya. Elle se força à respirer avec calme.

Roman buvait du vin, Anya, de l'eau. Elle goûta le crabe. Exquis. Il avait dû le préparer après son appel. Là encore planait le fantôme de Céleste. Ils ne seraient pas là, assis à cette ravissante table, lui torse nu, elle en peignoir, à savourer un délicieux dîner aux chandelles cuisiné par Roman, sans ces années taboues dont Céleste faisait partie intégrante. Ne rien savoir de cette période de sa vie excitait sa jalousie plus qu'elle ne l'en protégeait.

— Parle-moi d'elle, demanda soudain Anya.

— Non. Ce soir, tu as besoin de calme.

— Je suis prête à t'écouter. J'ai besoin de savoir.

— Je ne veux pas te blesser, Anya. Et je n'accepterai pas que tu parles mal d'elle.

— Je promets de faire un effort.

Roman hésita. Il ne voulait pas contrarier Anya ce soir, mais peut-être était-il temps de briser le tabou pour aller de l'avant.

— Que veux-tu savoir ? demanda-t-il.

— Tout. À commencer par ce qui t'a poussé à vouloir te marier.

— J'étais sur le point de quitter la Légion. Des amis m'ont montré une petite annonce, pour rire…

— Que disait cette annonce ?

— Céleste déclarait chercher un homme pour l'accompagner dans ses sorties.

— Et partager son lit ?

— Oui.

— Je veux connaître les termes exacts de l'annonce.

— Elle expliquait que son père était mourant et souhaitait la voir mariée, répondit Roman. Céleste avait renoncé à l'amour, mais tenait à réaliser le vœu de son père. Le mariage devait durer au moins deux ans. Elle parlait de sorties au cinéma, au théâtre, précisait qu'elle adorait cuisiner mais préférait dîner dehors.

— Et… ?

— Elle cherchait un homme séduisant, de préférence plus jeune qu'elle.

— L'annonce supposait-elle des relations sexuelles ?

Roman opta pour une réponse diplomatique, sans l'expression « amant aventureux ».

— Oui. Elle précisait chercher un compagnon autant qu'un amant.

— Autrement dit, tu étais son jouet sexuel ?

— Oui.

S'en tenir là serait un mensonge, Roman en avait conscience. Céleste méritait mieux que cela, et Anya aussi. Seule la vérité lui ouvrirait les portes de sa confiance.

— Au début, ajouta-t-il.

Anya accusa le coup. Roman, objet sexuel d'une autre, elle pouvait presque — *presque* — l'accepter. Mais que des sentiments soient nés entre eux… De l'affection, peut-être même de l'amour : cette idée lui était intolérable.

— Es-tu sûre de vouloir savoir ? s'enquit Roman avec circonspection.

Non, Anya n'en était plus si sûre.

— Tu aurais pu me rejoindre à Saint-Pétersbourg, murmura-t-elle. Tu étais riche, alors. Tu l'as dit toi-même. De mon côté, je peinais à joindre les deux bouts.

— Anya, si tu veux connaître la vérité, tu dois d'abord accepter de l'entendre. Je n'ai jamais eu l'intention de te rejoindre.

— Pourquoi ?

— Par orgueil.

— De l'orgueil mal placé !

— Non. Si c'était à refaire, je referais la même chose, affirma-t-il. L'homme que j'étais autrefois n'aurait jamais accepté ce que tu t'es infligé pour ta carrière. Céleste m'a appris la patience.

— Non. C'est moi qui te l'ai apprise.

Elle se rappelait le feu de leur première fois. Roman l'aurait prise en quelques minutes si elle ne l'avait pas obligé à prendre son temps.

— Elle m'a appris les manières, poursuivit-il.

— C'était moi aussi, réfuta Anya.

— Je ne parle pas des manières au lit.

Anya pinça les lèvres.

— Qu'a bien pu t'apprendre d'autre sainte Céleste ? persifla-t-elle.

Elle regretta aussitôt cet écart. Elle avait promis de faire un effort.

— Pardon, j'essaie, s'excusa-t-elle.

— Je sais, dit-il gentiment.

Et, au lieu de la réprimander, il lui prit la main.

Roman avait anticipé combien cette conversation serait difficile. Il réagirait exactement de la même façon si Anya lui parlait de Mika ou d'autres amants de son passé. Bientôt, ce calvaire serait le sien.

Il chassa cette pensée et revint à Céleste.

— Elle m'a appris à boire dans une tasse de porcelaine fine et à bien me tenir au restaurant.

Anya fit la grimace. Leur dernière soirée ensemble remontait justement à ce dîner calamiteux au restaurant.

— Je t'avais fait honte, ce soir-là, dit-il comme s'il lisait dans ses pensées.

— Pas du tout, protesta-t-elle.

— Si. On t'avait inculqué la bienséance, dans ton école.

— J'aurais pu t'apprendre !

— Je ne voulais pas que tu le fasses.

— Mais avec *elle*, ce n'était pas un problème ?

— Parce qu'il n'y avait pas de sentiments entre nous, expliqua Roman. Céleste et moi avions un accord, et j'étais résolu à tirer profit de ces deux années.

— Alors, tu as répondu à son annonce…

— Oui.

— Tu lui as fait l'amour.

— Ce n'était que du sexe, rectifia Roman.

— Mais avec de l'affection.

Elle se ravisa :

— Je ne veux pas savoir.

— Il faut pourtant que tu l'entendes, décréta Roman. Comme tu le sais, j'ai passé quatre ans dans l'aile correctionnelle de l'orphelinat. Ce n'est pas là-bas que je risquais de développer la moindre compétence sociale.

Ce rappel fit l'effet d'une gifle à Anya. Ce souvenir était encore douloureux pour lui. Comment avait-elle pu ne pas le comprendre ?

— Je me rappelle la première fois que je suis entré chez Céleste, poursuivit-il. Je n'avais jamais mis les pieds dans un *vrai* appartement.

Anya prit soudain la pleine mesure de ce qu'avait été la vie de Roman dans sa misérable studette, qu'il avait si galamment tenté d'embellir pour elle.

— C'était votre première rencontre ? questionna-t-elle.

— Oui. Avant cela, nous avions parlé au téléphone et échangé nos photos. Céleste n'en revenait pas que je ressemble vraiment à ma photo.

Anya sourit, pour la première fois depuis qu'ils avaient abordé ce sujet.

— Avez-vous couché ensemble, ce jour-là ?

Il soutint son regard.

— Cette *nuit*-là, oui.

— Comment était-ce ?

— Avec Céleste, je n'ai jamais évoqué nos ébats sexuels à toi et moi. Elle mérite la même courtoisie. Mais si tu tiens à le savoir, oui, nous avons fini par nous attacher l'un à l'autre. Tu sais, quand je me suis présenté chez Daniil, Libby m'a serré dans ses bras. La première fois que Céleste a essayé, je l'ai repoussée.

Anya garda le silence, à court de mots.

— Mon but était de me cultiver, d'apprendre à vivre en société. Peu importe que tu désapprouves ma méthode…

— Je désapprouve, coupa-t-elle, avant de pousser un soupir. Votre mariage ne devait durer que deux ans, non ? Pourquoi s'est-il prolongé ?

— Céleste a découvert qu'elle n'avait plus beaucoup de temps à vivre. J'ai choisi de rester à ses côtés jusqu'au bout.

Seigneur… Comment haïr Roman pour cela ?

— Comment t'appelles-tu, aujourd'hui ?

Roman hésita. C'était la seule question à laquelle il n'était pas prêt à répondre.

— Tu peux bien me le dire, non ? supplia Anya.

Il capitula.

— Je refusais d'être un fardeau pour toi et mon frère. Je voulais que vous meniez la vie que vous méritiez. Mais au dernier moment, le courage m'a manqué.

— Je ne comprends pas…

— J'ai reçu une nouvelle identité, comme tous les aspirants légionnaires. Au bout d'un an, on a le choix : adopter notre nouveau nom ou revenir à l'ancien, expliqua-t-il. Pour moi, endosser cette nouvelle identité, c'était renoncer à jamais à vous retrouver, Daniil et toi. Je n'ai pas pu. Je suis toujours Roman Zverev.

— Alors, pourquoi es-tu resté à l'écart, toutes ces années ?

— Parce que je ne me sentais pas prêt. Parce que je craignais d'être toujours un poids.

— Autrement dit, tu avais besoin de changer avant de me retrouver ?

— Je ne l'ai pas fait pour toi, Anya. Je l'ai fait pour moi.

Il se leva.

— Je ne m'excuserai pas à propos de Céleste. Tiens-le-toi pour dit. Si nous étions restés ensemble, toi et moi, nous aurions vécu pauvres comme des souris d'église. Quant à certaines de tes habitudes…

Il fit le geste d'enfoncer deux doigts dans sa gorge. Celle d'Anya se noua.

— Je ne les aurais pas tolérées, conclut-il.

Roman quitta la table et s'isola dans sa chambre. Allongé sur son lit, il fixait le plafond, perdu dans ses pensées. Ce grand déballage émotionnel lui en avait coûté. Mais il l'avait fait pour Anya, car il avait besoin d'elle. Même s'il répugnait à l'admettre.

Anya poussa la porte de la chambre de Roman. Elle se rappelait avoir eu ce même geste, des années plus tôt. Une épidémie de grippe s'était abattue sur l'orphelinat. Dans un effort pour l'enrayer, tous les pensionnaires avaient été confinés dans leurs chambres. Katya aussi était tombée malade et Anya s'était vu confier la tâche de servir les repas dans les chambres. Pour la première fois, elle avait pu déambuler librement dans l'orphelinat sans avoir sa mère sur le dos. Elle avait trouvé Roman étendu sur son lit, les mains derrière la nuque. Comme ce soir…

— Un jour, tu sortiras d'ici et tu réussiras, avait-elle lancé.

Anya sourit à ce souvenir. Roman avait fini par sortir. Et il avait réussi, à sa façon. Oui, elle était fière de lui.

— Où as-tu eu cette barre de chocolat ? lui avait-elle demandé en s'approchant avec son plateau.

Il n'avait pas répondu, seulement souri. Anya était entrée dans sa chambre sans arrière-pensées. Mais lorsqu'il l'avait déshabillée du regard, le sien avait été attiré par son entrejambe, soudain proéminent. Ses petits seins s'étaient tendus.

— À quelle heure est le couvre-feu ? avait-elle soufflé.

— Vingt-deux heures.

— Anya !

Un collègue de sa mère lui avait enjoint de se dépêcher, rompant le charme. Mais leur amour était né. À vingt-deux heures ce soir-là, elle s'était couchée en pensant à lui.

— Tu as fini par sortir, dit Anya.

Il tourna la tête vers elle.

— Et tu as réussi.

— J'avais besoin de le faire seul, par et pour moi-même.

Anya hocha la tête. Ce soir, elle était libre de faire ce qu'elle n'avait pas pu autrefois. Roman sourit, devinant sans doute son intention. Elle laissa tomber son peignoir au sol.

Nue, elle s'avança vers le lit.

14

— Tu n'es pas censée être ici, l'avertit Roman. Pas de sexe avant un combat !

— Sergio n'y connaissait rien, rétorqua Anya. Et je ne suis pas boxeuse.

Elle se pencha et s'empara de sa bouche. Roman lui caressa les seins. Cette récompense avait valu la peine d'attendre. Tous les doutes d'Anya s'évanouirent, chassés par les promesses de leur baiser.

Elle abaissa sa braguette. Il se débarrassa de son jean sans que leurs bouches se désunissent. Elle s'agenouilla sur lui et Roman commença à jouer avec ses mamelons. Des décharges de plaisir lui irradièrent le corps ; ses seins paraissaient s'embraser sous la langue de son amant.

— Pas de marques, lui rappela-t-elle.

Roman sourit.

— Tourne-toi, lui intima-t-elle d'une voix rauque.

Il obéit. Il aimait les petits baisers dont elle parsemait son dos balafré. Dans le désert, cette fois-là, chaque grain de sable avait été comme de l'acide sur ses plaies. Ce soir, les larmes salées d'Anya étaient le plus doux des baumes. Elle avait été avec lui durant cette nuit interminable, en pensée sinon physiquement.

Il aimait aussi la chaleur de son sexe, qu'il sentait dans le creux de son dos. Mais ce n'était pas assez. En un tournemain, il se retrouva sur elle, puis en elle.

Être prise par Roman… Pour Anya, rien n'égalait cette sensation. Une vive chaleur se répandait en elle, une chaleur qui avait toujours été là, en sommeil, dans l'attente de Roman. Peu importait le décor. Dans une studette minable sans chauffage ou dans ce luxueux appartement, ses sentiments demeuraient les mêmes. Et ils ne changeraient jamais.

Roman se mit à bouger, lentement, avec une précision dont lui seul était capable. Comme il connaissait ses besoins ! Son corps n'avait aucun secret pour lui… Elle fit courir les mains dans son dos ; les muscles puissants jouaient sous ses doigts. Lorsqu'elle renversa la tête en arrière, il l'embrassa dans le creux de la gorge. Elle se cambra de plaisir.

Dans l'intimité de leur étreinte, Anya trouva la force d'exprimer ses craintes :

— Si tu me quittes encore une fois, ne reviens pas.

— Je ne te quitterai jamais.

Il accéléra le tempo. Ses puissants coups de reins donnaient le vertige à Anya. Elle enfonça les ongles dans ses fesses musclées, juste au moment où une vague brûlante la submergeait. Son corps s'arqua, en suspens. Roman se figea aussi. Elle vit sa mâchoire se crisper. À peine atteignait-il l'extase qu'elle s'écroula sous lui, emportée par un orgasme si inouï qu'elle en eut le souffle coupé. Leurs deux corps palpitaient comme un seul. Elle se sentait vidée, assommée par la pure intensité de ce qu'ils venaient de partager.

— Pourquoi penses-tu que je vais te quitter ? demanda Roman au bout de quelques minutes.

— Parce que tu l'as déjà fait.

Et qu'il risquait de partir encore — il ne lui avait toujours pas dit qu'il l'aimait, si ? Ensemble, ils formaient un puzzle dont toutes les pièces étaient enfin assemblées. À une près. De plus, Anya ne voulait pas gâcher la soirée en lui parlant des enfants qu'elle n'aurait jamais.

— Il y a une chose qu'il faudra que je te dise. Mais j'ai peur que tu te fâches…

Roman se prépara mentalement. Était-ce le moment où elle allait lui parler de Mika ?

— N'aie pas peur. Dis-moi.

— Non, pas ce soir. Je suis fatiguée et stressée à propos de demain.

— Alors, cela attendra. Repose-toi.

Anya se lova dans ses bras, tout contre lui.

— Tu devrais dire à Daniil ce que tu m'as raconté tout à l'heure, murmura-t-elle.

— Je le ferai, promis.

— Pourquoi pas maintenant ?

— Il est minuit, objecta Roman.

— Tu crois qu'il s'en soucie ?

— Non.

— Alors, appelle-le.

Il le fit. Il y avait une certaine tristesse dans la voix de cet homme fier et orgueilleux expliquant à son frère tout ce qu'il avait confié à Anya un peu plus tôt. Elle se laissa bercer par son timbre apaisant.

Elle finit par s'endormir, en priant pour être capable de danser pour lui le lendemain.

15

— Bonjour, mademoiselle.

Josie était là lorsque Anya entra dans la cuisine. Quel bonheur de se réveiller dans le lit de Roman, ce matin !

— Bonjour, Josie, lança-t-elle, enjouée.

Se rappelant que sa petite-fille avait été malade, elle s'enquit de sa santé dans son français laborieux. D'après ce qu'elle comprit, la fillette allait beaucoup mieux.

— Tant mieux, répondit Anya en souriant.

Elle sortit sur la terrasse. Roman posa son journal en la voyant. Ils n'avaient pas besoin de se demander s'ils avaient bien dormi…

Anya se servit un chocolat chaud et picora quelques fruits rouges.

— La liste de la distribution sera affichée à dix heures, dit-elle.

— Tu seras dessus.

— Je n'en suis pas si sûre…

Sa nervosité la rattrapait. Rien d'étonnant, à quelques heures de la première.

— Veux-tu un peu de…

Roman fut interrompu par un hurlement de Josie. Il se précipita à l'intérieur. Les explications frénétiques de Josie lui arrachèrent un éclat de rire. Anya assistait à la scène, interloquée.

— Josie venait de me voir sur le balcon, déclara-t-il. Puis les portes de l'ascenseur se sont ouvertes…

Anya comprit en voyant Daniil le rejoindre, suivi par Libby, qui tenait Nadia dans ses bras.

— Roman a dû oublier de mentionner qu'il avait un frère jumeau, dit Libby en riant. Le portier a actionné l'ascenseur sans poser de questions.

— La même chose m'est arrivée chez vous, raconta Roman.

Mais l'attention de Libby s'était tournée vers la terrasse. Anya, dans son peignoir, n'ignorait pas avoir l'air de sortir tout droit du lit de Roman. Elle se mordit la lèvre.

— Prise sur le vif…, murmura-t-elle.

— Nous avions deviné, lança Libby avec un sourire jusqu'aux oreilles. Et nous ne pouvions pas ne pas venir après l'appel de Roman hier soir. Crois-tu qu'il serait possible…

— D'avoir des billets pour ce soir ? lança Anya. Pas de problème. Sev et Naomi viennent aussi, et j'en ai réservé un autre pour Rachel. Nous devrions appeler Nikolaï.

— Il est sûrement sur son yacht, Dieu sait où, soupira Daniil.

Roman n'en était pas si sûr. Il s'avança vers son frère, qui avait traversé la Manche pour lui parler en personne.

— Je comprends, maintenant que tu m'as tout expliqué. Je suis désolé, dit Daniil.

— Tu n'as pas à t'excuser, assura Roman.

Ils échangèrent une accolade fraternelle. Anya n'avait aucune envie d'aller travailler. C'était si merveilleux de rattraper le temps perdu ! Elle aurait voulu rester ici toute la journée à rire et à partager de vieux souvenirs. Mais elle ne pouvait vraiment pas se permettre d'être en retard, ce matin.

Roman consulta sa montre.

— Bientôt prête ? lui lança-t-il.

Elle fila dans sa chambre passer sa tenue de danse, puis une robe portefeuille couleur taupe par-dessus ainsi qu'une paire de ballerines. Après avoir vérifié le contenu de son sac, elle retourna sur la terrasse dire au revoir à tout le monde.

Libby sourit.

— Tu nous quittes ?

— Oui. J'ai répétition avant que ne soit affichée la distribution des rôles.

Anya ferma les yeux. Et si elle n'y figurait pas ? Cette perspective la terrifiait. Surtout maintenant que tous ses amis venaient pour la voir danser sur scène. Quelle humiliation si elle devait leur annoncer qu'elle avait été évincée de la production !

— Il est possible que ce ne soit pas moi, ce soir, dans le rôle de l'Oiseau de feu, bredouilla-t-elle.

Roman roula des yeux, comme si elle était folle d'envisager un tel scénario. Anya reporta son attention sur Libby.

— Mes dernières répétitions ne se sont pas très bien passées, avoua-t-elle. Surtout celle d'hier.

— Si tu veux discuter plus tard, appelle-moi, proposa Libby.

Anya hésita. Elle aimait rester seule le jour d'une représentation. Mais Roman avait raison : sa routine habituelle ne fonctionnait plus. En temps normal, elle s'isolait dans sa chambre d'hôtel pour se préparer mentalement à sa prestation du soir. Peut-être était-il temps d'essayer autre chose ?

— Quoi qu'il arrive, je finis à treize heures, dit-elle. Nous pourrions nous retrouver et…

Elle haussa les épaules.

— Je préférerais éviter un déjeuner copieux, conclut-elle.

— Bien sûr, dit Libby. Si nous faisions plutôt les magasins ?

Anya acquiesça. Pourquoi pas ? Ce serait amusant.

Alors qu'elle traversait le vestibule, elle aperçut Josie sortant de la salle de gym, un balai à la main. La porte resta entrebâillée et elle jeta un coup d'œil.

Ce n'était pas une salle de gym.

En son absence, des miroirs avaient été posés sur un mur, ainsi qu'une barre d'exercice. Il ne le lui avait jamais dit, mais Anya n'avait plus aucun doute, à présent : Roman l'aimait.

Elle fit demi-tour pour le remercier, puis se ravisa. Ce moment appartenait à Daniil. Elle remercierait Roman plus tard. Un sourire aux lèvres, elle quitta l'appartement et se dirigea vers le théâtre.

Anya marchait d'un pas vif. Elle était si nerveuse qu'elle traversa la place où Roman et Céleste s'étaient embrassés sans y prêter vraiment attention.

Le début de la matinée fut long pour tous. La troupe n'attendait qu'une chose : la liste de la distribution. Enfin, elle fut affichée. Anya s'efforça de dissimuler son stress en s'approchant du panneau.

« *L'Oiseau de feu* : TATANIA. »

Elle fixa son nom sur la liste. Elle avait beau le voir écrit noir sur blanc, elle n'arrivait pas à y croire. Mika semblait partager son soulagement. Après le désastre de la répétition de la veille, lui aussi avait dû craindre de perdre le premier rôle. Le monde du ballet était sans pitié. La chance d'un danseur pouvait tourner du jour au lendemain. Mais c'était précisément cette compétitivité qui stimulait Anya.

Mika s'éloigna sans lui adresser la parole. S'ils espéraient éblouir leur public ce soir, il était pourtant indispensable qu'ils mettent les choses à plat.

Elle frappa à la porte entrouverte de la loge de son partenaire. Il lui fit signe d'entrer.

— Nous avons besoin l'un de l'autre pour briller sur scène, Mika. Ne me parle plus jamais comme tu l'as fait hier, c'est compris ?

Sans attendre sa réponse, elle alla essayer son costume. Malgré la retouche, elle sentit le tissu tendre sur sa poitrine. La costumière pinça les lèvres. Elle allait devoir passer l'après-midi à l'ajuster de nouveau.

Anya quitta le théâtre à treize heures, reconnaissante de ce moment de répit. Elle sourit en voyant Libby s'avancer à sa rencontre.

— Je devine que tu as le rôle ? lui lança la jeune femme.

— Quel soulagement ! admit Anya. Rien n'était moins sûr. L'ambiance est tendue et la costumière ne m'adresse plus la parole. J'ai pris un peu de poids…

— Eh bien, cela te réussit. Tu es rayonnante, affirma Libby. Tu veux bien m'aider à trouver une robe pour ce soir ?

Quel meilleur endroit que Paris pour faire du shopping ? Libby ne tarda pas à repérer une robe d'un pourpre profond qui rehaussait sa blondeur. Elle lui confia Nadia pendant qu'elle allait l'essayer.

Anya serra la fillette contre elle. Elle voulait un enfant. Elle n'avait jamais osé se l'avouer, mais la chaleur de ce petit être dans ses bras, si minuscule et précieux, lui avait amené les larmes aux yeux. Elle les chassa d'un battement de cils. De quoi aurait-elle l'air, à sangloter au milieu de cette luxueuse boutique parisienne ?

Alors qu'elle se promenait dans les rayons, une robe attira son attention : dos nu, dans les tons bleu-vert, très différente de son style habituel. Elle était proposée avec une paire d'escarpins aux talons un peu plus hauts que ceux qu'elle portait d'ordinaire.

— Qu'en penses-tu ? s'enquit Libby en émergeant de la cabine.

— Magnifique, répondit Anya. On ne devinerait jamais que tu viens d'avoir un bébé.

— Le ballet y est pour quelque chose…

Elle s'interrompit en remarquant la robe dans sa main.

— Anya, tu devrais l'essayer.

— Je ne sais pas. Je n'aime pas vraiment les dos nus…

Après tout, pourquoi pas ? Et avec les chaussures, tant qu'à faire.

Une fois changée, Anya étudia son reflet dans le miroir de la cabine. La robe dévoilait son dos et ses longs bras fins, mais cela lui plaisait. Roman ne l'avait-il pas encouragée dans ce sens ? Et pourquoi devrait-elle se cacher ? Certes, elle était très mince. Mais elle prenait soin de son corps et en était fière.

— Tu es splendide ! s'exclama Libby. Moi qui ne t'avais jamais vue dans d'autres couleurs que gris ou beige…

— Taupe, corrigea Anya. Je ne porte jamais de beige.

Cette robe était un véritable coup de cœur. À tel point qu'elle décida de la porter sur le chemin du retour. C'était l'été et elle se sentait légère depuis qu'elle avait vaincu sa rancune au sujet de Céleste. Elle lui était même reconnaissante d'avoir offert à Roman son premier vrai toit. Elle songea à cette femme qui avait eu le courage d'exprimer son désir. Et le ciel lui avait envoyé Roman !

Elle éclata de rire devant une Libby médusée.

— Ce n'est rien. Je pensais simplement à Roman et à sa femme…

Elle sourit. Elle n'avait plus aucun mal à en parler, maintenant.

— Alors raconte, la pressa Libby d'une voix excitée. Depuis combien de temps Roman et toi êtes-vous ensemble ?

— Quelques semaines.

Libby lui donna un petit coup de coude signifiant qu'elle n'était pas dupe. Anya rit de plus belle.

— Mais mon cœur lui appartient depuis l'adolescence.

À l'appartement, deux surprises attendaient Anya : Sev et Naomi se rafraîchissaient sur le balcon et Rachel était là, elle aussi. Anya embrassa celle-ci sur les deux joues.

— Quelle joie de te voir ! Je t'ai réservé un billet.

Elle s'interrompit en découvrant l'alliance à son annulaire.

— Ne me dis pas que…

Elle remarqua alors la présence de Nikolaï. Lui aussi portait une alliance. Ce n'était pas une, ni deux, mais une avalanche de surprises !

— Vous deux, mariés ! Je n'étais même pas au courant que vous sortiez ensemble !

— Tu peux parler, rétorqua Rachel en riant.

— Quand est-ce arrivé ?

— Il y a quelques semaines.

Rachel exhiba sa bague, les yeux brillants.

— Nous nous installons à Londres et nous venons à New York, chez Sev et Naomi, pour le nouvel an !

— J'étais au courant, intervint Roman.

— Comment ? demanda Rachel avec un froncement de sourcils.

— Nikolaï n'a pas voulu nous dire avec qui il sortait, lors de notre soirée sur son yacht. En partant, je t'ai aperçue sur le quai, assise sur un banc.

— Et tu ne m'as rien dit ! s'écria Anya.

— Je ne te dis pas tout, la taquina-t-il.

Quel bonheur d'être entourée de tous ses amis ! songea Anya. Car ils étaient bel et bien ses amis, et non plus de simples connaissances. La discussion allait bon train sur le mariage secret de Rachel et Nikolaï. Du coin de l'œil, elle vit Libby confier Nadia à Daniil, qui la serra contre lui. Il y avait une telle tendresse dans ce geste ! Roman aussi méritait ce bonheur.

Un bonheur qu'elle ne pourrait jamais lui offrir…

— Je dois y aller, annonça-t-elle sur les coups de seize heures.

Elle avait passé un merveilleux après-midi. Mais elle avait besoin de se préparer mentalement avant la représentation.

— Merde ! lui lança Libby en français.

— « Merde » ? répéta Sev. Drôle de tradition…

Anya éclata de rire.

— De superstition, plutôt. Il paraît que souhaiter bonne chance à un danseur porte malheur.

— Attends ! J'ai quelque chose pour toi, lança Rachel.

Anya ouvrit le paquet que son amie lui tendait. Dans un fragile écrin de verre reposait une plume blanche.

— Elle vient de ma robe de mariée, qui se trouve être aussi mon costume préféré.

— Qu'elle a subtilisé, ajouta Libby.

— Elle me fait penser à toi quand tu danses, expliqua Rachel.

Anya sortit la plume de son écrin. C'était vraiment le plus délicat des présents.

— Merci, murmura-t-elle, émue. Elle a d'ores et déjà sa place dans ma loge.

— À mon tour, dit Libby.

L'ours en porcelaine qu'Anya découvrit dans le paquet

ressemblait à s'y méprendre à celui aperçu dans la salle de gym chez Daniil. Ce n'était pas le même, bien sûr. Mais Anya devinait qu'il revêtait une signification particulière pour Libby et Daniil. Lui aussi trouverait sa place sur sa coiffeuse.

Naomi s'approcha à son tour.

— J'ignorais que les danseurs étaient aussi superstitieux. Je t'ai apporté ceci.

Un énorme paquet de friandises au beurre de cacahuète ! Anya en fut profondément touchée. Naomi l'avait surprise à voler ces confiseries, et ce cadeau signifiait qu'elle l'acceptait telle qu'elle était. Elle la serra dans ses bras.

— J'en mangerai un ce soir et garderai l'emballage toute ma vie.

— Ce ne sont pas des paroles en l'air, affirma Roman.

Il se tourna vers Anya.

— Veux-tu que je t'accompagne au théâtre ?

— S'il te plaît.

Le trajet se fit en silence. Anya s'en excusa :

— J'ai besoin de me concentrer, tu comprends ?

— Pas de problème. Au fait, cette robe te va à ravir.

Elle sourit.

— C'était agréable de faire les magasins avec Libby.

Ils passèrent devant le café où Anya avait surpris Roman et Céleste sans que cela suscite la moindre émotion en elle. Elle avait pardonné à Roman son mariage. Il avait raison : elle n'aurait jamais su concilier leur histoire et son ambition, à l'époque. Toutes deux étaient trop dévorantes. Tout comme il avait raison sur le dénuement dans lequel ils auraient vécu. Et jamais il n'aurait accepté d'être entretenu par elle.

Mais ce n'était pas la seule raison de son silence. Elle ne réussirait pas à danser ce soir avec ce poids sur la poitrine. Elle *devait* lui parler.

Ils étaient arrivés devant l'entrée des artistes. Des années plus tôt, ils avaient échangé leur premier baiser devant une porte semblable.

— Tu avais raison, déclara-t-elle.

— Comme toujours, plaisanta Roman. À propos de quoi ?

— Roman, je ne suis pas un prodige. Des danseuses plus jeunes ont connu le succès bien plus rapidement. J'ai dû travailler dur et ne penser qu'à moi pour en arriver là. Si j'ai raté cette fameuse audition pour le corps de ballet, ce n'est pas à cause de toi. Beaucoup d'autres rôles me sont passés sous le nez, depuis.

Elle soupira.

— Il y a deux ans, quand j'ai décroché celui de la Fée des lilas, c'était un coup de chance. Un critique a écrit qu'il n'avait jamais vu une Fée des lilas aussi dodue. Je me suis aussitôt ressaisie. Devenue doublure pour l'Oiseau de feu, j'ai patiemment sculpté mon corps au cas où j'obtiendrais un jour le rôle. Quand Daniil et Libby m'ont vue le danser pour la première fois, ce n'est pas par hasard si j'étais autant à l'aise : j'avais attendu et préparé ce moment. Mais ce choix n'a pas été sans conséquence.

La perfectionniste qu'elle était devait à présent lui avouer qu'elle n'était pas si parfaite. Sans quoi, elle ne serait plus jamais capable de danser.

— Je ne peux pas avoir d'enfants, Roman.

Il soutint son regard sans ciller.

— À cause de mon régime alimentaire, je n'ai plus mes règles. Je suis désolée.

— Pourquoi t'excuses-tu auprès de moi ?

— Parce que je crois que tu m'aimes…

Il garda le silence.

— Et si c'est le cas, ajouta-t-elle, cela te concerne aussi.

— Anya…

— Non, l'interrompit-elle. Ne me dis pas que cela n'a pas d'importance. Je sais que si. Un jour, tu finiras par m'en vouloir.

— Non.

— Oh que si ! Quand je sauterai un repas ou m'entraînerai

jusqu'à l'épuisement, tu me rappelleras les conséquences de ces choix. Je ne supporterai pas tes reproches.

— Je ne te reprocherai jamais rien.

— Roman, s'il te plaît…

Elle lui effleura la joue. La première fois qu'elle avait eu ce geste, il avait reculé. Pas aujourd'hui. Leur amour était trop précieux pour être bâti sur un mensonge.

— Tu as dit toi-même que Daniil possédait tout ce que tu avais toujours désiré.

— Je ne parlais pas de Nadia, objecta Roman. Je l'enviais simplement d'avoir une famille. Même sans Nadia, Libby serait cette famille. J'admire ton courage et ta détermination, Anya. J'admire ce que tu as sacrifié pour des soirs comme celui-ci. Et je respecte ce choix.

— Chaque fois que je danse, je danse pour toi, avoua Anya.

— Ce soir, je veux que tu danses pour toi.

— Pour moi ? s'étonna-t-elle.

— Tu as travaillé très dur pour cela. Tu mérites cette récompense.

Il lui donna un baiser langoureux, qui serait allé beaucoup plus loin s'ils s'étaient trouvés ailleurs. Un bruit de pas les interrompit et Roman recula la tête. Anya vit son visage se crisper.

— *Privyet.*

Mika les salua en les dépassant. C'était l'heure d'y aller.

— Je serai dans la salle, dit Roman.

Cette pensée galvanisa Anya. Ce ne fut qu'une fois en coulisses qu'elle prit conscience d'un détail : elle ne lui avait pas dit que Mika et elle n'avaient jamais été ensemble. Pauvre Roman ! Les regarder danser ce soir allait être un calvaire. Pour la deuxième fois de la journée, elle rit tout haut.

— Anya !

La troupe l'accueillit à grands cris, soulagée de la voir enfin arriver. Anya les salua d'un geste de la main et gagna sa loge. Là, elle fit le vide dans sa tête en respirant calmement, puis alla prendre une douche avant de s'atteler aux préparatifs.

D'abord, elle sortit de son sac la plume et l'ours en porcelaine, qu'elle déposa sur sa coiffeuse. Les friandises au beurre de cacahuète seraient un remontant bienvenu à l'entracte. *Mais un seul*, se promit-elle. Quant à la robe dos nu, elle la porterait à la soirée.

Ses anciens porte-bonheur avaient retrouvé leur place sur la coiffeuse. La créole et sa jumelle étaient enfin réunies. À l'image de Roman et elle. Anya croyait en son amour et en un avenir pour eux. Depuis toujours, elle dansait pour lui. Mais il avait raison : ce soir, elle danserait pour elle-même.

Ses amis seraient dans la salle afin de la soutenir. L'homme de sa vie aussi. Maintenant qu'il connaissait la vérité, plus rien ne se dressait entre elle et la récompense pour laquelle elle avait tant sacrifié.

Elle appliqua la touche finale de son maquillage et fixa la couronne de plumes sur sa tête. La costumière effectua ensuite une dernière vérification.

Anya se dirigea vers la scène, tremblante de nervosité. Ce soir, la nausée eut le dessus et elle réclama une bassine. Personne ne s'en étonna. C'était courant, avant une représentation. Le stress était aussi un stimulant. Elle se rinça la bouche et fit quelques assouplissements.

— Tu te sens mieux ? s'enquit Mika.

— Oui, merci.

Ils échangèrent un sourire. La maquilleuse retoucha son rouge à lèvres tandis que Mika, arc en main, entrait en scène. Anya se positionna en coulisse. Dans quelques minutes, ce serait son tour.

Roman attendait. Lentement, le rideau se leva et dans le jardin enchanté apparut le prince Ivan.

Bientôt…

Toute la salle retenait son souffle. Parmi eux, ses amis, qui avaient aussi traversé tant d'épreuves. L'apparition d'Anya fut magique. Roman connaissait le parcours douloureux derrière sa grâce sans pareille et le respectait ; tout comme Anya l'aurait soutenu s'il avait fait carrière dans la boxe. Elle aurait désapprouvé, mais ne s'y serait pas opposée. Et il ferait de même pour elle. Si elle était capable de lui pardonner son mariage avec Céleste, alors il supporterait sans broncher l'incroyable alchimie que tout le monde admirait sur scène.

Anya flirtait… Non, l'Oiseau de feu, se corrigea-t-il. Et Mika, ou plutôt le prince Ivan, la dévorait des yeux, lui faisait la cour, l'enlaçait amoureusement. Il la soulevait dans les airs avec une agilité déconcertante. Mika l'aimait et Anya devenait perfection entre ses bras.

Roman n'avait jamais été aussi fier d'elle. Ni aussi crispé. Il accueillit avec soulagement l'entracte et alla se faire servir un verre. À côté de lui, ses amies discutaient entre elles.

— Quel talent, soupira Libby. Je suis un peu jalouse. Même en m'entraînant d'arrache-pied, je n'aurais jamais réussi à l'égaler. Anya est fantastique, et Mika n'a jamais été aussi bon.

— Il est tellement sexy, fit Rachel.

— Oh oui ! dit Naomi.

Daniil fit un signe de tête à Roman et ils s'écartèrent du groupe.

— As-tu prévu une surprise pour Anya ?

Ils étaient vraiment le miroir l'un de l'autre, songea Roman. Même après des années de séparation, le reflet restait intact.

— J'ai une bague, avoua-t-il. Je l'ai achetée en même temps que la croix pour Nadia. J'attendais juste le bon moment.

Ce soir, ce moment était arrivé. Il en était certain.

— Montre-moi, dit Daniil.

Roman sortit l'écrin de sa poche. La pierre rouge sang luisait sur son coussin de velours.

— Quand je l'ai remarquée dans la vitrine, elle était vert pâle, expliqua Roman.

Cette pierre était une alexandrite. Découverte en Russie, elle était connue pour changer de couleur. Vert émeraude à la lumière, rouge rubis dans l'ombre. À l'image d'Anya — Reine de glace le jour, Oiseau de feu la nuit.

— Es-tu nerveux à l'idée de faire ta demande ?

— *Nyet.*

Non, il n'était pas nerveux.

Ils rejoignirent le groupe et tous regagnèrent leurs places. Daniil surprit son frère à pencher la tête d'un côté puis de l'autre pour détendre sa nuque.

— Ah ! Je le savais. Tu es nerveux, avoue-le !

— Oui, mais pour une autre raison. Je déteste ce Mika. Je croyais que les danseurs étaient tous des efféminés en collant !

Daniil sourit, amusé par la jalousie de son frère. Dans la salle, le silence se fit. Le deuxième acte allait commencer.

Anya était nerveuse. Elle mordit dans le bonbon au beurre de cacahuète et froissa l'emballage, qu'elle glissa avec la plume dans l'écrin en verre, de peur qu'il ne finisse par mégarde à la poubelle. Elle se désaltéra, rafraîchit son rouge à lèvres et se dirigea vers la scène.

Le second acte fut encore plus fluide et léger. Anya donnait tout ce qu'elle avait. Réussirait-elle vraiment à mener de front sa carrière et sa relation avec Roman ? Lorsque Mika la souleva dans les airs, elle eut la sensation de toucher le ciel.

Oui, sans aucun doute.

Soudain, elle comprenait pourquoi Roman avait insisté pour qu'elle danse pour elle-même. S'il s'était démené toute sa vie, ce n'était pas pour elle, mais pour devenir une meilleure personne.

Et aujourd'hui, il était là.

Un tonnerre d'applaudissements salua la fin de la représentation. Anya sourit en entendant la voix de Roman :

— *Brava krasavitsa !*

Elle le chercha des yeux. Soudain, les visages se fondirent en une masse informe et les ténèbres l'engloutirent. Elle cligna des yeux, en vain. Trop tard, elle comprit qu'elle s'évanouissait. Le prince Ivan la rattrapa à temps.

De son siège, Roman vit Mika soulever Anya dans ses bras et l'emporter en coulisse.

Un murmure inquiet parcourut la foule à la suite de cette sortie dramatique. Le rideau tomba précipitamment. Quelques minutes plus tard, une annonce fut diffusée, informant les spectateurs que Tatania, victime d'un simple étourdissement, se sentait déjà mieux.

Roman n'avait pas attendu l'annonce pour se ruer dans sa loge. Anya était très pâle, secouée de haut-le-cœur. Une ambulance était en route, apprit-il. Mika lui caressait les cheveux tout en lui éventant le visage. Roman lui aurait arraché son chapeau ridicule ! S'exhortant au calme, il s'agenouilla à côté d'Anya et s'enquit de son état.

— Ce n'est rien. J'ai juste besoin de repos.

Ce n'était pas la première fois qu'elle s'évanouissait à l'issue d'une représentation. Mais, cette fois, c'est en ambulance qu'elle quitta le théâtre, un masque à oxygène sur le visage.

— Je l'accompagne, lança Roman, coupant l'herbe sous le pied de Mika.

Anya se prépara à une sévère réprimande sur la façon dont elle mettait sa santé en danger. Au lieu de quoi, Roman lui prit la main.

— Je suis là, ma chérie. Tout ira bien.

Elle fut conduite au service des urgences, où le personnel soignant, ébloui par son costume, l'accueillit avec force exclamations admiratives. Roman lui retira ses chaussons, ses collants, ses bandages. Il effaça son maquillage de scène. Le tout sans un seul reproche. Un médecin vint l'ausculter et il traduisit pour elle :

— Ils soupçonnent les girolles d'hier soir d'y être pour quelque chose.

— Je le savais. Tu m'as empoisonnée, ironisa-t-elle.

— J'en ai mangé plus que toi et je me porte comme un charme, objecta-t-il.

— Oui, mais moi, je suis d'une constitution délicate.

Ils échangèrent un sourire complice.

Le téléphone de Roman sonna. C'était Daniil, l'informant qu'ils étaient tous en route pour l'hôpital. Il demanda des nouvelles d'Anya.

— Elle va bien, répondit-il. Attends une seconde…

Il interpella le médecin : Anya avait-elle le droit de boire et manger ? Comme le praticien acquiesçait, Roman indiqua à son frère le nom d'un café connu pour servir le meilleur chocolat chaud de la ville, en le priant d'y passer en prendre un pour Anya.

Il retourna auprès de la jeune femme, qui plia les jambes afin de lui faire de la place sur le bord du lit.

— Tu as l'air d'aller mieux. Tes joues commencent à retrouver leurs couleurs.

La panique l'avait submergé lorsqu'elle s'était écroulée sur scène. Au milieu du chaos, il avait remercié le ciel d'être à ses côtés. Car tout cela serait arrivé, avec ou sans lui. Toutes ces années, elle avait affronté seule les attentes de sa mère, les exigences de son métier, la pression permanente. Il ne regrettait pas d'être parti comme il l'avait fait. C'était la meilleure décision, à l'époque.

Désormais, Anya ne serait plus jamais seule face à l'adversité. Quoi qu'il arrive, il la soutiendrait.

— J'ai tout gâché, soupira-t-elle. Nous étions censés sortir après la représentation.

— Qu'est-ce qui nous en empêche ? Nous irons sans toi, la taquina-t-il avec un sourire en coin. Et après tout, pourquoi ne pas faire notre petite soirée ici ?

— Tu parles d'une fête ! Vraiment, je ne comprends pas ce qui s'est passé. J'étais en pleine forme, sur scène.

— Tu étais spectaculaire !

— Peut-être est-ce le stress des répétitions. Ou alors…

Non. Si c'était à refaire, elle ne changerait rien à leur soirée de la veille. Ni leur discussion ni le fait qu'ils aient veillé tard et fait l'amour n'étaient responsables de son évanouissement. Elle avait été à cran toute la semaine, et cette soirée l'avait au contraire aidée à se recentrer.

— Je ne veux plus attendre, décréta Roman à brûle-pourpoint.

— Pardon ?

— J'ai déjà laissé filer trop d'années. Pas question de patienter une nuit de plus.

Il sortit de sa poche un écrin qu'il lui tendit. Une enveloppe jaunie l'accompagnait.

Anya frémissait, éberluée, se demandant à quoi jouait Roman. D'une main tremblante, elle ouvrit l'enveloppe en premier. Sa gorge se noua au fur et à mesure qu'elle lisait.

« Ma très chère Anya,

» Je ne voulais pas être un fardeau pour toi. Je ne te l'ai jamais dit, mais je t'aime.

» Je t'ai aimé toute ma vie et continuerai à t'aimer dans la mort.

Roman. »

Pas de cœurs ni de baisers. Ce n'était pas le genre de Roman.

— Tu n'as jamais été un fardeau ! protesta-t-elle.

— Dans mon testament, je te lègue tout, expliqua Roman. Après ma mort, Dario ou un autre de mes camarades serait venu t'apporter cette lettre et, si possible, la boucle d'oreille que je gardais toujours sur moi.

Anya sentit les larmes lui monter aux yeux. Dire qu'elle lui en avait tant voulu de ne jamais lui avoir dit « je t'aime » !

— Tu étais dans mon cœur quand je sautais en parachute, poursuivit-il. Tu m'accompagnais sur chaque champ de bataille. Et quand j'ai cru mourir, tu étais là aussi.

Ainsi, il ne serait pas mort sans qu'elle le sache. Au fond, il ne l'avait jamais abandonnée. Anya en aurait pleuré de joie.

— Pourquoi ne pas m'avoir dit tout cela hier soir ? lui demanda-t-elle.

— Hier soir, nous avions besoin de poser les choses à plat.

— Et à la porte des coulisses ? Tu aurais dû m'en parler avant que je monte sur scène !

— Ce n'est pas mon amour qui te rend spectaculaire, Anya. Tu es arrivée aussi loin par toi-même. C'est pour toi que tu dansais.

Et Anya comprenait, à présent. Ses doigts tremblaient tellement que Roman ouvrit l'écrin pour elle.

— Il est grand temps d'officialiser les choses, déclara-t-il. Tu es ma famille, Anya. Tu l'as toujours été. Demain, à la lumière du jour, la pierre aura la couleur de tes yeux. Ce soir, elle est rouge feu.

Il ne la demanda pas en mariage. Il n'en avait pas besoin. Il se contenta de glisser la bague à son doigt et d'y déposer un baiser.

— Toutes ces années perdues, murmura Anya, un sanglot dans la voix.

— Non. Elles n'ont pas été une perte de temps.

Il avait raison. Roman avait attendu d'être prêt pour les retrouver, Daniil et elle. Il était revenu, fier et déterminé, reprendre le cours de la vie qu'il avait été contraint de laisser derrière lui.

— Et pour ce qui est de fonder une famille ?

— Je t'aime, Anya. Si c'est ce que tu veux, nous trouverons un moyen.

— Et toi, Roman ? Qu'est-ce que *tu* veux ?

Roman n'avait jamais envisagé de devenir père avant de tenir Nadia dans ses bras. Pas plus qu'il n'avait imaginé Anya mère. Jusqu'à maintenant.

— Un jour, peut-être, nous pourrions aller en Russie et adopter un enfant…

Sa voix se brisa. Il n'avait jamais pensé retourner un jour dans son pays. Encore moins dans un orphelinat. Avec Anya, tout devenait possible.

Une infirmière vint les informer qu'ils avaient des visiteurs.

— Je peux leur demander d'attendre, dit Roman. Ou même de rentrer.

— Non, je veux les voir, insista Anya.

Elle était si impatiente de leur montrer sa bague !

Ses amis entrèrent et entourèrent le lit, tous magnifiques en smoking et robe de soirée. Anya n'avait aucun complexe dans sa tunique d'hôpital : son alliance au doigt, elle ne s'était jamais sentie aussi belle.

Naomi, Libby et Rachel s'extasièrent devant la bague. Les deux frères se serrèrent la main tandis que Sev et Nikolaï offraient leurs félicitations.

— Vous devez absolument venir à New York pour le nouvel an, décréta Sev, renouvelant son invitation.

Roman acquiesça, cette fois. Et Anya l'accompagnerait. Personne ne la jugeait pour ce qui était arrivé ce soir. Ils l'acceptaient et l'aimaient telle qu'elle était. Un toast fut porté à leurs fiançailles. Tous entrechoquèrent leurs gobelets de chocolat chaud, car Daniil en avait acheté pour tout le monde. Anya vivait la plus belle soirée d'après-spectacle de sa vie !

Le médecin réapparut, l'air perplexe, et pria le groupe de patienter à l'extérieur pendant qu'il examinait Anya. Roman resta afin de traduire leur échange.

— Depuis quand souffres-tu de vertiges ? demanda-t-il.

— C'est arrivé d'un coup, à la fin de la représentation, répondit Anya. J'ai eu la nausée avant d'entrer en scène, mais cela arrive souvent.

Elle songea à la masse de travail qu'avait nécessitée la production, à la déception générale si elle se retrouvait dans l'incapacité de danser.

— Dis-lui que j'ai encore deux soirs et une matinée…

— Essayons de comprendre ce qui ne va pas, coupa Roman. Il veut savoir quand tu as eu tes règles pour la dernière fois.

Elle se laissa retomber contre l'oreiller. Un sermon était la dernière chose dont elle avait besoin. Surtout devant Roman !

— Un an, soupira-t-elle. Non… Plutôt dix-huit mois. Et dis-lui que je me passerai de ses remontrances.

Roman traduisit. Pourquoi diable parlait-il deux fois plus longtemps qu'elle ? se demanda Anya. Et pourquoi questionnait-il le médecin sans lui traduire les réponses de celui-ci ? Elle comprenait mieux pourquoi il avait pris le temps d'apprendre l'anglais avant de retrouver son frère : c'était horrible de ne pas comprendre ce qui se disait autour de soi.

— Puis-je savoir ce qui se passe ? maugréa-t-elle, interrompant Roman au beau milieu d'une question.

— Il dit que tes électrolytes et ton niveau de fer sont bons, mais que quelques remontrances te feraient du bien, la taquina Roman.

Il reprit sa discussion avec le médecin. Anya roula des yeux. C'était *sa* consultation, et elle n'avait pas la moindre idée de ce qui se disait sur elle ! Soudain, elle s'aperçut que Roman était devenu silencieux.

— Qu'y a-t-il ? demanda-t-elle d'une voix pressante.

Il se tourna vers elle, très pâle, et lui prit la main. Anya imagina le pire.

— Je vais mourir, c'est ça ?

— Non, Anya.

Roman sourit malgré lui. Anya s'emballait toujours si facilement ! Il s'éclaircit la gorge.

— Le médecin dit que tu as beau être en bonne santé, il est impératif que tu améliores ton alimentation pendant ta grossesse.

Le temps se figea autour d'Anya. Elle était prise de vertiges, comme plus tôt sur scène. Non, car au lieu de s'obscurcir, son monde parut s'illuminer d'un millier d'étoiles.

— Je… Je ne peux pas être enceinte, balbutia-t-elle.

— Tu as dû ovuler et, au lieu d'avoir tes règles, tu es tombée enceinte. Le médecin aimerait faire une échographie.

Anya hocha la tête, hébétée. Elle n'osait pas encore se réjouir. Un test de grossesse n'était pas fiable à cent pour cent…

Non, pas d'erreur, comprit-elle un peu plus tard. Ce minuscule cercle noir sur l'écran, c'était son bébé. Et cet écho régulier, les battements d'un petit cœur.

— D'après le docteur, il est bien positionné, dit Roman.

Le médecin continua à parler, mais Roman garda le silence.

— Qu'y a-t-il ? demanda-t-elle.

— Tu es enceinte de six semaines, traduisit Roman. Une autre échographie est d'ores et déjà programmée.

— C'est impossible ! le coupa Anya.

— Calme-toi, Anya. Je comprends. Tu ne t'attendais pas à ce que je réapparaisse dans ta vie.

Il posa quelques questions supplémentaires au médecin.

— Il dit que cela explique la nausée et les vertiges. Tu peux continuer à danser.

Mais ce n'était pas ce qui préoccupait Anya dans l'immédiat.

— Roman, dis-lui qu'il se trompe. Je ne peux pas être enceinte de six semaines : tu n'es revenu qu'il y a quatre semaines.

Roman discuta à nouveau avec le médecin.

— Effectivement, en temps normal, la date de conception est calculée à partir des dernières règles. Il est tout à fait possible qu'elle remonte à quatre semaines.

Le médecin quitta la chambre. Anya le remercia et se laissa retomber contre l'oreiller, encore sous le choc.

— Le docteur assure que tu seras en état de danser demain soir, dit Roman.

Il sourit.

— Un Oiseau de feu enceinte, c'est du jamais vu, non ?

— Si on me laisse le rôle…

Elle contempla la pierre rouge feu à son annulaire.

— Il n'y a eu personne d'autre après toi, tu sais.

— Anya, je suis au courant pour toi et Mika, lâcha Roman d'une voix blanche.

Seigneur ! Elle n'avait toujours pas pris le temps de le détromper à ce sujet ! Maintenant, elle savait ce que Roman était prêt à accepter pour amour pour elle.

— Non. Ce ne sont que des rumeurs sans fondement, assura-t-elle. Puisque je ne pouvais pas être avec toi, j'ai décidé de me consacrer corps et âme à la danse.

Bientôt, ils annonceraient l'heureuse nouvelle à son frère et à tous les autres. Mais, pour l'heure, ce moment leur appartenait.

— Et moi, je consacrerai le reste de ma vie à rattraper le temps perdu, murmura Roman.

— Non, pas perdu…

Anya lui sourit, les yeux brillants d'émotion.

— C'est à lui que nous devons notre bonheur présent.

Épilogue

— Elle dort encore, annonça Anya, de retour sur le balcon.

La déception de Libby la fit sourire : elle semblait si impatiente de rencontrer sa nouvelle nièce !

Daniil et Libby étaient arrivés à Paris avec Nadia tôt dans la matinée. Ils attendaient depuis une heure, mais la fillette dormait toujours profondément.

— Elle s'est réveillée plusieurs fois, cette nuit, expliqua Anya.

Nadia trottina vers l'homme qu'elle croyait être son père, jalouse du bébé qu'il cajolait. À mi-chemin, elle se figea, comme si elle s'était aperçue de son erreur. Sa grimace interloquée fit rire l'assemblée. Tandis qu'elle mettait le cap sur Daniil, Anya contempla Roman et Dominik, leur fils de trois mois blotti dans ses bras.

La première fois qu'elle avait vu Daniil avec Nadia, elle s'était dit que Roman et elle ne connaîtraient jamais ce bonheur. Elle s'était trompée. Les critiques dans la presse n'avaient pas été tendres. On l'avait accusée d'être trop maigre pour être enceinte. Elle leur avait cloué le bec à tous en mettant au monde un magnifique petit garçon en parfaite santé.

Durant l'accouchement, Roman était resté à ses côtés. Il l'avait soutenue en lui tenant la main. Et le voir serrer leur fils contre son torse, l'embrasser sur le front, jouer avec ses petits doigts… La force de ce moment demeurerait à jamais gravée dans son cœur.

Anya profitait actuellement d'un congé bien mérité. Roman et elle divisaient leur temps entre Paris et la Russie, deux endroits chers à leur cœur qu'ils aimaient d'une égale affection. Quant à leur nouvel an à New York, il comptait parmi leurs meilleurs souvenirs. Tous étaient convenus de faire de cette réunion festive des quatre familles une tradition annuelle.

Anya et Roman cachaient alors un secret. Et après leur voyage à New York, ils avaient effectué une seconde visite dans un orphelinat, où une fillette avait déjà capturé leur cœur. La suggestion de Roman d'adopter était restée logée dans un coin de leur esprit. Lorsqu'ils étaient retournés en Russie acheter une maison, la question s'était posée du nombre de chambres.

— Si tu veux plus d'un enfant, ils devront se succéder rapidement, avait déclaré Anya avec sa franchise habituelle.

Elle tenait à poursuivre sa carrière. Peut-être réduirait-elle le nombre de représentations par an, mais pas question d'arrêter.

— Dommage que tu n'attendes pas des jumeaux, avait plaisanté Roman.

— Oui. Cela aurait été idéal…

Leurs regards s'étaient croisés. L'idée d'adopter était comme une promesse faite à l'un de ces enfants privés de parents. L'orphelinat où Roman avait grandi n'existait plus, mais tant d'autres petits orphelins attendaient une famille…

La tension de Roman était palpable lorsqu'ils avaient franchi le seuil du *detsky dom*. Elle s'était rapidement évanouie. Des éclats de rire les avaient accueillis à l'intérieur. Les enfants jouaient et se couraient après. Certains faisaient la queue pour leur repas. C'était très différent de ce que Roman avait connu, et en même temps un peu pareil. Le personnel faisait de son mieux pour offrir aux gamins la plus belle enfance possible.

Lors de cette première visite, Roman et elle avaient observé les enfants, un peu dépassés. Devaient-ils s'intéresser aux « indésirables », comme Roman l'avait été ? Anya avait pensé à Daniil, à Sev, à Nikolaï. Comment choisissait-on ? La réponse était venue d'elle-même.

L'amour décidait pour vous.

Elle avait trois ans et des cheveux blonds très fins qui

volaient dans tous les sens. Ils l'avaient remarquée en même temps, riant et virevoltant à travers la salle de jeux.

— Parlez-nous de cette petite, là-bas, avait demandé Anya.

— Ah, *tantsivat*. Notre petite ballerine…

Elle adorait danser et estimait être une princesse, leur avait expliqué l'assistante sociale. Anya s'était tournée vers Roman, qui avait souri. Avaient-ils conscience qu'elle était atteinte de trisomie 21 ?

— Beaucoup la jugeraient impropre à l'adoption…

Oui, ils en avaient conscience.

— Comment s'appelle-t-elle ? avait demandé Roman.

— Monica.

Cette réponse avait scellé leur choix. La fillette était destinée à faire partie de leur famille.

Monica avait dû apercevoir les deux étrangers qui la regardaient et remarquer qu'Anya souriait quand elle dansait. Alors, elle avait repris ses pirouettes, avant d'accourir vers eux et de se jeter au cou d'Anya, qui l'avait serrée très fort dans ses bras.

Partir sans elle avait été un crève-cœur.

Les visites s'étaient succédé tandis qu'ils suivaient la procédure d'adoption. Au cours de ces quelques mois, Dominik était né. Et la semaine précédente, leur famille était enfin devenue complète.

— Maman ! Papa !

La voix de Monica s'éleva de la chambre. Depuis son arrivée, elle répétait ces mots en boucle, sans jamais s'en lasser.

— J'y vais, dit Roman.

Anya l'accompagna. Ils trouvèrent Monica assise dans son lit de princesse, les bras tendus. Son visage s'éclaira lorsqu'elle les vit. Roman s'assit au bord du lit et, avec précaution, lui confia son petit frère, tout en gardant une main vers sa tête, au cas où. Dominik leva les yeux vers sa grande sœur et sourit.

— *Ne plach*, murmura Monica.

Ne pleure pas. Anya fronça les sourcils, interloquée. Alors seulement, elle remarqua les larmes dans les yeux de Roman. Il y avait tant d'amour autour d'eux. Daniil était là aussi, avec sa femme et leur fille — sa nièce. Toute sa famille était réunie autour de lui.

Roman s'éclaircit la gorge.

— Nous avons des visiteurs, aujourd'hui, expliqua-t-il à Monica. Ton oncle, ta tante et ta cousine Nadia. Ils sont venus exprès d'Angleterre pour faire ta connaissance.

Monica saisit une petite couronne en plastique argenté sur la table de nuit et se la plaça sur la tête. Elle était prête à rencontrer sa famille anglaise !

Tous ensemble, ils gagnèrent la terrasse. Roman tenait Dominik dans ses bras. Monica, un large sourire aux lèvres, s'approcha de Libby, qu'elle gratifia d'une révérence. Libby fut immédiatement conquise. Puis la fillette se tourna vers Daniil et fronça les sourcils. Son regard passa de Roman à Daniil et de Daniil à Roman. Soudain, elle éclata de rire et tout le monde l'imita. Elle avait le rire le plus contagieux au monde.

Ce fut une merveilleuse journée en famille. Libby et Daniil prirent congé après dîner, non sans promettre de revenir bientôt.

Pendant que Roman couchait Monica, Anya entra dans la chambre de Dominik et se pencha sur le berceau ancien. Son cœur se gonfla de tendresse devant son fils paisiblement endormi. Lui et Monica recevraient tout l'amour dont Roman avait été privé, enfant. Roman et elle soutiendraient leurs choix, quels qu'ils soient. Comme l'homme de sa vie avait soutenu le sien, à sa façon.

Elle poussa la porte du studio de danse, où elle répétait désormais. Ce matin, Monica s'était jointe à elle, copiant ses mouvements. Roman avait suggéré de faire installer une barre plus basse pour elle.

Sa voix de baryton lui parvint de la chambre de Monica. Anya tendit l'oreille. Cette chanson lui faisait toujours venir les larmes aux yeux. Roman avait appris le français en chantant et l'enseignait à leur fille de la même façon.

Cette chanson, c'était celle de Monica — et un peu la sienne aussi.

Un peu plus tard, Roman la rejoignit dans le studio. Il tenait une bouteille de champagne, une d'eau minérale, ainsi que deux verres. Anya tendit le sien pour du champagne.

— Tiens, tiens. On lâche du lest ? la taquina Roman.

Ils s'assirent par terre et trinquèrent, les yeux dans les yeux. Il y avait tant à célébrer ! Après une gorgée, Anya posa son verre. Roman aussi.

Tandis qu'ils s'étreignaient dans un corps à corps torride, elle contempla leur reflet démultiplié. Ce moment n'était que le premier d'une infinité de souvenirs à venir. Dans le miroir, un futur radieux leur souriait.

Retrouvez prochainement,
dans votre collection

SAGAS

Trilogie intégrale : AU JEU DE LA PASSION, de Joss Wood - N°167

Retrouvailles à Vancouver

Grièvement blessé alors qu'il doit bientôt jouer le match de sa carrière, Mac vient de découvrir que sa seule chance de guérison est son grand amour de jeunesse, la kinésithérapeute de l'hôpital : Rory. Elle l'a quitté sans un mot dix ans plus tôt, et il n'a jamais pu l'oublier... Fera-t-il confiance à cette femme qui l'a autrefois trahi, alors que son avenir – et peut-être même son cœur – sont en jeu ?

Plus qu'une simple aventure

Une nuit de passion, volcanique... et sans conséquences avec Kade. C'était tout ce que Brodie voulait. Pourtant, il y en a eu... Elle est enceinte ! Mais à présent, elle n'a pas le choix : elle doit l'annoncer au célèbre joueur de hockey avant que la presse à scandale ne s'en charge...

Un cœur à conquérir

Quinn peine à y croire : vient-il vraiment de passer la nuit avec Cal, sa plus proche amie ? Elle ne lui a proposé de l'épouser que pour se sortir d'une impasse. Mais maintenant qu'il a goûté à la douceur de sa peau, Quinn sait qu'il lui sera difficile d'y renoncer. Une seule solution : conquérir Cal... pour de bon.

MYSTÈRES À SUTTON HALL, de Kerry Connor - N°168

Une mariée en danger

Jillian en est persuadée : Courtney, sa meilleure amie, n'est pas morte dans un tragique accident. Quelqu'un, à Sutton Hall, le magnifique manoir dans lequel Courtney se réjouissait de célébrer ses noces, l'a assassinée... Mais qui ? Pour le découvrir, Jillian décide de se faire passer pour une cliente, désireuse de fêter là le plus beau jour de sa vie... Bien sûr, son arrivée quelques jours à peine après le drame ne manque pas d'éveiller les soupçons. Ceux des employés du manoir, tous plus étranges les uns que les autres, mais surtout ceux d'Adam Sutton, le séduisant propriétaire des lieux, qui se méfie d'elle immédiatement...

De dangereuses noces

Tandis qu'elle observe la tempête qui fait rage au-dehors, Meredith ne peut réprimer sa peur : ses hôtes et elle sont bloqués à Sutton Hall alors qu'un tueur se cache parmi eux... Un scénario qu'elle était loin d'imaginer en accueillant dans son manoir son amie Rachel, afin qu'elle y célèbre ses noces ! Jusque-là, tout se déroulait pourtant à merveille : buffet magnifique, convives ravis, et le témoin du marié — le beau Tom Campbell, que Meredith avait follement aimé à l'université sans jamais oser le lui avouer — se montrait particulièrement prévenant à son égard... Oui, tout était parfait. Jusqu'à ce que l'une des invitées ne soit assassinée, et qu'ils se retrouvent contraints de rester cloîtrés, tous ensemble, pour une durée indéterminée...